世界传世藏书

世界禁书文库

马松源 ⊙ 主编

线装書局

目　录

1

世界禁书文库

误入歧途的女人

【英】戴维·赫伯特·劳伦斯⊙著

张　斌⊙译

綫裝書局

第一章　曼彻斯特商号的衰败

就拿木屋镇这样一个小煤镇来说吧！这里有一万人口，它有三代人的历史。在这三代人的时间里，人们提出各种提议，要建立一个井然有序的社会。原先的那个老"乡绅"在搜肠刮肚掏出来的大量原煤面前已溜了，逃到了仍然保持田园诗味道的地方，在那里掌握着煤矿开采权，大发其财。当地煤矿主依然活着，年逾九旬，是个伟大得不可企及的大亨。他正踏着原先"乡绅"的地位爬上来，把民众一脚端到下面，将自己束之高阁。

木屋镇是一个井然有序的社会，充满了仔细的等级差别：从黑煤灰、石工的粗砂和木材锯末，到亮晶晶的猪油、黄油和鲜肉，到药品商的香水和医生的消毒剂，再到银行经理、公司出纳、牧师之类的久未动用而失去光泽的金币，直至矿区总经理光闪闪的轿车。在此之上再无其他了。总经理住在有灌木丛包围的号称邸宅的幽地。那座被"乡绅"所遗弃的真正邸宅，如今被煤矿公司接收过去做了办公楼。

情况就是这样：底层是广大的矿工；中层是多如雨点的商人，其中掺混了一些小雇主、小学校长和非国教教士；再上一层是银行经理、富裕的磨坊主、有钱的铁器制造商、国教牧师和各煤矿经理；顶层则是当地煤矿主，他那茂密、熟软的樱桃在这万物之上闪闪发亮。

这就是公元 1920 年，英国米德兰地区一个小工业城镇错综复杂的社会体系。不过让我们再倒回去一点时间吧！这就到了 1913 年，安乐富贵太平的最后一年。

这是太平富足之年，这也是一个患忧郁的慢性病之年：孤身女人之年。为什么面对所有这一切的繁荣昌盛，这个社会里除了最底层的阶级之外，每个阶级都要被沉重的不堪承受的孤身女人这个死海之果压弯腰呢？她们没有成婚，不能成婚，叫作老处女。为什么每个商人、小学校长、银行经理，乃至每个牧师，都要生产出一个、二个、三个、甚至更多的老处女呢？是不是中产阶级，特别是中下层阶级，生女孩要比生男孩多呢？或者是不是中下阶级的男士在婚姻上老是攀上爬下，以至于把他们真正的伴侣搁在了一边呢？或者是不是中产阶级的女人在择婿方面百般挑剔呢？

不管是什么原因，这就是一个悲剧。或者也许并不是一个悲剧。

也许这些中产阶级未婚女子是我们这个蚂蚁工业社会著名的无性工蚁，这种说法我们听得多了。也许她们欠缺的只是一份职业：简而言之就是工作。不过，也许在我们盖棺论定之前，还是先听听她们自己的意见吧！

在木屋镇，商人和牧师这类大户人家有着一大群老处女。全镇的妇女，矿工之妻和所有的女人，一旦看到这种福中苦的女儿有机会出嫁，全都屏息静声。她们都抱着一种欣慰得近乎陶醉的态度，成群结队地去参加这种阔气的婚礼。因为撇开阶级妒忌不论，一个女人最不想看到的是另一个女人堂而皇之地束之高阁，找不到结婚的机会。她们都希望中产阶级家庭的姑娘找到丈夫。每个人都这么想，包括那些姑娘本人，因而也就产生了不幸的故事。

詹姆斯·霍顿只有一个孩子：他的女儿爱尔维娜。就叫作爱尔维娜·霍顿喽——

让我们回到八十年代初吧，当时爱尔维娜还是个婴儿；或者再倒回去一些，回到詹姆斯·霍顿发财的日子。在他兴旺之际，詹姆斯·霍顿是木屋镇社会的精英人物。不可否认，霍顿之家一直非常富裕：是商人。几代的富裕之后，商人就获得了显赫的名声。詹姆斯·霍顿二十八岁的时候，在木屋镇继承了曼彻斯特商行全部动产，是很大的一笔财产。他是一个风度翩翩的年轻人，又高又瘦，长着络腮胡子，打扮十分讲究，有点布尔沃的风度。他喜欢优雅的谈吐、优美的文学作品和优秀的基督教徒。总之，他是一个又高又瘦、性格急躁的年轻人。他举止相当冲动，满脑子怪念头层出不穷，有副很美的嗓子：最美的嗓子。当然，此外他还是一个商人。他向一个德比郡乡绅的千金求爱，这个女人个子矮小，肤色浅黑，而且年龄比他大。他本打算在她身上捞到至少一万英镑的陪嫁。结果大失所望，因为他只得到八百。由于他做生意总是耽于幻想，所以他决不肯原谅她，不过又以最优雅的礼节来对待她。看他为她削苹果皮做准备工作，真是妙不可言。但是这种削苹果皮、切块的任务是她的活儿。这个优雅的商业亚当小心地挖去苹果心，用夏娃之话对她施行报复，然后就不管她了。此时，爱尔维娜呱呱坠地了。

然而在此之前，在他结婚之前，詹姆斯·霍顿建立了曼彻斯特商号。这是一座方形的庞然建筑物——就是说，在木屋镇算庞然大物——耸立在这座发展中小镇的主街和大道上。楼房朝南，由两个漂亮的商店组成，一个卖继承下来的曼彻斯特动产，一个卖丝绸和羊毛织品。这就是詹姆斯·霍顿的商业诗篇。

那使詹姆斯·霍顿了解商业，但他是个梦想家，有点诗人的味道。他喜欢乔治·

麦克唐纳的小说，特别是这位作家的幻想作品。他一直为自己编织幻想，编织一个商业幻想。他梦想到丝绸、府绸质地华丽，有一种前所未见的高雅感；梦想到"乡绅"的四轮马车在他窗外纷纷停下，优雅的女子看得眼花缭乱，流连忘返，被吸引到柜台前。而他将会富于魅力地用迷人的姿态向她们出售布匹：这些布匹只有他和她们才真正会欣赏。他的名声飘扬在外，甚至威尔士公主亚历山德拉还有奥地利女皇伊丽莎白，这两个全欧服装最考究的女人从天而降，光临木屋镇他这个商店里，准备看看在詹姆斯·霍顿这里能够买到什么东西。

我们也说不上来为什么詹姆斯·霍顿未能成为他这个时代的利伯蒂和斯内尔格罗夫。也许是他想象太过丰富。且不管那些。早先，当他把妻子领进新居时，朝曼彻斯特这边的窗户是一片薄纱和印花布，好像大海和五月花市一般；朝伦敦方向的窗户挂满了丝绸和布匹，好似一个秋夜。谁看了不眼花缭乱！可是她这个可怜的人来自石楠丛生的德比郡四围石墙，所以看到男人在自己的存货前跳舞，就像方舟前的戴维，不由得泛起一阵恶心。

他带她去的这个家像个博物馆。他在店铺楼上的巨大卧室里让人摆放了家具，用结实的红木做的。啊，简直牢不可破。所以他洋洋得意、蹦蹦跳跳地跳上那大得惊人的新婚之床，这张床只有踩着凳子或椅子才能上去。这个可怜的小个子女人年龄比他大，常年足不出户，此时则不得不怀着沉重的心情爬上床，躺下来面对阴沉得像巴士底狱一般庞大的红木家具，不是对着对面巨大的食橱，就是疲惫地转过身对着巨大的转动全身镜，这面镜子在她的优雅身姿面前总像是要摇摇欲倾。这种家具！而且这些家具永远无法挪出卧室。

婴儿第二年出生。此后，詹姆斯·霍顿逃到了楼房另一端的一间家具不全的卧室，睡在一张粗糙的木板上，在他的余生扮演了一个隐士的角色。他的妻子则独自和孩子一起留在了家具配套的卧室。她得了心脏病，这是神经受到压抑的反应。

不过詹姆斯像蝴蝶一样在他的布匹上振翅飞越。他对自己店里的售货姑娘冷酷无情，像个暴君。他衣着考究，动作文雅，就连狄更斯小说里的法国侯爵也望尘莫及。姑娘们都十分憎恨他。然而，他那稀奇古怪的巧妙设计和激情又赢得了她们的欢心。她们只得对他俯首听命。他们的店铺十分引人注目。但是木屋镇居民婆婆妈妈的，购买力很有限。他们只需要一般的轻薄织物，用扇形黑毛绒装饰的红色法兰绒、黑羊驼毛织品、细斜纹、美利奴毛织品，这些东西都让詹姆斯讨厌透了。他抖开了丝条纹细布和印度印花棉布。可是这些当地佬全都退避三舍，就像他在向他们出卖海格立斯的毒袍。

他搞了一次拍卖。不过这种拍卖对霍顿太太的神经性心脏病不好，也给詹姆斯·霍顿的脸上带来了皱纹和憔悴。当然，起初他还比较小心，只把那些不太昂贵的存货标低价格，如印花布、平纹细布、修女薄纱、平纹印花毛纱以及一些时新的纺织品和青铜装饰品，以活跃一下拍卖气氛。出于好奇，木屋镇人纷纷购买了。

这次拍卖之后，詹姆斯·霍顿感到自己可以弄来新货，举办一次销售狂欢。他急忙地赶到曼彻斯特。此后，大捆、大包、大盆的货物运到了木屋镇，堆在商店门前的人行道上。星期五晚上来临，随之而来的是霍顿窗前的大展览：刚问世的凸纹布、新出产的古怪织品、蜂窝状便桶罩布和被单，以及首次推出的供女仆用的褶边帽子和围裙：白色的奇迹。詹姆斯也是这样进行广告宣传的：白色的奇迹。有谁知道他一直在读威尔基·科林的名著呢！

到白色的奇迹第九天过去并且退潮之后，詹姆斯又消失在伦敦方向。几星期之后的星期五，他又以冬日的触摸为名搞起了展销。稀奇古怪的漂亮冬服，全是女式的——詹姆斯办的每一样货都是女用的，他轻视粗野的男性——稀奇古怪的女式漂亮冬装，用厚实的带黑麻点的布匹制作，显露出熊皮底子，而女披肩、女围巾、皮手笼和冬季时新纺织品则在前窗陈列。星期五晚上，店外挤满了成群结队的人，所有的气灯都大放光彩。詹姆斯·霍顿像首次在剧场公演自己剧本的剧作家那样，在衣装布料的后面来回徘徊。展览的结果是一场轰动。十个村子的人在橱窗前注目凝视，你推我挤。这是一场轰动：可是这是什么样的轰动呵！人们的心头是惊讶、羡慕、担心和嘲笑。让我们强调一下担心这个词吧！木屋镇的居民担心詹姆斯·霍顿将自己的审美标准强加于他们。他的货物格调高雅，然而他的顾客则情趣低劣。他们站在窗外指指戳戳，格格格地嘲笑。可怜的詹姆斯，就像初演晚上的剧作家那样，看到自己的作品彻底报废。但是他仍然坚信自己的优越，觉得自己无可非议。他所没有发现的是那群人憎恶优越。木屋镇人很平庸，只是希望逐步缓慢地发展，这种无聊的平庸如此陈腐，足以令任何一个敏感的人感到难以想象。木屋镇只需要一系列粗俗的小刺激，比如用诺丁汉或伯明翰引起的一场新的庸俗来取代诺丁汉和伯明翰已经抛弃的俗艳平庸。至于就木屋镇本身条件而言，他们讨厌任何独创的或真正风雅的活动，这一点，詹姆斯·霍顿一辈子也不会了解。当他已经相当聪明的时候，他还认为自己不聪明。他总是认为命运女神是个反复无常、难以讨好的女人，有点像奥地利女皇伊丽莎白，或者威尔士公主亚历山德拉，高贵得令他无法企及。然而且不说木屋镇，即使在伦敦或者维也纳，命运女神也只是个中层和中下层阶级的粗俗妇女，随时准备将自己的笨脚伸进粗俗的机制品，以便同平民百姓保持一致。当他看到自己可爱的创举以及布匹展销的微弱兴旺，被粗俗的命运女神平静地用结实的脚板踩得扁平时，他的感觉也由神秘转为沮丧。对于妻子，他只是模糊地将此事归咎于上天和伊斯拉福天使。而她，可怜的女人，则彻底被伊斯拉福的说法吓倒，同时又对詹姆斯的异想天开气得几乎发疯。

终于——我们加快詹姆斯走下坡路的倒霉历程吧——霍顿真正大拍卖的日子开始了。霍顿的大减价可不是徒有虚名。经过几年的稳定价格之后，他慷慨地放开了。他给印花布、擦光印花布、凸纹条格细平布、面纱料都慷慨地来了个大减价。他的蓝铅笔"呼"地划掉了三先令十一便士，豪爽地标上了一先令三法定。价格一落千丈。一先令十一便士的高价落到了六便士三法定，一先令六便士戏剧性地减到了四便士三法定，而优质厚实的印花布则以每码三便士三法定的价格出卖。

这回可真是天赐良机。而且，这些滞销多年的货物，也开始适合大众胃口。再者，且不论图案怎样，这些布料一听就是好料子。因此，木屋镇的小姑娘上学都穿着詹姆斯出售的夏季衣料做的内衣内裤。尽管如此，木屋镇的小姑娘仍为这些内衣裤感到羞愧。因为如果她们碰巧撩起裙子，她们的伙伴一定会齐声高喊："啊哈哈，你穿霍顿的便宜货。"

这段时间，詹姆斯·霍顿洋洋得意。他好象见到法它·莫佳娜抢过他的布匹往自己美丽可爱的身段上围，向他指点了一条大发其财的途径。果真，他还当上了主日学校的监察。不过这到底是一个追求虚荣之举，还是想利用更大的力量来达成了一种英法协约，就不知由谁来评判公断了。

与此同时，他的妻子病体日衰，而小爱尔维娜则越发秀丽，日渐长大。木屋镇见瘦小、苍白、心情压抑的霍顿太太领着她那披着貂皮披肩、戴着皮手笼、秀丽得如水葱般的小女儿出来散步，都感到印象极深。霍顿太太穿着黑光闪闪的熊皮大衣，小姑娘穿着带斑点的白貂衣，像影子一般悄悄地走过大街，给人留下了永不磨灭的印象。

然而霍顿太太有心脏病。如果散步时她看到两个小男孩在扭打，就会跑过去，让他们松手，并送他们几便士，弄得他们目瞪口呆，而她则靠在墙上，双唇发紫。要是她看到车夫把鞭子在马耳边甩得噼啪直响，而马则费劲地拖着车上坡，她便不得不捂住眼睛掉过脸去，感到浑身无力。

所以她经常关在自己房间里闭门不出，把孩子托给了一个家庭女教师照管。弗罗斯特小姐是个漂亮的、精力充沛的年轻女郎，年龄约三十岁，头发灰白，戴着一副金丝边眼镜。她的白发并非悲剧的结果，而是家庭的遗传。

在爱尔维娜·霍顿最初的二十五年的生活中，弗罗斯特小姐对她来说比其他任何人都更为重要。女教师坚强、乐观，是个天生的音乐家。她有一副甜润的嗓子，在教堂唱诗队唱歌，后来在詹姆斯·霍顿任监察的主日学校给第一班女生教课。她不喜欢詹姆斯·霍顿，相当轻视他，看透了他身上的虚伪，讨厌他那种装模作样、假仁假义的自私自利，讨厌他缺乏人情，最讨厌的莫过于他的想入非非。随着年龄的长大，詹姆斯变成了一个梦想家。可悲的是死于弗洛伊德时代之前。他喜欢做最惊人的神话般的美梦，对这些梦他能用动人的、优美的语言进行生动的描绘。每逢此时，他那抑扬顿挫的美妙嗓子几乎要歌唱起来，浓眉下的灰色眼睛闪闪发光，带着络腮胡子的白皙脸庞有一种古怪的闪光，细长的双手偶尔挥舞几下。他变得很瘦，颇有绅士派头的外衣扣到胸口，站在那里说自己梦中的探险，这种探险一半出自埃德加·爱伦·坡，一半从安德森那里批发过来，掺杂一些瓦赛克、拜伦爵士和乔治·麦克唐纳的东西，可能夹杂乔治·唐克唐纳的还不止这些。对这种描述淑女们总是听得津津有味。可是弗罗斯特小姐在场的时候，却从未有过激动的感觉。

二十年来，她同詹姆斯·霍顿相互保有距离。有时她会当众对他表示不耐烦，有时他也会出言讥讽："的确，的确！啊，的确如此！好吧，好吧，你发现这一点我很内疚——"好像过错都在于她的发现。随后他会飞快地逃到保守俱乐部去，步履轻快敏捷，仿佛是被命运所驱使。他在俱乐部里下棋——他在这方面是好手——和同人交谈。然后他在十二点半匆忙赶回家吃正餐。

不久，这幢房子的所有信念都落在了弗罗斯特小姐肩上。她在第一年中就看到自己的目标方式。她像爱亲生女儿那样爱着爱尔维娜，和那个神经质的、易怒的、有心脏病的女人，那位母亲，使她们免遭詹姆斯异想天开之害。这倒不是詹姆斯有什么恶习。他不吸烟、不喝酒，饮食节制，像隐士那样洁身自好，从不粗话。可是，这两个无力自卫的母女必须避开他。弗罗斯特小姐不知不觉地把家庭的统治大权抓到了手中。她的统治温和有力，是慷慨大方的统治。她并没有个人计划。她在驾驶曼彻斯特商号家庭的破舟，以自信、容光焕发的精神面貌照亮了这幢房子的黑暗房间：她那银白的头发，那白皙、庄重安宁的脸庞好像放射出一种光芒。她好象给这个摇摇晃晃、左右遭难的家庭带来了引力，带来了安定和镇定。她控制着女仆，对伙食提出看法——詹姆斯吃了这些伙食根本不知道自己在吃什么。她带回来鲜花和书籍，偶尔也带来一个客人。曼彻斯商号的黑暗阴郁与来客很不相称。她的鲜花迷住了急躁的病人，她的书籍有时则用来同空想的詹姆斯进行讨论。然而每每讨论之后，她总是感到恼怒和不耐烦，而詹姆斯则总是回到店铺，对这个或那个女店员抬高歌喉般的嗓音大叫大嚷。女店员对这种嗓音都很讨厌。

詹姆斯说到书籍的方式令人生气。他只谈插曲、印象和联想，好像所有这一切对自己只是一个感觉上的审美象征。弗罗斯特小姐气得涨红了脸，相信这个男人身上没有一丝人类的感情。她自己则完全是个具有人之常情的人。

与此同时，那两个店铺开始呈现腐败、破落的迹象。经过十年的拍卖，春季大贱卖、秋季大贱卖，冬季大贱卖，詹姆斯开始放弃了做服装生意的梦想。他自己再也不能忍受将虫蛀的熊皮领、熊皮袖的黑色厚上衣挂在店铺里。他把标价从五个金币减到一个金币，然后，啊，真丢人，减到十先令六便士。当那个挎着一篮子铁皮平底锅盖的吉卜赛女人最后在一次冬季大贱卖结束前用五先令买下这件衣服时，他几乎要上前去吻她。可是即使是这个女人，也不愿在店里穿上这件衣服，尽管那天冻雨料峭。她胳膊挎着这件衣服去了矿工酒家。后来，詹姆斯像只鸟那样透过他的店门偷偷向外观察，看到她坐上了一辆破烂不堪、肮脏透顶的马车，赶着一匹肮脏的青白色的小马扬长而去，像披着长毛的野女人那样挥动着胳膊。这回可真叫他伤透了心，因为那长长的熊皮被冻雨淋湿后，看上去像一根挂满长长的豪猪刺的横木，绕在她的臂前和脖子上。可是这是多么好、多么精致的衣料啊！詹姆斯看了片刻，随后像兔子那样飞也似的逃到后房的火炉边。

更大的力量似乎并没有像詹姆斯希望的那样履行协约的条款。他开始收回协约上承诺的责任。主日学校真让他受不了。当他开始讲话时，他那优雅的口才并没有吸引住学生，而粗野的矿工子女个个都像小丑，当面狠狠地跺脚，发出震耳欲聋的嘈杂声。他站在讲坛上，讲了一大通尖刻骇人的话。可是对这些矿工的子女，对这些小魔鬼、小恶棍说刻薄的话又有何用呢？好在弗罗斯特小姐挽救了这一局面。她把大女孩归到一起，自己亲自管束，然后又组织那个教低年级男生的高大漂亮的铁匠运用自己的影响控制高年级男生。不过他干得太过分。他狠狠抓住不听话男生的膝盖，以一种可笑的口吻用方言说俏皮话。这个铁匠的手有着铁匠之手所需要的力量，他的方言又是出人意料地粗俗。在这种狠抓和家乡习语之下，有哪个男生能够承受？因而，主日学校的学生注意听詹姆斯演说，因为他祈祷文优美多了。后来一个男生，弗罗斯特小姐的一个门徒，同霍顿太太在昏暗房间里呆了半小时，把铁匠抓人的方法告诉了她。他的这种抓法一直在这个可怜的女人心中萦绕，以至她的疾病又重了一成，并且使她一想到主日学校就像一场恶梦。之后，詹姆斯·霍顿又对当时的教育大臣粗俗的苏格兰举止表示不满，因而，他的主日学校监督之职也就宣告结束。

与此同时，所罗门不得不分割他的婴儿。就是说，他把朝伦敦方向的这爿店铺分给了 W·H·约翰逊，一个暴发户，经营裁剪和缝纫用品生意。他的英语差劲得经不起推敲。尽管做所罗门很痛苦，他也只得这样做。木匠和细木工来了，上述房屋完全分隔开来。生病的霍顿太太在她那树荫笼罩的后房听到又敲又锯的声音，吃够了苦头。W·H·约翰逊铺面焕然一新，而且让他的妻子，一个精明的、寡言的女人，和他的女儿，一个漂亮的、爱吵闹的姑娘在星期五晚上帮他做买卖。男人们成群结队地来了——甚至女人也来为她们的丈夫买六便士半一条的领带。可是不，他们宁可花六便士半到W·H·约翰逊店里买一条质地低劣不过、色彩却鲜艳的领带。詹姆斯虽然想再竭力搞一次成功的大拍卖，却眼睁睁地看着人流涌进了另一家店铺，听到那边空洞的木地板传来沉重的脚步声，而他的店铺却悄无声息。

自从这次他的自尊心和正直感受到打击之后，他消沉了一段时间，屈身俯就，令人不可理解。要是他那被剪的翅膀不再伸展去进行新的飞翔的话，他也许会去瑞典堡。可是他又产生了一个好主意：用那些被遗弃的布料生产成衣——不是男人服装，啊不行，而是女人服装，或者更确切地说是小姐服装。供应小姐成衣，新的预告是这样说的。

詹姆斯·霍顿又兴奋起来。Z字形木楼梯在曼彻斯特商号后墙高高地竖起。几间宽敞的阁楼里，安装起各种各样装置的形形色色的缝纫机。广告登了出去，要求招聘一位管理人，女工已经雇好。一个崭新的生活开始了。早上六点半，姑娘们噼噼啪啪的脚步声和叽叽喳喳的激动的说话声，从后院一直响到了后墙外的木楼梯上。可怜的病妇听到了声音，感受到了每一下震动。每一次干扰都使她心惊肉跳，难以恢复。每天早上都是如此。她感到有个敌人将她的躯体撕裂，强行进行干扰。整整一天，缝纫机持续不断的声音在头顶嗡嗡作响，像炸弹那样在她虚弱的心脏上轰击。更有甚者，詹姆斯·霍顿决定，所有的缝纫机都必须用非人力装置驱动。他又安装了另一个机械车间——乙炔或者某种这类的机械装置——这个装置用一条巨大的带子驱动所有的缝纫机。这样，上面的震动和摇晃愈发厉害了，真叫人受不了。然而，幸运的是，或许说不幸的是，那个乙炔车间并不成功。女工们被划破了拇指，而且缝纫机一旦工作就不肯停止，一旦停下就不肯起动。所以过了一段日子之后，詹姆斯只好腾出一间阁楼来堆放这些毫无用场、价钱昂贵的锈机器。

那个曾经不接受优质布料和高档装饰品的命运女神仍旧不愿意对成衣投以青睐。这个好女人再次彻底充当了中下层阶级的角色。詹姆斯·霍顿制作了一种"长袍"。那时候正时兴长袍。也许正是因此威尔士公主亚历山德拉才给这种苗条的、配手套的公主袍带来了荣耀。不管怎么样，詹姆斯·霍顿设计起长袍来。他的这些女工甚至比女店员还要冷酷。她们宣称，詹姆斯是对着自己那面转动的镜子，根据自己苗条的体形进行这种设计的。即使他是这样干的，又有什么不可以的呢？费罗斯特小姐听到这种说法后，便侧目看了看那个热情高涨的设计师。

让我们提一下，费罗斯特小姐已经不再从詹姆斯·霍顿那里获得生活费了。而且，她还出钱维修家里的壁炉和地板。她已经完全决定，决不离开她的这两个保护对象。她知道，随着形势的发展，一个家庭女教师是不可在曼彻斯特商号长居不走的。所以她在乡村艰难跋涉，给商人的女儿和自恃有钢琴的矿工女儿上音乐课。她还给粗手笨指、胆大妄为的矿工，那些有"玩玩音乐"的欲望的矿工教课。她走了一英里又一英里，一个村一个村地绕圈子：一个银发苍苍的女人迈着大步飞速行走，身影强壮。一旦她定过神来，金丝边眼镜后面就会飞快地露出美丽的笑容。就像许多近视眼的人那样，她自然也有一种自顾自埋头走路的专注表情。

当地的矿工都知道她，对她怀着最高的敬意和钦佩。他们形成一条肮脏的溪流从矿井回家，见到她走近，就会像一条不可思议的黑河，离开人行道走上马路，以便给她让道。那些自认为同她熟悉得能够打招呼的男人也真是大惊小怪。他们会用打招呼的语调直呼其名，"费罗斯特小姐！"他们说，"她当然是个小姐。"他们也确实是这个意思。可怜的费罗斯特小姐听到有人叫她，眼镜后面会立刻浮现出微笑，并且打招呼，然而她对之微笑的黑脸她根本不认识，或者很少认识。要是她碰巧对这个人有点印象，那么她就会高兴地回答，"兰姆先生"，或者"卡拉丹先生"。她走路的时候很骄傲，因为她至少受到一千个矿工、也许还有一千个矿工之妻的真诚尊敬和崇拜。这对任何女人来讲，都是件了不起的事。

费罗斯特小姐对十三周二十六节课的收费是十五先令。人们认为这笔收入相当可观，她的钱应该多得用不完。然而她攒下的钱大多用于霍顿的家务开支。与此同时，她还教爱尔维娜弹钢琴，掌握钢琴的理论。因为爱尔维娜天生具有音乐才能。不仅如此，她还向姑娘传授做小姐的基本要求，包括画水彩花卉，和翻译一首拉马丁的诗。

说来也奇怪，命运又给败落的霍顿之家安排了另一个支柱，这就是女工的管理人平纳加小姐。詹姆斯·霍顿埋怨命运不好，然而命运又向哪个男人安排了像费罗斯特小姐和平纳加小姐这样两个女人，而且是免费的呢？然而她们来了，不过还不知道詹姆斯对她们的来临是否感激。

如果说费罗斯特小姐帮他避免了只有上帝才知道的家庭崩溃和恐怖，那么平纳加小姐则助他躲过了工厂的崩溃和恐怖。我们还是直说了吧！在十二年的时间里，费罗斯特小姐供养了克拉丽丝·霍顿，这个患心脏病的神经质病人；在二十多年的时间里，她抚育、关心和保护了小爱尔维娜，保护着这个孩子既不受神经过敏的母亲的影响，也不受像詹姆斯这样的父亲的干扰。近二十年的功夫，她照管着餐桌上的饭菜，以及所有床上换洗的床单，而且始终保持着局外人的身份，毫无树立自己权威的想法。

现在来看看平纳加小姐！从她这角度说，她与费罗斯特小姐完全不同。她身材不高、结实，肤色灰褐，令人不快；双颊红红的，暗褐色的头发又密又短，像顶帽子。显然她不是个贵夫人。她的语法颇不规范。她有一双淡灰色的眼睛，走路轻手轻脚，说话轻声轻气，脸色几乎泛紫。霍顿太太、费罗斯特小姐和爱尔维娜都不喜欢她。她们只能忍受她。

但是从一开始，她就使詹姆斯·霍顿相形见绌。人们时常觉得他那具有艺术审美的眼睛流露出不满的目光。可是能够神秘地打动听者之心的明显是她的声音，那种既柔软亲切、又十分坚定的声音。不过，许多听她说话的人不喜欢受到神秘的触动，因为这种触动透人心弦。费罗斯特小姐的声音像铃声一样清楚、直截了当，如同白昼一样坦白。至于爱尔维娜，虽然她忠于亲爱的弗罗斯特小姐，却对平纳加小姐悄悄地暗示不以为意，因为平纳加小姐的暗示并非含糊不清。恰恰相反，她说话相当不圆滑，十分坦率。只不过在她开口之前，她好像慢慢地思考了一下要说的话，然后走近对方，不知不觉地将要说的话传入听者的意识。她好像让自己的话偷偷地溜进听者的耳朵，因而人们就毫不介意地接受了下来。这就是她的处事方法。从她个人角度讲，她像弗罗斯特小姐一样忠诚和无私。可是在诚实和忠诚之间却有着如此的截然不同。

平纳加小姐接管的是主日学校的二流学生，在曼彻斯特商号自然也就居于次要和从属的地位。由于性格的力量，弗罗斯特小姐占据首位。只有当平纳加小姐对霍顿先生说话时——而且，用她对他说话的方式说话时，弗罗斯特小姐坦诚的心胸才受到残酷的刺击。——"您是怎样想的，霍顿先生？"——这时，他们两人之间似乎立即形成了交流，在他和她的志同道合之中相互占据首位，实际上使这个白发女郎最为讨厌的，是这种悄悄地亲密，这种对拥有主要力量的悄悄喜悦。事实上，詹姆斯·霍顿同平纳加小姐之间并无任何隐秘，或者说并无任何不正当的交流。根本不是这样。他们各自都会对任何可能提出的说法产生很大的反感。只不过在他们两人的心灵中，有一种隐含的交流，有一种超越任何表达的直接理解，一种不言而喻的东西，好像无线电一般。

平纳加小姐住在店内，所以这一家只有那个病人。她穿着一件花边领的黑衣服，用一根绞扭的金胸针扣住，大部分时间坐在自己昏暗的屋子里，没有事，受着神经质和心脏病的折磨；然后是詹姆斯和瘦削的小爱尔维娜，这孩子整天粘住她热爱的弗罗斯特小姐，此外还有这两个奇异的女人。在家庭事务中，平纳加小姐从不抬高嗓门发表意见。当说到兴趣爱好这类话题时，她总是沉默不语，好象承认自己在文化和才智方面稍逊一筹。只不过她不时说一些陈词滥调和老生常谈来进行对抗——因为她几乎是怀着抵触的情绪而采取这种平庸、粗俗的态度的。然而无论谈到什么事，她都会以宁静、得意的自信掉眼看着詹姆斯·霍顿，开始谈论某种生意经，话语虽轻，却很自信，颇有一种居高临下的气势。而其余的人则对她的议论充耳不闻。

平纳加小姐只能慢慢站稳脚跟。她只得让詹姆斯实行他的全部创作。每个星期五晚上，新的奇迹，长袍和女士套装——这是个很新的词汇——将霍顿的橱窗装饰一新。周五晚上的霍顿橱窗是当地一景。经过木屋镇的老老少少，没有一个人，自然也没有一个女人会不在那窗下的人行道上停留十分钟，心情激动，时常还吵吵闹闹的。开始见到这些服装的年轻闺女捂住嘴尖叫，怀着同情心的年轻人哄堂大笑。不时会有人发出傻笑和规劝，诸如"嗯，可是你要知道那伞裙的价钱，我的姑娘！"和"你喜欢我穿那件衣服同我结婚吗，我的小伙子——什么？根本不想！"——或者还有"嗯，我现在要是穿上那件衣服，你会对我一见钟情的，是吗？"——得到的回答很可能是"我会吓得跌个跟头，赶紧逃跑。"——放声大笑——通常，这一切就是木屋镇周五晚上一大乐事。詹姆斯·霍顿商店被视作每周一次的可笑展览。他那凹凸织布的服装可以流流芳百世，配着玻璃扣、领子和袖口似乎装饰了铁边。

可是何必多嘴呢？总之，平纳加小姐每逢星期五晚上就在店内招徕顾客。她站在老板身边。有时，当外面的尖叫震耳欲聋时，她会跑到店门边，用浅灰色的眼睛望望那群滑稽可笑的戴宽顶无沿圆帽的姑娘，和半个脑袋埋在帽子里的小伙子。她让他们噤声。他们渐渐散开了。

与此同时，平纳加小姐仍然追求自己的大众化和朴素无华的服装。当詹姆斯在长袍或"套装"上大花本钱时，平纳加小姐则坚定地埋头苦干，为矿工们缝制牢固、耐磨的衬衫和背心，为矿工之妻缝制坚固耐用的围裙，为仆人缝制好看的印花布服装，等等，不一而足。她从来不乱想，只是因人制衣。因此，在詹姆斯创作的冒险之流的泡沫下，流淌着一股缓慢而又稳定的溪流。最后，木屋镇的妇女彻底依赖平纳加小姐了。他们的母亲好生烦恼，便对他们说："这回我上平纳加小姐那儿给你做衬衫，我的儿啊，看看她的衬衫是不是经得起糟践"。这句话几乎等于威胁。不过，这对曼彻斯特商号来说则不啻是一种尊重。

除了为他那流芳百世的长袍进一些零料或布片外，詹姆斯现在不大进货了。倒是平纳加小姐看到旅游者，才定了连衫裤、白布和灰色法兰绒。当然，这要等詹姆斯徘徊回来拍板才能决定。可是他的拍板只不过是对平纳加小姐的配合！他对连衫裤和斜纹织物不感兴趣。

他自己的存货仍未卖掉。时间就像一个缓缓流转的旋涡，时而将存货翻腾出来，

时和又翻腾进去，如同回流中的一团死海草一般。每过半个月，总定期有一次大拍卖。"创造"出来的展销不佳，新的欢乐是大拍卖。詹姆斯会从一部分存货入手，来一次疯狂的旧杂货义卖，在星期三和星期四极其兴奋地标写削价价码，然后，在星期五对外出卖。到了星期五晚上，店里挤满了人。一件上好的方纹贴身内衣只卖一先令十一便士三法定可不容忽视；而一条三先令六便士的漂亮花边线织女披肩烫得笔挺，至少值三先令六便士。经过就是这样：可怜的詹姆斯那些有皱褶的存货几乎全都熨烫成了绝对漂亮的货色。当他把六便士收进来，递过带尺和一盒别针来作为不值一文的法定的找头时，他那张半透明的俊脸上便泛起了红晕，眼睛发亮。即便这样做他吃亏半便士，又有什么关系呢！他的店里挤满女人，她们东张西望，东抓西摸，将东西翻来翻去，无情地大声议论。因为那里还有很多好笑的货色。比如说有一回，他忽然把帽子堆成了几大堆，有的有装饰，有的无装饰，都是些最古怪、最时髦、最滑稽的式样。那天晚上木屋镇的人都兴高采烈。

而平纳加小姐一直带着宁静深思的表情彬彬有礼地接待顾客，表现出极大的克制力，虽然也流露出一丝轻蔑。这些晚上把她给累坏了——透明的发网下的头发变得扁平，双颊泛紫，斑斑点点。可是只要詹姆斯站在那里，她也照样站着。人们不喜欢她，可是她对他们产生了吸引力。那批存货渐渐枯竭，卖光了。有一些给扯烂了。这个店好像终于消化掉了它那难以消化的东西。

詹姆斯小气地积攒起他那些六便士。幸好对服装车间的女工来说，平纳加小姐自己有订货，她的制品也是自己收费。一些固定的顾客每周付她一先令——或者一先令不到。不过这总算是一笔固定的小收入。这笔钱她自己收存起不多的小部分，支付掉车间的开支，剩余的全部交给詹姆斯。

詹姆斯存起了不少六便士，同时他的店里也空出了一块地盘。他已经没有了"创造"的念头。现在该进行新的尝试了。他断定，当工厂主要比当商人强。他的商店虽说只有原先的一半大，可也仍然太大了，可以再分一次，木屋镇的房租已经上涨。干吗不从他的屋子里再分出一个商店来呢？

说干就干。建筑师来了，这个建筑师曾与他在棋盘上多次下棋。这个建筑师说，最好还是分出一大部分做商店，不要把房子一分为二。这样，詹姆斯只剩下目前三分之一的地盘，又窄又紧。可是，我们不是越老越缩嘛！

又是一阵钉钉锤锤和搬搬动动，结果詹姆斯发现自己被关在了一条十分狭长的商店里，后部非常昏暗，只有一扇很高的长方形窗户，门在狭小的角落里。隔壁的房间是一个新来的食品商，此人性情愉快，是那种性格虚伪、面色红润的家伙。这个新食品商用口哨吹着《犹如象牙》的曲调，高兴地大声召唤他的店员。在他的门厅处，是一堆像金字塔一般的大麻哈鱼罐头，售价六个半便士。这些红罐头闪闪发光，外面画着半个粉红色的大麻哈鱼。还有一堆黄色的金字塔，都是菠萝罐头，卖四个半便士。这两座金字塔耸立在詹姆斯敏感的视觉前。熏猪肉一卷卷地像栅栏一样悬挂着，几乎挂到了詹姆斯的门厅，而麦秆和包装纸、乳酪、猪油、不新鲜的鸡蛋的气味，则从门槛直吹到店内。

这一切如同报应，他就这样败落下来了。不过，詹姆斯来了个楼下损失楼上补。要不是平纳加小姐，天知道他会干些什么。她守住了自己的几个工作车间与他对抗，用一种既柔韧又坚定的沉默顽强地抵抗着，这种顽强足以击败比詹姆斯更强的男子。不过，他的力量在于他的容忍。他在空荡荡的阁楼里翻找，在遗弃了的机器中搜寻，开始搞起了一个松紧带车间，生产吊袜带和系帽带。

头批一板板松紧带出来时他自豪得不得了。这次，他看到命运女神被自己紧紧地抓在那双柔软的手中。但是，由于他已经习惯于幻灭，所以他对幻灭几乎是拍手欢迎。六个月之后他才意识到，每英寸松紧带的成本要比他的售价多百分之六十，因而他又荒废了新车间。幸好他卖掉了一台机器，还多赚了两英镑。

此后，他又尽了最后一次努力。这次是针织品，这种针织品可以裁开，做成闻所未闻的服装。平纳加小姐对这个事业大加干涉，因而这项计划也就随之放下。此后，詹姆斯就让她一个人去干了。

与此同时，店铺也渐渐地翻腾出剩下的残余物品。每到星期四下午，詹姆斯就将鸡零狗碎的杂物分门别类，有古装和偶然发现的东西。他用这些货色装饰橱窗，所以这个橱窗看起来就像个历史博物馆，又脏又杂。店内，他把分类出来的东西装在一个个篮子里：有三便士一篮，六便士一篮，九便士一篮和一先令一篮，有点像摸彩袋，里面样样都是人们翘首以盼的好东西。然后到了星期五晚上，身材瘦长然而神色警觉的詹姆斯就会在柜台后面来回徘徊，破旧的衣服扣到了窄窄的胸前，神色紧张。他已刮去了络腮胡子，只留下耳朵下面的胡子，挺吸引人。他那浓密的灰色小胡子也已从嘴上刮去，头发变得稀薄，在秃顶上虚弱地飘拂着。然而他仍像一个绅士那样，彬彬有礼地用动人的嗓音向顾客推荐一束绿鹦鹉尾羽的用场，或者介绍几码桃色珠子的装饰品、或旧的绒绳线流苏。妇女们会摸摸厚实精巧的旧绒线流苏。这些流苏十分精致，褪了色，不过她们觉得它的触感柔软，觉得很好奇。但是她们不肯花三便士买下。带子，丝带，编带，纽扣，羽毛，衬衣胸饰，镶饰品，流苏，黑色大理石做的装饰品，喇叭形玻璃珠做的装饰品，一捆捆旧的彩色机织花边，许多捆奇怪的细绳，颜色齐全，用来做老式的编带样品；H·M·S·波肯海号的丝带，男孩子的海员帽——所有这些全都无人问津，女人将它们翻了一遍又一遍，直到偶尔找到一样东西。詹姆斯敏捷的目光注视着自己的零碎物品在慢慢地波动，就像水壶中的水已经煮沸，却没有煮干。奇怪的是他没有想到这些零碎杂货是宝货的日子。可是他就是没有想到。

站在他身边的平纳加小姐则静静地接受衬衫订货，同顾客商量了一下，同意后就量尺寸，收下定金。

现在这店铺每周只在周五下午和晚上开业，因此每天可以看到詹姆斯两次抖动着秃头，匆忙地穿过大街，像被命运驱使着那样来到保守俱乐部；每天又可以看到他两次急匆匆地回去吃饭。他已经变成了老人：他的女儿已是个年轻女子了。但是在他的心灵之中，他依然如旧，女儿还是个小姑娘，妻子还是青春年少的病人，需要他用一些入微的体贴来让她高兴高兴——比如说削苹果皮。

在俱乐部里他染上了不安分的习气。他碰到了几个男人，想抵押铁路边一家砖厂。这个砖厂叫克朗代克砖厂。詹姆斯这回又有了一个奔走的新方向；去山下的巴格索普镇，去克朗代克砖厂。克朗代克黄色粘土的边沿长着一簇簇高大的金钱菊，三叶草在仲夏之时开得满山遍野。詹姆斯回家时浑身一股粘土味，兴奋地谈论起砂粒、湿粘土、压机、砖窑和捣击机。他扛了一块粗糙、桃红色的砖回家，心满意足地看着它。这是一块坚硬的砖，不会渗水。这也是块丑陋的砖，重得要命，外表都烤焦了。

这回他很自信：命运女神会像冥后普西芬尼那样从地下升起。再说，全镇的男人都支持他的这一冒险举动，包括那些大腹便便的富有的食品商和铜管工，因而他更加信心百倍了。他们都将发大财。

克朗代克砖厂办了一年半，总算还不错，因为到结尾，将所有的成本都打算进去，损失还不到他财产的百分之五。实际上，如果把所有因素都考虑进去的话，他不赚不亏。然而对他来说，克朗代克砖厂的失败给他的打击最大。看到他这副模样，如果还有什么能令他兴奋的计划的话，平纳加小姐将愿意提供帮助和支持。甚至连弗罗斯特小姐也对他顺从，不过并无什么目的。克朗代克之后的一年，他变得相当衰老，好像失去了所有的羽毛，一副被人拔去羽毛摇摇欲坠的样子。

可是在一次煤矿大罢工之后，他又振作起来。半便士掐脖矿给他带来了新的生机。在一次罢工中，矿工们在自己住房附近的地里挖些露天煤。他们在卫理公会新联教堂后面找到一条丰富的劣质细煤煤层，煤色发黄。这条煤层在一个河岸侧面露头，靠近小河底，人们都要路过那里。罢工结束后，仍有两三个矿工在继续挖这些柔软的劣质细煤，他们卖八先令六便士一吨——或者六便士一英担。可是矿工们才不屑要这种松土呢，他们把这种煤叫作松土。

然而詹姆斯·霍顿却一直想开发这个联牧矿的煤层，他把这条煤层叫为联牧矿。他纠集了两个矿工合伙人——不停地往山上这块地快步走去，并对无数的矿工大谈特谈，因为他从前从未谈起过煤。每碰到一个人他就停下脚步，谈起联牧矿。

因而最终，他架起了一个竖井，深六十码，马虎地盖起有一台卷扬机的波纹铁皮机房，用一只大箩筐一次一个地把他的矿工吊下去。所有的一切都是东倒西歪的便宜货，很不正规。三个月之后，联牧矿这个名字就被人忘却。不过半便士掐脖则是个人人知晓的地方。"哈！"一个矿工会对妻子说："俺们没煤啦？你最好上半便士掐脖那儿弄点儿来"。"那可不中，"妻子回答，"俺可不想用那个玩艺儿。我可不想烧那种垃圾，这种白灰还不把俺呛死。"

在半便士掐脖矿开工的初期，霍顿太太死了。詹姆斯·霍顿大哭了一场，并在礼拜天戴的丝礼帽上扎了根黑带子。可是他在半便士掐脖矿忙得不亦乐乎，把当地人称为灰坑里的灰成英担地卖出去，所以对其他的事情根本顾不上。

除了一个退休的老头开卷扬机外，他还有三个男人和两个小男孩在他的矿井里干活。尽管人们都对他轻视，他却兴旺起来，破烂不堪的煤车在新联矿后面缓缓行驶，到井口出车台装煤。这里的煤质已有提高，而且价钱便宜，路途又近。詹姆斯每周可以卖掉五十吨到六十吨，因为这种煤挖起来轻易。现在，他至少真的赚钱了。他看到还有百万英镑在前头向他招手。

这种情形维持了一年多一点。霍顿太太死后的一年，弗罗斯特小姐得了病，突然辞世而去。詹姆斯·霍顿又大哭了一场，而且还浑身发抖。不过使他颤抖的是半便士掐脖矿。他触到了成功，四肢颤抖着走进家门。他看到他为自己的独生女儿攒了一大笔钱。

可是天哪——一次次重复相同的事情真令人厌恶。起初商业局开始找麻烦。后来，煤层出现了断层。再往后，半便士掐脖矿的顶部非常松软，詹姆斯买不起圆木来支撑。总而言之，在他的女儿爱尔维娜大约二十七岁的时候，半便士掐脖矿倒闭了。詹姆斯拍卖掉了那些破机器后，回到家中，回到了昏暗朦胧的房子里——回到平纳加小姐和爱尔维娜身边。

这房子又狭小又阴暗。詹姆斯好像终于垮掉了。不过平纳加小姐劝他周五晚上再开商店。其余的日子，他急急忙忙地像影子那样穿过大街到保守俱乐部去，模样消沉。

第二章　爱尔维娜·霍顿的出台

　　本书的女主人公叫爱尔维娜·霍顿。我们在第一章中之所以没有提及她，是因为她在生命的最初二十五年中，实在是个微不足道的小人物。与其他人相比，她显得如此渺小，简直微不足道。在詹姆斯·霍顿命运的航船上，她和母亲只不过是徒有虚名的乘客。

　　在曼彻斯特商号里，每个人说话都压低嗓门，因此，从一开始，爱尔维娜便说话文静、优雅，几乎像个修女。她是个瘦削的女孩，四肢纤细，脸庞娇嫩，蓝灰色的大眼睛流露出几分讥诮之色。还在孩提时代，她就有了一双奇特的带讥嘲的眼睛，微微上翘，好像始终在嘲弄人。如果看上去如此，那么她自己却并未意识到，因为在弗罗斯特小姐的关怀下，她从未受过讥讽和嘲弄人的教育。弗罗斯特小姐坦率、性情温柔，办事挺认真。因此爱尔维娜，或者维娜，只懂得温文尔雅、直接和襟怀坦白。

　　曼彻斯特商号的优雅和弗罗斯特小姐的仁慈与保护，这两样东西究竟哪样对爱尔维娜影响更大，似乎很难说清。然而显而易见的是，爱尔维娜喜欢弗罗斯特小姐，或者说，人们相信她如此。

　　爱尔维娜从未上过学，她是从敬爱的家庭教师那里接受教育的，学弹钢琴，出去散步。至于社会活动，她去公理会教堂参加与教堂有关的宗教仪式。小时候，她每星期去一次教堂，去两次主日学校，偶尔去看看幻灯，花一便士借些图书阅读，这些当然都在弗罗斯特小姐相伴下进行。

　　长大后，她参加了教堂唱诗队，基督教致力会和联合王国政治研究会。每星期一晚上还去文学学会。教堂为她提供了所有的社交活动。在这个过程中，她接触了形形色色的人物，结交了朋友。有机会她还到乡村旅行，或到当地文艺场所进行短途游览。

　　每星期四晚上最为重要，她去预订的图书馆换取每周要读的图书。她在那里又能遇到一些朋友和熟人。在木屋镇这样的地方，很难过高地把教堂看作一个社交机构，尤其是一个小教堂。然而公理会确实给爱尔维娜提供了所有与外界接触的机会。离开这一点，爱尔维娜真要算一无所有了。她没有任何宗教信仰的倾向。也许她父亲的出

色祷告使她讨厌，所以对此她既不质疑，也不接受，只是听之任之。

爱尔维娜长大了，长成一个身材苗条的姑娘，仪表高雅，瘦长的脸蛋，精巧略拱的鼻子，美丽的蓝灰色大眼睛，带有讥诮神色的眼睑微微上翘，很奇特。可是她讥讽的本性暂时隐而不露。她完全是副小姐派头，感情冷漠，在街上行走时，她步履从容，姿势优雅，表情平淡；不过在谈话时，她出言快捷，有些匆忙，总是流露出素有教养的宁静和专注。她的声音像她父亲，温柔、灵活，具有奇特的吸引力。

然而有时她也会发出一阵激情的狂欢，不十分自然的语调变得奇怪，有些忧郁，又有些嘲弄。她父亲说话时也有傲慢和嘲弄的口气，因此在她女儿身上也流露出一种疯狂的嘲弄。这使弗罗斯特小姐深感不安。她看着爱尔维娜那奇特的、带有古怪表情的脸，看着她那带有讥诮神色的眼睑下奇怪地转动着的眼睛，这时她会觉得，在她所认识的人中，她喜欢的维娜最冷漠无情，令她觉得陌生、费解。二十年来，弗罗斯特小姐作为强大的保护人、家庭教师，一直在培养和照管她的小羊羔，她的小鸽子，到头来却看到羊羔张开了豺狼般的大口，鸽子发出穴鸟和喜鹊般的嘎嘎狂啼，还夹杂着奇异的嘲笑。每当此时，弗罗斯特小姐的心顿时就变得冰凉，她不敢承认这一现实。她不时地看管自己的被监护人，想回到爱尔维娜以往那种带冲动的感情、柔情与娴静，然而后来她又放弃了这一做法。她想这只不过是爱尔维娜本性的一种偶然的变态。弗罗斯特小姐言传身教，对爱尔维娜进行全面教育。爱尔维娜完全信奉自己所接受的教育。二十年来，她一直是家庭教师所期望的那种娴静、文雅的姑娘。可是，在她的眼睛深处却始终有一种奇怪的嘲弄之色，一种老谋深算、蓄意嘲弄的神色。不过她自己并未意识到这一点。但是这种眼神确实存在。也许正是因为这一点，所有的年轻男人见了她都要躲开。

爱尔维娜二十三岁了，看来命中注定要加入老处女们的行列，到教堂去寻找那毫无趣味的安慰了，因为她没有求婚者。说实在的，木屋镇与她同阶层的男人少得出奇。不管她现在的境况如何，她还有较好的家庭教育和内在修养。与她地位相等的男人对她来说不知怎么的都像是莽汉粗人。不知为什么，她那种老式的娴静越来越深奥，使木屋镇的人感到难以揣摩。为此，男人们都不喜欢她，不喜欢她上翘的眼睑。

弗罗斯特小姐看到了这一点，感到万分着急。她劝爱尔维娜收一些学生，教他们弹钢琴。可是，爱尔维娜对此毫无兴趣。她不是一个好教师，总是毫无准备，虽然尽心尽职，但态度冷淡，满不在乎。

她二十三岁那年，认识一个叫格雷厄姆的澳大利亚男人。此人一直在爱丁堡攻读医学学位。回澳大利亚之前，他来到木屋镇，跟着老福德姆医生出诊几个月。福德姆

医生和他母亲有些关系。

亚历山大·格雷厄姆给霍顿太太巡诊，但霍顿太太并不喜欢他，说格雷厄姆有点令人害怕。他中等个头，肤色黝黑，黑眼睛，身子似乎老是在衣服里扭动。这正是弗罗斯特小姐不能容忍的。她好像看到一口残忍的、结实的牙齿，声称这个男人血管里流的血是黑色的，是个不可信赖的男人。他永远不能使那一个女人幸福。

虽然如此，爱尔维娜却被他迷住了。他们俩老是坐在客厅里说笑，一谈就是几个小时。他们可以谈论些什么简直是个谜。然而他们谈啊笑啊，还不断地调情、献媚。弗罗斯特小姐对此简直不能容忍，她不停地来回踱步。

弗罗斯特小姐不在家时，小伙子总是跑进来。他设法在晚上同爱尔维娜见面，同她一起漫步。一天晚上，散步已久，他想与爱尔维娜亲热。但她所受的教育却使她不能接受。

"我不！"她说，"我们不过是朋友。"

他也知道，爱尔维娜所受的教育不允许这种行为。

"我们不只是朋友。"他说，"我们已超过了朋友关系。"

"我不认为如此。"她说。

"是这样的。"他坚持道，并企图伸出胳膊抱住她的腰。

"哦，不要这样。"她叫起来，"我们回家吧！"

他疯狂、强烈的爱忽然全都爆发出来，这使她激动，也使她有些反感。

她说："无论如何，我必须告诉弗罗斯特小姐。"

"对对，让我们马上订婚吧！"他马上回答。

他们走过路灯，他见她抬起头来，眼睛发光，娇小的鼻孔扩张，好像察觉到一场搏斗而暗自好笑。她好像带着某种骄傲的、毫不在乎的邪气在微笑，而他则由于欲望的煎熬而浑身颤抖。

他们就这样订婚了。他送给她一只戒指，一块小金刚石上嵌着一颗绿宝石。弗罗斯特小姐神情庄重、沉默，但是没有公开表示反对。爱尔维娜坚持问她："你喜欢他，是吗？你并不讨厌他，是吧！""我不讨厌他，"弗罗斯特小姐说，"我怎么会讨厌他呢？他对我完全是个陌生人！"

对于这一点，爱尔维娜暗暗感到满足。父亲对这个小伙子时而讨好，时而愚蠢地表示敌意和妒忌。母亲只是叹气，服镇静剂。

实际上，爱尔维娜自己对于小伙子的调情也有些反感。她觉得他迷人，但又有些令人讨厌。她自己也闹不清楚，是讨厌这种可恨的行为，还是为此感到自豪和得意。

她仍持那种狡黠的、半是嘲讽的不在乎态度。弗罗斯特对此感到伤心。不过她这种态度却使那个黑小伙子兴奋异常。这是一个文雅、纯洁的少女所具有的一种奇特神气——古怪的邪恶！她的声音具有一种难以理解的、有如青铜器皿般的回振，直冲听话人的神经，令大多数英国人的神经承受不了，但她对于那个动情的小伙子，人们叫他黑小子的，却截然不同。对于他，这声音就像燃烧的火一样。

然而，他在英国只停留六周，然后就要回悉尼了。他建议在回悉尼以前和爱尔维娜完婚。弗罗斯特小姐不同意，说他必须先回去同家人商量。

时间转眼过去了，他走了，爱尔维娜十分思念他，思念他给她所带来的极端兴奋。弗罗斯特小姐开始对爱尔维娜恢复了控制，企图去除姑娘脸上那种狡黠的、讥讽得几乎卑劣的神气，这是情感战胜淫荡的问题。弗罗斯特小姐总是试图唤回爱尔维娜的爱心——这种爱自然不是那个男人所能占有的。这是弗罗斯特为自己设计的一个艰难的任务，也是一个令人焦虑的艰苦战役。

但是最终，弗罗斯特取胜了。爱尔维娜似乎开始趋于平和，眼神中那种毫不妥协的神气开始转向温和，逐渐变成一种娴静和温柔。小伙子的影响已经消失，她身上只留下冷漠、空虚和不安。

她理应在三个月后随小伙子去悉尼。她收到了他在途中写来的几封信和一份来自澳大利亚的海底电缆电报，得悉他已平安抵达。她应该准备自己的嫁妆，然后去澳大利亚。可是由于感情的变化，她又犹豫不决了，不知如何是好。

"亲爱的，你爱他吗？"弗罗斯特小姐用加重的口吻问道，严肃地皱起了她那浓密的、热情的眉头。"关键问题是你是否真正爱他？"

她这样问是意指爱尔维娜并不爱他，也不会爱他——因为弗罗斯特不会爱他。爱尔维娜抬起那双蓝色的大眼睛，有些慌乱地看着自己的家庭教师，半是温柔，半是自己觉察不到的讥讽。"我真的不知道。"她慌乱地说，"我真的不知道。"弗罗斯特小姐细细地注视了她一会儿，意味深长地说了一声："好吧！"

对于弗罗斯特小姐来说，一切都一清二楚。但是对爱尔维娜却并非如此。在她头脑清醒的时候，她清楚地感觉到，自己当然并不爱那个小伙子，她感到他是可怕的外人，老实说还有些卑微低贱。她自己也感到奇怪，他怎么会对自己产生吸引力？她实在弄不明白。她丝毫也不想念他，仿佛他根本不存在。她手指上的方形绿宝石几乎毫无意义。对此她深信不疑。

最令人生气的是，她感情的反复竟有如天壤之别。清楚如白昼的状态消失了，就像白天必然要消失那样。她感到自己置身在黑夜中，那个小伙子又隐隐出现，渐渐变大，大得可怕，其影响之强，魅力之神，令人不可思议。而弗罗斯特小姐则缩小了，消失了。这时她急于希望自己能像海底电报一样飞向澳大利亚。她感到这是唯一的出路。她觉得，这个男人在大洋彼岸隐蔽地、热烈地拥抱着她，他渐渐战胜了她，包围了她。她感到自己神不守舍，几乎要发疯了，因为她不能行动。

母亲和弗罗斯特小姐观点一致，立场坚定。父亲说："当然，你可以做出自己认为最好的行动，去这么远要冒很大的风险——巨大的冒险。你将会得不到任何人的保护。"

爱尔维娜任性地说："我不介意这些。"

"那是因为你不懂这将意味着什么。"父亲答道。

父亲快速地看了她一眼，也许他比别人更理解自己的女儿。

谈到亚历山大·格雷厄姆，平纳加小姐说："就我个人来说，我不喜欢他。然而，青菜萝卜，各人所好。"

爱尔维娜感到自己被屈服了。她也任其自然，因为这样，她感到有所安慰，似乎自己依偎在木屋镇熟悉的保护之中，而另一个未来则使她感到陌生，感到恐惧。

现在弗罗斯特小姐的态度十分明显。

"我感到你并不爱他，亲爱的，我几乎敢肯定你不爱他。现在你必须选择，你母亲担心你会离开她——她非常担心。我敢肯定，你走了以后就再也见不到她了。她说她不能容忍——想到你将和亚历山大在一起，她就不能忍受。她浑身颤抖，痛苦极了。你应该知道，所以你必须选择，亲爱的。你应该做出最佳的选择。"

由于压力，爱尔维娜变得非常固执。她自己开始完全相信，她并不爱那个男人，根本不爱她。但是出于某种任性，她又想离开家乡。

格雷厄姆又来信了，一封是他父母给爱尔维娜的，另一封是给爱尔维娜双亲的。一切似乎都直接——不说非常热诚，也已足够热诚了。面对格雷厄姆的来信，弗罗斯特小姐流下了辛酸的眼泪。信中加了惊叹号的甜言蜜语对弗罗斯特小姐来说是那样地浅薄，那样地无情。这个男人似乎对爱尔维娜本人毫不体恤，毫无感情。他所希望的只是让爱尔维娜尽快去他那儿。他根本对爱尔维娜要和英国家人、朋友分别的悲痛只字不提。没有一句体贴之言，只是催促爱尔维娜赶快动身。最后的结束语是："亲爱的，从现在起，我将盼望你，直到在悉尼见到你，我才会安心。——永远爱你的——亚历山大。"多么自私、淫荡的家伙。如果爱尔维娜不去那里，他三个月后就会把可爱的爱尔维娜忘得一干二净。如果爱尔维娜去了，不出半年他就会将她抛弃在一边。也许弗罗斯特小姐说得对。

爱尔维娜知道，周围的人在为她流泪。她上楼看看那小伙子的照片——这是一张浅黑色的、冷傲的脸。"他究竟是个什么样的人呢？"她并不了解他。她冷静地看着照片上的他，觉得他讨厌。

她来到家庭教师的房间，发现弗罗斯特小姐正处于奇怪的惊惶状态之中。"不要相信我，亲爱的，不要相信我说的话。"可怜的弗罗斯特小姐突然惊慌地喊着，有点失去自控。"不要相信我说的话，亲爱的。为你自己想吧！完全为自己做出选择吧！我知道，我想阻挠你是不对的。我知道我错了。我这样做是错误的、愚蠢的。亲爱的，为你自己考虑吧！其他的不要管它！其余的不要紧！不要把我的话放在心上。我明白我错了。"爱尔维娜有生以来第一次发现自己敬爱的家庭教师如此慌张。她美丽的白发看上去有些凌乱，金丝边眼镜后深深下陷的近视眼本来十分安静，现在却变得迷惑不安、慌张。爱尔维娜的眼泪一涌而出，她扑倒在弗罗斯特小姐怀里。弗罗斯特小姐忍不住哭了，仿佛肝肠寸断，发出奇怪的、极度悲痛的抽泣声。这是个具有爱心的女人极度悲痛的哭泣，她一直对爱尔维娜牵肠挂肚。爱尔维娜平静下来，转眼之间，她似乎成了两人中的长者：这个五十二岁的女人精神终于崩溃了。由于她大动感情，这个二十三岁的姑娘反倒沉默了，她唤起了自己热烈的柔情。弗罗斯特小姐这个老女人可怕的哭泣——"现在不可能了，不可能了——已经太晚了！"——在爱尔维娜的耳际回响，使这姑娘有了一种深深的理解。她知道，母亲临终的呼喊也将是这样。结过婚和未结婚的都一个样——过了五十都要经受这同样的痛苦——这是不肯俯就、不肯屈从的损失。

爱尔维娜为自己的年轻觉得强壮和充实。对她来说还并不晚，但对弗罗斯特小姐来说则永远太晚了。她对弗罗斯特小姐说："亲爱的，我不想走。我知道我不喜欢他。他对我来说无足轻重。"

弗罗斯特小姐渐渐安静下来。她转过脸来，屋里一阵安静。爱尔维娜说明自己解除婚约的计划后，母亲一边吻她，一边哭了起来，并以一个病人的自私心理说："我不能离开你，我们不能分开。"

父亲说："我认为你很理智，爱尔维娜。对此我已想过许多了。"

所以，爱尔维娜把格雷厄姆的戒指、信件及小礼品包起来，寄回了澳大利亚。她轻松了，好像从一场难堪的苦难折磨中逃脱出来。以后一些日子，她快活地四处走动，完全解脱了。她爱每一个人。对每个人，她都表现得那么可爱、快活、文雅。尤其对弗罗斯特小姐，她的爱更是深沉、亲切、热烈。弗罗斯特小姐仿佛失去了部分的自信心，转为若有所思、沉默寡言、态度疏远。她似乎发现自己忙忙碌碌的生活是一种重

误入歧途的女人

负。也许她老了，也许她骄傲的心已经让步了，退却了。

爱尔维娜依旧保留着小伙子的一张小照。她经常去看上一眼。爱吗？——不！不是爱情！那仍然是某种更原始的感情，她只是感到好奇，感到一种剧烈燃烧的深深的好奇。她反复看着照片上那张看上去似乎流露着傲然神色的脸，一种讥讽之色在她双目中闪现。不过她仍然看着照片。

她也用同样的神情观察着木屋镇的小伙子们的脸。但她从未在他们的脸上找到照片上所发现的东西。相比之下，他们看上去似乎就像一张白纸。木屋镇青年男人脸上有种令人不可思议的暗淡表情。如果说有某种引起联想的内在力量，那就是可怜或羞辱，非常卑微、粗俗。他们不是空虚就是粗俗。

第三章 产科护士

诚然，爱尔维娜让每个人都为她的顺从和温柔付出了代价。可是一个月之后，她便再也无法忍受了。

"我不能呆在这儿度过自己的一生，"她声明道，一面举目前望。看到她这副神色，曼彻斯特商号的其他人好不恼火。"我知道我不能呆下去了。我受不了，简直无法忍受。这种生活到此结束了。我无法忍受，我告诉你们。我无法忍受。我现在被活活地埋葬了——简直是活埋。我受不了，真的。"

她的声音中有一种奇特的铿锵之声，就像在对所有的人进行奚落，进行审判。

"但是，亲爱的，你想干什么呢？"弗罗斯特小姐问道，她焦虑不安地又皱起了黑眉毛。

"我要离开这个地方。"爱尔维娜直言相告。

弗罗斯特小姐伸出右手，悄悄做了个无可奈何又很不耐烦的手势，很独特，爱尔维娜几乎要笑出声来。

"但你要到哪里去呢？"弗罗斯特小姐问。

"我不知道，我不管。"爱尔维娜说，"什么地方都行，只要不在木屋镇。"

平纳加小姐插说："你是希望到澳大利亚去，是吗？"

"不，我没有去澳大利亚并不后悔！"爱尔维娜粗鲁地一笑，反驳道，"除木屋镇外，澳大利亚也并不是唯一可去的地方。"

平纳加小姐自然生气了，但是，爱尔维娜表现出来的这种令人不可思议的蛮横态度却是从她父亲那里遗传来的。

弗罗斯特小姐焦虑不安地说："亲爱的，你应该明白，如果你知道自己要干什么，那么选择起来就比较容易了。"

"我要当护士。"爱尔维娜突然说。

爱尔维娜的确只是随口而出，她从未想过要当一名护士——这种想法从未进入她的脑子。即使有过，她当然也决不会身体力行。但是她曾经听亚历山大说过这个护士长，那个护士短，所以突然说出这句话，既然话已出口，她也不准备收回了。像三思后而行的这种事是没有的。"护士！"弗罗斯特小姐重复了一遍。"但是，你认为你适合护士吗？你认为你能忍受得了吗？"

爱尔维娜反驳道："是的，我肯定受得了。我要做个产科护士——"她奇怪地甚至有些专制地看着家庭教师。"我要当一名产科护士。这样我可以不用参加开刀做手术了。"她立刻笑了一声。

弗罗斯特小姐的右手像一只受伤的鸟那样摆动着，使人联想起上音乐课时，她坐在钢琴前，紧挨着学生，不停地打拍子的样子。然而现在的摆动毫无节奏，也没有理由。爱尔维娜刻薄地笑起来。

可怜的弗罗斯特小姐说："你怎么会想到这样的主意呢？"

"我不知道。"爱尔维娜说，显得更加狡猾，更加高兴。

"当然，你不是当真的，亲爱的。"弗罗斯特小姐说，她胆怯了。

"当然是当真的。我不当真为什么要说呢？"

看到爱尔维娜狡黠、残酷、闪闪发光的挑战目光，弗罗斯特只想不管了。

"那么我们必须考虑这件事了。"她麻木地说道，然后就走了。

爱尔维娜径直回自己的房间，坐在窗户旁，看着下面的街道。她脸上仍挂着快活、狡猾的神色，可心里却痛苦异常，直想哭，想扑到心爱的人的怀抱中。然而她不能。为了自己的一生，她不能这样做。她坐在那里，心里像揣了小精灵，一直狡黠地笑着。

她感到惊奇的是，这小精灵在她心中从容不迫地呆了一天又一天。爱尔维娜每时每刻都期望着它能离开，每时每刻都想瘫软下来。痛哭一场，恢复温柔的情感，与大家言归于好。可是她没有退却，仍然坚持己见。人们都在等着爱尔维娜恢复过去的模样。但是现在的爱尔维娜犟头倔脑，毫不让步。她找到了一份《锐尖窗》杂志，看到一则广告说，伊斯林顿一家疗养院可以为产科护士提供六个月的全面培训，学费为六十金币。爱尔维娜宣布了她要离开木屋镇去疗养院的计划。她自己有二百英镑，是祖父留给她的。

曼彻斯特商号的人感到吃惊——这次不是因为悲伤，而是因为惊奇，她似乎草率地走出了令人可憎的一步。这一步很草率。爱尔维娜违背常情地走了这令人费解的一步。她一定早有打算。霍顿太太态度冷淡，沉默不语，好像什么也听不进去了，仿佛此事与她无关。她一蹶不振，变得非常虚弱。平纳加小姐倒说："真是的，要是爱尔维娜想这样做，那就不妨让她试试。"和往常一样，平纳加小姐的话语中包含着一种含蓄的威胁。

"产科护士！"詹姆斯·霍顿说，"产科护士！你讲的产科护士到底是什么意思？"

"接受培训的助产士。"平纳加简单地回答。"就是那么个意思，不是吗？据我所看就是这样，接受培训的助产士。"

"是的。是那么回事。"爱尔维娜快活地说。

"但是……"詹姆斯结结巴巴的，把眼镜推上额头，稀少细长的头发已经遮不住秃顶。"我不理解一个受过良好教育的姑娘居然要选择这样一个……这样一个……职业。我简直不明白。"

"你不明白吗？"爱尔维娜仍然快活地说。

"那，好吧，如果她选择了……"平纳加小姐含糊其辞地说。

弗罗斯特小姐几乎没有表态。但是她私下和福特姆医生进行了一次认真的交谈。福特姆也不赞成，他当然不赞成——不过，他也看不出这样做有什么害处。当时，如果姑娘在某方面的期待遭受失败，那么选择护士这一职业也是暂时的！因此调查结束了，调查结束了。终于，爱尔维娜准备去伊斯林顿受训六个月了，大家都忙了一阵子，为她准备护士服装，而不是嫁妆。护士制服是蓝白色条纹图案服，外加白色的大围裙，很好看。一项相当入时的镶有蓝丝绸飘带的蓝色丝绸护士帽，不是橘黄色的花环。

真是好极了妙极了！出发的日子越来越近，爱尔维娜估计自己到时候会害怕的。谁知她一点也没害怕。弗罗斯特小姐仔细地打量着她。过去那个娴静、温柔、敏感、羞怯的爱尔维娜——那个相当敏感、胆怯的可爱姑娘还会出现吗？尽管看起来可能令人吃惊，但是不，这样的爱尔维娜不会再现了。

爱尔维娜一切准备就绪，感到很开心。她的声音仍有那种狂欢的铿锵声，像在嘲笑人。她轻松活泼地吻别了每一个人，勇敢地出发了。

她跑到圣潘克拉斯大街，叫了辆出租车，向她的目的地驰去——她在车上透过窗看着伊斯林顿。到处可以看到破烂不堪的石头街道，面目狰狞，还有空旷凄惨的广场。灰色，灰色，一片灰色，远比木屋镇灰暗昏沉得多。这里极端肮脏，令人厌恶！但爱尔维娜没有感到厌恶和伤心，只是快活地看着这一切。她感到自己的箱子在车顶辘辘地滚动，然而她仍然看着这遭到严重损毁的凋零破碎的伊斯林顿，她依旧快活地笑着，似乎这地方还有那么些诱人之处。可能对她来说，其中确有诱人的地方。或许这一切对她怀中的小精灵来说是一帖兴奋剂。如果爱尔维娜看到这里二月份的鹅毛大雪、浆果、紫杉、树篱和乡村农舍的窗户，她也许早就却步抽身了。然而眼下她只是兴奋地看着这一切。她透过没有挂窗帘的窗户，看见里边的人在肮脏的房间里踱步，好像不知道污秽似的。她闻到了烤鲱鱼的焦味。如此粗俗，难以形容的粗俗！她讨厌烤鲱鱼，

因为这东西吃在嘴里有一种毛躁不快的感觉。但是现在闻到鲱鱼味，知道自己到了"便士牛排区"，她有一种非同一般的快活感。

车子在广场角落一所黄房子前停下，几棵光秃秃的大树干上贴着斑驳的棕黄色破纸。高大的树的围栏内乱糟糟的，到处是碎纸和垃圾。

她登上几级肮脏的黄色台阶，按响了"病区"的门铃。她知道，她不应按"商人办公室"的门铃。一个干净的、然而毫无诱人之处的仆人开了门，把她引进了漆成淡褐色的厅堂。光秃秃的地板上铺着可可色垫子。然后她上楼，在一间屋里见到一位脸色灰白、矮胖、粗俗的女人，脸上长着两个肉赘，正在喝茶，那时正三点。她是女总管。她很快给爱尔维娜安排了一间卧室，房间还不算小，但空旷、冰冷，到处是灰。屋里只剩下她一个人。爱尔维娜在椅子上坐下，看着对面自己的箱子，看着这毫不诱人的房间，兀自笑了。

然后她站起身走到窗边，窗户很脏。她看见一块空地上有一只深坑，边上还排列了几个坑，正对面是一排坚实的后房，铁梯子，可怕的小门，洗涤的衣服和小的厕所。人们像寄生虫似的爬进爬出。爱尔维娜微微发抖了，但还在笑。然后她慢慢摘下帽子，放在褐色的五斗橱上。

这时，仆人端着一只盘子进来，放在桌子，点起一个无罩的煤气灯，气煤发出了令人昏沉的响声。仆人拉下了噼啪作响的墨绿色百叶窗，百叶窗看上去随时可能弹回天花板。

爱尔维娜道了声"谢谢"，仆人就离开了。

然后霍顿小姐开始喝红茶，吃面包和麦淇淋。

当然，许多小说已经对其女主人公的这种环境进行过描述，所以在此就不必细谈爱尔维娜在伊斯林顿六个月的详情了。

尽管食品不对胃口，但爱尔维娜倒胖了。空气是肮脏的，可她的面色比以往任何时候更温柔、更红润，皮肤更柔软。她的同伴个个都粗俗、卑劣——而她同她们的相处比以往与同龄人或年长人相处要好。她喜欢同她们交谈，虽然她还不敢有下流言行。不过她有一种惊人的本领，只要转动眼珠，用某种方式扬扬眉毛，不用说话就能表示出一种卑俗——哦，这对她的同伴就足够了。不过，如果她们真要她讲什么下流故事，或做出公开的庸俗行为的话，她就无所适从了。

她过得很快活，出奇地快活。她也不在意这些护士们多么粗俗和讨厌——她做出一副架势，好像和所有的人都能和睦共处。一切都易如反掌，她摆动臀部，挤眉弄眼，一点都不比别人差。她们也确实把爱尔维娜当作她们中的一员。然而，由于女人特有的冷漠、老练和圆滑，她们个个都不管她，随她一个人去，根本不把她放在心上。

说来令人难以置信，这阶段爱尔维娜竟会变得如此焕发和活跃。她什么也不奇怪，什么也不担心，随时可以发出那护士的笑声和嘲弄，令人不可忍受。她的拿手好戏是说下流的双关语，或给人一个白眼，这一点谁都望尘莫及。这些她两周内就会了。她从来没有这样活跃、振奋和精神高涨，对她来说，似乎没有时间来思考，或者想想一些事情。她太忙了，每分钟都充满生气。她上床就睡，一觉醒来已经天光大亮。起床穿戴完毕后，就要接待、答复问题、谈话、处理事务。时间就像特快列车那样流逝——她似乎只知道这样去生活。

不远处有一家产妇医院，这是个可怕的地方。她得到那儿去帮助处理一些病例，去学习讲座或示范，和医生、学生见面。从某方面来说，这些医生和学生们是一些机灵的人。爱尔维娜发胖了，脸色红润，开始活跃起来。这时她和她们几乎毫无两样，她说话与她们惟妙惟肖，眼睛的转动一模一样，臀部的扭动如出一辙。她似乎已经成为她们一类人了。然而她并不是。

说她没有受到震动是不对的。事实上她大受震惊。她目前的整个状态也许主要是因为震惊的结果，是一种歇斯底里的装腔作势。她在产妇医院耳濡目染了可怕的事情后，印象日益加深，她的幼稚天真也就一去不复返了。现实生活中的人间地狱要比弗罗斯特小姐所知道的地狱更加痛苦百倍。弗罗斯特小姐自己并未经历过，她又何尝能知道呢？她自然不知道这种人类兽性的地狱，不知道这种人类肉体的痉挛，不知道人类社会这种牲畜的卑鄙和堕落。

爱尔维娜在受训的下半阶段，还去贫民区出诊。这种病例！她看见一个女人倒在污秽光裸的地板上，身上盖了几件旧衣服。尽管有卫生监察员，小虫子却四处乱爬。但是，受害者本人，即这个女人自己又在乎什么呢？她咬紧牙关，因疼痛而尖叫。在平静的时候，她笨拙地僵卧着，或诅咒几声。卑鄙、愚蠢的麻木是所有这一切的源泉！她们对任何事物都表现出一种卑鄙、兽性般的淡漠。这只不过是一具器官还在运转的女性肉体罢了。

爱尔维娜上门出诊，就收取一些费用。她自己可以要一小部分，其余的都得上缴疗养院。这是合同上的规定。她毫无怜悯地收取这些人不情愿地掏出来的费用。如果他们不给，她就威胁，强索。哈！——如果你不要他们付钱的话，这些贫民就会看不起你，她像你不如他们中的一员。这是爱尔维娜最难学的一课——即是说，学会在他们的陋屋里欺侮他们，使他们服从自己的命令。在她光临时，要他们对自己表示尊敬。她竭尽全力学会了这一点。

一个星期以后，爱尔维娜对待这些人就像他们对待自己一样，冷漠无情，毫不同情。这样，她的工作干得很不错。其实她并不恨他们。他们有自己的生活。你得用他们的方式去看待他们的价值。还有什么呢？如果应该表现得文雅，那就文雅一些，这一点并不困难。困难的是要做到十分冷酷、粗野，这就伤脑筋了。要她做到足够冷酷无情是要做很大努力的。如果允许她平静地看病，对病人温柔体贴，那她会高兴的。可是，呸——这不是他们的看法。他们要你冷酷无情。如果你不这样做，他们就认为你是傻瓜，就会跟你捣蛋。

此时的爱尔维娜是不是她的本来面目呢？一个重大问题摆在了我们面前。什么是人的本来面目呢？当然不是我们认为自己是什么或应该是什么面目。爱尔维娜所受的教育使她将自己看作一个娇美、温柔、高雅的女性，具有无私、纯洁和高尚的思想。在她那多少已被消耗的部分，她是这样的。但是就詹姆斯·霍顿而言，高尚思想已真正达到不仅可悲而且是枯燥乏味的地步，违反人性，令人反感，与唐吉诃德的讨厌行为类似。在爱尔维娜身上，高尚思想已越过了崩溃点。作为一个性格颇为灵活的女子，世世代代养成了灵活、细腻的坚定，她自然会有进有退。她的高尚思想虽有收缩，但能否因此就说她背叛了高尚思想呢？

我们认为不能。如果把一个便士的正面头像反转过来，看着反面这并不等于我们背叛和否定了正面。这样做不过是对它进行调整，使之完善。高尚思想也一样，那不过是奖牌的一面——戴着王冠的反面。正面，那三条柔软的腿仍在踢转着地球，海豚还是大抛媚眼，螃蟹仍在斜眼横视。

因此，爱尔维娜翻转了她的奖牌，奖牌反面向上。是正面还是反面呢？世世代代来一直是正面，然后又是反面。这就是理想和赏罚。

现在，爱尔维娜等待命运的判决。或者说，作为一个女人，她没有做出任何决定。她本身就是命运。她像另一个那样经历了这六个月的培训。每个人都说她变了。复活节时，她戴着帽子和斗篷回家，家里人都吃惊。他们想象弱不禁风的小姐，如今居然完全成了一个脸色红润、高大强壮、充满活力的胖姑娘。母亲大吃一惊，几乎咽气："哎哟，爱尔维娜，亲爱的。"

爱尔维娜笑了，知道他们现在的想法。

"至少，这样对你的健康有利。"父亲嘲笑道。

"大大地有利。"平纳加小姐接口道。

弗罗斯特第一天没说什么。第二天早饭时，爱尔维娜狼吞虎咽，饱吃了一顿。这时白发的弗罗斯特小姐带着冷冷的轻蔑，平静地说："亲爱的，你的变化真大呀！"爱尔维娜笑道："是吗？哦，恐怕未必吧！"她眼中又露出了狡黠的神气，弗罗斯特小姐不寒而栗。

弗罗斯特小姐内心在发抖。她尽量不问爱尔维娜问题。爱尔维娜总是说到医生、杨医生、赫德利医生、詹姆斯医生，述说同男人进出戏院和音乐厅的事，和他们一起经历的美妙的时光。她蓝灰色的眼睛似乎变得更加坚定、更灰，但也更加明亮。在她若有所思的柔情和怜悯中，她的眼睛变得深蓝，美丽极了。当她炫耀时，狡猾的眼睛明亮、呈淡灰色。那种深沉、娴静、花儿似的蓝色永远不会再出现了。她的眼睛明亮、清澈透明，就像被仙女偷换掉的丑娃娃的眼睛。

弗罗斯特小姐在发抖，感到害怕，不想提问。但是她要问，她必须问她："爱尔维娜，你是否对这些男人做了背叛自己的事情？"但是她的心已冷，不想再问问题——甚至不想认真对此进行细想。目前，她不想去思考这些问题：她已经够吃惊的了。

当然，爱尔维娜把这些青年医生说得非常友好，不过也相当放荡。"我说，对于他们，你得提高警惕！"很难想象，这样一位娴静的姑娘竟会说出这样一番话，并且是在自己的家里，以夸张的笑声说出来的。这会引起像弗罗斯特小姐这样贞洁、大度的人作何想法呢——她根本不去做任何感想，她有这种力量。她丝毫也不准备去回答自己的问题，爱尔维娜是否对这些年轻医生做了背叛自己的事？问题依然存在，答复却没有。客观地等待回答吧，只有在车站和爱尔维娜吻别时，她才流下了眼泪，并用很低的声音匆匆地说："记住，亲爱的，我们将为你祝福。"

"别，别这样。"爱尔维娜言不由衷地喊道，不知道自己在说些什么。

火车起动了，爱尔维娜望着心爱的人站在月台上，金丝眼镜后是苍白、端正的脸，若有所思地看着她。弗罗斯特小姐穿着大衣和深紫色裙子，坚定有力的身影凝然不动地站着，折帽下银丝缕缕。爱尔维娜扑倒在车厢的椅子上。她爱自己心爱的家庭教师，她将永远爱她。爱尔维娜明白，敬爱的弗罗斯特小姐是完全正确的，她一直是正确。然而，这种正确已经结束。还有其他的正确。事情还有它的另外一面，纯洁、高尚——美丽——难以忍受的专横——美丽，但难以容忍的弗罗斯特小姐的武断！弗罗斯特小姐该进坟墓了。这朵完美无缺的花该进入永恒了。可爱的仙女。可是她对其他事物是个障碍，对其他正含苞待放的紫红色花朵是个障碍。她是一朵可爱的火绒草——是该进入永恒了。深紫色和大红的银莲花花开正盛，红如美少年的鲜血，而一枝枝新生的兰花已如遍地星火，十分奇怪。弗罗斯特小姐该进坟墓了。爱尔维娜，这个举世最爱她的姑娘，怀着海枯石烂的爱心认识到，现在是把她心爱的人包起来，非常小心、非常温柔地送入永恒的时候了。死神正忙于她的后事。弗罗斯特小姐该进坟墓了。火

车从木屋镇驰向提布谢尔，爱尔维娜一动不动地坐在车厢里，这个想法逐渐在她心头生根下来。

回到伊斯林顿，回到这禁锢人的极其令人厌恶的病例中，爱尔维娜很高兴，她认识的医生都向她打招呼。总的来说，这些年轻人对护士不太尊重。为什么要在尊重的问题上纠缠不清呢？人类的分工已经十分明确，用不着大惊小怪。于是医生们用手臂搂住爱尔维娜的腰肢，因为她很丰满；他们吻她，因为她皮肤柔软。她笑着，轻轻扭动身子，这样，在他们手臂的压力下，他们更能感到她的温暖和柔软。

"你知道，这没用。"她说，笑得喘不过气来，同时又用一种难以理解的反抗神色坚决地看着他们的眼睛。这只能引起他们的好奇。

他们问："什么没用？"

她微微摇摇头："这样对我毫无用处。"她的挑战口吻仍然那样坚定、鲜明，断然将他们拒之门外。

"你说谁呀？"他们讲。

因为爱尔维娜不阻挡他们对她这样。她几乎鼓励他们这样做。她笑着，抬起眼睛挑逗着，然而她更加坚定地鼓足了勇气。尽管她还是柔情脉脉、轻快活泼，但一分钟也未放弃自己的勇气。她不能这样。她不得不承认自己喜欢这些医生。他们机灵，脸庞干净，快乐，经常在处理危急病例的空余时间，在空荡荡的实验室和走廊里吻她，或者同她拉拉扯扯。她喜欢他们和自己之间的那种亲密；她喜欢他们勾住她腰肢的手臂；她喜欢她把脸扭到后面、往旁边挣脱、不顾一切地挣扎时，他们对她的吻。他们对她大胆放肆，肆无忌惮。有时，在争斗中，她的血液往上涌。她觉得自己的手能够撕碎任何男人，任何男性生物，使他们四分五裂。一种超人的电力充满了她。霎时，她浑身充满巨大的女性的狂野之力。这时男人们总是惧畏。当他们感到害怕时，她又总是轻轻地抚摸他们，对他们怜悯了。所以她始终和他们是朋友。当她的悍妇气概消失时，她又是一个十足的女人了，羞怯地对他们挤眉弄眼，用女人对男人的必然手段款待他们。

男人们喜欢她。当她忽视他们时，他们就斜起眼角看她，对她感到惊叹。他们全都拜倒在她的石榴裙下，只不过他们并不知道这一点。看到她，就好像看到了女人，而不是爱尔维娜本人。他们都注意到她耳朵上打旋的棕色头发，十分高雅、尊贵，但也十分好斗。她频繁的亲昵行为中带有疏远冷淡的性质，不过毫无傲气。她在争斗中付出了一些代价，但又胜利。这些正是男人们所竭力追求的。

男人和她在一起时，感到很安全，因为他们知道她不会让他们失望。她不会哄骗他们，企图与他们结婚，或是利用他们。她对他们无所谓。正因为她在争斗中保持独立、非常自信，并有一股疯狂的压倒一切的勇气，他们都愿意侍候她，为她服务。

赫德利特别希望能拥有她。此人体格健壮，长着一头黄中带红的头发和一张好斗的脸。他的战斗情绪真的被引发了。他衷心地喜欢女人。如果他能征服爱尔维娜，他会发疯似的向她求婚的。

对于赫德利医生，爱尔维娜鼓起了所有的勇气。她一分钟也没有放松警惕，因为他很狡猾。对于他背信弃义的突然袭击必须予以电流般的反抗和回击。

这真令人不可思议。当男人坚定的手第一次背信弃义地抚摸她时，这个女人柔软酣睡的身体可以一跃而起，成为一种可怕的、压倒一切的力量。这是一种奇异的压倒一切的力量。男人的力量与她不同。男人的力量迅速、强大、巧妙，而她的力量深沉、爆发猛烈，犹如山崩地裂或莽牛一般从地面一跃而起。凭着这种纯粹是非人的力量，这种令人震惊的、惊心动魄的力量，她能战胜那个红头发家伙。

他几乎同她旗鼓相当。但是她不喜他，两个人视若仇敌，却又老打交道。他们多少是平手的。不过他发现自己屡屡失败，不由得怒火中烧，像头狗熊那样大发牢骚。此后她就躲避他了。

爱尔维娜真的非常喜欢杨和詹姆斯。詹姆斯是个伶俐、颀长、黑头发的家伙，彬彬有礼。他总想用自己的灵敏来赢得爱尔维娜的欢心。她欣赏他漂亮细长的四肢和过分的慷慨大方，他请她出去吃贵得可笑的晚餐，送给她非常精美的糖果和鲜花。他总是穿着很讲究，无可挑剔。

"当然，说到小姐和护士，"他对她说，"你是集两者于一身。"

但是他的智慧并没有给她留下多少印象。

她最欣赏的是杨医生。他是个壮实的年轻人，中等身材，长着一双小男孩似的蓝眼睛，善解人意，特别知道女人的心意。奇怪的是这些孩子般的男人竟对异性的知识了如指掌，简直了解得有些反常。至于行动嘛，杨的表现当然是清白无邪的。然而，他已经开始秃顶了。

作为一个医生，杨也与她调情。她是一个护士，高兴他这样。他抚摸她，吻她，但从不引起她的反抗。因为他的抚摸近乎一小男孩的抚摸。几乎使她酥软。要不是他们之间并不存在顺从不顺从的问题的话，爱尔维娜几乎会同意他的。他会用双手拥抱他，像哄小天使那样哄骗他，勾引他，使他的名声下降。虽然她想这样干，但是她固执、倔强的骨气却阻拦她这样做。她不能让自己随心所欲。她内在的不可改变的命运决定了她的结局。

有时，她暗想，不知道自己是否要保持贞洁。是否值得她这样做呢？不管怎样，她自己是否在乎这一点呢？她又是否轻视这一点呢？她认为思想上的犯罪和行动上的犯罪一样可恶。如果思想就是行动，她的行为是否同许诺一致呢？她真希望彻底付托自己。她真希望自己经历全部过程。

诡辩和期望对她来说都无益。她仍然形单影只，身上依旧保持着那种使她玉洁冰清的气质。她的培训期已经结束，要回到木屋镇原先的那种童贞中去了。她似乎感到自己失败了。为什么呢？谁知道。她只是感到自己失败了，注定要恢复原来的面貌。命运对她和她的欲望来说有着不可抗拒的强大力量。这个命运与外界力量无关，完全是她本性的一个必要组成部分。她本身的那种不可理解的性格就是她的命运，这命运与她的意愿背道而驰，叫人好不伤心。

八月，她穿着护士服回家。她被命运击倒了，只有贞洁和童贞尚在。不过她怀着巨大的物质希望重归家园。詹姆斯·霍顿的女儿回来了，她有一个富有的前程。她是个完全合格的产科护士，将能轻而易举地将这个地区的婴儿带到人世，马到成功。她的收费标准是每例两个金币。每月就算十例，她就有二十金币的进项。对于有钱人，她可收三至五个金币。照此计算，她一年可顺顺当当地收入三百金币，而且也不用像奴隶那样苦干。她将独立于世，可以当着任何人的面高笑。

就这样她得意地回到木屋镇，想遇到自己的好运。

第四章　两个女人之死

然而，爱尔维娜并没有因为当了产科护士而发财。作为霍顿的女儿，我们几乎能想到，她赚不到一个子儿。但是，她确实赚了点钱——只有几个便士。她仅仅出了四次诊，就结束了这段护士生涯。

理由很明显，木屋镇有谁愿意为分娩花两个金币去请护士呢？即使有人愿意掏腰包，可是谁会请爱尔维娜呢？他们认为，她毕竟是霍顿小姐，是个小姐。他们不能想象她是霍顿护士。另外，在这种技术问题上请自己认识的人很不合适。他们宁愿要一个助产士，或者通过医生请一个不认识的护士。

只要爱尔维娜要赚钱——甚至想以此为生，她应该到异地他乡去。认识她的人都这样劝她。但是对此她从来没想过，一分钟都没考虑过，她当护士，为的是在木屋镇行医，正如父亲购进许多高档的货物为的是在木屋镇出售一样。于是，父女俩都在默默地等待着木屋镇居民的需求增长到他们可以供给的程度。但是他们的希望都同样遭到了失败。

有一时期，爱尔维娜穿着护士服到处炫耀，然后就扔到了一边。不穿护士服，她便失去了活跃、红润和丰满。渐渐地，她又恢复了过去的缄默、苍白和苗条。眼睛过大，脸也显得过长，面色憔悴。穿上一般的服装，她有点邋遢、寒酸。总之，她看上去老了，比实际年龄要大：她才二十四岁。她又回到了原来的样子，只不过看上去有些堕落。因此，目光敏锐的矿工之妻断定她的邋遢中甚至有点荡妇的味道。可是她仍然是个不折不扣的小姐。不可否认，她是小姐。这使隔壁富有的 W·H·约翰逊那花枝般的女儿大为不满。不可否认，她是一个小姐，桀骜不驯。这又使教堂唱诗队那些性格善良、轻易上钩的男人十分不快。爱尔维娜又回到唱诗队。这些男人有着狗一样温驯的性格，摇着尾巴，期待别人去抚爱。爱尔维娜却不去抚爱。当然，带着寒酸的黑色小羊皮手套去抚爱拍打也不会使他们受宠若惊。她想都不想就知道这一点。唉，她畏畏缩缩地看着那些青年男人的样子真令人讨厌。他们好像看透了她是个妓女，却又有着素有教养的小姐的冷漠。

事实上，爱尔维娜只是暂时对小伙子失去兴趣。曼彻斯特商号就像包围在她头上的厄运。要上那只剩四分之一面积的店铺，非得缩着身子摸黑走不可，否则就得从后街绕道几英里走院门。詹姆斯全身煤灰，紧张地来往于半便士掐脖矿——他全神贯注，连爱尔维娜回来后，他一进门竟没有发现女儿。爱尔维娜叫了一声："你好，爸爸！"想提醒他自己已经回来，谁知他只是迅速地瞥了她一眼，似乎对他的打扰感到恼怒。他说："哦，爱尔维娜，你回来了。瞧我们现在多忙啊！"然后，他又回到那入迷的工作中去。

霍顿太太现在相当虚弱，神经过敏，不能听到一点声响，她最害怕的是丈夫走进她的房间。他一进门，她的嘴唇立即发紫，所以他只能赶紧离开。终于，他只能躲开了。每次进门，他只是匆忙问一声："霍顿太太怎么样了？哈！"然后又投入到半便士掐脖矿的入迷工作中去。

爱尔维娜回来后，来到母亲的房间。虚弱可怜的病人只是发抖地流着眼泪，伤心地哭泣道："孩子，你看上去真可怕，完全变样了。"

"怎么变样了，妈妈？"她说。

在母亲面前，她只能脱去护士服，却背起了护士的责任。弗罗斯特小姐和另一个女人进来了，她一直是护理病人的仆人。弗罗斯特小姐憔悴、迟钝，过去的活力聪慧已经消失，变得烦躁易怒。看到爱尔维娜回来，帮助分担照顾病人的职责，弗罗斯特很高兴。她过去那惊人的精力已经消退，逐渐消失。

爱尔维娜什么也没说，开始自己的工作。她默默地照顾母亲，很熟练。两人互相热爱。这是一种奇怪的非个人感情的爱，并无片言只语的交流。几近一种死后的爱。最近霍顿太太变得沉默了——除非心情烦躁。爱尔维娜在这昏暗的卧室一坐就是几小时，默默地看着外边的街道。母亲不时发出烦躁的咕哝："维娜！"于是她便匆忙起身去照顾病人。

静坐不动——对于这种冗长的惩罚，我们现在有谁能像我们的母亲和祖母那样理解呢？静坐不动，几天，几个月，几年——被迫坐着，带着某种尊严默默地容忍着。爱尔维娜是个老式的姑娘，具有那种老式妇女的品质，能够泰然自若地默默坐着——虽不坐一生一世，却也要坐相当长的时间。在护理母亲的这些岁月里，爱尔维娜就是这样：不断照料病人，做许多家务，有时出去散散步，周日上午参加唱诗队活动。从八月份到翌年一月，她好像钉在了卧室的椅子上，有时读书，但大部分时间枯坐着不动，双手平静地搁在腿上，思绪陷入阵阵沉思。有时她甚至什么都不想，什么也不记得。即使这样，她在屋里也是一种妨碍。她静静地坐着，所有的活动都停止了——只除了一种奇怪的被动的消极。这可不是消遣，而是一种极严厉的精神惩罚。

　　家里一度出现一种兴旺的气象，或是说出现一种有希望的兴旺。半便士掐脖矿煤源丰富。这是一种灰色的脏东西，下炉栅总是被白色的灰烬堵塞，捅炉子时可就倒霉了。一捅炉子，便是满屋灰尘，最终只剩少许暗黄色的余烬。尽管如此，也只好不停地捅，这样才能保护房间有些温暖，不必为保暖而将家中的食物和饮料吃得精光。至少这是一件幸事。

　　时间在暗淡中一天天、一月月地流逝，爱尔维娜又回到了原先的消瘦和苍白，瘦瘦的前臂平静地放在大腿上。在她散步、徘徊时，她仍有一种小姐的安详，只不过相当警觉。什么东西都逃不过她的眼睛，但她又总是漠不关心地悄悄一走而过。

　　年初，母亲去世了。父亲来了，不好意思地洒落了几滴眼泪。弗罗斯特小姐痛哭流涕。爱尔维娜也哭了，却不知道为什么哭。可怜的母亲！爱尔维娜具有那种传统理智，知道该节哀，不必多想。毕竟，用不着她去重建父母的人生。她随他们之后来到世上，她的时代不同于他们的时代，他们的生活也不等于她的生活。重返已经走过的路途去探究父母的人生经历，与顺应人生潮流进入未知世界是两回事。这种事父母早在三十年前就做过了。上辈人所经历的骄傲的探索不是我们的光荣。实际上，没有人会像河流那样老是流经过去的航线，去重复前人的错误。因此，我们不必为自己的优越而感到骄傲。年轻的一代自己也经常犯些草率的错误。这些过错有多讨厌，只能由未来来揭示。这些过程和我们父母的过错同样可恨，同样充满着谎言和虚伪。世界上没有绝对的智慧。

　　智慧只与过去有关。未来永远是一个可能犯错误的未知境地，不可能事先知晓。

　　所以爱尔维娜压抑自己不去想母亲的一生和命运。无论母亲的命运如何，女儿的命运将会大不相同。这种结构是不可避免的。她做女儿的命运与自己有关，而与她母亲无关。

　　然而，弗罗斯特小姐却伤心地思考着这个死去的女人的可怜命运。她沉思着，看着死去的女人。这就是克拉丽丝·霍顿，结了婚，当了母亲——现在死去了。这是什么生活呵！谁的责任呢？詹姆斯·霍顿。詹姆斯还应该做些什么呢？任何事。总而言之，他应该换个模样，不是现在这样。这就是唯心主义 redactic ad absurdam 。宇宙也应该是另一种样子，不是现在这样。这就是唯心主义者荒谬的结论。猫不该捉老鼠，老鼠不该啃杰克屋里的台布等等。

　　弗罗斯特小姐万分伤心，绝望地坐在死者身边。这就是一个女人的一生：如此结局！可怜的克拉丽丝，罪恶的詹姆斯。

然而为什么呢？为什么詹姆斯比克拉丽丝更有罪呢？难道男人活着的唯一目的就是要使某个女人或某些女人幸福吗？为什么呢？为什么每个人都期望别人给她幸福，如果不幸福，就要发心脏病呢？毫无疑问，克拉丽丝的心脏病显然是她的顽固、唯我独尊造成的，而不是詹姆斯商店的橱窗引起的。她期望别人给她幸福，欧洲、美洲的每一个女人都如此期望。她本人并不幸福，因为她希望过高。拥有一切，死得富有并不是女人一生的幸福和其他任何幸福之所在。幸福像肥皂片——只有得到了它，才会幸福。要得到它，就如同得到一个珍贵的孩子，必须付出高昂的代价。还有什么比人类得不到幸福而像澡盆里的孩子那样号啕大哭更蠢的呢？

可怜的克拉丽丝去了——如果她是因不幸福而患心脏病的，那么她就是死于自己的心脏病。可怜的家伙！这里面有人类可以吸取的种种教训。

弗罗斯特小姐极度悲伤地哭泣着。她什么也看不见，只知道那一个女人处于痛苦之中，慢慢死去了。这是痛苦而缓慢的死亡，因为一个男人和她结了婚，所以她痛苦而又缓慢地死去了。弗罗斯特小姐也为自己哭泣，为自己的痛苦和缓慢死亡而哭泣。她之所以痛苦而又在缓慢地死去，是因为没有男人和她结婚。不幸的男人，他能为这些苛求的、贪得无厌的女人做些什么呢？

我们的母亲日渐憔悴消瘦，是因为父亲酗酒，行为不轨。我们的妻子憔悴衰老，是由于本性善良，生活不充实。斯芬克斯这个女人是谁？解开她幸福的怪谜之后又把她扼死的奥狄浦斯王子又在何处？——他只不过娶了自己的母亲！

母亲死后的几个月里，爱尔维娜仍像以前那样不思不想。她承担了家务，教育了弗罗斯特小姐一两个超额学生，在曼彻斯特商号黑暗的客厅里给这些女孩子们上课。为了应付家务，她忙得不亦乐乎。母亲死后，似乎有许多事情等待她去处理。

她整理出母亲所有的衣服——昂贵的过时的衣服，有一些几乎没穿过。怎么处理呢？她没有跟任何人商量，就直接送人了，只是在剩下的一些私人物品中，保留了几件珠宝。真奇怪，除此以外，母亲几乎再没留下什么。

她决定搬进寓所前部极大的卧室里去。她喜欢空间，喜欢窗户。严格地说，她现在是女主人了，于是她走马上任。母亲的小起居室很冷，只好弃之不用。

爱尔维娜将所有的亚麻织物整理了一遍，还有好大一堆呢，而且都完好无损。成家立业时，詹姆斯曾有如此宏伟的目标。现在他却抱怨起家庭开支来了，斤斤计较一块肥皂和一支蜡烛，甚至还想用麦淇淋代替奶油。对于最后一种降格女人们纷纷表示反对。但是詹姆斯是不食人间烟火的。

过去的爱尔维娜好象完全恢复了。她安详、尽职、充满柔情，对弗罗斯特小姐又恢复了以往的孩子般的态度。弗罗斯特小姐怀着以往那种守护神般的家长式温柔，张口闭口叫她"亲爱的"。不过区别还是有的。在爱尔维娜顺从的外表下，她几乎是完全独立的，可以为所欲为。

爱尔维娜与心爱的人之间仍然保持着以往的亲密。也许她们都不知道，这种亲密实际上已经消失，早已消失。他们之间已没有出自肺腑的感情交流，这是一种僵局。她们都知道自己对对方的爱。当然，这种爱是一种处于静态的爱，是毫无作用的爱，不可能有奔腾的暖流。然而，每个人都会为对方去死，都会不顾一切地保护对方不受伤害。

弗罗斯特小姐有时显得十分劳累、疲倦。她有时会躺倒在椅子上，仿佛再也不想站起来了——再也不想付出这点力气。这时，爱尔维娜就马上去照看她，给她端茶，拿走乐谱，企图使一切都停止。这位青年女子不断劝弗罗斯特小姐少工作，不要再教学生了。但是弗罗斯特小姐总是立即局促地回答："我不工作就会死的。"

"这……为什么呢？"

"可是为什么——？"爱尔维娜发出一长串责问，她的规劝时常带有嘲弄口吻。弗罗斯特小姐没有回答，脸上蒙起一层忧郁的神色。

这段时间，爱尔维娜同平纳加小姐结束了多年来的对立，建立起一种奇怪的友谊。她感到更同情平纳加小姐——和她心有灵犀一点通。因为她对许多事都沉默。现在对爱尔维娜来说，不便说出口的东西要比已经说出口的东西更加重要。她开始讨厌把自己的见解和愿望公开，一吐为快。这使她感到讨厌。她渴望没有争论的默认，不想一心一意地吐露心曲。平纳加小姐一直采取这种默认态度。她没有一分钟让你感到她与你观点一致，甚至从未接近你的意见。她静静地保持着自己的立场，让你保持你自己的立场。而穿过这一距离，就是她宁静的平凡——但始终保持着足够的距离。

同弗罗斯特小姐相处，一切都直接，清晰明了。她并不侵犯别人。她的教养比平纳加小姐高得多。只是她所受的教养带有那种新教徒的味道，一种北方的性质：她满以为大家都具有同样高的水平，具有同样神圣的内在性格。这种假设固然不错，但是带有强迫性，爱尔维娜感到讨厌。她更喜欢平纳加小姐，敬慕她的卑谦和智慧。两个人在报上读到赫德利医生最终做出丢脸的事，便谈论开了。

"我想，"平纳加小姐说，"有了他这样的人，才形成了所有的人群。"

这种朴素的智慧使得爱尔维娜仿佛从被束缚和禁锢的痛苦中解放出来了。"有了他这样的人，才形成了所有的人群。"也有了她这样的人，她父亲这种人——她母亲这种人，弗罗斯特小姐这种人，各种各样的人，才组成了所有的人群。为什么要有标准和规定的方式呢？为什么要有人类的准则呢？这些就是问题！为什么在自由的天空的名义下，却有人类的准则呢？为什么？纯粹是为了恃强欺弱和狭窄的偏见。

爱尔维娜和平纳加小姐在一起说得轻松自如。两人空闲时，不断互相交谈。当弗罗斯特小姐进来时，她们就像共谋者似的分开溜走，好像在做什么耻辱之事。如果真是这样，那只有天知道是什么丢人的事了，因为她们之间的谈话相当平常。爱尔维娜喜欢和平纳加小姐一起呆在厨房里。平纳加小姐不像弗罗斯特小姐那么能干、专横！她平凡、普通、举止宁静、不引人注意。不过她很深沉，在她神秘的性格中，有一种神秘的自我满足。

就这样，时间一天天、一月月地过去，爱尔维娜像只鼹鼠躺在曼彻斯特商号黑暗的房间里，忙于烧煮、洗涮、安排家务，根据自己的意愿整理房间，照管学生。下午则出去散步。只有一次，她突然心血来潮，去了半便士掐脖矿，坚持要坐铁篮筐吊到下面的矿井巷道。用圆木撑起的主巷道内，一切正常，有条不紊。工人们相当能干。只是到处都在渗水，令人扫兴，而且空气中还有一种陈腐的味道。

父亲陪着她指指点点地一点点告诉她，这是黄斑煤煤层，这是页岩，这是泥岩，这是走向。他对整个矿的事情已有一种童话仙子般的学问，就像一个令人难以置信的魔术师，所有都像变戏法那样变出来。矿工们像幽灵一般忧郁地站在身后的烛光中，似乎面带讥讽地听着。面对詹姆斯的权威，其中有一人表现得很卑微，不断温柔地插话说：

"是的，就是沿着这方向走的，赫芬小姐——瞧不见的，那旮旯顶有点儿往下凸——松啦。这口井还不深，还没挖到圆砾岩呢。嗯，这种石头会冷不丁地掉下来，就像鸡把蛋下到你脑瓜上那样，唉，这儿有点窄啦，只有六英寸。你瞧那儿的地层多软，是一种粘土泥岩。再过去就不是粘土了。哦，干这活儿挺容易的——用不着害怕，因为不消用爆破。赫芬小姐——我们一扒拉它就下来——你看这儿。"他弯腰低下身，指着煤层下他正在挖的一个浅浅的斜坑道。坑道很低，只能一直弓着腰，顶棚用木头撑着。两侧矿壁好像要压过来。她感到自己似乎成了死去的不朽的埃及人，将永远埋在坟墓里。她慌张，却又停留。这个矿工不停地和她说话。他那毛茸茸的黑灰色的裸臂在她眼前伸展。有骨节的手指点着。粗灯芯的蜡烛淌着烛油，发出烛味。空气中有一种混浊味。混浊的空气中，仿佛有一种昏暗、流动的精灵。那个矿工模糊的、粘乎乎的声音在她耳边流动，不断发出重元音的浊声。他好像离她很近，好像他知道——好像知道——什么呢？这是一种不可知的、不能承认的东西，一种属于地下、属于地下工作的奴隶的东西，一种受人摆弄的耻辱的知识，非常沉重，然而又必不可少。那个矿工的话音仍在她耳边回响。他慢慢向她靠近，她像要侵犯她——小小的身影奇异，灰暗不清，有一条挥舞着的裸臂：这不是人，而是地下的一种生物，像一只蝙蝠那样流动，转眼就不见了。她感到自己也在消失，变成一个纯粹发声的鬼，出现在这混浊的环境中，她肺部的呼吸迟缓、缓慢，精神被软化了。她觉得自己也能像蝙蝠那样依附在地下黑暗的裂缝中，长期昏昏沉沉的。她像蝙蝠那样依附着，在黑暗地过堂阴风中无休止地昏迷，摇摆。

她回到了地面上，眨着眼，惊奇地看着这个世界。这是多么光明、多么美丽的世界啊！这真是一个光明的世界，多么新奇可爱的地方啊！在地球的表面上发出金色的彩虹般的光芒。金色的彩虹——还有比这更迷人的吗？可爱的表面上仿佛涂了一层闪光，犹如丝绒一样——金光闪亮的丝绒。丝绒表面是淡淡的金光，美妙的房屋和树木高耸，田野和道路低卧。所有都是金色的，就像飘动在大气层中的花饰陶器。丑陋的木屋镇从来没像现在这样迷人，这样悦目。她觉得自己从来没有看到如此美丽的世界——可爱、优美的花饰陶器，光彩夺目，充满生气，栩栩如生。地球富有光泽的线条清晰的外表和所有黑暗的俊脸，就像梦幻一般。也许，土地神和地下世界的矿工们在光明的时代当奴隶时，也用这种眼光看着世界。也许这就是他们为什么对司空见惯的丑陋采取视而不见的态度的原因。说实在的，没有什么比木屋镇更丑陋的了。矿工们建造了它，又抛开了它。然而，充满魅力的就是那种卷心菜根，那种花园的烂篱笆和那种后院。它们似乎随着地下的煤黑带上来而换了装，显出一种花饰陶器的重量和光耀，沉重、令人满足，傲然地无视天空。

地下世界的奴隶！她新奇地看着灰蒙蒙的矿工沿着铺石路摇摆走来，恍然进入一个新的梦幻。奴隶——这些古老故事中的地下巨人和铁人富有魔力，调皮捣蛋，却遭受奴役。在爱尔维娜看来，这些矿工在遭受奴役的魔力中显得高大、昏暗。奴隶能使附加的日常秩序崩溃。这不是因为他们个人要这样做，而是因为在他们身上集体地体现出一种东西——黑暗的力量，不可约束，不可控制。这种力量在他们身上涌现，搅动，就像地震搅动着地球。这简直是一场灾难，因为世上没有黑暗的主子，不能对黑暗进行控制。幼稚的世界一直需要一个新的耶稣，希望从天上降下一个救世主，一个超人。然而我们需要是一个地下世界的主人。

矿工们排队从她面前走过，放工回家——从头到脚灰蒙蒙的，奇形怪状，肌肉痉挛，污垢之下的脸苍白无华，稀奇古怪。他们步履沉重、拖沓，举止僵硬，奇形怪状。他们川流不息——在爱尔维娜眼里，时隐时现，好像神话传说中强壮奇怪的人物，不为人所认识、了解。这些矿工、铁工，形成了地下世界的工作人员。

如同米德兰人始终感受到的那样，爱尔维娜再次感受到步履沉重的米德兰讨厌的怀旧情绪，虽然她现在仍然置身在这块土地上。这是一种好奇的、糊涂的、莫名其妙的、但又无法满足的欲望——如同想了解地震的欲望那样，想感受地面在来自地下的颤抖中隆起，整个世界粉身碎骨，落入彻底的崩溃。

虽然贫穷、邋遢、默默无闻、空虚，爱尔维娜仍对这段时间能无所事事地呆在家里感到心满意足。说真的，她心中充满了对过去那个落后的米德兰的极度的渴望：一种令人费解、无法满足的渴望。不过就是这种渴望使她能保持平静。这次她没有把这种热望变成对爱的欲望和追求，可是她灵魂的深处却有一个坚定的思想，有一番坚决的打算：寻求爱、寻找一个男人。到目前为止，这种念头还未被唤醒，尚未爆发出来。那种渴望就像迷住其他人那样迷住了她，多多少少在不知不觉地暗暗支撑着她。

炎热的夏天过去了，秋天到来。使人手足无措的漫长白天渐渐变短，原本短暂得仅如正午之间几许短促阴影的黑夜开始加深、增强。人人开始感到烦躁。矿工们又举行了一次短暂的罢工。詹姆斯如同一只兴奋的甲虫来回奔忙，感到自己在发大财。木屋镇的星期从未像现在这样挤满了采购的人、花钱的人，这地方好像充满了生命的气息。

美丽的秋天一直延续到十月底。然后突然没完没了地下起了冷雨，黑暗、沉重、潮湿而且漫长。在风雨中行走，困难异常。可怜的弗罗斯特小姐，在那漫长炎热的日子里几乎又焕发了青春，回到了她那无忧无虑的快乐，好像又恢复了生气。她甚至因同一位潇洒但粗俗的陌生男人过从甚密而弄得满城风雨。此人是保险公司代理人，有一副很好的、未经训练的男高音嗓子——可是现在弗罗斯特小姐又憔悴了。她曾经在她房间里给这位脸色红润的年轻人沏过茶，曾在他那音色很好的只是尚且生硬的嗓子上花费心血，教他纠正发音，教他唱歌，同他一起欢笑。在木屋镇她那间小房间里，她和他曾独度过了为数不少的时间——她已经放弃了乡间田野的跋涉，在一条安静的街上租了一间音乐室教课。那个年轻人在那里停留，根本不想离开。他们延长了会面时间，直唱到晚上十点。然后弗罗斯特小姐会容光焕发地回到曼彻斯特商号，相当漂亮，只是还有些羞羞答答。可是那个粗俗的男人在街上更鲁莽了。他头发金褐色，脸色红润，举止粗鲁。有了弗罗斯特和经过训练的嗓子，他的自我估价大大提高。他对当地人傲慢无礼，自命不凡，使他们非常厌恶。他们想象不出，弗罗斯特小姐怎么竟会在他身上发现什么值得感兴趣的东西。人们甚至开始厌恶她。于是对他俩在弗罗斯特小姐这间摆着钢琴、书本和鲜花的小房间里高兴的相会进行诽谤。这种诽谤就像所有的诽谤一样是不公正的。然而事实上，整个夏天和秋天，弗罗斯特小姐的确有点过分快乐。与过去相比，人们很少在曼彻斯特商号看见她了。

九月底，那个小伙子随保险公司调到另一个地区去了。十月底，令人难以忍受的糟糕的天气开始了。雨天泛滥，北风呼号，几乎把尚被夏天包围着的温柔脆弱的人们吹成碎片。弗罗斯特小姐立即憔悴了，沉默不语，离开火就瑟瑟发抖。她一大早就回到自己的房间，在那里整天坐在火炉旁，躲在这种闷热不通气的环境中。她的学生把外面的空气带进房间时，她就会发抖。

她得了气管炎。十一月份，她因伤风引起支气管炎大发作，一天早上，她突然不能起床了。爱尔维娜进去时，发现她已处于半昏迷状态。

爱尔维娜快要疯了。她立刻去找人帮忙，立即派父亲去找医生。她在卧室的炉格里堆了一堆柴，燃起熊熊炉火，并端来热牛奶和白兰地。

弗罗斯特小姐匆匆低语："谢谢你，亲爱的。谢谢，只不过伤风引起了支气管炎。"她试图喝一口牛奶，可是不行，她不想喝。

爱尔维娜说："我叫人请医生去了。"在她冷静的声音中，仍然有着过去那种踌躇的纯粹的爱。

弗罗斯特小姐抬起眼睛，说："没有必要了。"她高兴地朝爱尔维娜微微一笑。

她得的是肺炎。此后的两天，爱尔维娜的痛苦和烦恼是明显的。她的护理灵敏、迅速，好像有超人的预感，对任何人都不说话。沉默中，她的灵魂和亲爱的人的灵魂交织在一起。漫长的半昏迷状态，肺炎的剧痛，让人苦恼的疾病。

有时，那双灰色的眼睛会睁开来，带着微弱的令人愉快的目光望着爱尔维娜，爱尔维娜也愉快地报以微笑。不过这需要付出一定的努力。

第二天晚上，弗罗斯特小姐的手从床单下伸出来，拉住爱尔维娜的手，爱尔维娜俯身向前。

弗罗斯特小姐低语道："所有的一切都留给你，亲爱的。"她用奇特的目光看着爱尔维娜。

爱尔维娜呻吟道："别说话，弗罗斯特小姐。"

病弱的女人仍在咕哝："所有的一切都留给你！除了……"她列举了一些细小的馈赠物，表示她慷慨大方、体贴周到。

"好的，我都会记住的。"爱尔维娜说着，再也控制不住眼泪。

弗罗斯特现出过去那种欢快、奇妙的神情，笑了，颇有一种女王的尊严。

她轻声说："亲爱的，吻我。"

爱尔维娜吻了她，由于过度伤心，止不住哭泣起来。

夜晚过得很慢。有时病人睁大灰色的眼睛看着爱尔维娜的脸，脸色忧郁憔悴，眼神沉重，仿佛在指责，很不吉祥。然后她又闭上眼睛。有时这双眼睛很悲哀，有一种缄默而又透人心弦的请求，然后又合上——直到痛苦得发紧时再睁开。爱尔维娜擦拭了她那粘着血痰的嘴唇。

早晨，她与世长辞了——形容枯槁地躺在那儿，浑身肮脏，优美的头发邋遢、凌乱。她曾经是多么漂亮干净呵！

爱尔维娜懂得死亡——这是明白。她知道，心爱者的死亡带走了她部分的灵魂。

然而她仍然很孤单，孤独的痛苦，悲伤的痛苦，为心爱者遭受折磨而死感到极度悲伤——她自我责备、遗憾、回想，显示出一种病人垂死时的痛苦神色。诱人的、不祥的指责，包含着某种悲怆、绝望的感染力——对临死前痛苦的不断探索，贯穿了永恒，永远也不会失去它那刺痛人心的力量。

弗罗斯特小姐死后，爱尔维娜仿佛保持着不可思议的冷静。只有当她独自一人时，她才感到心痛欲碎。

"我永远也不会有什么感觉了！"突然，她忽然地对弗罗斯特小姐的一个朋友说，她是个五十出头的女人。

劳森太太和蔼地说："孩子，别胡说。"

"真的，我再也不想去感受什么了。"爱尔维娜说着，眼睛奇怪地、非常激动地转动着。

"孩子，事情并非如此。你会有另一些感受的——"爱尔维娜坚持说，"我没有这种心思。"

劳森太太仍然和蔼地说："是的，但是难以预料——时间——时间会带回来……"

"得了——我才不信呢。"爱尔维娜说。

人们认为爱尔维娜相当无情。平纳加小姐在和人说话时承认："我本以为她会非常难受的。她关心弗罗斯特小姐胜过关心自己的母亲。她母亲也知道。有时霍顿太太很伤心，埋怨说她没有爱。爱尔维娜和弗罗斯特小姐互相都把对方看得比什么都重要。我觉得她会更难过的。可是谁也不知道是怎么回事。如果她不难过，那倒真是一件好事。

平纳加小姐对弗罗斯特小姐之死不在乎，她无所谓。

近亲们都来了，一切都安排好了，遗嘱也找到了。在一张笔记本的纸上写着几行简洁的文字，表示希望让爱尔维娜继承所有遗产。爱尔维娜也口述了弗罗斯特小姐临终前的口头要求。一切都悄悄地完成了。遗产不多。银行里有六十三英镑。然后就是衣物、钢琴、书和乐谱。弗罗斯特小姐的哥哥要求继承以下东西：书、乐谱和钢琴。爱尔维娜得到一些微不足道的毫无价值的小饰物，还有四十五英镑。

"可怜的弗罗斯特小姐。"劳森太太难过地哭道，"她没有为自己积蓄下什么。你看得出她为什么不愿变老，她担心那样就不能工作了。你看出来，真可惜，真可惜。她是世上最好的女人。"

曼彻斯特商号又回到了沉闷的平静和忧郁。弗罗斯特小姐一去不复返了。现实也随着她的死从这幢房子里消失。它好像静静地等待着消失的那一天。爱尔维娜和平纳加小姐有时四处散步，轻松地谈一些无关紧要的事情。她们始终不能消除那种等待结束的感觉。似乎一切都在等待着结束。詹姆斯、爱尔维娜和平纳加小姐三个人一月一月地徘徊等待，等待着这幢房子的最终结束。这种忧郁空虚的感觉，就像出售一所房子前的那种感觉一样。

第五章　情　人

冬天，半便士掐脖矿的开采时断时续。到了春天，矿井停工下来。詹姆斯·霍顿像孩子一般伤心，扰乱了爱尔维娜和平纳加小姐的心。他心绪不宁，坐立不安，焦虑万分，她们开始以女性的纵容溺爱他，他像一只筋疲力尽的鸟，飞进一间屋子，看见玻璃就以为可以飞出窗户获得自由，然而这种尝试又使他耗尽气力，疲惫不堪。有时他只能把头躲在翅膀下，坐在角落里闷闷不乐。平纳加小姐像只诡秘的猫，跟着他到商店去看着他考虑一些琐碎的事，看着他在店里翻倒剩余的存货。有一次，他不高兴地坐在那里，想到死去的妻子，感到惊恐万状。平纳加小姐见状十分惊慌，可她自己又无可奈何。后来，还是爱尔维娜建议："为什么爸爸不出租商店和一些房子呢？"

租售商店！出租临街的最后一寸地界！詹姆斯对此进行了思考。是的，曼彻斯特应该建成一个较高档次的幽静的家庭旅馆，将店堂改装成优美的厅堂，铺上地毯，安排一个门厅侍者，搞一扇宽阔的拱形厚玻璃门，拱形门上赫然几个大字"曼彻斯特商号"。要显示显贵身份，字体的排列也应呈拱形。下边"私人旅馆"四个字应该小一些，也要优美精致。詹姆斯身兼老板和秘书双职，管理账目和通信联系。平纳加小姐出任女经理，主管仆人以及主持旅馆事务，而爱尔维娜则将充当一个模棱两可的女老板。她既弹琴又照顾病人，因为詹姆斯将在旅馆创办说明上写明："本旅馆拥有受过培训的护士。"

"什么！"平纳加小姐叫起来，第一次用蛮横、生气的敌意冲着他说，"听上去你把这旅馆变成一家私人精神病院了！"

"你能否说明一下原因呢？"詹姆斯酸溜溜地问道。

他自己则因为这一计划而高兴，开始核算费用。入口处和大厅应该装饰得富丽堂皇，厨房和碗碟贮藏室应该扩大，热水设施和卫生设备需要重新装修。厨房应准备轻巧的升降器。后院二楼上面最好有个漂亮的玻璃阳台，或凉亭、平台之类的，以便在上面将西南面和西面的美丽景色尽收眼底。紧挨着下山斜坡是马厩院子和矿工贫民区。然而这些很容易被忽略，因为眼睛的视线总是本能地越过绿色浅山谷直视对面漫长的上坡，树丛中的庄园住宅和农场，其中点缀着令人悦目的干草堆。视线稍远处便是煤矿，闪耀的火车头箱，耕地中窄窄的铁轨和一堆堆炽热的矿渣，阳台或者带顶平台——詹姆斯最后决定用"平台"这个名称——这该是旅馆的一大特色。旅馆应该建成一流的休息旅店，供应一流的茶点，每人收费二至六先令。供应一流的不带酒的晚餐，收费五先令。

詹姆斯提倡禁酒禁欲。开始他考虑得较肤浅，设想把自己的旅馆办成完全不供酒的旅馆。一个不卖酒的旅馆！不过现在他已经退缩了。我们都知道什么是不卖酒旅馆。而且，酒在人们听起来又具有多么大的魅力啊！有酒出售！这样的传说极大地吸引了他——作为一个绝对禁酒者，它具有神秘的、催眠似的功效，他必须供应酒。他对酒类一无所知，不过酒馆的阿尔佛雷德·斯威恩五分钟之内就能全部教会他。

说到这个计划，平纳加小姐就慌张，那模样真令人不可理解。第一次向她披露此项计划时，她气得脸红得像火鸡。

"这太荒唐了！简直荒唐透顶！"她脱口而出，气呼呼地突然低下头转向一边，像只愤怒的火鸡。

"荒唐，为什么？你是否能说明为什么吗？"詹姆斯反驳道。他又后退了。

"绝对荒唐！"她气急败坏，只能那样嚷嚷，别的什么也说不出来。

"好，我们走着瞧吧，"詹姆斯说着，又恢复了自己的优越感。

随后，他转过身四处乱转，全神贯注，如同像只筑窝的鸟。平纳加小姐生气地看着他，目光阴沉。她跟在他身后来到店门口，向外窥视着他，她看着他溜进酒馆，然后他回来对爱尔维娜宣布："他开始喝酒了。"

"喝酒？"爱尔维娜问。

"就是这么回事！"平纳加小姐生气地说，"酗酒！"

爱尔维娜笑得前俯后仰，直笑得精疲力竭。所有这一切对她来说真是太好笑了——太有趣了。

"我看不出有什么可笑的。"平纳加小姐说，"耻辱，这是耻辱。我决不等着让他把我看成傻瓜。我告诉你，我才不当女经理呢，这绝对荒唐。他想得倒好。谁会到这个地方来？他发疯了？——这是因为酗酒。就是这么一回事！他早上十点就进了酒馆！他就是那样想出这主意的——来源于威士忌——或者白兰地！但是，他别想把我当傻瓜。"

"哦，亲爱的。"爱尔维娜叹了一口气，笑得有点累了。她平静下来，说："我想这毫无疑问是荒唐的。我俩得阻止他。"

"我能说的都说了。"平纳加小姐脱口道。

詹姆斯回来吃饭时，两个女人开始向他开始进攻。

"爸爸，"爱尔维娜说，"没有人会光顾这个旅馆的。"

"会有很多人——很多人的。"父亲说，"瞧瞧拿波洛夫的莎翁头像旅馆。"

"拿波洛夫！可这是拿波洛夫吗！"平纳加小姐说，"这里的商人在哪里？来这里做生意的外国人在哪里？我们的花边生意呢？长筒袜生意呢？"

"可是会有商人的，"詹姆斯说，"也有太太的。"

平纳加小姐反驳道："有谁愿意花两先令六便士来喝茶？人们只希望花四便士吃茶、面包和奶油，花六便士买蛋糕，付九便士要杏子或菠萝，一先令要火腿和猪舌。他们花费一两先令就期望炸火腿、鸡蛋、果酱、蛋糕，能吃多少就吃多少！他们付一先令，就想饱餐一顿，那么他们付两先令六便士，你给他们吃什么呢？"

"我知道该给他们吃什么，"詹姆斯说，"我们可以收两先令。"他的脑海里出现收一先令十一半便士的想法，但他就立刻推翻了。"你没意识到，我要使旅馆适合中上阶层的习惯。"

"但是，爸爸，木屋镇没有较高的阶级。"爱尔维娜说着，忍不住地要笑出来。

"要是你提供了这种享受，也就会产生这种需求。"他反驳道。

"可是你有什么本事创造出一个较高阶层的享受呢？"爱尔维娜讽刺道。

詹姆斯流露出优雅的专注神情，仿佛在全神贯注地思考自己的重大计划，那固执的神色犹如一个装腔作势地站在天使一边的小男孩——至少这两个女人是这样看的。

平纳加小姐拉开架势，同他彻底对抗。她坚持地坚决反对他，不和他说话，不作声故意不理他，眼里根本没有詹姆斯这个人。这下把他惹怒了。这回平纳加小姐失算了。他不过采取了另一种盘旋，一种螺旋形的上升，在自我中心的精神上飞向另一条更高的航线。他相信自己完全正确、神圣不可侵犯，只不过受到这些低等人的阻碍。他的责任在这些低等人之上飞腾、发展。所以他态度安详、自命清高，他的私人旅馆好像是天体的指令，是一个高水平的建筑物。

他会见了建筑师，然后根据他的计划、方案，找了建筑者和承包者。建筑者估计要花六百至七百镑——不过詹姆斯最好再见见装配热水和卫生设备的水管工和装配工。詹姆斯觉得有点丧气了。半便士掐脖矿停业后，他只有几百英镑。如果他能保持手中有富足的钱用一年时间来经营这一企业，他准备抵押曼彻斯特商号。他知道他得牺牲平纳加小姐的工场间，但又害怕遭到平纳加小姐的竭力反对。他那固执的情绪仍在上涨——他彻底准备好要孤注一掷。

施工者的女儿奥尔索普要求见爱尔维娜。奥尔索普一家都是教堂的重要人物。卡西·奥尔索普是个老处女，看上去瘦小、怯弱、忧郁。她大约四十二岁，在家里对仆人专制，对那些没有母亲的侄女恨之入骨，相当小气、刻薄。但在公众场合，她却装得忧郁愁闷，一副可怜巴巴的样子。

爱尔维娜对她的来访颇感惊奇。她发现奥尔索普小姐来到后门，原来的那种敌意生起。

"哦，是你，奥尔索普小姐！进来吧！"

她们坐在中厅。这是家中的一间公用起居室。

"我来这儿，"奥尔索普用她在主日学校教师的声调直接地说道，"是想问你是否知道你父亲要造私人旅馆的计划？"

"是的，我知道。"爱尔维娜说。

"哦，你知道了！啊，我们本来还有些拿不准。昨天霍顿先生来找我父亲，谈有关改建这幢房子的事。这笔花费相当昂贵。"

"是吗？"爱尔维娜讽刺地说，眼睛睁得大大的。

"很贵，是很贵。你认为这个计划怎么样？"

"我吗？嗯——"爱尔维娜有些犹豫，随后突然笑道，"说实话，我还没怎么想呢！"

"我想你应该考虑。"奥尔索普小姐庄重地说，"我父亲说这样搞肯定不合算——我不知道要花费多少钱。不过肯定会蚀老本的。你父亲正在着手经办此事。人将会在这世上落个身无分文的境地，得不到幸福，我想这对你是个可怕的前景。"

"你这样想吗？"爱尔维娜说。得了，她这下被抛到了老处女堆里了。

"哦，是的，不开玩笑。如果我是你，我将会竭尽全力来阻止他。"奥尔索普小姐走后，爱尔维娜觉得自己处于慌张的心境中。同卡西·奥尔索普之流的老处女为伍！詹姆斯·霍顿在用自己最后一点钱干蠢事，而且还彻底把曼彻斯特商号抵押了。爱尔维娜陷入一种令人厌烦的羞耻中。可是即便在这种耻辱之中，她仍怀着恶意，坚持己见。"嗨，得了，让它去吧！"她自我安慰，"就让这贫乏、平庸、可鄙的命运毁灭吧！"以往对父亲的愤怒又一次在她心中上升。

水管工阿瑟·威瑟姆和詹姆斯一起来看房子。阿瑟·威瑟姆也是教徒——和他从前粗俗、未受教育的父亲一样。他的父亲给几个儿子都留下了一小笔钱。阿瑟是长子。他的这些钱已经翻了十倍。他狡猾、冷漠，没有受过教育，说话乡音很重。然而不难看出，他是个精明的家伙，长着大大的蓝眼睛，说话时竭力要把"H"的音发准确。

如果他能做到这一点，就差不多算是个绅士了。

爱尔维娜跟着父亲和水管工来到放碗碟的小屋，不同于自己平时的习惯。阿瑟·威瑟姆恭恭敬敬地向她招呼。她喜欢他的蓝眼睛和强健的体形。他办事奸诈、敏锐又很警觉，但下决定却很慢。现在爬在水槽下，摸索着，看着。爱尔维娜看着他几乎在水槽下消失——递给他一支蜡烛——看着他那精干的、体形健美的后半身在大水槽下边撅起，就像狗窝里的一条屁股朝外的狗。她兀自笑了。

他赚钱非常厉害。这个阿瑟——专横霸道，投机钻营，追求自我价值和权力。他需要权力——他将尽其所能，秘而不宣地追求它直到得到它。只是他的"H"发音像带刺的篱笆和障碍物，阻止了他无限地发展。

他从水槽下边出来，然后他们到厨房，又上了楼，爱尔维娜坚持地跟在后边，冷冷地不说话。查看即将结束时，爱尔维娜天真地问道："要花很多钱吗？"

阿瑟·威瑟姆慢慢地摇了摇头，然后看着她，她笑了，狡猾地看着他的眼睛。

"不花钱怎么能办事。"他说着，又看着她。

"此事我们以后再谈吧！"詹姆斯说着把水管工领走了。

"再见，霍顿小姐。"阿瑟·威瑟姆说。

"再见，威瑟姆先生。"爱尔维娜快活地说。

但是，她依旧跟在后边。爱尔维娜听见阿瑟边走边说："好吧，我算出来，霍顿先生。我算出来，今晚让你知道。我今晚就把数字算出来。"她觉得他的语言有点随便，对父亲有点高傲，詹姆斯的命运正在走向定局。

下午一吃过饭，爱尔维娜就出去了。她走进阿瑟的店铺，玻璃片、花式纸琳琅满目，片地都是铅片、油漆和油灰听。

阿瑟的妻子洛蒂·威瑟姆出来了。她是个三十五岁的女人，挺精明，没有孩子，颇想在社会上干一番事业。

爱尔维娜问："威瑟姆先生在吗？"

威瑟姆太太看着她。"我去看看。"她一边说着一边离开店铺。

不一会儿阿瑟进来了。他身穿衬衫，看上去很吸引人。

"我不知道你会怎么想，而且也不知道我为什么来。"爱尔维娜匆忙友好地说道。阿瑟抬起蓝眼睛。威瑟姆太太现身于背后的内厅口。

"怎么，有什么事？"阿瑟傻傻地问。

"尽量给我父亲算得贵一些。"爱尔维娜说着，紧张地笑了。阿瑟的蓝眼睛停留在她脸上。威瑟姆太太跨进店来。

"为什么？那是为什么？"洛蒂·威瑟姆又傻傻地说。

爱尔维娜转向那个女人。

"别说出去。"她说，"我们不想让父亲的计划实现。这计划肯定会失败的。我和平纳加小姐无论如何也阻挡不了他。我要走了。"

"一定会失败的。"阿瑟·威瑟姆又傻傻地说。

"我敢肯定，父亲没钱。"爱尔维娜说。

洛蒂·威瑟姆望着爱尔维娜瘦削而紧张的脸。因为某种原因，她喜欢爱尔维娜。当然，爱尔维娜在木屋镇被人看作小姐。随着詹姆斯财产的衰败，结果是：她仅仅被看作是小姐。这种看法已不再是无可争辩的了。

"你进来坐一会儿好吗？"洛蒂说着打开了柜台的活板。这对威瑟姆太太来说是一个不常见的英勇动作。爱尔维娜的第一个反应是想拒绝。但是她喜欢穿衬衫的阿瑟·威瑟姆。"不过——过一会儿我得马上回去。"说着，她跨进柜台。她感到自己置身于一个新的领域。

她被带进一间崭新的客厅，如锦缎一般斑铜色的家具，墙壁的颜色是金黄白相间。这是威瑟姆的新房子，洛蒂为此感到骄傲。两个女人开诚布公，进行了一场短暂的对话。阿瑟在门口犹豫了一会儿，然后走开了。

爱尔维娜并不真正喜欢洛蒂。但是，洛蒂的理解力十分敏捷、精明。出于某些原因，她却喜欢爱尔维娜。所以她被邀请到曼彻斯特商号喝茶。

此后，詹姆斯·霍顿便遇见着许许多多的困难。他急得要命，两个女人则不管。困难在增多，最后他只好停止这一计划

——他只能放弃计划，处境对他极为不利。

洛蒂来喝茶了，并且参观了曼彻斯特商号。她对曼彻斯特不屑一顾——黑咕隆咚的连只猫都不肯在这儿上吊。尽管如此，此处的优越仍然给她留下深刻的印象。

"哦，我的天！"她处于爱尔维娜的卧室里惊呼道，看着巨大的家具和床前耸立的高台。

"哦，我的天。我一分钟也不会独自睡在这上面！你难道不害怕吗？即使阿瑟睡在我身边，我也会害怕的。我会不知所措的。你一个人睡在这儿吗？"

"他的。"爱尔维娜笑着说，"而且甚至身边没有一个阿瑟。"

"哦，我说，在这张床上，你要两个丈夫，一边一个。"

她请爱尔维娜去喝茶，——星期天下午阿瑟店铺关门的日子。阿瑟也在喝茶——他很不自在，好像手肿了似的。爱尔维娜和他的妻子相处更深了。洛蒂很认真地看着

自己的客人，向她学习泰然自若的奥秘——难以描绘的小姐风度，泰然自若，听其自然——哪怕这位小姐心情紧张，怒火中烧——这个问题一直在洛蒂这个精明、活跃、然而出身卑微的人的心中萦绕。她甚至对爱尔维娜笑嘻嘻地试图逗引笨拙的阿瑟开口说话也毫不介意：因为爱尔维娜是个小姐，她的处事方法值得学习。

爱尔维娜真心喜欢阿瑟，对他想入非非——天知道为什么。他和洛蒂在一起很快乐。他完全沉浸在自己那小小的野心中。他手段有限，不过雄心勃勃，不可阻挡。他最终会赚许多钱，成为镇上的议员、地方治安官。但是出了木屋镇，他便微不足道，形同虚影。那么为什么爱尔维娜会被他吸引呢？也许那是因为他那沉默和神秘的坚定。

爱尔维娜在街上碰到他就会叫住他——尽管他总是很忙——同他讲了几句话。她在家喝茶时，她总是试图引起他的注意。虽然他用长睫毛下的蓝眼睛泰然地看着她，但是她知道他只是平视着自己，绝无任何要和她接触的意思。

洛蒂有这样的计划。阿瑟家有三兄弟，其中有一个还不是败家精，倒是个护家神。他正在步步钻营，想当个绅士。这是老二艾伯特。他曾在木屋镇教师，后来去了南非，在科罗尼角一个城里的某个中学里供职。他存了一些钱，再加上遗产，现在正在英国牛津大学读书，争取他那姗姗来迟的学位。得到学位后，他将返回南非，出任校长，年薪七百英镑。

艾伯特三十二岁，未婚。洛蒂认为他应该带一个合适的妻子回科罗尼角，也许是爱尔维娜。他放假时总是回木屋镇——他才上牛津大学一年级。还能有什么比这更好的呢——一个是牛津大学青年，一个是木屋镇的小姐。洛蒂把有关他的一切情况都告诉爱尔维娜。想到将要同他见面，爱尔维娜好不高兴。在她想象中，他是一个高大、迷人、受过教育的阿瑟。

由于害怕成为老处女，爱尔维娜对自己独身生活的害怕与日俱增。曼彻斯特商号笼罩着一种可怕的忧郁、虚无和一事无成的气氛。她已经二十六岁了。弗罗斯特小姐去世后，她的生活变得十分枯燥无味。她寒酸，身无分文，完全是个做家务的苦工，因为詹姆斯很吝啬，甚至不肯花钱雇个女孩来厨房帮忙。

爱尔维娜看上去越来越憔悴，红颜消退。那种恐慌、那种压倒许多三十岁未婚女子的极度可怕的恐慌，开始向爱尔维娜袭来。如果她有一个情人，她倒不在乎结婚。某种恐怖驱使着她去寻找一个情人。她对自己说，她宁可变得放荡，变成一个妓女，也不愿像卡西·奥尔索普和其他他人那样消亡，像树叶那样不光彩地慢慢枯萎直到消亡。她宁可自杀。

可是要成为一个放荡的女人或妓女也需要某种天性。如果你没有吸引放荡男人的本事，你准备干什么呢？比如说你天生没有吸引放荡男人的本领，那么你就是拼掉脑袋，也不可能成为一个妓女，甚至不可能成为一个荡妇。光有一厢情愿还不够，搞协议还需要另一个伙伴。

由于她生性顽强，爱尔维娜不顾一切地放荡计划和想法通通没了。她不屈不挠的性格排斥一切，非常挑剔，是对放荡和卖淫的必然否定。所有男人们怕她——怕一下子让自己卷进她表现出来的那种力量中。她会勾引一个男人，也会宁可不从他身上得到所要的东西而将他毁灭。她要的是某种严肃的、具有风险的东西，不仅仅是结婚——根本不是！而在一种深沉的、危险的内在关系，就像是在感情的碎浪中涉水的人投入海洋的旋涡中去那样。呸，他们绝不会不顾一切地跟爱尔维娜这种海中仙女打交道的。

爱尔维娜把心思放在阿瑟身上。真荒唐！然而他身上有一种坚实的、精力充沛的东西，在想象中这种东西被她扩大了十倍，因而也就成了吸引她的情人。她每天在曼彻斯特商号闷闷不乐地过日子，忙于家务。

自从半便士掐脖矿衰败之后，詹姆斯·霍顿变得相当斤斤计较，仿佛吝啬之火在他心头生根。一个六便士的银币，在他眼里有一种淡淡的神光，他决不放弃。这种朦胧的银白色，使他感到自己抓住了天堂，他怎么肯放开呢？即使是一个棕色的便士，在他看来也好像有着神秘的血液，活跃跳动，强壮有力，具有魔力。他喜欢在店里忙忙碌碌地收进大量便士硬币，好像它们是天赐的蜂蜜，从天上给他带来财富。但是，他看见这些便士在家庭支出中逐渐减少，就感到伤心，好像是活生生的东西离开了他。要从他那里得到足够的钱去支持日常生活必需品，需要进行不断的斗争。家庭的饮食相当差。用煤也精打细算，以便细水长流。一旦爱尔维娜要修补自己的靴子，她只能用私房钱。詹姆斯·霍顿卑鄙，每周只肯给她两先令。她很生气，这是一种可怕的带有讽刺的愤怒。无根无由，外表上毫无迹象。一种半是心酸的讥讽感不断向她袭来。在曼德斯特商号沉重、忧郁的虚无中，她形同虚影，专心致志，却并非对某种特定事务专心致志。她总是很忙，总有事情要做，无论她是不是去干。

商店每周开一次，在星期五晚上。詹姆斯·霍顿总是在拿波洛夫四处寻找，偶尔廉价整买进一批杂货，充实一下他那寒酸的橱窗。但是他的心思已不在生意上，只是他的倔强性格使他依然固守着这个阵地。

盛夏季节，艾伯特·威瑟姆来到木屋镇。爱尔维娜被请去喝茶，她非常高兴。她一直把艾伯特想象成一个更高大更潇洒的阿瑟，从未想到他是个矮个子。所以当她觉察艾伯特毫无吸引人之处时，可以想象她有多么失望。他瘦高个，态度冷漠，脸色苍白，单调，乏味，双眼奇异，毫无光泽。他给人的印象是单调而无精打采，有点像讨厌的箬鳎鱼，令人不可思议。他的不可思议的乏味像鱼一样。人们可以想象他的背脊展开，就像鲽鱼和箬鳎鱼的背脊。他的牙齿不错，只是又大又黄。真是一个非常稀奇古怪的人。

他吹牛皮。虽然在牛津大学读书，修为却并不好，一口明显的木屋镇口音，即使他能够永生，他也永远别想成为一个绅士。可是他不同凡响，是条奇特的鱼。如果你能觉得自己是在透过两个世界的可怕的分界——水族馆的玻璃——看着他，那是很有趣味的。在水族馆里，鱼类好像张大嘴笑着游到门边，停下后用一种夸耀的样子说话，那样子确实令人难受，因为它们的夸耀和目不转睛地对话我们一点都听不到。虽然艾伯特有一副强有力的好嗓音，可是到了她耳朵里好像变成浪涛击石的声音，她仍然听不出他说的一个字。他看着她，笑着，摇着头谈论起自己颇为独到的见解。他真是一条怪鱼。然而，爱尔维娜好像听不到话音，哪怕一个字：她什么也没听到。也许，事实上鱼类通常发出一连串水的言语，而人类的耳朵只能收听空气传播的声音，自然听不到鱼类的谈话。

奇怪的是，这条怪鱼好像一开始就认定爱尔维娜已经接受他为一个追求者。他也充分做好了追求的准备。不仅如此，他一开始就自负地对她喜笑颜开——几乎可以说是同情——好像他们之间已经达成了充分地理解。如果她能进入正确的思维，她会真正喜欢他的，他对她微笑，透过大牙说出许多有趣的事。他也有些友好的表示。但是我们必须重说，所以都仿佛被水族馆的玻璃隔开了。

爱尔维娜看着阿瑟。他不高，黑头发，肤色很好。但是现在他弟弟在场，他好像也有一种水状的沉默，像冷漠的鱼，他好像鱼一样在自己的小小天地中飞翔。一切都是那么奇怪，犹如爱丽丝游奇境。爱尔维娜现在才明白洛蒂消瘦、憔悴、皮包骨头的原因，她一生都在漂浮不定，神经过度紧张，真是可怜。

对于爱尔维娜来说，这是一次最古怪的茶点。她听着笑着给艾伯特一些模糊的回答。艾伯特宽阔、瘦削的肩膀向她靠拢。洛蒂好像在悄悄地行使主妇之职，而出面交谈的则是阿瑟。现在他正含混不清地说着，一口浓重的当地口音，爱尔维娜听后觉得好像看见了他的父亲，只不过更平静、更敏感罢了。他父亲身材矮小，嗓门大得可怕，皮肤粗糙，土得可以。他欺负人，多少年来一直在早礼拜时对主日学校的孩子横行霸道。他是一个模样奇特的人，一脸灰色的络腮胡子。在爱尔维娜眼里，他根本不是一个人，而是一头牲畜，是从教堂地板下钻出来的一个凶暴矮小的妖精。如果可怜的孩子们在教堂里自语或打瞌睡，他就会用他那令人可怕的铁一般的拇指猛戳他们的背。

眼前这几个是他的孩子——一块大木料上蹦出来的最古怪的碎片。谁能相信，她竟会和他们一起喝茶？

"你为什么不买辆自行车出去骑骑？"阿瑟问。

"我不会骑。"爱尔维娜解释。

"一两次你就学会了。骑车一点也不难。"

"恐怕我学不会。"爱尔维娜笑了。

"你的意思不是说自己很紧张吧？"阿瑟粗鲁地说道，含有轻蔑。

"是的。"她坚持说。

"和我在一起你用不着紧张。"艾伯特张大嘴微笑着说，语气奇异，充满了殷勤，"我会扶你的。"

"可是你没有自行车。"爱尔维娜不安地说道，感到脸开始涨得绯红。

"你可以用我的车子。"洛蒂说，"艾伯特会照顾你的。"

"这是你的大好机会。"阿瑟粗野地说，"机会来了就接受吧！"

爱尔维娜一点也不想学骑自行车。那两个老处女卡林斯小姐成为联体自行车迷，变得愈发荒唐可笑了。而且在公路上一英里又一英里地骑自行车，这种浪费精力的可怕紧张对爱尔维娜来说毫无吸引人之处。她对外出游览毫无兴趣。她喜欢散步，喜欢漫不经心地独自溜达。她讨厌到处乱跑。让艾伯特·威瑟姆教她学骑自行车！她想都不敢想。

"不错。"艾伯特用奇异的暗淡目光微笑着对她说，"来吧，什么时候上第一次课？"

"哦，"爱尔维娜慌张地说，"我说不准。我没时间，真的。"

"时间！"阿瑟粗鲁地叫道，"你自己一个人一天到晚干些什么呢？"

"我要照顾房子。"她说着，用狡黠的眼神看着他。

"房子？你可以用链条套在它脖子上，把它拴住。"他反驳道。

艾伯特笑了，露出满口牙齿。

"你掌管家里的一切，自然有很多事情要做。"洛蒂对她说。

"确实！"爱尔维娜说，"一到晚上，我就累得要命——也许你们不相信，因为你们说我什么事也不干。"她又加了一句，慌乱地对阿瑟笑了一声。

但是这个头脑固执、个子矮小的发财迷回答说："你不是有一个女孩子帮你吗？"艾伯特则微笑地看着她，颇有同情之意。

"你在家里要做的事太多了。"他说，"到室外进行一些活动对你有好处。明天下午到汽车路来，让我给你上第一课，然生——"

现在的马路是美如公园的大片草地中间的一条平坦车道，令人悦目，是学骑车的好地方。可是在众目睽睽之下学骑车，这要把爱尔维娜羞死的，想到这里，他立刻干笑了一声。

"不，我不行。真的不行，谢谢你。"她说。

"真的不行吗？"艾伯特说，"那么，我们改个日子，行吗？"

"到我觉得到行的时候。"她说。

"好吧，等你想去了。"艾伯特回答。

"还有其他的因素。"阿瑟说，"不是时间问题。等你不紧张了。"

艾伯特仍然带着同情的微笑望着她，说："哦，我会扶着你，不用怕。"

"我可不怕。"她说。

"你不会说你害怕的。"阿瑟打断说，"女人不会爽快地承认自己的弱点。"

爱尔维娜开始觉得茫然了，他们这种机械的逼迫是她所不习惯的，这简直像一把无形的钳子。她起身说，她得告辞了。

"如果你不在乎，我陪你出去走走。"他说。他站在她的身旁，沿着拿波洛夫街走着，沿途的人都转过头来看他们。当然这是因为他在木屋镇小有名气。她和他一边走，一边笑，一边闲谈。可是她感到很不满意。他好像很高兴，不过他倒不是为她高兴，而是因她为他自己感到高兴而大喜过望。在他的世界里，就像在鱼类世界里，只有他游动着的自身！如果碰巧有什么在他身边游动，给他带来光荣，他自然要自鸣得意地欢笑了。

他走路挺得笔直，头拼命往后仰，所以身子总好像脱离了头和肩膀，仿佛半躺着向前走，不像整个身体一起行动。他举止殷勤得古怪，完全忽略了这个女人的个性，只是围着她转，然后心满意足地飞回家。行走时，即使他相当激动地举帽、屈身和干笑，都显得不太自在，很滑稽。

到了店门口告别时，他说："我希望能再与你见面。"

"哦，是的。"她回答着，一边急忙地哐哐地把门摇得直响，因为门锁上了。她终于听到父亲的脚步声由远而近走来。

詹姆斯向外张望，艾伯特满怀自信，和气地打招呼说："晚上好，霍顿先生。"

"哦，晚上好。"詹姆斯说着把爱尔维娜让进去，当着艾伯特的面把门关上。

"那是谁？"父亲厉声地责问道。

"艾伯特·威瑟姆。"她回答。

"他找你有什么事？"詹姆斯凶狠地问道。

"希望没什么事。"

她躲进曼彻斯特商号的朦胧中，消失在夏日夜晚的灰暗中。

威瑟姆一家使她摆开了自己的枢轴，让她感到自己已经不属于自己。她觉得茫然，感觉麻木，觉得自己分崩离析，失去了中心。她很害怕威瑟姆弟兄，担心会成为他们的牺牲品。她打算躲开他们。

以后，她好几次看见艾伯特穿着诺福克夹克衫和法兰绒裤子，戴着草帽，从门前走过，不时朝店里张望，或朝上面的窗户看着。但是她躲得无影无踪。她出去时走后门，远远地避开他。

但是星期天晚上，他呆板、漠然地坐在教堂里威瑟姆家的靠背长凳上，头朝后仰，脸和脖子看上去好像有些扁平。他穿着上了浆的硬挺的低领衣服，翻开着，露出脖子。整个礼拜仪式中，他一直抬头看着她——她坐在唱诗队楼厢处——他抬头看着她，显出着失恋的目光，不过仍带着亲密的微笑——这是一种乡村情郎心照不宣的表情。阿瑟偶尔也用审核的目光观望她，好像她是一根需要修理的烟囱，他必须考虑一下价格看看是否值得。

果然，当她跨出合唱队狭窄的门径走到拿波洛夫街上时，艾伯特像个警察那样向她走来，跟她笑着打招呼："不知道我是不是有些失礼——"他故作恭维地说，说明他根本没想到自己会冒昧。

"哦，不，一点也不。"爱尔维娜活跃地答道。他自信地微笑着。

"那么你今晚没有什么约会喽？"他问。

"没有。"她简单地回答。

"我们去散散步，你看怎么样？"他说着，向路的两头看了看。

她究竟想怎么样？做礼拜后，所有的女孩都和男孩成双成对地玩去了。

"没关系。"她说，"但我不能走远，我得九点回家。"

"我们走哪条路？"他问。

他朝前走去，穿过公共花园，转而下山。他建议走一条老路，穿过火石巷，沿着铁路——煤矿铁路——然后回到马尔池路，绕一个圈子。她表示同意。

他们没有什么可说。她问了他的打算，问了些有关科罗尼角的问题。只不过是一些要点。对这些问题他非常乐意回答，回答得很准确。

"你星期天晚上通常干些什么？"他问。

"哦，我习惯和露西·格兰根出去散步——或者到哈勒姆家去——或者回家。"她回答。

"那么你不同小伙子出去?"

"我父亲不准。"她回答。

"现在他会说什么呢?"他问道,心里颇为得意。

"天晓得!"她笑道。

"老天总是晚得的。"他狡猾地回答。

他们来到有点绊脚的铁路边,他说:"你不拿着我的手臂吗?"——说着,他伸出了手臂。

"哦,我能行。"她说,"谢谢。"

"来吧!"他说,侧身靠了过去,伸出了手臂。"没什么意见吧?"

"哦,不是那回事。"她说。

她觉得自己处于一种尴尬的局面,不太愿意地挽起了他的手臂。他又向她靠近了一些,有点抬头大步地走着。

"我们相处好些了,是吗?"他说着,用手臂轻轻夹了一下她的手。

"好多了。"她笑着回答道。

然后,他古怪地压低嗓门,说:"我好久没有在这条铁路上走了。"

"这同你以前的散步一样吗?"她故意问道。

"是的,曾经有过一两次——和几个姑娘,现在她们都已结婚了。"

"你没想到过要结婚吗?"她问。

"哦,我不知道。我应当结婚的,但不知怎么没有结婚。我有时候想,可能永远实现不了了。"

"为什么?"

"确切地说,我也不知道。可能不会实现。你知道,也许我们都不想这样做。"

"我想是这样的。"她说。

"然而,"他干脆地承认,"我想结婚——"

她没回答。

"你不想吗?"他接着问。

"只有当我碰到好的男人时。"她笑道。

"那就对了。"他说,"正是这样。你没有遇到吗?"他的声音似乎带着胜利的笑声,好像抓住了她的失误。

"嗯——我曾经以为遇到了——当我和亚历山大订婚的时候。"

"但是你发现你错了。"他追问。

"不！那时，母亲病得很重——"

"总是有些问题要考虑的。"他说。

她一直在想，如果他要吻她，自己该怎么办。他的这种唐突的欲望很成问题。幸好今晚他没有这种想法。九点钟，他和她在店门口分手，并恳求道："这星期我再来看你，好吗？"

"我没有把握，现在还不能答应。"她急忙说道，"晚安。"她对他的主要印象是，他有一种蛊惑人心的离心力，近乎无情。

"你知道谁请我出去散步了，平纳加小姐？"她笑着对自己的女友说。

"我想象不出。"平纳加小姐回答，一面看着她。

"你永远也想象不出。"爱尔维娜说，"艾伯特·威瑟姆。"

"艾伯特·威瑟姆！"平纳加惊叹道，发呆地站在那里。

"也许你大吃一惊了吧？"爱尔维娜说。

"不，不是那样。"平纳加小姐连忙说道。"不错——！不错，我说！——"随后她用一种新的口气说："呃，他很配，我想。"

"再合适不过了！"爱尔维娜回答。

"是的，他很配。"平纳加小姐坚持己见，"我想这样很好。"

"好在什么地方？"爱尔维娜问。

平纳加小姐犹豫不决。她望着爱尔维娜，重新想了一下。"当然，他不是我为你想象的那种人——但是——"

"你认为他可以？"爱尔维娜问。

"为什么不？"平纳加小姐说，"只要你喜欢他，为什么不可以？"

"哈——！"爱尔维娜喊了起来，笑着倒入沙发，"这下说对了。"

"当然，如果你不喜欢他，那你不会和他有什么来往。"平纳加小姐说。

艾伯特依然在附近徘徊。他好几天没有直接进攻了。突然一天晚上，他出现在后门，手里拿着一束白色紫罗兰。爱尔维娜打开门时，他脸上突然浮现一种古怪的微笑——嘴巴张开，淡淡的微笑，很奇怪。

"洛蒂想知道，你明天是否能来喝茶？"他直接地问道，一面看着爱尔维娜，眼睛里闪烁着一种淡淡的光芒。他看着她的眼睛，却根本没有看见她，他站在门口等待着进门。

"你进来吗？"爱尔维娜说，"我父亲在家。"

"好吧，我不在意。"他高兴地说着，走上了楼梯，一手仍然握着那束白花。

詹姆斯坐在椅子上，转过身子，透过眼镜片凝视着，看看是谁来了。

"爸爸，"爱尔维娜说，"你知道威瑟姆先生，是吗？"

詹姆斯·霍顿稍稍欠了欠身，仍然透过眼镜片看着来者。

"是的——一看就知道认识。你好吗？"他伸出虚弱的手。艾伯特犹豫不决，因为他手里仍拿着花。他脸上有着淡淡的愉快的微笑，目光从父亲身上转到女儿身上，说："这些花怎么办？你能接受吗，霍顿小姐？"他毫无生气地微笑着，目光闪闪地看着她。

"是送给我的吗？"她说，有一种受窘的快活。"谢谢你。"

詹姆斯·霍顿从眼镜上面搜寻似的打量着花朵，好像这是一群长着锐利牙齿的白鼬，然后怀疑地看着艾伯特伸向他的手。他稍稍握了握手，说："请坐吧！"

"恐怕影响您看书了吧！"艾伯特说，脸上仍带着兴奋得扭曲了的微笑，很不自然。

"呃——"詹姆斯·霍顿说，"光线暗下来了。"

爱尔维娜拿着一个罐子走进来，里边插着花。她把罐子放在桌上。

"有一种可爱的香味，是吗？"她说。

"你认为这样吗？"他回答，依旧有些高兴地微笑着。对话中止了一会儿。艾伯特有点尴尬。他走向前说："我能看看你在看什么书吗？"他翻翻书。"《汤米和格米泽尔》！哦，这本书，你认为怎么样？"

"嗯，我刚开始看。"詹姆斯说。

"作为一本书，作为对一个不能摆脱自己的人的研究，我本人认为很有意思。"艾伯特说，"你会见到许多那样的人。我不明白的是为什么他们认为这是一个障碍？"

"认为什么障碍？"

"不能摆脱自己，离开那种自我意识。这种情况牵制了他们，影响了他们行动的力量。现在我不明白为什么这种自我意识竟会阻止一个人的行动。人们为什么要对此提心。我想说我也有自我意识，但是我认为我没有这么多的疑虑，我看不出这有什么必要。"

"当然，我想汤米是个懦弱的人物。我觉得他是个可鄙的角色。"詹姆斯说。

"不，这一点我不赞同。"艾伯特说，"确切地讲，我们不应说他懦弱。他只是在某个方面懦弱。不过我不明白他为什么感到自己有罪。就算你有自我意识，也不必感到有罪，是吗？"

他微笑着用奇怪的目光盯着詹姆斯。

"我想是吧！"詹姆斯回答，"但是如果一个男人从不了解自己的思想，他当然不是一个真正的男人。"

"我看未必。"艾伯特说，"主要问题是他为不了解自己的思想而感到有罪。这是不必要的。有罪感——"

艾伯特似乎坚持自己的意见，而詹姆斯对此却没有特殊的兴趣。

"我们必须改变的是，"艾伯特说，"那种认为别人有权告诉我们应该感觉什么、做什么的感觉。没有人知道另一个人应该感觉到什么。每个人都有他自己特殊的感觉——也有自己的权力，就是教育问题。你不该要求你的孩子们都有相同的感觉。他们的性格各不相同，他们对每一件事实际上都有不同的感受。"

"这下就要出现无止境的混乱。"詹姆斯说。

"谈不上有什么混乱的必要。为了社会目的，你赞成一些规章、惯例和法律。但在私下里，你爱怎么感觉就怎么感觉，用不着一定去感觉其他东西。"

"我不知道。"詹姆斯说，"人类总有些共同的感觉。比如说：爱情、荣誉和真理。"

"你将这些看作是感觉吗？"艾伯特说，"我认为，人类共有的只是概念，而不是感觉。如果你用词汇来表达的话，概念对人类是共同的。但每个人的感觉都各不相同。同样的概念在每个人身上都表现出各种不同的感觉。如果我们要牵涉到教育问题，对我来说，这似乎就是我们一定要认识的。我们都不想产生大量的感觉，你同意吗？"

可怜的詹姆斯已被弄得稀里糊涂了，不晓得同意与不同意。

"我们是否点盏灯，爱尔维娜？"他对女儿说。

爱尔维娜点燃一盏煤气火焰灯，挂在房间正中。当她靠近灯光时，强烈的白光照出了她有点憔悴的面容。艾伯特看着她，心不在乎地微笑着，好像他对自己的议论无所谓。他不想让自己感到什么，也不觉得自己在想些什么，因此爱尔维娜对他的话几乎听不到，不过她认为他很聪明。

显然，艾伯特沉浸在非常幸福的自我感觉中。他坐在离火炉不远的沙发一端，兴致勃勃地谈着。叫人不舒服的是，虽然他和对方在说话，但是并没同交谈者形成交流，只是向对方说了些话。而詹姆斯本身则像空中的羽毛，不加评论。不过同一个从牛津大学来的人进行这种敏感的对话，颇使他感到自己有些了不起。

爱尔维娜从不期望对聪明的对话表示兴趣。看到父亲漫长的遭遇之后，她再次证实了自己的想法。她对此毫无兴趣。

艾伯特穿着很得体：普通的粗花呢夹克衫和法兰绒裤子，咖啡色的鞋。他的黄袜子和那黄褐色的领带使他显得相当帅气。平纳加小姐进来时用赞许的目光看着他。

"晚上好！"她说着同他握了握手，很有一种居高临下的关心。"离开木屋镇这么久了，你对这儿有什么看法？"她讲话十分沉着，好像几乎从未高声说过话。

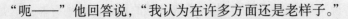

"呃——"他回答说,"我认为在许多方面还是老样子。"

"你想重新回这儿住吗?"

"我想没这个必要。在一个新的国家住了一段时间后,在这儿我感到受束缚,你知道。但是木屋镇有它吸引人的地方。"说到这儿,他意味深长地笑了。

"是呀!"平纳加小姐说,"我想老的关系还是有些价值的。"

"当然,关系重大。没有什么交往能和老关系相比。"他看着爱尔维娜,干笑道。

"你也感到这一点啦!"平纳加小姐说,"你没感到新的交往能够代替旧的关系吗?"

"不能完全代替。总是有不足——"他又看着爱尔维娜,但她对他的眼光没做出反应。

"啊,"平纳加小姐说,"即使有一些更大的吸引力,我们仍然还有些价值,这一点我很高兴。你在英格兰已经多久了?"

"一年,只有一年。我估计明年这时候,就要乘船回科罗尼角了。"他笑了,好像在期待这一天的到来。然而,很难说这件事对他有多大关系——或者任何事对他有多大关系。

"牛津大学对人还合适吗?"她问。

"哦,是的。我老是很忙。"

"你学什么专业?"詹姆斯问。

"英语和历史,但是出于兴趣爱好,我也学习精神科学。"

爱尔维娜着手做针线活。她坐在灯光下,想了片刻。这些与她有什么关系呢?这个人一边讲,一边对她微笑,使她感到自己颇为重要。然而是否有所触动呢?——根本没有。

她不知是否有人会请他留下吃饭——面包、奶酪、无核葡萄干、白干水。所有的只有这些。可是没有人留他。于是,他站起身。

"带威瑟姆先生出店堂,爱尔维娜。"平纳加小姐说。

爱尔维娜领着他穿过长长的拥挤不堪的昏暗店堂。走到门口,他说:"你还没说星期四是否来喝茶呢。"

"我想我不能来了。"爱尔维娜说。

他似乎很吃惊。

"为什么?"他说,"为什么不能来?"

"我有许多事要做。"

他脸上渐渐挂起微笑,讽刺地说:"难道不能放一下吗?"

"不，真的不能。星期四我不能来——谢谢您，晚安！"她伸出手，然后很快转身回到店内，关上门。他仍站在门厅里，看着已关上了的门，然后撅起嘴唇，转身走了。

"嗯，"爱尔维娜进屋后，平纳加小姐坚决地说，"你爱怎么说就怎么说——不过我觉得他让人高兴，非常令人愉快。"

"极端聪明。"詹姆斯说着，在椅子上转动。

"我可厌烦极了。"爱尔维娜说。

两个都看着她，非常气愤。

这以后，她尽量回避他。看到他在空闲时沿着街道闲逛，一种恨意就占据了她。星期天，她从合唱队离开教堂，从正门出去，让他在便门干等。那星期的一个晚上，他再次来访。幸好她出去了。她回来时走进院子，透过未拉窗帘的窗子，望见他坐在那里等她，便毫不犹豫地踮起脚尖转身溜走，直到他离开后，她才回家。

"你回来得真晚！"平纳加小姐说，"威瑟姆先生一直在等你。他刚走。"

"我知道。"爱尔维娜笑着说，"我走到院子里，看见了他，所以就走了，直到他走了才回来。"

平纳加小姐不高兴地看着她。

"但愿你明白自己的心思。"她说。

"你为什么要这样？"父亲气呼呼地说。

"我不想见他。"爱尔维娜说。

第二天是星期六。爱尔维娜代替了弗罗斯特小姐每三个月为教堂送一次鲜花的任务。她走遍了朋友的花园，采了一些猩红的、艳黄的、紫色的八月的花朵，红色的紫罗兰，日本太阳花，金鸡菊以及天丝菊等等。到了晚上，她提着一篮子花溜进教堂。她知道，她不去，看管人卡林丹先生是不会锁门的。

她走进教堂——这是一幢通风良好、高大、舒适的建筑——只听到从风琴房传来声声锤声，看见一支蜡烛在闪烁。星期天以前工人很忙。她在身后关上那扇贴了台面呢的门，急忙走进法衣室，拿出花卉，然后到水龙头处去取水。一切都是那样温暖、平静。

这天夜晚圆月高悬，黄色的月光从边窗洒落，一边彩色玻璃大窗发出鲜明浓厚的光彩，最浓艳的是红色和黄色。上面风琴楼厢的锤声持续不断。爱尔维娜把鲜花插进许多花瓶，直到圣餐桌像窗户一样成为一团浓烈的黄色和鲜红色、紫色和铜绿色。她把花瓶放在光亮处，使之千变万化，让深色和淡色花交相辉映，浑然一体。对于一张圣餐桌来说，这是非常华丽的。白百合的时代已经过去。

突然，上面风琴房传来了可怕的撞击声，有人跌倒了，接着传来一声骂声。

"你受伤了吗？"爱尔维娜问道，朝上面的空间望去，只见烛光灭了。没有回答。她感到奇怪，于是走出教堂，来到边门厅的楼梯处，向风琴房跑去。她从一边绕过去，——在风琴房和后墙之间的昏暗处，她看见一个穿衬衫的男人倒在地板上，在他和她中间，有几级坍下来的楼梯。光线太暗了，她看不出那人是谁。

"几级烂楼梯倒了，我跟着跌倒了。"阿瑟·威瑟姆愤愤地说，"几乎摔断了我的腿。"

爱尔维娜走上前去，在楼梯上择梯而行。他坐在那儿，弄着自己的腿。

"痛吗？"她一边问一边向他低下身去。

阴影中，他仰起了脸，脸颊苍白，目光因愤怒而变得粗鲁。

"很痛。"他说，因受了撞击而生气。这一撞使他摔了大跟头。

"让我看看。"她说。

她伸手隔着袜子摸摸他的骨头，检查是否骨折了，她的手指立刻被血浸湿了。然后，他表现得很古怪。他伸出双手把爱尔维娜的手压在腿上，使出平生的力气捂着，仿佛她的手是一贴膏药。有好一会儿，他坐在那里，双手把她的手捂在受伤的腿上，完全忘记了一切。就像有些人受了惊吓或受伤后那样，只知道紧张，其余的一概不知。

然后，他恢复了常态：疼痛减轻了。他不能忍受小腿上的剧疼，他这个地方最敏感，最怕疼。

"骨头没断。"她很在行地说，"不过你最好把袜子拉掉。"

他立刻把裤腿再卷高，小心翼翼地把袜子卷下去。他因为疼痛而感到懊丧。

"你能点个亮吗？"他说。

她找到了蜡烛，她晓得火柴总是放在风琴上一个突出的架上的，于是给他点燃一支蜡烛拿来，让他检查受伤的腿。血还在流，但是不多。这是严重的划伤，伤口肿起，看上去很疼。他在烛光下弯腰坐着，全神贯注地看着伤口。

"伤口倒不很厉害，只要痛消了就行了。"她注意到了他小腿上的黑毛。"我们最好把伤口包起来。你有手帕吗？"

"在我夹克衫里。"他说。

她四处寻找他的夹克衫。她对他有些生气，因为他完全不去注意她。她找到手帕，用它擦了擦自己的手，然后用自己的手帕做了个伤口护垫。

"我现可以包扎了吗？"她说。

他没有说话。他仍坐在那里弄自己的腿，看着伤口。血慢慢流过已浸湿的汗毛，淌到脚踝上。没有办法，只有等他。

"我可以包扎了吗？"她拖长声音，又问了一遍，有点不耐烦。他把脚往前伸了一下。她看着伤口，稍微擦了擦，然后把用自己的手帕做的护垫折起，放在伤口上。他又来了，抓起她的手揞在自己的伤口上，好像那是一贴膏药，小心而又坚定地往下按。她很生气，因为他毫不注意她。而她则等待着，好像进入了一个梦境，进入了睡眠状态。她的手臂有些发抖，伸出去，固定了。在他强有力的压迫下，她几乎忘了身处何方，好像手上的压力将她压入遗忘的状态。

"包扎起来。"他飞快地说。

她用麻木的手指顺从地替他包扎起来。他好像在充分利用她。包扎完毕，他爬着站起身来，望了一眼他正在修的风琴，又看着几级倒塌的楼梯。

"这些讨厌的烂东西，真是害死人。"他向楼梯说。然后他又坚持地开始拼搭楼梯，看着被打断的工作。

"你还要干吗？"她问。

"必须得完成，明天是星期天。"他说，"你只要帮着把这些阶梯扶一下就行了！不用一分钟就可以搞定。全做好了，只要安上就行了。"

"你最好不要修了。"她说。

"请你把这些阶梯扶一下，那么我就不会再摔倒了。"他说着，拿起扳手、锤子和蜡烛，气呼呼的，固执地摇晃而行。他工作了几分钟，轻轻敲打，重新调整，而她扶着摇摇晃晃的阶梯，从下面看着他，看着他那鼓起来的不成样的裤子——她不由得想到那容易受伤的长着汗毛的男人腿，不知怎么有点像孩子的腿，想到这些工人不成样的裤子。这两者之间的差别真是奇怪：那个核心，那个男人本身，好像非常柔软——而那个外罩却如此僵硬，毫无活力。

他不想同她说话——不说一句人类致意的话吗？男人是古怪虚伪的东西。他利用她。想想吧，他是如何文雅但又坚定地把她的手压在他的伤口上，如何得到了她的善待，直到弄得她头昏眼花、四肢无力的。此后，他是否又将恢复原有那种粗鲁、丑陋的工人的态度，把她视如几级楼梯，任他踩上踏下？

她站在那里，牢牢抓住阶梯，觉得虚弱，有点歇斯底里。她要拼出全力，向他索回自己付出的东西。他得到了她的善待之后，应该体面地说声谢谢，把她当成一个人对待。

最后，他停止了修补，看着四周。

"是的。"他怒气冲冲地回答道。

他拿着蜡烛，开始往下爬，爬到下边。他弯腰摸摸腿上的绷带。

"你干吗把那个给我。"他说，仿佛这是她的失误。

"绷带还扎着吗？"她问。

"我想是吧！"他粗鲁地说。

"你不打算仔细看看吗？"她问。

"啊，这样可以了。"他转过身，拿着工具说，"我要回家了。"

"我也要回家了。"她回答。

她拿起蜡烛，往前走了几步，他急忙穿上外衣，收拾起工具，急欲离去。她面对着他，拿着蜡烛。

"瞧我的手。"她说着伸出手去，手上血迹斑斑。袖口也被血迹弄脏——她穿着一件黑白条纹相间的布衣裙。

"伤着了吗？"他问。

"没有，但是你看看。瞧这儿！"她指着衣裙上的血迹。

"这可以洗掉。"他说，心里觉得害怕。

"是的，是可以洗掉。但现在，血迹在上面。你不认为你应该谢谢我吗？"

他害怕了。

"是的，"他说，"我非常感激。"

"你应该做的不止这些。"她说。

他没有回答，只是从上到下看着她。

"我们走吧！"他说，"不然别人要说闲话了！"

突然，他笑起来。真滑稽，这算什么态度！她放声大笑，蜡烛也抖动起来。这是个什么男人呀，像个自动装置那样回答她的问题。他一本严肃、很认真地对她说——"不然别人要说闲话了！"他们下楼梯的时候，她急促地笑着，笑得喘不过气来。

到了楼梯下边，看管人卡林丹看见了他们。他瘦高个，一脸黑色的络腮胡子。——大约五十来岁。

"你们都完了吗，你们俩？"他说。看到爱尔维娜放声大笑，他也露齿而笑。

"你们那儿的几级该死的烂梯子真是害人精。"阿瑟生气地说，"砸到了我的头上。还算好，没把腿摔断，可是也够呛。"

"楼梯和你一起摔倒了，是吗？"卡林丹打趣地说，"我还以为它们不会同人一起摔倒呢。"

"那么你应该知道。我的腿几乎摔断了。"

66

"怎么，你受伤了？"

"我想是摔伤了。瞧这儿——"他又开始卷起自己的裤腿。爱尔维娜把蜡烛递给卡林丹，溜走了。她最后一眼看到的是阿瑟低头弯腰看他珍贵的腿，卡林丹拿着蜡烛正俯身下去。

爱尔维娜回到家，脱去衣裙，使劲地清洗自己，彻彻底底地洗涤弄脏的袖子。把水倒了，尔后又用新鲜水努力地冲洗盆子。最后她穿上黑裙子，做好头发，下楼来了。

但是她不想做针线活——她静不下心来。这是星期六晚上。父亲已经开了店门，平纳加小姐去拿波洛夫大街了，要九点回来。爱尔维娜开始用奶酪、一个鸡蛋和土司碎片做山鹬或其他东西。她睁大眼睛，好像觉得有意思，面带嘲弄，因为嘲讽脸都有点颤抖。这可不是快活。

平纳加小姐进来时，爱尔维娜说："我很高兴你回来了。晚饭刚做好，我问问爸爸是否要关店门。"

当然詹姆斯不会关门，虽然他只不过只是在浪费灯油。他快速地进来吃晚饭，一听到铃声响，马上又含着一嘴饭走出去。

他尽量同顾客长时间地闲谈。他对谈话的爱好已退化到一种间歇性地对喋喋不休的爱好。

两个人坐在贫乏的餐桌前，爱尔维娜看着平纳加小姐，睁大眼睛，有一种讥讽的、几乎是厌恶的眼神。

"对于艾伯特·威瑟姆，我决心已下。"爱尔维娜说。

平纳加小姐看着她。

"怎么办呢？"她严肃、尖锐地问道。

"一切都完了。"爱尔维娜说着，发出一阵神经质的笑声。

"为什么？发生什么事啦？"

"什么也没发生。我不能忍受他。"

"为什么？怎么突然——"平纳加小姐说。

"不是突然。"爱尔维娜笑道，"根本不是。我不能容忍他。从来就不能容忍，将来也不想尝试。就因为这个原因，简单吗？"她又匆匆笑了。在这笑声中，她既嘲笑她自己，又嘲笑阿瑟，还包括对艾伯特和平纳加小姐的讥笑。

"哦，好吧！如果你如此武断——"平纳加小姐辛辣地说。

"我十分肯定——"爱尔维娜说，"完全有把握。"

"过于自信的人总是最容易犯错误的。"平纳加小姐说。

"我宁可自己犯错误也不接受别人的正确。"爱尔维娜说。

"那么你就不要指望别人为你的过错承担代价了。"平纳加小姐说。

"即使这样，结果也没什么两样。"爱尔维娜说。

她躺在床上，看着映在墙上的街灯之光。她思绪复杂，但是天晓得她想什么。她的脾气已经变得刻薄。她在等待明天，她要等到她见到艾伯特·威瑟姆。她要和他结束关系，她渴望和他切断所有的联系。她一直地凝视着街灯的亮光，眯缝的眼睛里闪现着一种光芒。

第二天，她没有去早礼拜，呆在家里做饭。晚上她仍坐在合唱队的座位上。在威瑟姆家的靠背长凳上，坐着洛蒂、艾伯特——阿瑟不在。艾伯特仍一直朝上看着她。看见他，她根本不能容忍。但她仍然用低沉甜美的女低音唱起赞美诗，开始晚祷告：

> 上帝今晚保佑我们平安，
>
> 摆脱恐惧、担心。
>
> 我们睡着时，愿天使保护我们，
>
> 直到明天光明来临。

她唱着女低音，当那柔和、激动人心、和谐的晚祷安静地充斥着整个教堂的时候，她从自己双手的交叉缝中窥视着洛蒂的帽子。她不能忍受洛蒂的帽子，这种帽子有些寻衅、俗套。她简直厌恶艾伯特后部的背影。他也低着头在做晚祷，看上去既可鄙又粗俗。她记得同阿瑟在低头祈祷时也有一样的神情。是这样的——为什么她以前没有看到呢？那种偏狭粗俗的神气！她怎么可能两次想到阿瑟呢！她欺骗了自己。想到他和他的短腿，她向教堂四周做了个怪脸，等待人们抬起头离去。

艾伯特在门口等着她。他走上前去，笑着拿起帽子，道了声熟悉的"晚上好"！

"晚上好。"她低声回答。

"好久没看见你了。"他说，"我到处找你。"

有点下雨了，她打开了伞。

"你走了一会儿吗？雨下得不大。"他说。

"不，谢谢你。"她说，"我必须回家。"

"怎么啦？为什么你不去？"

"我不想去。"

他停住，看着她，脸上露出一种冷冷的傲慢的气愤神气，颇含着几分恶意。

"你的意思是因为下雨？"他问。

"不是。希望你不要在意，不过我再也不想散步了，没有什么意思。"

"哦，至于那个，"他问，"为什么你要有什么意思呢？"他对她笑着说。

她坦白地看着他的脸。

"但是，我再也不想散什么步了。谢谢你——一点也不想。"她说着，盯着他的眼睛。

"你不再散步了？"他感到很窘迫，停住了。

"是的，毫无疑问。"她说。

"你就那么肯定吗？"他说着做了一个轻视的怪脸。他站在那里，傲慢地从上到下看着她。

"晚安。"她说。他的轻视使他生气。她在两人之间撑起伞，扬长而去。

"那么，晚安！"他回答道。她没看他，但是听到他的声音既傲慢又虚弱。

她回到家，浑身颤抖。然而她的灵魂却因满足而沸腾；她终于离开了他们。

后来，她不知自己是否对他太刻薄了。但是这件事已经结束，永远完了。Vogue la galère。

第六章　霍顿的最后努力

她这条船的缺点就是启不了航，舱里装满了水，泡在家里这个霉烂的港口中。如果你不怕受惩当个束之高阁的老姑娘的话，当然可以满不在乎地发发脾气，恣意挖苦，过独立的生活。

爱尔维娜再度掉进屈辱与恐惧之中：她开始表现出母亲当年心脏病发作时的症状。日复一日，月复一月，她就像曼彻斯特商号的女佣一样忙碌。她东奔西跑购物，星期天去教堂参加合唱，参加教堂的各种活动，还登门访友，在那儿谈笑风生，娱乐游戏。可是在她的生活里到底有些什么呢？微乎其微。她红颜消逝，慢慢变成了一个老姑娘。她在这幢房子里忙碌了二十八个春秋。父亲已经变成了一个年迈体弱的老头，但在心智和精神上却依旧生气勃勃，因父亲的缘故，家庭崩溃的末日也近了，到时候她只能靠做工为生。

唯一的出路就是工作。她可以靠教授钢琴惨淡度日，就像弗罗斯特小姐以前干的那样。她也许可以找一个当护士的下等工作，也可以在店里坐账台当出纳。她总得弄一份差使干。她会陷入日常的工作之中，像其他女人一样衰老死去，变得唠唠叨叨、啰啰嗦嗦。她会得到所谓的独立。可是奇怪的是当她严峻地面对这一不容拒绝的财富时，心里觉得可怕极了。

工作！——一份差使。她对工作的反感远甚于对威瑟姆一家的反感。她讨厌艾伯特·威瑟姆——老实说她并不十分厌恶他，而主要是认为他不合适。她不时感到他在水中透过鱼缸的玻璃朝她又笑又骂。谁知道她是否会喜欢他那奇怪而又不近人情的脾性呢。不管怎么说，这是冒险：比打工好。她对"打工"厌恶至极。即使用"雇佣"或"工作"等说法来取代这字眼还是让人感到憎恶和难以忍受。她决不靠打工来挣钱。这太丢人了。一辈子日复一日地做一套特定的动作，只因每周领取几个先令。还有比这更低下的活儿吗？太丢人了。这样的地位太丢脸了。这是所有奴役形式中最卑下、最肮脏、最丢脸的：这样的工作太单调了，宁肯马上变成奴隶，听凭人类所有的怪念头和冲动摆布也比干现代千篇一律、枯燥单调的工作要好。

她浑身颤抖，又气又怕，却又无力改变。几个月来艾伯特老是缠绕在她头脑中。她本来或许已经嫁给他了。他也许是条怪鱼，但是做一次奇怪的飞跃跳进他的天地里，不也比干那种单调的工作折磨自己更好吗？他可能生就一副怪脾气，不近人情，但这毕竟是一次经历呀！她有点儿喜欢他。他身上有一种她所喜欢的古怪和完整的东西。他不撒谎，在自己的生意范围内，坦诚。然后他会带她去南非——一个全新的天地。也许她会有孩子。想到这儿她轻轻地抖了一下。不，不是他的孩子！他瞧着就像个奇怪的冷血动物。可话又说回来，为什么不行呢？孩子为什么不能像他一样奇怪、苍白、是冷血动物，如同她自己的小鱼一样呢？为什么不行呢？什么事都是可能的：甚至是令人向往的，只要有人能想出其中的奇特之处。只要她能穿过玻璃跳进鱼缸！只要能同他接吻！

可则平纳加小姐的唠叨简直让人难受。

"我真不理解你为何这么讨厌威瑟姆先生。"平纳加小姐说。

"我们永远也不会理解那些事情。"爱尔维娜说。"我不知道自己为什么不喜欢参茨淀粉和葛粉——反正就是不喜欢。"

"那是两回事。"平纳加小姐生气地说。

"理解已不是轻而易举的事了。"爱尔维娜说。

"那是因为没有必要理解。"平纳加小姐说。

"难道有必要理解别人吗？"

"当然啦。我看不出他有什么不好。"平纳加小姐说。

爱尔维娜静静走了出去。这是她回绝艾伯特后的头几个月。他又去牛津了——要到圣诞节才回木屋镇。她同住在木屋镇的威瑟姆一家从此不相往来。他们从不朝她看一眼，她也从不瞟他们一下。

尽管如此，随着圣诞到来，爱尔维娜的情绪渐渐高兴起来。也许她会同他言归于好，会溜过去朝他嫣然一笑，会扎进鱼缸，一锤定局——亲吻他，嫁给他，然后怀上小鱼——他的孩子。她默默地沉浸在热烈的憧憬之中。

可是她第一次见到他僵直地坐在教堂里，两眼像鱼儿一样呆呆地望前方，天知道是在看什么东西——仿佛世间其他一切都不复存在。他此时的超然神情又迷住了她，吸引了她所有的遐思。他目不旁视地望着前方，在他俩之间竖起了一道忘却的墙垣。她颤抖起来，任凭自己颤抖不止。

可是，圣诞节后她又停止了一切展望。仿佛颓然退缩了：这退堂鼓是打定了。

"你从来没对威瑟姆先生说过话吗？"平纳加小姐问道。

"他从来没对我说过话。"爱尔维娜答道。

"他脱帽向我敬礼。"

"你本来就应该嫁给他，平纳加小姐。"爱尔维娜说，"他和你可能挺合适呢。"说着她充满讥讽地笑了起来。

"没有必要替我考虑。"平纳加小姐说。

打那以后，她过了好长时间才原谅爱尔维娜，同她和好。要不是她发现爱尔维娜在其母亲生前的起居室里痛哭流涕的话，她也许永远不会原谅她了。

到现在为止，爱尔维娜的故事并没有新奇之处。成千上万的姑娘都有着相同的经历。她们都找到了工作。这是解决一切问题最普通的途径。如果我们涉及的是一个普通的姑娘，我们应该让这个故事沿着多年作工这条线索平静地发展下去；或者，最好是让她嫁给一个呆板的小学员或者办公室职员。

但是我们要强调的是爱尔维娜并不是个普通的姑娘。常人常命。但是非凡的人有着非凡的命，不然就根本没有命运了。统一的现代体系对众多非凡的个人来说是难以接受的。它只会扼杀他们或者将他们白白弃之一旁。

有关普通人的故事已经够多了。我想大概克拉伦斯公爵泡在大酒桶里憋得脸色发紫、差点窒淹死时，一定会发现连玛姆西白葡萄酒都令人想吐。而普通人还不能与西班牙葡萄酒相比，只不过是自来水而已。在没完没了的普通的潮水里我们已经浸得透湿，几乎淹死，所以自来水成了我们最讨厌的液体。我们厌恶那从笼头里放出来的淡而无味的水。我们厌恶普通人。他们威胁着我们的生命，也影响着我们的灵魂，因为他们会把我们一个个都变成普通人。每个人从本性上说都应该有自己不同的特点，因为我们日复一日的单调生活如同机器的摩擦，已将这些特点磨掉了。

过普通人的生活对爱尔维娜来说没有希望。要有希望的话，只有过不平常的生活，因此对她来说危险极大，免不了要在曼彻斯特商号寒酸地干活，尽可能躲避外界的舆论，一面担惊受怕，忍辱含屈。男人可以从失败的苦草中接受自命不凡的琼浆——失败通常是男人们引以为豪的事：甚至连詹姆斯·霍顿也是如此。但对女人来说，失败却是另一码事。对她来说，失败就等于着无法生存，无法在地球上建立起自己的生活。这太丢脸了，简直让人丢尽了脸。

岁月慢慢盘绕着流走，每绕完一圈就是一个沉重的索套，压得人喘不过气来。爱尔维娜度过了二十六、三十七、二十八个春秋，甚至进入了第二十九个岁月，眼下已到了三十。这应该是桩好笑的事，可事实并非如此。

二十岁了，

二十岁了，

我欢歌跳舞，无忧无虑。

谁都愿意同我接吻，

我的生活如甜美的歌曲。

三十岁了，

三十岁了，

我仍然是个童身处女。

我的辫梢已经灰白，

时间一年年飞驰而去。

四十岁了，

四十岁了，

还不见男人来将我娶去。

我的脸上出现了灰斑，

对着镜子叹气。

五十岁了，

五十岁了，

此身仍然无人想娶。

是不是头上该系条丝带？

是不是要戴上绸纱面具？

年岁大了也该精心打扮，

因为她已经五十有余。

确实，爱尔维娜柔软的棕色短辫中已露出丝丝白发。千真万确，她依然喜欢被人看成是个姑娘。岁月踏着沉重而缓慢的脚步逝去，不知不觉这么些年头过去了。

但是我们不愿唱这种丧气的歌谣，落到歌词中的那种下场。据猜测，当今普通的老姑娘女主人公注定要在五十岁死亡，人们不允许她当以往小说中的长寿老太婆。

詹姆斯·霍顿身上仍然还蕴藏着另一种劲头。他还留着最后一条锦囊妙计。观察外面变动的世界，最终正是那些大众化的新奇玩意儿使人如醉如痴。当他拼命逃脱半便士掐脖子矿的暗礁时，他被卷进去了，但是他还是躲开了，近三年来默默无闻地躺在港口里，活像一条不堪一击的破烂的三桅帆船，抛售最后一些瓶瓶罐罐，但在清仓市场上并未激走多少涟漪。平纳加小姐以为他真的偃旗息鼓了。

可是天哪，在那个破烂肮脏的下等俱乐部里，他碰见了另一个勾引者：一个肥胖的人，此公在音乐厅里当代理人，为一些小镇筹备小型演出。他去过美洲，在西部搞演出。他一路演出回到当时告别妻女的英格兰，但却没有恢复家庭生活。不管他在何处，他妻子总是在一百英里开外的地方。现在他发现自己或多或少在木屋镇搁浅而没有办法。他几乎就为自己找了一份在陶瓷厂区音乐厅当经理的美差；他差点就在伊克列的德比郡中找到一样的美差；他在工业和矿业小镇中冲杀开一条路，寻找一切能从音乐厅或通过演出赚钱的机会。可此刻潮水退尽，他发现自己在木屋镇搁了浅。

木屋镇已经有了一个电影院：是著名的帝国影院，由滑头的建筑商和装潢商乔丹建造，这家伙的发财真叫人惊奇。詹姆斯年轻的时候，乔丹只是个无名、文盲的无名鼠辈。可现在他有一辆小汽车，透过厚厚的眼镜玻璃，那对黑黑的眼珠子露出讥嘲轻蔑的目光，瞧着踉跄而行的詹姆斯。他身材矮胖，体质虚弱，但沉默寡言，难以战胜，全名是 A·W·乔丹。

"我在这方面错过了一次机会。"詹姆斯颤抖着自语道，"我错过了一次难得的机会。我应该第一个搞电影院。"

他对梅先生表达了这一看法——后者正在寻找一份当经理的差使。梅先生也长得有点肥胖，而且守口如瓶，不过他那粉红的胖脸和浅蓝色的眼珠子使人觉得他爱嚷嚷，尽管他是个把话都放在烟斗中烧掉的人。他倒并不抽烟斗，而是抽卷烟。他抓住詹姆斯的袒露，决心要利用一下。

现在梅先生的脑子虽然滴溜溜乱转，但一样是步行速度，而不是飞行速度。他到木屋镇来并不是为了看乔丹的"帝国影院"，而是来看这个竖立在旧牛市场内的临时木结构建筑——"赖特影院和杂剧场"。赖特的表演不像木屋镇的帝国影院那么显赫，但里面总是挤满了矿工和小青工。然而梅先生始终没有机会插手于市场。赖特是一个家庭剧团，有赖特夫妇、一个儿子、两个女儿和两个女婿，是一个紧紧抱成一团的老式的家庭群体，然而打动梅先生的正是那种表演：剧目之间的影片。电影只是节目单上的一个节目，对梅先生来说还有许多比电影更刺激的节目：魔术师，流行歌曲，五分钟的笑剧，学鸟叫，还有喜剧。梅先生太富于人情味了，不相信演出中非要从头至尾放映那种抖动不停令人眼疼的电影。

因为没能找到任何机会，他确实感到灰心。他要养家糊口——虽说他的忠诚并不是单一的，但对妻子和女儿却会有良心。因为在美国住了这么长时间，他已经美国化了。比如注重个人的清白，而在"生意"上却自鸣得意，不讲廉耻，并认为这是天经地义的。他对物质具有某种奇特的感受，所以喜欢整洁的外衣，干净的衬衣，脸修得精光，就像小天使一样。可是，唉，他的衣服已经过时了，虽然那天早晨从箱子里拿出来的衣服几乎是崭新的，保管得非常完好，但这些相当昂贵的行头已不太适合他穿戴打扮了。那些过小的毡帽扣在他那张粉红的胖脸上，依然不是那么神气活现。但是那双眼睛看上去却那么悲伤，充满怨恨，好像感到自己不应该交这么多厄运。

所以梅先生住在木屋镇最好的旅店——日月旅馆中（他非要住好饭店）伤心地思考自己的处境。木屋镇所能提供的东西屈指可数，或者说一无所有。他得去阿尔佛莱顿。但那儿就能找到什么吗？唉，在这个世界上，哪儿有这个身负重任的人的栖身之地呢？他想尽力，但却没有机会。梅先生以前驾着自己的普尔门牌轿车径直去镇上最贵的饭店，就像任何在美国的美国阔佬一样。他在美国则干得很出色。然而现在在这可悲的、斤斤计较的英格兰，他看到自己的靴子眼已经磨损了，还担心没钱买火车票而进退两难。要是他不付客房费就逃出饭店——嗯，那是这个世界的罪过。他总得活下去呀，手头总得留够钱买一张去伯明翰的车票呀！他老说妻子在伦敦，并总是走到拉姆利去寄信。他有的是借口。

于是他又到拉姆利寄信去了。他看着拉姆利，觉得它是一个被上帝忘却诅咒的地狱之洞。这是山谷中一条满是尘土的长路，那灰白的灰尘和斑点是从陶器上和路边喷着黑烟的大烟囱中来的。那儿还有一条不长的岔路。站在那儿可以瞧见铁匠铺，那是一个黑漆漆的、锈斑斑的地方，再往前去一程就是铁路的联轨站。联轨站那头有许多房子朝哈撒塞基方向延续而去，那儿的长筒袜厂正忙着生产。在木屋镇可透过树顶和青草坡看到高地上得意扬扬而又俗不可耐地高耸着的教堂。与拉姆利相比，木屋镇称得上是一个充满诗情画意的天堂。

梅先生走进德比饭店喝一小杯威士忌。当然，他加入了谈话。

"你在拉姆利似乎有点沉默。"他用节目主持人古怪而优雅的声音说，"你们这儿就没有一点娱乐的节目吗？"

"我们都到木屋镇或者哈撒塞基去。"

"可你们就不能搞些自己的东西——能和赖特杂剧场一争高低吗？"

"唉——除非——恰好有人来弄。"

在拉姆利这块处女地上盖放映院这个主意偷偷溜进詹姆斯的脑袋中。他对那两个女人一言不语。可自从那天早晨梅先生提出这话题，他就成了一个新人。他像男孩一样心神不宁，像刚长了翅膀一样急不可耐，跃跃欲飞。

"我们下去到现场看看。"梅先生说,"你先不用下决心——你不会有任何损失,只是先对现场有个初步的认识。"

事情就这样定下来。第二天早上这对风马牛不相及的人一起到拉姆利去了。詹姆斯衣着很寒碜,上身穿一条深灰色的裤子,头上戴一顶廉价的灰帽子。他身子前倾,但仍然快步如飞,仿佛厄运在后面紧追不舍地赶他一样。他脸庞消瘦,但仍不失风度,奇怪的是那顶不值钱的帽子虽然很不协调,却使他看上去更有绅士风度。真是这么回事。他一面走,一面机警地东张西望,向每一过往行人行礼。

身材有点肥胖的梅先生神情严肃,昂首挺胸走在他旁边,使人联想起一种趾高气扬的小鸟。那件石墨色夹灰色的外套不大不小的正好紧裹在他身上——只是大概太小了一点。上衣和马甲用与衣料同一颜色的丝缠滚了边。柔软的领子非常干净,同他的衬衣一样有一条深色的条纹。黑色的靴筒是用灰色的小山羊皮制成的,但是后跟有点儿磨损。深灰的帽子很精神。总的来说,看上去很整洁,可就是有点旧。他的脸色红润,但蓝眼睛中却蕴藏着怒气。这双眼睛看问题很准,可看到的却是一个错误的地方。

两人边走边谈,詹姆斯弯着背,梅先生挺着胸,操着优雅的语调说着话,明显是个见多识广的人。

"当然。"他说——这两个字他是经常挂在嘴上的。后面的"然"字他发得相当故意,结果发成了"仁"。"当然,"梅先生说,"这个地方坏透了!在我所有周游过的地方从没有比这更糟的了。不过,还有——我们要谈的不是这个——"

他把肥胖的手从洁净的衬衫口往外伸了伸。

"对,这不是我们要谈的,绝对不是。这完全离题了。我们要的是——"詹姆斯说道。

"听众——当然!但我们有听众!处女地——!"

"对,完全正确。无人涉足的地方!一个没被开垦的市场。"

"没被人糟蹋过的市场。"

梅先生以充分肯定的语调复述了一遍,但脸上却掠过一丝淡淡的微笑。"对我们来说这是何等幸运啊!"

"处理得当,处理得当。"詹姆斯说。

"那可不,当然。我们应该处理得当!"

"噢,我们来处理一下,处理一下。"詹姆斯急忙而有点嘶哑地说道。

"我们当然要安排啦!哎呀,我的天哪!如果不能设法组织到观众,那还要我们干啥。"

"在他们的兴趣方面我们有先例可以借鉴。我们可以看看赖特他们是怎么干的——也可以看看乔丹是怎么干的——我们事先可以去一下哈撒塞基、拿波洛夫和阿尔佛莱顿——也就是说——"

"当然可以啦！——如果认为有必要的话，我可以替你去。我去同经理和演员谈一下——就像是记者采访一样，你明白了吗？我搞过许多采访，从各家报社要些记者证来是再轻易了。"

"对，这个主意很妙。"詹姆斯说，"看样子你准备要为报纸写篇报道——太妙了。"

"简单易如反掌！你要了解的情况统统都能搞到。"

"一点不错，一点不错！"詹姆斯说。

我们这两位主人公就这样在拉姆利污秽的后镇荒芜的草地和沼泽地东张西望地走着。他们看见一块荒地上停着两辆大篷车，一个女人坐在大篷车踏阶最下面一阶上削土豆皮，一个地位低下一些的姑娘提着一只浅蓝色的搪瓷大水罐最过来。背后是两个遮着彩色帆布的小停子，里面传来钉东西的声音。

"早上好！"梅先生说着，在那个女人面前站了下来，"现在还不到演出时候吧？"

"对，还不到。"那女人答道。

"响，就你们两人呀！过得还好吗？"

"马马虎虎。"那女人说。

"只是马马虎虎吗?! 对不起。再见。"梅先生那双敏锐的眼睛四处打量，看到遮盖小亭的帆布下有一个黑人弯着身子。这个黑人很年轻，但长得又瘦又弱，还是瘸子。他的脸与沃特画中的年轻黑人非常相像——忧郁、沉闷、愁眉苦脸。梅先生刹那间什么都明白了：这男人是那女人的丈夫，他们已经适应了这些地区；他刚才钉东西的那个亭子是用于投环套物游戏的。另一个亭子大概是用来做椰子游戏的。梅先生顿时像美国人一样对黑人在场感到一阵厌恶，于是便同詹姆斯走开了。

他们听说这个女人是拉姆利人，有两个孩子，那个男人是个沉默寡言、极受人尊敬的小伙子。但是这家人不与人来往，不与拉姆利的人掺杂在一起。

"我想应该这样。"梅先生说，甚至想到这点心里就有点厌恶。

然后他走过去问他们来这儿有多久——三个月——要在这儿呆多长时间——只一个星期，然后去阿尔弗来顿集市——这个表演场地的老板是谁——鲍斯先生，是个卖肉的。啊！这块场地是派什么用场的？啊，这是块建筑场地。但是地基不太好。

"好极了！我们真有福气。"梅先生一到街上就高兴地喊了起来。但是这一喜气洋洋和神采飞扬对他来说却是严峻的考验，因为他经常都在十一点时喝威士忌，现在他的瘾又上来了，难受得要命——酒是他的强心剂！但是他不敢向詹姆斯说这一点，因为后者是个滴酒不沾、只喝茶的人。于是他拖着疲乏的步子朝木屋镇走去，在日月旅馆的私人酒吧间无力地长叹了一声"啊！"他皱了皱短鼻子，这地方的气味让他感到恶心。矿工们喝的啤酒简直叫人倒胃口。他拿着威士忌靠在椅子里，两眼茫然而忧郁地望着前方，目光里还夹杂着某种更为强烈的怒气。他感到倒霉透了，禁不住怒从中来。

可他照样一如往常，神采奕奕地抬头走出去。下一次他得同詹姆斯会面。他还没提出费用的问题。什么时候才能从詹姆斯那儿弄笔预付金来呢？这件事得抓紧。他在镜子前仔细梳了梳自己棕色的鬈发。哟，两鬓都发白了！天哪，过这样的日子还能不早白了头？他没穿外衣，马甲后面的灰缎紧紧绑在他身上。他已经胖了——但肚子还没大。一点都不大。他看了看自己身体两侧，忧郁地害怕自己清瘦了。他跟有些人一样，样子就像鸟儿一样，好神气地将尾巴伸出一点儿来。马甲的缎子多么经久耐磨啊！他瞧了瞧衬衣袖口，发现它们都快破了。幸好做衬衣时他留了不少衣料，足够更新袖口和领圈。他穿上外衣，弹去上面实际上可能并不存在的尘埃，又准备出去找詹姆斯谈预付金的问题了。

但是那天他并没有如意。第二天早上六点他按铃让人送茶点来。十点前他急忙去过拉姆利又回来了，已经同鲍斯先生就表演场地的事交谈过了，而且还克服了自己所有的厌恶感，同那个沉默忧郁、瘦弱的黑人交谈了阿尔佛莱顿集市演出的事，是否有可能买到某种折叠房作放映院。他带着这些消息去见詹姆斯——见面不是在简陋的俱乐部，而是在所谓的工匠大厅中空无一人的阅览室里。那个俱乐部从来没有工匠去过，而只有那些与詹姆斯同一阶层的人才进去。两人在那儿摆开棋盘假装下棋，却在偷偷地进行一场迅速的交谈。

梅先生说明了全部调查的结果。接着他试探道：

"我们现在是不是最好谈谈经济方面的问题？如果我们想要找个地方搞建筑——奇怪的是他总是称其为建筑——我们得弄清打算花多少钱。"

"对，对。嗯——"詹姆斯茫然而又紧张地应着扫了一眼梅先生。而梅先生则莫名其妙地用手指弹着自己棋盘上的黑马。

"你知道吗，我现在手头没有可兑换成现款的资金。我认为稍稍过一段时间——如果我们需要——我可以弄几百英镑来。有好几笔款项都到期了——有很多款项，可是催付到期款项真难哪，尤其是向美国方面索讨就更难了。"他抬起蓝眼睛看看詹姆斯·霍顿。"当然我们也可以等一下，等拿到钱款后再说。或者我来当经理——你可以雇我。"

他注视着詹姆斯的脸。詹姆斯看着棋盘，激动地颤抖起来。他不想要合伙者，他想搞单干。他讨厌合伙人。

"你愿意当拿固定工资的经理?"詹姆斯用沙哑的嗓子迫不及待等地问道，细巧的手指互相缓缓摩擦着。

"这还用问，当然愿意啦! 只要你同我订个合同，答应以后让我当你的合伙人就行了。"詹姆斯可不太愿意这么干。

"你想订什么协议?"他问。

"嗯，暂时没多大关系。就目前来说，如果我当你的经理，你想——想付多少——?"

"一个星期给多少钱吗?"詹姆斯直接问道。

"一个月付一次是不是更好些呢?"

两人面面相对。

"双方都提前一个月提出中断聘用，行吗?"梅先生继续问。

"要多少?"詹姆斯不知足地问道。

梅先生注视着自己保养完美的手指。"嗯，如果小于二十镑我看不太好办。当然这价低得可笑。在美国，我的月薪从来就没低于三百美元，这是我所接受的最低限度。不过，当然啦，英格兰不是美国，这让人感到特别遗憾。"

但是詹姆斯却不同意。

"这不可能!"他尖声答道。"这不可能! 一个月二十镑? 这不可能。我办不到。我根本不会考虑。"

"那你说个数，考虑给多少?"梅先生反驳道，他对这个老奸巨猾、拼命摇脑袋的乡巴佬感到很气愤，同时又对自己猛然落入委曲求全的处境感到愤愤不平。

"我每月最多只能出十镑。"詹姆斯尖刻地说。

"什么!"梅先生惊叫。"你叫我拿什么过日子? 叫我老婆怎么过日子?"

"我得有收益。"詹姆斯说，"要有收入，我从一开始就得节省开支。"

"不——恰恰相反。你开始时得准备付出一些。如果你一开始就计较，日后就会一事无成。十镑一个月! 这怎么行! 十镑一个月! 可叫我怎么过日子呀?"

可詹姆斯仍然不同意。那天上午两人什么也没说好。梅先生回到家，感到比往日更难受和疲乏，喝威士忌时更加怒气冲冲。但是詹姆斯已经被战火烧着了。

可怜的梅先生只得养精蓄锐，想好办法，准备进行第二轮会谈。他一定要用其他办法把工资增加百分之几。他想了一切可行的办法。他可以要这十镑——可你这辈子听到过这么可笑的事情吗——十镑！——这个卑鄙的老滑头，卑鄙、吝啬，像个老太婆！他可以接受十镑；不过要把本钱捞回来。

他又赶去找那个黑人，向他打听某幢四周有分段隔墙、上面有屋顶的木质演出房。这幢盖在塞尔伐黑公地上的老式巡回剧院已经倒闭了，也许可供出售。又匆忙赶到鲍斯先生那儿，写去了各种信件和便条。第二天早上，他踏上去塞尔伐黑的路：步行去那儿。可怜的人儿，这双小脚穿着很紧的鞋子要走七英里漫长而枯燥的路程，穿过从前曾是风景优美、眼下却充斥着矿村的乡间，爬过座座山岭，一路上向那些粗野的乡下佬问路，最后来到了那块公地。可这根本不是块公地，而是一个令人更加感到沮丧的小村：它建在一块高地上，光秃秃地躺在苍穹下，满目萧然。

他看到了那座剧棚，又破又旧，漆成暗红色，脏乱地贴着狭长而破碎的广告。木墙旁边的草长得茂盛。很愿这木墙还没朽掉。他蹲下来用小刀捅了捅，看看木头是否烂了。这时一个警察头戴水罐一般的头盔跨下自行车，推着车偷偷地越过草地朝他走来，在他背后大喝一声，把可怜的梅先生吓得差点儿晕倒。

"你在找什么？"

梅先生两颊涨红，颈上青筋跳起，站起身来，手中拿着小刀。

"噢，"他说，"您早。"他扯了扯马甲，看了一眼身前又瘦又高的警察和闪闪发亮的自行车。"我正在看这幢老建筑，想把它买下来。我担心这基础已经烂了。"

"这并不奇怪。"警察说着，怀疑地注视着梅先生把小刀合上。

"这地方对我来说恐怕没多用处。"梅先生说。

警察不愿回答他。

"不管怎么说，您能否告诉我该到哪儿去打听这房子的事情？"梅先生用非常客气和老练的语调问道。可警察仍然上下打量着他，好像他是这个寻常世界上陌生而又了不起的生物一样。

"什么，你问哪儿去打听？"警察说。

"问能不能将它买下。"梅先生回答说。他觉得有点恼火，费了好大劲才保住人与人交流时的坦诚和轻松心情。

"他们不在这儿。"警察答道。

"噢，是这样！他们在哪儿？是些什么人？"

警察更加怀疑他看了看他。

"他们的名字是考拉德。他们不游行的时候就住在奥弗莱顿。"

"考拉德——谢谢您。"梅先生掏出记事本。"考——拉——德，是不是这么写？请再告诉我地址。"

"我不知道是哪条街。不过请你到'三铃'问一下就知道了。那儿有太太的姊妹。"

"三铃——谢谢。您刚才说是奥佛莱顿吗？"

"对。"

"奥佛莱顿！——那里？"

"大概八英里地外。"

"是吗——怎么去那儿呢？"

"可以走去——也可以坐火车。"

"噢，有火车站吗？"

"火车站?!"警察瞧着他，仿佛他不是罪犯就是傻瓜。

"对。那儿有火车站吗？"

"嗳——切斯特菲尔德下来就数它最大——"

梅先生突然明白。

"噢——噢!"他说。"你是说阿尔佛莱顿——"

"阿尔佛来顿，对呀!"警察此刻相信这人神经有毛病。不过幸好他不是爱出风头的警察，不想在官阶上再往上爬：他认为官越小越安全。

"这儿哪条路通往火车站?"梅先生问。

"你要平克生还是布利尔？"

"有两个。"警察说。

"去塞尔伐黑的吗？"梅先生问。

"是的，那两个都是咧。"

"哪个更好？"

"要看坐哪趟车。有时候你等车要等一两小时——"

"你不知道火车时间吧？"

"一趟在下午——不过不晓得你到那儿的时候火车是不是已经开了。"

"去哪儿的？"

"布利尔？"

"啊，布利尔！嗯，也许我可以试试。你能不能告诉我怎么去那儿？"

经过一个小时艰苦跋涉，他来到了布尔威尔火车站，发现要到晚上六点才有车。他觉得自己是在霍顿先生手下费劲地一个子儿一个子儿地挣钱。

81

关于这即将进行的冒险，平纳加和爱尔维娜听到的第一个消息，是詹姆斯声称已将店出租给了隔壁的杂货商玛斯登。玛斯登已同意接管詹姆斯的后，出其他房东的的租金一样，而且，由他自己出钱进行所有的改装和整修。这对詹姆斯来说可谓是桩财运亨通的生意：他不用花一个子儿，租金是净利。

"不过什么时候开始呢？"平纳加小姐喊道。

"他十月一日接管。"

"嗯——这主意不错。这店留着也划不来。"平纳加小姐说。

"肯定不合算。"詹姆斯边说边搓着手；这是他难得激动和高兴地表示。

"你就退休过太平日子吧！"平纳加小姐说。

"等着瞧吧！"说完这几句决定命运的话后，詹姆斯飘然走出去找梅先生。

詹姆斯已快七十岁了，可走起路来却像风中的树叶一样轻快，不过却是一片枯叶。

"爸爸在忙着干一件事。"爱尔维娜用警告的口气说。

"我想是的。"平纳加小姐担心地说，"可我不知道这是什么样的事。"

"我也不知道。"爱尔维娜笑了起来。"不过我敢肯定这件事情很糟——不然的话他早就告诉我们了。"

"是的。"平纳加小姐慢吞吞地说，"他很可能会告诉我们，不知道是件什么样的事。"

"我也不知道。"爱尔维娜说。

这两个女人深居简出，因此丝毫没有听说詹姆斯到拉姆利去了一趟。晚饭时分她们就像猫一样等着主人回来。

平纳加小姐见他走来，一面激动地同满头白发的梅先生交谈。后者脸色比往日更加红润，像知更鸟一样神气地挺着胸脯。达成共识后，他贸然喝了威士忌和苏打水以示庆祝，而詹姆斯实际上只拿了一杯葡萄酒。

"爱尔维娜！"平纳加小姐小心翼翼地对着底下的店铺喊了起来。"爱尔维娜！快！"

爱尔维娜飞奔上来，透过店铺窗户的角往外看，只见两个男人站在那儿，梅先生像只红脸灰毛的小鸟，骄傲地仰头听詹姆斯·霍顿说话，不时抓住詹姆斯的外衣翻领，妄想得到他的应允；詹姆斯则点着头，说到激动的地方就换着脚一蹦一跳地围着对方打转，脸上的肉颤抖着。

"那个平凡的男人到底是谁？"平纳加小姐问道，心里不由得感到一阵绝望。

"不知道。"爱尔维娜看着眼前的滑稽景象忍不住笑了起来。

"你不觉得他很可怕吗？"这位年长的可怜女人说道。

"怎么会呢？你见过这么粉红的脸吗？"

"还有衣服的绲边！"平纳加生气说道。

"爸爸差点把他的衣服都卖了。"爱尔维娜说。

"但愿他没有把你爸爸卖掉，就是这么回事。"平纳加小姐说。

两个男人向回家的方向又走了几步，于是这两个女人准备躲进屋里。当然，朝大街上偷偷张望是十分轻佻的行为，可现在谁还顾得上这些。

"他们又停下来了。"平纳加小姐又招呼了一下爱尔维娜。

两个男人又激动地交谈了几句，声音隐约可闻。

"真不知道这人是干什么的。"平纳加小姐痛苦地喃喃自语。

"肯定是搞演出的。"爱尔维娜相信。

"你这么认为吗？"平纳加小姐说。"这不可能！不可能！"

"他不可能是搞别的行当的，你说呢？"

"噢，我简直不敢相信，不敢相信。"

可是梅先生一会儿伸手搭在詹姆斯的手臂上拉住他，一会儿又与他的雇主握手。此时头戴廉价小帽的詹姆斯微笑着向对方正式道别。梅先生用戴着小山羊皮手套的手优雅地挥手道别，然后转身朝日月旅馆大摇大摆地走去，而詹姆斯则踮着脚像往常一样急忙朝家里跑来。

"啊——是平纳加小姐！"他说着想从她身边溜过去。

"那个人是谁？"她厉声喝道，仿佛詹姆斯是个她讨厌的小孩儿似的。

"呃！对不起，我没听清？"詹姆斯吓得往后倒退了一步。

"那人是谁？"

"呃，哪个人？"

詹姆斯有点聋，嗓子也有点沙哑。

"那人——"平纳加小姐走到门旁。"在那儿！那个人！"

詹姆斯也来到门口往外望去，好像希望能看到什么奇景似的。看到梅先生渐渐离去的紧绷绷地向前挺起的背影，戴着顶神气活现的小帽，戴着灰色的小山羊皮手套的确让他感到惊奇。他很冒火，怎么让他看到这种样子。

"噢，"他说，"那是我的经理。"他匆匆往店里走去，吩咐把晚饭准备好。

平纳加小姐茫然若失地在店门口呆呆站了一会儿，已经失去了知觉。等到恢复知觉后，她感到自己快要尖叫，快要崩溃了。但她再次坚强地挺了过来，尽管这一来要少活一年，她从未崩溃过，从未歇斯底里发作过。

83

她有点儿沮丧，好像经受了一场打击一样，但仍然强打起精神，关上店门，跟着詹姆斯来到起居室，就像是条紧随的跟屁虫一样。他在吃晚饭，好像完全没有注意到她进来，屋里有一股洋葱土豆炖羊肉的味道。

"什么经理？"平纳加小姐说完陷入了沉默，但仍然倔强地站在门口，大有一副刨根问底的劲头。

但詹姆斯却心神恍惚，魂不守舍。

"什么经理？"平纳加小姐紧问不舍。

可他还是木然伏在桌上狼吞虎咽地吃着炖羊肉。

"霍顿先生！"平纳加小姐突然改变了嗓音。她面色青黄，突然用手奇怪地敲了一下桌子。

詹姆斯怔了一下，不知所措地抬眼看着她，就像被人突然从睡梦中惊醒一般。

"呃？"他目瞪口呆地说，"呃？"

"回答我的话。"平纳加小姐说。"是什么经理？"

"经理？呃？经理？什么经理？"

她穿着一身黑衣服朝前跨了几步，一副凶狠的表情。詹姆斯不由得退缩了几步。

"什么经理？"他喃喃地又重复了一遍。"我的经理。我雇的放映院经理。"

平纳加小姐看了看他，又看了看他，但不说话。此时此刻，因他而发的所有女性的愤怒在体内悄悄集聚起来，像一道无声的闪电朝他打去。平纳加小姐这门狂怒的大炮快要爆炸了。"放映院！放映院！你想告诉我——"可她憋得发慌，心脏和胸口的血管快要炸裂了，只得用手撑住桌子。

这是一个可怕的时刻。她模样狰狞可怖，脸像套了面具一样，双目冷酷，嘴唇发青。一场可怕的雷电就要降临。詹姆斯害怕了，在那儿纹丝不动。屋里出现了暂时的沉寂和暂时的停顿。

沉寂中，她同他一刀两断了。永远一刀两断了。等她完全平息后，便走回自己的椅子，在盘子前坐下，接着开始旁若无人地吃了起来。

对可怜的爱尔维娜来说，这是一场忽然的可怕时刻。她看看这个，望望那个，脑袋低垂在盘子上。詹姆斯也一样，低着头忘了吃东西。平纳加小姐独自慢吞吞地吃着。

"你不想吃晚饭吗，爱尔维娜？"她终于开了口。

"不怎么想吃。"爱尔维娜说。

"为什么？"平纳加小姐说，声音粗暴，简直跟弗罗斯特小姐一样，简直一模一样。

爱尔维娜拿起叉子傻傻地吃了起来。

"我始终认为往洋葱土豆炖羊肉中搁些瑞典芜菁味道更好。"平纳加小姐说。

"我也这么认为，真的。"爱尔维娜说，"但是瑞典芜菁还没到货。""噢！星期二我们不是还有一些吗？"

"不，那是黄芜菁，不是瑞典芜菁。"

"好吧，就算是黄芜菁吧！我爱吃小黄芜菁。"平纳加小姐说。

"我要早知道的话，就放一些在里面啦。"爱尔维娜说。

"是的。我们下次放吧！"平纳加小姐说。

席间没有人再说电影院的事，一句也没提。詹姆斯一吃完葡萄干馅饼就赶紧跑开了。

"他在干什么呢？"他走后爱尔维娜问道。

"买一座放映院——我们看到的那人是他的经理。事情很明显。"

"可我们要放映院干什么？"爱尔维娜说。

"应该说他要放映院干什么。这不关我的事。与我毫无关系。我一个子儿也不会借给他。对我来说是一回事，就像没有放映院这回事一样。我要说的就是这样。"平纳加小姐说道。

"不过他已经把生米煮成熟饭了。"爱尔维娜说。

"那就让他去干吧！与我无关。反正你爸爸的事与我无关。我插在他们中间是很不适合的。"

"他们对我来说关系也不大。"爱尔维娜说。

"你可不同。你是他的女儿。幸亏他同我没关系。我很同情你的妈妈。"

"可他老是这样。"爱尔维娜说。

"问题就在这儿。"平纳加小姐说。

她产生了一种绝望的情绪。这种感情一旦变冷后就再也不会恢复了，如同试图暖和一个冻僵的老鼠一样，那只会使它溃烂。

然而可怜的平纳加小姐经历此事后变得苍老了，背似乎也驼了。她讲的事情常常使爱尔维娜联想起弗罗斯特小姐。

第二天晚上，平纳加小姐回自己的房间后，詹姆斯心神不安地同女儿交谈了起来。

"我已经对你们讲了我买了一座放映院。"詹姆斯说，"我们正在协商，准备买机器：发电机之类的机器。"

"可放映院摆在什么地方呢？"爱尔维娜说。

"在拉姆利那儿。我明天带你去现场看看。那座建筑——是一座桁梁结构的巡回剧院——星期二搬来——下星期二。"

"但是谁同你合作呢，爸爸。"

"我一个人——单打一。"詹姆斯·霍顿说："我找了一个不可多得的经理，他精通业务——叫梅先生，是个好人，一个大好人。"

"那个个头很矮、穿灰衣服的？"

"是的。我一直在想——是让平纳加小姐收钱卖票，让她在票房干；你弹钢琴；让梅先生学会操作机器——他现在在参加听课——我当放映院里的服务员，这么一个班子足够了。"

"平纳加小姐才不肯去收钱呢，爸爸。"

"这是为什么？为什么不肯收？"

"我也说不清楚。但她根本就不愿干——我要是你的话就不会去叫她参加。"

一阵沉默。

"啊，好吧！"詹姆斯泄气地说道，"她不是必不可少的人。"

让爱尔维娜去弹钢琴！这可是给她的沉重一击。她急忙回到自己的卧室，又是哭又是笑。她看到自己坐在钢琴前，敲打出《风流寡妇圆舞曲》，随后又充满柔情地表演出《玫瑰园》，一遍遍地弹奏这首曲子。此时影片在银幕上闪烁着，观众大声喊叫着，几个邋遢的孩子叫卖着"巧克力——一先令一块！巧克力——一先令一块！巧克力——一先令一块！"每每此刻，她就用力敲打出另一首曲子。

对上帝来说，这是什么样的景象啊！她猝然大笑起来，与此同时又想起了自己的母亲和弗罗斯特小姐，她哭得伤心。接着所有滑稽和不协调的乐曲声都在她的脑袋中回响。她想象自己把它们装饰成无价的变奏曲，比如说《露西，再呆会儿》。她开始根据《露西，再呆会儿》这一主题在脑中编织着想象的和声和变奏。

> 露西，再呆一会儿，再呆一会儿，
>
> 我多么喜欢同你再呆一会儿。
>
> 心肝，听我唱吧，你将如意，
>
> 呆一会儿，再呆一会儿。

所有那些曾经让弗罗斯特小姐大为气恼的曲调，所有那些《梦幻圆舞曲》和《少女的祈祷》，还有那些糟糕透顶的歌曲。

在那情意缠绵的岛上，

有谁喜欢我吗？

在那情意缠绵的岛上，

当然应该有人——

可怜的弗罗斯特小姐。爱尔维娜想象着自己趁换片的空闲在一个由呆头呆脑的矿工组成的合唱队中领唱，四周的空气糟糕透顶，弥漫了忍冬和橘子的味道。

你愿意同我欢爱吗？

你愿意同我欢爱吗？

（那还用问！）

在美妙的树荫下，

叫我一声心肝宝贝好吗？

你想不想紧紧抱我一下？

（那就来吧！）

把我放在你的膝上，

叫我一声心肝宝贝——

你愿意同我欢爱吗？

（啊，啊——再唱下去！）

爱尔维娜充满幻想，兴奋不已。

第二天早上，她对平纳加小姐说了。

"是的，"平纳加小姐说，"你以为我会卖票，对吗？对——嗯，看来他恐怕得自己去干这份差事啦。可你却要去弹钢琴。这有失身份！有失身份！有失身份！幸好弗罗斯特小姐和你妈妈都死了。他已经丢尽廉耻之心——丧尽了。我真怀疑，他是否还懂一点廉耻。好在这事和我无关。我真替你难过，真的。哼，不知羞耻

——不知羞耻——"平纳加小姐踩着低沉的脚步声走出房间。

爱尔维娜被领到拉姆利去看了现场，还被引见给了梅先生。他以最优美的美国方式向她鞠躬致敬，用极妙的美国礼节对待她。

"您不认为这是一个好的回答吗？"他问她。

"妙极了。"她答道。

"当然啦，"他说，"这幢建筑只是暂时的。当然，这东西不怎么中看：不过是一座

木质的老式巡回剧场。但是这一来——我们要做的就是动手干起来。"

"你准备放映电影吗?"她问。

"是的,"他骄傲地说,"我每晚都同拿波洛夫镇马什放映院的放映员在一起——确实很有趣,你准备弹钢琴吗?"说着他将头神气地一歪,狡黠地打量着她。

"爸爸是这么说的。"她回答。

"你怎么说呢?"他试探道。

"恐怕我没什么发言权。"

"噢,但是可以确定。如果你不想干就不必去干。这么干绝对行不通。我们能不能雇个年轻人——?"他带着探问的口吻扭头问霍顿先生。

"爱尔维娜的演奏水平可以和木屋镇的任何人相比。"詹姆斯说,"我们不能增加开支,尤其是工资——"

"然而霍顿小姐当然应该拿工资。出力就该拿有报酬。这是理所当然的!她也应该拿工资。付同样的钱,你可以雇一个手腕坚强有力却又无足轻重的家伙。我担心这工作会把霍顿小姐累死的——"

"我不这么认为。"詹姆斯说,"我不这么认为。有许多节目她不必伴奏——"

"嗯,如果是这样的话,"梅先生说,"如果我不放电影时,可以亲自为一些节目弹琴,我不是钢琴专家——不过我可以弹一点,你知道——"于是他在爱尔维娜面前,在事实上并不存在的键盘上上下颤动着手指,一面神气地看着她,露出狡黠的微笑。

"我敢说我可以替任何节目伴奏,但不能给耍盘子的伴奏——不然他听了我的伴奏会把盘子掉下来。但是歌曲——啊,歌曲!各种曲子我都会弹!"

他又抖动着手指在想象中的键盘上弹了几下,肥胖的脸颊冲着爱尔维娜微笑着。

她开始喜欢上了他。当你了解他后,会发现他身上有那么一点优雅的气质——确实相当细致严谨。是个演员,太对了!很爱招摇,可又十分细致严谨。

自那以后,他就成了曼彻斯特商号的常客。平纳加小姐对他冷漠,而他也不喜欢她。但他十分乐意坐下同爱尔维娜没完没了地闲聊。

"你太太在哪儿?"爱尔维娜问他。

"我太太!噢,别说了!"他滑稽地说道,"她在伦敦。"

"为什么不要提她?"爱尔维娜问。

"噢,原因可多啦,她和我一点儿也合不来。"

"这太糟糕了。"爱尔维娜说。

"坏透了!可又有什么办法呢?"他滑稽地笑了起来,随即又严肃说道,"不,她是个不可救药的人。"

"我明白了。"爱尔维娜说。

"我敢说你根本不明白。"梅先生说，"你不明白——"说着他把手放在爱尔维娜的手臂上——"别以为她不讲道德！不然你就大错特错了。噢，我的天哪，不是这么回事。恪守道德是她最大的优点。自己靠三片生菜叶度日，而把其他的都送给那个打杂的女佣。她就是么个人。噢，婚后不久我们的生活糟透了。我们一起只过了三年。可是天哪！那是什么样的鬼日子哟！"

"怎么回事？"

"她怎么也兴奋不起来，不肯吃东西。如果我对她说，'我们今晚吃什么，格雷丝？'她肯定会说，'噢，我上床前要洗个澡——这就是我的晚饭。'要知道她是个典型的素食主义者。"

"真是与众不同！"爱尔维娜说。

"与众不同！我想是这么回事。可给我的痛苦也与众不同。她也不让我吃东西。我自己动手做饭的时候，她就怒气冲冲地跟着我进厨房。你想想看吧！我做了一盘蘑菇：噢，最可口的蘑菇，味道美极了——我放在炉子上用黄油煎：好吃的嫩蘑菇。我敢打赌，她肯定是在我转过身去的时候进厨房的，在锅里倒了一品脱隔了夜的胡萝卜汤。我气坏了。你想想！——这么新鲜美味的嫩蘑菇啊——"

"是新鲜蘑菇。"爱尔维娜接口说。

"蘑菇——世上最好吃的东西。噢！你不觉得吗？"说着他奇怪地对着天空转动着眼珠子。

"那是好东西。"爱尔维娜说。

"我也这么想。结果都泡汤了——被脏胡萝卜汤泡了。噢，我气坏了。可她却说，'嗯，我不想浪费！'她不想浪费隔夜的胡萝卜汤，而我的蘑菇却败了味。你想象得出这种人吗？"

"这日子肯定不太好过。"

"是啊！我瘦了。和她结婚后的第一年里，我不知掉了几磅肉。她讨厌我吃东西。嘿，最后她又说明了我的一大罪状。她说：'我已经看了藏食物的地方，发现那儿已经快空了，于是我想：这下他没法做晚饭了！可结果你又做了！你听听。你有些什么感受？这种恶狠狠的话！'可结果你又做了！'"

"她想叫你吃什么过日子？"爱尔维娜问。

"跟她一起啃生菜叶，喝自来水——然后读萧伯纳的小册子净化我的灵魂。她就是

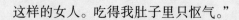

这样的女人。吃得我肚子里只怄气。"

"太霸道了。"爱尔维娜说。

"啊！"他两眼朝天，伸出双手。"我不敢相信自己的感觉。我不知道会有这样的人。还有她的朋友！噢，她的那些可恶的朋友——那些朋友！噢，他们的优生学。他们出于优生学的考虑审查我个人的品行。啊，你想象不出这种情况。比西班牙宗教法庭还厉害。可我却这样生活了三年。我自己也不知道是怎么熬过来的。"

"你现在不和她见面了吗？"

"决不！我决不让她知道我在那！但是我当然要赡养她。"

"那你的女儿呢？"

"噢，她可是世上最可爱的孩子。我从美国回来时在朋友家里见到她。世上最可爱的小东西。但是，她当然对我感到很生疏，就好像不认识我一样——"

"真可惜！"

"噢——让人受不了！"他伸出修平指甲的胖手，其中一个手指上戴着一只绿色的有凹雕的玉戒。

"你女儿多大啦？"

"十四岁。"

"叫什么名字？"

"吉玛。她在罗马出生，当时我在那儿为舞蹈家毛凯丽小姐当经理。"

真不可思议，梅先生转眼间就同爱尔维娜小姐形成这种亲密无间的关系。但这只限于口头交往，并无非分之念。他倒是像一只忧郁的灰鸽子，啄食着爱尔维娜同情的面包屑，而且始终眼睛朝上，严密注视着，不让她越雷池一步。要是她有一丁点儿亲热的表示，他就会慌张、焦虑不安地走开。女人的亲热对他来说是最可怕的事，使他感到恐惧和愤怒，并且憎恨所有的女人：可怕的不长胡子的双脚猫。如果他是一只小鸟的话，对猫就会有一种天生的恐惧。他爱天使！尤其是母性的天使。噢！——那才是他所期待的。但是不准靠近！所以他不愿意让人看到自己同爱尔维娜一起在外头；如果在街上遇到她，他就鞠个躬，接着径自向前走；一个毕恭毕敬的大鞠躬，但是随即就挺起腰，比往日更加高傲地朝前走去。在公共场合他对她坚决采取敬而远之的态度。

但是在他掉过尾巴要走的时候，平纳加小姐这只危险的老灰猫总是斜睨着眼睛看他。

"太女人气了！"她轻声低语道，"他的衣着，一举一动——都摆脱不了女人气。"

"如果我是你的话，爱尔维娜，"她说，"我就不愿意在会客室里经常同梅先生见面。别人会说闲话的。"

"我简直有点受宠若惊。"爱尔维娜哈哈大笑。

"你这是什么意思？"平纳加小姐厉声说。

不管怎么说梅先生办事是可靠。他早晨五点半起床，七点时已经上路了。他像一只趁着连绵不断的和风倔强航行的小船，四处飘荡，进出木屋镇，奔波于双方之间。他在现场办事泼辣敏捷。每当他生气或不快的时候便两手叉腰厉声喝骂，像把利刃一样。

"怎么搞的，煤气管道怎么还没和主管接通？"他气愤地问阿瑟·威瑟姆，"昨天就应该完工的。"

"我们在等托架的固定装置。"阿瑟说。

"在等固定装置！可你两星期前难道不知道需要固定装置吗？"

"我当时想我总会弄到的。"

"啊！你这么想吗！真的！你这样的人就会这样想。你刚才是想那些东西就要来了呢，还是你落实了？"

阿瑟满面怒容地看着他。他恨他。但是梅先生并不想改变他的冷言冷语。

"我希望你不要光是想。"梅先生说，"想看来是个非常缓慢的过程。你什么时候可以拿到固定装置——？"

"明天。"

"什么！还要等一天！竟然还要等一天！你对自己的工作时间概念怎么会如此肤浅。噢？明天！真叫人难以想象，已经晚了两天了，可结果还要等到明天！好吧，我希望你说的明天是星期三而不是明天的明天，或者另一个你随便想出来的哪个荒唐可笑的日子。不过你听着，明天一定要完工。"他说着把手搭在阿瑟的肩上，哄骗似的说："你答应我明天完成，是吗？"

"是的，如果别人能做到，我也能做到。"

"不要说'如果别人能做到'，而应该说'明天一定能干完'。"

"明天能干完，如果我能够想方设法的话——"

"噢——那很好。别忘了要想方设法——多谢啦。如果能干完，我将不胜感激。"

阿瑟怀着一肚子气，可又无可奈何，只好听他责备。就这样十月上旬那地方一切就绪，木屋镇的墙上贴着布告："霍顿快泳宫。"看见这个"宫"字，可怜的梅先生禁不住感到一股讥嘲的意味。"我们保证你快活，"他说。"但我个人认为自己不能承担本

宫的这一责任。"但是用一句俗话来说，詹姆斯乐开了怀。

"啊，爸爸快乐。"爱尔维娜对梅先生说。

"噢?!"梅先生感到不解，不由得关心起来。

不过这句话的意思只是说詹姆斯过得很快活。他正在起草一个告示。首先是神秘的手写体，用的是粗大的黑体字，写在一组细长的米红色纸条上：霍顿放映宫。往下是很小的字体：十月七日下午六点半在拉姆利开张营业。所到之处都能看到这种红黑相间的条子跃然墙上。此外还有其他的海报，用的是淡蓝或蓝红色的纸，就像真正的剧场海报一样，写满了节目，下面是一条粗体字写的告示，用绿色写在黄纸上："星期五，九月三十日在木屋镇拿波洛夫街一次性减价出售存货。买主开价。"

詹姆斯乐开了怀。他把曼彻斯特商号各个角落的坛坛罐罐都堆在一起，把它们分成几堆，心里默默给每堆东西打上标记。然后叫人拿走。他的窗上和店铺里张贴着海报："选您所爱，出价听便。"

他和平纳加小姐守着店。女人们蜂拥而入，把东西翻了遍，出的价低得简直不想叫詹姆斯再活下去，但他还是同意了她们开的价。但他声称每人每次只能买一件东西。"请大家最好一次买一件。"他对那些捧着这些一便士三件东西走来的人说。直到夜晚他才放宽了这条规定。

到十一点钟他已经清理了不少东西——确实不少，许多女人自己出价买了许多并不想要的东西。最后詹姆斯兴奋而又满意地关闭了店铺。每二天十一点钟他已经搬走了一切财物，那扇连接这幢房子和商店的门已钉死。那个杂货商踱进来四处打量了一番自己的分店，从詹姆斯手中接过钥匙，然后就叫小伙子撕下詹姆斯的所有布告，在窗上贴上自己的新告示。可怜的詹姆斯只好转身沿着拿波洛夫街奔跑，接着又沿着惠灵顿街跑，回到立佛里马厩，穿过几条狭长的胡同，绕了这么一个大圈子，才从自己的店回到家。

但他不在乎。每过一小时，快活宫的首映就临近一步。他对梅先生感到很满意：他得承认梅先生很令他满意。这个宫终于牢固地矗立起来了——噢，刚运来的时候它还摇摇欲坠！——可现在已经面目全新，全部涂上了一层深红的油漆，像牛血一样，门柜和装饰用的木檐上点缀着淡蓝色和黄色，门前放了一个木头的斜坡板——里面铺了新地板。幕前的椅子包着天鹅绒，后排的椅子是教堂的旧靠背长椅。那些年轻的矿工认出了这些靠背长椅。

"嗨！这些椅子都是从那个旧的尚故教堂搬来的。"

"对不起，啊！我们来这儿听牧师讲经啦。"

他们没完没了地拿这儿当笑柄。快活宫有了如意的名字，叫"霍顿的功德"，参照那个叫作基督功德的小教堂的名字。爱尔维娜和平纳加小姐都在那儿出现。

"对不起，去哪儿啊？"

"拉姆利。"

"霍顿的功德？"

"啊！"

"差劲。"

讲话干脆简短的年轻矿工互相搭话时就是这样说道。但是让我们预测一下事情的发展吧！

梅先生努力地为第一个星期安排节目。他放映的影片是《人鸟》。这是一部纯粹描写滑雪的影片，从挪威进口的。《煎饼》是一部幽默片。然后是一部大型系列片：《无声的抓》。此后是剧间杂技，第一个节目是波比·特拉亨妮小姐演的。这位女士身穿无数小衣服，飞身旋转成你喜欢的任何东西，从绿杆海芋属百合花到彩虹、轮圈、杯碟。波比·特拉亨妮小姐的表演精彩极了。第二个节目是由巴克斯特兄弟表演，他们互相在身前背后跳上跳下，脚踩在对方的头顶上，或者头顶地倒立，或者踩在对方肩上，好像对方是有平台的楼梯，这三个兄弟如同 是三段梯子，一共三层，最高的一层不停往下跳，变成低层，中间那一层掉下来变成水平走廊。

爱尔维娜要弹一首叫《欢迎诸位》的序曲作开场白；这是一首可笑的曲子。她既兴奋又难过。星期一上午有一场排练，梅先生担任指挥。她弹了《欢迎诸位》，然后从波比·特拉亨妮手里接过了折了页角的谱子。波比小姐很高兴，一面旋转裙子，一面不停地说："请再快一点"——"稍慢一点"。她变成了一条怒放的海芋属百合花。"你能不能弹得再带点感情？"她说，音调中带着由衷的狂喜。可是当她慢慢变成杯子和盘子时为什么还要大喊"再强些！再强些！"对此爱尔维娜想不出为什么：除非波比小姐自以为是一只结实的茶杯。

然而她已经自我陶醉了，气喘吁吁的，接着用嘶哑的声音问别人自己是否第一个登台。她不屑把《欢迎诸位》这个曲子计算在内。梅先生答说"是的。"她演完第一个节目，便开始制造骚乱。霍顿先生匆匆插进来，声称自己想做一个短短的开场白。波比小姐看着他，仿佛他是个杜鹃叫的报时钟，她要等到他咕咕乱叫结束才能继续下去，于是便说：

"反正不是每晚上都有开场白的，这星期还有六个晚上呢。"詹姆斯被恰如其分地讽刺了一顿。此后由梅先生扮演一只哈巴狗作为结尾：他说包里带着"行头"，然后又与巴得斯特兄弟中的一个演《一块糖》这幕戏，作为第一个小节目。波比小姐的脾气这才算没有发作。

舞台背后有一块半码宽的帷布将男女化妆室分隔。空闲时爱尔维娜坐在化妆室或坐在稍低的内道内，因为门旁边没有房间。她看着女演员们化妆——也帮些小小的忙。她看到帷布那一头露出男人的脚，穿着破烂的浅口无带皮鞋，听到男人们沙哑的声音。隔着帷布通常能听到满口俚语的对话——因为大部分杂剧演员已经互相熟悉了：当面亲近，背后却互相轻视。

可怜的爱尔维娜处在一种惊惶的状态中。她待人特别友善，尤其是对那些小女杂剧演员。可她们对她的友好中却掺杂着简慢无礼，对她不屑一顾，冷嘲热讽，而且还有点儿恨她，因为梅先生对她颇为关心和尊敬。她不由得感到惶恐和一阵轻微的激动。

第一晚真的来临了。父亲拿给她一件粉红色的中国绉丝衬衣，和一把饰满闪闪发光的东西的插梳。可她都不要，坚持要穿自己的黑衬衣和黑裙子，头上戴的也是很朴素的饰物。梅先生说，"当然啦，她不想惹人注目。"实际上平纳加小姐是和她一起下山的，当她看到门前点着煤气灯的建筑被漆成牛血红时，禁不住哭了起来。这是她第一次看到这个建筑。她和爱尔维娜一起走到舞台后面的小门，拾阶进入破烂不堪的化妆室。但她一看到黄头发、身穿绿花边灯笼裤的波比小姐，就马上掉头逃了出来，可怜的平纳加小姐！她站在"希望管乐队"后面踩平的草地上放声痛哭。幸好她戴着面纱。

她勇敢地绕到正面入口处，爬上台阶。人群正好来到。詹姆斯的脸正贴在票房的小窗户上往外看着。

"一张！"他一本正经地说着推出票夹，随即认出了她。"啊，"他说，"你不用付钱。"

"不，我要付。"她说着丢下四个便士。此时一个小伙子把她朝前推开，于是詹姆斯那像古铜色一般的脏手指把那枚便士收了进去。

"四个便士的，坐中排。"门口的男人向梅先生那个方向指了指。梅先生想让她坐到红天鹅绒座上，可她却大步走到自己的高背教堂椅位子上坐了下来。

场子里挤满了激动的听众，喊声、口哨声此起彼落。幕还没升起。詹姆斯把这块幕布出租给了他的同伙业主们，在这块幕布上集当地各种广告之大成。有一头小肥猪和一块肥肥的猪肉饼。那头猪说："你们都知道到哪儿找我。在弗兰克·丘吉尔的面包里，地址是木屋镇，拿波洛夫街。" W·H·约翰逊的名字旁飘舞着一顶硬礼帽，一条衣领加领带，一副背带和一把伞，不胜枚举，恕不——列出。这一切都使你感到很亲切，但平纳加小姐却热不可耐，缩着身子坐在高背椅中。

时间到了，矿工们开始跺脚。场子里人头攒动，挤满了激动的听众，这正是梅先生所盼望的。他箭一般冲出去，把詹姆斯往幕前赶。可詹姆斯对如此快就能大把捞钱感到心迷，无心离开这个票房，结果这两个男人差点打起架来。最后人们看到梅先生把詹姆斯当作一只打架的鸡，嘘嘘地撵下侧面的通道，又赶到舞台上。

詹姆斯站在贴着本地广告、被灯光照亮的幕布前，敬礼便开始说话，但一句话也听不见！人群开始安静下来，于是他滔滔不绝地讲开了。人群对詹姆斯感到厌烦，于是就在地上跺脚。"下来，下来！"梅先生狂乱地招呼他，可詹姆斯却纹丝不动。他可以滔滔不绝地讲上一晚上。梅先生激动地朝毫不显眼地坐在钢琴边上的爱尔维娜招了招手，接着箭步冲上舞台，提高嗓门压住詹姆斯的话音。詹姆斯被便士弄黑的双手停止了挥舞。于是爱尔维娜用足力气弹起了《欢迎诸位》这支曲子。

整个演出中，平纳加小姐像斯芬克斯那样坐着——像极了。她不知道自己在想些什么，只是呆呆地盯着詹姆斯，随后又侧目瞟了一眼正在奋力敲打钢琴的爱尔维娜，知道她一直要敲打到梅先生发出已经钻进哈巴狗"行头"的暗示后才会止住。

幕布抖动了一下，爱尔维娜奏出最后一串花音，幕布升起。

"真有这样的事！"平纳加小姐不由得大声喊起来。

梅先生装作一条哈巴狗在祝拜，惟妙惟肖，就像真的一样，却又令人恶心。观众喊叫起来。爱尔维娜两手搁在膝上坐着。"哈巴狗"演出大捷。

幕落！弹了几小节斗牛士进行曲——接着是波比小姐的乐谱。轻柔的音乐。波比小姐站在场子上，头上戴着一块绿色的头巾。她旋转着，渐渐扩大，最后达到高潮，变成了一朵美不胜收的海芋属百合花。幕突然落下，矿工迸发出一阵狂喜的喊叫。在各种各样的花卉中，要数海芋花、海芋百合花最神秘、最奇特。

此时爱尔维娜的钢琴快速迸响，这场暴风雨过后彩虹出现了。幕徐徐升起——波比小姐快速旋转，最后裙子像被微风吹拂一起向上扬起，升起，在她此时已变暗的腿上变成了一道彩虹。脚灯几乎全部熄灭了，波比小姐也几乎熄灭了。

彩虹不如海芋百合花那么诱人，但是轮圈表演最后那个单腿独立，一个惊人的腾身前滚翻，接着再一个后滚翻，又把观众镇住了。

波比小姐使出看家本领表演杯子和盘子。但是这帮粗俗不堪的观众看不太清楚这一点。

就这样，爱尔维娜飞快地弹完了波比小姐的乐谱，梅先生则像行家一样坐在琴旁。她还神情激越地为巴克斯特兄弟上下楼梯这个节目伴奏着。此时，爱尔维娜苍白的脸

95

像幽灵一样在台侧的黑暗中飞翔，因为这块地方是在舞台下面。

灯熄了：格格的笑声和亲嘴声不绝于耳——随后银幕上出现了颤抖不停地字体：《人鸟》。放映机质量不太好，加上梅先生放映水平又不高。观众显然都是些爱挑碴儿的。灯亮了——爱尔维娜甚至在梦中也听到"巧克力，一便士一块！巧克力——一便士一块！"的叫卖声——随后放映《煎饼》——于是上半场结束。灯亮了，中场休息。

平纳加小姐叹了一口气，两手相合在一起，目不旁视。她尽管自尊心和面子受到了伤害，却也不自主地激动起来。但她觉得这种激动是无益的。那个男孩用最中气的语调无用地对她喊着"巧克力！"她目不旁视，可是看到爱尔维娜在舞台下面的侧边通道朝自己点头，飞快地笑了一下，她的眼泪差点流出。她顿时感到忍无可忍，可是爱尔维娜的神情中却流露出一种几乎不太正经的激动。当她走过前一排的观众到钢琴上弹奏那首诱人的《梦幻圆舞曲》时，她的模样简直有点别扭，就跟其父亲一样。无须说，詹姆斯东奔西忙奔波于观众和舞台之间，像一只池塘边的鹡鸰。

下半场的节目中有一个滑稽剧，巴克斯特兄弟男扮女装，波比小姐扮成男人——当地几个演员搭档扮演卫兵和伯爵。这个节目表演顺利。最后一个节目是《无声的抓》的第一集。灯亮了，爱尔维娜庄严地弹奏《上帝拯救我们仁慈的国王》，观众起身离座。他们可不太安分守己，显然是在激动地嘶声交谈，就像炸面包圈，即使锅已从炉上离开但仍会嘶嘶作响。霍顿先生感谢他们的到来，并希望——但是他们对他的话置若罔闻，一句也没听进去。平纳加小姐留在最后等爱尔维娜，兴奋不已的爱尔维娜则在等梅先生和父亲。

梅先生非常神气活现地步入空荡荡的大厅。

"嗯！"他说着捏紧双拳，在平纳加小姐面前挥舞着。"演得如何？"

"我觉得还算顺利。"她说。

"好极了！我确实这么认为。整幢房子好像都起了火一样。是不是？难道不是吗？"他高声笑了，笑声短暂但颇为高兴。

詹姆斯在票房里拼命数便士，然后把它们装进一个旅行包，其他人只得等着他，最后锁上了包。

"怎么样，干得还不错吧？"梅先生说。

"马马虎虎。"詹姆斯用沙哑的嗓音激动地说道，"马马虎虎。"

"这还算马马虎虎啊？嗬——哟！"梅先生突然把袋子抓起，詹姆斯转过身，好像要把包夺回来似的。"嗨！摸摸看吧，这就是差不多！"梅先生说着把包递给爱尔维娜。

"我的天哪！"她叫着把包递给平纳加小姐。

“真叫人难以相信！”平纳加小姐说着，松手把包交给了詹姆斯。但是她的声调冷漠。

梅先生关掉了煤气表那儿的开关，然后一面说着话一面拿着手电穿过空荡荡漆黑的大厅。

“这是关键的第一步。”他用美国腔的法语说，一面锁上门，把钥匙放进口袋。詹姆斯在一旁默默走着，钱袋把他的腰压得弯了下来。

“我们赚了多少，爸爸？”爱尔维娜高兴地问。

“还没数呢。”他生气地答道。

他一到家就急急爬上楼梯，回到自己空荡荡的卧室，擦净桌子然后像老行家一样，抓起一把硬币，把它们在桌板了叠成圆柱。有一大堆粗胖的便士，一叠十二个，后面是一排排粗胖的棕色列兵，前面是一排排细细的半便士，如同先遣部队一样。指挥这些的是一叠魁梧的半克朗硬币和几个矮壮和显赫的弗罗林，像将军和上校一样，另外还有好几排先令，像许许多多上尉一样，和一小堆六便士银币的中尉。最后面有一叠细柱般的三便士硬币，像一个瘦弱的鼓手。

它们都排开了阵营：粗大的便士是众多健壮的龙骑兵，占了不少地盘，由一群半便士的轻步兵掩护，归岿然不动的半克朗将军指挥。将军两侧列着他的全部弗罗林上校和先令上尉，那个聪明的六便士中尉悄悄离开他们，大家都不把那个三便士堆成的苍白虚弱的鼓手放在眼里。

詹姆斯反复地用他那至高无上的目光扫视自己的军队。他热爱它们，宁愿自己的桌子被它们压垮，在它们的重压下呻吟。他爱便士像云柱一样蠢立着通向尚未开发的广袤资源，而银币则像光柱，应该指向一条穿过茫茫长夜的发财之道。它们沉甸甸的重量给你的肌肉带来快感和满足。铜币的暗红色如同吸饱了血的蚤子，活蹦乱跳，而银币则如同长了翅膀的法宝。

第七章 那恰基塔瓦拉人

梅先生和爱尔维娜变得几乎形影不离，木屋镇传播着他俩的谣言。木屋镇的人不相信梅先生会绝对害怕女人的任何亲热。那儿的人不相信他这么一个贫穷、孤独和饱受折磨的汉子，对像爱尔维娜这样一个纯洁的至今还没有意中人的妹妹仅怀有一种兄妹之爱。因为梅先生尽管非常讲究自己的身体享受，但对其他人的身体却感到恐惧。难怪他对爱尔维娜的赞美是："她重精神，不重肉欲。"

一天，他甚至以天真的方式向她说明了这点。

"友谊有两种，"他说，"有精神和肉体之分。肉体的友谊是暂时的。当然你很喜欢这种个人的友情，同人们友好相处，如此等等——以便尽可能体面地保持这种肉体的关系。只要你能保持这种关系，那是很好的。但这是暂时的，对此你很清楚。这种关系可以维持一两个星期，或者一两个月。不过人们从一开始起就知道这种关系终究会结束，而且很快就会结束。如果人性的东西（他说成'任性'）是永恒的，而且能够永恒——它就是永恒的。"他用一种奇怪而天真的动作把两手合在一起。他相当真诚——如果有人确能够做到真诚的话。

爱尔维娜为自己能在精神上成为他永久的朋友——或者更确切地说是建立友谊——而感到心安，因为对他而言，她生活在抽象中。她觉得他在外形方面毫无动人之处。他是个无形的人；是个不存在的怪人。但是他的天真无邪却使她张开蛇牙，吐出了令人啼笑皆非的辛辣问话。

"对你的妻子也一样吗？"

"噢，我的妻子！你这是多么可怕的想法！瞧，我想在一个人身上找到这两样东西，最后铸成了大错！我不是两头都落空啦！噢，天哪，可不是吗？噢，我这下可好，两头都落空！结果她还差点要骑到我头上来，我以为自己再也爬不起来了。我追求肉欲时，她就给来精神的——萧伯纳和冷水澡当晚饭！——我讲精神时，她就寻求肉欲，双臂勾住我的脖子。到了早上，别忘了，总是在早上当我醒来开始考虑生意的时候，是的，每次都是如此。你能受得了吗？魔鬼自己恐怕也发明不出比这更让人难熬的事了。噢，天哪！别提它了！唉，我过的是什么日子哟！可我竟然还熬过来了。是的，一点不假！可你在笑！"

爱尔维娜不仅是微笑，而且还是放声大笑呢。但她依然与这个奇怪的小个子男人保持着友谊。

他给自己买了一件合身的、漂亮的新大衣和一顶新的兔绒皮帽子。一天他舒服地缩在沙发上时，她甚至注意到他穿着淡蓝色的丝内衣和紫色绸背带。她不知道他是从哪儿弄来这些东西的，也不知道他怎么有钱买得起。可他已经都穿在身上了。

詹姆斯似乎第一次专注自己的事业——尤其是其中的收入。他似乎第一次感到心安——或者说基本满足，基本满足了。钱固然是在进来，可接着就得付为买这座建筑和设备而借的钱款。大堆的便士升华为银行中一纸数目微不足道的英镑存折。

这个"功德"很成功——是的，确实很成功，但并不是大功告成。遇到雨夜，木屋镇的人不愿跋涉去拉姆利。于是拉姆利成了地球上一个毫无吸引力的、凄冷和死气沉沉的地方。在这个陡峭的山区，有漂亮的山崖和沉闷的浅河谷，繁荣的是像木屋镇、哈撒塞基和拉普顿这些建在山顶的地区；而河边那些沉闷的地方只是一些工区，既然无生气，又无娱乐。詹姆斯恰恰好像把自己的努力放在陶瓷和铸件厂污浊的尘土和铁锈内，可那儿绝不会出现奇迹。

他每晚做梦场场爆满和票价上涨，但是这种可能性根本不存在。他只得把票价降到木屋镇帝国剧院的票价之下。他从一开始就是次品。他希望放在目前正在修建中的电车轨道上。这条铁路从拿波洛夫开始，穿越阴沉之极的乡村，经过木屋镇，接姆利和哈撒塞基到达拉普顿。等这个有轨电车系统开始运营后，好像可以说，就会有源源不断的小青年和姑娘来这儿。就这样他把自己的希望之翼伸向未来，并且开始说：

"等我这儿通了电车，我要买一架新的放映机和更好的镜头，还要扩建剧场。"

梅先生不跟爱尔维娜谈生意上的事情。他对业务方面的事实沉默。但是开业后年初时他对她说：

"喂，你觉得我们干得如何，霍顿小姐？"

"我觉得我们不如刚开始时干得那么好。"她说。

"是的。"他答道，"是的！此话不错。完全对，可那是为什么呢？他们似乎还是挺喜欢这些节目的，是吗？"

"我认为他们是喜欢的。"爱尔维娜说，"我觉得他们一旦来了是爱看这些节目的。可奇怪的是，他们似乎不想主动过来看演出。我知道他们老在说我们是二流剧场。他们来我们这儿只是因为他们去不了'帝国剧场'，或者无法上哈撒塞基。我们这儿是个补漏的场所。我知道是这么回事。"

梅先生垂头丧气地低下头，抬起蓝色的眼睛望着她，神情中露出痛苦和恐惧。失败开始使他感到恐惧和凄惨。

"你看原因在什么地方？"他说。

"我看他们并不喜欢那些杂剧。"她说。

"可你瞧瞧他们鼓掌的劲头！看看他们的高兴劲！"

"我知道。我知道他们一旦来了是会喜爱这些节目的，而且也观看它们。但是他们不再来看第二遍，他们挤满了帝国剧院，因为那儿现在只放电影：而且票价也低。"

他忧郁地看着她。

"我不相信他们只想看电影，不相信他们就爱平面布景片中的一切。"他痛苦地欺骗着。他本人对电影兴味全无。他感兴趣的仍是活生生的演员及其生动的演技。"可是一次精彩的杂剧会比电影更使他们感到兴奋呀！"他继续说。

"我知道这话不错。"爱尔维娜说。"但我相信他们并不想要这种兴奋。"

"不要哪种兴奋？"梅先生哀叹道。

"不要艺术家激发的那种兴奋。我认为他们这是由于妒忌。"

"噢，胡说八道！"梅先生跳了起来，就像被枪弹击中一样，随后把手搁在她的肩膀上。"请原谅我的粗鲁！我完全是无意的！不过你的意思是不是说那些矿工佬和女工因为自己无法像艺人一样表演，因此就对艺人感到妒忌吗？"

"我觉得是这么回事。"爱尔维娜说。

"可我不相信。"梅先生撅起嘴对她微笑，好像她是个充满怪念头的小姑娘。"你对人性的评价就这么低啊！"

"是吗？"爱尔维娜笑了起来。"我还从来没评价过呢。但我敢肯定这儿的老百姓如果看到别人做的事或拥有的东西是他们自己办不到或没有的，他们是会妒忌的。"

"我不认同。"梅先生辩驳道，"他们会这么蠢吗？那他们对电影中不同凡响的事情为什么不会妒忌呢？"

"因为他们看不到有血有肉的人。原因就在这儿。电影就是图片，和《每日明镜》中的图片一样。图片除了自己的感觉外是没有感情的。我是说那些看图片的人本身的感觉，图片本身没有生命，它们的生命只依存于观看的人。这就是他们喜欢电影的原因。因为电影使他们看到自己就是一切。"

"电影使那些矿工和姑娘觉得自己就是一切？可他们怎么会有这种感觉呢？他们把自己看成是银幕上的男女主人公吗？"

"是的——他们把这些人物全部集中到自己身上——于是除了他们自己外就没有他人了。我知道就是这么回事。因为他们可把自己延伸到电影中，但无法把自己延伸到活生生的表演者身上。他们反对的是表演者本人，所以他们不喜欢演出。"

梅先生忧伤的目光一直望着她。

"我不相信人们会这样！——心智正常的人！"他说，"可对我来说，只有活生生的个性才给人以充分地享受——是艺人的奇异个性。令我陶醉的就是这个。"

"我知道。可这正是你与他们不同的地方。"

"是吗？"

"是的。你达不到他们的要求。"

"达不到标准？这是什么意思？你是说他们更聪明？"

"不，但他们更有现代气息。你喜欢不属于你的东西，可他们不是这样。他们不喜欢那些自己无法获得的东西。他们讨厌那些不属于自己的东西。所以他们喜欢电影。影片任何时候都是属于他们的。"

他仍然不明白。

"要知道我不知道你的意思。"他有点嘲讽地说，好像她是在装疯卖傻似的。

"因为你不了解他们，你不了解平民百姓，不了解他们是多么自负。"

他久久地望着她。

"你认为我们应该减少剧目，像帝国剧院一样，只放映电影吗？"他问。

"我想这么做效入最高。"她说。

"而成本又比较少。"他说，"可这么一来！太枯燥乏味了。噢，依我说呀，这太枯燥乏味了。哎哟，我可受不了。"

"再说我们的片子也不够好。"她说，"我们应该弄一台新的机器，租些贵的片子来。我们的影片确实抖得厉害，片子也相当破烂。"

"可已经够好的啦！"他说。

事情就处在这样的状态。"功德"支付着应承担的费用，刚好够本——一文不多。春去夏来，此时的利润蒙上了一层阴云。然而詹姆斯不泄气。他在等待有轨电车，由于无法用砖和砂浆来盖剧场，便用空想来建造自己的希望之阁。

成群的挖土工正在拿波洛夫沿途和拉姆利山下忙碌着。爱尔维娜对他们已经习以为常了。一过晚上六点，她下山便见他们成群结队往家走。其中有几个人她很欣赏。他们沿着人行道大摇大摆行走，那样子就像是流放犯一样——有那么几个人；那儿有一个耳朵藏着的脑袋使她害怕，因为它使她着迷。有一个高个儿小伙子长着一张圆脸和一头金色的头发，那神情就像是对着大海和北极的太阳。他望着她。他们走过时彼此都很熟悉。他常常望一眼昂首挺胸的梅先生。爱尔维娜想弄清小伙子这一瞥有什么含义，思忖他对梅先生有什么看法。

可梅先生对这个运土工的看法却使她很奇怪。

"瞧呀，他的确是个挺帅的小伙子！"一天晚上一群运土工经过时，她的同伴喊了起来。这三个人都转过身来，面面相觑。爱尔维娜哈哈笑着朝他暗送秋波，真想高高兴兴地同这个运土工一起走。她对沉默、昂首阔步的梅先生已经感到反感。

总的来说，爱尔维娜很喜欢这所电影院，喜欢它给自己带来的生活。她接受了它，而且举止也渐渐变得有点粗俗起来。她已经失去了社会地位：丢得一干二净，那些有身份的业主们的女儿现在都避开她，或者只是敬而远之地同她说上几句。人们猜测她跟梅先生"过从甚密"。

爱尔维娜才不管这些呢，反倒是很乐意这样。她喜欢失去社会地位，喜欢有一种圈外人的感觉。她最终似乎回到了自己熟悉的范围。在木屋镇和拉姆利、在曼彻斯特商号和快活宫之间来往时，她偷偷窃笑。当看到四处张贴着父亲剧场的海报，看到木屋镇刊登着父亲令人发怵的告示时，当知道木屋镇所有的年轻人都认识她，并把看作是他们中间一个低下的表演者时，她不由得笑起来。她已经无所谓了：这正是她所想要的。

因为不管怎么说她从中得到了许多乐趣。那儿不仅有接二连三的节目，还有艺人。她每个星期都在那儿遇到一伙新的名角——通常是三四个。星期一下午她同他们一起排练节目，此后便每晚都能见到他们，每星期两次不在午后演出时同他们碰面。詹姆斯现在每晚举行两场演出——而且总是有一些观众。这么一来，爱尔维娜便有机会与这个劣等舞台上所有的怪人交往。她发现他们差不多都同属一个类型：身上通常都有点霉臭，有跳蚤咬的红斑，无视起码的道德观念，脾气尽管暴躁，却又很乐观。他们经常暴跳如雷，而且总是含有着某种麻木不仁的镇静。爱尔维娜不喜欢他们——其实也不必对他们大动感情。但是她觉得见到并认识他们所有的人是桩很有趣的事，这儿同木屋镇截然不同。在木屋镇所有的东西都标了价，贴上标签。这些人是流浪汉，根本就不关心你是什么人，或者不是什么人。他们有着极其敏感的职业虚荣心，仅此而已。他们的样子非常古怪。他们并不十分拘泥于小节。当某个女士穿着短衬裤，而男士们想撩起幕布窥视一下的话：啊，她也许会直说叫他们滚开，可是谁也不会放在心上。女士们穿的短衬裤和黑长筒丝袜给人带来的刺激，与化妆油彩或假胡子给人的刺激相差无几，全都不过是一部分惯用的手段罢了。至于说到不道德的行为举止——嗯，那有什么大不了的？没多大关系。大多数男人对几滴威士忌的关心远甚于任何肉欲的放纵。大多数姑娘互相都相处得很好，而男人在那儿只是当配角的：哪怕这是一幕不正经的爱情笑剧，男人也还是当配角的。这有什么可奇怪的？你无法由此而激动起来，通常是激动不起来的。

梅先生平时住在拉姆利那头一幢房子中供艺人住的房间里，如果有某种特别的人来了，他就搬到木屋镇一个出身相当高贵的寡妇家住。他从来不让爱尔维娜参与这些安排，除非她是同木屋镇的那个寡妇一起安排的，后者长期以来一直在曼彻斯商号当佣人，甚至现在还来打扫。

他们是些奇怪的人——那些演员。他们大多数都略具想象力，而且都喝酒。他们大多数人都已到中年，都有一种心不在焉的神情；在日常生活中，他们似乎有点被弃之一旁。奇特古怪的人们通常都有点忧郁消沉，感到生命在离开他们。电影院正在扼杀他们。

爱尔维娜对那个吹长笛和短笛的人颇欣赏。他大约有五十岁，但不失英俊，而且越长越强壮。他神志清醒时，极其拘谨，可烂醉如泥时，说话却非常风趣——噢，是最最迷人的。爱尔维娜非常爱他。可是天哪，他喝起酒来简直不要命！但他却又那么迷人！后来他走了，她再也没见到他。

那个平时看上去颇像美国人的小伙子胡子刮得精光，脸色有点苍白，尽管非常和蔼，而且确实很有骑士的殷勤的风度，他相当冷漠地离开了爱尔维娜。他很可爱，但不迷人。爱尔维娜对古怪的人更着迷：如那个用六根细带进行妙不可言表演的女郎，或者那个浑身纹身的日本佬。他的手腕惊人地强健，只要一扭手腕就可以摔倒任何一个矿工。这些怪人！——可就是有点让她无法理解。她隔着相当远的距离看着他们，希望自己能跳跃过这个距离，尤其是能接近那个日本佬。他几乎赤身裸体，只不过浑身上下都刺着精巧的花纹。她永远不会忘记他两肩之间那只可怕的张着翅膀飞翔的鹰，或者在他滚圆的臀部上迷宫般的奇特图案。他个头不大，但体形优美，纹了身的光滑躯体上没有一根毛发，全身几乎是蓝色的——也就是说，他的纹身是蓝色的，有几处地方用的是鲜艳的朱红色，比如在乳头周围，肚脐眼上面是一条奇怪的红颜色的蛇舌。一条巨蟒爬在他的腹股沟和两股上。他告诉她在纹身的过程中自己得过多次血毒症。他是个奇异的长着黑眼睛的家伙，沉默寡语，却像蛤蟆一样淫荡。他使她感到害怕。可当他穿上普通的衣服时便成了个廉价的、以次充好的欧洲日本佬，这一来反而变得更加令人害怕了，因为他的脸——颈部某个地方往上没有刺花——发黄，扁平，舒服地闭着一只眼，像一条老蛇。她觉得他始终在狞笑——色眯眯的，莫名其妙的笑。星期天上午，他是木屋镇一大奇景：是一个相貌猥琐的东方贱民，十分邋遢。谁会想象得出他肩上可怕的鹰，腰股上的蛇，和那柔软而有魔力的皮肤呢？

夏天过去了，接着秋天也消逝了。冬天是詹姆斯·霍顿较好过的日子。再说电车一月份就要通车了。

电车行驶的第一个星期他要组织一场精彩的节目。梅先生早就在着手准备。有一个节目是那恰基塔瓦拉戏班，由五个人组成：罗查德夫人和四个年轻男子。他们都是地道的印第安戏班。但是年轻人中有一个是德语瑞士人，是个有名的常声和假声反复混唱的歌手；另一个人是法语瑞士人，是个优秀的滑稽演员，说话带着法语口音；夫人的那个德国人则表演两人尖叫的笑剧。当然啦，他们最精彩的节目要数那恰基塔瓦拉印第安人的戏。

那恰基塔瓦拉戏班将于一月份的第三个星期到达，从陶器厂出发，于星期天晚上到达。那天晚上，爱尔维娜从教堂回来，看见那个寡妇——罗林斯太太坐在起居室与詹姆斯交谈，后者满脸愁容。自从快活宫开业来，詹姆斯已不常去教堂。更糟的是，他渐渐年迈体衰，弱不禁风。星期天是他可以享受安宁的晚上，尤其是今天这样一个漆黑夜晚，外面下着令人沉闷的雨雪，何况他又得了咳嗽，因此我们认为他呆在家里是聪明的。

罗林斯太太坐着摆弄一个瓶子。她要到药房去买一些咳嗽药水，因为戏班的那位夫人咳得很厉害。药剂师上教堂去了，要到八点才会回来开业。

夫人和四个青年大约六点光景就来了。罗林斯太太说夫人是个小胖女人，老埋怨说自己胸口受了凉，说着还把手按在胸前，做深呼吸，一面发出"嗬——嗬——尔！嗬尔！"的声音，想看看自己的呼吸是否正常。罗林斯太太提倡夫人将脚泡在热的芥末水里，但夫人说必须用什么东西清清胸口。这四个年轻人都是些文质彬彬的好小伙子，显然都很喜欢夫人。夫人坚持要给年轻人做排骨吃。她吃了一块，但吞咽时却将手按在胸口上。其中一个年轻人跑出去给她弄白兰地，回来时手里还提着六大瓶啤酒。

霍顿先生对夫人的感冒很关注，反复地询问她的病情，想弄清楚她的感冒有多严重，但罗林斯似乎不太清楚。詹姆斯的眉头皱了起来，着急夫人无法参加演出。这是他最着急的事。

"爱尔维娜，你能不能同罗林斯太太一起过去看看那个女人的情况怎么样了？"他对女儿说。

"我认为你决不应该在这样的晚上把她派出去。"平纳加小姐说，"再说这么做也没有理由。梅先生在哪里？他应该去，这是他的事。"

"噢!"爱尔维娜回答,"没事,我去吧!等一下,让我看看我们是不是还有一些香锭薰剂。如果感冒确实厉害的话,我可以配制一张母亲用过的膏药。"

她奔上楼去,带着好奇想看看夫人和那四个年轻人到底是什么模样。

她同罗林斯太太一起先去了一下药剂师的后门,然后冒着雨雪急急赶往寡妇的屋子。那地方不太远。他们拾阶而入时听到里面有人声,但是厨房里悄然无声。声音是从前面的房间里传来的。

罗林斯太太敲了敲门。

"进来!"一个非常尖锐的声音喊道。爱尔维娜紧跟着寡妇进了门。

"我给你带来了治咳嗽的药。"寡妇说,"赫芬小姐也来了,看看你身体怎么样。"

四个年轻人都穿着衬衣围着桌子坐着,手里拿着啤酒瓶。屋里满是香烟味。熊熊燃烧的炉旁坐着一个肥胖苍白的女人,黑色的眼睛熠熠闪光,上面有两条画得细细的眉毛,年龄大约在四十至五十岁之间,有条不紊地黑发中夹着缕缕灰丝。她整洁地穿着一身做工讲究的黑衣,小小的领子上饰着花边,脸上露出一丝自哀自怜的神情,下垂的手指间夹着一支烟。

她好像很艰难地站起身,伸出胖胖的手,上面戴着四、五只戒指,那支烟不知什么时候已经丢进了炉子。

"你好,"她说,"我没听清你的名字。"夫人的声音此时听上去带着几分哀求和凄切,好像一片铜簧在悲鸣。

"爱尔维娜·霍顿。"爱尔维娜说。

"是你们就要去演出的那个剧场老板的女儿。"寡妇插嘴道。

"噢,对!对!我明白了。霍顿小姐。我不知道该怎么念。霍夫顿——是这么念吗?霍顿小姐,我胸口受了大寒——"她说着将戴着戒指的胖手放在丰满的胸脯上。"请让我把你介绍给我的年轻人。"她将食指被香烟薰得有点发黄的胖手朝桌子那边伸去。

那四个年轻人已经站起了身,望着爱尔维娜和夫人。屋子很小,没什么家具,沙发套是用马鬃和白色钩针织品做的。地上铺着亚麻油地毡,桌上铺着一块图案鲜艳的美国油布,闪闪发亮但很干净。桌上吊着一盏没有罩子的汽灯,屋里全部的摆设就是椅子、扶手椅、桌子和一只套着马鬃套的沙发。但这间小屋里显得拥挤——挤满脱去了外衣、只穿着漂亮的马甲和戴着领带的年轻人。

"这位是马克斯。"夫人说,"我只把他们的名字告诉你,但不告诉你他们的姓,因为这对你更方便——"

与此同时马克斯鞠了个躬。他是个高个子瑞士人，长着一双杏眼和一张略显扁平的脸，身材挺直，像一根通条。

"那位是路易斯——"路易斯优雅地鞠了个躬。他是个讲法语的瑞士人，中等身材，颧骨突出，一撮光滑的黑发挂在鬓上。

"那位是杰奥弗劳埃——杰弗里——"杰弗里也鞠了个躬——他长着宽宽的肩膀，是个警觉而少言的阿尔卑斯山区的法国人。

"那位是弗朗西斯科——弗兰克——"弗兰西斯科轻轻弯起嘴唇，露出一丝笑容，不由自主地像军人一样向她行了一个礼。他是意大利南方人，皮肤黔黑，身材高大，有一双黄褐色的眼睛。夫人又朝他看了一眼，说："他不喜欢自己的英语名字弗兰克。你瞧他板着脸呢。对，他不喜欢这个名字。我们也叫他西西欧——"可是西西欧害羞地低下头，脸上又露出一丝略带怪相的微笑。

他们都坐下，屋里出现了片刻沉默。

"这些就是我家的年轻成员。"夫人说，"我们来自三个种族，但只有西西欧不是从我们那个山区来的。你们都请坐下吧！"

"我的这些年轻人经过艰苦的旅行后爱喝点儿啤酒。我一般不喜欢他们喝酒。但是今晚他们可以喝点儿啤酒。不过我本人滴酒不沾，担心自己会烧死。"她将手搁在胸前，艰难地做着深呼吸。"我感觉到了，我感觉到在这儿。"她拍了拍胸口。"我担心明天会因此上不了台。你要不要也来一杯啤酒？西西欧，再去要个杯子来——"坐在桌子另一头的西西欧没有起身，只是朝爱尔维娜扫了一眼，似乎认为没必要起身。他嘴唇上翘，脸上依然挂着一丝奇怪的微笑，一副目空一切的样子。夫人盯着他。但是他转过漂亮的脸颊对着她，露出一丝轻蔑的神情。

"不，谢谢你，我从来不喝啤酒。"爱尔维娜急忙说。

"是吗？从来不喝？噢！"夫人又起双手，但黑眼睛仍然恶狠狠地盯着西西欧。其他年轻人一手拿着杯子，一手将香烟夹到嘴上吸着，然后不自在地从鼻子里往外喷烟。

夫人闭上眼睛往后靠了一会儿，然后脸色转得透明苍白，眼睛下显出黑晕，梳理得很漂亮的乌发像黑玻璃一样在耳鬓上闪闪发亮。她身体欠佳，年轻人都看着她，互相低声咕哝着。

"我看你的感冒相当严重。"爱尔维娜说，"能让我给你量量体温吗？"

夫人惊了一下，看上去很害怕。

"噢，我想你不用担心。"她说。

面色红润的高个子瑞士人马克斯转身对她说：

"不，你一定得量一下体温，这样我们就清楚了。我们在红路斯的时候，你的体温是一百霍五度。"

爱尔维娜从口袋里掏出体温表。西西欧用法语咕哝着——显然是在用粗话骂马克斯。

夫人见爱尔维娜将体温表凑近灯光，便痛苦地呻吟了起来："要是我明天上不了台怎么办？"

"那你就躺在床上吧！我们一定要演《白囚》这出戏。"马克斯用一本正经的语气断断续续地说。

西西欧翘起嘴唇，脑袋一歪。爱尔维娜拿着体温表走到夫人身边。夫人伸出胖手挡住爱尔维娜，发出最后尖叫：

"十年来我从来没有，从来没有一天误过演出。从来没有。要让我一个人孤单地躺着，还不如让我马上死掉算了。"

"孤单地躺着?!"马克斯说，"知道吗，你不能这么干。你是在说些什么呀？"

"量一下体温吧！"杰弗里说话粗野但很有感情。

"瞧着吧！明天你就好啦。肯定没错！"路易斯说。夫人伤心地摇了摇头，张开嘴，身子往后一靠，闭上眼睛，于是体温表的尾部可笑地从她的嘴角向外伸着。爱尔维娜拿住她又白又胖的手替她切脉。

"我们可以排练——"杰弗里开口说道。

"嘘！"马克斯说着伸出手指，一面焦虑地看着爱尔维娜和夫人。后者仍然往后靠着，脸色相当难看，体温表的尾部从她嘟起的嘴里往外得意扬扬地翘起。

马克斯和路易斯焦急地望着。杰弗里坐在那儿，鼻孔往下喷着烟，而西西欧则神情冷漠地点燃另一根烟，将火柴在靴子跟上划着，将烟从他长鼻子的鼻尖下面往外喷出。然后他把烟从嘴上取下，扭过头朝地上慢慢吐了一口痰，随即用脚把痰擦掉。马克斯闪动着眼睫毛，一脸轻视的表情，嘴里嘀咕着"一个肮脏的意大利民族"，而路易斯则既不想看也不想听，径自一个劲地说"糟糕"。

突然他俩像闪电一样马上又关心起夫人来。

他的体温是一百零二度。

"你最好还是去睡吧！"爱尔维娜说，"你吃东西了没有？"

"吃了一点。"夫人愁眉苦脸地说。

马克斯脸色苍白，神情沮丧地坐在那儿，路易斯赶忙走上前来握住夫人的手急忙吻了一下，然后别过脸去，因为他的眼眶中含着泪水。杰弗里大口喝着啤酒，而西西欧则奄拉着脑袋，眉毛底下那双眼睛注视着这一切。

"我赶紧去找医生来——"爱尔维娜说。

"不！别去了，亲爱的！你别去叫医生！我可能是在发烧。"

"大概在发烧。"路易斯忧伤地说。

"我要去睡了。"夫人说着顺从站立起来。

"等一等，我去看看卧室里生火了没有。"爱尔维娜说。

"噢，亲爱的，你太好了，你太好了。西西欧，你帮她开一下门"。

西西欧朝门边走去，但还没等他走到那儿，马克斯已经赶过去领着爱尔维娜出了门。夫人一屁股坐了下来。

"十年来我从来没有。"她呻吟道。"怎么办呢，怎么办呢？基什卫金要不在了，我可怜的孩子你们怎么办呢？我怎么办？死在这样一个国家！美丽的小姐，心肠真好——美丽的小姐，心肠真好——她再胖点也很美。马克斯，我最亲爱的，我看上去是不是非常憔悴？"

"不，不，我的夫人，没那么可怕。"马克斯说。

"西西欧真是缺乏一颗心。"夫人呻吟道，"没有感情，毫无可取之处。哼，什么朋友，冷漠，凶得要命——？"

"是吗？"西西欧噘着嘴问。当他垂下美丽的长睫毛时，那模样好像是在说要不是他现在非得做些举止不端的事情，也会为这一切伤心流泪的。

夫人面色苍白地坐在椅子里，用四种语言呻吟。她对这些年轻人通常只讲法语，不过眼下的情况有点特殊。

"可怜的基什卫金！"夫人轻声说道。"她就要去世。"

基什卫金是妇人的印第安姓名，她跳北美印第安人火舞的时用的就是这个名字。

夫人知道病了。于是病似乎变得更重了。她呼吸很急促，胸口作痛，脸上似乎泛起红潮。小伙子们个个坐立不安。路易斯听凭眼泪大咧咧地往外流，只有西西欧嘴角上挂着一丝微笑，这更加剧了夫人的烦恼和痛楚。

爱尔维娜下楼领夫人去入睡。小伙子们全体起立，依次吻了夫人的手——她那可怜的手上戴着戒指，散发出幽微的科隆香水味。她用适合的词语向他们一一道了晚安。

"晚安，我忠实的马克斯。我信赖你。晚安，软心肠的路易斯。晚安，勇敢的杰弗里。啊，西西欧，别再让我心里更难受了。勇士们，大家要团结一致，像兄弟一样。为可怜的基什卫金做一个小小的祷告吧！晚安。"

告别词结束后，她慢慢爬上楼梯，每跨一步都要用手费力地撑一下膝盖。

"不——不。"她对跟上来想扶她的马克斯说,"别上来,别上来!"

她的卧室收拾得非常整齐。

"今晚上我无法督促这些男孩子把自己的房间收拾干净了。他们一点儿也不会管理自己,一点儿都不会。他们要有人督促才行,尤其是西西欧,尤其是西西欧!"

她无力地往椅子上一坐,接着开始脱衣。

"你得让我帮你一下。"爱尔维娜说,"要知道我当过护士。"

"噢,你太好了,太好了亲爱的姑娘。我是个孤独的老太婆。我不太习惯别人的关心。最好还是让我一个人呆在这儿吧!"

"让我帮你一下吧!"爱尔维娜说。

"天哪,哎哟!谁会料到基什卫金需要帮助。我昨晚还在里克的剧场里同小伙子们跳舞呢,而今天我却躺在这儿的床上——亲爱的,这地方叫什么?——我似乎记不起来了。"

"木屋镇。"爱尔维娜说。

"木屋镇!木屋镇!有没有一种叫土鳖的东西?我认为,哎呀,太可怕了。那东西为什么可怕呢?"

爱尔维娜熟练地替这个丰满整洁的小个子女人脱衣,她的身体好像非常柔软。爱尔维娜想象不出她如何能在台上纵情狂舞。但是夫人柔软的身体中含有着巨大的能量,可以一下子迸发出一种冲力,就像墨鱼一样。爱尔维娜将她那头乌黑的长发松开,梳了起来,然后将它轻轻编成辫子。最后安排夫人上床上睡。

"嗨,这床真不错!"夫人叹息,"这床真不错!可就是太冷——冷得厉害。亲爱的,你帮我把衣服挂起来,把袜子折好行吗?"

爱尔维娜飞快折好袜子,把精致的内衣放在一旁。真奇怪,夫人气质高雅,连奇妙的黑色和金色相间的吊袜带也那么高雅。

"我可怜的小伙子们——你们明天又见到基什卫金了!亲爱的,你看我需不需要一个牧师?一个牧师!"夫人说话时牙齿嗒嗒地直打战。

"牧师!哦,不用!等我们把身子弄干,你就会好的。我想你只是着了点凉。罗林斯太太在烘毯子——"

爱尔维娜奔下楼梯,马克斯拉开起居室的门,站在门口听外面的脚步声。他宽松的衬衫袖口下伸出瘦骨嶙峋的拳头,两条眉毛悲伤地向上挑起。

"她病得很重吗?"他问。

"我不知道。但我看不至于太严重。罗林斯太太熬稀饭去了,你能帮忙烘一下毯

子吗?"

马克斯和路易斯站着烘毯子。路易斯的裤子腰部裁得很小,使他看上去像个女人。马克斯站得挺直。罗林斯太太叫杰弗里把煤筐装满后搬一个到楼上去。杰弗里顺从地拿着一个挂灯来到外面的煤棚,随后他还要把马鬃套扶手椅扛到楼上去。

"我得回家去拿几样东西来。"爱尔维娜对西西欧说。"你帮我一起去拿一下吗?"

他起身甩掉香烟,然而没朝爱尔维娜看。他那美丽的睫毛似乎遮住了眼睛。他个子很高,两肩微塌,但作为意大利人,身材不算好看。他把手移到嘴唇上时,爱尔维娜注意到了他那棕色的地中海型的纤手。这是一只她所陌生的手,柔软黝黑,却什么都能抓得住。他以一种奇怪而又优雅的慵倦神情走进过道去取自己的外衣。

他沉默,行走时与爱尔维娜保持一段距离。

"我真替夫人难受。"爱尔维娜说,一面气喘吁吁地在夜色中快走。"她事事都替你们着想。"

可西西欧却不愿回答她的话,两手插在雨衣口袋里,在风中缩着脑袋往前走。

"她明天可能怎么也跳不成舞了。"爱尔维娜说。

"你觉得她跳不成舞?"他说。

"十有八九是这样。"

此后他再也没说一句话。爱尔维娜一路上也沉默,最后两人来到了黢黑的通道和堆满杂物的后院。

"你大概一点也看不见吧?"她说,"朝这儿走。"她在黑暗中伸手去摸他,触到了他正在寻摸的手。

"朝这儿来。"她说。

真稀奇,他合在一起的手指竟那么轻——就如同小孩儿的手一样。就这样两人来到起居室窗前的灯光下。

爱尔维娜急急走进屋,年轻人跟在后头。

"我今晚要陪夫人过夜。"她急忙解释道,"她在发烧,不过要是能让她出一身汗的话,烧会退的。"爱尔维娜说完,匆匆奔上楼去打点几件必要的东西。西西欧站在门口,平纳加小姐请他到炉边来,他却带着羞涩,傻乎乎地微微一笑摇头拒绝了。

"过会儿你还要出去,还是先进来暖暖身子吧!"平纳加小姐看了看他,只见他在远处低着头。他仍然摇摇头不肯进来,但好歹总算开了腔。

"再出去就感到更冷了。"说着他又傻乎乎地露齿微笑起来。

"好吧,如果你这么认为的话。"平纳加小姐气恼地说,丝毫摸不清他的脾气,也不想去弄清。

　　等他回去时，夫人头晕眼花，兴奋地谈着自己的舞蹈和这几个小伙子。三个小伙子吓坏了，他们已经把毯子烘得火烫。爱尔维娜涂好膏药贴到夫人身上作疼的地方。她看上去多像一个白白胖胖的、柔嫩的孩子啊！她的疼痛肯定是由于轻微的胸膜炎引起的。男人们在门外踱步。爱尔维娜用毯子将可怜的病人裹好，喂了她几口稀饭和威士忌，便将她捆在床上，然后关小气灯，把男人赶下楼梯，自己则坐下守夜。夫人一会儿烦躁，一会儿又说胡话。爱尔维娜哄劝着将她的双手放回被子里。这个可怜的人儿终于渐渐平静下来，眉头处开始沁出汗水。她安静地入睡了，汗水往外流。爱尔维娜静静地注视着她，见她突然抽动着推开被子，就上前抚慰她，轻柔但坚决地把她按下，把被子盖严让她发汗，可她在惊搐中拼命挣扎，大喊快要憋死了。她热极了，简直热得要命。

　　"躺着别动，躺着别动。"爱尔维娜说，"你一定要保暖。"

　　可怜的夫人呻吟着，不愿浸泡在自己的汗水中。她固执的本性强烈地反抗着，要不是爱尔维娜用刚柔相济的力气坚决按住她的话，她真想掀开被子大口大口地呼吸一下外面的冷空气。

　　时间慢慢过去了，到十一点光景时，她的汗渐渐出得少了，病情已经好转，平静多了。于是，爱尔维娜到楼下去了一会儿，看到前屋的煤气灯开着，便轻轻叩门进了屋。马克斯坐在炉旁，俨然一幅悲哀的图画。路易斯坐在他对面，脸上挂着泪珠，脑袋一磕一磕地睡着了。杰弗里轻声打着呼噜睡在沙发上，而西西欧则趴在桌子上，两臂张开，睡得如同死人一样。她又注意到了那双柔软的、淡褐色的地中海型手，还有那双对一个生来就魁梧壮实的男人来说未免显得过于纤细的手腕。

　　"你还没睡吗？为什么？"爱尔维娜轻声说。

　　路易斯惊醒了。马克斯，这个唯一坚持不睡的守夜人非常悲哀地摇了摇头。

　　"她好些了。"爱尔维娜轻声说，"她出汗了，好多了，睡得也很正常。"

　　马克斯圆睁着眼白清澈、猫头鹰一般的眼睛看着她，目光中现出悲哀和怀疑。

　　"是的。"爱尔维娜坚持说，"去看看她吧！但千万不能吵醒她。"

　　马克斯脱下拖鞋站起身。路易斯像一只受了惊吓的小鸡跟在他后面。两人都把拖鞋拿在手中，悄悄走进屋，偷偷地瞧着那一大堆被子。夫人在睡梦中看上去面色有点潮红，简直跟小姑娘一模一样，一绺黑发搭在颊上，嘴唇微启。

　　马克斯看了一会儿，突然站直身体，将梳成德国式的棕发往后一捋，接着在胸前划了个十字，随后像在圣坛前一样跪下双膝，他又照此来了第二遍。第三遍结束时他

111

低头在圣坛前跪了一会儿，最后起身站到一旁。

路易斯热泪盈眶，也划了十字。他鞠躬，将毯子的一条边凑到自己的嘴唇上，恭恭敬敬地吻着，随后用双手捂住脸。

与此同时，夫人轻松而天真地入睡。

爱尔维娜转身走开，马克斯默默跟在她后面，一手挽着路易斯的胳膊。下楼后马克斯和路易斯紧紧拥抱起来，并以欧洲方式庄重地在对方的脸颊上吻着。

"她好些了。"马克斯用法语庄重地说。

"感谢上帝。"路易斯回答。

爱尔维娜看着这一切，感到有点奇怪，但这两个男人没注意她。马克斯走过去摇了摇杰弗里，而路易斯则将手搭在西西欧肩上。要弄醒这两个熟睡的人可不是那么容易。这两个醒着的人怎么也弄不醒那两个睡着的人。最后杰弗里开始惊醒。路易斯把西西欧的胳膊从桌子上抬起，但是没用。后者的头和手懒洋洋地下垂着，长长的睫毛一眨也不眨，那个好看的希腊式长鼻子轻轻呼吸着，嘴巴闭着，那头奇怪的黑色细发短得就像动物的皮毛一样，那双赤裸的黄褐色的手显得那么细小，其中一只戴着一枚银戒指。

路易斯摇他肩膀的时候，小伙子两只无力的手在桌布上滑来滑去，爱尔维娜突然抓住其中一只手紧紧拿着。西西欧睁开褐黄色的眼睛。这双眼睛用俗话来说似乎是被脏手指放进眼眶里去的，因为睫毛和眉毛都是烟黑色的。一觉醒来，他睡眼惺忪，什么也看不见。

"醒醒吧！"爱尔维娜笑着说，一面又捏了一下他的手。

他又抬了一下头，忽然抓住她的手，接着双眼恢复视觉，认出了她，于是松开了手。他往椅背上一靠，脸转向一旁，睫毛下垂。

"起来，你这头畜牲。"路易斯用法语轻声说，一面伸手去推他，就像赶牛的人有时候推牛一样。西西欧摇摆站起身来。

"她好些了。我们上床睡吧！"他们对他说。

他们拿着蜡烛依次上了楼梯。每个人经过爱尔维娜身旁时都向她欠了欠身。马克斯鞠的躬很威严，路易斯很殷勤，另外两个懵懵懂懂。他们分睡在两个顶层间里。

爱尔维娜将沙发上零乱的被褥抱到楼上，在夫人房间炉子前的地板上睡下。

夫人睡得很好，睡的时间也很长，偶尔动一下又平静地睡着了。她问第一个问题时已是十一点钟，爱尔维娜已经起来了。

"噢——天哪——这么说我好些啦，好多啦！我今天可以跳舞啦！"

"我看今天还不行。"爱尔维娜说，"不过明天也许可以。"

"不，今天跳。"夫人说。"我今天能跳，我感到很好，我是基什卫金。"

"你是好些了，不过今天必须静静躺着。是的，这是真的——你如果站立起来的话就会发现身体还很虚弱。"

夫人用生气的目光盯着爱尔维娜清瘦的脸庞。

"你是英国女人，严肃、实际。"她说。

爱尔维娜惊了一下，圆睁着蓝色的眼睛看着她。

"为什么?"她说，神情中露出疲惫和悲凉，这是夫人所讨厌的英雄品质，不过此刻她发现这种神情非常动人。

"过来!"夫人说着伸出珠光宝气的胖手。"过来，我是个忘恩负义的女人。来吧，我看得出来，那些人对你不好。到我这儿来吧!"

爱尔维娜慢慢走到夫人面前，抓住她伸出的手。夫人吻了吻她的手，然后把她拉到跟前在两颊上吻了吻，神情很庄严，就像刚才年轻人互相亲吻时那样。

"你对基什卫金很好，而基什卫金也是有良心的。听我说，霍顿小姐，你要我怎么干我就怎么干，基什卫金听你的。"夫人拍了拍爱尔维娜的手，用力地点头。

"我给你量一下体温好吗?"爱尔维娜说。

"行啊，亲爱的，当然可以。你只管说吧，我听你的。"于是夫人往后靠在枕头上，顺从地把体温表夹在嘴，黑色的眼睛盯着爱尔维娜。

"没事了。"爱尔维娜瞧着体温表说，"正常了。"

"正常了!"夫人浓重的声音回响着，"好! 不过我什么时候可以跳舞呢?"

爱尔维娜掉头看着她。

"我认为星期四或星期五之前实在不行。"

"星期四!"夫人复述了一遍。"你说星期四?"她的声音中带着强烈的不满情绪。

"你太脆弱了。你刚刚生过胸膜炎。我只能照实说出自己的想法，你说呢?"

"啊，你们英国女人。"夫人的眼睛盯着她。"我觉得你们喜欢按自己的一套办事，干什么事都有自己的一套。对人也一样。你们有主见是好事。是的，你们英国女人真好。星期四，好吧，就到星期四吧! 这么说星期四前基什卫金不存在了。"

她此时已感体力不支，便慢慢又靠到枕头上。她喝完茶漱洗后，等房间收拾完毕便召唤年轻人进来。爱尔维娜已事先告诉过马克斯今天尽可能让夫人保持平静。

当四个人中的第一个穿着衬衫和拖鞋出现在门口时夫人说:

"啊，你们来啦，我的年轻人! 进来吧! 进来吧! 跟你们说话的不是基什卫金，基什卫金星期四前不复存在了，这是这位英国小姐说的。"她伸出散发出科隆香水幽香的手——屋子顿时充满了科隆香水的气味——于是马克斯弯下脆弱的脊骨，吻了吻那只手。她用另一只手轻轻碰了碰他的脸颊。

"我忠诚的马克斯，我的支柱。"

路易斯微笑着走来，手中捧着一束紫黑兰和淡粉色的银莲花。他把花放在她床前，然后拿起她的手躬身崇敬地吻了一下。

"亲爱的夫人，你好些了吗？"他说着久久地朝夫人微笑着。

"是的，好些了，温柔的路易斯。你的花一来又感到好了些，体贴的心脏。"她用双手将紫罗兰和银莲捧到脸前，然后轻轻放到一旁，又向杰弗里伸出手。

"基什卫金不在时好心的杰弗里会努力的。"他垂头听着她的赞扬。

"你好，夫人。"

"西西欧，你袖口上的一颗钮扣掉了。我的针在哪儿？"西西欧吻她手时，她朝房间四周看了一下。

"你要什么东西吗？"爱尔维娜还没完全听清楚法语。

"我要针，把这颗钮扣缝上。针在那儿，在绸包里。"

"我来缝吧！"爱尔维娜说。

"谢谢你。"

爱尔维娜缝钮扣时，夫人与这几个年轻人交谈，主要是对马克斯讲的。她要他们都听从马克斯，因为他是他们的大哥。今天下午他们应该好好练习一下《白囚》那出戏。他们一定要认真排练，而且一定要找一个人来演年轻的印第安女人，因为在这出戏中那个印第安女人除了坐和站外，实际上没什么要做的。霍顿小姐——不过，唉，霍顿小姐得弹钢琴，不能扮演那个年轻的印第安女人。另找一个吧！

谈话间梅先生来了，一脸关心的表情。

"我们不举行游行了吗?!"他喊道。

"啊，游行！"夫人喊道。

根据请求，那恰基塔瓦拉戏班将用游行的方式来庆祝他们开进这个镇上，年轻人将打扮成意大利勇士，在基什卫金的率领下骑着马穿过主要街道。西西欧是个呱呱叫的骑手，曾当过意大利骑兵团中名闻遐迩的步骑兵。他将做一些骑术表演。

梅先生对游行极为关心，他已经把马都备好了。早晨，恶劣的雨雪天气过去了，天空露出一丝阳光。他没料到夫人此时卧病不起，年轻人围绕在床边同她商议。

"真倒霉！"梅先生喊了起来，"真倒霉！"

"太差了！糟透了！"夫人在床上哭泣道。

"我们什么也干不成了吗?"

"不——《白囚》那出戏可以演出——年轻人可以演，问题是你要物色一个不用讲台词的印第安女人。啊，我想我无论如何得起床。"

爱尔维娜看到夫人脸上显出烦躁和精疲力竭的神色。

"你们现在都下楼去好吗?"爱尔维娜说，"马克斯先生知道你们该干什么?"

然后她把五个男人都赶出了房间。

"我必须起床。我不跳舞，去摆摆样子也行，但必须在那儿。这事太坏了，太糟了！"夫人悲叹道。

"别管他们。他们自己应付。男人都像孩子。让他们自己去干吧！"

"孩子——他们可都是些孩子呀！"夫人叹气道，"都是些孩子呀！少了女管家叫他们怎么办? 我可怜的勇士们，基什卫金不在叫他们怎么办呢? 这太糟，太糟糕了，是的。可怜的梅先生——太让他失望了！"

"那就让他失望吧！"爱尔维娜喊叫着，使劲给夫人拉上被子，让她静静躺着。

"你真厉害！你是个厉害的英国妇人。都一个样，都一个样！"夫人焦躁而无力地躺下，爱尔维娜轻轻地走动。几分钟后夫人又睡着了。

爱尔维娜下楼。梅先生正在听马克斯用法语讲解《白囚》的剧情。梅先生童年在法国学校念过书。他斜歪着头，一手搭在马克斯的胳膊上，用奇怪的法语同他说着话，其他人则默默不语。西西欧抽着烟，一面看着自己的脚，不想假装听他们说话。路易斯和杰弗里听懂一半，所以路易斯带着充分理解的神情点着头，而杰弗里则不时发出几声断断续续的"是！——是！——是！"

"我来演印第安女人。"梅先生用英语喊着转身对着大家。他奇怪地昂起头，像鹦鹉一样。"我来扮印第安女人！她叫什么名字? 基什卫金? 我来扮基什卫金！"他昂起头轻视地说道，随即又羞怯地微笑了。

那两个高个子瑞士人含着一丝微笑低头看看他，西西欧两手按膝坐在沙发上，扭过脑袋，脸上露着令人费解、毫无表情的神色，看着梅先生这一难得的人才。

"我们走吧！"梅先生又兴奋起来。"今天早上我们先去排练。下午等矿工们下班回家时，我们举行游行。就这么安排吧！怎么样? 这主意是不是妙极了? 嗯！你们现在能不能马上准备好?"

他高兴地看着年轻人。他们认真地慢慢点了点头，就好像自己已经是勇士了，接着转身穿上靴子。过了一会儿，大家结队往拉姆利走去。梅先生昂首挺胸，活像马戏团的小马一样在爱尔维娜身边走着，四个年轻人摇晃着身子蹒跚而行。

"你觉得这主意怎么样？"梅先生高声说，"我们挽救了局面——对不对？你不这么认为吗？你不觉得我们应该庆贺一下吗？"

他们发现霍顿先生在剧场里东奔西忙。得知夫人生病，他如坐针毡，狂躁不安。

马克斯出色地表演了一下假声。

"不过我得向他们解释。"梅先生喊道，"我得向他们解释什么叫假声。"说完就面对空荡荡的剧场，把脖子往前伸了一伸。

"在瑞士高耸的阿尔卑斯山中，终年积雪覆盖，冰川统治着鲜花盛开的芳草地。如果你像我一样在山麓草场中一个孤零零的农场木屋中碰巧醒来，你——呃——你——让我想想——如果你——不——如果你恰好在高山草原一个孤独的农场木屋睡觉，黎明将用粗犷的歌声唤醒你，你对着永恒的寒冷的太阳睁开双眸，耳中听到奇怪的歌声，那歌既然没有歌词也没有意义，只有声音，仿佛冰神在黎明的山峰间哼着小曲行走一样。你的目光越过鲜花朝蓝色的积雪望去，见草地有一个小小的人影在远处移动。那是一个农民在哼山歌，那声音就像人类产生之前某个生物在永恒的雪原尽头扯着嗓子鸣叫——"

梅先生朗诵时詹姆斯·霍顿两手撑着下巴坐那儿，始终专心致志地听着，心里酸溜溜地估计着梅先生的口才。他突然惊了一下，只见马克斯高大而英俊的身体此时穿着提罗尔服装：白色的衬衫，绿色的宽背带，麂皮短裤上面缝着绿色和红色的布片，裸露着壮实的膝盖和脚踝，脚蹬厚实的皮鞋，用真假声交替唱着当地歌曲，声音刺耳嘈杂。他满面红光，身子笔挺，神情专注，威武如山。他勇敢却又冷若冰霜。爱尔维娜开始明白夫人为何对他那么顺从。

路易斯和杰弗里表演了一段滑稽的相声，说的是两个外国人在街上同时想翻看拾到的钱包，两人争来争去，假装想把它交给警察，警察由西西欧扮演，他稳如泰山地站在那儿，模样很滑稽，霍顿先生严肃地慢慢点着头，好象很矜持地表示赞同了。

随后大家都退下换服装，准备演那场正戏。爱尔维娜在练习夫人带来的乐谱。要是能找到好的琴师，夫人希望有伴奏；如果找不到，就不要伴奏。

"我还行吗？"一个声音傻笑着说。

这人是基什卫金，皮肤黝黑，神情忸怩，乌发披肩，一身短小的麂皮衣服，腿上打着绑腿，麂皮鞋，两臂裸露，神情那么忸怩，笑得那么傻乎乎的，爱尔维娜忍俊不禁，大笑起来。

"难道我不能演吗？"梅先生的自尊心受了伤害。

"可以，你演得棒极了。"爱尔维娜笑得有点喘不过气来，"可我忍不住想笑。"

"为什么？告诉我。"梅先生急切地恳求道，"你笑的是我的打扮呢，还是笑我这个人？如果是因为我的打扮，就对我真说好啦。"

这时一个可怕的身影疾步地跨上舞台，那是西西欧，身上涂满出战油彩，上身赤裸，裤子上挂着头盖骨，皮肤黑里透红，头上披着长发，插着鹰毛——只有两根鹰毛——脸上涂着奇妙而可怕的条纹，由白、红、黄和黑色组成。他显然很自得其乐，把那奇特的、没精打采的样子和翻起嘴皮露出白牙的微笑动作，演得非常传神。

"你没有系腰带。"他说着摸了摸梅先生肥胖的腰肢——"头发上也没插花。"

梅先生尖叫跳了起来。此刻有一头直立的熊行动迟钝，晃着下垂的双肩向他伸出一只爪子来，随后前爪重重落地，又用四脚爬了起来，逗得大家哄堂大笑。

"你不用跳舞。"扮演熊的杰弗里说。

"过来替我把花插上。"梅先生焦急地对爱尔维娜说。

化妆室里隔离幕已拉上。马克斯穿着鹿皮裤，但没有涂油彩的躯体看上去特别白皙和奇怪，此时他正在往路易斯的脸上抹上最后几笔出战油彩。他转身瞥了一眼爱尔维娜，又干起自己的事来。他身体笔挺，皮肤白皙，脑袋高抬，棕色的头发微微发着光，浑身透发出一种高贵的气质，高傲得似乎令人难以置信。

爱尔维娜帮助演女人的梅先生调整了一下妆饰。路易斯起身。他和西西欧都扮演勇士，可是他的出战油彩涂得更单调。马克斯飞快地穿上一件破破烂烂的猎装和子弹带。他扮演白囚，脸涂得略微发黑。

他们在设计布景，爱尔维娜则在一旁观看。布景一会儿就布好了。一块黑布上画着树干和黑暗的森林，一座小棚屋，一堆火，杆子上吊着一只摇篮。他们工作时爱尔维娜无法将这两个勇士同他们的出战油彩区别。这些条纹画得巧妙极了，凶神恶煞的怪相竟然一动也不动，怪吓人的。甚至在悄然无声地搬运布景时，路易斯那高傲挺拔、具有女性风姿的身体也饱含了潜藏的残忍，而西西欧更具男性气概的倦慵神情使她感到一分钟也不能相信他。男人是可怕的东西，在表面的文明下干的是野蛮残暴的事情。

这出戏有其隽永之处。戏开始时基什卫金独自呆在小棚的门旁做饭，一会儿竖耳聆听，不时推一下吊着的摇篮，轻轻哼一首印第安摇篮曲。要是让夫人来演该有多好啊！装扮勇士的路易斯和扮演白囚的马克斯登上台。白囚绑着双手，基什卫金庄严地向丈夫行礼，然后给丈夫端来饭菜，要求丈夫同意她给绑着双手坐在火炉边的囚犯喂饭。勇士路易斯听到有声响，猛地跳起抓住弓箭。基什卫金与这个白囚相对无言，充满同情。囚犯请求她将绑绳割断。勇士路易斯此时又回来，见状很生气——勇士西西

117

欧拖着一头明显是死了熊进来。基什卫金翻看那头熊，西西欧则检查囚犯。西西欧折磨那个囚犯，要他站起来，逼他蹦跳。基什卫金摇动摇篮。囚犯绊了一下，跌倒在地，爬不起来，于是就躺在那头横在地上的熊边上，基会卫金将食物拿给西西欧。两个勇士打着哑语说话，基什卫金推着摇篮，唱着催眠曲。两个男人又站起身弯腰看囚犯，正在这时突然响起一阵沉闷的咆哮声——熊站了起来。路斯急忙转身，可是熊已被他打倒在地。西西欧纵身向前跳去，向熊刺了一刀，向它逼近。基什卫金奔过去割断囚饭绑绳。他起身，想抬起麻木无力的双臂，与此同时熊不慌不忙地撕碎西西欧，基什卫金跪在丈夫旁边。熊丢下断了气的西西欧转身朝基什卫金扑去，就在这时，马克斯设法杀死了熊——他拉住基什卫金的手，同她一起跪在死去的路易斯旁边。

这些男人把各自的角色演得出色极了。不过梅先生扮基什卫金显得有点过于活蹦乱跳。但不管怎么说，这场演出是不会有问题的。

西西欧尽早穿好衣服出去看租好供今天下午游行用的马匹，爱尔维娜陪着他。梅先生和其他人忙碌着。

"要知道我认为那出戏演得出色极了，你演的那出戏。"她对西西欧说。

他转身低头看着她，黄中带黑的眼睛善意地凝视着她，但什么也没看进眼里。他的嘴唇羞涩地上翘着，露出轻视的微笑。

"夫人不在，演得不怎么好。"他说。慢慢浮现出半带嘲弄半带愚蠢的笑容。"夫人不在，"——他抬起肩伸出双手，挑起眉毛说，"你知道这是傻瓜表演。"

"不。"爱尔维娜说，"我认为梅先生在这种情况下演得还是挺不错的。夫人干些什么呢？"她有点妒忌地问。

"干些什么？"他那双半带讥讽的黄眼睛久久地凝望着她，像一只猫不经意地看着鸟扑翅飞过。他又耸了耸肩。"实际上都是她干的。其他人——算不了什么——是夫人造就了他们。可现在他们却认为这一切都是自己干的了，明白吗？懂吗？事情就是这样。"

"可这一切夫人是怎么干的呢？你是说主意都是她出的？"

"是的，出主意。然后完成一切。你应该看看我把熊拖进来时她围着熊跳的舞蹈！啊，你可知道那有多美。她拍着手——"西西欧说着在街上站停。他外貌一般，帽子微微歪戴着，漂亮的鼻子堆着微笑朝着爱尔维娜，随即轻轻一击掌，眉毛和眼脸一挑，好像脸上的器官在模仿跳舞，唇上始终挂着那傻乎乎的微笑。他断然轻轻地摇了摇头。"表演"完成时对面人行道上传来一阵大声喊笑，只见一群陶瓷工人站在那儿望着他俩。他们戴着溅满灰泥的围裙，头发上、靴子上满是斑斑白点。对面的姑娘又尖声叫了起来，完全像是一群灰色的狒狒。西西欧转过身来，鼻子上堆着轻蔑的神情。这一来他们叫得更高兴了。他感到极其不安，迈着女性一样娇小的脚在爱尔维娜身旁走着。

"他们真蠢。"爱尔维娜说，"我对他们已经习惯了。"

"真该揍他们——"他举起手恶狠狠地猛挥了一下，"一记耳光。"随即把手又放下了。

"谁来演这个角色呢？"爱尔维娜问。

他做了一个那不勒斯人的鬼脸，一只伸在空中的手捻弄着手指，仿佛在说："就是你呀！你得感谢那些没扮演好这个角色的傻瓜。"

"你们为什么都那么爱夫人？"爱尔维娜问。

"什么？爱吗？"他说着做了个小小的鬼脸。"我们喜欢她，爱她——就好像她是我们的母亲。你说'爱'——"他略略耸耸肩，微黑的睫毛下那双眼睛始终看着爱尔维娜，好像是在观察她的侧影，嘴上带着特有的半羞半嘲的憨笑。爱尔维娜有点生气，但是感到他心灵中善的本能在流露。他知道她没弄懂自己的手势，感到很害羞和拘谨。对他来说要用语言来表达自己的意思还不是件很自然的事。手势和怪脸虽是一瞬间的事，如果你能领会的话，却能表达无数事情。

可用她的话来说他确实很呆。她仿佛听到梅先生对他的结论："就像个孩子，既讨人喜欢又让人讨厌，傻里傻气的。"

"你家在哪儿？"她问他。

"在意大利。"她觉得自己问得傻极了。

"哪个地方？"她还是问他这个问题。

"那不勒斯。"他说着从侧面仔细打量着她。

"那地方肯定很美。"她说。

"哈——！"他头一歪伸出两手，那神情仿佛说："如果你觉得那不勒斯都算不上漂亮，那你还要什么地方？"

"我想去看看那儿。但不想死。"她说。

"什么？"

"人们说'看了那不勒斯后去死'。"她哈哈大笑了起来。

他张开嘴，随即清楚了，朝她直爽地微微一笑。

"你知道这句话的意思吗？"他聪明地说，"那是说看了那不勒斯后死而无憾，没看到它之前不能死。"

他会心地微笑了。

"我明白了！明白了！"她说，"我可从没想到这点。"看到她惊讶和高兴的神情，他感到快乐的。

"啊！那不勒斯！"他说，"她很可爱——"他将手朝前面伸去——"那海——波西里波——索仁多——卡布里——啊——啊！你从来没离开过英国吗？"

"没有。"她说，"我很想出去。"

他低头望着她的眼睛，本能驱使他几乎脱口而说自己可以带她去。

"你什么也没见过——什么也没有。"他对她说。

"不过既然那不勒斯那么美，你为什么要离开那儿呢？"她问。

"什么？"

她又说了一遍。他望着她思索如何回答，同时伸出手，捏成拳头然后让手指一个个擦着大拇指弹出来，脸上带着优雅漂亮的微笑，说：

"便士！钱！在那不勒斯挣不到钱。啊，那不勒斯漂亮但贫穷。在那儿你生活在阳光中，可是一天才挣十四五个便士——"

"太少了。"她说。

他一歪头扬起眉毛，好像在说："又有什么办法呢？"他脸上的笑容很凄凉但很优雅迷人，他身上有一种难以描绘的哀伤或愁闷的神情，某种强壮而又脆弱的东西将她奇怪地吸引住了。

"你还要回去吗？"她说。

"去哪儿？"

"回意大利。那不勒斯呀！"

"是的。我要回意大利。"他好像拒绝表露心曲。"不过也许不回那不勒斯。"

"永远不回吗？"

"什么，永远不回？我可没说永远不回。我要去那不勒斯，去看我的姨妈，但是不想在那儿生活——"

"你有父母吗？"

"我？没有！我有一个兄弟和两个姊妹——在美国，父母都不在了。他们死了。"

"于是你就在世上漂泊——"她说。

他看着她，带着一丝哀伤做了个手势，但动作中带着满不在乎的神情。

"可你有夫人替代母亲。"她说

这时他又做了个手势：将嘴角往下一按，好像讨厌这张嘴巴似的，随后又渐渐露出好看的微笑。

"男人需要两个母亲吗？呃？"他好像提出了一个难答的题目。

"我想是这样的。"爱尔维娜笑了。

他望了她一眼，想看看她这句话是什么意思，是否真正明白自己的意思。

"我母亲死了，知道吗！"他说，"是个法国女人——法国女人——孩子可以长到一百岁——"

"你这话是什么意思？"爱尔维娜笑了起来。

"法国男人七岁就是小男子汉了——然而到了七十岁，见母亲一来，就变成小毛头了。你知道这个吗？"

"我原来不知道。"爱尔维娜说。

"但现在——你知道了。"他说着同她一起拐过一个角落。

两人来到马厩，那儿有三匹马，包括西西欧要骑的那匹纯种马。他站在那儿仔细地检查起马匹来。他用奇异的声音同它们说话，拍拍它们，从上往下抚摸它们，手顺着马脖往下滑去，摸摸马背又摸摸马肚，最后又摸摸它们的腿。

尔后他又蹲在马身下面，黄色的眼睛长久而缓慢地朝上打量着爱尔维娜。她不由得感到一阵受宠若惊。他那双黄眼睛久久盯着她，吸引住了她的目光。她不知道他在想什么，可是他一言不发，又转眼看起马来。它们似乎明白了他的意思，警觉地竖起耳朵。

"这是我的马。"他说着将手放在那匹纯种老马的颈上。那是一匹栗色的马，脸上有一块白斑。

"我觉得它很好。"她说，"它似乎很敏感。"

"在英国，"他突然回答说，"马的生命很长，因为它们不是在生活——从来没有生命——懂吗？在英国有生命的是火车头，马是用车子运送的。"他对她的眼睛嫣然一笑，好像她听明白了。他在马厩外冲她微笑时，那双眼睛是那么黄，神情有点显得神秘莫测，略带嘲弄。她觉得有点紧张，真想转身离开马厩。可是在同他讲话时另一股更加强大的力量迫使她朝他微笑：

"它们喜欢你抚摸它们。"

"谁？"他的目光盯着她的眼睛。真奇怪，这双眼睛怎么这么黝黑，只有瞳孔四周有一圈黄色。他的目光直勾勾地凝视着她。这是一种不带个人情感的观察，渗进她的心灵深处。

"马呀！"她说。她害怕他那久久凝视着的猫一般的眼光。但是她此时对他的至善之心已经信服了。他好像是她所见过的唯一热情善良的人。她呆呆地看着他，对他怀有一种奇怪而又模糊的信赖，一种毫无保留的信任。相信——相信他什么呢？

冬日下午矿工们放工成群结队回家，那天在途中乐滋滋地看到了奇观：基什卫金穿着鹿皮装，腿上戴着毛边的绑腿和毛边的鹿皮上衣，长发披肩，骏马身上披红挂彩，漂亮极了。她两脚分开骑坐在一匹白色的高头大马上，后面是马克斯，披着头人的长袍和染了色的长羽毛制的头饰，他之后是其他几个人，身上涂着油彩，插着羽毛，披着鲜艳的那伐鹤人毯子，拿着弓和矛。西西欧没披毯子，上身赤裸，涂着油彩，挥舞着一根长矛。他从后面策马冲到前面驰过头人时，高举手臂和长矛向他行礼，接着突然勒住用后脚站起来的马，然后慢慢后退，最后又让马踏步前进。他的马上功夫果然很出色。

一群激动呼喊的孩子们沿着人行道一面奔跑一面哆嗦。矿工们迈着沉重而忧郁的步子，自两面灰蒙蒙的坡下排成一条断断续续的队伍朝山下走去，不时站在人行道上惊奇地看着马队行进，但见马饰上银铃晃动，色彩鲜艳的条纹毯、鞍座布、红色的羊毛制服和闪闪发光的羽尖在震颤着。当身上涂着油彩的西西欧掉转马头走近人行道时，女人们惊呼。孩子们尖叫着躲开了。矿工们喊叫着。身上涂着可怕的出战油彩的西西欧挥舞着长矛，像一朵茎秆上的花一样，迈着轻巧的步子绕到游行队伍中去。

平纳加小姐、爱尔维娜和詹姆斯·霍顿已经在拿波洛夫街等着观看。这是一个盛大的场面。沿路看去，他们见所有的店主都站在店门口和人行道上焦急地等待着。现在人们看到远处那匹灰白马抖动着猩红色的马饰和铃铛，黝黑的基什卫金跨坐在鲜艳的、画有红色条纹的鞍毯上，在这些五彩缤纷的颜色上，她显得有点表情淡漠和面色黝黑；后面是头人，面孔涂黑，身体挺得笔直，神情轻松，披着一条有红黑条纹的白毯子，头上顶端染了色的白羽毛，垂在背后晃来晃去；等他走近时可以看他黑黝黝的马身旁的狼皮和色彩鲜艳的鹿皮。路易斯和杰弗里跟在后面，面容苍白可怕，黝黑的身体上裹着毯子，上面用引人注目的颜色划了一道条纹。他俩傲气骑在马上，手拿长矛；最后一个是西西欧。他骑着栗色的马，鞍座是绿色的，在队伍后面东奔西闪，羽毛摆来摆去，那马汗淋淋的，他那涂了出战油彩的脸上露出狰狞的微笑。就这样，他们在冬日的黄昏中沿着灰色的拿波洛夫街行进着。夕阳西下，天空中呈现出一片橘黄色。

"嗯，真不可想象！"平纳加小姐喃喃说，"嗯，真不可想象！"

奇怪而又野蛮的带条纹的那伐鹤毯子沿着拿波洛夫街前进，在她看来这些毯子都是使人心神不安的。她好奇地观察着基什卫金。

"你能相信那就是梅先生吗——他完全如同一个姑娘。呃，呃——让你摸不着头脑。不过他们还是不错的。是吗？出类拔萃。和印第安人一模一样。让人简直不敢相信自己的眼睛。我看哪，他们是一个十分可怕的——"话没说完，她突然尖叫一声，往后跑去抓住那堵墙，现在只见西西欧策马冲来，马尾巴扫到了她身上，事实上还挥舞着长矛，想用矛的根部轻轻碰触一下爱尔维娜和詹姆斯·霍顿。詹姆斯已惊呼起来，街角的人群尖叫起来。然而当这张涂着油彩的狰狞的脸张嘴露齿擦身而过时，爱尔维娜认出了这张冷漠而调皮的笑脸；她急忙向他激动地回笑，在转瞬即逝的一秒钟内，觉得他那褐黄色的目光似乎漫不经心地停留在自己身上。

"我认为这太过分了！"平纳加小姐叫着，心里烦透了。"这太过分了！简直能把人吓死，再说也太危险了，应该制止这种动作。我觉得不应该让这些戏子们为所欲为。"

由不安的马匹、飘动的彩条和沉默的骑士组成的马队缓缓而行。西西欧坐在绿色的鞍座布上轻轻地小步后退，举止柔和得像天鹅绒一般，他那黝黑赤裸的躯体非常美。

"哼，他不得好死。"人群中有一个女人说。

"十足的野蛮人，让你从头凉到脚——"

"唉，话是不错，可为了挣钱涂抹了脸，我说呀，是个干净的人。"

西西欧没有看爱尔维娜，只是调皮地露齿微微一笑。他突然落在杰弗里后头，于是便用意大利语叫喊杰弗里，那匹马猛地一抖。

天渐渐寒冷下来。马队踏着小碎步跑了起来。梅先生在马上簸得非常厉害。西西欧勒住马将长矛靠在灯杆上，抽出身下的绿毯子，随即挥舞着毯子策马飞奔。他们翻过拉姆利山顶消失了。他也不见了踪影。人群开始在冬天的黄昏中缓慢转身离去，用某种奇怪的方式表明他们反对这种景象。这种表演对他们这些成年男女来说是带点儿侮辱性的。这是一种淘汰了的过时货。他们要的是对心灵具有直接感染力的东西。平纳加小姐表达了这个意思。

此时她已经安全回到曼彻斯特商号，屋里点着煤气灯。她往茶里冲热开水说："嗯，你们爱怎么讲就怎么讲吧！不过这种演出太孩子气，太幼稚可笑。我不清楚人们怎么还会喜欢演出。什么结果也没有。不像在电影院里，你看一眼就什么都明白了，你能明了。你望着他们这些人却什么名堂也看不出来。你清楚这些人只是乔装打扮赚钱罢了。我不明白你为什么要鼓励搞这种演出。我反对这些无聊的戏子到处游行，我不赞成。我喜欢一星期上一次电影院。影片的含义，你想知道的一切，只要看一眼就一清二楚了，够你玩味上一个星期。从电影城你可以了解人们实际生活中的一切事情。我不了解你们为什么要看那些乔装打扮表演的戏子。"

她们坐下喝茶，吃土司面包和果酱，一面进行着这场夸大的说话。对爱尔维娜来说，平纳加小姐就像一盆冷水，把自己从甜蜜的激动中冲醒，恢复知觉。夫人、西西欧和其他人霎时变得虚无缥缈——真实的虚无；而破烂抖晃的电影反倒成了真实，就像现实生活一样。遇到这种情况爱尔维娜总是感到困扰不安。她对平纳加小姐确实讨厌之极，却又无言以对。他们都是虚无的——夫人、西西欧和其他人。西西欧只是随风吹来的幻景，而后又会随风飘去。真实和长久的东西是木屋镇，永恒的拿波洛夫街和肮脏幽暗、一成不变的曼彻斯特商号，里面住着自以为是的、步履缓慢的平纳加小姐和父亲，他们的灵魂似乎已经染上铜锈。这些都是确实的事实，是生活本身。骑着栗色的马，跨坐在绿色鞍布上噼啪飞奔的西西欧是个走江湖的小人，无足轻重，一块从拿波洛夫街刮进利姆波的破烂彩布。吹进利姆波，而平纳加小姐和父亲则永远安于坐在室内吃土司，切面包，呷第三杯茶。他们永远不会被吹跑——永远不会，永远不会。木屋镇将永远在那儿，而那恰基塔瓦拉戏班却像一张破烂的纸片吹进利姆波。无足轻重！可怜的夫人！可怜的当优伶的豪侠夫人！卑鄙的平纳加小姐能把她扭弯丢进下水管弄死，可平纳加小姐却将永远活下去。

想到这儿爱尔维娜不由得生气。

"平纳加小姐，"她说，"我认为你有时做事的确令人讨厌之极。你经常扫别人的兴。"

"对你的助兴方法我不敢赞同。"平纳加小姐辛辣地说。

"你的反对态度哪里比得上我对你这个扫兴鬼的讨厌。"爱尔维娜怒气冲天地说。

"爱尔维娜，你疯了吗?"父亲说。

"想想我过的日子吧，你以为我还没疯吗?"爱尔维娜说。

第八章　西西欧

夫人着凉后精神一直不好，卧床两天，由罗林斯太太、爱尔维娜和那帮小伙子照料。但是她非常注意，不让人家抓到一点讲她坏话的把柄。如果没有第三者在场，她不允许这几个小伙子接近他，因此只有纯礼节性的或公事式的造访。

"哎哟，你们的木屋镇哪，离开它时我真不知怎么高兴才好呢。"她对爱尔维娜说，"我感到这儿对我来说是个倒霉的地方。"

"是吗？"爱尔维娜说，"可是你如果在别的地方得了这么重的感冒，情况或许会更糟，你不这么觉得吗？"

"噢，亲爱的！"夫人喊道。"你认为我会因为讨厌这个地方也厌恶你吗？噢，不！你不是木屋镇。恰恰相反，这地方对你来说也同样不幸，这个地方，你看上去——也——我该怎么说呢——消瘦，不怎么快乐。"

这有点像在盘询。

"我对这个地方的讨厌肯定远远超过了你们。"爱尔维娜说。

"没错。是这样！我敢说。我看得出来，你为什么不离开这儿？为什么不结婚呢？"

"没有人要我。"爱尔维娜说。

夫人试探似的看着她，弯弯的眉毛下那对乌眸射出犀利的目光。

"怎么会呢！"她叫了起来，"他们为什么不想娶你？你又不丑，只是太瘦了一点——太憔悴了一点——"

她看着爱尔维娜，爱尔维娜不自在地笑了起来。

"是没有人吗？"夫人决心追问到底。

"目前还没有。"爱尔维娜说，"一个也没有。"她望着夫人严肃的乌眸无措地笑了起来。"要知道我也看不上木屋镇的小伙子。我不可能看上他们。"

夫人缓缓地点点头，苍白的脸上浮起了一丝隐而不露的满意神情，那双乌眸宛若一对敏捷的奇异动物：奇怪得像雪中两只乌黑发亮的小动物。

"当然啦！"她颇有见解地说，"当然啦！你怎么会看上他们呢。然而除了这儿其他地方也有男人呀——"她将手朝窗口那儿一扬。

"可我同他们不见面呀，你说呢？"爱尔维娜说。

"对，是不常见面。可有时候也见面！有时候也见面！"

两个女人陷入了意味深长的沉默。

"英国女人都非常讲实际。"夫人说："这是为什么？"

"我认为她们这么做也是被迫。"爱尔维娜说，"可是夫人，同你相比，她们的现实精神和聪明才智连你的一半都及不上。"

"啊呀——呀！我的讲实际与众不同。我在不实际中讲实际——"她结结巴巴地说，"可我现在是你的苏——《卑微的犹大》中的人物——那本书是不是很有趣？她难道不是从来都是事事讲究实际的吗？要是她当时能够在不实际中讲点实际，她满可以过得相当快活的。你明白我的意思吗？——不明白。可是苏很荒唐可笑；安娜·克利尼娜也一样。两人都一样荒唐可笑，你不这么认为吗？"

"为什么这么讲？"爱尔维娜说。

"可她们找到了合意的男人，有了足够的钱后为什么要让别人都感到难受呢？我看她俩都是蠢货。如果有人打她们一顿，她们就可能会消除所有不切实际的想法和麻烦，将它们完全遗忘，生活得快快活活。这话是我这个女人说的。她们的这些想法并不凄惨。不，一点儿也不悲惨，那都是些无稽之谈，知道吗，无稽之谈。就是这么回事。无稽之谈。苏和安娜，她们都笨。就是这么回事，根本谈不上是什么悲剧。那是胡说八道。我是女人，也了解男人。我一看到这个就知道是胡说八道。英国女人都愚不可及，是世界上最荒唐的女人。"

"嗯，我是英国女人。"爱尔维娜说。

"是的，亲爱的，你是英国女人。但你不一定很笨。你究竟为什么要这样呢？"

"愚不可及吗？"爱尔维娜笑起来。"但是我不知道对我的愚不可及有何看法。"

"哦，"夫人疲倦地说。"她们永远不会理解。但是我喜欢你，亲爱的。我是个老太婆——"

"比我年轻。"爱尔维娜说。

"比你年轻，那是因为我在心里注重实际，而不仅仅是头脑讲实际。你在心里并不讲实际，可你有良心。"

"但是所有的英国女人都很有良心。"爱尔维娜反驳道。

"不！不！"夫人反驳道。"她们待人都很友善，而且在友善中非常注重实际。但是她们的友善并不是真心诚意的，而只有头脑，头脑：是头脑清醒的友善。"

"我不同意你的观点。"爱尔维娜说。

"对，对。我并不指望你会同意。但我不在乎，你待我非常好，我感谢你。可你知道这是你头脑的友善。所以我也在头脑里感谢你。我不会在心里感谢你，不会的——"

夫人用否定的手势将白皙的手指并拢放在胸前，乌眸中发出怨恨的目光。

"但是夫人，"爱尔维娜生气地说，"像你这样能干的女商人我连一半也及不上。这也算头脑精明吗？"

"哈！当然不是！你肯定不会成为一个能干的女商人，因为你的头脑很善良。我——"她拍了额头，又摇了摇头——"我在头脑里并不善良！我在头脑里是女商人，一个能干的女商人。我当然是个能干的女商人——当然！但是——"此时她改变了表情，睁大眼睛，将手放在胸前——"当心灵说话时，我就用心灵来听，而不用头脑听，这叫心心相听。头脑——是另一回事。但是你的眼睛是蓝色的，你不会明白。只有黑色的眼睛——"她止住嘴沉思起来。

"那么黄眼睛呢？"爱尔维娜笑了起来。

夫人瞟了她一眼，嘴唇弯起，隐隐露出一丝讥笑，但是她第一次睁大乌眸，显示出热情。

"像西西欧那样的黄眼睛吗？"她那双警觉的眼睛圆睁开来，漂亮的嘴上堆着微笑。"那双眼睛是最黑的。"她说完淘气地摇了摇头。

"是吗？"爱尔维娜不明白了，只觉得一团火从颈部一直烧到脸上。

"哈——哈！"夫人大笑起来。"哈——哈！要知道我是个老太婆。我已经老了，到了心该善良、头脑该聪明的时候了。我的心只对少数人友善——极少数——特别是在英国。我的小伙子们都清楚这点。但我对你也许是友好的。"

"谢谢。"爱尔维娜说。

"你瞧！这来自头脑，谢谢。你知道，这不是出自心里的。你瞧，这不是嘛？"

但是爱尔维娜已经急忙溜了。她感到夫人是在玩弄自己。

梅先生对扮演基什卫金津津乐道。夫人下楼时，路易斯正在学他的样。路易斯是个出色的讽刺剧演员。爱尔维娜走进起居室时恰巧碰上他们在捧腹大笑。见她进来他们都止住笑，小心翼翼地看着她。

"演下去！演下去！"夫人对路易斯说，又对爱尔维娜说："坐下，亲爱的，看看我们的路易斯多有表演天才。"

他看一下四周，脑袋稍稍往边上一歪，下肢往里缩进，惟妙惟肖地做出梅先生的憨笑，轻轻摆动臀部，开始模仿假基什卫金。他生气地侧身而行，猛地举起双手。在这场哑剧里，这位高个儿法国人滑稽可笑地模仿霍顿先生的经理，逗得夫人笑出泪来，而马克斯倚在墙上，格格地笑个不停，像壶里的开水翻滚。杰弗里双臂前伸，两拳放在桌上又喊又笑。西西欧头往后仰，在开口纵声嘲笑时牙齿全露了出来。爱尔维娜也笑了，但是两颊绯红。路易斯对那个不在场的人的嘲讽具有某种辛辣和毫不留情的味道。其他人都看得高兴。爱尔维娜不时咬住嘴唇，因为这表演实在太好笑了，且又如此淋漓尽致。她实在忍不住了，猛地前俯后仰大笑起来。路易斯真是个行家——他掌握住了她的心灵。她最后笑得浑身无力，头软绵绵地搭在椅子上，动弹不了。她无力地瘫在椅子上，间或爆出几声笑声。演梅先生的戏最后结束了，然而她的心却受了伤害。

然后夫人擦了擦自己锐利的黑眼睛，高兴地慢慢点了点头。忽然，路易斯站起来，伸出一只手指头表示警告。大家立刻止住笑声围成团，只有爱尔维娜一个人靠在那儿暗自发笑。

"啊，早上好，罗林斯太太！"他们听到梅先生的声音。"你的伙伴们可真活跃。霍顿小姐在那儿吗？我可以进去吗？"

他们听到他匆忙轻快的脚步声和急促轻巧的敲门声。

"进来吧！"夫人喊了一下。

那恰基塔瓦拉戏班的全体演员都板着面孔坐在那儿，只有可怜的爱尔维娜靠在椅子上，不时发出几下轻轻的笑声。梅先生迅速扫视了一下，走到夫人跟前。

"啊，早上好，夫人，我很高兴见你下楼。"他说着握住夫人的手，彬彬有礼地吻了一下。"原谅我打断了你们的欢笑！"他狡黠地扫视了一下。爱尔维娜依然没有恢复过来，斜靠在椅子上，甚至无法对他说话。

"这显然是个有趣的笑话。"他说，"能让我也听听吗？"

"噢，"夫人慢慢地说，"不是笑话。是路易斯在出自己的洋相，场间插科打诨。"

"那一定是很不错的。"梅先生说，"我们能不能把它拿到台上演出呢？"

"不，"夫人慢吞吞地说，"这算不上什么东西——只是心血来潮乱编的玩意儿。你请坐，要不要喝点儿威士忌？——要吗？"

马克斯替梅先生倒了杯掺水威士忌。

爱尔维娜别过头静静坐着，但还无法同梅先生交谈。马克斯和路易斯变得礼貌起来，杰弗里睁着那双深蓝色的大眼睛，傻傻地盯着这个刚来的人，西西欧两手放在膝上往后靠着，长睫毛下那双眼睛从侧面望着有气无力的爱尔维娜。

"喂，你对这几场演出还满意吗？"

"噢，满意的。"梅先生说，"非常满意！那两晚上棒极了！棒极了！"

"啊——我很高兴。霍顿小姐说我明天还不能跳舞，还为时过早。"

"霍顿小姐是内行。"梅先生狡猾地说。

"当然！"夫人说，"我应该听她的。"

"那不用说，这是为你好，又不是为她自己好。"

"当然！当然！她的心真好！"

"霍顿小姐的心是最好的——对谁都是这样。"梅先生说。

"一点不错。"夫人说，"我很满意你演基什卫金大功告成。这也是件好事。"

"是的。"梅先生答道，"我开始怀疑自己是不是选错了职业。我应该当演员，而不是幕后指挥。"

"当然是这么回事。"夫人说，"可就是有点晚了——"

这些外国人的目光都望着他，梅先生不免有点兴奋起来。

"恐怕是这样。"他说，"是的，大众的口味神秘莫测。你有什么建议？你认为他们充分欣赏你们的表演吗？"

夫人的乌眸凝视着他。

"不，"她说，"他们并不欣赏。电影赶走了我们。也许我们还能演十年，随后我们就结束了。"

"你这么认为吗？"梅先生神情严肃地问道。

"一点不错。"她审慎地点了点头。

"可原因在哪儿呢？"梅先生生气地说。

"原因吗？我不知道。我不知道。电影便宜，又方便，观众无须付出什么东西，既无心灵感受，也不要精神的鉴赏，观众根本不用为这些东西费心，所以他们喜欢影片；他们不喜欢看我们，因为他们要用心灵感受我们的东西，要用精神去欣赏。我说明白了吗？"

"他们不愿感受也不愿欣赏吗？"梅先生说。

"是的，他们不愿意。他们只想用眼睛看一切，然后结束——就这样！完全是好奇，不正常的好奇。如此而已。在哪个国家都是这个情况。所以——十年后——就不会再有基什卫金了。"

"是的。那你们的前途在哪儿呢？"梅先生伤心地问。

"我也许已经死了——谁知道呢？如果没死，我在罗沙尼或在贝林左那里将有自己的公寓，重新当个资产阶级分子。并像现在一样当个虔诚的天主教徒。"

"我也是天主教徒。"梅先生说。

"噢！你也是？美国的天主教徒？"

"嗯——英国的——爱尔兰的——英国的。"

"是吗？"

梅先生一生中从来没像那天那样感到不愉快。他最终能在哪里找到一个让自己烦乱的脑袋休息一下的地方呢？

那恰基塔瓦拉戏班里也没有丝毫太平可言。星期四的节目将有变更——"基什卫金的婚礼"（据说是与白囚结婚）要取代前一场。马克斯当然是排练的导演。夫人没有表演任务是不会来剧场的。

马克斯平时虽然沉默，毫不显眼，但也会突然摆出一副盛气凌人的霸道相，实在令人气恼。杰弗里总是忍气吞声，敢怒不敢言。可是西西欧却对此怒不可遏，大发脾气。因为马克斯竟会突然流露出对意大利人的轻蔑，用伦敦方言骂西西欧是个眼大利人。

"呸！你这个白痴！"马克斯突然生气了，轻蔑地数落西西欧，因为后者对听到的事情确实接受得很慢，这次又没有理解。

"怎么啦？"西西欧慢吞吞地问道，说话中带着讽刺的口吻。

"还怎么啦！"马克斯冷笑着回敬道，"什么？什么？喂，我刚才说什么来着？牛脑袋，我说，猪头，也许这个名称更适合你。"

"对谁适合？对我还是对你？"西西欧说着向前逼近。

"适合你，意大利脏猪。"

马克斯满脸通红，身子挺得笔直，额头上棕色的头发似乎都竖了起来，蓝色的眼睛闪出凶光。

"这就是说适合我啰，是一个未开化的德国猪说的，是吗？啊？"

这些都是用法语说的。爱尔维娜坐在钢琴边上，看见高大的马克斯脸色苍白；西西欧不顾一切地伸着脖子，愤怒得浑身发抖，朝马克斯冲着脖子。两人都穿着一般的衣服，没穿外衣，只穿着衬衣在表演。西西欧握着一把道具刀。

"哎哟！这使不得！使不得！"梅先生命令道。可是西西欧已经失去理智，紧张走上前去，气势汹汹地巍然站定，手里紧紧握着那把道具刀。

"卑鄙的意大利人。"马克斯用英语骂了一句转身对着梅先生。"他们不学无术，一窍不通。"

未等他话讲完，西西欧已经纵身跃起朝他刺来。马克斯惊跳起来想招架，可锁骨上靠近肩胛的地方已经挨了一刀，转身倒在梅先生身上。这时只见西西欧像猫一样窜到台下，把刀咣唑一声丢在台上，跳跃着穿过剧场，从门口跑了出去。马克斯这时才反应过来，像魔鬼一样跳起，脸色煞白，冲进剧场紧追而去。

"站住——站住——！"梅先生说。

"停一停，马克斯！马克斯！马克斯，等一下！"路易斯和杰弗里叫着，此刻路易斯也纵身跳下舞台追他的朋友去了。每跳下一个人，舞台上就砰地发出一声响。

爱尔维娜一直坐在钢琴边上等候。见西西欧冲过她身旁，不由得惊立起来，撞翻椅子，接着脸色变得煞白，瞪着蓝眼睛的马克斯从她头顶跳下。

"别——！"她叫着举起手想阴拦他的去路。他看到了她，于是突然闪开身子，犹豫一下，随即转身跳过椅子躲开了她。此刻路易斯抓住他，用手和胳膊抱住他。

"马克斯——等等，朋友！让他走吧！马克斯，我爱你；你是知道的。让他走吧！"

马克斯和路易斯在走道上扭来扭去，马克斯厌恶地低头看着自己的朋友。但是路易斯也同样坚定不移，像马克斯一样拼命扭动着身子。最后马克斯开始屈服了，怒不可遏地喘着粗气。路易斯仍旧抓着他的手和胳膊不放。

"让他走吧，大哥，不值得跟他生气。他懂什么呀！马克斯，亲爱的大哥，他懂得什么呀？这些南方人，一半是孩子，一半是畜牲。他们不清楚自己在干什么？他伤着你了吗，我亲爱的朋友？他伤着你了吗？那是把假刀，不过那下砍得也够重——那条意大利狗。你让我们瞧瞧。"

就这样马克斯渐渐安静下来。血已经从背心肩部流出，染红了衬衣。

"砍破了吗，大哥，大哥？"路易斯说，"让我们看看。"

马克斯动了动胳膊，感到很疼。他们帮他脱下背心，拉开衬衣一看，只见一块青黑色的伤口，皮已经破了。

"骨头断了没有！"路易斯焦急地问道。"骨头断了没有！抬一下胳膊，大哥——抬起来。很疼吧——噢——不——不——没有断——没有断——骨头没有断。"

"骨头没断，我知道。"马克斯说。

"这畜牲，幸好他没弄断你的骨头。"

"你们说他会去哪儿？"梅先生说。

这些外国人耸耸肩，不理他。排练已无法进行了。

"我们最好还是回家告诉夫人。"梅先生对晚上的演出感到非常担心。

他们锁上"功德"的门。爱尔维娜想念着西西欧。他出去时只穿着衬衣。她从后台化妆室取来他的衣帽，放在自己胳膊上的雨衣底下。

夫人此时心绪烦乱，她刚才听到有人从后面进来，上了楼梯，接着又走出去。罗林斯太太告诉她，有个意大利人穿着衬衣跑进来，穿上黑外衣，戴上黑帽子，沉默地取走了自行车。可怜的夫人，她费劲地套上鞋，刚戴上帽子，其他人已经来了。

"出什么事了？"她叫喊着。

她听到路易斯在慌慌张张地解释。

"哼，这个畜牲，畜牲，他白花了我全部的心血！"可怜的夫人叫喊着坐了下来，脚上有一只脚掉了下来。"怎么搞的，马克斯，你为什么不像男子汉一样保持住自己好侮辱人的犟脾气呢？我不是一遍又一遍地反复重申，在那恰基塔瓦拉里只有一个民族，就是印第安人，只有一个部落，就是基什卫吗？而你现在却骂他是龌龊的意大利人，或者意大利狗，结果惹得他像畜牲一样乱来。太坏了，这头畜牲太不像话、太缺乏理智了。可是你马克斯也好不了多少。你的脾气同魔鬼一模一样，也许比畜牲还坏。啊，这个木屋镇，我知道，是祸根。但愿我们不要遭殃。这个星期难道没个完了吗？我们得找到西西欧。没有他，这个戏班就完了——除非能找一个替代品。我一定要找到替代的人。可是怎么去找呢？——到哪儿去找呢？——在这个国家里？——你们说呀！我对那恰基塔瓦拉已经感到厌倦了。真正的基什卫部落是没有的——没有，从来没有。那恰基塔瓦拉已经让我受够了。我们散伙吧，分手吧，我的勇士们，让我们在这个要命的木屋镇说声再见吧！"

"噢，夫人，亲爱的夫人，"路易斯说，"我们有希望。让我们发誓团结一心，亲爱的夫人，我们的基什卫金。千万别让我们散伙。敬爱的马克斯大哥，你不想分开吧？我爱戴的大哥，你不想分手吧！你呢，杰弗里，你呢——"

夫人的眼泪突然夺眶而出去，路易斯也流泪了，甚至马克斯也含着眼泪别转了眼，爱尔维娜溜出房间，后面跟着梅先生。

不一会儿，夫人出来找他们。

"啊，"她说，"你们没走！我们在想西西欧会从哪条路走；从拿波洛夫走呢，还从马恰走。杰弗里骑自行车去找他。但是去拿波洛夫找呢，还是去马恰找？"

"到市场那儿去问问警察吧！"爱尔维娜说，"他一定会注意他，因为西西欧那辆黄色的自行车很特别。"

梅先生带着这个使命出去，其他人则讨论着西西欧的去向。

梅先生回来说西西欧骑车沿着拿波洛夫去了，外面下着小雨。

"啊！"夫人说，"在那个大镇里怎么找他呢？可能他会狠心地抛弃我们了。"

"离开之前他肯定想同杰弗里谈。"路易斯说，"我们一直是好朋友。"

大家都看着杰弗里。他耸了耸宽阔的肩膀。

"一直是好朋友。"他说，"是的。他或许会在巴特西的表亲家等我。可是在拿波洛夫我不知道。"

"他有多少钱?"梅先生问。

夫人摊开双手，耸起肩。

"谁知道?"她说。

"这些意大利人。"路易斯说着转身面朝梅先生，"他们什么时候都不缺钱。在国外，他们尽量一个子儿也不花。他们就是这样子——"他做了个那勒斯人的动作，手指在空气中抓了几下。

"但是他会一句招呼也不打就丢下你们不管吗?"梅先生叫喊道。

"会的! 会的!"夫人悲哀地说，"他会的。只有他会做得出这种事。但是他做得出来的。"

"他可能去的点是哪儿呢?"

"什么点? 你是说他会去什么地方吗? 去巴特西，毫无疑问，去他表亲那儿——然后去意大利，只要他认为攒的钱足够买土地，或者什么东西就行了。"

"那就向他再见了。"梅先生痛苦地说。

"杰弗里应该知道。"夫人说着看了看杰弗里。

杰弗里耸耸肩，不肯出卖他的同志。

"不，"他说，"我不晓得，我只知道他会在巴特西留个条子，但不清楚会不会去意大利。"

"这么说你不知道在拿波洛夫该到什么地方去找他啰?"夫人直接问道。

"对——不知道。也许在火车站乘火车去伦敦。"很明显，杰弗里不想帮梅先生的忙。

"天哪!"夫人中止了这场无用的探讨。"杰弗里，你去拿波洛夫看看——然后回到剧场来干活。马上就去。要是找到他，就把他带到这儿来。叫他回来，叫他看在我的份上行行好，就对他这么说。"

她挥手叫小伙子出发。他走了，要冒雨骑九英里路到拿波洛夫。

"他们知道，"夫人说，"他们知道彼此的地方。我们是一年多以前到拿波洛夫街来过的。但是，他们能记住那地方。"

杰弗里骑着车在泥泞的路上飞速前行，对能否找到自己的朋友根本不在意。他喜欢这个意大利人，但从未把他看成是永久的朋友。他知道西西欧不满意，想换个环境，也知道意大利吸引着他离开这个已经干了三年多的戏班。这个从马蒂各尼来的瑞士人知道，这个那不勒斯人总有一天会挣脱一切束缚突然回到意大利的。目前就是这样的情况，杰弗里对此持通情达理的豁达态度。

他骑车进城后，开始到音乐厅艺人们住的客栈去寻找。他认识他们中的许多人。他们对他的到来表示欢迎，拿出威士忌招待他——但谁也没见到西西欧。他们叫他到其他客栈去找其他艺人。他访遍了熟悉和不熟悉的团体，陌生和稔知的旅店，以及西西欧可能去的三流小酒店，然后又去马什那儿的意大利人中间——他知道这些人总是互相打听对方的住处。接着又急急匆匆赶中原火车站，而后又去中央大火车站，在去伦敦的月台下向搬运工打听是否见到他的伙伴，一个骑黄自行车，披着黑斗篷的人。但这一切都没用。

杰弗里赶忙点上车灯，掉转车头顶着夜色回木屋镇。他身子强壮，沉着冷静，慢慢蹬着车上坡，穿过几条街道，接着又下坡进入夜色包围的乡村工业区。他不时得穿越新的电车轨道——这可很难对付——而且，偶尔还得避让灯光通明的电车，它们在黑色中蜿蜒而行，穿越乡野。天上阴雨连绵，下个不停。他的后轮在泥泞中和新的电车轨道上滑来滑去。

当他在夜色中蹬着车，在从石板瓦厂到德贝住宅区漫长的路上骑行时，忽然看到前面有灯光——也有一个人在骑车。他把车骑到路旁，只见对面的灯光飞快移近。这是一盏相当亮的乙炔灯。他看着，但见灯光闪了一下，接着溅起一片水花，有个很可能是西西欧的人，正弓着背骑着那辆低矮的赛车疾驰。

"嗨，西克——！西西欧"他喊叫着跳下自行车。

"哎——哎——！"他听到有人在黑暗中回答，没错，这是意大利人在叫喊。

他回头，看见那个骑车人也下了车，灯光掉转方向，西西欧轻轻骑过来，在杰弗里旁边跳下去了。

"是你呀！"西西欧说。

"嘿！你到哪儿去？"

"嘿！"西西欧突然叫了起来。

两人的谈话充满了各种各样的喊叫，叽喳之声不断。

"打算回去吗？"杰弗里问。

"你去哪儿了？"西西欧反问道。

"拿波洛夫——找你呀！你去哪儿——？"

"在德贝住宅区把前轮扭弯了。"

"跌倒了?"

"唉!"

"摔疼了没有?"

"没事儿。"

"马克斯已经好了。"

"这个混蛋!"

"走吧,跟我一起回去吧!"

"不。"西西欧摇了摇头。

"夫人在哭,要你回去。"

西西欧摇了摇头。

"走吧! 西克——"杰弗里说。

西西欧又摇了摇头。

"决不回去吗?"杰弗里说。

"得了——我受不了了。"西西欧脸上现出一丝不易察觉的苦相。

"先回去一下,然后我们一起走。"

西西欧还是不同意。

"怎么,这就告辞了?"

西西欧一语不发。

"别走,老伙计。"杰弗里说。

"就走!"西西欧用嘲弄的口吻说。

"噢,天哪! 我愿意跟你一起走,怎么样?"

"去哪儿?"

"随便去哪儿。你想去意大利?"

"谁知道! ——好像是这样。"

"我想回去。"

"噢,天哪!"西西欧身子转过一半。

"等我几天。"杰弗里说。

"是哪儿等?"

"明天在拿波洛夫见面。到皮姆太太家去。汉姆普顿街六号。葛蒂文蒂在那儿。你说好吗?"

"我想一下。"

"十一点，好吗？"

"我想一下。"

"永远是朋友——西西欧——好吗？"杰弗里伸出手。

西西欧渐渐握住他的手。两人抱在一起在颊上吻了一下道别。

"明天见，西克——"

"再见杰基。"

西西欧跃上自行车，一眨眼就不见踪影了。杰弗里等地一会儿，待一辆灯火通明的电车在雨中向他这儿开过后，又跨上车朝反方向骑去。他笔直朝拉姆利骑去，夫人只得坐立不安地一直呆到十点钟。

她听了这个消息后说：

"明天我去把他带来。"她说完上床去睡了。

第二天早上她按时起床，叫人送了张条子给爱尔维娜。爱尔维娜九点钟到来。

"你同我一起去好吗？"夫人问。"去吧！我们一起去拿波洛夫把那个淘气的西西欧带回来。同我一起去吧，因为我还没有完全恢复体力。怎么样，答应啦？好！好！我们去对那几个年轻人说一下，我们立刻就走，乘有轨电车去。"

"可我这身衣着不行呀！"爱尔维娜说。

"谁会注意？"夫人说，"走吧，我们走。"

她们同杰弗里约好十一点差五分在汉姆普顿街角处碰头。

"你知道——这些年轻人，尤其是意大利人都很滑稽。"夫人对爱尔维娜说，"你绝对不能让他们感到是被逮住的。也许他会不让我们见他——谁知道呢？也许他还是要去意大利。"

她俩坐在颠簸的电车里——这是一段漫长而乏味的路程——然后又走过这个制造业发达的城镇中沉闷而丑陋的街道。她们在那个街角等杰弗里，只见后者满身泥浆，骑着车过来。

"叫西西欧出来见我们，我们一起到盖沙饭店喝杯咖啡——或者茶什么的。"夫人说。

两个女人疲惫地等在街头。最后杰弗里回来了，摇了摇头。

"他不肯回来吗？"夫人叫了起来。

"对。"

"他说将要回意大利吗？"

"回伦敦。"

"一回事儿。你根本不能相信他们，他很倔吗？"

杰弗里耸了耸肩。夫人看出他也开始背叛了。她已经到疲惫和灰心丧气了。

"我们得解散那恰基塔瓦拉，就这样。"她生气地说。

杰弗里呆呆地望着夫人，一脸无动于衷的样子。

"你也想跟他一起走吗？"她突然问道。

杰弗里不好意思地笑了笑，满脸绯红，但没有说话。

"那就走吧——"她说，"走吧！跟他走吧！但是也替我的名誉想一想，在木屋镇干完这个星期吧！我不能让霍顿小姐的父亲损失这两个星期。把这话告诉弗朗西斯科。我同他一刀两断。但是让他完成这个合同。不要让我丢脸，不要毁掉我的名声和那恰基塔瓦拉的名誉。就这么对他说。"

杰弗里又转身了屋子。夫人戴着一顶漂亮的小黑帽，脸上遮着有花点的面纱，身上穿着华丽的黑连衣裙，站在街角凝视前方，由于寒冷，她的身子有点发抖，但沉默。

杰弗里又出现在门口，脸上毫无表情。

"他说不干。"他说。

"啊？！"她突然用法语叫起来。"这个忘恩负义的畜牲！他会吃苦头的。瞧着吧，不会有他好受的。这个卑鄙的无赖，冷血。我的马克斯，你是对的。哼，这样的无赖应该挨顿揍，像狗一样遭顿打，直到它乖乖跟在脚后。难道没有人替我揍他一顿，没人吗？有的。去告诉他，在他离开英国之前，他会尝到基什卫金拳头的滋味的，这拳头比黑手党的更凶。你告诉他，懦夫，这么做的话这个女人就只好被迫对她不愿干的事毁约啦。呵，无赖！无情无义，无情无义。这些南方狗崽子，不能相信他们。"她颤抖跨了几步走下人行道，接着撩起面纱，擦去因愤怒和极度失望而流出的泪水。

"等一下，"爱尔维娜说，"我去。"她动了情。

"不。你别去！"夫人喊道。

"不，我要去。"她说，眼睛里有咄咄逼人的目光。"你领我到门口。"她对杰弗里说。

杰弗里顺从地领着她走上一条狭长的楼梯，上面铺着相当破旧的黄棕色油布，最后来到房子的顶层。

"西西欧。"他在门外喊了一声。

"哎！"传来西西欧绕弯儿的声音。

杰弗里打开门。西西欧坐在一张很窄的床上，上面是斜度很大的天花板，因为这是一间简陋不堪的顶层阁楼。

"别进来。"爱尔维娜扭头对杰弗里说，独自进屋随手关上了门，然后背对门站着，看着这个意大利人。他懒洋洋地坐在床上，嘴上吸着一支烟，烟灰掉落在两脚之间光秃秃的地板上。他好奇地抬头望着爱尔维娜。她站在那儿，那双明亮蔚蓝的大眼睛注视着他，脸上带着一丝微笑，但沉默。他那双眼睛也在黑色的长睫毛下警觉地盯着她。

"你不回去吗？"她说着嫣然一笑，紧紧盯着他的眼睛。他用小指拔拔掉香烟灰。她不明白他小手指的指甲为什么要留得这么长，太长了。但她仍旧笑容可掬地对着他，而他也依然没有任何反应。

"回来吧！"她劝他，目光盯着他。

他纹丝不动，双手垂在两膝之间，望着她，那支香烟缭绕着青烟。

"你不想回来？"她背对门口站着说，"你不愿回来？"她奇怪而活泼地莞尔一笑。

她忽然朝前走了一步，弯下腰，似乎害怕地望着他的脸，将他棕色的手捏在手心里拉到自己身前。他的手动了一下，丢下香烟，但是没有抽回去。

"你会回来的，是吗？"她朝着他那奇怪、警惕的黄眼睛温柔地粲然一笑，那双凝视着她的眼睛里黑色的瞳孔慢慢睁开变圆，变得温柔起来。她对着这双逐渐温和起来的圆眸微笑着。那是动物在安宁和较为温和时的目光。忽然，她吻了一下他的手，接着又迅速地吻了一下，吻在手指和手背上。他戴着一枚银戒指，尽管她此刻在吻他的手指，可在她看来这枚银戒指象征屈从和卑微。她轻轻拉了一下了他的手，他站起身来。

她转身抓住门把手，左手仍然拉着他的手指。

"你打算回去，是吗？"她说着回眸看着他的眼睛，见目光没有变化，便认为他同意了，于是松开他的手，把门拉开一点。他慢慢转身，从一根钉子上取下挂着的外衣，甩到肩上，套在身上，随后拿起帽子，将脚踩在那半截还在冒烟的香烟上。他跟着走出房间，头垂得很低，一副略显笨和耽于肉欲的意大利人模样。

他们来到街上，见夫人一身法国式装束，亭亭玉立地独自站在那儿，像被人忘却了一样。她的面容在带点的面纱下显得相当白，眼睛非常黑。她看到西西欧跟在爱尔维娜身后，那样子就像一条自知做了错事的黑狗。夫人一动也不动，直到他站定在自己面前才看着他的脸。

"你来啦。"她面无表情地说，"嘿，Allons boire un cafe？我们去喝点儿咖啡吧！"她此时的声调中带着一种宛转的柔情，但目光里依旧流露着忧郁和生气。西西欧脸上慢慢浮起傻乎乎的微笑，随即转身在一旁走着。

夫人一路上沉默。杰弗里骑车经过他们，扯着嗓门说自己直接回木屋镇去了。

三人坐下喝咖啡，夫人把面纱撩到眼睛上方，于是眉毛上面便现出一道黑带。她脸色苍白，面庞丰满，像娃娃脸似的，但是好象没有丝毫表情，忧郁的目光秘不可测，看着西西欧和爱尔维娜。

"你俩喝咖啡要不要用点饼干？"她语气亲切，但是她奇怪忧郁的神情格格不入。

"好的。"爱尔维娜脸有点涨红，如同在闹别扭似的；西西欧则羞怯地坐着，别过低着的头，脸上挂着那憨傻而好看的冷笑。

"别再同马克斯过不去了，好吗？——西西欧，啊？"夫人依旧和蔼地说，那双忧郁的眼睛依旧盯着他。"别再干那些蠢事了，好吗？怎么样？回答我呀！"

"我再也不干蠢事了。"他说着，眯起猫一般的眼睛看着她，目光中露着轻视的神情。

"真的？是吗？再也不干了？那太好了？这就对了！我们很高兴，西西欧回来了，而且再不会发生争吵啦。霍顿小时，你说是吗？——对不对，——难道不值得高兴吗？"

"我高兴极了。"爱尔维娜说。

"高兴极了——对——高兴极了！你听到了，西西欧，下回可要记住，好吗？难道你不同意？啊？"

他抬眼望着她，翘起的嘴唇上挂着冷漠而轻蔑的微笑。

"当然啦。"他慢吞吞地说，语调很微妙。

"对。好！这就好！这就好！我们都是朋友。所有那恰基塔瓦拉人都是朋友，对吗？啊？你怎么看？你说呢？"

"是的。"西西欧又抬起闪闪发光的黄眼睛看着她。

"对啦！对啦！这就对啦——过去的事就算了——"夫人讲得很坦白，看样子已经好了。但是，她愠怒和警觉的目光和西西欧眯起眼睛瞟她时的神情，反映了在他们表面上直率的话语下还存在着另一种情况。"霍顿小姐也是我们的一员！对吗？她把我们又一次团结在一起，所以她也成了我们的一员。"夫人毫无表情的白皙的圆脸庞上奇怪地堆起笑容。

"我愿意成为那恰基塔瓦拉的一员。"爱尔维娜说。

"可以——行啊——当然可以啦！何不就成为我们的一员呢？当然可以啦。你说呢，西西欧？你可以弹钢琴，也许还可以干其他他事。也许比基什卫金还干得好。你说呢，西西欧？她难道不能加入我们的队伍？她难道不是我们的一员吗？"

他露齿笑了，但没有说话。

"嗯，怎么样？说呀，难道她不行吗？"

"行啊！"西西欧不大愿意地表态道。

"行，我也这么说！我也这么说。绝好的主意！我们会考虑的，也许要同你父亲先谈一下，然后你就来我们这儿！好吗？"

于是这两个女人就搭乘有轨电车回木屋镇，而西西欧则骑车回去。奇怪的是娇小的夫人一路上同爱尔维娜竟无言可谈。

夫人把她的戏班又重新组织在一起了，于是一切似乎又恢复到了以前的样子。她决定第二天晚上，也就是星期六晚上登台跳舞。星期天这个戏班要出发到三十英里外的沃索儿去履行下一个演出合同。

晚上，西西欧一有空就凝视着爱尔维娜，她发现了，但弄不清他这么做有什么意思。要是他在剧场里发现一条游动的蛇的活，或许也会看着它的。他目不转睛地偷偷暗自看着她，但是不想同她瞟来的目光相撞。他躲避她，却又注视她。他站在那儿，体格强健，神情懒散，一脸满不在乎的样子，脑袋耷拉着，眼睛斜睨。目睹此景她有时候讨厌他。但是他脸上露出乖巧的神情。他浅棕色的皮肤发出淡淡的光泽，两只深陷的眼睛那么暗淡，人们料想它们一定是一对闪亮的眼睛，但随后却看到了黄色的瞳孔，像硫磺的颜色一样，冷漠疏远，好像狮子的眼睛一般。他那细长漂亮的鼻子，颀长而丰满的下颌和翘起的嘴唇似乎是经过数代被人遗忘的文化精心塑就的。他在等待：默默地等待，萎靡不振之中有一种粗犷和冷漠的神情。他在等待。等待什么呢？爱尔维娜猜不出来。她想同他的目光相遇，对他做一番公然的了解。但是他不肯这么做。当她上前同他说话时，他的回答方法傻里傻气的：脸上堆着笑，眼睛一眨不眨，却不说话。他固执地躲避着她。当他涂上出战的油彩时，她有一刻曾憎恶他那肌肉发达、无精打采的漂亮躯体，那是笨拙而丰满的躯体。马克斯那修长挺拔的身材，轮廓鲜明，相比之下似乎更加漂亮、干净，更富有男子汉气概。西西欧那柔韧粗壮的身体，那隆起的肌肉，是那么丰满柔软而强劲有力，对此她感到讨厌。

她在钢琴上生气地飞快弹奏着。那是最后一晚上演出。夫人正在台上表演基什卫金舞蹈，向爱尔维娜频频传递严厉的目光。爱尔维娜避开夫人的目光，就像西西欧避开爱尔维娜一样——躲避却感觉到对方，保持距离却又有联系。

夫人的舞蹈美妙精彩，毋庸置疑，她是个艺术家。在舞台上，她判若两人，容光焕发。纯洁无瑕，宛若魔女一样在那儿飘飘欲仙，优雅妩媚，动人之极。她神奇地向勇士们施展着魔法，他们顿时变得富有魅力，英勇威武。爱尔维娜生气地敲打钢琴固然不错，却无法将基什卫金和剧团周围的炽热气氛扑灭。西西欧此时英俊潇洒；身上的油彩已擦去，精神抖擞，热烈中蕴含着冷漠，成了一个陌生人——可又那么漂亮。爱尔维娜急遽地弹着钢琴，眼眶中几乎噙着泪水。她不喜欢他的美，因为这种美将她拒之于外，与她完全无缘。

夫人变成另一个人：乌黑的长发梳成一绺绺发辫，暗黑色的缎子下两颊绯红。她的舞姿是那么轻盈柔曼。在跨越自己同男人之间的距离时，她显得那么屈膝卑下，那么冷漠。她多么温顺啊，却又永远让人无法接近。她在死熊旁边跳舞，动作细腻：她那隐藏的好奇心，对那头雄性的庞然大物的力量的羡慕，对战胜这头死兽所感到的令人颤抖的喜悦，她残忍的狂喜，还有对这头熊并未真正死去而抱的恐惧。这是一出美妙的戏，展示出世界的黎明——是夏娃啃白肉苹果之前，而她却依然神情暗淡，目光忧郁，沉默不语。此后是她偷偷怜悯那个白囚的场面！她现在确实是受了肉欲诱惑的忧伤的夏娃。她的迷恋是残酷无情的，跪在死去的勇士——丈夫身旁，就像刚才蹲在熊身旁一样：恐惧、羡慕、怀疑和狂喜之情融为一体。她用脚轻轻蹬了他一下，死肉一堆就像那头熊一样！她脸上闪过一丝快乐的神色，接着又变成了悲痛欲绝的呜咽。最后她颤抖着，用邪恶和怀疑的目光看着西西欧同那头熊搏斗。

她是基什卫金，是所有行动的线索。她那些凶狠的勇士们好像变得越来越狠毒，更加隐秘，心狠手辣，心中燃着残忍的火焰，同时又露出渴望的神色，因为他们知道自己的结局如何。西西欧与熊搏斗的时候笑得很怪，因为他以前晚上演出时从来没有笑过。他的笑声传到观众中，这是一种轻轻的、恶毒的、轻蔑的笑声。当熊压在他身上，应该倒下时，他转身溜出熊的怀抱，用嘲讽的语气对夫人说：

"祝您长寿，夫人。"说完才倒下。

夫人像中弹一样突然停下，听到他在说："我还活着，夫人。"她依然呆呆在停在那儿，突然害怕了。接着她立刻将手放到嘴上尖声呼叫起来：

"熊！"

戏就这样结束了。但是基什卫金非但没有得到那种温柔、半带欲念的胜利——本来在她握住那个白人的手亲吻时应该产生这种胜利的快感——反倒引来诧异、犹豫和失败，还有马克斯的手足无措。

演出后，夫人和马克斯都不敢对西西欧说他在剧中随意发挥的事。路易斯感到这事只有自己来提了——除了他没人会提。

"我说西克——"他说，"你为什么改变剧情？若不是夫人机灵，一切都可能弄坏了。你为什么要那样说？"

"为什么？"西西欧用意大利语回答路易斯的法语，"你知道，我讨厌当死人。"

夫人和马克斯静静地听着。

爱尔维娜弹完《上帝拯救国王》后就绕到舞台后面。但是，西西欧和杰弗已经整理好道具走了。夫人在和詹姆斯·霍顿谈话。路易斯和马克斯在一起忙碌着。梅先生走到爱尔维娜跟着。

"嗯。"他说，"这一周演出结束了。我认为我们在困难的情况下干得这不错，你说呢？"

"好极了。"她说。

然而可怜的梅先生的语气和神情都很可怜，似乎有一种孤独的感觉。爱尔维娜没有注意听他讲话。她东张西望，根本没注意他。

夫人走上前来。

"嗨，霍顿小姐。"她说，"我看该向你辞行。"

"跳舞后你感觉怎么样？"爱尔维娜问。

"嗯——不像平时那么精神——但还算不坏。我不会有问题的——谢谢你。我看你父亲比我病得厉害。我觉得他病得很重。"

"爸爸在浪费自己的身子。"爱尔维娜说。

"是的。我们都上年纪，这身体经不住糟蹋了。好吧，再一次谢谢你——"

"早上什么时候出发？"

"十点半坐火车。如果天不下雨，小伙子们骑自行车——他们也许全部骑车走。这样他爱什么时候出发都行——"

"我要过来跟你们分手——"爱尔维娜说。

"啊，不必了——不用麻烦——"

"不麻烦。我要过来把东西拿回家——治支气管炎的壶，还有些杂物——"

"噢，很感谢——但不用你操心啦。我会叫西西欧送来的——或者叫其他人——"

"我要向你们全体道别。"爱尔维娜坚持道。

夫人转身瞥了一眼马克斯和路易斯。

"我们的人都在这儿吗？不，我们两个已经走了。人不全！你什么时候来？"

"九点怎么样？"

"很好。我十点出发。好，那就明天早上再见吧！晚安！"

"晚安。"爱尔维娜说，脸蛋涨得通红。

她同梅先生一起走回来，却几乎没有注意他在身旁。晚饭后詹姆斯上票房数便士去了，于是爱尔维娜对平纳加小姐说：

"平纳加小姐，你是不是觉得爸爸看上去精神很糟？"

"我很长时间来一直有这种感觉。"平纳加小姐生气地说。

"你看他该怎么办？"

"他在那儿慢性自杀，不管天气如何，那个票房冻得要命，还有那肮脏的空气。他是自杀，就是这么回事。"

"我们能想些什么方法呢？"

"只要那个地方还在那儿就没什么办法可想。毫无办法。"

爱尔维娜也这么认为，于是就上床去了。

她准时起床，看了看钟。这是一个灰蒙蒙的早晨，但没下雨。九点差五分，她急忙赶到罗林斯太太那儿。后院里，自行车都已经推出来了，自行车随车主不同情况也不同，有的铮亮，有的满是泥土。西西欧蹲着在修一个轮胎，踮着脚蹲着，身子弯得低。他像一头听觉灵敏的动物一样转身看着她走近，便没有站起来。

"准备走了吗？"她说着低头看着他。他勉强扭过朝下倒着的头，下巴朝上斜视着她。这么一倒过头来，她认不出他来。她凝视着他的脸，感到费解。他的下巴看上去太大，咄咄逼人。他倒过来的脸看上去有点令人讨厌和残恶。但她继续对他说：

"你能不能帮个忙把我们为夫人借的东西送回去？"

他站起身，但没看她。他穿着一双破旧的骑车鞋，站在那儿望着车内胎。

"不光为这，"她说，"我想跟夫人再见。你过半小时来好吗？"

"好的，我会来的。"他说，但依旧望着摊在地上裸露的自行车内胎。在她看来他朝前低垂的头，那挺拔有力的颈背，优美的后脑门和黑发都很美。从强健宽阔的肩上突起的领子很美。这颗前俯的脑袋虽然满不在乎却又那么专注，脸色不深不浅，似乎毫无血色，也没有表情。

她进了屋。小伙子们走来走去正在做准备工作。

"霍顿小姐，上楼吧！"楼上传来夫人的喊声。爱尔维娜上了楼，见夫人正在准备行装。

"我们忙着准备出发的时候总是心神烦乱。"夫人说着像着陌生人一样抬眼看着爱尔维娜。"我恐怕影响了你们。不过我马上就走。"

"啊，没问题。这些是你拿来的东西——"夫人指了指一小堆东西——"谢谢你，非常感谢。我认为你救了我的命。现在让我送你一件小小的纪念品表达我的感激之情。算不上什么值钱的东西，因为我们不是那恰基塔瓦拉人中的百万富翁。只是一件小玩意，纪念我们来木屋镇的多难之行。"

143

她送给爱尔维娜一双精致的、镶有珠子的鹿皮拖鞋，上面织的花纹非常可爱，鞋帮和鞋底是用柔软的鹿皮制成的。

"这双拖鞋是基什卫金的，所以这是基什卫金送给你的，因为她谢谢你的救命之恩，或者说使她久病好转。"

"啊——但我不想接受——"爱尔维娜说。

"你不喜欢它们？为什么？"

"我认为它们很美，可爱极了！但我不想把它们从你这儿夺过来——"

"如果是我送的，那就不能说是你从我这儿夺去的。你是接受者，对吗？"夫人把鞋用力塞过去，用不容拒绝的姿势松开了她戴着戒指的胖手。

"但我拒绝收下。"爱尔维娜说，"我认为它们属于那恰基塔瓦拉人。我不愿意抢那恰基塔瓦拉人的东西，我说得正确吗？你收回去吧！"

"不，我已把它们送掉了。收下这双拖鞋怎么能算是抢劫那恰基塔瓦拉人呢——没有的事！"

"再说我肯定穿不下这双拖鞋。"

"哦！"夫人喊了起来。"是这么回事！试试看。"

"我知道穿不下。"爱尔维娜说着没有理由地笑了起来。

她坐下脱掉自己的鞋子。鹿皮拖鞋太小了——实在是太小了。但穿上脚上很漂亮，可爱极了。

"对，是小了。"夫人说，"那好。我得给你另找一样东西。"

"请不必了。"爱尔维娜说，"请别为找任何东西。我什么也不要。请听我的！"

"什么？"夫人说紧紧盯着她。"你不要？为什么？那恰基塔瓦拉人或者基什卫金的东西你都不要？是吗？那你要谁的东西？"

"请别给我任何东西。"爱尔维娜说。

"好吧！那就算了。我不送，什么也不送。从那恰基塔瓦拉人这儿我拿不出你要的东西。"

夫人又忙着准备行装。

"你们走我很难过。"

"难过？为什么？是的，我也很伤心，因为我们再也见不到面了。是的，我也很难过。但是我们下次或许还能见面——对吗？我会给你寄一张明信片。也许我会叫一个伙子骑车把我给你买的东西送来。怎么样？行吗？"

"噢！我很高兴——但不要买东西——"爱尔维娜及时打住了话头。"什么也别买。

给我捎一样那恰基塔瓦拉人的小东西来。我很喜欢那双拖鞋——"

"可鞋太小了呀！"夫人说，那双看透心灵的眼睛一直看着她。夫人有其贪心的一面，对收回拖鞋感到很高兴。"很好——很好，我会去办的。我会捎一样那恰基塔瓦拉人的小东西来的，叫一个小伙子送来。也许叫西西欧，怎么样？"

"太谢谢你了。"爱尔维娜说着伸出手。"再见，我真舍不得你们走。"

"呃——呃！可是我们走得很近。不太远。也许哪天我们还能见面。有这可能。再见啦！"

夫人握住爱尔维娜的手，突然朝她妩媚地笑了，那双谜一样的黑眼睛露出慈祥的目光。

这是一种忽然的难得的慈祥，爱尔维娜满脸绯红，感到惊讶，真想哭。

"是的。我为你没能同那恰基塔瓦拉人呆在一起感到伤心。"

爱尔维娜把要搬的东西拿下楼，然后去向年轻人道别，他们都在穿衣打扮，快慢各异，只有马克斯一个人看上去已经相当入眼了。

西西欧正在装前轮的外胎。她看着他用棕色的拇指将外胎压进去，动作精准。望着他双棕色的地中海型手，你就会发现他比你想象的更有能力，甚至更熟练。他转动轮子，轻轻拍打几下。

"结束了吗？"

"是的。我想是的。"他拿住汽筒往车胎里打满气。她看着他轻轻自如的样子。他的身体多么刚猛啊！随后他又转身走到自行车前，把自行车扶起，迅速收拾好工具。

"你现在能来吗？"她说。

他转过身搓了搓手，用一块旧布擦干，随后进屋，套上衣服，戴上帽子，拿起桌上的东西。

"你要去哪儿？"马克斯问。

西西欧把头朝爱尔维娜斜了斜。

"噢，霍顿小姐，这些东西我来送吧！他还没穿戴好吧——"马克斯说。

此话不错，西西欧没穿衬衣，鞋也破了。

"没关系。"爱尔维娜赶忙说，"他知道应该把这些东西送到哪里。上次是他去取来的。"

"还是我去送吧！我已经准备好了。请让我——"他开始拿东西。"西西欧，你把衣服穿好。"

西西欧望着爱尔维娜。

145

"你想叫他送吗？"他像是在等待指示似的。

"就让西西欧送去吧！"爱尔维娜对马克斯说，"实在太感谢你了。但还是让他送去吧！"

于是爱尔维娜穿过星期天早晨的街道，后面跟着这个意大利人，抱着一大堆病房用的器械。她不知道该说什么，而他也一语不发。

"我们从这儿进去。"她说着忽然打开大厅的门。她出来之前就把锁打开了，因为这扇门几乎是不用的。她领着这个意大利人进入昏暗的客厅，里面放着高大的黑色书架，上面是一排小牛皮装订的卷册，地上铺着旧的红底花地毯，三角钢琴上散乱地丢着乐谱。西西欧按她的说法把东西放好，然后手里抓着帽子站在那儿，目光侧视。

"非常谢谢你。"她缓慢地说。

他翘起嘴唇，露出一丝微笑，仿佛在劝她不必在意。

"小事一桩。"他喃喃说道。

他的眼睛不自在地扫视着，停留在墙上的一幅画像上。

"那是我母亲。"爱尔维娜说。

他低头瞟了她一眼，但没回答。

"我很难过你要走了。"她紧张地说，站在那儿抬着那双蓝色的大眼睛望着他。

他下半部脸上浮起淡淡的一直不肯流露出来的微笑，随即看着她。

"我们经常搬地方。"他说，两眼拘谨地端详着她，咧开嘴露出半带羞涩的笑容。

"你喜欢这样不停地搬家吗？"她那蓝色的大眼睛盯着他的脸。

他微微点了点头。

"这是难免的。我喜欢这样。"

他说的话对她来说毫无意义。他一直地凝视着她，神情带着一点讥嘲和不愿放弃的冷淡。

"你认为我还能再见到你吗？"她问。

"您愿不愿——？"我狡黠地一笑，轻轻耸了耸肩。

"我很想——"她脸上飞起红晕。此时她听到外面传来平纳加小姐轻得近乎无声的脚步声。

他朝她微微点了点头，目不转睛盯着她，调皮地挑起眼角，那只鼻子几乎也调皮地变尖了。

"好吧！下星期怎么样？上午行吗？"

"当然行啦！"爱尔维娜叫了起来，此时平纳加小姐正好进来。他回头快速张望了一下。

"啊!"平纳加小姐大声说,"我想不起这位是谁。"她严厉地看着这个小伙子。

"想不出来吗?"爱尔维娜说,"我们把这些东西全拿回来了。"

"噢,是的。呃——你最好还是到另外一间房间去吧,那儿生着炉子。"平纳加小姐说。

"我得走了。再见!"西西欧说完向爱尔维娜轻轻欠了欠身。对平纳加小姐他好像只是轻轻点了点头,然后走出房门。

第九章　爱尔维娜成了阿莱叶

　　那些人走后爱尔维娜哭了一场。她很爱他们，想和他们在一起，甚至把西西欧也仅仅看成是那恰人中的一员。她盼望他的到来，就像期待整个戏班来此演出一样。

　　他们走后剧场显得多沉闷啊！她对这个"功德"已经感到厌恶了，希望它不复存在。星期一上午的排练令她感到讨厌之极。她父亲好斗易怒，过去的这个星期已经将他折腾得够了。他操劳过度，处于一种神经质的害怕状态。也许除非"功德"的木墙烧塌倒地，詹姆斯本人在里面像又一个参孙一样殉难，不然这种神经质的恐惧完全是不必要的。他对所有的艺人都怀有一种神经质的恐惧。他把希望都押在一次机会上，因此无时无刻不在提心吊胆。

　　"我们得改为全部放映电影。"他带着神经质的激动心情对梅先生说，"过了下个月底不要再订演出合同了。"

　　"是吗?!"梅先生说，"是吗?! 你真的决定了?"

　　"是的，决定了! 是的，决定了!"詹姆斯用颤抖的声音说，"我已经预买了一台新的放映机，由参蒂克拉斯公司提供影片。"

　　"真的?!"梅先生说，"那好，既然如此——"但是他感到一肚子沮丧和委屈。

　　"当然，"他事后对爱尔维娜说，"如果我们光放电影的话，我是不可能在这儿再干下去的!"他沮丧地睁开苍白的眼睑，一副果断的样子。

　　"为什么?"爱尔维娜叫了起来。

　　"噢——为什么?"他的语气里全是讽刺，"嗯，这同我本行毫无关系。我不是电影放映员。"他头一歪，摆出一副轻视和高傲的怪相。

　　"可你也当放映员呀!"爱尔维娜说。

　　"是的，也当放映员，但不是光当放映员。你可以在水槽里洗盘子，但并不是打杂女工，不是吗?"

　　"可是这两者能相比吗?"爱尔维娜喊叫起来。

　　"当然啦!"梅先生大声说。"当然一样啦。"

爱尔维娜朝他那双苍白、泄气的眼睛略带冷酷地笑了起来。

"可你准备干什么呢?"她问。

"我得另外找事干。"这个身材矮胖然而无畏的受害者说,"但没什么其他事好干,是吗?"

"你不想在这儿呆下去吗?"她问。

"我不想呆,不想在这儿呆下去了。"他让步,像一只受了伤的鸽子。

"嗯,"她说着飞快地瞟了一眼他的面孔,"这是你和爸爸之间的事——"

"当然!"他说,"自然啰!还有什么地方——!"但是他的声调有点生气和怨恨,她像他把最后一丝希望都寄托在爱尔维娜身上。

爱尔维娜走了。她把那即将到来的变化告诉平纳加小姐。

"嗯,"平纳加小姐说,声音审慎而冷淡,"这么改方向是对的,但我怀疑这恐怕无济于事。"

"是吗?"爱尔维娜说,"为什么?"

"我不相信那地方,从来就不相信。"平纳加小姐宣告说,"我不相信那地方会带来什么好事。"

"可这是为什么呢?"爱尔维娜坚持问道,"是什么使你对此深信不疑呢?"

"我不明白。不过就是我的感觉。我一开始就有这种感觉。这个思想一开始就错误的。搞这个剧场是错误的选择。"

"可这是为什么呢?"爱尔维娜说着笑了起来。

"你爸爸的生意同这行当毫无关系。他不该搞演出业。这行当不适宜他干。他违背了自己的天性和生活。"

"噢,可爸爸即使在店里也像剧场老板一样呀!他过去总是这样的。妈妈说他像票房里的剧场老板。"

平纳加小姐吓得退了一步。

"哼!"她严厉地说,"如果你这么看他的话!"——她顿了一下。"既然如此,"她继续尖刻地说,"我认为他把这种剧场老板的一些习气地传给了女儿!——或者说剧场女老板!——但这也无济于事,我是这么看的。"

"难道会更坏吗?"爱尔维娜说,"我喜欢这行当——爸爸也一样。"

"不。"平纳加小姐喊道,"你错了!你在这点上犯一个错误。这完全违背了他比较良好的天性。"

"是吗?!"爱尔维娜惊讶地说,"多新鲜!可什么是父亲比较良好的天性呢?"

"你也许不知道。"平纳加小姐冷漠地说，"既然如此我就无法告诉你了。但这改变不了它。"她陷入死一般的沉寂，过了一会儿突然用冷冰冰的语调凶狠地喊道："他会这样干下去，直到害死自己才会明白。"

她发的那个副词"才"像子弹一样嘶叫着穿过空间，爱尔维娜沉默了。父亲会死吗？她隐入了沉思。可是人固有一死呀！

她忘记了萦绕于脑际的其他问题。首先，如果将"功德"变成一座廉价丑陋的影院，她受得了吗？一周复一周，目睹艺人们奇特的身形不断更替确实使她有一种开心之感。有几个星期他们使她感到讨厌，有几个星期她嫌恶他们，但即将来临的下个星期总还有机会。想想那恰基瓦拉人吧！

她老是想着那恰基塔瓦拉人。她明白这点，因此在使劲敲打钢琴键为一些抖晃的无聊影片配音时强迫自己思考新的情况：想父亲、自己和梅先生——或者一个新的放映员，一个新经理。新经理！——她想了他一会儿，也想到了莱特和木屋镇帝国剧院里那个脸像机械厂工人一样的经理。

她的思想离开了这种无聊的幻想，满脑是那几个那恰基塔瓦拉人。他们似乎已把她弄得神魂颠倒，不能自已。他们中哪一个人，或者是什么使她如此心荡神移呢？她说不上来，却如痴如醉地一心想同他们在一起，她的心始终向着他们。

星期一过去了，但西西欧没来；星期二过去了，星期三又过去了。她心里对他们是否会遵守诺言是有怀疑的——无论是夫人或西西欧都一样，他们为什么要遵守诺言呢？她明白这些江湖艺人是些什么人，想到这儿她的心变得狠起来。

星期三晚上，"功德"发生了一件轰动的事件。梅先生发现詹姆斯·霍顿在演出开始后昏倒在票房里。怎么办呢？他不能打断爱尔娜的伴奏，也不能中止演出，只好叫卖巧克力和橘子的男孩到梨树店取白兰地来。

詹姆斯恢复过来。"我没事。"他冷冷说道，"我没事，不用担心。"他就这样头枕在手上坐在票房里。梅先生只得离开他，因为他要去放映电影。

中场休息时，梅先生急忙赶到那窄小得像洞穴一样刚能容得下詹姆斯的票房，发现病人依然保持着那个姿势，神志已经有点不清。他又让他喝了些白兰地。

"告诉你，我没事。"詹姆斯瞪着生气的眼睛说，"让我一个人呆着。"可是瞧他这副样子谁都知道病得不轻。

梅先生赶忙去找爱尔维娜，可等女儿走进票房，父亲还是处于蜷伏的状态。

"爸爸。"她说着轻轻推了推他的肩膀，"你怎么啦？"

他喃喃说了几句话，但不连贯的。她看了看他的脸，见他脸色发灰，神情木然。

"我们得把送回家去。"她说，"我们得找辆马车。"

"给他喝点白兰地。"梅先生说。

那男孩去叫马车了，詹姆斯喝下满满一匙白兰地，生气地苏醒过来。

"什么？什么？"他说，"你们别这么大惊小怪。继续演出去吧，不必为我担心。"他的眼里闪着怒火。

"你得回家去，爸爸。"爱尔维娜说。

"让我一个人呆着！你们就让我一个人呆着好不好！我这辈子都是听女人摆布——听女人摆布——先是一个，接着又来一个。我受不了——受不了——"他发火地瞪了一眼爱尔维娜，脑袋一沉，落到放在票桌上的手上，又晕了过去。爱尔维娜望着梅先生。

"我们得把他送回家。"她说着把一件外衣给父亲披上，站在他身旁。表演维持着，但没有音乐伴奏。

最后马车来了。昏迷的詹姆斯被送回木屋镇。他要靠人抬进屋去。爱尔维娜急忙走在前面去取灯来给黑暗的过道照明。

"爸爸病了！"她向平纳加小姐通报说。

"我不是早就讲过了吗？"平纳加小姐说着从椅子里站起来。

两个女人出来接那个抱着詹姆斯的马车夫。

"你抱得动吗？"爱尔维娜手里提着灯喊道。

"他不太重。"那人说。

"啧——啧——啧——啧！"平纳加小姐的舌头动着，发出一连串啧啧声表示叹息，"瞧，我不是早就说过了吗？"她惊呼道，"我不是一直这么说的吗"

詹姆斯横在沙发上，眼睛半闭。他们给他喝了些白兰地，那孩子被差去叫医生。爱尔维娜的床烘热了。他们把病人抬到床上。爱尔维娜坐在病房里，这是继上次后第二次守夜。詹姆斯惊醒时喃喃呓语，但没有恢复知觉。黎明来临，可他却没变，患的是肺炎、胸膜炎和轻度脑膜炎。爱尔维娜喝了茶，吃了点早餐，大约早晨九点钟才上床睡觉，留下平纳加小姐照看父亲。时候概念已经打乱了。

平纳加小姐是个易激动的护士，恐惧不安地坐着，只要詹姆斯有一点儿动静，她就眉毛高挑、惊惶失措地看着他，赶紧走到他跟前，做些力所能及的事。但人们或许会说她对这个任务感到讨厌。她不由自主地对自己所担负的这个任务感到生气。

那天早晨，罗林斯太太过来说，上星期来过的那个意大利人来了，要求同霍顿小姐说几句话。

"告诉他，霍顿小姐在休息，霍顿先生病得很重。"平纳加小姐生气地说。

爱尔维娜下午四点左右下楼，发现一包东西，一把骨雕的梳子和夫人的纸条："怀着最美好的问候和最真诚的感谢送给霍顿小姐，基什卫金。"

那把刻着兽脸蛇身的梳子是她送的，爱尔维娜问是否还有别的条子。没有。

梅先生进屋沮丧呆了半小时。随后爱尔维娜又回屋去护理。病人丝毫未见好转，仍然没有知觉。平纳加小姐两眼通红，阴沉着脸走下楼来。从病情看来詹姆斯差不多已经挽回了。

次日清晨他死了。爱尔维娜叫来罗林斯太太，两人安置好遗体，可这时才五点钟，天还没亮。爱尔维娜走到过廊尽头父亲那间相当寒冷的小房间里躺下，她想入睡，但睡不着。七点半她起来开始处理新一天的事务。先是医生来——接着她去死亡登记处——等等。

梅先生来了。他们决心把这个剧场再开办下去，由他去找一个弹钢琴的和一个卖票的人。

下午，弗雷德克·霍顿到达。他是詹姆斯的堂兄弟，也是最近的亲戚。他是个中年男子，金发白肤，面色红润。他是拿波洛夫街的布商，笃信宗教，手头富足，是个十足的资产阶级分子。他试图像父亲一样，或者像朋友一样，或者像帮忙的人那样对爱尔维娜说话。但爱尔维娜听不进去，被他搅得烦躁。

她同堂叔一起呆在厅里，以便使会面有一种应该具有的庄严气氛。听到大门呼一声响，她起身赶到窗前，见西西欧把那辆黄自行车倒退着靠到墙上，接着弓着腰沿着后院又窄又暗的小道来到洗涤间的门前。

"对不起，稍等片刻。"她对堂叔说，后者怒生气地抬眼看着她离开屋子。

西西欧刚一敲门，她正好赶到打开门。她站在门前的台阶上，居高临下地看着他。他粲然一笑，扬起黑睫毛抬眼望着她。

"你来这儿太好了。"她面容苍白困乏，毫无表情，只有那双俯视着西西欧的大眼睛虽然疲倦却依然闪着蔚蓝的光。在她眼里他似乎永远在他方。

"夫人打听霍顿先生怎样了。"

"爸爸吗？他今天早上死了。"她轻声说。

"她死了?!"意大利人叫了起来，脸上掠过一阵害怕和沮丧。

"是的——今天早上。"她没有流泪，也没有动情，只是站在厨房的台阶上，无神地朝下看着他。他垂目望着自己的脚，然后抬眼看着她。她也看着他，像是从远处望他。于是两人像陌生人一样隔着一大片神秘莫测的荒地互相打量着。

他转身望了望暗沉沉的院子，依稀见到大门口那辆自行车深灰色的轮胎和黄色的挡泥板。他似乎在思索。如果他现在离开，他就会一去不复返了。他不由自主地转身抬头望着爱尔维娜，仿佛在好奇地观察她。她依旧站在门阶上，脸色苍白，表情冷漠，张着那对静默冷淡的大眼睛，仿佛没看见他一样。他那对棕黄色的、机灵而神秘的眼睛凝望着她，直到她的目光同自己相遇，然后他的脑袋做了个极其轻微的动作，好像召唤她到自己身边来。她的灵魂颤抖了一下，随即又平静下来。他的脑袋又轻轻朝侧后歪了一下，如同在召唤她到自己身边来，举止轻微得几乎让人觉察不出来。他的脸色同样毫无表情。但是在他这双吸引住她眼睛的乌眸中却幽然闪现着一种主宰一切的神情。他准备征服她，她知道这点。她的心灵往下一沉，好像掉出体外一样。这灵魂离开她的身体，留下她这个没有力气也没灵魂的躯体。

然而当他转身低着脑袋要走开时，当他稍稍扭头瞟她时，她走下台阶，来到他旁边跟他一起走。他摇晃着身子，穿过阴暗的院子走近大门口。靠近大门口他放自行车的地方，有一个搭着棚了的角落，他在那儿转身蹒跚着朝她走来，她也蹒跚着走到他跟前。

她双眸圆睁，态度冷淡温顺，目光中显现出一种前所未见的温顺，好像失去了灵魂一样。她抬眼望着他，神情像是个受害者。他目光中露出一丝淡淡的微笑，向她俯下身子。

"你爱我，是吗？——是吗？"他的声音像什么东西一样拍打在她身上。

"是的。"她不由自主地说，就像是个没有灵魂的受害者。他轻轻抱住她，将她托离地面。

"是的。"他学说了一遍，简直就像是在自得地讥讽。"是的。是的！"他微笑着，运用某种手段轻轻地吻了她。她的灵魂在呻吟，在他的怀抱里呻吟，感到自己已经死去，已经死了。他运用某种方式，某种勾魂摄魄的手段吻着她，仿佛把燃烧的煤块放在她头上。

他们听到了脚步声。平纳加小姐来找她。西西欧把她放下，久久盯着她的眼睛，神秘地微笑着说："我明天来。"

说完他摇摆着奔出院子，把自行车像羽毛一样提起，看也不看一眼平纳加小姐便径自走了，听任身后的院门咣当一声关上。

"爱尔维娜！"平纳加小姐叫她。

可是爱尔维娜没有回答，她转身悄悄溜开，奔进屋里，上楼回到空旷的已改做自己卧室的小房间里。她锁上门，跪在地板上，脑袋突然垂在膝盖上。这是突然爆发的动作——因为她爱他。她在地板上，忽然将头贴在膝上，将人对折了一会儿——因为她爱他。这更像是痛苦和剧痛，而不是快乐。她在一阵难熬的突发感觉中将脑袋抬起又弯下，因为她爱他。

平纳加小姐过来敲门。

"爱尔维娜！爱尔维娜！啊，你在这儿呀！在干什么哪？你不想下来同你的堂叔说说话吗？"

"马上就来。"爱尔维娜说。

她从床上拿过一个枕头，紧紧搂在怀中，然后在一阵突发的难熬的感觉中毫无知觉地起伏着身子。她感到这恐怖的、难以容忍的感觉就在她的下腹部。她怎么受得了这种折磨呢？

她蹲下身子，直到最后慢慢安静下来。片刻的平静就像睡眠一样使她恢复了精力：这一刻宛若永恒的睡眠。然后她起身站立，来到镜子前，举止平静轻盈，接着整理了一下头发，抚了一下脸。她是那么平静，那么冷漠，感到没有东西能使自己动情。一样也没有。

她下楼去见父亲的那个可恶的堂兄弟。她似乎是那样地不可捉摸、冷淡和纯洁，以致她的堂叔和平纳加小姐都无法改变她。她简单地回答了他们提出的问题，但不同他们说话，只是他们自己相互交谈。最后那个堂叔拂袖而去，对爱尔维娜感到极度讨厌。

她没有意识到这点，而只是对他的离去感到高兴。那天她躲躲闪闪，失神落魄地东奔西跑。那晚上她睡得很死，一夜无梦。

第二天是星期六，风雨交加，还下起了冰雹：非常猛烈。爱尔维娜泄气地望着外头，知道西西欧来不了——他无法骑车，也不可能乘火车来后当天返回。她甚至感到有点如释重负，多亏了命运的中断，多亏了这无情的一天。

中午刚过，来了一个电报：明天上午两人同来，最深切的同情。签名是夫人。明天是星期天：葬礼在下午举行。想到西西欧，爱尔维娜感到心中像灼伤般疼痛。她让步了——可是盼望他来，渴望他来。

她把电报拿给平纳加小姐看。

"天哪！"平纳加小姐无神地说。"这些人真怪。我敢肯定他们是想来参加葬礼。他对他们似乎是个举足轻重的人物——"

"我认为她能来是件好事。"爱尔维娜说。

"噢，"平纳加小姐说，"这是我的想法。我可并不认为他会要这些人眼在后面，这是我的建议。还有，她说的两人是什么意思？另一个人是谁？"平纳加小姐用锐利的目光看着爱尔维娜。

"西西欧。"爱尔维娜。

"那个意大利人？哎哟，天哪！他来干什么？我没听懂你的话，爱尔维娜。他的名字叫其其欧，对吗？我从来没听到过这样的名字。这听起来一点也不像是名字。马车里没空的地方给他们坐。"

"我们再租一辆。"

"又得多花钱。我从来就不认识这些不懂礼貌的人——"

但是爱尔维娜不听她的。第二日早晨，她着意打扮了一下，换了一套黑色的巴里纱套装，精心梳理好头发。西西欧和夫人就要来了。想到西西欧，她不由得颤抖了一下。她走来走去地等待着。所幸的是参加葬礼的客人要到一点以后才到。爱尔维娜无精打采地坐在起居室的炉边思索，把所有的事都推给平纳小姐和罗林斯太太去管。平纳加小姐两眼通红，脸色发黄，怒火中烧，一触即发。

快到中午时，爱尔维娜听到院门口有声音，便赶忙去开前门，只见夫人戴着黑色的小帽和带点的黑面纱，穿着黑色长大衣的西西欧正在她身后关院门。

"噢，我亲爱的姑娘！"夫人叫喊着，伸出戴着黑色小山羊皮手套的手快步朝她走来，另一只手拿着一把伞，"我太震惊了——听到你可怜的父亲的消息，我太吃惊了——这是真的吗？——是真的吗？不，我简直不能相信。"

她撩起面纱吻了爱尔维娜，然后轻轻擦了一下眼眶，西西欧跨上台阶，把帽子脱下递给爱尔维娜，经过她身旁时朝她微微一笑。他看上去相当苍白、紧张。她关上门，把他俩领进起居室。

夫人像小鸟一样打量了一下房间，审视着这个房间和里面的家具。

她显然有点动情了，可老是不停地表达她的哀伤。

"告诉我，可怜的姑娘，这事是怎么发生的？"

"其实没什么好多讲的。"爱尔维娜简单地介绍了詹姆斯发病和去世的经过。

"是累死的！是累死的！"夫人缓慢地点着头说。她那撩起的面纱垂在眉毛上面像黑纱一样。"你不能前功尽弃。你准备把这个剧院再办下去吗？——同梅先生在一起干——？"

西西欧坐在那儿看着炉火。他的在场使爱尔维娜颤抖。她注意到他的头发中间没有头路——好象一顶紧贴在头上的帽子，在额头处倒向一边。夫人说话时他不时朝她瞥上一眼，此时他又看了她一眼，随即又把目光转向别处。

夫人最后终于闭口不语了，屋里出现长时间的沉默。

"你们参加葬礼吗？"爱尔维娜问。

"噢，亲爱的，这太麻烦了——"

"不，"爱尔维娜说，"我们已经帮你们准备好了——"

"嗨！你事事都想到了。我参加葬礼，但西西欧不参加。他不用你费心。"

西西欧抬眼看了看爱尔维娜。

"我想让他参加。"爱尔维娜若无其事地说，可是脸上却飞起两片深深的红晕。她不清楚自己为何要脸红。她感到发冷，只想哭。

夫人目不转睛地盯着她。

西西欧用意大利语说了一句。

爱尔维娜和夫人都看着他。他局促地坐着，脸扭向一旁，眼睛看着地上，但是露着笑容。

夫人紧紧看着爱尔维娜。

"他说的是真的吗？"她问。

"我听不懂他的话。"爱尔维娜说。"我听不懂他刚才说什么。"

"说你已经答应他了——"

夫人和西西欧都注视着穿着一身新的黑衣服坐在那儿的爱尔维娜。她的目光不由自主地转向他。

"我不知道。"她含混地说，"我说过吗——？"她看了他一眼。

夫人一声不吭，过了一会儿一本正经地说：

"嗯——是的！——嗯！"她一一看了他俩一眼。"嗯，这事要慎重。不过你们要是已经决定了——"

两人谁也没回答。夫人忽然起身到爱尔维娜跟前吻了她的双颊。"我要保护你。"她说。

然后她回到自己的座位上。

"你对霍顿小姐怎么说的？"她突然用冰冷的语气直接地问西西欧。

他望着夫人，脸上浮起一丝轻视的微笑，然后转身对着爱尔维娜，她满脸通红，垂下头。

"说呀！"夫人说，"你总是有什么理由才这么说的。"她似乎对他没有信任感。

可他别过脸拒绝回答，坐在那儿，好像根不知道夫人在这儿似的。

"好吧！"夫人说，"我去，我的老爷。"

她的语气半开玩笑半带威胁。西西欧翘起了嘴唇。

"你还不了解他。"她说着转向爱尔维娜。

"我明白。"爱尔维娜感到很生气，随后又说："你要不要把帽子脱掉？"

"如果你真想留我的话。"夫人说。

"是的，请留下吧！你把外衣放到厅里去好吗？"她对西西欧说。

"噢！"夫人粗暴地说，"他不留下吃饭。他到外面别的地方去。"

爱尔维娜看着他。

"你肯留下吗？"

他那嘲笑的黄眼睛看着她。

"如果你愿意留我的话。"他说着轻蔑地翘起嘴，尴尬地启齿微笑。

她着实惊惶了一阵。"他真的那么傻而残忍吗？"这一想法完全占据了她全部的脑子。他那对黄眼睛讽刺地望着她。是他那黝黑出神、轮廓鲜明的脸庞使她下了这个决心——因为它在她心灵深处激发起了一阵冲动。

"我想让你留下。"她说。

他脸上露出胜利的微笑。夫人一只手轻轻叉腰，站在椅子旁严厉地看着他，这姿势使爱尔维娜想起基什卫金。但是尽管如此，在夫人的严厉和不信任中仍有一种对他的倾心。他从口袋里掏出烟盒。

"客厅里不能抽烟。"夫人生气地说。

"把衣服挂到过道里去吧——想抽烟的话尽管抽好啦！"爱尔维娜说。

他起身脱掉大衣，顽强的脸上挂着微笑。他衣着过于花哨，虽说穿的是黑衣服，脚上穿着棕色鞋帮的漆皮黑皮鞋。他虽然很英俊——不过不可否认趣味是不高的。他手上仍然戴着那只银戒指——没有头路的细短发同漂亮的英国服装不相称。他看上去很普通——爱尔维娜承认这一点，她的心一下子沉了下去。可她能干什么呢？他显然并不开心，是靠了倔强才挺过这种局面的。

爱尔维娜和夫人上楼去。夫人要见见死去的詹姆斯。她看着他那张衰弱而不乏英俊的安详超然的脸，流着泪在胸前画十字。

"这么美的人，"她讷讷轻语，"突然就死了。真叫人受不了！"由于害怕和抽泣，她语不成声。

两人下楼来到爱尔维娜空旷的房间。夫人像走进所有房间时一样，先环顾了一下四周。

"这儿原来是父亲的房间。"爱尔维娜说，"另一间原来是我的。他就喜欢把房间布置成这个样子——空荡荡的。"

"僧侣的本性，当隐士。"夫人轻声说道，"谁想得到呢！啊，人啊，人！"

她脱下帽子，在下面小镜子前拍了拍头发，那镜子小得要凑到面前窥视才看得清。爱尔维娜站着在一旁等她。

"听我说——"夫人轻声说着，猛地转过身，"那个西西欧怎么样，呃？"奇怪的是她的声音在楼上听来总像窃窃私语一样。但这确实是窃窃私语。

她那亮晶晶的黑玻璃般的眼睛仔细观察着爱尔维娜。爱尔维娜也对视着她，但不知怎么回答才好。

"他怎么样，嗯？你想嫁给他吗？为什么要嫁给他呢？"

"我想是因为爱他。"爱尔维娜绯红着脸说。

夫人做了个小小的鬼脸。

"啊，是的！"她用轻蔑的语气低声说道，"啊，是的——因为你喜欢他！可你对他一点不了解——一点不了解。你不了解怎么能喜欢他呢？他也许是个大坏蛋。你还会喜欢他吗？"

"他不是坏人，对吗？"爱尔维娜说。

"我不知道，不知道。也许是。甚至连我，我也不了解他——不明白，虽说他同我在一起三年了。他是干什么的？——他是平民、船工、苦力、艺术家的模特儿。他干什么事都不会专心一意的。"

"他多大啦？"爱尔维娜问。

"二十五岁——还是个孩子。你吗？你多大啦？"

"三十岁。"爱尔维娜坦白说。

"三十岁！哎哟——这差别太大了！你怎么能相信他。怎么能相信他？他为什么要娶你——为什么？"

"我不晓得——"爱尔维娜说

"你不知道，我也不知道。不过我对这些意大利人略有所知。他们在哪个国家都是干苦力的，永远，永远只能当苦力和下等人，干最最、最最下贱的活——"夫人将她张开的手掌往下压。"所以——一旦有机会往上爬——"她突然扬起手——"他们就想入非非，抓住机会不放。他要通过你来抬高自己，而你同他在一起就会降低了自己的身份。事情就是这样。我以前见过这种事——是的——不止一次——"

"但是，"爱尔维娜说着苦笑起来，"他不可能因为我而爬得很高，不是吗？"

"怎么不会？怎么不会？首先，你是英国人，所以他想借此抬高自己。其次，你不是出身下等人家，而是家庭比较高贵，属于雇主阶级，比如雇佣西西欧和像他这样的人。他怎么会不利用你而大大抬高自己呢。是的，他要么大大抬高自己的地位，要么把你一起往下拖，拖下去——两者必居其一。最后一点。他认为你有钱——现在你父亲死了——"讲到这儿夫人担心地瞟了一眼关着的门——"他们喜欢钱，真的，爱钱如命，意大利人都是一个样——"

"是吗？"爱尔维娜畏缩了。"我敢说我们已经一文莫名了，爸爸已经欠债了。"

"什么？你这么认为吗？是吗？这是真的？噢，可怜的霍顿小姐！嗯——你愿意把这话对西西欧说吗？嗯？怎么样？"

"好的——当然啦——如果这要紧的话。"可怜的爱尔维娜说。

"当然要紧啦。事关重大啊！这对他很重要，因为这么一来他就拿不到很多钱。他一个劲儿地节约，省了又省。他们这些人都是这样，挣够了钱就回意大利，在那儿买块土地。如果娶了你，他就会增加支出，就无法在那恰基塔瓦拉再干下去下去。所有的事情会变得更加困难——"

"噢，我要及时告诉他。"爱尔维娜嘴唇转得煞白。

"你告诉他！对，这样比较好。这样你就明白他了。不过他很犟——就像骡子一样。如果他还是要娶你，那你必须考虑。你愿意当劳力，当意大利人的妻子，在英国生活吗？别人都是这样叫他们的。这可不是开玩笑的。对你这个不了解情况的人来说这可不是什么愉快的事。我也不了解，但是我已经领教过了——"爱尔维娜圆睁着迷惘的眼睛。夫人黑玻璃般明亮的眼睛不时朝她瞥上几眼。

"是的，"爱尔维娜说，"我厌恶住在街上一幢破烂的小屋里当工人的妻子——"

"一幢房子？"夫人叫了起来，"也许没有房子。他们许多人挤在一个房子里。房子里也许有两间房间，也许只有一间，许多不很干净的人同居一室，明白吗——"

爱尔维娜摇摇头。

"我不清楚。"她最后说。

"对！"夫人点头表示同意，"对！你不晓得。这些意大利人的生活方式糟透了。他们不知道英国人的家，也不知道瑞士人清洁整齐的房子。根本不知道。他们不明白。他们钻进洞穴睡觉或藏身，如此而已。"

"在意大利也这样吗？"爱尔维娜说。

"有过之而无不及——因为那儿经常是阳光明媚的——"

"那就不需要房子啦！"爱尔维娜说，"我倒挺喜欢那样。"

"是的，这固然不坏——可你不知道那种生活。你会孤苦伶仃地同那些野兽一样的人在一起。如果你去了意大利，他会揍你的——会揍你的——"

"要是我不让他为所欲为呢?"爱尔维娜说。

"但你做不到，因为你孤立无助，没人会帮助。如果你在意大利当妻子，没人会帮助你。如果你按意大利法律结婚，你就是他的财产。那儿不是英国。意大利没有离婚。如果他打你，你毫无办法——"

"可他为什么要打我呢?"爱尔维娜说，"他为什么要这么做呢?"

"他们就是这样。他们很会吃醋，火气大得怕人，压都压不住。"

"那是因为他们被激怒了。"爱尔维娜想到了马克斯。

"是的，可你不知道是什么事激怒了他。谁知道他什么时候会被激怒。一怒起来就揍你——"

夫人又黑又亮的眼睛中似乎慢慢流出得意的神情。爱尔维娜望着她，转身对着门。

"反正我现在清楚了。"她声音冰冷的。

"这是真的，全是真的。"夫人恶狠狠地轻声说道。爱尔维娜想躲避她。

"我得去厨房。"她说，"我们下楼好吗?"

爱尔维娜没同夫人一起进客厅。她感到非常烦躁不安，此刻简直害怕看到西西欧。平纳加小姐在帮罗林斯太太准备饭菜，脸被炉火烘成胭脂色。

"他俩都留下来呢，还是只留一个?"她尖刻地问。

"都留。"爱尔维娜说完忙着弄起肉汁来，借此遮住内心的苦恼和困惑。

"那个男人也留下?"平纳加小姐说，"那女人把那男的带来干什么? 我真不知道你父亲要是还活着会怎么说——一个普通的戏子，瞧那副样子——竟然还留下吃饭。"

平纳加小姐尝土豆的时候已经生气了。爱尔维娜摆好桌子就去客厅。

"请用饭吧!"她对这两位来客来。

西西欧起身把香烟扔进炉子，打量了一下四周。外面是朦胧的阳光; 但那至少是在户外。他感到自己像遭囚禁一样，这样的环境令人难受，真让人想不顾一切地冲到外面去。

他走进大厅抓起帽子，脸上堆着那种不自在的傻笑。

"我要走了。"他说。

"我们已经给你摆了座位。"爱尔维娜说。

"别走，反正你已经呆了这么长时间了。"夫人说着，阴沉沉地瞪了他几眼。

但他还是急忙穿上外衣，那模样傻乎乎的。夫人轻蔑地扬起眉毛。

"这么做礼貌吗?"她揶揄道。

爱尔维娜无措地站在那儿。

"你回来参加葬礼吗?"夫人冷漠地说。

他摇了摇头。

"你准备什么时候来?"他问。

"四点钟。"夫人说,"等送葬队伍回家后我们赶火车。"

他点点头,傻乎乎地微笑着打开门走了。

"他就是这个样,还算过得去。"夫人朝厨房去时词不达意地说。

"平纳加小姐,这位是夫人。"爱尔维娜说。

"你好。"平纳加小姐说,声音有点冷淡,一副屈尊俯就的神情。夫人尖锐地看了她一眼。

"那男的在哪里?我不知道他的名字。"平纳加小姐说。

"他不肯留下。"爱尔维娜说,"他到底叫什么名字,夫人?"

"马拉斯卡·弗朗西斯。弗郎西斯·马拉斯卡——那不勒斯人。"

"马拉斯卡!"爱尔维娜重复道。

"念起来很难听——听起来很糟,坏征兆。"夫人说。"马——拉——斯卡!"夫人对这几个音节摇了摇头。

"你为什么这么认为呢?"爱尔维娜问,"你认为这读音中有什么意思吗?吉利还是不走运?"

"是的,当然啦。"夫人说,"有些读音是吉利的,表示赞美生命,赞美创造;而有些声音是倒霉的,会引来毁灭。马——拉——斯卡!不好,像是咒语。"

"不过这是什么样的倒霉?有什么不好?"爱尔维娜问。

"有什么不好?它把人的生活弄得越来越苦,而不是蒸蒸日上呢?"

"事情为什么非要蒸蒸日上呢?生活为什么非要蒸蒸日上呢?"

"我不知道。"夫人说,一面快速地切着肉。屋里沉寂了一会儿。

"其他名字怎么样?"平纳加小姐插进来说,语气有点高傲。"比如说,霍顿怎么样?"

夫人放下叉子,但依旧拿着刀子。她看着房子那头,但没有看平纳加小姐。

"霍顿——赫芬!"她说,"这名字念起来总有点反对的意思:反对邻居,反对人性。可是写下来一看是霍顿!就不一样了,表示拥护。"

"这名字从来是念成赫芬的。"平纳加小姐说。

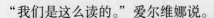

"我们是这么读的。"爱尔维娜说。

"我们当然明白该怎么念。"平纳加小姐说。

夫人转身望着这个面露愠色的老妇。

"你是这家的亲戚吗?"

"不,不是亲戚。但是我来这儿已经多年了。"平纳加小姐说。

"噢,是这样?"夫人说。平纳加小姐当众蒙受了侮辱。三个女人痛苦地围着餐桌吃饭。

平纳加小姐上楼哭泣起来,她觉得孤独。爱尔维娜起身匆匆收拾碟盏,因为参加葬礼的客人马上就要到了。夫人走进客厅偷偷抽了一支烟。

梅先生是第一个来参加这场令人伤心的仪式的:他穿着整洁考究,一身黑装,但有点黯然无光。他以前从来不穿黑色的服装,对黑色在自己身上产生的效果有着一种近乎病态的敏感,因此眼下感到很不好受。他决定讨好夫人。

她没有显出悲伤,只是坐在那儿,黑色的眼睛炯炯有神,神情端庄。

"那剧院怎么办?——还办下去吗?"她问。

"我不知道。不知道霍顿小姐有什么计划。"梅先生说。他今天有点笨。

"那是她的吗?"夫人说。

"那还用说,据我所知是这么回事——"

"如果她想卖掉呢——?"

梅先生摊开双手,神情沮丧而又冷漠。

"你应该办一个公司,再干下去——"夫人说。

梅先生变得好像更加冷淡了。他奇怪地挺进身子,那样子好像是被人捆绑住了一样。可是夫人锐利的目光和飞快运转的脑筋不肯给他松绑。

"把霍顿小姐的财产买下来——"夫人精明地说。

"当然,"梅先生说;"这得由霍顿小姐亲自来决定。"

"噢,当然——!你——你结婚了吗?"

"是的。"

"你妻子在这儿吗?"

"我妻子在伦敦。"

"孩子呢——"

"有一个女儿。"

夫人慢慢点了点头,好像要根据成千上万个事实做出判断。

"你认为霍顿小姐能拿到很多吗?"她说。

"你是说财产吗?这确实让我很难回答。我还没有查问。"

"是的,不过你知道得很明白,对吗?"

"恐怕不是这样。"

"不是?啊?如此说来钱就不多啰,对吗?"

"我确实不知道,应该说这个数字不大——!"

"不大——对吗?"夫人的乌眸紧紧盯着他,让他动弹不得。"你认为另一个人会得到什么吗?"

"另一个——"梅先生提高声音。夫人朝厨房那儿轻轻点了点头。

"那个老的——叫什么平——平尼——小姐——你怎么称呼她的?"

"平纳加小姐!你是说那些年轻女工的女管事吗?我的确一无所知——"梅先生的语气几乎是冰冷的。

"啊——哈!啊——哈!"夫人暗自好笑起来,接着又问:"你说是哪些年轻女工?"

梅先生不得已只好介绍了楼上的工场间,把夫人感兴趣的细节一一彻底作了交代。夫人认真地听着。然后他停顿了一会儿。夫人扫视了一下房间。

"好美的房子。"她说,"是他自己的吗?"

"我想是的——"

夫人又一本正经地点了点头。"也许是欠债买的——对吗?抵押——"她看上去一副狡猾和讥嘲的样子。

"真的?"梅先生说着跳了起来。"我去同罗林斯太太谈谈,你不会在意吧——?"

"噢,不会——去吧!"夫人说。于是梅先生风风火火地奔出去了。

夫人一个人坐在舒适的椅子里,仔细观察着房间,脑袋里算着账,最后真正参加葬礼的客人到来了,于是她又心满意足地打量起他们来。有几个人带来的花圈、棺木已经抬上楼,放在小起居室里——霍顿太太的起居室。棺木上放满了白色的花圈和紫色的挽带。屋是一阵忙乱。

最后灵车和马车来了——棺木搬到外头——爱尔维娜由那个她讨厌的堂叔扶着跟在后头。平纳加小姐领着其他送葬者——这是个倒霉的差使。

不过这不失为庄严的葬礼,除灵车外还有五辆马车——木屋镇回到了往日对霍顿家的尊敬。一群小生意人跟在马车后面——都穿着黑衣服戴着黑手套,富商则坐在马车上。

可怜的爱尔维娜,这是她一生中唯一受到公众注意的一天。这一回每双眼睛都在望着她，每个脑袋都在想着她。"可怜的爱尔维娜小姐。"每个矿工的妻子都这么说。可怜的人儿，孤苦伶仃——几乎一文莫名。她要是没背上一身债就算是万幸了。詹姆斯·霍顿生前花掉了一些钱。唉，要是她有权的话满可以成为一个富人。要知道她母亲的陪嫁有三、四千镑呢。唉，可是詹姆斯把这些钱都丢进半便士掐脖子矿、克朗代和"功德"中去了。他成事不足，败事有余，老是坏自己的事情。他惨淡经营，收入刚够支出。对此我不敢妄加断论。瞧瞧他是怎么对待妻子，现在又是怎么对待爱尔维娜的。我不敢直说他老是坏自己的事，但是对自己的亲骨肉他可是造了不少孽呀！唉，他现在反正再也不会花钱了。是的，他突然去了，不是吗？可是你如果注意一下的话，就会发现他已经变得弱不禁风。啊，是的，他看来很可能是蹒跚来到拉姆利的。可是为什么呢？你认为那个地方能支付他的生活费用吗？什么？那个"功德"吗？——他们说行的。人们说那地方赚了不少钱。是呀，那儿大多数时间几乎都是满的。对，是这样。但是如今霍顿先生死了，它也许就不会再这么兴旺了。也许是这样。我不清楚他是否留下很多遗产。我敢断定他不会有多少遗产。他所有的东西都抵押出去了。他欠了债，不信你就等着瞧吧！那么她怎么办呢？她只有搬出曼彻斯特商号——她和平纳加小姐。真不知道她怎么来处理。也许她会重操护士的旧业。他们说她干这行当从来没赚过多少钱——而培训费倒花了一大笔。在生意方面她和父亲有点类似——尽是失败。可惜没有哪个好小伙子来这儿娶她。我不知道，看样子她没有钩住他们，对吗？她为什么没找到一个合适的小伙子呢？人们说她订过一次婚。唉，可是从来没有见过他，这事来得快去得也快。你还记得她有一阵子同艾伯特·威瑟姆在一起吗？真有其事吗？不，我从来不知道这件事。那是什么时候的事情？嗨呀，那是他在牛津大学的时候，知道吗，学习当校长。那她当时为什么不嫁给他呢？也许他从来就没有向她求过婚。唉，问题就在这儿。要在过去的话，她会对他轻视，不屑一顾的。唉，可这事儿已经结束了，我的小伙子。她现在饥不择食，逮着哪个就算哪个。瞧瞧她现在是如何同那个经理调情的。什么？这事可做得丢人了。你没有在剧场观察过她。她从来就不让他一个人呆着。跟谁都一样。噢，她不自重。我看是这样的。尊重自己的姑娘不会像她这样见了哪个小伙子都拼命献媚。可她是不是这样子呢？哎呀，跟哪个演员、跟哪个人都胡来。然而她年纪已经不轻了，同异性结识的机会已经不多了。你猜她有多大啦？早过三十啦。千万别这么说。可是她看上去就有这点岁数了嘛，她确实难看——是个老态龙钟的老处女。噢，可她也有稍微活跃的时候。唉，那是在她自以为勾引住了什么人的时候。我不明白她为什么从来没有真正弄到一个呢？真叫人费解。噢，她以前太高傲，可现在已悔之晚矣。没人会要她，再说她再也没有什么亲属可以走动

了，对吗？是的，那个同她走在一起的是她父亲的堂兄弟。瞧，他们来了。他的模样挺俊的，是吗？你们可能认为他们会把弗罗斯特小姐埋在霍顿太太旁边。你们这样想是吗？我却相信爱尔维娜将躺在弗罗斯特小姐边上。听说这个墓是为她俩准备的。唉，对她来说弗罗斯特小姐比生母更像母亲。弗罗斯特小姐对他们很好。爱尔维娜想起了她活着的生活。那是她的墓碑——瞧，就在那下面，算不上豪华。不，一点不豪华。瞧，墓碑下面留着空处等着刻爱尔维娜的名字呢。嘘！——

爱尔维娜不显眼地坐在马车上面，望着街上众多的面容；太熟悉了，熟悉极了，熟悉得如同她自己的脸蛋一样。此时她似乎在暗处隔着很远的距离望着我们。她那高大的堂叔坐在对面——她实在讨恶他在这儿。

在小教堂里她哭了，想起了母亲、弗罗斯特小姐和父亲。她感到孤独——所有的一切都显得那么空虚。祈祷时她跪在那儿痛哭流涕，哭声惊动了平纳加小姐，后者也像她一样在恸哭。这一切太可怕了。今后——可怕的今后。

送葬的队伍慢慢向公墓地走去。那天天气阴沉寒冷。爱尔维娜站在荒凉的山坡上打开的墓穴旁，不由得打起冷战来。她的衣服好像不够抵冷，身上这件旧的黑海豹皮大衣保不了多少暖。牧师站在墓边的一块板上，她站在旁边，望着白花被寒风吹去。她见过送给母亲的白花——还有送给弗罗斯特小姐的白花。她感到自己突然依恋起平纳加小姐来，但是她俩得分手。平纳加小姐一直以一种古怪和矜持的方式爱着她父亲。可怜的平纳加小姐，生活给予她的就是这些。但不管怎么说，她毕竟有家和家庭生活。现在父亲去世了，爱尔维娜知道自己不可避免地将要失去这个家和家庭生活，因此她此刻怀着一种极度渴望的心情紧紧抓住它们。真奇怪，他竟去世了。他已经累了，形容枯槁，终于寿终正寝了。从爱尔维娜幼年认为他是个了不起的绅士到他现在的死亡之间，发生了多大的变化啊！一个人活到老，学到老，最终统统带入坟墓。

她望了一会儿夫人，只见后者带点的黑面纱遮在脸上，正在打冷战，但是神情冷漠，不像是在现实生活中。还有西西欧——他姓什么？她记不起来。他叫什么来着？她尽力回想起夫人当时缓缓地发音。马拉斯卡——玛拉斯基诺。马拉斯卡！马拉斯基诺！马拉斯基诺是什么？她是在什么地方听到的？她费力想起了那几个医生和演出后的晚餐。马拉斯基诺——是呀，那不就是那个天真的杨医生最喜爱的白色烈性甜酒吗？甚至现在她还想起她一面说马拉斯基诺，一面似乎津津有味地咂巴嘴唇的样子。不过她并不欣赏这种酒，又辣又苦——难喝极了：不同于詹姆斯医生给她的绿色荨麻油。马拉斯基诺！对，就是这玩意。用樱桃制的。嗯，西西欧的名字同它相似。胡扯！不过她认为意大利词汇都差不多。

西西欧，马拉斯卡，苦樱桃酒，正站在人群边上张望。他同这个送葬队伍毫无关系——径自顶着凛冽的寒风，自惭形秽，浑身不自在地站在队伍外面，对那些望着自己的人感到一阵讨厌。她看到衣着漂亮、身材丰满的夫人，如同一只漂亮肥硕的鸸鹋置身于一群谷仓前空地上的家禽中间。他不能没有她在场。如果她不在这儿，他在这个荒凉的山城上就会感到不知所措。她与他从某种意义上说是唇齿相依的。可他对另外那些人却感到陌生，认为他们粗野。他们讲究的服装尽管给他留下深刻的印象，但对他来说英国劳工阶级就同野蛮人一样，尚未开化：就像他在他们眼中一样，也是未开化的动物。在他看来他们都粗俗不堪，野蛮粗暴，同他们的天气一样糟。他不但这么认为，而且在骨子里深感他们的粗野和令人不快。爱尔维娜也是他们中的一个。她站在墓边，脸色苍白，缩头缩脚，神情冷淡，成了整个可怕寒冷、沉闷不快的场面的一部分。对他来说，没有什么东西比这场面更令人感到别扭了。他真想不顾一切地跑开——躲得远远的。这是他唯一的愿望。只是由于南方人的顽固，他那张棕黄色的脸才看着这个脸色苍白、默默不语站在坟墓边的姑娘。他此刻也许甚至讨厌她，可是尽管讨厌，他还是看着她。

葬礼完成后，送葬的人转身朝马车走去，夫人赶忙挤到爱尔维娜身边。

"霍顿小姐，要向你分开了。我们得去火车站乘火车。谢谢你，谢谢你。再见。"

"可是——"爱尔维娜扫视了一下四周。

"西西欧在那儿。我见到他了。我们得去赶火车。"

"噢，可是——你为什么不坐马车去呢？你为什么不叫西西欧和你一起坐马车去呢？他在哪儿？"

夫人朝那儿指了指，只见他歪戴着黑帽子在墓间走来走去，一面四处张望。爱尔维娜挣脱堂叔朝他走去。

"夫人打算坐马车去火车站。"她说，"她要你和她一起坐火车去。"

他扭头望了望马车。

"行啊！"他说完择路穿过坟地，朝夫人走来，爱尔维娜跟在身后。

"这么说我们一起坐马车去啦。"夫人对他说，接着又对爱尔维娜说："再见，亲爱的霍顿小姐，也许我们还会见面。这可是说不准的。我们同你心心相印，亲爱的。"她两臂抱住爱尔维娜，有点儿像演戏似的吻了她。那堂叔在一旁冷漠地看着。西西欧站在旁边。

"来吧，西西欧。"夫人说。

"再见。"爱尔维娜对他说，"你还会再来的，是吗？"她那张紧张苍白的脸对着他。

"行啊!"他说着轻轻握了握她的手,这话听上去模糊,看来没多大希望了。

"你会来的,是吗?"她又说了一遍,那双紧张而又茫然的蓝眼睛盯着他。

"行啊!"他说着低下头别过身子。

她纹丝不动地站了一会儿,茫然失措,随同堂叔一起坐马车回家用葬礼茶点。

"再见!"夫人挥了挥黑边手绢,但西西欧浑身不自在,坐在四轮马车里不肯出来。

吃烤肉和糖果的葬礼坏透了。但它结束了,同所有的事情一样总有收场的时候,空荡荡的曼彻特商号中只留下平纳加小姐和爱尔维娜。

"平纳加小姐,如果你不在这儿我可就太孤单了。"爱尔维娜面色苍白紧张。

"是的,你不在我也会有同样的感受"平纳加小姐顽固地说。她俩互相对视着。那晚两人一起睡在平纳加小姐的床上,因为她们对这幢空旷的房子害怕得要命。

葬礼以后的几天里,谁都不可能像爱尔维娜这么累。詹姆斯把所有的东西都留给了女儿,但车里的有些事她无权过问,那是平纳加小姐的权利。不过问题不在于所有这些东西加在一起值多少钱,银行里的钱不足一百镑。曼彻斯特商号是抵押品。"功德"的账上已经欠下一大笔债。付清丧葬费后爱尔维娜能得到约一百镑保险金。这笔钱她是稳妥可以拿到手的,但其他东西就不得而知了。

为了其他这些东西,人们连接二连三找她谈话,把她都快逼疯了。律师来,牧师来,堂叔来,木屋镇矮胖发迹的老商人来,梅先生来,平纳加小姐来。他们各有各的想法,各有各的建议。主要的意见是认为她应该把剧院变卖;应该把曼彻斯特商号变卖,只保留平纳加小姐顶层工场间的租借权:平纳加小姐经管工场间,爱尔维娜小姐教授音乐课:两个女人应该合伙经营这一工场。

当然还有其他建议。另一派人反对教会那一派。教会这派赞成上面设想的那个计划。剧场这一派,包括梅先生和一些更加能言善辩的商人赞成"功德"中所有的东西都做风险投资。爱尔维娜将成为"功德"的女老板,并以某些成功的方式经营,同时放弃其他计划。次要的计划包括选举爱尔维娜担任教区护士之职,月薪六镑;到一个小型的私立学校教书;到一个小缝纫用品商店当售货员;到堂叔在拿波洛夫商行的办公室当职员。爱尔维娜对所有的人都故意不表态:"我不知道干什么。我不知道。我现在还说不上来。我还要想想。我还要想想。"最后大家对她生气了。他们都是些乐善好施的热心人,都自信自己向她提出的建议是最切实可行的,而她却并未接受他们的建议,这使他们感到生气,甚至有些愤慨。她一一聆听他们的建议,甚至询问他们的忠告,一遍遍地问:"呃,你认为怎样?"她将教堂的计划一一讲给剧场派的那帮人听,把剧场的计划告诉教会派,把当护士的事透露给极力怂恿她到私立学校工作的人听。

"你的看法怎么样?"她一遍又一遍地说,而他们都说自己的计划是最好的。就这样她渐渐使每个建议者都知道了彼此的计划。"嗯,毕贝律士认为——""嗯,现在克莱牧师建议——"等等,等等,直到最后这些话在三十个乐善好施、爱管闲事的人的脑袋中嗡嗡作响。这三十个乐善好施、爱管闲事的人的想法拼命把自己与众不同的行善计划灌输给别人。天真可怜的爱尔维娜把他们都卷进了争吵,然而却甚至不知道自己干了些什么。只有一件事是肯定的。她内心某种固执的意念,断然拒绝下决心。她拿不定主意,也不想自己拿主意,于是大伙儿开始说:"我对她已经腻烦了。同她谈话总是不了了之,毫无进展,她老是扯到其他事情上去。我不想再费心了。"事实上,木屋镇热闹了三个多星期,那些人忙着为爱尔维娜安排那些无法安排的事情。热心的建议不计其数——维持了三个星期。

这段时间律师们继续在检验遗嘱,并根据詹姆斯的财产和财产制度开列最终的清单;梅先生保持经营"功德",但爱尔维娜已不再去弹琴了;平纳加小姐继续掌管那些女工;爱尔维娜仍然动摇不定,迟迟不拿主意。

第一个星期西西欧没来。爱尔维娜收到夫人从柴郡寄来的明信片——那地方很远。但是关于她将来的财产问题众说不同,莫衷一是。爱尔维娜这位一时有了不少财产的女主人公周围热闹得不可开交,她被暴风雨一样袭来的方案和热心的建议吹得飘飘然。她收到夫人的明信片,回了一封信,但没怎么说到其他那恰基塔瓦拉人。其实她对自己的这一阵子的显赫感到得意,因为自己周围尽是木屋镇那些自以为是的好心人在提建议;可是这些意见却被她无意而又有条不紊地一一丢弃了。这些方案包罗万象:典卖家产,保留权益,拖延等待,估价待售,对曼彻斯商号和"功德"进行秘密投标,还有令她感到兴奋的是成立有限公司经营"功德",请教律师如何出售曼彻斯特商号,求教拍卖商如何出售家具,接待想低价购买楼上机器的商人,让这一切悬而不定,不做决定,一直拖到她见到另一个人为止。眼下这一切暂时令她心荡神移、头晕。到第二个星期,她的激动开始渐渐变成狂怒,而到了第三个星期还未结束时,她开始觉得自己的举棋不定犹如一张令人窒息的蛛网,包围了自己,心里开始直发凉,因为西西欧一直没有来。此时她真想不顾一切地再看看那恰基塔瓦拉人,却又不知道他们在何处。这时她开始讨厌自己的财产引出了这么一场折腾;还不知道是不是每件家产都属于自己呢。她真想不顾一切地离开木屋镇,躲开这些嘈杂纷扰、令人生厌的事情。她此时又恢复了轻举妄动的鲁莽习性。

她突然说要到某个地方,但不肯说去哪儿。她取出所有能到手的现金——一百二十五英镑——坐火车去柴郡,按那恰基塔瓦拉人给她的最新地址找到那儿,接着又跟踪到斯道克港，又回到琴列，没办法只好在那儿住了一宵，第二天又匆匆往回赶，差不多快到木屋镇，却又掉头去谢菲尔德。幸运，就在那个沉闷阴郁的镇上，她在墙上看到了他们的海报，于是叫了一辆出租马车赶到他们的剧院，然后又赶到他们寄宿的旅店，首先看到的是穿着衬衣站在楼梯拐角平台的路易斯。

她不由得激动地欢笑起来，仿佛成了另外一个女人。她进屋时夫人抬眼看着她，神情简直有点生气。

"夫人，我离不开你们。"她叫喊道。

"这看得出来。"夫人说。

夫人正在替小伙子们织袜子，真不愧为他们慈爱的母亲。她为他们缝补做饭，细微地照料他们，闲余可说没有。

"你不愿意吗？"爱尔维娜说。

夫人无言径自织补了一会儿。

"木屋镇的情况怎么样？"她问。

"我实在受不了。一分钟都受不了。所以我拿到所有能到手的钱逃跑了。没人知道我在哪儿。"

夫人抬起又黑又亮、洞察一切的眼睛，看着这个站在对面满面绯红的姑娘。爱尔维娜身上有一种夫人所不了解的奇怪而欢快的神情，还有法国女人所不相信却又使她能消除怀疑的坦诚。

"那儿的一切怎么样，遗嘱之类的事？"夫人说。

"他们还在小题大做，喋喋不休呢。"

"有什么钱吗？"

"我这儿有一百英镑。"爱尔维娜笑了起来。"我不知道等清算后那儿还有多少钱。但我相信不会太多。"

"你看会有多少？一千镑？"

"噢，只是有可能，这你也知道。但也很可能一个子儿也不剩下——"

夫人慢慢点了点头，这是她算钱的时候总要做的动作。

"如果那儿一无所有你想怎么办？"夫人问。

"我不知道。"爱尔维娜高兴地说。

"如果那儿有什么东西的话呢？"

"我也不知道怎么办。不过我想你要是同意我替你们弹琴的话，我可以用自己的钱周济自己一阵子。你说过我可以加入那恰基塔瓦拉戏班。我希望你同意我的要求。"

夫人低下头，除了头上一绺绺乌黑发亮的头发外，脸上的表情一点也看不到。随后她抬起头，脸上慢慢浮现出充满讥讽的微妙笑容。

"西西欧没来看你，是吗？"

"没有，"爱尔维娜说，"可是他应承过的。"

夫人又露出了讽刺的笑容。

"你把这看作是答应吗？"她说，"别人一句话就让你满足了。一百英镑？就这些吗？"

"一百二十——"

"在哪儿？"

"在我的包里，包在火车站——是纸币。我这儿还有一点——"爱尔维娜打开钱包，掏出几十枚金币和银币。

"在车站！？"夫人大叫起来，脸上显出狞笑，"这么说你也许一无所有了。"

"噢，我想是很安全的，你说呢——？"

"是的，——也许是——因为这是英国。你认为一百二十英镑够了吗？"

"派什么用场？"

"满足西西欧呀！"

"我没想过他。"爱尔维娜叫了起来。

"是吗？"夫人讥讽道，"我可以告诉他。等一会。"她走到门口叫西西欧。

他走进屋子，脾气看来不太好。

"亲爱的，行个好到火车站去把霍顿小姐的小包取来。"她对他说，"票子在这儿，是吗？"爱尔维娜把行李票递给夫人。"中部铁路公司。"夫人说，"西西欧，你听明白了吗——小心点！霍顿小姐有一百二英镑在那个包里。你听见了没有？注意别弄丢了。"

"这是我的全部财产。"爱尔维娜说。

"目前是这样，目前是这样——在遗嘱验证之前，这是她所有的现钱。所以要当心。听见了吗？"

"好吧！"西西欧说。

"霍顿小姐，告诉他是个什么样的包。"夫人说。

爱尔维娜告诉他后，他低着头走了。夫人听着他最后离去的声音，朝爱尔维娜严肃地点了点头。

"亲爱的，把帽子和外衣脱了。一会儿我们喝茶——等西西欧回来后喝。让他考虑一下。如果有很多现钱的话情况就大不一样了——是的，要有很多——"

"可是这对他真那么要紧吗？"爱尔维娜叫喊道。

"噢，亲爱的！"夫人叫了起来，"这还用问？我们是在尘世生活，总得吃饭哪。我们不是在天堂。如果你有一千英镑的话，他就会不顾一切地想娶你了。可是一百二十镑总比眼睛挨上一拳好，是吗？当然是这样呀！"

"这太可怕了，可是——！"爱尔维娜说。

"哎呀——呀！真可怕！如果是重感情马克斯就没问题了，钱根本不是什么问题。可是其他人——哎哟，你知道他们都是男人，知道该把奶油涂在面包的哪一面。男人如果像猫一样，亲爱的，他们不喜欢不涂奶油的面包。他们为什么要吃不涂奶油的面包呢？我也一样，不会要。"

"要我帮你修补吗？"爱尔维娜说。

"真的吗？我把西西欧的袜子给你行吗？他老是在尖上打洞——你瞧。"夫人说着把四个手指从红黑相间的袜尖中伸出来，然后对爱尔维娜露出一丝奸猾的笑。

"补谁的袜都行。"她说。

"真的，你不在乎吗？那我就把别人的给你。不过你要是同意的话，我去跟他谈——？"

"谈什么？"爱尔维娜问。

"说你有这么些钱，而且有可能拿到更多。说你喜欢他——好吗？我说得对吗？你很爱他吗？——真吗？是这样吗？"

"这以后又怎么样呢？"爱尔维娜说。

"他应该告诉我是否也想娶你——很简单。怎么样？行吗？"

"不，"爱尔维娜说，"什么也别说——先别说。"

"怎么样？先不要说？先别说吗？那好，就先别讲。你等着再看看吧——"

爱尔维娜坐着补袜子，对自己的无耻感到好笑。最使她感到可笑的是自己一点儿也拿不定主意是否要嫁他。夫人像一只肥胖多产的黑蜘蛛正在织着她的蛛网。西西欧是一只烦躁的苍蝇。她本人则根本不知道自己在干些什么。她俩坐在那儿，夫人和她，在拥挤的卧室里织补袜子，里面生着煤气炉。她们好像生来就是干活儿的。不管怎么说，木屋镇离这儿不到五十英里。

夫人下楼去备茶。无论在什么地方，她总是负责烹调，为小伙子们准备饭菜，干起来一丝不苟，敏捷利索。她在楼下叫爱尔维娜。西西欧拿着包进来。

"瞧，我的宝贝，你的包安全。"夫人说。

爱尔维娜解开包，点了点里面唰唰作响的白色纸票。

"现在我要把它锁进我的小银箱里。"夫人说，"对，放在那儿保险。我给你一张收据，那些年轻人都可以作证。"

这群人在拥挤的起居室坐下喝茶。

"听着，孩子们，现在想听听你们的看法。"夫人说。

"要不要让霍顿小姐加入那恰基塔瓦拉戏班？让她给我们当钢琴师好吗？"

四个年轻人的眼睛都看着爱尔维娜。马克斯作为这伙人的负责人看上去一副办公事的派头。路易斯很温柔，杰弗里双目圆睁，露出一副好奇的神情，西西欧满脸生气。

"光荣。"马克斯说，"可是那恰基塔瓦拉能支付得起一个钢琴师的工资吗？"

"不，"夫人说，"不，我想付不起。霍顿小姐来一个月试试身手，这段时间里她自己出钱。是吗？这么说她是入迷了。"

"我们可不可以支付她的费用呢？"马克斯说。

"不，"爱尔维娜说，"我自己来支付一切费用，付一个月。我想同你们在一起，太想了——"

她半带调皮、半带恳求地朝站得笔直的马克斯望去。他弯腰在桌旁坐了下来。

"我觉得我们大家都觉得很光荣。"他说。

"当然。"路易斯也弓着腰坐在桌旁。

杰弗里低下头，西西欧垂下睫毛表示同意。

"这么说我们同意了。"夫人快乐地说，"今晚上我们要喝一瓶庆祝一下。好不好，先生们？你们说呢？西昂蒂葡萄酒——好吗？"

他们都低着头坐在桌旁。

"霍顿小姐应该有个艺名，对吗？因为我们不能叫霍顿小姐——是不是？"

"就叫我爱尔维娜。"爱尔维娜说。

"爱尔维娜——爱——尔——维——娜！不对不起，亲爱的，我不喜欢这个名字。我讨厌这个'维'字的发音，今晚上我们来起个名字。"

茶点后他们去为爱尔维娜要房间了，但是这幢房子里已没有空房间，不过两间门面开外的地方还有一家像样的旅店。他们在那儿的顶层给她弄了一间卧室。

"我想你在这儿很好。"夫人说。

"非常好。"爱尔维娜说着打量了一下这间丑陋的小房间，想起了前一次试用期，那次是当产妇护理。

她穿上新的黑巴里纱服，还学着夫人的样，戴上四只珠宝戒指，特别将自己打扮得妩媚动人。她平时只带黑珐琅和钻石制的死者纪念戒，戴上四只钻石戒和一只上好的蓝宝石戒指。对着镜子，如同以前从没照过镜子似的，对打扮所产生的效果高兴。她在衣服上别了一颗贵重的红宝石旧胸针。

　　然后她下楼到夫人他们那所房子去。夫人用敏锐的目光望着她，神情中露出一丝嫉妒：她俩之间肯定永远存在着嫉妒，一个是像鹧鸪一样又白又胖的法国女人，一头乌发光滑整齐，一对锐利的眼睛，黑衣服高雅；另一个是清瘦的英国女人，穿着巴里纱衣服，棕色的头发相当松散，长着一双娴静的蓝灰色眼睛。

　　"噢——变样啦——大变样啦！等你再多长一点儿肉——那——"夫人的舌头轻轻弹了一下。"多好的胸针，是吗？"夫人用手抚摸着胸针。"旧的人造宝石——旧的人造宝石——古董——"

　　"不，"爱尔维娜说，"是真的红宝石——原来是我的曾祖母戴的。"

　　"你不是开玩笑吧？真货吗？你敢肯定——"

　　"我想可以肯定。"

　　"夫人用老练的目光观察了宝石。"

　　"嘀！"她说。可爱尔维娜不知道她是怀疑还是妒忌，是羡慕还是感触良深。

　　"钻石也是真的吗？"夫人说着让爱尔维娜抬起手来。

　　"我一直是这么认为的。"爱尔维娜。

　　夫人审视后慢慢点了点头，接着盯着爱尔维娜的眼睛。她真的有点妒忌了。

　　"这又值四千法郎。"她说着精明地点点头。

　　"真的?!"爱尔维娜说。

　　"一点不错。够多了——够多了——"两个女人一时无言，沉默起来。

　　小伙子们都出去买晚饭吃的食品了。路易斯知道去哪儿采买法国和德国食品，回屋时带来一捆捆东西，西西欧带回了几个瓶子，杰弗里带回了各种吃的，外面包的纸都湿了。爱尔维娜帮助夫人把鳗鱼、沙丁鱼、金枪鱼、火腿、意大利香肠放到各种盘子里。她从一只花盆里摘下几片蕨叶插在肉饼上，在桌上摆好那些难看的刀叉和杯子。她的戒指每时每刻在闪闪发光，红色的胸针璀璨夺目。她笑声朗朗，开心，动作敏捷，对夫人恭顺，令后者感到有点受宠若惊。在这间丑陋拥挤的普通居室里她不知道自己的神志是否正常，也不在乎，只觉得高兴和快乐。她知道年轻人都在注意自己。马克斯对她殷勤备至。杰弗里有点目瞪口呆地看着她的戒指。但爱尔维娜只讨好丰满白皙的夫人，满足她小小的虚荣心。她特意为夫人挑选了最精细的盘子，最干净的杯子，柄把最白的刀子，最精致的叉子。所有这些夫人都敏锐地一一看在眼里。

在剧院里也一样：爱尔维娜为基什卫金弹奏钢琴，而且只为她弹琴。夫人一生从未受到过如此厚遇。

"亲爱的，你要知道，"夫人事后对爱尔维娜说，"我理解音乐中的交响效果。音乐都渗透人的心灵。"她吻了爱尔维娜的双颊，像演戏一样抱住她的脖子。

"我太高兴了。"爱尔维娜狡黠地说。

年轻人不好意思地活跃起来，脸上渐渐露出了笑容。

他们匆匆赶回家去赴这顿著名的晚宴。夫人坐在桌子一头，爱尔维娜坐在另一头。夫人让马克斯和路易斯坐在自己的旁边，爱尔维娜边上坐的是西西欧和杰弗里。西西欧坐在爱尔维娜的右边：一个微小的暗示。

他们开始吃冷盆，平底酒杯里倒了四分之三西昂蒂酒。爱尔维娜想往酒中掺水，但他们不同意她侮辱这神圣的琼浆。屋里洋溢着欢快和热闹的喜庆气氛。夫人变得更苍白了，但眼睛更黑，由于喝了点酒，她的嗓子变得有点沙哑。

"昨晚那恰基塔瓦拉人举行接纳新成员的宴会。"她说，"有位姑娘加入了希朗代里斯部落，燕子从一块土地飞到另一块土地，在屋檐下筑巢。一只新燕，一个从白人住处来的，从北方寓所来的，从扬基族来的新休伦族人。"夫人隔着桌子凝视着爱尔维娜，黑眼睛带着得意的神情。"一个不知其名，没有名字的姑娘带着红宝石、秘密的心灵和红色的光束来到这儿。白人酿的酒，让基什卫金烂醉如泥的酒，让男士们讨厌的怪酒，Vaali！Vaali！为你干杯！"

夫人举起酒杯。

"vaali，为他干杯——Boire à elle——"她把酒杯举在空中。年轻人都朝爱尔维娜举起酒杯。她看到他们嘴上带笑，用喉音叫喊时白色的牙齿露了出来："Vaali！Vaali！为你干杯！"

西西欧靠她很近，在桌子下面他把手放在她膝盖上。她赶紧伸手保护自己。他捏住她的手，举杯喝酒时侧目望着她。喝酒时她看到的他喉咙在蠕动。他放下酒杯，眼睛依然盯着她。

"Vaali！"他用喉声说，然后又朝桌子对面叫道："嘿，杰基 Vaali！为小路干杯！你是怎样看我的？小路——"

路易斯猛地迸发出一阵大笑。

"好，好！"他说，"噢，夫人！Viale，这是意大利语，意为小路，小巷。这太好笑了。"

马克斯无耻地哈哈大笑起来。

"是小巷还是大街,这有什么关系。"夫人用法语喊道。"只要这是一次舒适的旅行就行了。"

杰弗里最后懂了这个笑。他用一种奇怪而又坚决的戏剧动作往自己的酒杯里斟满酒,然后抬起胳膊时。

"敬你一杯,西克——一路平安!"他说完一挺下巴,喝下一大口酒。

"当然!当然!"夫人喊道,"祝你旅途愉快,我的西西欧,因为你不是一个很好的旅行者——"

"只有这一条路。"杰弗里说。

在他们用法语交谈的时候,爱尔维娜坐在那儿,明亮的眼睛一会儿看看这个,一会儿望望那个,不知道他们在说些什么,但她知道他们说的是些下流的话,是针对她。她看看这张脸,又望望那张脸,闪闪发亮的目光中露出有点惊恐的神色。西西欧已经松开了她的手,此时正用手指抹嘴唇。他本人也有点儿羞涩不安。

"够了,够了。别再老是谈这条意大利小道了。"夫人说,"勇敢些,勇敢些。走英格兰的道路。"

"够了,够了。这条沙哑的破喉咙管道!"西西欧说着朝四周看了看。夫人突然兴奋起来。

"他们不会采用我的名字。他们将叫你阿莱叶!"她对爱尔维娜说。"这名字好吗?还行吗?"

"很不错。"爱尔维娜说。

她不理解为什么先是杰基,然后其他人跟着一起哄然大笑。她那明亮的眼睛迷惘地不停望着四周,脸色泛红的,看上去娇嫩、天真和年轻。

"这样就成了那恰基塔瓦拉部落的一个成员,名字叫阿莱叶,她吗?"

"好。"爱尔维娜说。

"但要信奉这个部落严格的规矩,你同意吗?"

"同意。"

"那你听好。"夫人摆出一本正经的样子,像黑鸽子一样造作,黑色的眼睛不时朝她瞟上几眼。

"我们是一个部落,一个民族——读吧!"

"我们是一个部落,一个民族。"爱尔维娜跟着说。

"一起说。"夫人喊道。

"我们是一个部落,一个民族——"大家用不同的声音一起大声说。

"好!"夫人说,"除了希朗代里斯民族,我们不知道任何民族。"

"除了希朗代里斯民族,我们不知道任何民族。"传来男人们沙哑单调然而有力的声调,语言洪亮欢快,充满讥讽。

"休伦——希朗代里斯,意思是燕子。"夫人说。

"对,我知道。"爱尔维娜说。

"是吗!你知道!那好!我们只知道希朗代里斯民族。我们只知道休伦的法律!"

"我们只知道休伦的法律!"低沉、讥讽的声音应声唱道。

"基什卫金是我们唯一的法典制定者。"

"基什卫金是我们唯一的法典制定者。"他们一起响亮地吟诵

"基什卫金的帐篷篷是我们的唯一的家。"

"基什卫金的帐蓬是我们的唯一的家。"

"只有那恰基塔瓦拉人的利益才是最高的。"

"只有那恰基塔瓦拉人的利益才是最高的。"

"我们是希朗代里斯人。"

"我们是希朗代里斯人。"

"我们是基什卫金。"

"我们是基什卫金。"

"我们是蒙达瓜——"

"我们是蒙达瓜——"

"我们是安东基瓦——"

"我们是安东基瓦——"

"我们是帕可会拉——"

"我们是帕可会拉——"

"我们是沃尔嘎契克——"

"我们是沃尔嘎契克——"

"我们是阿莱叶——"

"我们是阿莱叶——"

"奏乐,帕可会拉,奏乐。"夫人喊着站起身来,声音狂乱激动。

西西欧赶忙起身从盒子里拿出曼陀铃。

"啊——啊——啊依——啊依依——依依依——呀——"夫人开始拖着长音轻轻呜咽起来。曼陀铃伴着这呜咽的之声弹奏起来。她开始跳舞,动作幅度小而激烈,接着

伸手邀请舞伴，高声哼起塔兰台拉舞曲。路易斯脱掉外衣，一个塔兰台拉式的立正姿势，西西欧弹起风格独特的塔兰台拉舞曲，夫人和路易斯紧紧贴在一起跳了起来。

"好啊——妙啊！"当夫人坐到位子上时大家都喝起彩来，拥上前去吻她的手指。她轻轻喘着气，一面用左手无神地依次在他们头上摸一摸。然而西西欧没有过去，而是坐在那儿轻轻拨动曼陀铃。爱尔维娜也没离开座位。

"帕可会拉！"夫人喊了一声，接着做了个高傲的手势。"阿莱叶！过来——"

西西欧放下曼陀铃，走过去吻了夫人的手指。爱尔维娜也走上前去吻夫人伸的手。夫人将手搁在爱尔维娜的头上。

"这是印第安人阿莱叶，是基什卫金的女儿。"她用塔瓦拉人的腔调说。

"保护阿莱叶的勇士在哪儿？搀扶基什卫金女儿的胳膊在哪儿？哪只燕子伸开翅膀保护这只新燕柔嫩的脑袋？"

"帕可会拉！"路易说。

"帕可会拉！帕可会拉！帕可会拉！"其他人说。

"展开你柔软的翅膀，展开你幽暗的、屋顶般的翅膀，帕可会拉。"基什卫金说。于是穿着衬衣的西西欧严肃地伸出胳膊。

"弯腰，弯腰，阿莱叶，到帕可会拉的翅膀底下去。"基什卫金轻轻按了一下爱尔维娜的肩膀。

爱尔维娜弯腰蹲到帕可会拉的右肩膀下面。

"鸟儿回家了吗？"基什卫金用他们的一种调子哼吟起来。

"鸟儿归巢了啦——"众人合唱道。

"巢儿暖和吗？"基什卫金唱道。

"巢儿暖和的。"

"雄鸟蹲下了吗——？"

"蹲下了。"

"谁娶了阿莱叶？"

"帕可会拉 。"

西西欧轻轻弯下身将爱尔维娜抱起。

"到此结束！"夫人说着吻了她一下。"听着，孩子们，除非谢菲尔德的警察敲我们的门，不然我们必须全部回小屋——"

西西欧打量着爱尔维娜。夫人暗自朝他做了个命令式小手势，暗示他应该送这个年轻女人回去。

"你有钥匙吗，阿莱叶？"她问。

夫人拿出一把弹簧锁钥匙，脸上露出微妙的笑容。

"基什卫金必须为你们所有人开门。"她说，接着有点造作似的把钥匙递给西西欧。"要我把它给他吗？行吗？"她说着露出了微妙而不怀好意的微笑。

西西欧低着头，脸上带着微笑接过钥匙。爱尔维娜快活地看看这个又望望那个，好像被弄糊涂了。

"还有手电呢！"夫人说着，高兴地把一只袖珍电筒递给西西欧。爱尔维娜看着他。她注意到他的脑袋从挺直粗壮的肩头垂下，他那前俯的颈背和后脑勺多好看啊！目睹此景，她感到一阵目眩，情不自禁地想嫁他，就像吃了迷幻药一样，眼前浮现出一片虚幻的美景。

"该道晚安啦，阿莱叶——晚安，塔瓦拉人的女儿，"夫人吻了吻她，不怀好意地朝她投去令人费解的目光。

勇士们也一个个怀着深深的敬意吻了她的手，接着热烈地同西西欧握手，喃喃地对他说了几句话。

他没穿上外衣，也没戴上帽子，疾步同她一起来到旁边那幢房子，然后开门。她进了门，他也尾随，打开手电。她无力地登上这满是灰尘、单调的楼梯，他尾随其后。当来到自己的房门前时，她转身看着他。他的面容似乎看不太清楚，但又是那么奇怪和美丽，正是这种莫名的美使她感到神魂颠倒。

"你不来吗？"她颤声问道。

他扬起眉毛，露出奇怪的半带嘲讽的微笑，然后开始轻声笑了起来。他又点了点头，得意扬扬地像他们肤色黝黑的南方人那样朝她放肆地笑了起来。当突然置身于黑暗之中时，她本能地想保护自己。

她喘着气，这当儿，他极为温柔地将她领进房间，然后关上门，一只胳膊始终抱着她。她感觉到他那结实突出的肌肉。他两臂拥抱着她，在这漆黑的黑暗中，这拥抱显得有力、神秘和可怕；然而她感觉到这种神秘的美犹如一股强大的魔力将她征服，只要有一刻能逃脱他的美所施放的邪恶魔力，她或许能获得自由。甚至只要有一秒钟看到他的丑恶，她就不可能被他弄得这样神魂颠倒、俯首帖耳。但是这魔力——那来自他的幽深和神秘莫测的美缠住了她。他把她弄得神魂颠倒，简直像把她逮住杀了一样。谁也说不出她此刻所受的折磨有多少，但是这光彩夺目而又幽暗莫测的美越来越让人感到难以忍受。

后来，她将脸贴在他胸前哭了起来，他温柔但又无情地搂抱着她，好像她是个孩子似的。她感到他在暗中微笑，尽管屋里一片漆黑，但她知道他在笑，于是开始变得歇斯底里起来。然而他只是吻了吻她，他的微笑渐渐变成一种更为深沉和猛烈的笑，那是一种悄然无声和看不见的笑，但能够感觉到。此刻他又使她心荡神移了。他想让她成为自己的奴隶，她明白这点。他好象把她摔倒在地，然后像波浪一样想将她憋死。要不是那隐秘和强烈的美像毒液一样使她麻痹，她本来是可以起反抗的。她被他的激情淹没而窒息了。

翌晨，天亮了，他转过身来，黑色的长睫毛下那双黄褐色的眼睛久久望着她，脸上挂着淡淡的微笑，用残忍的目光打量着她，似乎想看看她是否还活着。她也看着她，目光惺忪，半带着依从的神色。他朝她微微一笑，起身离去了。如果不是对他抱有一种致命的麻木的爱，她仍然可以离开他。但她无精打采地躺在那儿，像中了毒一样。他想把她变成他的奴仆。

她下楼到那恰基塔瓦拉处吃早饭时发现大家都在等自己。她感到非常娇弱无力，一看她那对迷惘的眼睛便知道她一直在哭泣。

"来吧，塔瓦拉人的女儿。"夫人快乐地对她说，"我们一直在等你。早上好，万事如意，是吗？瞧，今天是你的礼品日——"

夫人微笑着将爱尔维娜领到座上。她的盘子边上是一束康乃馨，一对精致的串珠鹿皮拖鞋，一副精美的雌鹿皮手套，手套口上精巧地镶着羽毛。拖鞋是基什卫金送的，手套是蒙达瓜送的，康乃馨是安东基瓦送的，紫罗兰是沃尔嘎契克送的——像那张卡片上所写的那样都是"送给塔瓦拉的女儿阿莱叶"的。

"帕可会给你的礼物你已经知道了。"夫人微笑着说，"帕可会拉的兄弟也是你的兄弟。"

"他们一一走到她前面，将她的手背放到自己的前额，依次说：

"阿莱叶，我是你的兄弟蒙达瓜！"

"阿莱叶，我是你的兄弟安东基瓦！"

"阿莱叶，我是你的兄弟沃尔嘎契克，最好的兄弟，你要知道——"杰弗里说着看着她，近乎庄严的大眼睛中显现着爱意。爱尔维娜有点凄凉地微微一笑，弄不清自己是在什么地方。一切都是这么庄严。难道这一切都是在要弄人和演戏吗？她忍不住想痛哭一场。

与此同时，夫人端着一直由她亲自煮的咖啡进来，大家便坐下吃早点。西西欧坐在爱尔维娜的右边，但他似乎避免看她或同她说话。他一直望着桌子那头的杰基，目光露出半带肯定和会意的神情，不停地同杰基交谈，喉咙里发出嚓嚓作响的嘶嘶声，叫爱尔维娜简直受不了，她感到这声音太恐怖了，何况他说的是法语：这两个男人似乎在说某种不可外传的事情。结果爱尔维娜尽管沉思不语、温柔顺从，最后也感受到了极大的冒犯。她赶紧从桌边站起，满心希望西西欧会注意她，当着大家的面承认她——可她一样也未得到。她回到自己的屋子，自己房间里，急切地想整理一下东西，希望此时女房东不在房间里。她多少希望西西欧能回来同自己说话。

她正忙着在盆里洗衣服时，女房东敲门进来了。她长相粗野，看样子喝了不少啤酒。约克郡女人没有丝毫动人之处。

"噢，这么说你把床给收拾好啦，对吗？"

"对，"爱尔维娜说，"我干完了一切。"

"我瞅见啦。干得真麻利。"

爱尔维娜没回答。

"看样子你自己也洗衣服。"

爱尔维娜还是没回答。

"你可以把它晒到后院里去。"

"我想晾在这儿会干的。"爱尔维娜说。

"在这儿不太会干。洗好后把它送下来给俺们。你可能正好穿它。我可以帮你把它挂在厨房里晾干。你一点儿酒都不喝吗？"

"对，"爱尔维娜说，"我讨厌。"

"我的天哪！有些人喝得更厉害呢！嗯，你得像别人一样，好好乐一乐。我瞧见他们走出去，但认不出是哪一个。嗬——呃，真没劲，你竟然滴酒不沾，乏味。是那个长得最白最高的吗？"

"不，"爱尔维娜说，"是皮肤最黑的那个。"

"噢，哎！嗯，那个长得最结实的家伙，他们都是那个样子。夫人规矩很大，要多收你一点儿钱。我要从这中间赚点儿钱。俺这人规矩也挺大。要知道，我讨厌他们进进出出。外头会风言风语说闲话的。你那么文静，真的。听着，这样俺要多收五个便士，不然俺就不收了，不收了。要知道，你在这屋里干啥都行，不管啥事——"

她满脸通红，不高兴地站在门口。爱尔维娜默默地给了她半个金镑。

"不，少给点。"那女人说，"如果你从来不喝别人的酒，只要付一半就行了。五便士是很大一笔钱呀，俺的丫头。俺不强迫你——真的。可你要知道，俺们总还得要点面子吧！瞧俺这身破衣服，真难看！"

"我没有五先令的便士——"爱尔维娜说。

"你没有！好吧，今天算五先令，还有一半算明天的。钱俺先收着，先收着。上帝保佑你这个好丫头。一个好心肠的人应该得到全部正义的帮助。这是俺的。这可是不少钱哪。你真好，丫头，你真好——"

这个目光呆木的女人点着头走了。

爱尔维娜本来应该生气的，但她没有这么做，反而对着那块东倒西歪的镜子哈哈笑了起来。在心灵深处，她唯一关心的是西西欧给她以某种关注。她满心希望他此时过来同她说话。可她哪里知道他此刻毫无这种念头。

于是她不快地在窗边踟蹰，居高临下地望着底下灰蒙蒙的、硬卵石铺的路，望着女房东沿着黑沥青人行道匆匆走去，她的脏围裙小心翼翼地遮着一样东西，一看就知道是一个一夸脱的罐子。她的目光跟着这个矮胖的、专心致志的身影，见她走进拐角处一家酒馆里去了。随后她又见西西欧弓着腰，蹬着一辆黄色的自行车，和杰基一起到一条陡峭和危险的路上骑行。

可她仍然在肮脏的房间里逛来逛去。她感觉得出夫人正在等自己去，可她感到浑身乏力，不想与人交往，只是由于担心会惹夫人生气，她最后才下了楼。

马克斯开门让她进去。

"啊！"他说，"你来啦。我们正在纳闷不知你去哪儿了呢。"

"谢谢。"她说着走进肮脏的厅房，里面仍旧摆着两辆自行车。

"夫人在厨房。"他说。

爱尔维娜发现夫人戴着一块大白围裙，用柠檬搽一只黄肉鸡，准备下水煮。

"啊！"夫人说，"你来啦！我已经把东西都买来了，正在准备饭菜呢。是的，你可以帮我的忙。会洗韭葱吗？能行吗？要把每颗沙土都洗掉，会干吗？我可以放心让你干吗？"

早晨，这厨房一般是夫人的一统天下。她不是把房东太太撵出厨房，就是让她在那儿当下手，因为夫人是个美食家——如果不是一个贪吃的人的话，品尝美味佳肴是她唯一乐此不疲的爱好。她喜欢丰盛的餐桌，所以塔瓦拉人存的钱比他们本来可以积攒的少。她是个爱发号施令、颐指气使的厨师，让别人难以忍受。对准备便饭相当内行的爱尔维娜对夫人的指手画脚大为不满。夫人翻转韭葱的绿叶，一直检查到葱根，看看是否有一丝泥斑，就像在床上翻找跳蚤一样，目睹此景，爱尔维娜感到受不了。

"我恐怕无法把事情做得更精心周到了。"她说，"我能为你做别的事吗？"

"为我？我不需要别人为我做什么事。而是为这些年轻人——好吧，等一下我把东西拿给你看——"

她带爱尔维娜上楼进了房间，把某个勇士一条镶着毛的薄皮裤子递给她，只见上面有一条裂开的缝。夫人把一根细细的钻子和蜡线给爱尔维娜。

"杰基这条裤子的皮子不好。"她说，"这皮革没有鞣制好。瞧，就这样。"她又给爱尔维娜看了裤子上另一处补过的地方。"别脱围裙。周末你必须多取些衣服来，不要破坏这件漂亮的巴里纱长袍。你那些钻石放在什么地方！什么！放在你房间里！上锁没有！噢，我的天哪——！"夫人忽然脸色煞白，生气地瞪了爱尔维娜几眼。"要是偷了——！"她喊叫道。"噢！听你这么一说，我人都快瘫软了！"她气喘吁吁地说着，摇了摇头。"要是东西没偷掉，你真得感谢大恩大德的圣人呢。快去，快去呀！"

夫人真的跺起脚来。

"把你的东西统统拿过来吧——所有值钱的东西。你怎么可以—"

爱尔维娜只好回到自己的住处，幸好东西都在。她把所有的东西都拿到夫人处，夫人喜爱地抚摸着这些宝贝。

"从现在起你要用什么东西必须向我拿。"她说。

夫人高兴地仔细观察着那枚红宝石胸针。

"你喜欢的话，就收下吧，夫人。"她说。

"你说——什么？"

"如果你愿意的话，我把它送给你——"

"把这个给我——?!"夫人喊了起来，脸上浮起红晕，然后又改用哄骗的语调说："不——不。我不能收！我不能收！你不会愿意把这样的东西送掉的。"

"我不在乎。"爱尔维娜说，"如果你喜欢尽管收下吧!"

"噢，我不能要！我不能要！——"

"就收下吧——"

"多么美的红宝石啊！——是古玉，古玉——! 你真的把它送给我!"

"是的，我愿意送给你。"

"你这姑娘的心太好了——"夫人的两臂搂住爱尔维娜的双颊，吻了她。爱尔维娜感到这吻冰冷的。夫人最后又看了一眼，然后把它们飞快地全部锁了进去。

"我的鸡煮的时候火不能太急。"她说。

最后爱尔维娜被叫下楼去吃饭。这些年轻男子坐在桌边说些男人常讲的事情，乏味。饭后，西西欧坐着弹拨起曼陀铃来，嗡嗡作响的噪音在整幢房子里回荡。

"我要到镇上去看看。"爱尔维娜说。

“谁和你一起去？”夫人问。

“我一个人去，”爱尔维娜说，“除非夫人一起去。”

“哎哟，不行，我走不开。我不能去。你真要一个人去？”

“是的。我想到妇女商店去。”爱尔维娜说。

“你想去那儿！那好吧！回来吃茶点好吗？”

爱尔维娜刚一出去，西西欧放下曼陀铃，点上一支烟，过了一会儿又招呼杰弗里，于是两人便动身出发了。爱尔维娜在罗瑟汉姆普顿百老汇一家布店出来，看到他俩正在店外的人行道上闲逛。他们同她一起散步，所以她就拐进一家卖妇女内衣的商店，把他俩丢在人行道上。她特地在里面呆了很长时间，可等她出来一看，他俩还在老地方。他们对消磨时间具有无限的耐心。

“我以为你们已经走了呢？”她说。

“不着急。”西西欧说着接过她手上的包，就好像他有权这么做似的。她不想看到他那顶黑帽的帽边歪扣在一只眼睛上，不愿看到他那件上装的腰身裁得那么小，也不愿在街上看到那鼻尖底下燃着的香烟。但是愿望并不能改变他。他在一旁闲逛着，好像尽管有家却又无家可归的流浪汉一样——真叫人生气。

她尽可能在店里打发一些时光，随后他们又一起坐有轨电车回家。西西欧买了三张车票，当杰基往裤袋里摸便士买票时，他按住杰基的手阻止了他。他付好票钱后，亲热地将手勾住朋友的肩膀，动作粗俗而又得意扬扬。爱尔维娜摆出一副鹤立鸡群的样子。

他们试图跟她说话，想讨好巴结她——可她毫无这份兴趣。她用冷冰冰的语气和颜悦色地同他们说话。就这样午茶时间过去了，此时正是傍晚时分。剧场里演出相当枯燥乏味，因此有瓶装啤酒和煮火腿的家庭晚餐便是一桩传统的高兴事，甚至连夫人今晚对爱尔维娜也有点害怕。

“我累了，要早点回房间。”爱尔维娜说。

“是的，我想我们都累了。”夫人说。

“怎么搞的？”马克斯故作玄虚地说——“为什么两个快乐的夜晚从来不会接连到来呢？”

“马克斯，啤酒把你变成了一个出色的笑剧演员。”夫人说。爱尔维娜站起来。

“请别站起来。”她对大家说，“我拿钥匙，路也看得清。”她说，“晚安，诸位。”

他们起身向她鞠躬道晚安，但西西欧脸上堆着他那顽固而猥琐的微笑跟在她身后。

“请别来。”她说着，在街上的大门口转过身去，可他仍然固执地跟着她漫步走上街道。他跟她来到她住处的门口。

"你带了手电吗?"她说,"楼梯那么黑。"

他看了看他,转身像要去取手电。她快速地打开屋门溜了进去,当着他的面猛地把门关上了。他在那儿站了一会儿,眼睛看着那扇门,笔挺的鼻梁上浮现出下流的神情。他也转身进了门。

爱尔维娜赶忙上床酣睡起来。第二天她还是那副冰冷而和悦的神情。那恰基塔瓦拉人被她弄得有点生气起来。她是他们的眼中钉、肉中刺,是他们的绊脚石,还惹他们生气。那天是星期五晚上,西西欧没有起身送她回自己的屋子。她知道他们看到自己离去有一种如释重负的感觉。

这并没有使她感到高兴。第二天是星期六,是一周中最后一天,也是最重要的一天,她明察自己在这个戏班里又有点像陌生人一样。这个部落是以其古老的和谐方式聚会在一起的,而她却是个闯入者、干涉者。西西欧从不看她,只是将半侧过去的脸颊对着她,脸上带着一丝嘲笑和乖戾的神情。

"你明天去木屋镇吗?"夫人相当冷漠地问她。她们没有一个人再叫她阿莱叶。

"我最好回去取些东西来,你说呢?"爱尔维娜说。

"当然,如果你想和我们呆下去的话。"

这犹如狠狠给了她一巴掌。但是她说:

"我想的。"

"是吗?!那你明天去木屋镇,星期一上午回曼斯菲尔德好吗?这样行不行?你要在木屋镇住一晚上吗?"

爱尔维娜的头脑里飞快闪过这样一个想法——"他们想把我赶走一晚上。"想到这儿她的自尊心坚强地占了上风。她本来差点想说:"我或许会永远呆在木屋镇。"但话到嘴边又缩回去了。

他们毕竟是些非常一般的人,应该为有她在这儿感到高兴。瞧,夫人是怎样把那枚胸针别上去的!看看那个笨驴西西欧有多少粗俗!她和他们一起呆在这普通而又肮脏的旅店里毕竟有辱自己的身份。她毕竟是从另一个不同的环境中成长起来的。他们的水准低下得可怕——低下极了——不仅在道德方面如此,而且在生活上亦完全如此。她确实已经降低社会地位,落到这种低下的生活水准。她的脑袋里浮现出母亲和弗罗斯特小姐的形象;淑女和女贵族兼于一身。她能把自己看成什么样的人呢?但是她还来得及悬崖勒马。她还没有把自己出卖给任何人,只是出卖给了西西欧一个人。想到他,她的心里顿时疼痛起来,这部分是因为愤怒和屈辱,部分是因为,天哪,是因为不容拒绝和未能如愿的爱情。让他尽情发怒吧，她的心在疼痛，她想看到他，想让他注意自己。可本能告诉他也许会永远不理睬她。这个不幸的女人回到自己屋里，苦恼地一直哭到第二天天亮。气恼、屈辱和渴望一起涌上心头。

世界传世藏书

世界禁书文库

误入歧途的女人

第十章　曼彻斯特商号的倒闭

爱尔维娜起床时，心情已经平静下来，露出若有所思的神情。梳头时她听到西西欧的曼陀铃发出单调的嗡嗡声。她朝下望着后院与小园交织在一起的景色，刚好能看到西西欧一部分身影。后者坐在围墙围着的院子里的一只箱子上，头上没戴帽，身上只穿着衬衣，正弹着那只呜咽作响的曼陀铃。那天早晨天气并不温暖，但是有一丝阳光。爱尔维娜看到除非是刮风或倾盆大雨，否则西西欧好像并不感到寒冷。他弹的是一首充满渴望的那不勒斯歌曲，对此爱尔维娜一窍不通。她虽然只能看见一部分身影，但是瞥见他的脑袋便足以在她心里激起一阵不可压抑的销魂之感，这种感觉一阵阵地袭来——他的冷漠，南方人的形象，某种柔滑和幽暗的东西。要忘掉他可真难啊！她差一点让他消失了。

她急忙下楼，杰弗里替她开了门。她朝他活泼地粲然一笑，这是她身上一个神奇的变化。

"我听到西西欧在弹琴。"她说。

杰弗里张开厚厚的嘴唇笑了笑，然后将脑袋往后门那儿一歪、对着爱尔维娜的眼睛狡黠而亲热地瞟了一眼，似乎在说他的朋友得了相思病。

"我可以穿过去吗？"爱尔维娜问。

杰弗里将其宽大的手在她肩上搁了一会儿，对着她的眼睛盯了一会儿，然后点点头。他是个宽肩大汉，面部扁平帅气，血色很好，身上有一种阿尔卑斯山公牛的神情，迟钝，恒久，甚至有点神秘莫测，在他那黝黑的眼眶中，牛一般的眼珠子露出深邃神秘的目光，把爱尔维娜吓了一大跳。他的眉毛奇怪地上扬着，在她看来好像突然变得不太像人了。她又朝他笑了笑，心里不由得吃惊。可是他只是低着头，那只沉甸甸地搭在她肩上的手轻轻推着她朝西西欧走去。

她来到后院，脸上突然焕发光彩夺目的笑容，直冲冲地对着西西欧的脸笑着。他拨弄曼陀铃的手颤抖着停止。他坐在那儿望着她，似乎突然又记起她来。但是她却躲开他那暗淡棕黄的眼睛，那久久凝视着的谜一般的目光。她有点讨厌他，却仍然朝他走去，站在他身旁，连衣裙都碰到了他。而他却依然抬着那双忧伤沉默的眼睛望着她，似乎要将她扑倒：像头蠢蠢欲动的动物。她朝旁边黑洞洞园子望去，那儿有一丛细如钢丝般的醋栗树。

"你同我一起去木屋镇吗?"她问。

他一直到她重新面对他时才回答，这时她的目光与他的相遇了。

"是去木屋镇吗?"他说着紧紧望着她。

"是的。"她说，嘴唇有点苍白无色。

看到了他的嘴边渐渐浮起那一成不变、自得的微笑，她真想用手捂住他的嘴。她喜欢他那棕黄色的眼睛、黑色的眉毛和睫毛。他注视着她，就像盯着一只鸟儿一样，但目光中没有那种凶残的白光，只有一股极为深沉的情感，温暖得如同太阳一般，又像一潭深不见底的黑渊，然而对她来说却是甜丝丝的。

"你去吗?"她问了一遍。

但是他闪闪的目光早已表示同意了。他扭过头去，好像不愿正面地回答。

"好的。"他说。

"弹点儿曲子给我听听。"她大声说。

他朝她抬起脸，轻轻摇了摇头。

"弹吧!"她说，一面低头看着他。

于是他的头向曼陀铃垂下，突然开始唱起一首那不勒斯歌曲，用的是轻微而压抑的头音。他一面翕动着嘴唇，一面抬眼直勾勾地看着她，脸上挂着他那奇怪的讥讽和爱怜之情，唇间轻轻吐出二分音符伴着曼陀铃响亮振荡的声音朝她飞去。这声音像一条火线穿进她的身体，虽然热，但却令人感到开心——他的高音像一条飘逸的细线。也看到他的喉结在蠕动，眉毛高挑，眼睛一直在睫毛下盯着她。他是一只重新歌唱的斯芬克斯雄狮，而她却在他的爪子之间！看来在他的威力下她简直要融化了。

此时夫人正好进来解救了她。"什么，早饭前唱小夜曲?!我说你的胃口可真挺得住。蛋和火腿更加重要，对吗? 来吧，过来闻闻好吗?"

西西欧停止弹奏，眼睛看着边上，脸上堆着一丝轻视和讥嘲的神色。

"我更爱这首小夜曲。"爱尔维娜说，"我以前吃过火腿和鸡蛋。"

"你喜欢吗? 嗯——你永远不会喜欢的。但你现在必须吃火腿和鸡蛋。怎么样? 不是吗?"

西西欧起身朝爱尔维娜看了看，要是杰基在那儿的话，他也会这么看他的。他的眼睛在无声地数落夫人。爱尔维娜突然笑了起来，他的脸上也浮起了开心和略带讥讽的微笑。

他们转身跟着夫人进屋。爱尔维娜走在中间，感到他的手指在抚摸自己的颈背，然后变成一种轻轻的爱抚顺着背脊而下。她惊了一下，感到好像有一个看不见的动物在用爪子抚弄她，她赶忙回头张望，同西西欧那调皮的脸蛋打了个照面。

"我在想今天我们乘同一趟火车去。"夫人说，"我们一起坐'大中央号车'一直到联轨站。然后阿莱叶你去拿波洛夫，我们等你明天回来。现在没多少时间了。"

"我计划去木屋镇。"西西欧用法语说。

"你也去?! 乘火车还是骑车去?"

"火车。"西西欧说。

"要浪费那么多钱?"

西西欧稍稍耸了耸肩。

早饭后爱尔维娜回到自己房间，此时杰弗里走到院子里放自行车的地方。

"西克，"他说，"我想同你一起去木屋镇，和我一起骑车去。"

西西欧摇摇头。

"我要同她一起坐火车去。"他说。

杰弗里生气地沉下脸。

"我想去看看那儿是什么样子，在那儿，她家里!"他说。

"去问她吧!"西西欧说。

杰弗里忽然看着他。

"你把我甩了。"他说，"我想去那儿看看。"

"去问她吧?"西西欧又讲了一遍，"然后骑车过来。"

"你想离开我。"杰弗里埋怨地喃喃说道。

西西欧摸了摸朋友宽阔的脸颊，慈爱地朝他微笑着。

"我不离开你，杰基。我当时征求你的观点，你说吧，但要回来。去问问她吧，然后过来，骑车过来，好吗? 去问她吧? 去呀! 去问问她。"

爱尔维娜吃惊地听到有人在敲自己的门，并听到了杰基浓重的外国腔。

"霍顿小九（小姐），我帮你拎包。"

她惊讶地打开门，行装已全部收拾好了。

"我在这儿哪。"她说着朝他嫣然一笑。

但他如同一只强壮有力的狐狸，充满了危险的力量。看到她的笑容他放下心来。

"喂，阿莱叶，"他说，"告诉我。"

"告诉你什么?"爱尔维娜笑了起来。

"我能去木屋镇吗?"

"什么时候去?"

"今天。我可以骑车来喝茶吗?在你家里同你和西西欧一起喝,行吗?"

他傻乎乎地微笑着,脸上露出怀疑和半带生气的脸色。

"可以!"爱尔维娜说。

他那深蓝色的大眼睛看着她。

"真的吗?"他说着伸出了大手。

她热情地握了握他的手。

"对,真的!"她说,"我期待你来。"

"太好了。"他说着咧开嘴傻呵呵地笑了,大眼睛充满好奇的神色,一直盯着她看。

"西西欧——是个好小伙子,是吗?"他说。

"真的吗?"爱尔维娜笑了起来。

"什么——!"杰基严肃地摇了摇头。"是最好的!"瞧着他眼中那一本正经的神色,爱尔维娜忍不住笑了起来。

他也笑了,将她的包像气泡一样提了起来。

"喂,西克,"他看到西西欧在街上,"我们同意了。"

"砰!"西西欧说着伸手去拿包。"女人。"

"不用——不用。"杰基说着耸耸肩。

那天早上,爱尔维娜作为这个小戏班子的一个成员,不知不觉来到这个忙碌的新火车站。这是一场奇特的经历。人们一眼就能看出他们是一个戏班的——一群与外界脱离的人。夫人的黑眼睛在带点的面纱里东张西望。她站在那儿,带着一种明显的、这个职业所特有镇定。马克斯大步绕着那个用红字写着"那恰基塔瓦拉"字样的神秘的大黑箱子,和一小捆舞台两端用的器材打转。路易斯等着取车票,杰基和西西欧正在停自行车。他们本身就是一辆待发的列车,一片哄闹的景象——奇怪的是这群流浪者各行其是,互不相干。

爱尔维娜漫步朝敞开的书亭走去。杰弗里像一座纪念碑站在她和这群人之间。她回到他身边。

"你什么时候来?"她问。

他开朗而友好地朝她笑着。

"等我去吗?嗯——"他揉了揉眼睛算了下时间。"四点钟。"

189

"我们差不多正好到达那儿。"她说。

他一本正经地看着，点了点头。

火车车厢里这群人心情愉快。男人们抽着烟，在靴跟上把烟灰弹去。夫人出于职业的好奇心，打量着每个乘客。马克斯仔细翻阅着《劳埃德报》，一面把新闻指给凑在自己肩头看报的路易斯。西西欧突然拍了一下杰弗里的大腿，快乐地看着他的脸。他们就这样兴奋地来到联轨站，大家在那儿又是吻又是道别，好像永别似的。路易斯疾步走进饮料铺，弄来一些馅饼和橘子，把它们放进车厢。夫人把一包巧克力给爱尔维娜，接着那儿响起一片告别声："再见，阿莱叶，再见！再见，西西欧！旅途愉快。祝你俩玩得痛快。"

就这样，爱尔维娜和西西欧乘快车飞快向拿波洛夫驶去。

"我确实很喜欢他们每个人。"她说。

他微微张开嘴，头抬起来又垂下去，从这一动作中她看出他多么富有仁爱之心，而且有其表达感情的独特方式。他爱他们所有的人。她把手伸向他，他突然心领神会地握了一下她的手，然后又松开，好像什么事也未发生过一样。车厢里同他们在一起的还有其他人。她情不自禁地感到他那短促的一捏是多么突然和可爱：多么温暖和纯真。

就这样，在去拿波洛夫的途中，他俩望着星期天早晨的景色在车窗外闪过。他们出站后到一家小饭馆去用餐，此时是下午一点。

"你说怪不怪，我俩竟会这样一同去旅行。"她坐在他对面说。

他微笑着盯着她的眼睛看着。

"你认为这奇怪吗?"他微微露出了牙齿。

"你不这么觉得吗?"她叫喊道。

他发出一声短促的轻笑。

"我太爱你了，爱得叫我受不了。"她隔着桌上的土豆颤抖着对他说。

他偷偷朝四周瞟了一眼，看看是否有人在听，是否有人会听见。他不喜欢别人听到这话。但旁边没有人。在这只小桌下，他用双膝夹住她的双膝，然后用足力气慢慢夹紧。她忍不住将手从桌上朝他伸去，他把手在她手上放了一会儿，然后拿开了，但她的双膝却仍然夹在他勃勃有力的虎钳中。

"吃吧!"他微笑着对她说，一面朝她的盘子做了个示意动作，放开了她。

他们决定坐有轨电车去木屋镇。这是一段很长的路程。他坐在充满着强烈烟味的双层电车的顶层，似乎自卑地缩在一旁，一看就知道是个皮肤黝黑的外国人。坐在他身旁的爱尔维娜联想起那个住在拉姆利的黑人的老婆。她理解那女人为什么总是沉默寡言。她本人也同样感到由于身旁的男人自己成了一个被抛弃的人。一个被唾弃的人！愿意当个被唾弃的人。她迷恋西西欧那种忧郁，那种被轻视的外国人的特征，喜欢并崇拜这种特征。她公然对抗另一个世界。他萎靡不振地坐在她身旁，闷闷不乐，在这些工业发达的此方人中间他自惭形秽，像个遭唾弃的人。而她却同他在一起，站在他一边，尽管自己是周围这些白种人中的一员。

电车上已经有熟人出现了。她向他们点头致意，但态度中明显带有冷漠，以致他们不时回头看看她和西西欧，但没搭理她。她与他们之间的隔阂已经永远无法消除了——而造成这种隔阂的正是她本人的意愿。

电车穿过丘陵起伏、沉闷的乡间工业区，最后驶近木屋镇。他们穿过半便士掐脖矿的遗址，爱尔维娜无意地扫了它一眼。电车沿着拿波洛夫街行驶。一大群木屋镇的年轻人穿着星期日才穿的漂亮服装在人行道上踯躅。她认识他们所有的人。对古老的木屋镇的感情几乎不由自主地偷偷涌上了她的心头，她暗自庆幸他们看不见自己，因为她对西西欧的在场感到有点害羞，真希望他此时不在这儿。到快要下车的时候，她着急地左顾右盼，寻找一个较为理想的下车点，为的是在那儿少碰上一些注意她的人。但她马上就丢开了一切犹豫，下车后在西西欧的陪伴下踏上星期日下午的街道。西西欧提着她的包，路人侧目注视着他们。她知道自己是个引人注目的人物。

他们绕道拐进曼彻斯特商号。平纳加小姐在等待爱尔维娜到来，但由于乘火车，她来迟了，所以只得敲门把已经躺下的平纳加小姐唤醒。身材有点粗壮的平纳加小姐打开门，脸颊上奇怪的色彩像贴了饰颜片一样，神情有些孤单又有点生气。

"我不知道你俩一起来。"这便是她的问候。

"是吗？"爱尔维娜说着吻了好一下。"西西欧是帮我拎包来的。"

"噢，"平纳加小姐说，"你好。"一面将手朝他伸去。

"我接到你的电报。"平纳加小姐说，"你说是坐火车。罗林斯太太四点钟时还要来——"

"噢，那好——"爱尔维娜说。

屋里一片安静，充满午后的气氛。西西欧脱下外衣，坐在霍顿先生的椅子上。爱尔维娜叫他抽烟。他缄默拘束。可怜的平纳加小姐脸上像贴了饰颜片一样，腰圆体壮，前刘海的头发褐中带着灰白，站在那儿手足无措，不知道该说什么或做什么。

她跟着爱尔维娜上楼进了她的房间。

"我想不出来你为什么要带他来这儿。"平纳加小姐厉声喝道。"我不知道你为什么考虑。到处都在谣言呢。"

"我不在乎。"爱尔维娜说，"我爱他。"

"噢——真丢人！"平纳加小姐叫喊着扬起头，这动作同当年弗罗斯林特小姐无意识的绝望动作一样。"你把自己看成什么人啦？你父亲才死了一个月。"

"这没关系。父亲已经死了。我敢肯定死者是不会在意的。"

"你这种话我可是从未听说过。"

"为什么？这是我的心里话。"

平纳加小姐茫然而绝望地站在那儿。

"你不准备留他在这儿过夜吧？"她支支吾吾地说。

"准备的。明天我和他一起去夫人那儿。要知道我现在已经是这个剧团的一名钢琴演奏员了。"

"你想和他结婚吗？"

"不知道。"

"你怎么能说不清楚呢！哎呀，这太坏了。你都快把我逼疯了。"

"可我确实不知道。"爱尔维娜说。

"不可思议！实在不可思议！我想你已经失去理智了。我以前有时候认为你母亲有点不对劲。而你现在也犯同样的毛病。你的头脑不太正常。你需要有人照看。"

"是吗，平纳加小姐？啊，那你肯费心照看我吗？"

"除了我还会有谁。"

"我希望谁也不要来探望我。"

一阵沉默。

"我羞得在木屋镇一天也呆不下去了。"平纳加小姐说。

"我准备永远离开这儿。"爱尔维娜说。

"我看是这么回事。"平纳加小姐说。

她突然倒进椅子里，眼泪夺眶而出，呜咽道：

"你可怜的父亲！"

"我确信死者安好。你为什么非要可怜他呢？"

"你是个误入歧途的姑娘！"平纳加小姐哭着说。

"是吗？"爱尔维娜笑了起来，声音听起来很滑稽。

"是的，你是个迷路的姑娘。"平纳加小姐哭着说，语气肯定，充满沮丧。

"我喜欢迷途。"爱尔维娜说。

平纳加小姐的抽泣声渐渐平息下来。她盘成一团，看上去孤苦凄凉。爱尔维娜走上前去，把手搭在她的肩头上。

"别恼火，平纳加小姐。"她说，"别傻了。我喜欢同西西欧和夫人在一起，或许最终还会同他结婚。但是如果我不——"她的手突然紧紧抓住平纳加小姐粗大的手臂，直到她感到疼痛才松手——"我一分钟也离不开他，我无论如何也离不开他。"

可怜的平纳加小姐后退了，信服了。

"你让我在木屋镇怎么过日子。"她绝望地说。

"别去管它。"爱尔维娜说着吻了她一下。"木屋镇并非人间天堂。"

"可那是我四十年的家。"

"也是我三十家。正因为如此我想离开它。"

屋里一片沉默。

"我一直考虑在泰姆沃斯做点小生意。"平纳加小姐说，"你知道沃森家的人都在那儿。"

"我相信你会幸福的。"爱尔维娜说。

平纳加小姐恢复了镇定。她仍还有精力和勇气。

"总之我不想在这儿再呆下去了。"她说，"木屋镇已经没什么东西值得我留恋了。"

"当然啦。"爱尔维娜。"我想你离开它会过得更快活。"

"是的——也许我应该——我该走啦！"

然而可怜的平纳小姐已经头发灰白，几乎是个身材矮胖、脾气古怪的老太婆了。

她们下了楼。平纳加小姐放好水壶。

"你想看看这屋子吗？"爱尔维娜对西西欧说。

他同意，于是她领着从他一间房间走到另一间房间。他的眼睛迅速而又好奇地打量着每一样东西，仔细察看，但没有发一点儿议论。

"这是我母亲的小起居室。"她说，"她在这儿，这张椅子里坐过好多年。"

"一直在这儿吗？"他注视着爱尔维娜的脸。

"是的。她那时有心脏病。这是她的另一张照片。我长得不像她。"

"那是谁？"他指着满头银发、漂亮的弗罗斯特小姐的肖像说。

"那是弗罗斯特小姐，我的家庭教师。她直到死一直住在这儿。我爱她——她是我的所有。"

"她也死了——？"

"是的，五年前死的。"

他们走进会客室。他将手放在钢琴键盘上按响了一个和声。"弹吧!"她说。

他摇摇头,微微一笑,倒是希望她来弹,于是她坐下弹了一首基什卫金的曲子。他听着微微一笑。

"这架钢琴很好,是吗?"他说着看着她的脸。

"我喜欢它的音色。"她说。

"是你的吗?"

"这架钢琴?是的。我想所有的东西都是我的——至少名义上是这样。我对父亲的财政一无所知。"

他看了看她,又开始打量起这间屋子来。他看到一张小孩的彩色小肖像,那孩子满头柔软的金褐色的头发,睁着惊讶的双眸,身上穿着一种硬挺的淡蓝色外衣,系了一条很宽的深蓝色腰带。

"是你?"他问。

"你认得出我吗?"她说,"我很好笑,是吗?"

她领他上楼——先去的是具有纪念意义的卧室。

"这是母亲的房间。"她说,"现在是我的卧室。"

他先看了看她,然后看了看屋里东西,接着又看了窗外,最后又看着她。她不由得绯红了脸,赶忙带他去看他的房间和浴室,随后她下了楼。

他不时观察着天花板和房间的大小,将房子的大小比例和设备的质量一一看在眼里。

"这是一幢大房子。"他说,"是你的吗"

"名义上是我的。"爱尔维娜说。"父亲把一切都留给了我——还有他的债务,知道吗?"

"很多欠款吗?"

"噢,是的!我不太清楚到底多少。但是债也许比财产更多。我早上要去见律师。等把一切都付清后留给我的也许已经一无所有了。"

她是停在楼梯上对他说这番话,然后转身对着站在几级楼梯上方的他。他俯视着她,估计着,随后苦笑起来。

"如果失去了一切,这可太糟了,是吗——!"他说。

"我不介意,真的,只要我能够活下就行了。"她说。

他摊开两手表示反对和不理解,随后又朝上面的楼梯和过道望了一眼,最后下楼直进客厅。

"一幢又大又好的房子。如果属于你的可就太棒了。"他说。

"如果你这么喜欢它的话。"她相当悲伤地说,"我希望是这样。"

他耸了耸肩。

"嘿,"他说,"怎么会不喜欢!"

"我不喜欢它。"她说,"我认为它是一个阴暗痛苦的洞穴。我恨它。我在这儿住了一辈子,见过在这儿发生的所有不幸。我恨它。"

"为什么?"他的声音里带着好奇和讥讽的语调。

"毫无疑问,如果这房子不是你的话可就太糟了。"两人走进起居室时他说。平纳加小姐在里面切面包和奶油。

"什么事?"平纳加小姐严厉问道。

"房子的事。"爱尔维娜说。

"噢,我们不知道。我们尽量朝好的方面想。"平纳加小姐答着,一面将面包和奶油装在盘子里,接着又相当尖锐地说:"这事确实糟糕,何况还有一大堆糟糕事呢。要是霍顿小姐拥有她应有的一切,我向你担保,事情可就大不一样了。"

"噢,是的。"西西欧。平纳加小姐的这番话是对他而发的。

"那就大不一样了。要是所有的钱——不是像那样——失掉的话,霍顿小姐至少不会到放映院去弹钢琴。"

"对,也许不会。"

"肯定不会。让她干那种事实在不好。"

"你这么想吗?"西西欧说。

"你认为合适吗?"平纳加小姐扭过头,明了地对坐在炉边的西西欧说。

他好奇地望着平纳加小姐,露齿微微一笑。

"哎!"他说。"我怎么知道呢?"

"我认为这是很明白的。"平纳加小姐说。

"唉!"他突然叹了一声,没有完全听清楚她的意思。

"可是那些没有享受过好东西的人,除了他们已经习惯的东西以外肯定是什么也不会理解的。"她说着起身将黑丝围裙上的碎屑抖落进大炉子。他看着她。

平纳加小姐走进洗涤室。爱尔维娜在客厅里弄炉子。她拿了一个畚箕到起居室的炉子里来取一些煤。

"你要什么?"西西欧说着站起身来,从她手里拿过铲子。

"热气腾腾的炉子,太棒了,是不是?"他说着从火红的炉条上取出几块猛烈燃烧的煤块。

"够了。"爱尔维娜说,"好了!我们把它拿到客厅去。"他拿着铲子里冒着火烟的煤,走进另一间房间,把它倒在炉条的格栅上,看着爱尔维娜往上面加些煤。

"有炉火,好极了!着得真快,呃?有炉火,妙极了!你知道我们那儿的人怎么说:没有吃还能活,没有火就完蛋了。"

"可我一直认为那不勒斯很热。"爱尔维娜说。

"不,不是这样。你晓得,在我那个村里,那时我还是个孩子,在山里,到那不勒斯要坐一个小时火车。冬天冷,夏天热——"

"像英国一样冷?"爱尔维娜问。

"哎——更冷。狼下山来,晚上你可以听见它们在霜冻的地上嚎叫——"

"真吓人!"爱尔维娜说。

"它们是不是把狗咬死呢?它们从来不放过狗。你知道狼恨狗。"他发出一声奇怪的喊声,表示狼多么恨狗。爱尔维娜听懂了,不由得笑了起来。

"如果我是狼的话也会恨狗的。"她说。

"是吗?"他眼睛发光,盯着她看了一阵。"啊,可是那些可怜的狗!第二天,你发现它们已经被咬死了——被拖到树丛或乱石堆里,很难找到它们,这些可怜的东西。"

"它们当时一定吓坏了——!"爱尔维娜说。

"吓得要命——嗬!"他突然做了个手势,还发出一声哀号,增强他最后几句话的份量。

"那你爱你那个村子吗?"她说。

他一歪头,表示否定。

"不。"他说。"因为你知道——哎,在那儿无事可干——没有钱——老是干活——干活,没有生活的快乐——什么也看不到。我还是孩子的时候父亲就死了,母亲领着我来到那不勒斯。后来我就驾着小船到海上去——捕鱼,送客——"他挥舞着手,仿佛要让她明白所有这些不需用语言表达的事情。他对着她微笑——但神情中却带着一股淡淡的辛酸和哀愁,这是一种古代宿命的美以及对命运的彻底漠视。

"你那时候很贫困吗?"

"贫困?——那还用说!一无所有。破衣烂裤——没鞋穿——面包,一点儿海鱼——贝类——"

他轻轻挥动着手,眼睛盯着她,目光中流露出深沉的理解。尽管如此,对他来说此种状况和另一种状况似乎并无多大差别,贫困和富有一样也是一种人生。只不过他有一种嫉妒的看法，认为受穷是耻辱，所以，出于虚荣心，他要有财产。无数代的文明使他滋生了一种本能，认为世界是毫无意义的。只是他所爱的一点现代教育将钱财和独立变成了一种确定的观念。原有的本能告诉他这个世界是微不足道的，而现代教育，尽管肤浅却远比本能更灵验，迫使他登台向世界亮相。爱尔维娜如醉如痴地看着他，欣赏着这种经过一代代文明形成的古老的美；同时她又看到了他那现代的粗俗和堕落。

"如果你回去的话，还回乡吗?"她问。

他用头和肩做了一个不置可否的动作。

"我不知道。"他说。

"那村子叫什么来着?"

"派斯柯克拉西欧。"他不高兴地轻声说道。

"再说一遍。"爱尔维娜说。

"派斯柯克拉西欧。"

她重复一遍。

"告诉我怎么拼写。"她说。

他在口袋里掏了钱，想找一支铅笔和一片纸。她起身拿来一个旧的写生簿。他写得很慢，但写的却是一手漂亮的意大利体。

"把你的名字也写下。"她说。

"马拉斯卡·弗朗西斯科，"他写道。

"再把你父亲的名字写下。"她说。他奇怪地看着她。

"我想见见他们。"她说。

"马拉斯卡·杰奥梵尼，"他写道，并在下面又写上了"加利法诺·玛丽娅"。

她望着这四个用优美的意大利草写的名字，然后一个个地念了起来。他纠正她的发音，一面庄重地微笑着。当她正确地读出这个名字时，他点了点头。

"对，"他说，"就这样，你读得很好。"这时平纳加小姐进来说，罗林斯太太看到另外一个年轻人在街上骑车而过。

"是杰基! 他不认识来这儿的路。"西西欧说着，赶忙拿上帽子出去找他的朋友。

杰弗里进来了，宽阔的脸庞上热气腾腾，汗水直淌。

"你找不到这地方?"爱尔维娜说。

"我找到这房了，但找不到门。"杰弗里说。

他们笑着坐下来喝茶。杰弗里和西西欧用法语交谈，相互督促对方注意举止。幸好夫人曾指教过他们要遵守用餐的规矩，可是在平纳加小姐看来他们还是不免过于无礼和随便。

"你可知道这房子有多漂亮？"西西欧用法语对杰弗里说。

"不知道。"杰弗里说，滴溜转动着大眼睛打量起这间房子来，一面张开塞满了食物的嘴腮说，"是吗？"

"啊——如果这属于她的话，你知道——"？

于是茶点后西西欧对爱尔维娜说：

"你能让杰弗里参观这房子吗？"

于是又重新开始了另一次参观。杰弗里叉开两条粗壮的腿，看着房间四周，并用法语向西西欧发表意见。他们上楼梯时，他抚摸着那巨大光滑的红木扶手。在卧室里，他几乎有点沮丧地凝视着那张奇大无比的床和食橱，在浴室里则拧开那只老式的银龙头。

"这是我的房间——"西西欧用法语说。

"隔得够远的！"杰基说。西西欧也朝过道里张望了一下。

"是的，"他说，"但有一条直达的路——"

"听着，朋友——如果你不能娶这——"意思是这幢房子。

"嗨，我不知道这房子是否还归她呢！也许要全部拿去抵债。"

"别这么说！唉，真可惜，可惜呀！可怜的姑娘，可怜的小姐！"杰弗里惋惜道。

"是可惜，你说呢？"

"可惜透了！可惜透了！听我说，朋友，爱情不需要财产，但婚姻却少不了它。爱情谁都有，甚至蚂蚱也有，但婚姻却意味着要有厨房，事情就是这样。可怜的小姐，她真悲哀。"

"这话不假。"西西欧说，"也是我的不幸。"

"也是你的不幸吗，亲爱的——？！也是许是这样——"杰弗里说着，把胳膊靠在西西欧的肩上，突然搂抱了他一下。他俩相对微笑了。

"谁说得准呢，我的西克。"

两人下楼去见爱尔维娜，听到她在会客室弹钢琴，杰弗里此时又朝那间宽敞的卧室里张望了一下。

"你从来没爬过那么高，我的孩子。我不善于爬高。我会感到害怕的。你也有点感到害怕了，是不是？"

"这上面好站三个人呢。"西西欧说。

"我可不上来，我吓都吓都死了。"

两人哈哈笑着下楼梯。

平纳加小姐同爱尔维娜坐在一起，决定今晚不去教堂。她巨大的身躯坐在那儿，看一本小说。爱尔维娜同这两个男子说笑，弹钢琴给他们听，还建议打一局牌。

"噢，爱尔维娜，你今晚千万别把牌拿出来！"可怜的平纳加小姐阻止说。

"平纳加小姐，可这不会影响任何人呀！"

"你知道我认为这只是偏见。"爱尔维娜说。

"噢，讲得真好！"平纳加小姐生气地说。

她合上书，起身到另一间房间去。

爱尔维娜拿出牌，还有一小盒便士，那是"功德"丰收后留下的。此时有人敲门。来人是梅先生，平纳加小姐得意地将他领进屋。

"噢！"他说，"一群人！我听说你回来了，霍顿小姐，所以我匆匆赶来向你问候。我不知道你这儿有人。你好，弗朗西斯科！你好，杰弗里。你好吗？"

"好啊！"杰弗里说，"你也想参加一个吗？"

"星期天晚上打牌！天哪，这是多么巨大的革命呀！当然，我不是固执己见的人。如果霍顿小姐要我——"

平纳加小姐严厉地盯着爱尔维娜。

"好，参加一个吧，梅先生。"爱尔维娜说。

"谢谢。如果我还能算的话就算一个吧！特别是看在那成堆诱人的便士和半便士硬币的份上。容我问一声谁做庄？平纳加小姐也打吗？"

可是可怜的平纳加小姐早已掉过头弓着背走开了。

"她可能生气了。"爱尔维娜说。

"为什么？我们又没有侵害她的灵魂，不是吗？要知道我是个规矩的天主教徒，我忍受不了这些偏狭的小教条。谁受得了。你受得了吗，霍顿小姐？不过我担心我们的这场牌恐会很枯燥。对不对？你是不是也这么看呢？"

其他两个男人也笑了。

"霍顿小姐是否愿意让我出去一趟拿些东西来，行吗？我去好吗？那就更热闹了。你们选什么，先生们？"

"啤酒。"西西欧说。杰弗里点点头。

"啤酒？噢，真的吗？棒极了！我自己总爱喝一点威士忌。什么啤酒？阿立牌的？——还是要更苦一些的？恐怕我还是连瓶一起拿来的好。现在问题是我如何将它们藏起来？霍顿小姐，你有没有小旅行箱？这样我看上去就像刚旅行回来一样。到太阳下转一圈又回来了：但愿去那儿不太远，甚至连平纳加小姐和约翰·韦斯利都不觉得远。天哪，对不起。"

爱尔维娜拿出一只旅行箱给他。

"好极了！"他说，"好极了！足可以装下半打呢。各位——"他突然压低声音——"我是不是最好从前门溜出去，好摆脱成群的守门狗？"

他踮着脚出去了。另外两个男人对着他露齿而笑。幸好杯子不成问题，是些最好的旧杯子，放在会客室的食橱里。可是，梅先生回来时，还缺少一只开塞器。于是爱尔维娜便溜进厨房。平纳加小姐跌坐炉旁，戴着眼镜在看书。爱尔维娜进来时平纳加小姐像山猫一样看着她。她看到了那只能说明一切问题的开塞器，于是又往椅子里陷了陷。

夜晚，屋里充满了狂欢的笑响。梅先生经历长时间的消沉后此时情绪正高。他们又喊又叫，对着牌大声嚷嚷，激动地咆哮，一会儿劝牌，一会儿纵声大笑。平纳加小姐坐在那儿听到这一切，终于无法容忍了。

会客厅的门开了。只见这个又矮又胖、老态龙钟的女人穿着一身黑色的哔叽服，像一个胖墩墩的复仇安琪儿一样站在门口。

"你父亲对此会怎么说？"她严厉地问道。

这伙人收住笑声，放下手中的牌，扭头过来。平纳加小姐在众目睽睽之下顿时害怕下来，感到头昏眼花。

"父亲?!"爱尔维娜说。"为什么要提父亲?!"

"你这迷途的姑娘！"平纳加小姐说完关门离去。

梅先生放声大笑，结果把威士忌也倒了！

"哎哟！"他绝望地喊了起来。"瞧瞧，她让我蒙受多大的损失呀！"说完又前俯后仰地大笑起来，像火鸡一样抽动着脖子。

西西欧笑得上气不接下气，张着嘴笑不出声来。

"迷失的姑娘！迷途的姑娘！在家里怎么会迷失？"杰弗里着，睁大眼睛东张西望，好像丢失了什么东西。

"不会。不过话说回来，星期天晚上在会客室里和陌生男人一起喝酒打牌，确实是一件令人反感透顶的事！太不像话了！犯了这样的罪，我真不晓得你怎样才能洗刷自己。而且还是在曼彻斯特商号——！"他又轻声狂笑起来，脸涨得通红，像一只火鸡，身子在椅子里乱扭轻声尖叫着："我就喜欢这样，就喜欢这样！你是个迷途的姑娘！你是个迷途的姑娘！千真万确，她是迷途啦！而平纳加小姐才发现这点。谁也不会迷途？要是愿意的话，平纳加小姐也会迷途的！这倒是很自然的！"

不走运的梅先生用刚才擦掉威士忌的手绢揩眼睛。

他们就这样继续打着牌，最后除了西西欧的两个便士外，梅先生和杰弗里赢了所有的便士。爱尔维娜还欠了债。

"嗯，我觉得这场牌打得非常有意思。"梅先生说，"是不是非常过瘾？你们说呢？"

另外两个男人笑着点了点头。

"我只是为霍顿小姐迷途一个晚上却如此泰然自若感到遗憾。真是不同寻常。不过——你们知道——我用'打牌走运，恋爱失意'来安慰自己。我在恋爱上注定是不幸的。而且我确信霍顿小姐在牌运上要比恋爱上更不幸。怎么，不是这样吗？"

"当然是啦？"爱尔维娜说。

"哎呀，你们听听，当然是啦！嗯，既然如此我们唯一能做的就是祝愿她恋爱幸运。是不是，先生们？我确信我们都十分乐意为她的恋爱效劳。你们说是不是，先生们？我们难道不是时刻都准备为霍顿小姐的恋爱幸福尽力吗？那好，让我们祝福吧！"他举起酒杯，向爱尔维娜鞠了一躬。"霍顿小姐，祝你恋爱成功，你忠诚的奴仆——"他一个鞠躬后喝下了酒。

杰弗里睁着大眼睛举起酒杯。

"我知道你的恋爱会成功的，我知道。"他费劲地说。

"你呢，西西欧？你不祝酒吗？"梅先生说。

西西欧举起酒杯望着爱尔维娜，朝她做了个可笑的鬼脸后喝下啤酒。

"嗯，"梅先生说，"既然言语不能表达，就喝啤酒表达吧！"

"什么时间了？"爱尔维娜说，"我们得吃晚饭啦。"

此时已过九点。爱尔维娜起身走到厨房，男人跟在她后面。平纳加小姐不在那儿。什么地方都找不见她的人。

"她睡了吗？"梅先生说。这个令人发笑的、满脸通红、矮胖的小个子踮着脚，轻轻地爬上楼梯。他对这幢房子了如指掌，接着又精神地转回来。

"我听到她在咳嗽。"他说，"她的房门下有灯光。她已经睡了。我不是一直说她是个好人吗？我要为她干一杯。平纳加小姐——"他朝楼梯方向僵硬地鞠了一躬——"祝你健康，睡个好觉。"

说完，他格格笑着，坐到桌首切起冷羊肉来。

"这个星期那恰基塔瓦拉在哪里？"他问。他们告诉了他。

"噢？那你俩今晚还要骑车回基什卫金的营地吗？我们不能再这样胡闹。"

"西西欧留下来明天帮我拿包。"爱尔维娜说，"你知道我已经成为塔瓦拉长期聘用的——钢琴演奏员了。"

"不，我不知道这事！噢，真的吗！噢！是吗！我明白了！长期的！是的，我很惊讶！作钢琴演奏员？能容许我问一声，你在这个部落里分到多少收入？"

"还没定呢。"爱尔维娜说。

"是吗？果然如此！果然如此！还不可能定。可你说是长期聘用？当然！出这种价钱。"

"是的，是长期聘用。"爱尔维娜说。

"真的？你真让我大吃一惊。你不用'功德'啦？嗯？肯定不回来啦？"

"对。"爱尔维娜说，"我要把'功德'出售。"

"真的？你已经决定了，是吗？噢！这对我来说是新闻。这也是最后的决定，是吗？"

"是的。"爱尔维娜说。

"清楚了！根据推理，我是不是可以说——"他看了她一眼，又望了望两个年轻人——"明白了，容我说句俗语，最片面的决定是最坚决的。我明——明——明白了！噢！可你真叫我大吃一惊！真叫我大吃一惊！"

"为什么？"爱尔维娜说。

"'功德'会落个什么结果呢？之后又会给我这个可怜人带来什么结果呢？"

"你不能继续办下去吗——办个公司？"

"恐怕不成。我已经尽力了。可我担心，你知道，你已经弄得我够呛啦！"

"真对不起。"爱尔维娜说，"我希望不是这样。"

"谢谢你的希望！"梅先生讽刺说，"人们说希望是甜蜜的。可我开始发现它有点发苦！"

可怜的人，他的脸色早已变得苍黄的。西西欧和杰弗里用明了的目光注视着他。

"你准备何时让这个要命的决定生效呢？"梅先生问。

"我准备明天去见律师，告诉他把这一切都卖掉，尽快结算清楚。"爱尔维娜说。

"把一切都卖掉！这幢房子里的所有？"

"是的。"爱尔维娜说，"一切。"

"真的！"梅先生似乎一下子被击昏了。"我感到世界的末日突然来临了。"他说。

"你以前的世界时常末日来临吗？"爱尔维娜说。

"嗯——我想是有过一两次。但以前从来没有真正威胁过我。"

屋里出现了沉默。

"你对平纳加小姐说过吗?"梅先生说。

"还没有最后谈过。但她已经决定在泰姆沃斯做点小生意,那儿有她的亲戚。"

"她决定了?!那你真的决定和那些年轻人一起去周游吗——?"他指了指西西欧和杰基。"而且没有工资!"他提高了嗓门。"哎呀!夫人简直是在贩运白人妇女当妓女。我敢说就是这么回事!"

"我看不是这么回事。"爱尔维娜说,"你不觉得这是在侮辱人吗?"

"污辱人?嗯,我不知道。我觉得这是事实——"

"即便如此,你也别对我这么说,"爱尔维娜气得颤抖来。

"哟!"梅先生昂起头来,由于莫名其妙的愤怒,脸色变得蜡黄。"怎么,我不能把自己的想法说了来吗?哎哟!"

"如果是这样的想法就不要说出来——"爱尔维娜说

"噢,是吗?可你知道,麻烦的是我恐怕确实有这种想法——"爱尔维娜圆睁着双眼,阴沉沉地盯着他看。

"走开。"她说,"走开!不要你来侮辱我。"

"绝不是污辱!"梅先生喊着猛地站起身来,眼珠子简直要鼓出来。"绝不是污辱。我怎么会当着这两位年轻先生的面污辱你呢。"

西西欧也缓缓起身,头朝着门慢慢点着。

"Allez!"他说。

"当然要走!"梅先生像一只被激怒的母鸡,脸色蜡黄,对着西西欧怒吼。"当然要走喽!我走了。这个女人不是我的爱人。"

"Allez!"西西欧的嗓门提高了。

梅先生如同一只怒气冲冲的母鸡,摇摇摆摆出了房间。西西欧两手撑着桌子站着,竖耳聆听。他们听到梅先生呼地关上了前门。

"走了!"杰弗里说。

西西欧暗笑。

"猪!一头老母猪!"杰基镇定地叫道。

西西欧坐进椅子里。杰弗里给他倒了点啤酒,说:

"喝吧,我的西克,气泡冒出来了,卟卟卟!"杰基用拳头敲打自己鼓满气的腮帮子。"阿莱叶,我亲爱的,祝你健康!我们是塔瓦拉人。我们是阿莱叶!我们是沃尔嘎契克！喝吧！那头母猪已经炖好吃掉了。干杯！"他笑容满面地喝了起来。

"一个接一个。"杰弗里带着醉意说，"我们将他们一个个赶出田去。他们是手下失败者。还有谁没说到？帕可会拉，沃尔嘎契克，阿莱叶——"

他满脸笑容。爱尔维娜突然泄气陷在椅子里沉思，麻木了一般。

"阿莱叶，你在想什么？你是塔瓦拉人的新娘。"杰弗里说。

爱尔维娜抬眼看着他，非常悲伤地笑了一下。

"谁是塔瓦拉？"她问。

他耸起肩，摊开双手，摇摇头，十足一副滑稽戏中的达官贵人相。

"嗨！"他喊道，"这个问题呀！谁是塔瓦拉？是谁呢？告诉我！西西欧是——我也是——还有马克斯和路易斯——"他伸手指指远方的部落成员。

"我不能做你们四个人的新娘呀！"爱尔维娜说着，笑了起来。

"不——不！不——不！这样的事我可没料到。但你是塔瓦拉新娘。你住在帕可会拉的帐篷里。如果哪一天你在帕可会拉的帐篷里实在找不到栖身之地，那时沃尔嘎契克的熊穴会向你敞开。敞开，是的，敞开大门——"他在桌子另一头，两臂在宽阔的胸前张开。"敞开着。阿莱叶进去后，那儿就成了阿莱叶的住处，沃尔嘎契克是为阿莱叶效劳的熊。根据白人的法律，根据扬基人的法律，依照弗朗撒耶斯人的法律，从阿莱叶撩起沃尔嘎契克帐篷的门那天起，他就成了阿莱叶的熊的丈夫——"

他转着眼珠子四处张望。爱尔维娜望着他。

"可我也许会害怕熊丈夫。"她说。

杰弗里站起身。

"按自然神的说法，熊人沃尔嘎契克的脑袋是很卑微的——"杰弗里说到这儿低下头——"他的牙齿柔软得像百合花——"说到这儿他张开嘴，将手指放到他那又小又密的牙齿上——"他的手轻柔得像抚摸花朵的蜜蜂——"说到这儿他伸出手走了起来，接着突然在爱尔维娜身旁扑通跪在地上，把自己的手、牙齿和滴溜转动的眼睛给她看。"阿莱叶根本不用害怕熊人沃尔嘎契克。"他说着滑稽地抬头看着她。

一直在旁微笑观看的西西欧此时站起来，一把拎起杰弗里的肩头将他提起来。

"得了！"他说，"你醉了。你醉了，我的杰基。起来吧！你怎么骑车去曼斯菲尔德呢，啊？——得了。"

"西西欧，"杰弗里一本正经说，"我爱你，把你当作自己的兄弟，而且爱你胜过自己的兄弟。我爱你，把你当作自己的兄弟，西西欧，这你知道。但是——"他用力吹了口气——"我是阿莱叶的奴隶，我是阿莱叶听话的熊。"

"站起来。"西西欧说，"站起来！per bacco！她不要驯服的熊。"他朝跪在地上的朋友笑了笑。

杰弗里起身搂抱住西西欧。

"西克，"他恳求说，"西克——我爱你就像爱哥哥一样。但是你就让我当阿莱叶温顺的熊。"

"好吧！"西西欧说，"你是阿莱叶驯服的熊。"

杰弗里将西西欧紧紧拥于胸前。

"谢谢你！谢谢你！吻我吧，我的朋友。"

于是西西欧吻了他的脸。接着杰弗里又立刻扑通一声跪倒在爱尔维娜面前，将自己红通通的宽脸颊向她凑去。

"吻吻你的熊吧，阿莱叶。"他大声说，"吻吻你的奴隶，你驯服的熊人沃尔嘎契克吧！除了对阿莱叶和他的兄弟美洲狮帕可会拉外，对其他人他就是一头野熊。"杰弗里凑着脸颊跪在爱尔维娜面前，像一头真的熊一样叫着。

爱尔维娜先望了望站在一旁看着的西西欧，然后轻轻吻了一下他的脸颊，说：

"你还是上床去睡吧！"

杰弗里摇摆地站起身摇了摇头。

"不——不——"他说，"不——不！沃尔嘎契克必须回到基什卫金的帐篷去，回塔瓦拉的营地去。"

"今晚别走了，我的勇士。"西西欧说，"我们今晚住在这儿吧！为什么要分开呢，对吗？——兄弟？"

杰弗里又一次把西西欧拥入怀里。

"帕可会拉和沃尔嘎契克是同胞兄弟，两个身体，一腔血。一腔血在两个身体里，一条溪流在两个山谷中，一个湖在两座山间。"

此时杰弗里的大眼睛昏沉沉地盯着西西欧。爱尔维娜拿来一支蜡烛将它点着。

"你们可以凑合睡一个房间吗？"她说，"我再给你们一个枕头。"

她把他们带上楼，杰弗里迈着沉重的步子走在后面。西西欧走在最后头。在楼梯平台处，爱尔维娜把枕头和蜡烛递给他们，微笑着向他们道过晚安后下了楼。她开始收拾晚餐桌，把客厅里所有的杯子和酒瓶拿走，然后涮洗干净，将宴席残存的痕迹清除一空。她把牌放进那只旧桃木盒。曼彻斯特商号又回到了原来的面貌。

她关掉煤气表开关上楼去睡觉，离开很远的距离，她也仍能在房间里听到杰弗里打呼发出的轻柔但很深沉的振动声。一天下来她感到很累，累得对一切都不在乎了。

205

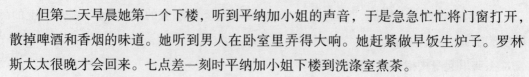

但第二天早晨她第一个下楼，听到平纳加小姐的声音，于是急急忙忙将门窗打开，散掉啤酒和香烟的味道。她听到男人在卧室里弄得大响。她赶紧做早饭生炉子。罗林斯太太很晚才会回来。七点差一刻时平纳加小姐下楼到洗涤室煮茶。

"那两个男的都住在这儿吗?"她问。

"是的，他们睡在最顶头的那个房间。"爱尔维娜说。

平纳加小姐没说会什么，径自拿着茶和煮鸡蛋轻轻走进起居室。早上她通常不多说话。

西西欧像平常一样只穿衬衫下了楼，不过今天穿的是件硬领衬衫。他彬彬有礼地同平纳加小姐打招呼。

"早上好!"她说完继续喝着茶。

杰弗里也来了。平纳加小姐又生气地扫了他一眼，冷冷地回答了他的问候，然后默默地吃着蛋，动作缓慢却很固执。

西西欧和杰弗里出去检查杰弗里的自行车。早晨，户外灰蒙蒙的一片，显得很沉闷。他们给轮胎打气时听到有人从背后走来。平纳加小姐过来拨开院子的门闩，但没看他俩一眼。随后他们被蜂拥而入的女工吓了一跳。在朦胧的早晨，这些姑娘突然在右边看到两个男人，不由得尖声惊起来。她们慢吞吞地爬上楼梯，出神地凝视着，一面指指点点，交头接耳，直到后来平纳加小姐从上面出来，凶狠地敲响了工场间门面挂着的钟，她们才进去。

这阵事故过后，杰弗里和西西欧才进屋吃爱尔维娜准备好的早餐。

"这些都是你做的吗?"西西欧说着望了一下四周。

"是的。我已经做了很多早饭啦。"爱尔维娜说。

"在这儿做的次数不会很多了，对吗?"他说着意味深长地笑了。

"但愿如此。"爱尔维娜说。

西西欧像丈夫一样坐了下来——好像他有这个权利似的。

杰弗里那天早上没说话，吃完早餐起身就走。

"一会儿见。"他害羞地微笑着朝爱尔维娜鞠了一躬。西西欧陪他到街上。

西西欧回来的时候，爱尔维娜又在洗盘子。

"我们什么时候走?"他说。

"我们赶一点钟的火车。今天早我必须去见律师。"

"你要对他怎么讲?"

"我要叫他把一切都变卖掉——"

"然后嫁给我?"

她惊了一下,看着他。

"你不想结婚,是吗?"她说。

"不,我想结婚。"

"你为何不等一等,看看——"

"看看什么?"他说。

"看看是不是还有钱。"

他一动不动地望着她,眉头紧锁。

"为什么?"他问。

她开始颤抖起来。

"要是有钱就更如你的心意呀!"

他嘴角上慢慢浮起凶狠的微笑。当淫狠的目光和嘲笑有时充满他眼睛的时候,除了对杰弗里,他的眼睛从来不露微笑。

"你认为我应该这么做吗?"

"是的。这是真的,不是吗?你会这么做的!"

他斜看着她正在洗叉子的手,见那双手在微微颤抖。随后他又盯着她那双也在盯着自己看的大眼。目光中流露出渴望和嗔怪的神情。

他脸上露出了无礼的讽刺。

"是的。"他说,"有钱总是好事。"他把手搭在她身上,后者躲闪了一下。"但是我是出于爱才娶你的,知道吗?你知道爱情是什么——"说着他两臂抱住她,对着她的脸笑了起来。

她挣脱开他的搂抱。

"但不结婚也可能得到爱情呀!"她说,"这你也知道。"

"好吧!好吧!给我爱吧,好吗?我需要爱。"

她用力反抗他。

"可现在不行,不行。"

她看到他坚定的目光望着自己。他点了点头。"现在!"他说,"我现在就要!"他那棕黄的眼睛居高临下地凝视着她,目光是那么陌生和专横。

"不行。"她挣扎着。"现在不行。"

他邪恶地笑起来,但又不乏某种同情心。

"到那个大房间去吧——"他说。

她朝相反的方向别过头去。

"现在真的不行。"她认真地说。

他居高临下盯着她。她也看着他，目光坚决。两人就这样纹丝不动地盯了一会儿。她的一绺散落的头发引起了他的注意，一股欲望的暖流霎时占据他的心灵，淹没了他在这场战斗中积起的愤怒。他顿时软了下来。看到她的态度越来越坚决，他蓦地感到一阵厌恶，不由得犹豫起来，差点就想将她摔倒在地。可是那股欲望又涌了上来，他脸上堆着置她于不顾的笑容，一把将她抱了起来。

"行的，"他说，"就现在。"

她拼命挣扎了一阵，但几乎马上就承认他的力气要大得多。由于气愤，她仍然一言不发，面无表情。她脸色苍白，沉默不语，听任他摆布，情不自禁走进了他那意志的黑暗莫测的洪流，永远离开了自己原来驻足的地面。

人难免有时会被命运左右的。现在爱尔维娜感到自己被命运席卷而去——她不知道自己被卷到了何方——只知道自己落入一个遍地尘土的地区，那儿的人脸色黝黑，长着半透明的黄眼珠子，说的都是外国语，他们的生活方式与自己的截然不同，她仿佛从自己生活的世界掉进了另一个更为黑暗的星球，那里所有的意义都改变了。她孤单一人，但她毫不在乎，这正是是自己所需求的。她热恋着自己的情人，在这热恋中发现了一种美丽而凄凉的孤独感，这种感觉像影子一样附在她身上，使她获得一种甜蜜的满足。这是一个万籁俱寂的美满时刻。

街上和顶楼的嘈杂声不断，但这儿却是一片安静。

最后他起身看着她。

"爱情是奇妙的，阿莱叶。"他说。

她依然望着他，望着那张似曾相识有点熟悉的笑脸，这张脸在某个非常遥远和禁止出入的世界笑着。他走上前，将手搭在她胸前吻了她一下。

"我们爱一下好吗？"他令人莫名其妙而又有点冲动地说。

但她无法回答，纹丝不动地停立在那儿。他低头盯着她的眼睛，目光冷漠然而急切。随后他走开了。

她依然沉醉在那绝妙完美的孤寂中，在孤独中完美起来。但没有多久她又想找到他。她上楼在镜子里照了照自己的面容和衣服，梳弄了一下头发，系上围裙下楼，但没见到西西欧：他出去了。一只野猫从洗涤室跳出来，纵跳时打碎了下盘子。爱尔维娜发现洗涤水凉了，便又添了一点，然后开始擦干碟子。

西西欧没多久就回来了，站在门口望着她。她转身对着他，忽然笑了起来。

"你以为你是什么人？"她格格笑了起来。

"嗯。"他点了点头，脸上暗自露出得意扬扬的神色。他走过她身旁进入房间。她内心燃起爱火：他静静地在她面前消失，是那么难以理解，那么美丽。她欢快地擦拭着碟子。一面问自己为什么要这样傻乎乎地感到高兴。为什么还要这样拼命拒绝感受他那忧郁的、难以爬住的美呢？永远捕捉不住！她无法摆脱他。她拼命挣扎着，不使自己跪倒在他的脚下。真荒唐，何必如此高兴。

她独自唱着歌，一面在楼下转来转去地干着活儿，随后上楼收拾卧室，整理行李。十点钟要她见家庭律师。

她慢慢地理着东西：哪些要带走，哪些留下，以此消磨时间。当她匆匆下楼时已经十点了。他一动不动地坐在楼下等着，见她下来，便抬头看着她。

"我要不要跟律师说我同你订婚了呢？"她问。

"行。"他说，"随你怎么对他说吧！"他无动于衷地说。

"因为，"爱尔维娜高兴地说，"我们可以找乐子，爱干什么就干什么，爱说什么就说什么。我要说等我们互相更了解一些后就在夏天结婚，然后去意大利。"

"你为什么要说这些？"西西欧问。

"因为我对得自己的行动有个说明，不然他们就会强迫我做些我不愿做的事。你也许可以和我一起到律师那儿去，行吗？他是个心地十分好的老人。这样他就会相信你。"

但西西欧摇了摇头。

"不，"他说，"我不去。他不想见我。"

"嗯，除非你不想去。但我记得你的名字，弗朗西斯科·马拉斯卡，我还记得派斯柯克拉西欧。"

两人在星期天上午人烟稀少的街上行走，西西欧默默听着她说话。行人不时向爱尔维娜点头致意，有些好奇地匆匆走上前来同她说话，一面看着西西欧。可西西欧却站到一旁将背对着他们。

"噢，是的。"爱尔维娜说，"我和朋友在一起呆了几个星期，四处走走。不，我不知道什么时候回来。再见！"

"你气色很好，爱尔维娜。"人们对她说，"我看你精神好极了。改变一下环境对你很有好处。"

"确实如此，不是吗？"爱尔维娜高兴地回答。听人说自己气色很好，她感到乐滋滋的。

"那么，回头见。"她微笑着看了一下西西欧的眼睛，然后向他点点头，独自转身走进律师家常春藤爬满的墙门。

律师是个满头灰发的小个子。爱尔维娜从小就认识他；但是这种关系是非常正式的，没有多少私人的来往。她笑容可掬地走进房间。他坐下来，在谈正题之前先用犀利的一本正经的目光仔细打量了她一番。

"嗯，霍顿小姐，你有什么信息吗？"

"我想没什么消息，毕贝先生。我是来这儿听你的消息的。"

"啊！"律师说着，摸了摸压着一堆纸的镇纸石。"很遗憾，事情恐怕不太让人高兴。但作为这样的事也谈不上有什么不愉快的。"

他朝她敏捷微微一笑。

"遗嘱验证好了吗？"

"还没有。不过我想再过几天就能办好了。"

"所有的债务都列在里头了吗？"

"是的。我想是的！"他又将手搁在镇纸石下面的一堆纸上，用指尖弄着纸边。

"所有的？"爱尔维娜说。

"是的。"爱尔维娜说。

"是的。"他轻声说，语气有点不太吉祥。

"很多吗？"爱尔维娜说。

"不少！不少！我把那份声明给你看。"

他起身拿来一张纸，在律师的帮助下，她算出债务超出她父亲资产估价总额达几百英镑之多。

"这是不是表明我们欠几百英镑？"她问。

"那只是资产的估计，当然变卖后也许能换到更多现金——也有可能更少。"

"多可怕呀！"爱尔维娜一下泄了气。

"真不幸！真不幸！但是我认为变卖财产得的钱不会少于估价。我认为不会。"

"可即使这样，欠债总是肯定的——"爱尔维娜说。

她发现自己背上了父亲的债务。

"恐怕是这样。"律师说。

"然后怎么样。"律师说。

"噢——我想债权人会满意的，尽管他们得到的要比想要的要少一点，但差得不太多，你知道。我想他们不会满腹牢骚的。事实上，他们当中有些人的损失比他们所担心的要小。不，在这点上我们不必再担心。除非迫不得已。但是现在还是考虑一下自己的事情吧！你要不要我先去和债权人周旋一下，也许你能得到点东西？他们中大部分人都认识你，知道你的境况：而且我或许可以试试。

"试什么？"

"从中做些调解。或许你可以保留平纳加小姐车间的租赁权。也许还可以在放映院上动动脑筋。你有什么计划吗——？"

爱尔维娜一动不动地坐在自己椅子里，望着窗外常春藤的细枝和丁香花的叶蕾。她感到自己不能、万万不能断了一切财源。她心里满以为一定能得到几百英镑，甚至一千多镑呢。对那些一无所有的人来说，她就可是个抢手货啦。可现在！——一文莫名！——除自己的一百英镑外，分文没留给她。等那一百镑用完后——！

她望着律师，感到左右为难。

"你原以为事情没这么差吗？"他说。

"我原以为没这么糟。"她说。

"是的。不过——也许更糟。"

他又停下等着她的回答。她则再次茫然地看着他。

"你有什么计划？"他说。

她只是睁大眼睛望着他，算是回答。

"也许你想以后再作决定。"

"不。"她说，"不，以后决定也同样无济于事。"

律师用诧异的目光注视着她，一只手有点儿不耐烦地敲打着。

"我将努力，为你争取一些东西。"他说。

"噢！"她说，"还是把所有的东西都处理掉吧！我不想再拖下去了。别为我担心。我反正要离开的。"

"你要离开？"律师说着看着自己的指甲。

"对。我不在这儿住了。"

"噢，可否问你一句，你有什么具体计划吗？你要去哪儿？"

"我已经受聘当弹钢琴的了，在一个巡回剧团工作。"

"噢，真的吗？！"律师说着，用尖锐的目光打量着她。她茫然望着窗外。他又仔细地看起自己的指甲来。"有丰厚的工资收入吗？"

"相当丰厚，谢谢。"爱尔维娜说。

"噢！嗯！嗯！——"他有点支支吾吾。"你知道我们都是老邻居了，我同你父亲是多年的老关系了。我们——一些有关人士和我本人——不愿看到你被迫离开木屋镇——呃——腰无半文。如果——呃——我们能达成某项协议——做些你认为可以接受的安排，并且采取某些措施确保你的生活来源——"

他那锐利的蓝眼睛注视着爱尔维娜，后者扭头看着他，脸上依然堆着一副无助的神情。

"不——多谢了！"她说，"别为这事伤脑筋了。我想离开。"

"跟那个巡回剧团一起走？"

"是的。"

律师全神贯注地看着自己的指甲。

"嗯。"他说，一面用指尖抚摸一个指甲尖，想象那是一道粗糙不平的指甲尖。"嗯——既然如此——既然如此——看来你已经做出了肯定的决定——"

"他睁着眼锐利地盯着他。她慢慢点了点头，像一个瓷娃娃一样。"

"既然如此，"他说，"我们必须开始进行估价和变卖的准备工作。"

"是的。"她轻声说。

"你要明白，"他说，"曼彻斯特商号的全部东西，除了你和平纳加小姐的个人财产外，都归债权人——你父亲的债主所有，东西不能搬出这幢房子。"

"我明白。"她说。

"还必须把屋里的东西都清点一下，因此希望你和平纳加小姐把你们自己的财物严格区分——不过我今天白天要见一下平纳加小姐，你能不能让她七点钟左右来我这儿一趟——我想她那时有空——"

爱尔维娜坐在那儿浑身发抖。

"我今天要收拾东西。"她说。"当然，所有那些属于你个人的东西，那些债权人是愿意让你看作个人财物的。至于价值大的东西——比如说你的钢琴——我得向你提一个个人的请求——"

"噢，我什么也不要——"爱尔维娜说。

"不要？嗯！你等着看结果吧！你要在这儿呆几天吗？"

"不，"她说，"我今天就走。"

"今天！那也是无可改变的决定吗？"

"是的。我今天下午必须走。"

"是因为你的聘用吗？能告诉我你们剧团这一周在哪里演出吗？很远吗？"

"在曼斯菲尔德。"

"噢！那好，如果我到时一定见你不可的话，你能来吗？"

"如果有必要的话，可以。"爱尔维娜说，"但是除非确有必要，否则我不想来木屋镇。我们不能写信吗？"

"是的——当然可以！当然可以！——大部分事情都可以写信谈！当然可以！现在——"

他审批处理了一些技术性问题，爱尔维娜在文件上签了字，最后终于可以走了。在那所房子里她停留差不多有个把钟头。

"嗯，早上好，霍顿小姐。你会收到我的信，我也会收到你的信的。祝你在新的职业里获得愉快的经历。你不会永远离开木屋镇的。"

"再见！"说完她急忙上了路。

她尽管作了最大的努力，但仍然感到自己好像受到沉重的打击倒在了地上。她感到自己遭到了打击。

在律师的大门前她站了一会儿，看见前面隔着一块凹地的小山上是一块公墓地。那儿有她家的坟墓：有母亲的，弗罗斯特小姐的，父亲的。她凝视着远方，辨认出弗罗斯特小姐墓上的白十字架和双亲坟上的灰色石块，然后在教堂的墙下掉头回曼彻斯特商号。

她觉得羞辱，一个人也不想见，不想见平纳加小姐，也不想见那恰基塔瓦拉人，但最不想见的则是西西欧。她对木屋镇感到陌生，觉得地面几乎仿佛突然隆起打在了她嘴上，想到曼彻斯特商号和里面的家具要封存，用父亲债权人的名字出售，她感到自己在木屋镇的全部生活似乎在刹那间完结了。她想到木屋镇就感到讨厌，连一分钟也不愿在那儿多呆。

可她也不想到那恰基塔瓦拉人那儿去。她头顶上的教堂大钟敲响了十一点。她应该搭乘十二点四十分的火车回曼斯菲尔德。但她没有回家，反而走下山谷朝田野和小河走去。

她曾有多少次走过这条路！曾有多少次见到弗罗斯特小姐上完音乐课从学生那儿回来，雄赳赳、气昂昂地从这儿回家。多少年来她一下注意到一棵野樱桃绽开花朵，注意到一些黑刺李在山楂篱交错的嫩枝间蔓生。有多少个春天弗罗斯特小姐拿着一些黑刺李回家啊！

爱尔维娜那天下午不愿去曼斯菲尔德，她觉得自己受了污辱，知道自己在夫人的眼里会变得更加低贱。她清楚自己在戏班里的地位会变得低下，虽然要公然蒙受一点儿屈辱，可是在木屋镇，体验那儿斤斤计较的恩赐却更是一种侮辱。她很难判断哪一种情况更坏：是去看夫人听到她经济崩溃的消息后脸上露出的那种冷漠傲然、半带轻蔑、半带满足的神情呢，还是接受木屋镇阔佬们那种过于殷勤的恩赐态度？她对夫人听到这个消息后目光会怎样闪烁，嘴上会浮起怎样轻蔑而又有点得意的微笑知道得一清二楚。她甚至听到亨利·瓦格斯达夫命令木屋镇向她布施时的威胁口吻。她想离开他们——离开他们所有人——永远地离开。

甚至离开西西欧，因为她感到他也侮辱了她。他们都以巧妙的方式污辱了她。他们原以为她有可能成为一个女继承人。如果有五百镑，甚至只要有二百镑，情况就会大不一样。不用否认这点甚至对西西欧也是如此。哪怕只有微不足道的二百英镑，西西欧就会一辈子对她顺从，可她现在一文莫名，他会冷冷地收回这种尊敬。她感到他还会嘲笑自己。她摆脱不了这种感觉。

谢天谢地，幸好手头还有点备用金，而且还有几件可以变卖的小饰物。除此之外，一无所有。好在她此时是单身一个，没有拖累。

不管还要干其他什么事，反正必须先回去收拾好东西，把两个箱子装好，以便随时运走，因为她感到自己一旦离开木屋镇就不回来了。即使英国为悬崖包围——哎哟，无处可去，无路可越，她也会去翻其中一座悬崖的。眼下她还可以应付一阵子，因此拼命想保持独身。

她转身回到小镇，现在已是中午时分，赶十二点四十分的车已经来不及了。但她感到愉快，想独自消磨一段时间，叫西西欧先回去。她慢慢爬上熟悉的小丘——步履缓慢——心情相当痛苦，感到家乡侮辱了自己。蒙受污辱的时候，她与世隔绝，希望幽居独处。

她发现西西欧在院子尽头等着：看样子要永远等下去。他等得有点性急。

"你去了很长时间。"他说。

"是的。"她答道。

"我们得抓紧去赶火车。"

"我不愿乘这趟车，要晚些回去。你可以快速吃几口午饭，马上就走。"他们进门时，平纳加小姐还没下楼，罗林斯太太正忙着削土豆皮。

"马拉斯卡先生要乘火车，得弄点冷肉吃。"爱尔维娜说。"我要上楼去一下，你能不能把它弄好？"

"夏普斯和富尔班克斯送来了账单。"罗林斯太太说。爱尔维娜打开账单，顿时脸色煞白。一共是三十镑，整个葬礼的费用。她已经把它忘得一干二净了。

"阿特威尔先生想明白一下你想在父亲的墓碑上刻些什么——你把这写下来。"

"好吧！"

罗林斯太太一面乒乒作响地准备平纳加小姐午餐吃的土豆，一面为西西欧铺台布。他吃的时候，平纳加小姐走进来，问了一声爱尔维娜在哪里——然后上了楼。

"你吃饭了吗？"见爱尔维娜坐在那儿写信，平纳加小姐问道。

"我要乘晚一点的火车。"爱尔维娜说。

"你们俩都乘那趟车？"

"不，他现在就走。"平纳加小姐下楼经过他身边，进了洗涤室。爱尔维娜下楼后，平纳加小姐回到起居室。

"把这封信交给夫人。"爱尔维娜对西西欧说，"我要今晚七点才到演出厅，我直接去那儿。"

"你现在为什么不走？"西西欧问道。

"我现在还不能走。"爱尔维娜说，"律师说我父亲的债务远远超过了所有能变卖的东西的价值。我们一无所有了——甚至你现在吃饭的盘子也不归我们了。一切的东西都要封存变卖后抵债。所以我要把自己的衣服和靴子收拾好放在一起，不然会同其他东西一起卖掉的。平纳加小姐，毕贝先生要你今晚七点去一次，我先跟你说一下，以免忘掉。"

"真的吗？"平纳加小姐喘着粗气说，"真的吗？！这房子，这家具，所有的一切都要卖掉吗？那我们只好露宿街头啦！我不相信。"

"他是这么对我说的。"爱尔维娜说。

"可这实在太可怕了。"平纳加小姐说着，发呆地躺倒在椅子里。

"这是在我考虑之中的。"爱尔维娜说，"我要把自己的东西装在那两个大箱子里，我想叫斯兰妮太太替我保管。此外就是我旅行用的包。"

"真的吗？！"平纳加小姐气呼呼地说，"我不相信！我们什么时候必须搬出去？"

"噢，我想还不至于那么紧张。他们要把所有的东西编进财产目录。我们一直可以住到他们确实做完了变卖的准备工作之后。"

"那是什么时候？"

"我不明白，大概一两个星期吧！"

"放映院也要卖掉吗？"

"是的——所有的东西！钢琴——甚至连母亲的肖像也要卖掉——"

"真让人难以相信。"平纳加小姐说，"真难以置信。他不可能会把事情弄得这么差。"

"西西欧，"爱尔维娜说，"如果你要赶火车的话你真得走了。你把这信交给夫人好吗？我不愿意你误了火车。我知道自己惹出许多风波，夫人已经不能忍受我了。"

西西欧慢慢起身，擦了擦嘴。

"你七点钟回那儿吗？"他问。

"回剧场。"她回答。

他没有再说什么就离开了。

罗林斯太太进来了。

"你听到了吗？"平纳加小姐富有戏剧性地问道。

"听到了一些。"罗林斯太太说。

"卖光！所有的东西都要卖掉。所有的瓶瓶罐罐、破布烂条！我从没想到竟会活着见到这一天。"平纳加小姐说。

"你也许差不多料到了这点。"罗林斯太太说，"可你自己一点没事，平纳加小姐。你的钱没同他的合在一起，是吗？"

"对。"平纳加小姐说，"我扔下的那点儿没事。但靠它生活是不够的。如果即使只能再活十年，这点钱也不够呀！就算我一星期用一英镑，一年就要五十二镑。十年的话，你们想一下，就是五百二十英镑。这是不能再少的了。可我的钱还不到一半。要知道除工资外我没有其他收入。哎呀，弗罗斯特挣得比我可多得多啦，而她留下的也只不过五十英镑。到哪儿去弄钱呢——？"

"不过你要是有足够的钱不妨先做一点小生意——"爱尔维娜说。

"是的，我只能这么做，只能这么做。那你呢？"

"噢，别为我担心。"爱尔维娜说。

"是的，那太好啦，我就不费心啦。可等你到了我这个年纪就知道费心啦，而且还要费尽心思呢，不然你就会陷入后悔莫及的境地。你不能不费心。而且非得事先准备。"

"眼前的苦恼就够受的啦。"爱尔维娜说。

"哈，在我看来，何止是眼前的苦恼。"

平纳加小姐真的动气了。对爱尔维娜来说，这种对待坏消息的方式似乎有点奇特。三个女人闷闷不乐地坐下吃冷肉、热土豆和热过的布丁。

"但是一个人不管干什么，"平纳加小姐宣称说，"不管你这辈子做什么，也不管你如何去努力，最终总归要倒霉的。人总归是要倒霉的。"

"如果只是最终倒霉。"爱尔维娜说，"那倒无所谓，一个人过完了自己的一生就无所谓了。"

"人没死就不能说过完了一生。"平纳加小姐说，"如果你在工作和奋斗就应该有权获得你工作的报酬。"

"这没关系。"爱尔维娜简短地说，"人只要能享受到工作和奋斗的乐趣就行了。"

可是平纳加小姐此时已怒气冲冲，哪里还会这么乐观。爱尔维娜清楚无论是生气还是动情都没用。尽管如此，她依然有一种被击垮的感觉，甚至对可怜的平纳加小姐在泰姆沃斯小本经营开一个小缝纫用品商店也感到妒忌起来。她自己的麻烦看来要大得多。主宰命运的斯芬克斯说："回答，不然就要你的命。"平纳加小姐可以根据它的问题回答自己的命运。她可以说："缝纫用品商店，"于是她的斯芬克斯就会承认这个回答是真实的，从而感到满意。可是每个人都有自己的命运和斯芬克斯，爱尔维娜的斯芬克斯是一头纯种的老狮子，不会接受杂种的回答。它的牙齿又长又尖。对爱尔维娜这个霍顿家爱幻想然而又是最后一个纯血统的后裔来说，这个有关命运的问题实在太复杂了。

唯一要做的事就是让它不解决：拖着，脑子里想到什么就用什么来回答命运。没有必要去和命运抗争。要么相信得时走运，要么就自食其果。

"平纳加小姐。"爱尔维娜说，"我们手头还有点儿钱吗？"

"银行里大概有二十镑。我们账本里就记着这些。"平纳加小姐说。

"我们能不能用？"

"账上记着的每个便士都可以用。"

爱尔维娜又想了起来。

"还会有账单来吗？"她问，"我是说我的账单。我还欠什么东西吗？"

"我想你没欠什么。"平纳加小姐说。

"不管怎样，我打算留下保险金。他们想怎么说就怎么说吧！我已经拿到手了，想把它留下。"

"嗯，"平纳加小姐说，"这不关我的事。但是还要付夏普斯和富尔班克斯的欠款。"

"我来付。"爱尔维娜说，"你把父亲墓碑上要刻什么字告诉阿特威尔。那要多少钱？

"五先令一个字母，你还记得吧！"

"嗯，我们就刻名字和日期。那我要多少钱？詹姆斯·霍顿，一月十七出生——"

"你得加上'于地此'三个字。"平纳加小姐说。

"于此地——"爱尔维娜说，"一——二——三——四——五——六——六个字母

——三十先令。'于此地'似乎太贵了。"

"可你不能忽略这三个字。"平纳加小姐说，"你不能在这方面太忾。"

"我不想花这个钱。"爱尔维娜说。

第十一章　体面的订婚

加入那恰基塔瓦人后的这些天来，爱尔维娜一直沉默寡言，逆来顺受，显得有点冷漠：她很清楚自己寄人篱下的羞辱处境。他们当中没有一个人来过多地注意她。大家都随波逐流，互不相干。那种亲昵真诚的感情，那种生活之乐，尚未恢复。夫人动辄发火，相当苛刻，还时常流露出恶意。西西欧则同杰弗里一起各干各的。

第二个星期，夫人发现有个男人在他们的住处鬼头鬼脑地向房东太太和她的女儿打听他们的情况。那人一定是个探子——一个蹩脚的探子。夫人不动声色。过一阵子，她派马克斯装作有事去曼斯菲尔德看看。果然那些无耻的狗侦探也去过那儿了。在那里他们详细地了解了那恰基塔瓦拉人的言行，干了些什么，睡觉方式如何，夫人是怎样称呼男人们的，男人们对爱尔维娜的举止又如何等等。

夫人还是不张扬。可当他们搬往唐克斯特以后，那两个狗杂种又鬼鬼祟祟地在大街上出现了，向他们同住的人问个停。所有那恰基塔瓦拉人都亲眼看到了这两个人。夫人聪明地从真正可敬的房东太太那儿慢慢地探听到了那两个男人问了些什么。又是些有关睡觉的地方的事情——晚上房东太太是否听到些什么——她是否看到些什么。

显然，那恰基塔瓦拉人受到了怀疑。有人在跟踪注意他们。可是为什么呢？夫人做了个颇有道理的猜想："他们想把我们描绘是道德败坏的外国佬。"

"可我们个人的品行与他们又有什么相干呢？"马克斯气愤地说道。

"是啊——可是英国人！他们可是单纯。"夫人说。

"你们想呀，"路易斯说，"一定是有人教唆那些人干的……"

"也许是吧！"夫人说，"有人为了阿莱叶的缘故。"

爱尔维娜的脸都白了。

"不错，"杰弗里叫了起来，"贩卖白奴！梅先生是这样说的。"

夫人慢慢地点了点头。

"梅先生！"她说，"梅先生！是他。他很懂什么道德啦——什么不道德啦那一套。是的。我知道。是的——是的——是的！他怀疑我们干的那些都是伤风败俗的事，我

"可一点也没有呀，除非我是这样。"爱尔维娜大声说道，嘴唇都白了。

"你！你！是你啊！"夫人狡猾地笑道，有点嘲弄的样子。

"我们怎么办呢？"马克斯问道，面色苍白。

"滚他们的蛋！滚他们的蛋！"路易斯咕哝着，用他那含糊不清的语调。

"等着吧！"夫人说，"等着。他们不会拿我们怎么样的。他们只不过是些一流的外国佬，我的勇士们。最多，他们是要我们离开他们那美好的国家。"

"我们并没有妨碍他们中的什么人呀！"马克斯叫道。

"滚他们的蛋！"路易嘀咕道。

"别急，我亲爱的。你们是在一个纯洁无瑕的国家里。让我们等着瞧吧！"

"要是你们认为全是因为我的话，"爱尔维娜说，"我可以走。"

"哦，亲爱的。这只是个借口罢了。"夫人宽容地对她笑道，"还是让我们等着瞧吧！"

她笑着接受了这一切，可脸却白得像张纸，双眼黑如墨汁，满是怒气。

"等着瞧吧！"她用嘲弄的语气单一地重复着，"等着瞧吧！假如我们必须离开这个可爱的国家，那么就再见吧！"说着，她一本正经地朝想象中的英国鞠了一躬。

"我想是我不好。我想我应该离开。"爱尔维娜大声说道。看到夫人怒气冲冲的眼光和苍白的脸色，看到男人们乌黑的眉间，她难受极了。西西欧的眉头看上去从未这样黑过，令人有不祥之感，爱尔维娜认为这都是自己的过错。她有种从未有过的恐怖感：如同有什么令人作呕的东西正从她背后爬上来。这几周来，每时每刻，她都感到十分害怕。她觉得那些卑鄙的狗侦探就在附近，在他们的背后轻轻地窜来窜去，想抓住什么把柄来证明他们行为不端。然后便是来自当局的无法想象的惩罚！一切都在秘密之中，令人反感，还有警察当局那不可一世的绝对权力。她觉得有一股邪恶的力量一直抓着他们不放，监视着，试探着，等待着打出那可怕的一击。她觉得自己像完全感到绝望的人那样。她有一种感觉：他们——那恰基塔瓦拉人——包括她自己在内，一定像群罪大恶极的妖魔，所以才引出这场动乱。可是，她又清醒地知道：他们没有一个是罪恶的妖魔。真叫人受不了。爱尔维娜一看到警察，心里便一阵恐惧、痛苦，尽管她明白自己并没有什么违法的地方需要感到害怕。每次有人敲门，她都吓得心惊胆战。

她实在无法明白这一切。然而，事情明摆着：有人监视他们，跟踪他们。这是毫无疑问的。她所能想象的只是在木屋镇有人密告他们剧团贩卖白奴。可能梅先生已跑遍了木屋镇所有仁慈的阔佬，关心她的贞洁，并以此求得赏识。正是想了解她贞洁与否才导致了这一切。罪魁祸首便是梅先生，一定是他游说哪个昏庸的法官或哪个县议员。

夫人则对爱尔维娜的看法不重视。她认为这股怨气是针对塔瓦拉人的，或许是由与夫人合不来的某些其他专业演员挑起来的。

不管怎样，一连几周，他们都生活在这个可恶的手指的阴影底下。这个阴影到处跟着他们，惹他们，往他们身上抹黑来诋毁他们。男人们变得沉默无言，老是紧绷着脸。他们似乎开始抱成一团，结成一个沉默、紧张的坚实整体。他们不与人来往——爱尔维娜不与人来往——夫人也不与人来往。大家就这么过着。

慢慢地，阴云消散了，没有剧变为暴雨。塔瓦拉人整天沉着脸一声不吭，显出一副无所畏惧、生气的样子。爱尔维娜感到正是这种无声的力量才使得那头上的阴云未能发作成暴雨。要是有一丝懦弱和胆怯，他们就都完了。然而，极度的愤怒和绝不屈服的决心使他们的心肠变得坚硬。就这样，阴云消散了，过去了，没有一点预兆。

初夏来临。爱尔维娜觉得同那人在一起不那么自在了。麻烦悬在头上时，他们似乎根本不理会她。为那事，男人们难得与她说话，他们也难得与夫人说话，保持着他们那坚固的封闭圈。可是，在爱尔维娜看来，自己尤其受到排斥、冷落。因而，当那些侦探带来的麻烦开始过去，男人们重新高兴起来，要她与他们谈笑、亲热时，她只是在嘴上敷衍，而心里却无动于衷。

夫人对她一直相当大方。她让爱尔维娜自己付房钱和旅行费，但吃饭则让她和其他人在一起。不管在哪儿，夫人都负责为他们这班人购买食物，并亲自掌勺。爱尔维娜同其他人一起用餐，不付伙食费。

然而，她想等夫人提出给自己一笔小小的工资——或至少提出由剧团支付她的生活费。可是，夫人并无这种表示。因此，爱尔维娜明白他们并不十分需要她。于是，她花钱谨慎小心，并瞪大眼睛寻找别的赚钱机会。

她开始培养每天上午去市公共图书馆的习惯。她在那儿查遍各种招聘广告：有招聘产科护士的，招聘托儿所保育员的，弹钢琴的，旅行伴侣的，甚至专管梳妆的贴身女侍的。一连几星期，她都一无所获，尽管写了几封应聘信。

西西欧又开始围着她转了。一天上午，她出门去图书馆时，西西欧正好在身边。可她的心扉却对他深深关闭着。

"你去图书馆干嘛?"他问她。图书馆在兰开斯特。

"去看看报刊杂志什么的。"

221

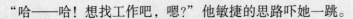

"哈——哈！想找工作吧，嗯？"他敏捷的思路吓她一跳。

"假如我找到工作，我就去。"她说。

"嘿！我就知道。"他讲。

正巧，就在那天上午，她在图书馆的布告栏看到一则通告：市政会希望聘用一位有经验的产科护士，应聘者可向医学会提出申请。爱尔维娜记下了应聘的具体要求条件。西西欧在一旁看着她。

"产科护士是干什么的？"他问道。

"就是女助产士！"她说，"婴儿出生时做护理工作的护士。"

"你懂那一行吗？"他怀疑地问道，并有点讽刺的样子。

"我会学着干的。"她说。在回家的路上，他走在她身边，没有多说什么。快到家了，他说：

"你不想和我们一起多呆些时间吗？"

"我不能。"她说。

他做了个小小的嘲弄姿势。"'我不能'，"他重复了一句。"为什么你总是说你不能呢？"

"因为我不能。"她说。

"嘘——！"他哼着一声轻蔑的哨声走了。

她走进自己的房间。还算幸运，她在最后清理曼彻斯特商号的物品时，随身带来了个她的护士证明，以及医生的推荐信。她准备了求职信，坐车前往市政厅，把求职信投进那里的信箱。然后又打电报给家里的医生，要另一份证明。办完这些之后，她前往图书馆，借出一本有关她专业的书。如果被录用，她将于星期一去医务委员会见面。她还有一个星期的时间。她专心阅读，努力思索，尽量回忆她过去的经验和知识。

她拿不准该不该穿护士制服前去委员会。她的护士制服在木屋镇斯兰妮太太那儿的箱子里。现在是五月份。木屋镇的事务都办完了。曼彻斯特商号和全部家具都卖给了一个鞋靴制造商，至少那家人拥有了这幢房子。他们为此付了四千英镑——比律师的估价要高。另外，剧院几乎没卖出多少钱。充其量只有三十三英镑，债权人把它结算为五十镑。这些归爱尔维娜。她坚持将其中的一半给平纳加小姐。一切就这样过去了。平纳加小姐早已到了泰姆沃斯，她那个小铺将于下星期开张。她又高兴又激动地来信这么说。

有时候运气会如意地到来。星期四爱尔维娜接到了通知，请她于下星期一前去委员会面试。但她一直到星期六晚上才把这件事告诉夫人，那时，他们都在一起吃饭。

她说：

"夫人，我在兰开斯特市申请了产科护士的职务。"

夫人扬起眉毛。西西欧不吭一声。

"噢，真的，你从未告诉过我。"

"我想，如果不成功的话也没什么好说的。他们要我星期一去面试，然后再作决定——"

"真的！他们说的！星期一？那么要是你有了工作，仍住在这里吧？"

"是的，当然。"

两个女人四目相对。

"什么？"爱尔维娜说。

"如果你得不到这个职务！你还不一定？"

"不一定，"爱尔维娜说，"我一点也吃不准。"

"那就这样——！听着！如果你没得到这个工作——？"

"你的意思是，我得不到这工作怎么办？"

"是啊！你将怎么办？"

"我不知道。"

"什么！你不知道！那时你依旧回到我们这里来吗？"

"假如你希望，我会的——"

"假如你希望？假如我希望！听着，这不是我希望不希望的问题。这是你自己希望怎么做的问题。"

"我觉得你们并不十分希望我在这里。"爱尔维娜说。

"为什么？你凭什么这么想？谁让你这么想？我们中哪一个使你这样想？告诉我。"

"没有哪个特别的人，这只是我的感觉。"

"噢，老天！既然没人让人你这样想，是你自己的想法，这一定是你自己的想法，你知道吗？啊？是不是这样的？"

"大概是吧！"爱尔维娜承认。

"那好！好——"于是夫人同意她离开。"但如果你愿意回来——如果你愿意的话——那么，"夫人耸耸肩——"你必须回来，我想。"

"谢谢。"爱尔维娜答谢道。

那些年轻的男人们看着。他们似乎不在意。西西欧带着他那一丝傻笑转过身。

第二早晨，夫人从她称之为银行的小保险箱里取出所有爱尔维娜的东西还给她。

"钱都在这里，这些——这些——完全对。请再数一遍！"爱尔维娜数过后，紧紧攥在手里。"那是你的戒指，你的项链，你的坠盒，——你看——全在这儿——每一样东西！缺了胸针。胸针到哪里去了？这里？要我还给你吗，啊？"

"我送给你了。"爱尔维娜说。她有点愤怒地看着夫人的黑眼睛。夫人垂下眼帘。

"是的，你给了我。但我想，你知道，现在你的钱不多了，可能你还想要回它——"

"不，谢谢你。"爱尔维娜说。她走开了，那枚红色的胸针留在夫人胖鼓鼓的手里。

"谢谢老天，我总算给了她一点值钱的东西。"爱尔维娜回到自己房内时浑身发抖，暗自嘀咕。

她已经打好了行装。她必须寻找新的房间。她向那恰基塔瓦拉人告别。她表情冷漠，但当她向他们告别时，露出了一丝笑容。

"也许，"夫人说，"也许明天下午你能到达韦甘——或者晚上到达？是不是？"

"谢谢你。"爱尔维娜说。

她走到外面，找了一家小旅馆，开了个房间过夜，说明了到兰开斯特的原因。她一颗冷酷的心在燃烧。她浑身充满一股深深的、默默燃起的气愤。她痛恨一切事物，对人类打心眼里漠不关心。

因此，到了第二天，一切都像奇迹一般地发生了。她起先决定，只要医务委员会的人露出一丁点儿不感兴趣的迹象，她就走开，拿起挎包到温得梅尔去。她从未到过湖区，温得梅尔相距不远。她不能再容忍任何一个人一丝一毫的侮辱。她将直接前往温得梅尔，去看看那个大湖。为什么不想干吗就干吗？她在湖中完全可以一个人快快乐乐。她也会绝对自由自在。她期待着离开市政府，赶快提起挎包，前往车站，走向自由。她不是还有一百镑吗？为什么还要为一时的困境烦恼呢？在整个世界里孤身独处——非常非常自由，带着一百镑钱——这一前景实在吸引了她。

可是，在市政厅发生的每一件事都显得神奇。她觉得医务委员会可亲可爱——迷人。当然，一开始她就被录用了。她在一家医院的花园中有了一间舒适的房间。护士长和蔼可亲，医生们更是彬彬有礼。

她什么时间可以开始值班？他们什么时候要她？她可以马上就来。她可以明天就上班——但她还没有制服。噢，护士长会把工作制服和围裙借给她，直到她的箱子抵达。

于是她留了下来——到了下午，她身着护士服，在那俯瞰花园的舒适小屋里居住下来。一切都像变戏法似的突然发生。她给夫人发去电报，还打电报催他的箱子。她顿时改变。

不消说，她很高兴。不消说，在早晨她彻底洗过澡，换上干净衣服、套上白衣服、白围裙，戴上白帽子，她感到成为另一个人。多么欢慰！在一片洁白的氛围中，她的皮肤也受到抚爱，充满了生气，也感眼前一片明亮。这与同那怡人在一起的生活真是天差地别。

花园里，绣球花在绿叶间轻轻摇曳。有粉红色花蕾，也有鲜红色的花苞，在嫩绿的树叶下长着紫色的白色的嫩芽。一个年轻花匠正干活——还有一个疗养病人在慢慢散步。

还有十分钟时间。爱尔维娜坐下来给西西欧写信："我很高兴能在这儿当名护士。每个人都极其友好，我早已感到自由自在了。我在这里很快乐。我会想念与那怡人相处的日子，怀念你这样一个陌生人。再见——爱尔维娜"

她写上地址寄了出去。夫人肯定会找机会看到它。让她去吧！

爱尔维娜现在开始新工作了。那当然有很多事要做，因为她不但要干医院里的活，还要出去到镇里干活，而且主要在镇上干。她一听到召唤，就从一个产妇家赶到另一个产妇家。她全天听候召唤。所以，这是一件累人的差使。使她没有自己的时间，只有很短的休息。

她太忙了，没空同任何一个人深交，护士长和姐妹们、医生和病人是她日常工作的一部分，她也如此看待她们。她对男人不在意，倒是对护士长颇有好感。在安安静静、阳光明媚的下午，只要她的工作不怎么紧迫，她常常在护士长的房间里喝茶，聊天。爱尔维娜尽可能享用自己的安静时刻，因为她无法知道何时镇上哪个医生会打电话叫她。于是，她跟着护士长学会了编织。这种活她以前从未干过，如今她也带着棉线球和钩针，一边聊天一边钩线。她身体很好，又开始发胖。很快，她已调养得很不错，气色和体力都恢复了。不过护士生活尽管辛苦，却更适合她。她变成一个美貌、娴静的女人，与其他护士在一起时兴高采烈，和她的朋友护士长相处时确实快快乐乐。护士长既有教养、又聪慧，从不待人过分亲密。

爱尔维娜在医院中打交道最多的是米切尔医生。他是个苏格兰人，在贫民区有个大诊疗所，是个精力很好的人。他约五十四岁，身材魁梧，体形又好，但手和脚大得出奇。他脸色红润，胡子刮得干干净净，蓝眼睛，牙齿长得很好。他爱笑，夸夸其谈。爱尔维娜知道护士们告诉她的事情，知道他刚来时是个穷孩子，替苏格兰老乡罗伯逊医生洗瓶子。后来他步步高攀，直到自己也成了医生，并有了个诊疗所。如今他相当有钱——又是个单身汉。但护士们并不很尊敬他，因为他既浮夸又傲慢。

在穷人的屋子里，他是个大独裁者。

"你那里放着的是样什么东西？"他看到一个穷妇人身旁有一瓶镇静糖浆，就大模大样地询问。"把它扔到水池里去。下次你要用镇静糖浆的话，在热水里放点鞋油。鞋油对你一样有好处。"

设想一下这个红脸膛、身强体壮的男人这副慢吞吞、夸夸其谈的样子，吐出这些话语，你就能明白为什么穷人们有他在还要贮藏这些药品的道理了。

他眼神犀利，无论走到哪里，人们一听到楼梯上传来他的脚步声，就搞得一片忙乱。他知道他们在收藏东西。他嗅得出空气中的味道：他锐利的眼光四周一扫，随着扫视的过程。摸出一个被塞在镜子后面的蓝色杯子。他凝视着——然后闻一闻。

"黑啤酒？"他以愤慨的语调问道，也许只有老天爷才会采用这种口吻。"黑啤酒！你一直在喝黑啤酒吗？"一边逼视着卧病在床的母亲。

"他们给我喝一口，医生。我情绪低落。"

这个医生走出房间，手里仍拿着这个杯子。这个病妇迷惘的眼睛紧盯着他。女护理员们摊开双手互相对望。他就此一去不返吗？突然传来一阵破碎声。医生把蓝杯了扔到楼梯下，然后步履庄重地回来了。

"听着！"他嚷着，"今后再有人给你黑啤酒，将会与杯子一起扔下去。"

"噢，医生，喝酒使我舒服一点！"病妇哭着说，"它绝不会对我有害处的。"

"害处！害处！像你这样虚弱的胃。害处，难道你比我更了解吗？那我到这里来干什么？听你告诉我什么东西对你有害处，什么东西对你没有害处？我看你不需要医生了，你早已都知道了。"

"噢，不，医生，不是那回事。但是当你感到就要从床上沉下去时，你也不知道拿自己怎么办的——"

"喝一点牛肉汁，或者吃一点米糕。吃营养品，不要吃那种糟东西。你听见吗——"他朝着一个女护理员走过去，她缩到了墙边——"她一点酒精也不能再喝了，不要让我再碰上你给她喝酒。"

"他们说，黑啤酒中含有低度酒精。"那个大胆的女人反驳说。

"低度酒精。"医生恶巴巴地学着样说，"那么，你这个无知的东西懂得什么叫低度酒精？"

那个女人在喉咙里咕噜了几声。

"什么！讲出来！让我听听你说些什么，你这个女人。我敢肯定这对我大有好处——"

女人受不了他的侮辱，冲出房门，在楼梯口哭起来。这样以后，米切尔医生冷静下来，他大致告诉病人应该如何调养，最后总结说：

"营养！营养是你最需要的。别胡说，别告诉我你吃不下。如果它不肯下去，你就吞下去。"

"噢！医生——"

"不要对我说：噢，医生。照我说的做。那是你的事。"说完以后他就走出去了。随后听到他发动汽车的声音。

爱尔维娜对这种场面习惯。她想不通，为什么人们忍受得了。他们喜欢这样——尤其是女人。

"噢，护士，停一下，等米切医生来了再说。我对他怕得要死，担心他会对我大喊大叫。"

"为什么每个人都能和他相处下来呢？"爱尔维娜不明白地问。

"噢，他心肠很好，护士。他确实是为你着想。"

到处都是相同的答案："噢，他是个好心人，你知道。他脾气粗暴，心肠好。我宁愿要他，也不要一味奉承的人。噢，和米切尔医生在一起就感到安全。你怎么认为的我不介意。"

不过，在爱尔维娜看来，这样大声恐吓，把妇女都吓得像小鸡似的，她可不喜欢。她并不特别喜欢这种怪僻的好心肠。

男人们也不喜欢米切米医生，如果可能的话就不请他。但是因为他是医生俱乐部会员，又是保健保险医师，他们只得让他三分。他若碰上害病或受伤的工人。无法避免的第一件事就是说：

"不许喝啤酒。"

"好嘞。"

"不许喝啤酒，不然我就不再进这间房子。"

"你的脸色也很红，不要乱嚷嚷。"

"我的脸红是因为经受风吹雨打，照顾像你这样无知的小人。我从来滴酒不沾。"

"对，我也不沾。我只喝啤酒，如果那就算是你说的沾酒的话。我也不是非喝不可，大家都知道的"

"你听了我说的话吗？"

"嗯哪，听见了。"

"那么如果你再喝啤酒的话，你就自己医治吧，我不管你了。你知道我说话算数，拉里克太太"——这是在对他的妻子说。

"我知道，医生。我知道你说的完全正确。我会白天黑夜管着他——"

"那好。如果他不听建议，就会倒霉。如果他不遵从我的吩咐，就不要指望我来照顾他。"医生走了，那个女人开始发牢骚。

女人们的牢骚从来不对米切尔医生而发。如果爱尔维娜在雨天里走进一户收拾干净的人家里，她肯定会听到主妇的唠叨。

"噢，我的护士，请进！天气很糟！医生还没到。我现在刚打扫干净，本来他已摇晃着那双大脚来了。他最了解兰开斯特的男人。我丈夫说他们是英国最好的一对朋友。他确实把这里搞得又脏又乱，因为他从来不在门口停一下，往门毡上擦擦脚，而是直接走上你那干干净净的楼梯——"

"为什么你不告诉他，让他擦擦脚呢？"爱尔维娜说。

"噢，我说！我怎么会告诉他！不待我张开嘴巴，他就会跳上前，用脚踩我的喉咙。他天生不听别人的话，不听。他是我的主人。是的，你不能看，不然你就完蛋。"

爱尔维娜笑了。她知道她们喜欢受他的欺侮，喜欢搞得心里七上八下。

有时他也会受到狠狠的打击——尽管打击差不多总是来自一个男人。那是发生在一个工人的家里，那个男人在吃饭。

"太太，你能做些比这更好吃的东西吗？"那个满脸胡须的丈夫，伸长鼻子指着米糕说。

"噢，吃吧！"妻子叫道，"我没时间做其他东西。"米切尔医生魁梧的身子刚好来到门口。

"米糕！"他大模大样地说，"没有比它更有有益健康、营养更丰富的东西了。我一生中每天都吃一块米糕——一生中每天都吃。"

那个男子正在吃米糕，大胡须上沾满了米糕屑。他没有搭理。

"医生，你是这样的吗？"女人叫道，"而且从不改变。"

"从不。"医生说。

"奇怪！你就那么喜欢米糕？"

"我发现它们很适合我的胃口，松软，容易消化。我的胃像小孩一样嫩弱。"

那个工人用袖子擦擦大胡子。

"俺的胃不是这样的，"他说，"所以吃米糕不耐饥。俺得吃牛油馅饼才顶用。要是你干俺的活儿，你也会这样的。"

"要是我做你的活儿。"医生反驳道，"如果你们有什么人能干这一行，我为什么要干这十倍的工作。就是这个行当毁了我的胃口，从没吃过一顿安稳饭，从未睡过一个通宵觉。你啥时候想过，我能坐在饭桌旁消化胃里的食物？我不得不四处奔波照顾你这样的人。"

"噢，你可以随身带着你那奶瓶嘛。"工人说。

对这件事米切尔一连好几个星期都介怀。一想到他的大男子气受到轻视，他的气就不打一处来。爱尔维娜暗自好笑。

医生一开始差不多是纡尊降贵来关心她。但她幸运地发现对于她的工作，至少她和他一样在行。她微笑着，接受他的好意。自然，她既不害怕，也不佩服。说实话，她相当不喜欢他。这个五十三岁的红脸大个子独身汉已略为谢顶，脾胃像孩子般脆弱。他的夸夸其谈，他的好心肠其实很自私。一个好心肠的人，然而又看重个人利益，没有比这更为自私的了。他一方面对戒酒大惊小怪，另一方面又装模作样。爱尔维娜宁可与那些蓄着大胡子、大吃大喝的劳动者为伍。以人类的高尚趣味来说，他有点过份装腔作势。

从实际上看，他明白自己是攀上绅士地位的，既然一个人意识到自己是个绅士，他必须在做一个人方面有所欠缺。如果他为自己有可能从绅士地位上跌落而忧心忡忡，那只能可怜他。还有第三种人。那就是他必须以自己的行为举止来表明他是个绅士，这么而使他看上去像是个小丑。爱尔维娜认为，可怜的米切尔就属于第三类。她对他大度，就像妇人总是大度地对待傻瓜和装模作样的人那样。当她看到他在委员会里目空一切的样子，便感到暗自好笑。当她在市场上看到他购买堂皇的老式家具时，她只是微微一笑。当他谈论起到苏格兰猎松鸡，星期天抓紧一个小时打高尔夫球时，她报以微笑。她巧妙地有意对护士长谈起他，得知他在这个医院里不太受欢迎。

米切尔医生对她的态度逐渐地有所改变。本来他对她是欣然赐教，现在采取了平等的态度，这当然有一点别扭。没有与米切尔医生平等地位的人；他只有一大批比他低贱的人。他对这些人施善行，收入可观——每年约有两千镑；要么就是比他高贵的人，即出身于富贵家庭的人。恰恰是那些出身贫寒，爬上拥有小汽车地位的技术人员和专业人士，令他妒忌。所以，现在他视爱尔维娜为技术人员，感到自己挺不自然。

她保持冷眼旁观、自得其乐的态度，他则一点点降格以求。本来他是翱翔于她头顶的圣灵，现在就像一尾大鱼在水中钻出头来，向她频送秋波。他自以为十分尊敬她。

"今天上午你看来很累。"一个大热天他对她嚷道。

"我想是打雷的原因。"她说。

"打雷！你是指工作吧！"他微笑着，"我开车送你回去吧！"

"噢，不必，谢谢！我中途还有事。"

"你要到哪儿办事？"

她告诉了他。

"没关系。那用不了你五分钟。来，披上斗篷。"

她很吃惊。然而，还是像其他女人一样同意了。

汽车在道上行驶，他看见一个男人推着一车黄瓜。他停下车，倾身对着那个男人。

"把那堆毒品埋掉！"他用响亮的声音嚷道。行人纷纷停下脚步。

"先生，你说啥？"那个小贩被搞糊涂了，问道。

米切医生指着那堆绿色的黄瓜。

"把那堆毒品埋掉。"他叫道，"不要让它们毒害别人。"

"那是一堆啥毒品？"小贩一边问，一边走过来。一群人开始围拢过来。

"那是啥毒品？"医生重复说，"就是你那一车黄瓜。"

"噢。"那个男人说，细心抚摸着他的黄瓜。确实，有些黄瓜的一端有点发黄。"咋的了？黄瓜可好咧！今天早晨刚从市场运来的新鲜黄瓜。"

"不管新鲜不新鲜，"医生一个字一个字地说，"吃这些东西就等于向胃里送毒。黄瓜是万万吃不得的东西。"

"噢！"那人结结巴巴地说，"不喜欢黄瓜的人是那样说的。我可不信吃黄瓜对我有啥害处。我就像吃苹果一样吃黄瓜。"说完，小贩从车上拿起一根黄瓜，咬下一口，放进嘴里大嚼特嚼，瓜汁四溅。"有啥不对劲吗？"他拿着一根咬过的黄瓜，问道。

"我不是说吃黄瓜有什么不对，"医生说，"我只管你胃里的毛病。我是个医生。我知道我收治的病人中有一半是黄瓜在捣鬼。"

"是啊！那不是你的损失，对吗？我和你是合伙人。这样说来，我黄瓜卖得越多，给你的礼物就越多。有啥不对劲的呢？卖黄瓜！新鲜的黄瓜！肉嫩汁多！又便宜又好吃？"他叫卖起来。

"我是个医生，不但治病，还要防病。无论何时何地，黄瓜对人都有害。"

"卖黄瓜！卖黄瓜！新鲜黄瓜！"男人叫卖着。

米切尔医生发动了车。

"他们何时才能学点知识？"他对爱尔维娜说，微笑着露出一口洁白而又齐整的牙齿。

"你知道，我本人对此并不在乎。"她说，"我总是让人们自行其是——"

"即使你知道对他们有害？"他问道，带有释怀的微笑。

"是的，为什么不呢！这是他们自己的事。他们不这样也会以另一种方式伤害自己。"

"难道你不试图改变它？"

"那就会像用你的手指来阻挡大海。"

"你这样认为吗？"医生笑道，"我看，你是个悲观论者。就人类本性这个问题，你是个悲观论者。"

"我是吗？"爱尔维娜笑着，一边在想玫瑰闻上去总是甜甜的。医生觉得出爱尔维娜对人类本性表示悲观，似乎很开心。这样在他看来，她好像具有了一种个性。她有点鹤立鸡群。他相当喜欢她。

当然，他开始崇拜她了，她也更为喜欢他，甚至为他所具有的纯洁的孩子气而吸引。他的确有点孩子气。而这个缺点只有她才能弥补，这自然使她满意，也使她对他的态度更为温和。

他一有机会就用车送她，已经习以为常。在喝茶时间，他就会敲开护士长的房门，笑呵呵地露出一口漂亮牙齿。

"我可以进来吗？"他的声音听起来几乎可以说温柔。

"当然可以。"

"你们在喝茶！太妙了，这时候喝一杯茶！"

"来一杯，医生。"

"我很高兴来一杯。"他笑容满面地坐下来。爱尔维娜起身沏茶。"我不是有意来打扰你们，护士。"他说，"男人总是不速之客。"他朝护士长笑着说。

"有时是这样，"护士长说，"女人为你们的到来感到荣幸。"

"噢，真的！"他眼神一亮。"可能你不会这样说吧，护士？"他转向爱尔维娜。爱尔维娜刚刚走到茶杯搁板。她刚换上新衣服、新帽子，一头褐色柔发，腰肢婀娜，非常迷人。她转身对着他。

"噢，是啊，"她说，"我很同意护士长的意见。"

"噢，你也这样说？"他简直不知所措。"但你喝茶时一定不喜欢别人来打扰，我敢肯定。"

"淡一点吗，医生？"护士长问，一边注茶。

"很淡，请。"

医生当然是来献殷勤的，虽然他有个借口。他走之后，护士长沉思不语，爱尔维娜略感慌乱。两人都在等对方先开口。

"你觉得米切尔医生是不是有点魂不守舍？"爱尔维娜说。

"是呀！是一个迷上女人的男人！我搞不清他迷上了谁？干得真漂亮，我敢说。"她狡猾地望着爱尔维娜。

"不，不要看着我。"爱尔维娜笑着说，"我对此毫无所知。"

"你的意思那就是我啰！"护士开玩笑地说。

"我敢肯定，护士长！到最后他会流露出一点意思的。"

"好！"护士长说，"我要把帽子戴好。"她走向镜子，摇摇头发，正正帽子。

"看！"她说，向爱尔维娜行了一个小小的屈膝礼。

两人大笑过后，就去工作了。

然而，错不了的是，米切尔医生逐渐变得热情活泼。与爱尔维娜在一起时，他很轻松。只要爱尔维娜在身边，他甚至显出一副受宠若惊的样子，讨她的欢心。他总是笑嘻嘻的，并对自己的举止格外留意，这样反倒显得浑身不自在。当她坐着时，他总喜欢赖在一旁，不离左右。每当他们见面时，尽管他不吸烟，仍给她敬烟，把此作为一件大事。他有一只金烟盒。

一天，他邀请她参观他的花园。他有一幢舒适、老式然而结实房子，一个大花园，四周有围墙。他领她看花，看树上结的水果，还请她吃草莓，让她欣赏柏树。然后请她在客厅喝茶，摆上草莓、奶油蛋糕。所有这些，他一点儿也不尝。自始至终他笑得合不拢口。他是个成功的人。现在他可以真正彻底放松一下，尽情享受每一样东西，享受与爱尔维娜在一起的乐趣了。她呢，正动作优雅地提着乔治时代的老式茶壶注茶，捧着安妮女王时代的茶杯，绽开一张笑脸。

尽管爱尔维娜调皮狡黠，她还是对他客厅的每样摆设都极为欣赏。这真是一间舒适的房间，法国式的门外陈摆着玫瑰，旁边是一片阳光灿烂的草地，花坛里开满鲜艳的红花。室内都是清一色的古典家具。爱尔维娜喜欢詹姆士一世时代的食具柜和靠背椅，以及赫普尔·怀特式壁椅和谢拉顿式的长靠椅，还有奇彭代尔式的衣帽架和阿克斯特毯，那缀有莎士比亚和阿里奥斯托的铜钟。——是啊，她甚至羡慕钟上的莎士比亚——镀金药柜，上面镶有小天使的盒子——不必一一举例，她喜欢每一件东西。米切尔医生的心在胸腔里膨胀。他感到仿佛要胀破似的，非得拜倒在她脚上，或做出其他荒诞的动作来不可。她从未想到过心荡神迷是何滋味。这是一种奇妙的感觉。他在一阵狂喜之中会亲吻她的脚。但习惯阻止了他，他只是微笑而已，没做出过分的举动。

有一天，当他们在说到年龄时，他对她说："你年轻，我的感受也年轻。不知为什么，我二十岁的时候，觉得仿佛世上所有的责任和烦恼都落在我肩上。现在我多少算得上是个中年人了，却觉得好像刚开始生活那样轻松。"他对她露出笑容。

"可能是因为你才刚刚开始过你自己的生活。"她说，"以前你一直在为你的工作而生活。"

"大概如此。"他说，"也许因为以前我一直为其他人生活，为病人。现在我能更多一点为自己而生活。"他带着真正的快乐笑了，看到了生活的真正乐趣之所在。

"为什么你不呢？"爱尔维娜说。

"是啊，我准备这样。"他信心十足地说。

他逐步逐步地下决心要结婚，并减少他的部分工作。那就是他准备雇用一个助手，让自己有相当的空闲。他为自己的住房感到极为自豪。现在他期待把自己的生活安排好，与自己娶之为妻的女人形影不离，左右相随；对她并对自己的住房感到骄傲；从早到晚与她说话；从她身上找到自己的存在。当他不得不外出工作时，她会坐车与他一同前去。他决心，她也应该愿意陪伴他。他会教她开车，他们将肩并肩坐着，由她驾车送他，并等他。他一跑出病人的房屋，就能看到她坐在那儿。他就会进汽车坐在他身旁，感到如此温馨、安逸、快乐，由她驾车把他送往下一个病人家里。他呢，则告诉她有关自己的工作情况。

即使她不与他一起出外，也会在听到他汽车到来之后，马上在门口迎接他。他们会在客厅里度过悠长而又惬意的夜晚。只要她在身边，他就感到快乐。她会坐在他膝上，亲密磨上几个小时，然后甜甜蜜蜜同床共寝。天亮后也不必急着出门，他会和她消磨一段时间，在花园里散步，查看新开的花朵和新结的果实。她会穿着色彩鲜艳的花衣服，头上不必再戴帽子。再说他无法离开她。每天早晨外出时必将依依不舍，每时每刻他都急着赶回她的身边。他们的任何一个简单的东西都会合二而一。他会多么高兴啊！

他还想到是否要孩子。孩子将会把她从他身边拖走。那是他第一个想法。但是——！啊，好吧！这个问题到时候再说。五十三岁开始恋爱。爱情之梦绝不是如此美妙的。

但是他非常谨慎。他一直没有采取明确的行动，直到后来开门见山提出这件事。那是在八月河岸节，那个永远难忘的宣战日，他提出了这件事。我们故事发生的年代就是那生死存亡的 1914 年。

由于宣战，城里出现一阵骚动。但大多数人认为这个新闻只是给河岸节这样重大的节目增添一份刺激而已。有一半人已到黑池或南港去了；另一半人到湖区或乡下度假。兰开斯特还是一派节日的忙乱气氛，而且天气很好。人人都像真正过节那样快快乐乐。

所以，米切尔医生早已计划好，在三点半的时候，把爱尔维娜从医院接到自己家里喝茶。"你认为这场新战争怎么样？"爱尔维娜问道。

"嗯，六个星期之内就会结束。"医生随口说着。之后他们就不提了。只是爱尔维娜掠过一丝念头，不知这对那怡人有何影响。她再没听到过他们一点消息。

"今天你准备到哪里去？"医生问。他一边架车一边转身对她笑。

"我想到温得梅尔——到湖区去。"她说。

"是啊！"她应道，不过这次对他的话感到奇怪。

他们喝完茶后，在客厅里静静地促膝交谈，显得亲密无间。他邀请她参观房子中的其他房间，她非常感谢。他带她看结实的栎木餐室，看那间放医学书的小房间，里面有一把安乐椅，他称之为书房。然后看厨房和食品室，这时管家在一旁斜眼观看；她又上楼观看他的卧室，室内有旧红木高脚柜，梳妆台前放着银烛台，摆着镶绿色牙质柄的刷子，白色的床和草垫都符合卫生要求。整个卧室显得很雅致。对面是客人的卧室，内有旧椴木家具和奶色沙发椅，椅上有大大的、淡蓝色的靠垫，一块浅色的地毯镶着红色的边。非常精致，可爱，绝顶的好，我非常喜欢。难道不漂亮吗？我以前从没见过！爱尔维娜怀着满意的心情，赞不绝口。他满意地笑着。但她心里所想的却是曼彻斯特商号，那里又暗又怕人。她恨那里的一切，但西西欧和杰弗里却对它印象深刻。如果他们成为它的主人，就会多么地爱它。他们的眼神也是如此表示的。她差不多狠狠地对自己发笑。这天下午她感到说不清的不安，若有所失，又一次向往遥远的地方。

医生甚至带她上斜顶的阁楼。他下意识地觉得，体格魁梧的男人穿着上好的海军蓝服装，尤其是如果他们有着红脸膛、大大的脚，头发稀疏，就是一类特别气质的人。他们严肃、呆板、令人生厌。

"非常好的一个阁楼！我想，屋顶形成不同的角度，不同的斜面。你知道，这太吸引人了。噢，还有这迷人的小窗户！"她伏在小小的老虎窗上。"真迷人！看得见城里和小山！看来我想要这间房作为我自己的房间。"

"那就接受它吧！"他说，"作为你自己房间中的一间。"

"她从窗台凹处退出，抬头看看他。他身体前倾，对她笑笑，含情脉脉，意味深长。她想最好的办法就是一笑了之。"

"我只是孩子般瞎说，胡思乱想。"她说。

"我很能理解。"他字斟句酌地回答，"但我所说的意思是——"

她没有回答，但是以责备的眼光望着他。他正对着她宽厚地微笑。

"你会与我结婚。并到这儿来拥有你这间阁楼吗？"他说出这句话，好像是给她一块巧克力一样。他笑着，因心里没底而显几分谨慎。

"我不知道。"她模糊其辞地答道。

他咧嘴笑了一笑。

"那么就这样，"他说，"由你下决心。你知道我并不擅长谈恋爱。但我想我对爱情的感觉却是灵敏的。我希望你到这里来，共享快乐：与我。"他加上最后两个词作为自己的保证。

"但我从没考虑过这个问题。"她一边说，一边在急速思考。

"我知道你从未想过。不过请你现在考虑一下——"他开始为自己感到极为高兴。"现在就想想。告诉我，你是否与我过得惯，是否在阁楼里过得惯。"他容光焕发，脑袋略为侧向一边——一瞬间，极像梅先生。但他比梅先生要危险得多。他傲慢专横，一旦受到挫折，生起气来就如同魔鬼。她知道这一点。他是个穿海军蓝衣服、牙齿很白的大个子男人。

她又一次想到，最好还是一笑了之。

"我所考虑的只是你。"她轻浮地笑着说，"我所捉摸不透的也是你。"

"那么，"他高兴地说，"你就捉摸捉摸我，直到你下定决心。"

"我将——"她抓着这个机会，"我将捉摸你直到我下定决心，是吗？"

"对。"他说，"我正希望你这样做。下次我问起你的时候，你将告诉我。是这样吗？"他笑了，陶醉于她年轻的脸、迷人的面容。

"是的。"她说，"但你不要问得太急了，好吗？"

"怎么？太急——"他高兴地笑着。

"你给我时间，让我捉摸你，好吗？这个月里你不来问我，好吗？"

"这个月？"他眼睛里有着兴奋的光芒。他与她一样津津乐道于这一借口。"但这个月才刚刚开始！没关系！好，你干你的。这个月里我不再问你。"

"我保证在这个月里一直留意你。"她哈哈大笑。

"那就一言为定。"他说。

他们走下楼梯，爱尔维娜重新干她的差事。她非常兴奋，确实非常兴奋。一个身材魁梧的富裕男人，穿着海军蓝衣服，相貌堂堂，年龄五十三，牙齿洁白，胃口讲究：真令人兴奋。一份有保障的职业，一个美妙的家庭以及优雅的陈设，一度都是她向往的东西。他显然很崇拜她。这一点明显。她激动得就像有人送给她一双漂亮的新皮鞋似的。现实是如此呈现在她面前，她将全盘收下。

当然还得考虑一下这个男人本身。他几乎完美。没有一点不称意的地方，一点也没有。如果他在8月份的上半个月催促她一下的话，他差不多就可以得到了她。但她只是怀着喜悦的心情等待着。

与此同时，战争开始引起骚动与忙乱。即使在兰开斯特也感觉得到。战争的兴奋和不安影响了爱尔维娜的激情。一些老的烦恼又回到她身上。好几个月来，她的精神状态似乎处于冬眠之中。现在惊醒了，烦躁不安，冲撞着羁绊它的枷锁。这个年长的男人是谁，她为什么要嫁给他？他是谁，他是谁？她为什么必须接受他的亲吻？真的由他亲吻和抚爱！恶心。她像躲避瘟疫一样回避他，不能想象靠在他那宽大的、海军蓝的背心上！她就像被刺了一样跳起。不能想象就在她脸上的上方，有一张红红的、微笑的脸，往下挨准备拥抱她。她用空着的手推开了它。她跑开了，为了甩掉这种想法。

然而！然而！她将享受舒适安逸，她以后将过上富裕的生活。物质上的困境将就此永远结束。她非常清楚物质上的窘迫将使生活变得如何。

所以，她不能匆忙决定。她对可怜的米切尔医生痛恨在心，因为他使她无法从他的求婚中享受到全部的好处，同时又非要她接受他不可。她不敢匆忙做决定。她的害怕心情就像套在她脖上的枷锁，使她对他这个逼她做决定的男人大为不满。

有时她感到厌恶，在那个男人的面前怪笑一番：她不敢做得过分。她有点儿怕他，还怕他反复无常的脾气。在她郁闷、心中反感时，她想念那恰基塔瓦拉人，非常思念他们。她真想知道他们人在哪里，做些什么事，战争对他们有什么影响。可怜的杰弗里是法国人——他将不得不去法国打仗。马克斯和路易斯是瑞士人，战争对他们没有影响。对西西欧也没有影响，因为他是个意大利人。她不知道这些人是否还在英国，杰弗里走后他们是否还在一起；她不知道他们是不是也会想念她。她感到他们在想她，他们不会忘掉她。她觉得他们之间有联系。

其实，在8月份的下半个月，她想念那恰基塔瓦拉人的时间要比考虑米切尔医生的时间多得多。但想念那恰基塔瓦拉人帮不了她。她觉得，如果她知道他们在哪里，她会飞到他们那里去。但随后她又知道自己不会这样做。

她来到车站，看到人群拥挤，人们正为年轻人送行。啤酒四溅；水手们在火车上醉得摇摆，妇女们拉住年轻男子的衣领。列车启动后，年轻男子们挥手告别，妇女们一边大声呼叫，一边抹着眼泪跟着跑。

一阵寒意穿过爱尔维娜的脊骨。这是除了她的米切尔医生之外又一件要紧事。这事使得他成为虚幻的、琐碎的小事。她不知道自己该干些什么。她明白自己一定得干些事——在生活的这种野蛮混乱现象中干些事。她知道可以再次拖一拖米切尔医生的求婚。

她向护士长仔细谈起了这件事。护士长劝她缓一下再说。为何不去志愿参加军队工作呢？当然，她是个产科护士，很难符合护理士兵的需要，但她毕竟是个护士。

爱尔维娜觉得可以干件事。到处是一片热情。男人编入现役，妇女也很需要。她在一张志愿加入现役的表上填入自己的名字，这是 8 月的最后一天。

九月份的第一天，米切尔医生早早来到医院，爱尔维娜刚开始值早班。他走进护士长的房间，找霍顿护士。护士走开了，留下他们在一起。

医生很高兴。他宽厚地笑着，但带着紧张而又兴奋的情绪。爱尔维娜不知所措。她的心剧跳起来。

"现在！"米切尔医生说，"你将对我说些什么？"她神色迷惘地抬头望着他。他对她笑着，带着兴奋和深意，走近一步。

"今天是你回答我的日子，是吗？"他说，"那么，让我听听你怎么说。"

她只是睁大眼睛，无言地望着他，一声不吭。他又走近一步。

"好，那么，"他说，"我会认为沉默即赞同。"他神经质地大笑起来，怀着神经质的期待心情，张开双臂准备拥抱她。这时，她突然后退一步。

"不，别急。"她说。

"为什么？"他问。

"我还没有告诉你答案！"她说。

"那就说吧！"他生气地说。

"我已经志愿服役。"她结结巴巴地说，"我觉得自己应该出份力。"

"为什么？"他问道。他本可以用狠狠的语调来说出那个词的。"我想你应该先回答我的问题。"

她没有回答，只是望着他。她不爱他。

"我昨天刚签了名。"她说。

"你为什么不等到明天呢？这样看起来会更好。"他很气愤。但他看到，她露出半是惊吓、半是认错的脸色，而他由于几个星期来的等待，变得情绪激昂起来。

"那么且不管这些了。"他再次露出笑容，有一些凶狠之意，"你还是得回答我的问题。志愿服役并不妨碍你与我订婚，是吗？"

爱尔维娜睁大眼睛望着他。他又一次贴近她，蓝哗叽背心几乎碰到她身上，那张紫红色的脸悬在她的上方。

"在目前情况下，我宁愿不订婚。"她说。

"为什么?"他提出这恼怒的疑问，"这种状况与订婚有何相干?"

"样样事情都不稳定。"她说，"我宁愿等一下。"

"等一下! 你难道等得还不够长吗? 现在有什么会不让你与我订婚。一点都没有! 来吧! 我这一把年纪了，不至于被人作弄。我非常非常爱你，不会让你继续像这样迟疑不决的。来吧!"他笑着，心情迫切，伸出大手来抓她的手。"我来给你戴上订婚戒指。我娶你为妻，这是我一生中最自豪的一天。伸出你的手——"

爱尔维娜浑身颤抖。只是出于好奇心，她才想看看这戒指。她略微抬起手。但一想到他会吻她，她宁愿不要它。他会吻她——她顽强地下决心不让他吻。她把手放在背后固执地望着他的眼睛。

"不要和我开玩笑。"他凶狠地说。

但她只是继续以嘲讽的目光顽强地盯着他的眼睛。

"来吧!"他说，请求她伸出手来。

她差不多难以发现地摇了一下头，表示拒绝，自始至终瞪着他。他发作了，失了控。他火冒三丈，不知不觉抓住了她的肩膀，狠狠地推她，把她按在墙上，似乎要把她推得穿墙而过。他的脸变成一团怒火，就像一个滚烫的、火红的太阳。忽然，他突然恢复了理智，缩回双手，一边甩动右手，仿佛被耗子咬了一口似的。

"真对不起!"他疯狂似的叫道，"对不起。我不是有意的。对不起。"在她面前，他发起抖来。

她恢复了平静，嘴唇发白，眼睛流露出忧伤的神色，注视着他。

"对不起!"他继续以怪异的狂乱状态高喊着，就像个孩子。"别在意! 不要记住它! 别去想我干的这事。"

他的脸像一张白纸。他下意识地绞着曾经抓过她的那只手，仿佛它疼得厉害。她倒相当冷静，毫无他想象她表示出来的那种强烈感情。尽管突然间被他朝墙上撞击，她也没感到什么不自然的地方。当然，她肩上被他抓住的地方很疼，不过世界上更为疼痛的事多的是。她茫然地望着他。

这时她背靠着书箱，他在她面前跪了下来，抓住她的裙裾，朝自己身边拉过来。这样一来，她感到惭愧难当，很不自在。

"原谅我!"他说，"不要记住它! 原谅我! 爱我吧! 爱我吧! 原谅我。爱我吧! 原谅我，爱我吧!"

爱尔维娜恼怒地低头看着这个身材硕大、红脸膛的成年男子像孩子般一边呼喊，一边露出一口白牙。她轻轻地试图从他手中拉回自己的裙边。正在这时，门打开了，门口站着护士长，头上戴着大大的裙边护士帽。爱尔维娜扫了她一眼，脸色绯红，又低头看那个男人。她伸手碰碰他的脸。

"别在意。"她说，"没关系，别再想它了。"

他抓住她的手，紧紧地不放松。

"爱我吧！爱我吧！爱我吧！"他喊道。

护士长轻轻关上门，走开了。

"爱我吧！爱我吧！"

爱尔维娜碰到这样场面，毫无办法。她根本没想到男人会如此行事。对此她一点儿也未受感动。她只是被吓住了。

医生抓住她的手，挣扎着站起身，张开双臂环抱起她，猛烈地紧紧抱住了她。

"你爱我！你爱我，是吗？"他说。他发疯似的颤抖着，把她紧靠抱在自己的胸膛上，脸埋进她的头发之中。在这种时刻，她说不爱又有什么用呢？不过她的确不爱他。出于对他的可怜，她默不作声，在他的怀里纹丝不动，被那宽阔胸膛上的蓝哔叽背心闷得透不过气来。

他慢慢恢复，安静下来了。但他仍紧紧抓住她，不想放开。

"你将接受我的戒指，会吗？"他终于说道，仍带着那陌生的、悲哀的音调。"你会收下我的戒指的。"

"我会。"她冷凉地说。这样总算出现了一个安静的场面。

他用一只手忙乱地在口袋里摸索，另一只手仍紧紧抓住她。他用一只手设法从盒子里取出了戒指，那只盒子掉在地上滚开了。那是一枚独钻戒。

"哪个手指？戴在哪个手指上？"他问，虽然浮现了笑容，但显得相当害怕。她抽出一只手，伸出她的订婚手指，上面戴着弗罗斯特小姐经常戴的晨戒。医生把钻戒套在那枚晨戒的上面，又把爱尔维娜抱在胸口。

"现在，"他说，他的声音差不多已恢复正常，"我知道你爱我。"他的声音显出一种自我满足的快感，她不由得怒火万丈。她努力想挣脱出身来。

"你现在就将跟我走吗？"他说。

"我不能。"她回答道，"我必须回去干我这儿的工作。"

"可以让艾伦护士来干。"

"我不同意。"

"今天你要到哪里去？"

她告诉他几个病人的地方。

"好，你去吧！和我一起喝茶。我希望每天和你一起喝茶。"

但爱尔维娜正在镜子前整理被压扁的护士帽，没有回答。

"既然我们已经订婚，我们就能看看相互之间喜欢的地方了。"他高兴地笑着说。

"不知道护士长在哪里啊？"爱尔维娜说着，突然走到冰冷的白色走廊里。他跟着她。他们碰到护士长刚从病房里走出来。

"护士长！"米切尔医生说。他回到了那高傲的模样。"你应该祝贺霍顿护士和我订婚。"他笑着说。

"你的意思是祝贺你吧？"护士长说。

"当然啰，我们两个人，因为现在我们合二为一了。"他答道。

"还没有吧！"护士长认真地说。

最后，她设法摆脱了他。

她马上去看望外出工作的爱尔维娜。

"我想，事情还算顺利吧？"护士长认真地说。

"不，不顺利。"爱尔维娜说，"我永远也不会嫁给他。"

"啊！永远可是太长久了！他听到我进来了吗？"

"没有，我肯定他没听到。"

"谢天谢地。"

"是啊！怪吓人的。跪在地上跟着我转，呼天喊地地要我爱他！吓死人了！"

"那么，"护士长说，"你只有清楚男人之后才会知道他们会如何行事。然后你需要任何事都不感到惊奇，任何事情。我对他们所干出的任何事情都不会惊奇——"

"我得说，"爱尔维娜说，"我大为吃惊。真不高兴。"

"可你接受了他——"

"只是为了让他安静——就像个发疯的孩子。"

"是的。可我想，你为了使他安静，用了非常危险的方法，给了他想要的东西——"

"我想，"爱尔维娜说，"我能照顾自己。现在我随时都可能离开。"

"不过——！"护士长说，"你知道，他能阻止你离开的。他是委员会成员。如果他说你是必需人员——"

这是爱尔维娜必须思考的新问题。她寄希望于能尽快躲开。她把戒指放进围裙口袋里，很快遗忘了。下午在一个病人家里，他撞见了她。他正等着她，打望顺路带她。

"你的戒指到哪里去了？"他说。

她才想起戒指放在一个脏围裙里扔掉了——也许永远找不到了。

"我值班时不能戴戒指。"她说，"你知道这一点。"

她不得不和他一起去喝茶。她躲开与他相爱，告诉他各种各样令他反感的举止。他完全是个老光棍，所以对心上人的嗜好一味顺从——至少在结婚之前。所以他渴望结婚：整个地拥有她，永远和她在一起，让他不再孤单。可以与世隔离，但要在她的身旁，永远在她的身旁。

"我们什么时候定下婚期？"他说，"往后推没什么好处。我俩都明白我们干了些什么。既然我们已宣布了订婚——"

他热切地望着她。她可以从这个威严的高个子男人身上看到歇斯底里的小孩子气。

"噢！到圣诞节后再说吧！"她说。

"过了圣诞节？"他像被针刺似的跳了起来。"胡说！等那么长时间太荒唐了。下个月，不能再晚了。"

"噢，不，"她说，"我想不能这么快。"

"为什么不能？越快越好。你最好马上去呈递辞职书，那样你就自由了。"

"噢，有那个必要吗？我可能被编入现役的。"

"不会的。你是我们唯一的产科护士——"

岁月就这样过去了。她其实每天下午都和他一起喝茶，对他也习惯了。他们一起讨论家具——她禁不住提出一些建议，以她的眼光做些安排。他提议到苏格兰度蜜月，而她仍胸有成竹，认为不会嫁给他。护士长当然要嘲笑她了。"你会被拖下水的。"她说，"他正用千头万绪缠住你。"

"好啊，走着瞧吧！"爱尔维娜说。

"好，"护士长说，"我会看着的。"

其实，此时爱尔维娜的意志并不坚定。她认定不结婚。但她的意志就像被拴住的弹簧，没有直接把医生弹开。她依他的建议呈上了辞职书，但不是为了与他结婚，而为了使自己能自由地逃离他。她是这样对自己说的。然而，她陷入他的手掌之中。

九月底的一天，她和医生驾车到车站附近，被一队士兵阻住了去路。他们穿着卡其军服，在军乐队狂暴的伴奏下行军，登上一列由北方驶来的运兵专列。整个城市沸腾起来。战争热血四面八方扩散。男人们奔跑去登记——一个接一个地被刷下来，因为当时还是按正规标准录取。

当人群涌上街道，士兵走向车站，车流在等待时，一股反方向的人流涌过来。那是四点十五分的列车到了。人们携带着行李挤向前去，孩子们拿着铁锹吊桶四处奔跑，出租马车上坐着一家。这时，她看到两个男人，一个提着一只曼陀铃琴盒和一只衣箱。她认识这只箱子。他是西西欧。她不认识另一个男人：可能是职业演员吧！这两个人差不多在车旁停下，看着士兵走过。爱尔维娜看到西西欧差不多近在咫尺，她完全能往他那褐色的、健美的脖颈里倒水。她感到恨他。他站在那里，看着乐队，和另一个人谈话时，嘴唇撅起，带着意大利味和一丝孩子气。他黑黑的眼睫毛长长的，像过去一样。他还穿着那套褐色的衣服，她不喜欢这套衣服。还是那顶帽子轻巧活泼地盖在一只眼睛之上。他看上去一般的，然而带着那特殊的南方人的洒脱，在她看来，不失一种美貌和独特。她觉得恨他。她感到是被他甩了。

军乐队走了。一个孩子奔过来撞在停着的车辆上。爱尔维娜突然俯身按喇叭，发出一阵响亮刺耳的"叭叭叭"声。每个人，包括那些全副武装踏步前进的士兵都回过头来。

"我们还不能开车。"米切尔医生说。

那时爱尔维娜正望着西西欧。他正和其他人一样，回头看看这车是怎么回事。他的眼白在他黝黑的肤色衬托下显得格外白，黄色的瞳孔显得非同人类。他的敏锐目光与她的眼睛相遇，像闪电一般认出了她。他撅起嘴唇，微笑一下打了个招呼。但她瞪着他，纹丝不动，直瞪瞪地盯着，搜寻每一个感情的碎片，甚至仇恨或冷酷的碎片。她看到他嘴唇上的微笑消失了。他的眼睛东张西望，显现出一种奇怪的动物似的胆怯：这是他的特征。他似乎不愿看到她盯住他，就像笼中的黄鼠狼那样不停地往两边走动，避开她直率的、浅蓝色的目光。

她高兴地转向米切尔医生……

"你说什么?"她亲切地问道。

第十二章　阿莱叶也订婚了

爱尔维娜感到非常高兴，因为她在兰开斯特非常受人尊敬。她就像在自己的故乡不受人尊敬的伊斯兰教祖穆罕默德，就像所有具有个性的人物一样。在这个北方城镇，爱尔维娜觉得自己的个性确实十分重要。她已经成为受人尊敬的医务人员的一个。而且，她是一个有性格的人。然而，她不准备降低自己的身份。她认为即使在那些本国人的眼里，至少在那些有身份人的眼里，她与米切尔医生的订婚，在某种程度上使她失去了一些特别。《时报》《晨报》《曼彻斯特先锋报》以及地方小报上，都有他们订婚的消息，对此，她并不害怕。宣布订婚，反而从某种程度上使人们对他熟悉了。她知道要是在木屋镇这样做，她在很大程度已经赢得了人们的尊敬。但可惜的是，她不在木屋镇，而是在兰开斯特。在兰开斯特，他们的订婚反会把她禁锢起来。除了米切尔医生，她自己也很有潜力。然而和米切尔医生联系在一起，那么她更会被认为是个前途光明的人物。

这就是她和本地绅士们来往中感觉到的。她的护士长是个出身门第很高的人。她戴着白色的褶边帽子，看上去就像古代的女修道院院长。在这所医院里，有身份的人常到这儿来喝茶。她们在医院里一起喝茶，就像进行一种女人之间的密谋，这里面可大有艺术。护士长在很早以前就认识沃尔特·佩特。

在这个北部城镇，爱尔维娜有机会经常与一些有名的知识界人士一起品茶。在护士长房间里，有一种自由共济会的气氛。爱尔维娜与一个护士、一个女医生、一个牧师的女儿及两个当地工业巨头的妻子形成了一个圈子。她们在医院外不常见面，要会面总是以那种古怪的妇女自由共济会纲领聚在一起，这种纲领即使在绝大多数的保守妇女中也能自立成法。

她们谈起话来似乎同男人或圈外的女人谈话不一样。在这里，她们丢开了所有的传统，谈论一些自己的心事，甚至谈论她们认为最秘密的隐私。即使是说一些被别人看来是不可能的事时，她们也不会大惊小怪。爱尔维娜感到她的背叛还是可以被人接受的，然而，她的订婚则使她降低了身份。

图克太太拉长着脸问爱尔维娜："你准备嫁给他吗?"

"我自己也不知道。"爱尔维娜说。

"哦,不过,许多事情是人们难以预料的,人就是这样。不能想象,我将会生孩子——"她低下了眼睫,一丝讥讽掠过那双大眼睛。

图克太太的公公是当地一个制造商。她大概二十八岁模样,白皙的脸上有一双深灰色的眼睛,弯弯的鼻子,乌黑的头发,很像意大利古城锡拉亚沙硬币上的头像;那嘴角边的一丝笑意看来却不是微笑,那一只弯弯的鼻子和那双古典的大眼睛中显现出的呆滞,使人想起古锡拉亚沙妇女那种带有深重的、怀有敬意的西西里妇女的神色。

"不过,你如果根本不想要孩子的话,你会有孩子吗?"爱尔维娜问。

"但我一点也不想要孩子,一点也不想。不仅生理上不想,而且心理上也不想要——就这样。"她依旧张开了她那纤细的手指。

爱尔维娜说道:"总有一样东西要他。"

"噢,"图克太太说,"世界是个大机器,我们只是其中的一部分。"她用那条灰色的手绢擦了擦鼻子,一双黑灰色的眼睛看着爱尔维娜迷人的脸庞。

"我一点儿也不想要孩子。"她这么坚持道,"我在生理上不想要他,心理上也不想要。可是! ——他在那里! 我只是培养而已! 我不能想象为什么我会与汤米结婚,但事实上——我已经嫁给他了!"她摇着头,好像什么也不在乎,嘴边露出一丝假笑。

爱尔维娜是来照料图克太太的,孩子的预产期在八月底。如今早已九月中旬,但孩子还未出世。

小图克一家并不有钱。汤米是谱曲的,因此他靠父亲给他的钱为生。他父亲给了他一座小房子,房子在镇外,里面都是珍贵老式的家具,城镇上的市民认为这样做简直在发疯。事实上也是如此,埃菲坚持把很少的黄色锦缎装饰在墙上,而不把图片挂在墙上。在厨房白色的墙壁凹进处,放上苹果绿的架子。然后,她把一半家具漆成黄色,并给它们配上奇怪的绿色,镶上淡紫色的线条和花。房间里有脱俗的座垫和印有鹰头狮身有翅怪兽图案的撒丁岛陶器。和这样一个女人一起生活是相当麻烦的。

这几天,爱尔维娜不去医院,而是睡在图克太太的房间里。埃菲患了失眠症,会在床上坐着,两根乌黑的发辫在白皙的脸颊边垂着,松软地掩在那件镶有金属蓝边的石墨般深灰色的丝绸睡衣里。她会穿着洁白的睡衣轻拍着手绢坐在床上,那件翠鸟鸟蓝和白色相间的丝绸睡衣忽隐忽现。她会埋怨自己的神经炎和自己的处境,然后,恳求爱尔维娜再陪她半个小时,并突然研究起她手上的那只大大的、血红色的钻石,仿佛要从中看出一些什么东西来。

"我相信我将会像《故事百篇》里的妇人一样，将我的孩子带到五岁，你知道这一故事吗？一个女人吃一片带有一点雪的欧芹叶就开始怀孕，就像——"

爱尔维娜笑了。她感到很累，处于一半清醒一半冷漠的状态。这正是这位神经质妇女——图克太太所喜欢的。

一天夜晚，将近十一点钟，她们在卧室里被远处传来的狗吠声惊醒。这时，曼陀铃正在外面时而激昂时而委婉地奏响。爱尔维娜面色渐渐发白，知道这是西西欧在表演。她曾在镇上大街上看见他，但从未与他讲过话。

"这是什么？"图克太太侧过头喊道，"音乐！曼陀铃！多么奇怪呀！你认为这是小夜曲吗？"她抬起眼睑问。

"我想是小夜曲。"爱尔维娜说。

"多么奇怪！选择了这么一个时辰来对一个女人弹奏小夜曲。这是不是就像生活一样？——我必须起来看一看——"

她艰难地下了床，把睡衣绕在身后，穿上拖鞋，走近窗口。她打开窗扉。这是一个月光美丽的夜晚，小小的前花园静静地躺在窗下。在一条车道前，一扇铁门拦在了路边，路边的暗处，传来了曼陀铃的琴声。

"你好，汤米。"图克太太看见在车道暗处的丈夫，大声叫道。"你乐感怎样——？"

"不错。那个人唱歌影响你了吗？"月光下传来一个男人的声

"一点也没打扰，我喜欢听。我在等着听唱呢！噢，理查德！啊，我的国王！——"

此时，音乐戛然而止。

"瞧！"图克太太喊道，"你把他吓跑了。我们喜爱听小夜曲，是吗，护士？"她扭头对爱尔维娜说，"给我那件毛皮衣，谢谢。你把那扇窗户打开好吗？看——"

爱尔维娜朝窗边走去，向外看。

"再演奏一首。"图克太太的喊声在夜空中飘荡。"唱点歌吧！"她白皙的手臂摘下墙上的一朵玫瑰花，并将它抛向花园的围墙。——然而，并没有扔到墙边。

"再奏一支好吗？"她对夜色中看不见的人喊道，"汤米进来。你在这儿，他是不会唱的。"

"听声音像是意大利人。我最讨厌伤感的意大利音乐，真令人讨厌。"

"没关系，亲爱的。我知道他们唱起来就像要把所有内心的情感都从嘴里吹出来一样。但我们想听小夜曲。不是吗？护士？"

爱尔维娜站在窗边，没有回答。

"噢,你不喜欢听吗?"图克太太奇怪地问道。

"我很喜欢。"爱尔维娜说。

"难道你不想听到这支歌吗?"

"我很想听。"

图克太太对着月光用意大利语叫喊道:"来一支很美,非常优优美的歌曲——"

她面对着黑夜,一个音节一个音节地喊着,声音听起来很好笑。下面车道上传来一阵粗鲁的大笑声。

"汤米,进来。你在那儿他是不会唱的。"只听见石阶路上传来一阵脚步声,随即"砰"的一声关门声。图克太太叫喊道:"开始吧!"

她们就这样等着。这时,下面传来了曼陀铃的叮咚声,过了一会儿又响起了歌声。这是一支家喻户晓的那不勒斯民歌,西西欧唱得很动感情。

图克太太朝爱尔维娜走去。

她双手抚摸着自己胖胖的身体,嘲笑般地转动起眼珠子说:"他唱得真动情,是吗?"

然后,她又回到自己的窗边把毛皮衣往胸前拢了拢,双手撑住头,沐浴在月光下。

> 重旧苏莲托,
> 让我获得新生

歌声突然在动物般的热闹中停止了。这时,图克太太一动不动,手托着脸颊,爱尔维娜也一声不响。图克太太慢慢地在旧墙边寻找玫瑰花蕾。

当她把玫瑰花扔向车道时,她半嘲笑似的唱道:"啊呀,这首歌真美呀!我送你一支玫瑰花——"

这时,一个男人的身影在门外的公路边晃动,图克太太叫道:"进来,拿你的玫瑰花。"

远处,传来一个男人模糊的声音。

"什么,你在说什么?"图克太太叫道。

"我不进来。"

"你难道不来吗?为什么?门没有上锁,请进来吧!"

这时传来西西欧熟悉的声音:"不,我不进来。"

"那怎么办呢?爱尔维娜,请你把玫瑰花送到门外给他好吗?求你啦!他的歌声出色极了。我实在下不去，请你把玫瑰花拿去给他，顺便看一下他长得什么样子。"图克太太高兴地说道。爱尔维娜慢慢地看着她，同时暗自好笑。

她慢慢地下楼走到大门，在矮树林边摘下两朵芬芳的玫瑰花，又在车道上拾起埃菲扔下来的几朵花。西西欧正站在门外。

"阿莱叶！"响起他温柔渴望的声音。

爱尔维娜把花朵从铁门栏处递给他，说道："图克太太叫我把玫瑰给你。"他抚摸着她的手，温柔地渴望地在上面吻了一下，说道："阿莱叶！"爱尔维娜颤抖起来。他飞快地打开了门，把她拉了过去，拉到墙的背面，双手搂住她，动情地将她抱了起来。

"阿莱叶，我爱你，我亲爱的阿莱叶，我爱你。"他把她的手放在自己的胸部，抱着她往外走去。他跳动着的男性的力量看来把她整个人给包围住了。他紧紧地抱住她。

"护士、护士，我怎么看不到你呀？"黑暗中传来了图克太太的叫声，狗也开始叫了。

"放下我，西西欧。你放下我！"爱尔维娜轻声说道。

"和我一起回意大利去吧，阿莱叶，和我一起回去吧！你知道我不能一个人回意大利，阿莱叶，嫁给我吧，和我一起回去！"他的声音低沉，却走了调，但他依旧紧紧地搂着她。

"好的。"她回答道，"我和你一起回去，但你现在必须放下我。"

他用包含痛苦和渴望的声音重复道："和我一起回去吧，阿莱叶！"

"护士，你到底在哪儿呀！我需要你！"图克太太不自在地抱怨道。

"你放下我！"爱尔维娜边说边挣脱着。

他慢慢地放下了她，她顺势站稳，他仍紧靠着她。

"阿莱叶，请和我一起回去吧！"

月夜，只有他们两人。看着他帅气的脸，她微微有些发抖。

"好的，我和你一起去，但现在让我走。"她又问道，"你的曼陀铃在哪儿？"他转过身去看着远处的路边。

"护士，你必须马上回来，我受不了了。"图克太太的声音有些奇怪。

爱尔维娜从这个神魂颠倒的男人身边逃离，走进了车道。

"你必须……来。"楼上传来痛苦的叫声。

爱尔维娜跑上楼，发现图克太太蹲坐在椅子上，脸色可怕。她又感到一阵疼痛，手拼命地撑住头。

爱尔维娜急忙走向她问道："阵痛发作了吧！"

"噢，太可怕了，太可怕了，我不要生孩子！"她叫道。爱尔维娜尽一切努力安慰着她。这时，外面黑暗中，传来嚎叫般的那不勒斯歌曲：

你说请我走开，别了！

你要离开这颗心，

离开这爱情的故乡。

无论你是否要离开这个故乡，

——请你不要离我而去。

当唱到"请不要离我而去"时，气氛真难忍受。突然，图克太太一动不动，双手抓住膝部，两条辫子在脸颊边下垂着，大眼睛盯着天空。她开始轻轻低声叹气："太可怕了，我受不了。下面叫声是什么意思，它听起来和我现在的痛苦一样深。我不太懂意大利语……"她突然停住了，这对又传来了"Ma nun me lasciar"的叫声。

她按节奏重复道："Ma nun me lasciar，意思是不要离开我，不要离开我！但为什么呢？一个人为什么要从另一个人身边离开呢！这叫声究竟是怎么回事！爱情是一件可怕的事吗？我想是的。它能使人像动物一样地哀叫。我正遭受着一种巨大的痛苦而呻吟，他却在为另一种痛苦而呻吟。这两种动物般的哀呼充满着夜空，太可怕了！护士，这人长得怎么样？他漂亮吗？他粗野吗？"

她的大眼睛慢慢地以不可思议的神态注视着爱尔维娜。

爱尔维娜道："他是一个我以前认识的男人。"

图克太太的脸这才从半迷醉中惊醒过来。

"真的吗？你以前认识他吗？在哪儿？"

"说来话长，是在一个巡回戏班中认识的。"

"在巡回戏班中认识的，真意思。那你是怎么认识他的呢？"

爱尔维娜简洁地给她说明了一下。

"你真的干了这些事吗！"她仔细地看着爱尔维娜的脸说道，"你对他产生了一定的影响，这是毫无疑问的。"这时她掏出手帕来抹了抹鼻涕又说，"肉欲是最讨厌的东西，它使一个男人在外面这般哀叫，它又使我遭受这么大的痛苦，就因为我要分娩了，真可恶！但他究竟长得什么样子？"

"我也不知道，很普通，也许有些粗野。"

图克太太使劲地盯着她看，想看看是否有什么讽刺之意。

图克太太说："我想见见他，你认为如何？"

"我不知道。"她心不在焉地答道。

"你认为他会来吗？问问他。让我看看他。"

"你真想见他吗？"爱尔维娜问道。

"当然——"图克太太睁大那双黑黑的眼睛，说完，在爱尔维娜搀扶下缓缓向床边走去。

"务必让他到我这儿来一会儿。"埃菲说，"我请他喝汤米著名的葡萄酒。我要见他，要见他！"她向爱尔维娜张开长长的白皙的手臂，恳求道。

爱尔维娜笑了，迟疑地去了。

夜里，万籁俱寂，爱尔维娜看见西西欧倚靠在门边。他惊跳了起来。

"阿莱叶！"他说。

"你过来一会儿，好吗，我不能离开图克太太。"

西西欧默默地服从了，跟着爱尔维娜进了房间上了楼。他被引进了卧室。他看到埃菲睁大着黑黑的眼睛坐在床上，两根辫子下垂着，嘴角边现出一丝淡淡的微笑。

"进来！"她说道，"我要谢谢你的声音。护士说这首小夜曲是给她的，但我也欣赏。告诉我歌词好吗？我想这是一首极妙的歌。"西西欧低着头，靠在门边，脸上露出一丝羞怯的略带敌意的微笑。

"喝一杯葡萄酒，喝吧！"埃菲说道，"护士，给我们也来一杯。我也要来一杯，再吃点饼干。"突然，她再一次冲动地从镶有花边的衣服里张开白皙的、长长的手臂，西西欧转身看着爱尔维娜倒酒。

他把酒喝干后，把杯子放在一边。

"再喝一杯。"埃菲从她的杯口上说道。

他微微一笑，笨拙地摇摇头。

"不要了吗？好，现在告诉我歌词吧——"

他透过黑黑的眼睫毛望着她，一语不发，嘴角边挂起一丝淡淡的半嘲笑神情。

"把歌词告诉我好吗？我只知道一行——"

西西欧看着她，依旧一语不发。

"我知道一行。"埃菲说道，一双大眼睛望着他。"Ma nun melasciar——不要离开我。是这意思吗？"

他笑了，眼睛望着脚尖，点了点头。

"不要离开我，是这意思。你为什么不让护士离开你。你要她每分钟都呆在你身旁吗？"

他的脸上露出一丝轻视的不自然的微笑，然后，把脸转过去，瞥了爱尔维娜一眼。埃菲敏锐的眼光捕捉到这一瞥。这一瞥很迅急，充满了深深的渴望。埃菲感到恐惧。

此时，她的脸上一阵抽搐，毫无表情。

"我们下楼去吧?"爱尔维娜对西西欧说。

他迅速地转过身，拿起帽子跟着下了楼。在大厅里，他拿起曼陀铃，侧耳静听着。这时，传来图克太太一阵令人窒息的叫喊，就在这时，书房的门打开了，出现了音乐家结实的身影，头发很乱。

"是图克太太在叫吗?"他焦急地问道。

"是的，她阵痛发作了。"爱尔维娜说。

"呀，上帝，你离开她了吗?"他恼火地问道。

"只一会儿。"爱尔维娜答道。

他生气地上了楼。

"她要生孩子了。"爱尔维娜对西西欧说，"我要回到她身边去了。"她伸出手说。

然而，他没有抓她的手。

他看着她，一种强烈的渴望扭曲着他。他不由自主地逼近她。

"阿莱叶。"他说，微微启开嘴唇，奇怪地笑着，就像一头痛苦不堪的动物。他仍依依不肯离去。

"我必须回到她那儿去。"她说。

"阿莱叶，同我一起去意大利好吗?"

"好吧! 夫人去哪儿了?"

"走了，还有杰基——都离开了。"

"上哪儿去了?"

"杰基去法国了——"

"夫人、路易斯和马克斯呢?"

"到瑞士去了。"

他站在那儿，绝望地望着她。

"我必须走了。"她说。

长长的黑眼睫下，他那双黄色的眼睛望着她，就像一头注定要死的戴着锁链的动物。她转过身，大厅里只留下他一个人。

图克太太发疯地抓住被子边缘，哭喊道:"不，汤米，亲爱的，我多么喜欢你。你知道我多么爱你，但你离开了我。哦，上帝，他离开了我，长长的距离隔开了我们，长长的距离开了我们。"她几乎尖叫道。

汤米抓了抓头发。刚才,他正在为一个合唱团谱曲,如今,他几乎要发疯了。

"你不知道我在这儿吗!"他大声叫道。

"护士,"埃菲叫道。"抓住生命的瞬间是无用的,你正受着各种冲动的摆布。"她生气地尖叫。

"为什么没用?"爱尔维娜问。"世上还有好的生命冲动,连上帝的意志也有一种生命的冲动。"

"你不明白,我要找到自我。现在,我活得不像自己,简直被这种冲动撕成碎片了。真可怕——"

"这就不是我的过错了,我不能改变世界。"爱尔维娜说,"如果你被这种冲动打败,那么,你已经被撕成碎片,别的冲动又会把以重新组合起来。"

"我不要组合起来,我只要成为我自己。我只要成为我自己。"

"你不会像椅子一样被钉起来的,你应该对生活充满希望。"

"但我讨厌生活,它只是一股冲动没有别的东西。我是理智的,但生活并不理智。请看如今的事情,你能说生活是理智的吗?噢——噢——太可怕了,噢——"她发疯了,疼痛使她出了一身汗,汤米猝然下楼去了。这时,传来他与西西欧的说话声。汤米说他早已发疯似的给医生打了电话,但医生说,护士会在应急之时打电话给他的。

图克太太喘过气来,又接着说了起来。

"我憎恨生活,还有信念之类的东西。信念只是一种恐惧而已,生活自己理智的成分就不多,都是本能的冲动,噢——噢——本能的冲动。"

"也许生活本身是一种大于理智的东西。"爱尔维娜说。

"大于理智!"埃菲说道,"没有东西能够高过理智。你的男人是个野蛮的畜牲,那双黄眼睛并不理智,它们是野兽——"

"不,"爱尔维娜说,"是别的东西。真希望他没有吸引我——"

"瞧,那是因为你不愿受冲动的摆布!"埃菲大声喊道,"但我不像你,我要成为自我,所以冲动中把我撕成碎片,把我撕成——碎——片——噢,噢,不——"

楼下,汤米已和西西欧在书房里喝起葡萄酒来。虽然汤米不喜欢意大利音乐,但他仍激动地说起意大利。汤米不能走上楼去,甚至不能去叫医生。他们喝了一夜葡萄酒。早晨爱尔维娜发现他们喝了三瓶半葡萄酒之后,在书房里睡着了,灯仍亮着。汤米的头垂在沙发椅边,像一枚松软、硕大的水果;西西欧脸朝地躺在地板上,头枕在交叉的双臂上。

爱尔维娜很难唤醒熟睡的西西欧，她不得不先叫醒汤米。

只见他"砰"的一声摔下沙发，很不高兴地苏醒了，并狂怒地责问爱尔维娜到底干了些什么。

爱尔维娜伸出一个手指头示意，汤米像被人击了一下似的，突然明白过来。

"她现在睡着了。"爱尔维娜说。

"是男孩还是女孩？"他大声问道。

"还未生出来呢。"她说。

"噢，上帝，该诅咒的赋格曲。"汤米茫然地喊着，随后，他叫醒了像帕特鲁什卡得死玩偶一样松软的西西欧。西西欧一睁开眼睛，就对爱尔维娜发出微笑："阿莱叶！"

这隐秘而清醒的笑打动了爱尔维娜的心。

第十三章　新嫁娘

事情的结果是爱尔维娜一声不吭地独自去了斯卡伯勒。其时正是十月的头一个星期，她请了周末假，说要为自己的婚礼做些准备。她要嫁的男子可能是米切尔医生，虽然她对米切尔医生的求婚至今没有给予明确的答复。然而，她提前一个月提交辞职的期限已满，因而在法律上她已获得了自由。于是她将平日工作用的护理用品扔到一边，常用品裹成一大包，穿着平日的衣服踏上了行程。

斯卡伯勒对她来说非常熟悉，很久以前她曾经和弗罗斯特小姐在那里租过一间房间，住过一段时间。所以，抵达斯卡伯勒后，她没花多长的时间就找到了以前寄宿过的那幢房子。她收拾停当，稍稍休息了一会，然后，就向位于屋子北面的悬崖峭壁走去。夜幕四合，茫无际涯的大海展现在她的眼前。她想干什么？

她已经离开了两个男人的纠缠——米切尔和西西欧。在最近的两个星期内，她一直设法离开他们两个。现在好了，她可以独自清静一会儿了。她甚至还摆脱了图克太太的纠缠。实际上，她比男人更难对付。图克太太生了一个女孩，身体正在恢复，西西欧同图克一家生活在一起。汤米很喜欢他，差不多把他当作自己的私人随从。汤米想干什么都可以随意叫他。

爱尔维娜在悬崖上坐了下来，内心感到非常恼怒：被人纠缠令她讨厌。说真的，她不想嫁给任何人。为什么她应该做人妻呢？就像现在这样永远让她一个人独处真要谢天谢地了。她对别人强行介入自己的生活有一种说不出的反感。下一步该干什么呢？她决定再次投身到这场战争中去，但时间不能太久。这次要去一个以前没有到过的城市。同时，她也想让自己清静一下。

十月之初，秋高气爽，接连三天阳光明媚，万里无云。她趁这美好的时光作了几次远足旅行，独自在清静纯洁的荒野上踽踽而行，自由自在，如同在天堂一般美好。

第四天却下起雨来，雨淅淅沥沥下了一整天，说不了的寒冷、阴郁和沮丧。她重又被忧郁苦寂的气氛所包围，一个人在房里枯坐着，无计可施。晚上一过九点她就上床睡觉，心里暗暗下了决心：马上到伦敦去，在那里的战时医院找一份工作做，不找到决不罢休。

酣睡中她梦见了她的第一个未婚夫——亚历山大。她梦见自己同亚历山大站在一个港口的码头上，亚历山大正在气咻咻地为她的迟到而责备她，甚至还侮辱她。他们本来是来赶当班船的，因为她的拖延，使他们延误了整整一个小时。她还能看见远处江面渐渐远去的航轮的巨大船尾。恰好晚了一小时，她抬起手腕让亚历山大看自己的表。指针正好指着十，而不是九。不看则已，一看亚历山大刚平息的怒火又霍地跳了上来。她的手表居然还慢了十分钟。他指着港口钟楼的大钟给她看，那个钟已是十点十分。

当她醒来后，仍躺在床上想着亚历山大。已有好长时间没有想起她了。她想弄明白他是否有权利冲她发火。

今天和昨天一样，大海上空翻滚着乌云，乌黑的一片，让人感到郁闷。唉，绝望毫无益处，悲伤更是于事无补。但她不能从这种感情中解脱出来。眼前唯一要干的事就是振作起来，干点事：紧紧抓住生命，扼住生命的咽喉。

她拿下了挂在墙上的火车时刻表，这是张今日的魔毯。有一句格言叫作：当你犹豫的时候，往前走。往前，往哪儿呢？

她做了另一个决定，打电报给西西欧，约他出来见一面。地点定在哪儿呢？纽约，利兹，还是哈利福斯克？她在时刻表上找到这些地名后，决定定在利兹。随后就写了电文，大意在她将于今晚赶抵利兹。他能够及时收到电报吗？碰一下运气吧！

她急忙赶去发了电报，然后告诉同屋说她明天赶回来，随后提了个小行李包就上路了。她不喜欢朝兰开斯特方向去，但是没关系。

她在月台上等了好久时间，抬头盼望着北面驶来的火车。当火车终于进入月台时，她看见了汤米，在火车上探出身子冲他挥手致意，不等火车停稳当就从车上一跃而下。

"嘿！"他说，"见到你真高兴。西西欧同我一起来的，埃菲执意要我来看你。"

这时西西欧正提着行李包从火车上走了下来，如同一个仆人的模样。她见了心里很不是意思。

等西西欧提着行李走向前来时，她对汤米说："你还带了个男仆？"

"不是，"汤米一手拍着西西欧的肩膀说，"我们是铁哥们，我心脏不好，他替我拿了行李。喂，我说，护士，我喜欢看你穿工作服。黑衣服对你不合适。请不要在意。"

"不，不介意。可是我除了工作服以外尽是黑衣服。"

"好了，我说你今晚没打算去别的地方吧？"

"现在太晚了。"

"那好，我们现在先去旅馆，到那儿尽兴说话。我是在按埃菲的指示行事，你也能猜出来——"

到了旅馆，汤米把妻子的一封信交给了爱尔维娜。信的意思是这样的：你不要同这个意大利人结婚，否则的话你将会把自己推入一个不幸的黑洞。人们总是设法躲开钻黑洞的。我明白……埃菲用一种不祥的语气结束了这封信。

汤米却同埃菲顶嘴，他说西西欧人相当不错，是个难得的好人。他，汤米，完全能够理解为什么女人想要嫁给西西欧……但是婚姻，你要知道，是一锤定音的事。随着这场战争的继续进行，你没法预料事情的结局，嫁给一个外国人，仅此而已。然后……你不在意我说的话吧？我们不谈论阶级之类的废话。假如说一个男人才貌出众，这只是他自己的事。在精神上他会同你处在一个水平线上吗？护士，毕竟这才是问题所在。你不想同一个你不能交谈的男人结婚，但西西欧是一个很容易相处的人，因为他自然实在，不过，这并不是指精神上的相处。

爱尔维娜想起图克太太曾经向她埋怨过，说汤米兴致好的时候，会絮絮叨叨地同你大谈音乐和伪哲学。她仿佛看见了埃菲伸展着长长的手臂，露出厌烦和疲倦的神态。"当然，"耳边响起了图克太太的嗫叹声，"如果可能的话，你为什么不'返祖'一下呢？嫁鸡随鸡，嫁狗随狗。同古时候野蛮时代的女人一样，做男人的奴隶。"

在这当儿，西西欧一直在门外站着，不敢贸然入室。当爱尔维娜坐在梳妆镜前梳头时，他才轻轻地打开房门，走了进来。

"我来了。"他说着，随手将门关上。

听见他进来，爱尔维娜拿着梳子的手停顿了一下，看着他，他微笑着朝她走去，伸出手臂想把她搂入怀中，但是她却随手拉过一张椅子放在他俩中间。

"你为什么把图克先生带来？"她问道。

他耸了耸肩膀。

"我没有带他来呀！"他回答说，眼睛凝视着她。

"你为什么给他看电报呢？""是图克太太给他看的。""那你为什么把电报给她呢？""是她给我的，在她的房间里。我去了，她就把电报给了我。""那好，"爱尔维娜说，"你回图克家去吧！"说完便继续梳起头来。西西欧眯缝起眼睛看着她。"你这是什么意思？"他说，"我不会去的。阿莱叶，同我一起去吧！"

"哈！"她轻蔑地说道，"我想去哪儿就去哪儿。"

他轻轻地摇头。

"你会走的，阿莱叶。"他说，"你同我，西西欧一起走吧！"

听他这么可怜巴巴地哀求，她不禁颤栗一下。

"我怎么可能同你一声走？我怎么可以全部依赖你呢？"

他又摇起头来，眼睛发出一种黄黄的奇特的光，既是恳求又是哀求，还带着一种邪恶欲望的冲动。

"是的，跟我一起走，阿莱叶，同我一起到意大利去。你不要跟那个男人，他年纪太大而且身体又不好。你同我一起去意大利的。你为什么发电报呢？"

爱尔维娜坐了下来，双手捂住脸，浑身打颤。

"不！不！我不！"她呻吟着，"我不能这么做。"

"你跟我走吧，我有钱。我们到我舅舅家去，他在山上有一幢很漂亮的房子。你一定会喜欢的。走吧，阿莱叶。"

她不敢注视他。

"你为什么偏要同我好呢？"她问。

"为啥？"说完他发出一阵奇怪的笑声，一种接近讽刺的笑。

"我也不知道自己为什么要娶你。还是问别的问题吧，行吗？"

她两眼盯着地上，安然地坐着。

然后她抬起头，眼睛直视着他，神情茫然地说："我想我不能跟你走。"

他微微地咧嘴笑着，像魔鬼发出的笑，然而却是一种难以形容的轻盈动人的笑。她像被施以催眠术一般颤抖起来。他像一条蛇一般蠕动着向前靠近她，而她却已经丢失了退缩的本能。

"走吧，阿莱叶。"他用外国腔调温柔地说道，"走吧，跟我一块去意大利，好吗？"他伸手放在她的背上，她像被人击了一下那样浑身一抖索，而他温柔有力的手臂却将她抱得更紧了。

"好吗？"他说，"答应我，嗯？答应吧！"他对她有一种奇特的魔力，好象他已掌握了她全部的感官秘密，她只有遵从的份儿。

"我不能。"她轻声呻吟道，想再作一次抗争，但是软弱无力。

他阴险，令人捉摸不透：他根本不尊重她。一个举止如此温柔得体、如此彬彬有礼的男人怎么心地这般冷血？他对她根本不尊重。她为什么不反对？为什么不能反抗呢？她像中了邪一般，无法挣脱邪魔的控制。为什么？因为在她的心目中他是那样英俊迷人，她倾心于他的美貌。他的美貌使她顺从，百般依从。为什么她将他看得如此英俊迷人呢？而她又为什么这般软弱无力、毫无意志力呢？她觉得自己就像古时候一个神圣的妓女，一个神圣的妓女。

第二天一大早，他俩给仍在酣睡的汤米留了一封信后，就赶往斯卡伯勒去了。在斯卡伯勒，他们去婚姻登记处办理了结婚手续：他们可以在两个星期内结为夫妻。两个星期一过，她就处于他的魔力统治之下了。关于这一点，只有她本人明白。她觉得有一种幻灭感。西西欧平时同她谈的仅止于一些日常琐事，他从来不同她说亲昵的话，说那种她以前幻想过、现在时时渴望听到的悄悄话。没有，一句都没有。他爱她，以他独特的暧昧的、催眠的方式爱她，这种爱使她丧失自我。他的爱不会使她感到兴奋和激动，反而令她自卑。她慢慢变得不苟言笑、沉静孤僻了，她觉得自己像个修女。她的思想灰暗、模糊不清。尽管如此，也有令她欢欣喜悦的地方。"返祖现象"！她的脑子里又回响起图克太太的话。像她这样在西西欧的魔力下苦于坠入自我毁灭的深渊，是一种返祖现象吗？她对他产生的这种奇特的、迷醉式的顶礼膜拜也是一种返祖现象吗？也许是的。可能是的。但是这样的'返祖'是沉重的、甜蜜的和充实的。在某些方面，她感到很满足，有时甚至会对自己被他的阴影笼罩而产生的永恒的孤独感到无比骄傲。

因此，每次触碰他她都会战栗不已，因为他长得太漂亮了，而她是如此自卑。他只要一动，她就会颤抖，仿佛她是他的影子。然而她的意识仍相当清楚。她能够发现他的过错，并加以指责。但是从根本上说，她无法发现他的错误，她已经没了这个力量。她不闻不问，不再关心他平时的为人处事，她早已失去了这个力量。像这样古怪的麻木不仁既甜蜜又有害。她已被麻醉了，她明白这一点。她愿意从这个阴暗、温暖的迷离境界中苏醒过来吗？她颤栗了，内心希望一直沉湎其中。图克太太会说这是"返祖现象"。"返祖"这个词又一次鬼使神差地在她耳旁响起。

尽管她内心生疑，她依然感觉良好，处于一种如睡似眠的无动于衷的状态，处于一种消极被动、冷漠的状态。这种被动、这种冷漠是如此黑暗，如此甜蜜，她几乎觉得这一定是邪恶。她自己就是那邪恶的化身。然而，她没有力量去改变这种状况，因为他们已是合法夫妻，再说她对此也感到很高兴。想到自己同他结合在一起，她总有一种如释重负般的庆幸。她现在是马拉斯卡太太了。再继续做霍顿小姐又有什么好处呢？马拉斯卡是一颗苦的樱桃，她已经吞吃了这颗邪恶的果子。她为自己吞吃这颗毒果而欣喜若狂。他多么帅气！除了她以外没有人注意到这一点。她为他的魅力所迷住，以至于每当她看见他俊美的面容和黑暗影子时就会情不自禁地颤抖起来。西西欧的确比婚前更漂亮了。他好像脱颖而出。以前他在英国街头一点不惹人眼，而如今他身上的一些东西展露出来了。他变得强壮有力，富有男性魅力，日益招人视线。在他身上有一种豹子般藏而不露的高傲气质，就是英国人看重的那种气质。

他要去意大利，现在一些都由他决定，爱尔维娜作为他的妻子，只得听从。结婚第二天，他就带着她到了伦敦。他想尽快离开英国回意大利去。他讨厌呆在英国，不喜欢在间谍开始猖獗的时期作为一个外国佬停留英国。

在伦敦，他们住在他的表兄家。他表兄在巴特海经营一家餐馆。他是一个真正的伦敦产儿，身上融合着英国人诚实利落和意大利人精干的品质，这使他成为一个在伦敦一带事业成功、生活富裕的意大利人。他的名字叫吉斯普·加利法诺。他的脸色有些苍白，有四个他为之感到自豪的孩子。他以友好的态度接待爱尔维娜，好像她是家里的一件宝贝似的，但又似乎显得有些不安和不满。她居然屈尊嫁给西西欧，这使她失去了自己的社会地位。对于她的纡尊降贵他似乎又兴奋。因为他早已是一个北方化了的意大利人，他完全接受了英国人的道德标准和行为准则，他的孩子也都成了地道的英国小子，所以他又几乎是以施主的身份来对待爱尔维娜。

但是爱尔维娜那双深邃的蓝眼睛送出的长长的、定定的秋波令他销魂荡魄、精神振作。他忽然妒忌起西西欧来，几乎爱上了她。他那颗平静了多年的心由于她的到来而荡漾起来，作为伦敦餐馆老板而培养起来的英国人的沉着自若的气度，也因她的出现而出现动摇。他那背叛已久的老意大利人的隐秘的灵魂也被打动了。起先他打算把她作为一个英国女士来对待她，但是她眼睛里的那种邈远、迟缓的目光使他无法做到这一点。他只能是一个意大利人。

他嫉妒西西欧。西西欧脸上暗藏着高兴，漂亮鼻子的周围看上去有一种难以察觉的半挑战的得意神情。毕竟，他在这位富裕的英国化的表兄面前毫不掩饰自己的得意。在大战初期那些动乱的日子里，西西欧带着他那隐秘的豹子般的那种高兴心情，俨然像个胜利者。

爱尔维娜对这些细微的事情浑然不察。她总是忧忧郁郁，但又精力旺盛。她对一切都感到好奇新鲜。无论是在巴特海，还是在这个孩子们说英语比说意大利语还流利的英意合璧的家庭里，都是这样。登上餐馆的顶楼，看见园林里的树木，听到街上行驶的电车的叮当声，出家门到河边去，体验战争的动荡不安和恐怖气氛，所到之处她都会感到新奇。但是她从来不问为什么。她的情感似乎已完全陷入对那个男人的热爱之中，如痴如醉。她甚至不再想图克太太说的返祖现象了。她混沌、不闻不问地过日子。她陪西西欧进城，一起逛商店买东西，一起去杂耍剧场看戏，或者独自一人坐在房里做针线活，或者同加利法诺一家共同进餐。她脸上总显出隐隐的光彩。加利法诺太太待她和蔼可亲，虽然在这种温和文雅之下有一种居高临下的恶意，有种嘲弄的意味。但是她仍像个女人那样亲近，在她那英国式的开放和意大利式的屈从之间徘徊。

她有点同情爱尔维娜，但更多的是嫉妒。

爱尔维娜除了关心西西欧之外，对别的一概不管。西西欧肉体的存在对她产生了一种魔幻力量。她生活在他的光晕里，对他百依百顺，好像她将自己黑暗的本质移植到她的身上。她对他的为人一无所知，模糊地生活在他的存在中，瑟瑟地颤抖在他的感化力之下，似乎他的血液在她的体内奔腾。她自己也明白她已顺从于他的统治下。可是知道这一点并且注意到这一点的只有她心中很小的一角。

他幸福快乐，脸上喜气洋洋，更显得漂亮，眼睛里闪烁着掩饰不住的光泽，像那些远远地躲藏在丛林中、胜利凯旋的野兽的目光。他对她温柔体贴，不禁令她惊，坠入彻底忘我的境界，内心深处的情感闸门为他敞开。他那一腔深情、盲目和包容一切的爱深不可测，她觉得自己可以永远躺在他温暖的怀抱里。

后来，久而久之，当她想指责他的时候，她总会回忆起当初在伦敦意大利领事馆内看到他脸的那幕情景。当时领事馆门口拥挤着许多申请护照的人，秩序混乱，人声嘈杂。她和西西欧也排在长长的队伍里，等候办理护照。西西欧精通插挡这种事，规规矩矩地跟着队伍向前蠕动。进入馆内，一位高高的、留着花白胡子的老人谦恭有礼地把帽子向上举一下，让爱尔维娜先进办公室填表，她向老人致谢，老人微微敬礼，似乎他一向有谦让的习惯。

由于爱尔维娜看不懂表上的意大利文，西西欧紧跟着走进来，坐下替她填表，她却站在他的身边，看着桌边那些神采飞扬、大声谈笑的伦敦东区意大利人。尽管这是伦敦中部，但这儿呈现的轻松自在、无拘无束的景象很富于人情味，毫无官气，吵闹，与英国迥然不同。

"你母亲的姓名?"西西欧问她。她回转头来看着他。他一直在认真熟练地填着表，这地暂停下来，定在那儿，手指头上夹着一支钢笔。他的脸闪耀着黑油油的光芒，就像一个以前一直闭合着的黝黑透明体，现在显现了。她不由自主地颤抖起来，几乎是一种难以忍受的颤抖，因为他的脸就像是从他灵魂深处盛开的一朵鲜花，黝黑、可爱，晶莹透明，受他灵魂的统治。看到他那与她迥然不同的南方人所固有的可爱的、黑黝黝的肤色羞答答地展现出来，她害怕，脸色苍白。她低下头看着他，回答了他的询问。她的脸拉长了，苍老了许多。紧接着，她的眼睛充满了泪水，视线一片模糊。她弯下身来似乎在看他写字，然而却当着众人的面飞快吻了一下他握笔的手指。

他停住了笔，又一次抬起头来，用野兽般明亮的目光盯视着她，脸上露出醉人的微笑。当他注视她的时候看到了什么呢? 她无法知道。她也永远不会知道。顷刻间，她在心里暗暗发誓，就是上帝也不能把她从这个男人身边拉走。她将永远毫无保留地将自己奉献给他。接着她又头昏起来，转过身去，摄影般机械地扫视着领事馆内的人群，完全失去了意识。他站起来的动作似乎将她从睡梦中惊醒，她立刻转身看着他。

到了十一月初他们才出发去意大利。这些天她一直处于半昏半醒的状态。一天清早，他们来到了繁华的查灵十字街乘赴意大利的洲际列车，吉斯普和他妻子格玛及他们的两个孩子一起来送行，西西欧的三位意大利朋友也来了。他们拥进了站台。吉斯普坚持要西西欧买二等车票。时间还早，爱尔维娜和西西欧拿着他们的行李上了一个二等车厢。西西欧本来是黄褐色的皮肤，这时显得有些苍白，一副不安的样子。他在站台上高兴地用意大利语，或者用他的土话，同人交谈。而爱尔维娜则一动不动地坐在车厢的角落里，不时有一个送客的女人和小孩跑上前来同她说几句话。吉斯普拿了几份画报急忙地跑去给她。他们把她当作一个病人或天使来对待，而现在她就要离开他们了。不过他们注意的更多的是西西欧，同他飞快地谈着话；西西欧则前后应酬着，脸上保持着他独特的笑，一种神经质的毫无意义的微笑，漂亮的眼睫毛下的那双眼睛正在左顾右盼地同人打着招呼。他一反常态，显得心神不宁。

到了关闭车门的时候，女人和小孩走上前来同爱尔维娜吻别，并说，"你没事吧，啊？去意大利——"然后都向她深深地点头告别。她实在不清楚这种点头算什么意思，但是肯定充满了深情厚谊。

然后他们都同西西欧吻别：男人们伸出双臂拥抱着他，并在他的双颊亲了一下；孩子们也都仰着脸渴望接受西西欧的吻别。真奇怪，他们是那么想同西西欧拥抱，一个接一个紧拉着西西欧的手，而他的脸则保持着僵硬的、不安的微笑。

第十四章　穿越旅行

火车开动了，吉斯普拉住西西欧的手，跟着火车奔跑；女人和孩子挥动手帕，大声叫喊；其他的人高嚷着祝福，做出种种奇怪、急切的手势。爱尔维娜模糊地静坐着。雾气弥漫，晨色朦胧而又昏暗。巨大、笨重的火车渐渐加速，将送行的人远远甩在站台上，变成模糊、渺小的影子。驶过那冗长的铁桥时，只见桥下茫茫的河流一片昏黄。

车厢内很挤，到处都是塞得满满的行李与提包，走动十分费力。一位穿戴整洁的法国女士坐在爱尔维娜的身旁，正在阅读一本法文杂志《小鹰》。西西欧坐在对面，黑大衣披在浅灰的外衣上，黑帽子压到左眼，不时带着不自然的微笑向她望上一眼。她呢，则默默不动地坐着，火车穿过布鲁莱，驶入开旷的原野。太阳光的碎片透过乌云，洒落在原野上，原野也一片灰白。地上薄薄地敷了一层雪。车厢里越来越闷，越来越热，拥挤、纷扰、紧张、不舒适，使人难以容忍。列车沉重地急驰向前，就这样越过原野，经过福克斯通，到达海边。

浓雾在灰暗的大地上筑起了围墙，太阳和白云从雾罩的破洞中影影绰绰地显现出来。空气凝固不动，海浪抽打着船坞，发出咂嘴似的声响。爱尔维娜和西西欧坐在二等舱甲板的后部，行李放在身旁。爱尔维娜戴上了海狸皮围巾和皮手筒，裹紧了衣服，沉默，迷惘，看起来又柔弱又美丽。西西欧围着一条白围巾，在她周围徘徊，也显得很潇洒。他一副疏远的神态，给他脸上蒙上一层他所希望的高贵气质，使人一眼就能将他与下等人区别开来。旅客们透过这层富有魔力的疏远神态观察着他们。

太阳挂在天穹，风平浪静，白云飘浮在浅蓝的寒空中，海面浮起粼粼银光。爱尔维娜和西西欧看着船头右前方的太阳。

"太阳！"他朝那天体扬了扬头，对她莞尔一笑。

"我喜欢它。"她轻轻地回答。

西西欧又不出声地笑起来，不知怎么竟大动感情。她不清楚这是为什么。

阳光虽然温暖，可吹来的冬季的风却寒意袭人，海上还有几艘——灰暗，低矮的驱逐舰和战列舰，凶险地伏卧在海上。几条棕色的小渔舟汇聚在一起。海峡远处，隐隐浮现出一只色彩鲜明、十分高大的双桅帆船，寒冷的海峡仿佛凝结了，阳光倾洒在这幅静止的画面上。渡轮正在缓缓转弯。为了活动一下身体，他们站起身来，绕过船舱，向救生艇那儿走去。

忽然，爱尔维娜的心颤抖起来。她下意识地紧握了西西欧的手臂。在那后面，在水的那边，在太阳光线的背后，她看到了英格兰。英格兰随着灰色的、死尸般灰色的峭壁渐渐耸立，覆盖着白雪现出条条斑纹。英格兰如同一具长长的棺木，正在慢慢沉没。她满怀恐惧地注视着，全神贯注，目不转睛。英格兰，它仿佛不欢迎阳光，似乎要保持灰暗。它那么漫长，那么灰暗，那么死寂，带条纹的白雪好似它的裹尸布。这就是英格兰。

她的思绪飞到木屋镇，飞到那所灰暗的中心。家！她的心在体内慢慢死去，从未有过的极度陌生感与虚无感渐渐升起。身旁的西西欧仿佛不复存在。她像魔咒附身一般掉眼望去，望着阳光和大海彼端那灰暗的、覆盖着条状白雪的英格兰，它正在消退、远去，没入水中。她感到难以置信，仿佛不是在看自己的祖国，而是在看其他什么东西。怎么？它怎么竟像冬天里一具长长的灰色棺材，正慢慢沉入大海。这是英格兰吗？

她又重新掉头望着太阳。可是云霾在空中飞扬，寒气侵入。她安详地坐了很长时间，好像坐了一个世纪。当她再次举目望去时，那里只有一道薄雾筑起的海堤，只有一道雾障和几条正在漂动的船只。她应该去看看法兰西海岸。

在她的想象中，布洛涅理应五光十色，绚丽辉煌。现在它已出现在眼前。可是与想象相反，一片灰沉沉的。海岸弯弯曲曲，大地上零星四散着点点积雪。在十一月的阳光下，它显得阴暗，零乱，肮脏，而且比英格兰更灰暗、更阴郁，只不过少了那层幽灵般的神秘外表。

船渐渐地向后转，驶进港口。她看着码头迎面逼来。西西欧收拾起行李。岸口传来人们经常听到的呼喊："搬行李！搬行李！要搬行李吗？"一个穿短衫的搬运工把他们的行李挂到他的皮带上。西西欧和爱尔维娜汇入朝出口处和护照检查处拥去的人流。四周是一片紧张、焦急的气氛，十分拥挤。官员们用英语和法语高叫着，下达命令。最后，爱尔维娜发觉自己站在一张桌前，几个穿制服、长着络腮胡子的男人正翻着那些粉红色的护照。她觉得浑身不安，因为她是意大利护照。别人不当回事儿。那些官员检查了她的护照，问了西西欧许多问题，却不问她。她只不过是西西欧的影子。他们走过人群拥挤的海关大厅，看到他们的搬运工人在纷乱的人群中向他们招手。此时，西西欧还在那混乱的人群中挣扎，而搬运工已经急忙离开爱尔维娜，到火车上去帮他们占座位了。最后，爱尔维娜又在一张火车座位上坐下，并且在边上为西西欧占了一个位置。她坐在那里，望着最后一抹灰色的夕阳余晖下对面港口上的铁轨。男人们望着她，官员们看着她，士兵则交头接耳地议论她。终于，过了许多，她看见西西欧顺着站台走来，搬运工快步跟在后面。

坐定之后，他们吃起带来的食品。喝葡萄酒和茶。过了几个沉闷的小时，火车才起程，越过点缀着残雪的乡村向巴黎驶去。车厢里挤满了人，尽管车厢里挤满了人，尽管车内没有暖气，仍然热得可以。他们对面坐着一个年轻的法国人，长得高大、肥胖，对爱尔维娜大献殷勤。时间流逝，黑幕来到。

火车运行得很糟，不时发生意想不到的延误，严重晚点。天空中透出奇异的光亮，每个人似乎都在倾听奇异的嘈杂之后，终于到达了疯狂的巴黎。

此时已是深夜，巴黎城一片黑暗。大雪纷飞，那天晚上没有火车去里昂站。他们茫然地经过一连串的盘问、检查和呵斥，终于获准径直穿过巴黎。可是这只意味着与巴黎的一个出租车司机在雪地里吵吵嚷嚷地讨价还价。结果，他们总算到了里昂车站。第一个冲到他们身边的是杰弗里，他穿着相当肮脏的列兵服，脸上显露出粗野、惶惑的表情，明显吃了不少苦头。他吻了吻西西欧，伏在他的肩头大哭起来。里昂站的入口厅里乱哄哄的，人们看看他们，却无人流露出惊讶。杰弗里啜泣着，西西欧的脸上也淌下了无声的泪珠。

"我从五点钟就开始等你们，现在得回去了。西西欧！西西欧！我真想见你啊！以后怕永远也见不到你了，兄弟，我的兄弟！"杰基叫道，随即又剧烈地哭起来。

"杰基！我的杰基！你收到我的信了？"

"昨天。噢，西西欧，西西欧，你不在我会死的。"

"不会的，杰基，兄弟你不会死的。"

"会的，西西欧，我会死的。我知道我会死的。"

"我说不会，兄弟。"西西欧还想说些什么，但是一阵痉挛打断了他。他拉下了帽子，用它捂住脸，哭了起来。

"别了，朋友！别了！"杰基哭喊道，一面紧紧抓住另一个男人的胳膊。西西欧把帽子从满面泪痕的脸上拿开，戴回头上。他们紧紧互相拥抱。

杰弗里站起身子，对西西欧和爱尔维娜行了一个奇怪的、庄重的军礼，说："永远和你们在一起！"然后，他飞快走出车站，那件肮脏的军大衣在门口的风中飘动。西西欧目送着他离去，接着转回身来，用思绪万千的目光盯着爱尔维娜的眼睛。随后，他们匆匆走下黑暗、荒凉的月台。月台上大雪纷扬，有许多人，大部分是意大利人，在那里候车。西西欧买来食品，还租了两个靠垫。火车倒进月台，又是一场争夺座位的

世界禁书文库

误入歧途的女人

大战，男人们都从车窗里爬进去。西西欧为爱尔维娜抢到个座位，而自己却不得不呆在走廊上。

横贯法国的夜间旅行开始了，漫长而又盲目。车厢内极热，地上的铁板烫痛了爱尔维娜的脚。一个胖胖的意大利旅馆老板用一顶防烟帽遮住了灯火，在爱尔维娜跟前横躺下来。隔壁车厢传来一个婴儿的啼哭声，差不多整整哭了一夜——从巴黎一直哭到尚贝里。火车经常忽然刹车，无缘无故地停在雪地里。旅馆老板一个劲地打呼噜。车厢内闷热无比，有如火焚，爱尔维娜几乎热晕了。火车又隆隆地往前驶。透过窗帘间的小缝，她再次看到车站，积雪一晃而过。又是急刹车，又是令人心烦的等待。睡觉的人中传来困倦的咕哝，不知是谁掀去了灯罩，有人又再次把它罩上。几个不睡觉的人在向外看。一个人在走廊上重步走来，小孩还在尖声啼哭。

孩子是两个贫穷的意大利人的，一个瘦小的小个子男人和一个看起来有点放荡的女人。他们带着五个幼小的孩子，清一色的男孩。大的四个已经能自己走路，全戴着鲜红的帽子，第五个还是个婴儿。爱尔维娜曾看见一个法国官员在站台上对这个可怜巴巴、骨瘦如柴的父亲大声怒骂。

列车已经到法国的南部，天该亮了。睡得头昏眼花的旅客拉开窗帘。啊，多么晴朗的早晨！窗外是半南方、半阿尔卑斯山的景色。这里没有一丝雪的痕迹，非常美丽，就像一个春天的早晨。褐瓦白墙的房屋在绿色的扁桃树和仙人掌中耸立。真美呵！爱尔维娜觉得自己在幸福的时刻曾经见过这一切。她到走廊上去同西西欧说话。

他站在那里，背靠车窗，随着列车的摇摆轻微地晃动着，脸色苍白、阴沉、忧郁，一脸的不快。爱尔维娜则因南方乡景的感染，喜笑颜开。

"这是我在国外的第一个早上。"她说。

"是呀！"他应道。

"我喜欢这儿。"她说，"这儿不像意大利吗？"

他飞快地向窗外扫了一眼，摇了摇头，脸上仍然阴沉沉的。她看着他，心里顿时感到从未有过的沉重。

"你是在想杰基吗？"她问。

他抬眼望着她，露出一丝苦涩而辛酸的苦笑可是什么也不说。他看上去离她十分遥远。她胸中陡然涌起极度的不快。她离开他，走过通道，以躲开这新的痛苦，因为不管怎么说，这不是她的痛苦。她听着走廊里的法语和意大利语的说话声，感到在车厢内充满了对法国的激动和恐怖。她看到窗外蜿蜒的阿尔卑斯山旁，白色的公牛在黄色的杨树下慢慢地拉着耕犁。一个农夫抬头看了看火车，一个妇人怀抱着婴儿望着列车。随后，她看见一个挤满一群群激动不安的人群的车站。火车经过一条河和一个大湖。所有都好像比英格兰更宽广、更壮丽。她觉得被更为宏大的影响包围了。在这些地区，过去的历史更为巨大，更为辉煌。她第一次感受到了对庞大的罗马帝国和古典世界的怀念，觉得那个世界光辉灿烂。她第一次张开眼睛看到一个大陆，看到一个被阿尔卑斯山环抱着的大陆。她第一次明白到，从渺小的英格兰的完美中逃脱出来，投身一个宏伟大陆的更为伟大的完美中意味着什么。

快到尚贝里的时候，他们去餐车吃早点。她心里非常高兴，但是西西欧的忧伤使她感到不安。然而她心里却格外轻松愉悦。西西欧的不快并未给她造成多大影响。她只感到周围土地的广阔无垠，感到同大陆人一起旅行十分激动，觉得咖啡、面包卷和蜂蜜非常可口，觉得正在发生翻天覆地的变化——所有这一切都使她兴奋。虽说战争和侵略的恐怖已经拂撩了她，恐惧已包围在她周围，然而她仍然激动兴奋，兴高采烈。这个宏大的世界正在进行一次骚动，而她则在这片骚动中穿行。她觉得在这个骚动中，她的穿行不知在什么方面使她感到自得。

列车开始爬坡，向蒙丹尼开去。阿尔卑斯山多么壮观啊！——这群山峻岭之中蕴涵着多么巨大的、不可摧毁的力量呵！火车向上爬呀爬，她看着一道道岩坡石岭，看着蓝天下闪闪发光的雪峰，看着空旷的山谷间的冷杉和低矮的房屋。靠近铁路有几个采石声，男人们正在采石。还有一个山镇，看上去很脏。火车顶着上午炎热的阳光，仍然往上爬呀爬，非常缓慢，以至于从一间村舍里跑出来的一条棕色的小狗跟着火车跑了好长一段路，一面朝爱尔维娜狂吠，甚至还跑到了气喘吁吁、缓缓爬动的火车前头，朝前面车厢的人高叫。爱尔维娜伸出头去，看见两台机车喷烟吐雾，正在转弯。早晨已经过去，时近正午。

快到边境车站蒙丹尼时，西西欧开始激动起来。他的眼睛重放光芒，振作起精神准备进意大利。火车慢慢地驶进这冷清的车站。然后是难以描绘的杂乱，到处是行李工，大堆的行李，海关关卡前无法言状的拥挤，护照检查处更是挤得拥挤。人们全都像发了疯似的。

他们总算办好了手续，又回到站台上。西西欧想去车站饭店吃午饭。他们穿过一道道通道。在车站肮脏的通道里和宽敞的走廊里，几十个意大利人躺在地上，有男人、女人小孩，将他们的包裹、行李堆成营房。他们不是移民就是难民。爱尔维娜从未看到人们向牛群那样围在一起，就像沉默的、毫无野性的牛。这给她留下了深刻的印象。她对这一点感到无法明了。一个意大利劳动者只要累了就会就地躺下。

下午，他们乘火车顺着阿尔卑斯山向都灵驶去。到处都是雪——厚厚的、洁白的、美妙的雪，又美丽又清新，铺满整个山坡，铺满了铁轨，在西斜的阳光下闪耀，如同在触摸火车。暮色降临，车站又拥挤起来。

到了都灵，天已黑了许久了。许多旅客下了车，又有许多人蜂拥着要挤上车。不过西西欧和爱尔维娜有了两个紧挨着的座位。他们有些累了，可是他们已经在意大利了。他们又下车吃了一顿饭。随后，火车趁着夜幕，又向亚里山德里亚、热那亚、比萨和罗马进发。

夜间，火车行驶得较好，在意大利有一种较安静的气氛。西西欧同其他旅客稍稍谈了几句，爱尔维娜铺开靠垫，几乎一觉睡到热那亚。火车在热那亚停了许久，她又打起盹来。等她醒来时，只见外面日光下是一片海洋——一片银色的可爱海洋正在车厢右面扑面而来。火车正沿着地中海轻快地行驶，绕过海湾，从黑色的岩石中间和一座座城堡下面穿过，一连数小时在夜梦般的神奇土地上行驶。她入迷地望着，被大地的魅力迷住了。她暗自想到："不管生活怎样，不管人们把生活弄得多么恐怖，这世界终究是美好的。它富有魅力，值得赞叹。这世界是神奇的土地。"

想到这里，她又打起盹来，不过她仍意识到火车驶过丘陵、隧道，驶过日光下宽广、苍白的沼泽地，觉察到黎明的到来。拂晓时分，他们到达比萨。她望着昏暗中悬挂在车站上的大字：比萨。西西欧告诉她，人们要在这儿转车去佛罗伦萨。这一切对她是多么奇妙——真奇妙。她坐在那里，看着黑暗中的车站——接着，听到一声小孩玩具小喇叭似的声音，她没有想到这个喇叭是指挥火车开动的。

可是她看到金灿灿的黎明，看到金黄色的太阳从乡村的地平线上东升。她喜欢这风景，爱在意大利。她喜欢火车的悠然闲荡，喜欢使用意大利货币，听周围交谈的意大利语——虽说这语言既没有她所希望的那样动听，也没有她想象的那么富有旋律。她喜欢看窗外那光灿灿的古典景色。她重复地读着车厢里的 "Epericoloso sporgesi" "Evietato fumare"，和其他一些神奇的小告示。西西欧告诉她那都是什么意思和应当怎样发音。

坐在对面那些好奇的意大利人立即问他们结过婚没有，他的新娘是谁，干什么的。接着他们用明亮的、逼人的眼睛盯着她，虽说她觉得经过旅行精疲力尽，衣服邋遢。

"你从英国来？啊！一个很好的国家！"一个男人从角落里蹦出来，想表现一下自己的外语能力。

"没有这儿好。"爱尔维娜说。

"嗯？"

爱尔维娜又说了一遍。

"不那么好？啊？不错！雾！嗯？"胖胖的男人在空中舞动着手，形容雾。"不过是个很好的国家！非常——方便。"

他总算想起了方便这个词。不由得高兴地坐了回去。随后，说话又变成一连串意大利语。女人们饶有兴趣地打量着爱尔维娜，看到每一个毛孔。爱尔维娜觉得她们一定在议论她有没有怀孕。果然，她们正用意大利语问西西欧她是不是"在为他造个婴儿。"可是他不得而知，于是有点尴尬地摇了摇头。她们用油晶晶的手拿出面包、切片香肠和炸饭团，开始吃起来，大口大口地从瓶里喝红葡萄酒。自然，他们向爱尔维娜和西西欧发出邀请。当爱尔维娜说她愿意吃点面包夹香肠时，她们乐坏了。西西欧伸手拿了些香肠片帮她卷了个三明治。那些女人盯着她一口口地吃，目光闪烁，一边高兴地点着头问道：

"Buono？Buono？"

她知道这个词，听懂后回答说：

"是啊，好吃！Bouno！"她用同样的方式点着头。这一举动使那些女人大为满意，由此她们将那包香肠和纸托出，笑容满面地点着头说："Se Vuole ancora——！"

爱尔维娜吃着厚厚的夹肉面包，微笑着说：

"是呀，非常好吃。"

女人互相看了看，不知说了些什么，而西西欧摇摇头表示反对。但是一个女人卖弄似的掏了一块手帕，把一个酒瓶擦了擦，并把酒瓶递给爱尔维娜，说："Vino buono, Veccbio！Veccbio！Veccbilo！"一面努力地点头表示她应该尝尝。她看了看西西欧，而他只是不置可否地回头看着她。

"我应该喝点吗？"她问。

"如果你愿意。"他答道，同时用意大利式的手势表示无所谓。

于是她喝了几口。她不善于对着瓶子喝酒，所以酒都洒在下巴上了。但是她很爱这酒给她带来的暖热感，因为她非常疲倦了。

"Si piace！piace！"

"你喜欢它吗？"西西欧为她翻译。

"是的，很喜欢。非常怎么说，"她问。

"molto。"

"Si, molto."她又回答，"对了，我知道 molto 这个词，乐谱中有。"

妇女们喧闹起来，微笑着点点头。火车仍然颤动着向前驶，一直驶到罗马。接着，罗马站上又是一阵搬行李的混战，人头簇拥，老一套地挥手致别。罗马！罗马！对于

爱尔维娜来说这只是个名字，只是一个拥挤的火车站，只是西西欧跟着行李紧跑，两人到车站餐厅吃饭。

他们一吃完饭，但立刻又回到车厢。这回是同一些新的乘客一起向南行使，去那不勒斯。爱尔维娜感到越来越困，昏昏欲睡。她望着窗外那条在一马平川的平原上伸展开去的阴郁的、残破的沟渠，望着那铁路周围很肮脏的罗马郊外的平原。不知从什么地方转出来一辆矿车，飞快穿过铁路，她看着它开到弗莱斯加怵。

火车慢慢驶近山岭——他们经过了山脚下的一堆堆麦秸和一株株葡萄树，进入山中。一座座奇妙的小乡镇牢牢地耸立在岩石上和山峰顶。山峦拔地而起。好像老式的山水图。几条小河在荒无人烟的乱石丛中蜿蜒曲折。在这罗马南部远离文明的阿尔班山区，一切都好像十分原始、野蛮。火车在山上爬上爬下，转来转去。他们正向西西欧的家乡进发，剩下的路程已经不多了。这时爱尔维娜感到疲倦，因而也无意去关心将来的生活会是什么样子。他们打算住在他舅舅家，他母亲的兄弟家里。这位舅舅曾在伦敦当过模特儿，后来在西西欧外公留下的一块土地上盖起了一幢房子。他现在孤单，因为他的妻子已经死了，几个孩子也在国外。吉斯普是他的儿子，就是那个爱尔维娜曾在他家住过的巴特海的吉斯普。

爱尔维娜只知道这些情况。她知道在派斯柯克拉西欧下面有一小块地属于西西欧。那块地是老弗兰西斯科，那个吃苦耐劳的外公留给他母亲的，是块古老的、半荒弃的土地，目前由他的两个舅舅，潘格拉西欧和杰奥梵尼在照料，不过所有权不是完全归西西欧。潘格拉西欧舅舅很有钱，他当过模特儿、还造了那幢"别墅"；杰奥梵尼的家境就不怎么好了。西西欧是这么说的。

他们期待潘格拉西欧来车站接他们。此时已是下午，西西欧归拢那些行李包裹，戴正帽子，随后透过窗看着外面陡峭的山坡。在两座陡峭的山崖之间有一座小镇，小镇坐落在像海湾一般奔泻进群山的一条平川上。火车停下来。他们到了。

爱尔维娜疲倦不堪，连下月台的气力都没有。此时是下午四点左右。西西欧前顾后盼，寻找着潘格拉西欧，可是连人影也没有见着。他只好在站台上将行李堆成一堆，叫爱尔维娜守在旁边，自己则去取托运的箱子。一个搬运工走来，问了她几个问题，然而她一句也听不懂。终于西西欧回来了，扛着一个小皮箱，一个搬运工扛着另一个皮箱跟在后面。他们又快步走来，撇下爱尔维娜和一堆小行李。她仍然等待着。火车开走了，西西欧和搬运工急匆匆地跑了回来。他们带着她穿过一扇小门，来到车站后边一块平坦的荒地，那里停了两辆黄褐色的公共汽车和一排敞篷马车。西西欧正在把他们的小提箱往一辆长途汽车顶上递。递完之后，车顶上的人爬了下来，西西欧给了他和车站搬运工一人六便士。车站搬运工立刻将这枚硬币扔到地上，还做了个生气的轻视手势，摊开了双臂，拼命地数落开了。西西欧也反唇相讥，两人像鸟儿一样相互啄来啄去。后来那个身材魁梧，留着黑胡子的汽车司机出面调停，这场争吵才算了结。结果，西西欧非常友好地给搬运工加了两便士，而搬运工也非常可爱的祝他"路途愉快"。

爱尔维娜和西西欧刚并排在车内坐定，便听到一声声调美丽的英语问语："你们在这儿！我怎么竟会与你们失之交臂呢？"

这是潘格拉西欧，一个衣衫褴褛的小个子意大利人，六十开外，看上去破烂烂。他长着大胡子，红红的眼圈，满脸一道道深深的皱纹。西西欧把他介绍给爱尔维娜。

"我怎么错过了你们！"他叫道。"火车到的时候我正在车站上，可我没见到你们。"

不过他明显喝过了酒。车里坐满了高大的山民，戴着黑帽子，披着斗篷和大衣。他在远远的车尾部给潘格拉西欧找了个座位，因而他再也没有机会说话了。他坐在那里，满面皱纹的脸毫无表情，目光有些迟滞。他的眼睛同西西欧的一样，也是黄褐色。只不过这位舅舅的眼睑沉重、古怪，眼睛看上去像一些老色狼的眼睛，十分笨，眼珠周围还有些泛红。真是个怪人！他的英语尽管说得很慢，然而声音却非常优美。他用缓慢的、淡然的目光不时瞥上爱尔维娜几眼，从不对她注目凝视。大部分时间他毫无表情地枯坐着，如同一个印第安红种人。

即将发车的最后一刻，一个大个子黑衣教士挤了上来，车门在他身后关闭。车内已经满员。另一辆客车出发了，接着这辆发往莫拉的客车也紧紧跟上，载着爱尔维娜和西西欧去进行他们下一段的旅行。

太阳斜倚在山顶，阴影投在海湾般的平原上。客车在笔直的白色大道上飞驰。这条大道劈开耕田。直通群山的中心。路旁，披着斗篷的农夫和穿着带白胸衣的打褶外套的农妇在青草萋萋的田垄上行走，或驱赶牛羊，或牵着背负重物的驴子。这些女人的头上都戴着花头巾，就像爱尔维娜记忆中那些参加主日学校宴餐、老是以绿色的小情鸟来算命的妇人。她们都沿着田垄朝山峦关合处的蓝色阴影走去，把左边山顶上的小镇远远扔在后面。

到了一条岔道口，汽车忽然停下，静静地停在路中央。路边是一道冰冷的小溪，此时暮色开始降下帷幕。几头蛾白色的高大公牛拖着一堆又长又低的木头，摇摆地从边上走过；落在后面的农民开始赶了上来。像画面上的人物那样三五成群。小溪叮咚，牛、羊、猪晃动着脖上的小铃，沿着路边的青草和平坦的田野，被人驱赶着慢慢往家走。车上的山民跳下车，在路间闲聊——一股寒风吹进车内。随着太阳落山，高高的头顶上现出雪山冰峰奇异的光芒，一片桃红，而山谷间的阴影则越来越浓。

过了将近半小时，那个年轻的汽车售票员从荒芜的路边跑过来，大家又爬上车，汽车再次向平原的脖颈处飞驰而去。随着一声轰鸣和一个急转弯，汽车开始爬上第一条盘山道。巨大的峭壁从右边升起，落日的红辉照在峭壁上端。道路曲折，汽车慢慢地向上爬，竭力爬过这道关口。随后转过一个弯，进入另一条盘山道，又开始沉重地向上攀。一座座山峰高高耸立，汽车转来转去，从隘路转向另一条隘路。汽车颤动着，奋力向前。他们有时看到一座房子，有时看见一棵伐倒的橡树，有时瞅见一道深谷。高高的雪峰闪着白光，屹立在黑暗的土地上。他们沿着黑暗的土地向上，向上。

爱尔维暗自向前张望，总觉得自己看到了群峰之间的空处，认为已经到了这条隘路的顶端。每次汽车一转弯，她便以为要出了这条峻岭之间的穿山道。可是没有——山道马上又盘了过去。

一个荒凉的小村庄出现在眼前。也许这是终点了吧！谁知还是不对。只不过那个生活在她对面的高大、帅气的山村青年在那里大发牢骚，因为司机不肯停车，结果驶过了他要走的路。大家都劝他，他只好下了车，投进那片阴影之中。那个胖大的教士挤进了他的座位。汽车重新开始盘绕，始终朝着那高峰之间的空凹口驶去。

最后，他们穿过夹在高高的石壁中的楼房，来到一个小集市，这是山道的顶峰。行李搬了下来，爱尔维娜下了车，发现自己站在一个古老的、破烂的小镇中央。一座教堂在一块小高地上高耸，一条白色的大路奔向右边，远处的下方隐隐现出一块宽阔的峡谷。周围是低矮、邋遢的房屋——中间夹杂着几幢高大的楼房，还有几棵光秃秃的小树。天际闪烁着星星，空气冰凉。黑黝黝的人影站在四周，十分激动。女人戴着一种打褶的亚麻布帽子，形状犹如贝壳，如同客厅女仆的帽子。她们都走过来仔细打量着爱尔维娜。这些山区女人的脸看上去都冷若冰霜。

潘格拉西欧正用本地土话同西西欧说话。

"来的时候我没找到下山的马车。"他用英语说，"不过我在这里找一辆。你们现在干什么呢？把行李放在格拉西娅那儿等一会儿？……"

他们穿过空地来到了一个叫"驿站旅店"的类似店铺地方。这个旅店只不过是个小窑洞，泥地上有一股猫的气味。三个瘦小老太婆正围坐在一个黄铜大盘旁边，大盘里燃着木炭。几个男人在喝饮料。西西欧要了两杯加甜酒的咖啡——那个脸色冷漠的格拉西娅戴着半旧的头罩，把两个肮脏的小杯子往很脏的水中浸了浸，从炭灰上提起咖啡壶，往每个杯子里倒上约三分之一沸滚的黑咖啡，然后加满甜酒。接着她急忙跑去勺来一勺糖，放在碟子里。这样就算完了。

然后西西欧一口将咖啡喝干，爱尔维娜也学他的样一口喝干，结果把嘴唇烫得生痛。西西欧付了账，一低头想转出去。

"你现在想买点什么吗?"潘格拉西欧问。

"买什么?"西西欧说。

"吃的。"潘格拉西欧说，"你们带食物了吗?"

"没有。"西西欧说。

于是他们沿着黑暗的石街来到一家肉铺，买了一大块鲜红的肉，又到面包买了一块巨型扁面包，还买了咖啡和糖。潘拉西欧用他那文雅的英语叹息说这里不能买到黄油。他们所到之处，都有一些表情冷漠的女人跑来打量着爱尔维娜，问一些问题，而西西欧和潘格拉西欧则相当冷漠地作回答。显然，派斯柯克拉西欧的这些居民相互间不很亲热。爱尔维娜感到自己来到了一个特别的含有了敌意的国度，处于一个黑暗的、野蛮的山区小镇。

终于，一切准备就绪。他们钻进了一辆双轮马车，爱尔维娜和西西欧坐在后面，潘格拉西欧同车老板坐在前头，行李胡乱地堆在车上。几件大件行李留在镇上次日再来取。天很冷，黑暗中透着星光。月亮要到很晚才升起来呢。

因此，马车只凭借着点点星光，嘎吱嘎吱地沿着那条惨白的大道而下。大道从峡谷顶盘旋，直通下面黑沉沉的"海湾"。他们在黑幕中嘎吱嘎吱地闯进黑暗，像发了疯一般。那位马车夫漫不经心地对他那匹马的模糊身影发出各种古怪的吆喝，把鞭子甩得啪啪响，一面不停地向潘格拉西欧提问。

爱尔维娜贴着西西欧坐着，可是他一直无动于衷。寒风瑟瑟，星光闪闪，他们沿着山下颠簸宽阔的大道飞奔而下。爱尔维娜则看着山岭、岩石和星星。

"我没想到它竟这么凄凉。"她说。

"现在已经不算很冷清了。"他的声调中透出悲哀、凄凉的味道。他把手放在她身上。

"你不喜欢它吗?"他问。

"我认为它很可爱——妙不可言。"她茫然地答道。

他充满激情地一把抱住她。可是她并不觉得自己需要保护。她不明白他为什么看上去那样烦躁、意气消沉。对她来说，这一切都妙不可言，令人惊叹。在那闪闪发光的星星中和那悬崖峭壁中有一种博大的魅力，既令人尊敬又十分壮丽。

他们下到平坦的谷底，顺着弯曲的道路继续前进。路边有座房子，房子外面的墙上燃着一堆红色的火，映出一些影影绰绰的黑色身影。

"那是什么?"她问道,"他们在那里干什么?"

"我也不清楚。"西西欧说,"Cosa fanno li——嗯?"

"Ka——? Fanno il buga'——"车夫回答。

"她们在洗东西。"潘格拉西欧解释说。

"洗东西!"爱尔维娜说。

"洗衣服!"西西欧简答道。

叽嘎作响的马车颠簸而下,在寒夜中顺着公路来到谷底。爱尔维娜看到了一面面黑暗的斜坡,看到头顶猎户座的光辉。她感到自己完全迷失了方向。她从原先的世界中走出来,越过边境,来到一个神秘的地方。木屋镇,兰开斯特,英格兰——所有这些地方都消失得无影无踪。

他们穿过一片黑树林,听到冰冷的溪水急切的流淌声。马车忽然停下,一个人从明亮的门廊中走出来,来到黑暗之中。

"我们得在这儿下车了——马车不下去了。"潘格拉西欧说。

"到了吗?"爱尔维娜问。

"没有,还有一英里左右,但是车子过不去。"

西西欧用意大利语问了些问题。爱尔维娜爬下了车。

"晚上好,你们冷吗?"传来一个女人响亮、沙哑的声音。这是西西欧的另一个亲戚,一个美、意混血儿。爱尔维娜吃惊地看着门廊下站着的那个年轻妇人,她长得挺美,不过有些凶恶,声音粗哑。

"相当冷。"她答道。

"进来暖和暖和吧!"少妇讲。

"我妹夫住在这里。"潘格拉西欧解释说。

爱尔维娜穿过门廊走进房间。这地方有点像小客栈,泥土上燃着一个巨大的木炭盆,好像一个扁平的火池。戴着帽子、披着斗篷的男人围着桌上一盏小灯在玩纸牌,一个男人正在倒酒,整个房间看上去像个窑洞。

"暖和暖和吧!"年轻的妇人指着地上那个扁平的火盆说。她搬来一把椅子放在火盆边,爱尔维娜坐了下来。房间里的男人都注目凝视,然后又继续吵闹地打牌。西西欧扛着行李走进来,男人们纷纷站起来向他表示热烈欢迎,意大利土语中夹杂着几个英语字眼儿。他们不时地观察着爱尔维娜,好像是个奇异的生物。

他们在边上小谈了一会儿,然后西西欧跑来对她说:

"他想知道我们是否今晚在这儿睡觉。"

"我宁可回家。"她说。

西西欧一听到家这个字，便把脸转向一边。

"你瞧，"潘格拉西欧说，"我想你们住在这儿可能比住在我那破房子里面好。你瞧，我没有女人来照料房间——"

爱尔维娜环视着这窑洞一般的房间，看着那些戴黑帽子的粗野汉子。她想，她在这儿怎么会"更舒服"呢？

"我宁可继续走下去。"她说。

"那我们得骑驴了。"潘格拉西欧不动声色说道。随后爱尔维娜跟着他走出屋子，来到公路上。

一个家伙提着马灯从一个棚子里出来。此人身材矮小，看上去有点像盗贼。他的斗篷系到鼻子上，帽子压到了眼睛，腿上绑着破烂的白布条，束着皮带，脚穿一双软皮便鞋。

"这是我弟弟杰奥梵尼。"潘格拉西欧介绍说，"他不太聪明。"随后他便哇啦哇啦地说了一大通当地方言。

杰奥梵尼伸手摸了下帽子向爱尔维娜致意，把灯递给了潘格拉西欧，然后就走了。过了一会儿，他牵来一头驴子。西西欧提着行李走出来，借着那盏灯的灯光把行李挂在驴子的两侧，堆成不太稳当的一堆。潘格拉西欧试了试捆绑的绳子。

"行了！走吧，我马上就来。"

"啊——噢——！"杰奥梵尼朝驴子大声叫喊，一面抽了一下驴子的肚子。他抓起缰绳，牵着驴子走上黑暗的公路，肮脏的白腿在围裹住的斗篷下移动。爱尔维娜注意到了他那穿皮便鞋地的脚在曳步而行，而驴子则迈着平稳的脚步。

西西欧提着灯，同她并肩在路边附近行走。驮着行李的驴子在前面几步远的地方费劲地走着。路边有几棵树，一条看不见的水渠传来潺潺流水声，不时有几块巨石从路边突起。天气寒冷，山路冻结，星星在头顶的高空中闪烁。

"这里奇怪！"爱尔维娜对西西欧说，"你回到家来高兴吗？"

"这里不是我的家。"他有些生气地答道，"不错，我是想再见到这个地方。但是这地方不适合年轻人生活。以后你就知道你会怎样喜欢它了。"

爱尔维娜不知道他为什么忧心忡忡。潘格拉西欧也表现得局促不安。他刚从后面跑过来赶上他们。

"我想你会累坏的。"他说，"你应该住在刚才那边我的亲戚家。"

"不，我现在不累。"爱尔维娜回答。"只是有点饿。"

"好吧，等到了我家后我们吃点东西吧！"

他们迈着沉重的脚步在漆黑的山道上行走。潘格拉西欧拿过那盏灯，走到驴子身边检查行李，一面收紧捆绑绳。一大块扁平的面包掉下来，滚到一边，一个小手提包也啪地坠地。潘格拉西欧冲着杰奥梵尼唠叨开了，全是当地方言，一面把灯递给了他。西西欧拾起面包，夹在胳膊下。

"掰一小块给我。"爱尔维娜说。

他们两人在黑暗中吃起面包来。

过了一会儿，潘格拉西欧在前头带住驴子，从杰奥梵尼手中拿过马过。

"从这儿我们得离开公路了。"他说。

他谨慎地提着灯，彬彬有礼地替爱尔维娜照亮那条灌木丛中顺坡而下的小径。爱尔维娜鼓起勇气走下那条陡峭的下坡路，潘格拉西欧跟在后面打亮。在最后压阵的是杰奥梵尼，他向驴子大声吆喝。他们择路而下，一直来到山间的河床。这是条宽阔、奇怪的河床，由于干燥的巨砥组成，在星光下闪着苍白的颜色。他们听到河流奔腾而过的声音，如同冰河的声音。这地方看上去原始，荒凉。沿着遥远的河岸是一片黑漆漆的灌木丛。

潘格拉西欧晃动着马灯，他们踏着不平稳的石块一直来到河边——这条河不宽，不过水流湍急。一块长长的、窄窄的厚木板横贯小河。爱尔维娜哆哆嗦嗦地穿过木析，身后跟着拎着马灯的潘格拉西欧和夹着面包与手提箱的西西欧。他们听到得得的驴蹄声和杰奥梵尼忽然发出的叫喊声。

潘格拉西欧又提着马灯穿过小溪走回去。爱尔维娜看见那头驴子朦朦胧胧地走来，在溪流边不安地来回徘徊，撑住前肢伸出鼻子闻闻溪水。

"哦！哦！"潘格拉西欧高声叫喊，一面抽打这头畜牲。

可是驴子只是抬起头转向一边，不肯过河。潘格拉西欧生气的话音从寒冷的黑夜中飘过来。

西西欧哈哈大笑。他和爱尔维娜站在宽阔的河床的石块上，借着明亮和星光，看着两个身影朦胧的男人提着灯，牵着驴子向上游爬去。驴子又垂下白色的鼻子，狐疑地嗅嗅河水，由于行李的重负屁股撅了起来。潘格拉西欧又是怒骂，又是扬鞭抽打。那头驴子好像要过河了，可是不！它想了许久之后又退了回去。透明的空气里响彻了气愤的骂声。那个提马灯的一小群身影又朝上游走去，越来越小。

爱尔维娜同西西欧站在那里看着。那盏马灯在远远的上游处变成很小的一点。随后，那边传来哗的一声溅水声，和一声叫喊。

"它过河了。"西西欧说。

潘格拉西欧急忙地提着马灯从木板上走回来。

"啊，这头蠢货！我真该杀了它！"他高呼。

"它不习惯蹚水吗？"爱尔维娜问。

"不，它习惯的。只是到了它想过的地方才肯过。真恨不得不等它过来就把它宰了。"

他们选路而行，穿过河床，来到远处那一带灌木丛边。他们在那儿等着驴子。耐心的杰奥梵尼牵着驴子得得地踏着石块过来。随后他们一行爬上一条两坡之间的石径。这条道很难走，高低不平，爱尔维费力爬了上来。他们又等待驴子，然后掉头向右，从几棵树下穿过。

一幢房子隐隐出现。

"是这房子吗？"爱尔维娜问。

"不是。这房子属于我，但不是我的家。还得再走几步路。我们现在已经踏上我的地盘了。"

他们穿过一片乱蓬蓬的草地，仍然往上爬。草地在两块忽然凸起的巨石间消失，他们忽然置身在一座显赫的房子的门槛内，只不过房子里一片黑暗。

"嗨！"潘格拉西欧叫道，"我吩咐他们的事他们一件都没做。"他发出几声古怪的叫骂。

"什么？"爱尔维娜问道。

"既没生火，又没做饭。等一下——"

驴子爬上来。西西欧、爱尔维娜、杰奥梵尼和驴子在这座荒凉的房子下等着，淋浴着寒冷的星光。潘格拉西欧转个弯消失在屋后。西西欧在同杰奥梵尼说话，看上去心神不定，他好像感到很沮丧。

潘格拉西欧提着马灯回来了，打开了大门。爱尔维娜跟随他踏上一道宽宽的石板地走廊，走廊里竖着农具，一个角落里堆着一些麦秸和豆子，边上还有一道裸露的木楼梯。潘格拉西欧领着她进了厨房，所以她借着灯光只看到这些。厨房是个带拱顶的房间，墙壁灰暗，有个巨大的壁炉，敞着炉门，里面黑洞洞的没生火。这个房间空旷的，只有少许几件粗糙黑暗的家具，石板地也未扫过，厚厚的墙上有几扇窗，装着铁栏，一半被黄褐色的百叶窗遮蔽。这里有点像一间舞台上的房间，阴沉沉的，不是供人生活用的。

"我来点灯。"潘格拉西欧说着从壁炉台上取下一盏灯，开始将它点着。

西西欧已经把面包和手提箱放到一个木柜上。此时他正沉默地站在爱尔维娜身后。

她转过身来对他说："这间房间很美。"

它的确很美：高高的拱顶，肮脏的白粉壁，黑色的大烟囱。可是西西欧并无同感，只是忧伤地微笑着。

灯点亮了，爱尔维娜惊异地看四周。

"现在我去生个火。你，西西欧，去帮杰奥梵尼料理一下驴子。"说道，潘格拉西欧端着灯忙碌开了。

爱尔维娜观察着这个房间，只见壁炉有一张木制扶手高背长椅，背对着房间。在一扇凹进去的方形窗房下面有一张小桌，倾斜的窗台上堆着报纸，散放着信件，还有几枚钉子和一把榔头。桌上有一些干豆和两个玉米苞。一个角落里钉了几个架子，搁了两只搪瓷盘；下面还有一个木柜，两把小椅，壁炉边的角落里堆着少许柴火、藤茎、葡萄树枝，玉米芯和橡树枝。

潘格拉西欧又捧着一些柴火匆匆忙忙走进来。

"这些家伙真讨厌！我让他们办的事他们一件都没做。"他说，"我吩咐过他们要生一堆火，整理一下房间。你住在我这破房子里会不舒服的。我没女人，什么东西都没有，一切都乱了套——"他把藤茎掰碎，在壁炉中点燃，壁炉里立刻燃起熊熊火焰。这时，西西欧拎着几个包和食物走了进来。

"我最好上楼把衣服脱掉。"爱尔维娜说，"我饿坏了。"

"你最好还是别脱，这屋里很冷。"潘格拉西欧说。的确，这房间冰冷，她微微打了个战。于是，她只摘下了帽子和皮手筒。

"我们煎些肉好吗?"潘格拉西欧说。

他拿下煎锅，从木柜里找出一块猪肉——看来这是个食品柜——开始在火上的煎锅里炸一片片的肉。爱尔维娜想安排餐桌，可是却找不到台布。

"我们就坐在这儿吃饭，我总是这样就餐的。"潘格拉西欧说。他拿出两个搪瓷和一个汤盘、三把便宜的铁叉和两把旧刀，还拿来

一个装着少许灰色粗盐的木碗。他把这些东西放在炉火前那张高背长椅的座面上。西西欧沉默。

这张椅子又黑又油腻，爱尔维娜害怕把自己的衣服弄脏。但是她还是坐了下来，捧着搪瓷盘和令人讨厌的叉子，吃起肉片和面包。这样吃饭很艰难——不过食物的口味很好，而且炉火熊熊。只是屋里有一股薄雾般的紫烟，挺呛人的。西西欧坐在她旁

边，大口大口地吃着。

"我觉得这里挺有趣。"爱尔维娜说。

他的黑眼睛用阴沉的目光看了她一眼。她不知道他这是怎么啦。

"你不认为这儿很有趣吗?"她微笑着问道。

他脸上慢慢泛起一丝微笑。

"你不会喜欢这里的。"他说。

"为什么不喜欢?"她害怕地叫道，害怕被他一语道中。

潘格拉西欧提着灯跑进跑出。他用一块白布捧着一些外表干皱的梨、圆圆的绿葡萄以及几个核桃放到他们面前。

"我想我的梨还是好的吧!"他说，"你们得把梨吃掉，同时原谅我这不舒服的房子。"

杰奥梵尼端着一大碗汤和一瓶牛奶进来。炉前的高背长椅只能坐下三个人，所以他把一把椅子推进杂乱的柴火堆中，坐了下来。他有一双明亮的蓝眼睛，扁平的脸，年纪约五十上下，看上去淳朴、和气，有些呆呆的。三个男人都戴着帽子吃饭。

这碗汤是从杰奥梵尼的村舍拿来的，给潘格拉西欧和他两人喝的。可是碗里只有一把羹勺，因而潘格拉西欧吃了十几勺后就把碗递给杰奥梵尼——杰奥梵尼连声反对想要拒绝——可是还是接了下来，吃了十羹勺，然后连碗带调羹递还给了他哥哥。他俩就这样把一碗汤喝完了。随后潘格拉西欧找来酒——一种泛白的葡萄酒，不很好，所以他连连致歉。他请爱尔维娜用咖啡，爱尔维娜自然十分高兴地接受了。

尽管正面有火暖和的，可是后背却冷得够呛。潘格拉西欧用一根尖尖的长棍插进长柄锅的把手，将这个器皿递给了西西欧，要他在火上热牛奶，自己则把锡制咖啡壶炖在炉灰上。他拿出一根铁管，或者说吹风管，管的另一端有两只小足。他把铁管递给杰奥梵尼吹火。

杰奥梵尼是火神崇拜者，接过吹火管时眼睛闪亮。他不顾潘格拉西欧的阻拦，在火后又堆了一些柴火，然后调整了一下正在燃烧的柴火。接着他轻轻地吹出一团红火墩咖啡。

"Basta! Basta!"西西欧说。可是杰奥梵尼看着爱尔维娜，继续吹了下去，眼睛闪光。他要为她吹出美丽的火。

屋里只有一个杯子，一口搪瓷茶缸，和一只小碗，这些就是喝咖啡的全部用具了。潘格拉西欧咔嚓咔嚓地磨起咖啡来。尽管他看上去老态龙钟、腰弯背驼，却好像样样事情都要插手。

最后，杰奥梵尼告辞了——挂在火色上的水壶已经开了。西西欧把水壶拿下来，结果将手烫得生痛。终于，终于爱尔维娜可以上床睡觉了。

潘格拉西欧拿着蜡烛走在前面，身后是提着黑色水壶的西西欧，最后跟着爱尔维娜。两个男人仍然戴着帽子。他们的靴子在光秃秃的楼梯上发出沉闷的响声。

卧室极冷。这个房间不大不小，水泥地，白色的墙壁，打开落地窗可以看到一个小阳台。房间的两边相对放着两张高高的白床。脸盘架很小，呈三角形。

房间里的空气很冷，如同结了冰似的，水泥地也冻得人的脚发木。西西欧坐在一张椅子上，开始脱靴子。她走到窗边。月亮已经升起来了，白雪皑皑的山顶奔泻出一片令人目眩的光芒，在渐渐逝去的夜空中闪闪发光。她走到阳台上待了一会儿。这真是个奇妙的世界：月亮在冰峰雪顶上高挂，苍白的峡谷的暗蓝色的丘陵地带，长满了枝枝丫丫的树木。这一切都是那么神奇——不过冷得可以。

"你最好把门合上。"西西欧说。

她走进房间。她累得要死，冷得发昏，经过旅行后身上脏得要命。西西欧洗也没洗就上床睡觉了。

"床上怎么有声音？"她问他。

原来床下都垫着晒干的玉米棒包叶，垫得很高。他一动就沙沙响，好像一条蛇在枯叶中爬行。

爱尔维娜洗完了手，把水泼出了门外，然后用滚热的水彻底洗了洗脸。真舒服！她叹息。

西西欧看着她飞快地梳好头发。由于辛苦，由于那冻人的空气，她几乎麻木了。她茫然地爬上那高高的、沙沙作响的床。床的中间被他们填得高高鼓起，而且冰冷。她大吃一惊，仿佛自己掉进了水里。她打了个战。因为疲劳而昏昏欲睡。那些羊毛毯很重，很重。由于激动和惊异感到十分茫然。她模模糊糊地察觉到西西欧很痛苦，却不知道他为什么要痛苦。

大约一个小时之后，她忽然惊醒。月光洒进房间。她不知道自己身在何方，所以感到十分害怕，再说她冷得要命。一股真正的恐怖感捉紧了她。西西欧一动不动地躺在床上，每样东西都给人一种电一般的恐惧。周围的东西极其恐惧，她感到自己随时可能死去。她动弹不得，感到周围每样东西都极其可怕，正在压制她，将她推出门外。她的生存受到威胁。

再过片刻她就要吓疯了，因此她尽力挣扎着坐起来。西西欧默默无声地躺在床上，同夜里其他的东西一样可怕。她对他也感到恐惧。她怎么办呢？应该逃到何处去呢？她误入了歧途——迷失了方向——彻底迷失了方向。

这一想法像一块冰一般深藏她的心底。然后，她镇定地爬出床，走过去来到他床边。他很可怕，令人恐怖，不过他也很温暖。他感到他的力量和温暖侵入她的体内，化解了她心中的冰块。他身上这种发疯的绝望的激情再次使她完全丧失了意识。她彻底失去了意识。

第十五章 那个叫加利法诺的地方

　　毫无疑问，爱尔维娜是误入歧途的女人，她与一切曾经属于她的东西完全隔绝了。古罗马诗人奥维德孤零零地待在色雷斯时也许很悲伤，因为灵魂本身需要一种神秘的滋养品。缺少这种滋养品，就会使人感到万事不如意。

　　来到派斯柯克拉西欧，那莽莽的峰峦和深深的峡谷似乎不断地对这位英国女士施加神秘的影响，想要把她一口吞掉；不，不仅仅是她，还有那些当地人。实际上，西西欧和潘格拉西欧紧紧依附在她身上，好像要靠她把他们拯救出濒临死亡的绝境。这一切都需要她鼓足所有的勇气。实事求是地讲，她必须支撑这两个男人的灵魂。

　　起初她并没有意识到这一点。她对这里的一切感到十分陌生，对这里的绝妙美景感到惊慌失措、欣喜若狂，对它要毫不留情地吞噬自己感到害怕。时间就这样一天天过去了。看来世上总有些地方在抵御我们的文化，因为它们有力量来改造我们的灵魂。每个国家似乎都有潜在的消极中心和地区。它们粗野狂暴，得意扬扬地抵制着我们的现代文明。爱尔维娜就撞进了这样一个地区，这在这儿，在阿布鲁齐的边缘地带。

　　爱尔维娜不住在派斯柯克拉西欧村，而是住在距此大约步行一小时的地方。这地方叫加利法诺，因为是加利法诺家族建造了它。此外共有三幢房子：一幢房子像个破旧、荒废的窑洞，几乎没有窗户，潘格拉西欧和西西欧的母亲都出生在这里，一幢是潘格拉西欧的别墅；在稍下面一点，在一块荒凉的草地间还有一幢新造的新式房屋，里面住着耕种土地的农民。离此处约走十分钟的地方还有一群房子，有七八幢，杰奥梵尼就住在那里。最近的商店和邮局在派斯柯克拉西欧村，而要去那儿，就得在崎岖不平的碎石上艰难地步行一个小时。

　　然而，在阳光灿烂的日子里，这儿的景色美不胜收：蔚蓝的天空下是一片山峦，空气清澈而又温暖，陡峭的小山形状各异，上面长着褐色纤细的橡树林，沼泽地、石楠丛零星四散，既像荒原又像耕田。看着西西欧赶着两头白色的公牛悠然地拉犁，或跟随潘格拉西欧穿过河床边荒野的灌木丛，越过巨大的白砾石组成的沙漠，蹚过小溪，爬上陡斜的堤岸来到公路上，这一切多带劲啊！如果爱尔维娜愿意陪伴潘格拉西欧，那他就会欣喜若狂。他喜欢她天不怕地不怕的神态。她感到这儿很美，这使她得到了无限的安慰。

冬天的暮色最令人赞叹不已。有时，爱尔维娜、潘格拉西欧很晚才牵着驴子回来，此时太阳西下，气温渐冷，驴子战战兢兢地走下陡峭的河岸，在小溪边来回徘徊，举足不前。而紫色的暮影则爬上了宽宽的白色小溪，灌木丛和近处的小山开始变得昏暗。抬头望去，在深蓝色的天空衬托下，附近山峰的皑皑白雪仿佛升腾起来。啊！这一切多么美妙、神奇，叫人难以形容。的确，人类的语言无法描述这种峡谷的暮色。这种暮色粗狂、寒冷，给人一种祭神在侧的感觉。这是一种"异教"的氛围，它盗走了爱尔维娜的灵魂。她感到自己的灵魂在这冰峰雪岭之中得到了升华，洞见了另一个神秘的生活，于是她心中升起了一股野蛮的残忍。那些要求人类献祭的神是正确的，完全正确的。那些残酷、野蛮、嗜血的神才是真正的神。

她隐隐感到恐怖和苦恼，于是怀念起过去异教的日子，这一切不断地折磨着她那中立的灵魂。她不明白这是怎么回事。那只是灵魂本身的神经痛，只是灵魂自发的呻吟，永远不为理智所察觉，也不会息居在体内。来到长满石楠的石岭上，看着戴白袖套的西西欧曲身扶着铧犁，跟一步一晃的白牛穿过一条小径，转进一个山谷，她会忽然想到过去的世界，顿时感到四肢无力，呼吸困难，几近昏厥。西西欧变得沉默寡言，似乎哑魔附身，将不能启口的痛苦深深埋在心底，似乎他永远惧怕自身。在这种沉默中，他好像把注意力全部集中她身上，非常可怕，简直使她感到活不下去了。

有时，她会去收采硕大、美丽的橡实。在这个肥猪是宝的地方，橡实是一种珍贵的食物。她一不声不响地蹲在地上，往背篮里扔橡实。她会听到远处传来的杰奥梵尼的伐木声，西西欧唤牛的叫声，潘格拉西欧等待驴子时发出的吆喝，以及农夫用鹤嘴锄掘土的声音。这些声音同永恒的小河流水声交织在一起，超过了高山积雪的轻微呼吸声。此时，一股野蛮的、可怕的快感捉住了她。这不是绝望，却如同绝望。谁也找不到她。她已离开了这个世界，进入混沌的天地，在古老的史前世界里再生。

玛丽娅是杰奥梵尼的妻子，个子很小，年纪不轻，非常淘气。她穿着打褶的白袖农妇服，头顶一块红头巾，衣服很脏，脸也很脏，挂在耳朵上的大大的金耳环也从来不洗。由于烟熏火烤，她的脸一片焦黄。她时常牵着牛上这儿来。拉住绕在牛角上的缰绳，从农田走到草场，从石楠荒原走到小树林。

她会牵着牛，微笑地朝爱尔维娜走来，叽叽呱呱地用当地土话同爱尔维娜交谈。爱尔维娜可有点怕牛，不过她还是面带微笑，试图听懂她的话，然而谈何容易。严格地说，那不是人类的语言，而是动物含混的叫喊。这种叫喊根本不是意大利语。不过

误入歧途的女人

久而久之，爱尔维娜也开始懂得一鳞半爪的短语了。

她喜欢玛丽娅，也喜欢他们所有的人。他们相互间非常友好，同时也尽他们所知向她表示友好，只可惜他们知之不多。看来他们都是误入歧途的人，通通迷失了方向，是被遗弃的土著。由此，他们把爱尔维娜当成上等人来对待。看到她剥玉米或拣橡实，他们感到非常快乐，但还是急切地去侍候她，想使她快乐，仿佛侍候人是他们的一种需求。她能留在这里这件事本身就使他们感到无限的欢乐，好像爱尔维娜这位英国女士，对他们具有一种魔力。不过对爱尔维娜来说，这种侍候几乎无异要她的命。

她觉得烦闷，因为最近天气变得很差，雨雪纷飞，寒风刺骨，室外简直无法呆，而室内也阴森可怕。土著人依靠无言的不断劳作来保持自己的活力。但是爱尔维娜怎么办呢？

因为这幢房子差劲得难以描述。这里可以居住的两间房间是厨房和爱尔维娜的卧室。厨房的墙上有几扇吱吱作响的小窗，其中一扇的玻璃已破，只好把百叶窗放下一半。厨房像个黑乎乎的拱顶山洞，充满了木柴烟火呛人的辛辣味。爱尔维娜坐在炉火前的长椅上，她已经学会用受潮的橡树柴捆把火烧旺。只是炉烟损伤了她的肺，因为她始终处在烟尘之中，根本无法躲避。卧室是难以想象地冷，但又没别的地方可去。远处的雪地中传来一头驴子绝望的鸣叫。

房子虽然很大，但住所却不多。在楼下宽宽的走道左边，是驴子严冬的御寒所，小鸡逡巡觅食的空间。一个长长的大隔间被潘格拉西欧用来存放家具、土豆和南瓜，还有四五只兔子在那里安家落户。对面往右是"小酒吧"——一个存放葡萄酒桶和一堆杂物的黑暗角落。楼下全部都是这个样子。

楼上，楼梯的拐弯处用来作了谷仓，一张巨大的铁丝网后面存放着金黄色的玉米棒子和一些小麦。楼上共有四间房间，不过只有爱尔维娜的房间才有家具。潘格拉西欧在对面房间就寝，睡在一堆旧衣服上。他隔壁的房间只放些杂乱的东西：一个有抽屉的柜子，当年潘格拉西欧从英国买回来的旧书画，其中还有一张莱顿爵士的旧照片。第四个房间要穿过那堆谷物才能到达，终年上着锁。

房子的外观也令人丧气。石头围墙围出一个很小的庭园。鸡啊，鹅啊，驴子啊，早已把它糟蹋得不成样子。禽屎遍地。门槛上还有几个驴粪蛋，在寒冬的空气中冒着热气。园内无路，只有深深的足印和几块嵌在污泥中的石头。行走只能困难地从一块石头挪向另一块石头，否则就得走长满杂草的狭窄的墙边。

每当清晨天空阴沉、雨夹雪纷纷降落的时候，真不知这天该做些什么。大约八点半光景，潘格拉西欧提了一壶热火，他曾和一位英国绅士在欧洲旅游，对这位他所热爱的绅士服务得十分周到。现在能为爱尔维娜提供这一小小的服务，他感到无比的快乐。

西西欧起得很早，用意大利人的方式毫无目标、毫不用心地闲逛上一整天，什么也不干。爱尔维娜从冰窟似的卧室来到黑暗的厨房，此时潘格拉西欧已经殷勤地为她热好了牛奶。她坐在长条椅上，把干硬的面包浸泡在里面，然后喝完牛奶和咖啡，吃完面包。面前还有一个漫长的白天要打发呢。

她洗好杯子和搪瓷盘，想把厨房整理。可是潘格拉西欧已经在火上架起一口大黑锅，锅里煮着猪食。啊，永生的猪！尊贵的猪！你从不吃生食。你像老爷一样等待人的侍候。悬在铁链上的黑锅冒着热气，西西欧捧着此火走进来，潘格拉西欧在锅边来回踱步。

爱尔维娜拍了下前额，心里忽然有了个主意。一旦她摆脱了潘格拉西欧的干扰，她就要把所有杯碗瓢盆都放在热水中洗一遍。好！潘格拉西欧终于抬着大黑锅出去了，她可以动手了。她一眨眼就擦洗完所有器皿，因为一共也只有六件烧煮用具，还有四、五只陶器。然后，她又擦洗了两张小桌和搁物架。她用干净的纸垫在食品柜里，擦净了高高的窗框和窄窄的壁炉台，上面积着厚厚一层沾满灰尘的蜡烛油。接着，她去对付长条椅，以同样的办法把它擦洗了一遍。她看看地面，叹息，知道即便是她，一个英国式的家庭主妇，对此也无能为力。那只是一片铺了石子的泥土，要想把它洗干净无异于将室外的泥土洗净。她尽力扫了扫地，把角落里的柴火理了理，又把高高在上的小窗户擦了一遍，以便尽量多透进一点光线。

打扫之后与打扫以前以有什么分别呢？只不过多了一股潮哄哄的肥皂味，此外再无其他他区别。玛丽娅高兴地拖着脚走进走出，嘴里还发出惊诧与赞美的叹声。她咋咋呼呼地从这清洁的"殿堂"中赶出去一只冒失的母鸡，仅此而已。这全是浪费：黑墙依旧，地面如故，寒气照样从背后袭来，湿木柴照样浓烟滚滚。提水用的吊桶还是如此，母鸡还是咕咕地叫，男人们仍然毫无目标地游荡，一切还是那样无望，毫无价值。

爱尔维娜就这样挺了一个时期，接着就患了重感冒。也许是烟熏的缘故吧，不过她的肺好像没什么问题。她只是觉得虚弱，周身不舒服。她不能老是坐在卧室里，因为里面太冷，可是坐在黑暗的厨房里，烟又会呛伤她的肺，而且背后总觉得冰冷的。再说潘格拉西欧对无谓地耗费柴火颇有烦言。看来唯一的乐趣是干活。可在这房子里她能干什么呢？甚至连缝补衣服都干不了。

她开始准备中饭和晚餐，在浓烟滚滚的火上用又黑又油腻的锅子煎马铃薯和干肉。

然后，潘格拉西欧会发号施令，让玛丽娅准备蔬菜浓汤，煮番茄沙司空心面，有时还煮麦片粥。这些食物既粗糙又不易消化，实在令人厌倦。

爱尔维娜开始感到自己要死了。她产生了一种可怕的厌倦感，觉得一切无意义。阳光明媚的天气又回来了，可是她的感冒仍然不见好转，身子虚弱并且发烧。因此，尽管外面金光四射，可这种艰苦、粗野的原始生活只能引起她的反感。

她的不快使其余人都很泄气。

"你大概是想回英国了吧？"西西欧问她，嗓音带点讥讽的味道。她看了他一眼，没有回答。他曲身走出去。

潘格拉西欧说："我们要在那个卧室里建个壁炉。"

说干就干。西西欧劝爱尔维娜在床上休息一两天。她很感激地接受了。而后，她看到一次少有的忙乱：潘格拉西欧、杰奥梵尼、西西欧、玛丽娅，还有个泥水匠，大家一起动手建壁炉。他们不停地跑上跑下，忙忙碌碌。玛丽娅头顶石块和石灰，摇摇晃晃地经过爱尔维娜卧室的门口，叫着一些难懂的话。在运石灰的休闲中，她还给这位病人送来了汤、咖啡或热牛奶。

结果这是一项极好的工程——一个令人开心的房间，有两扇窗户，整个下午阳光普照。透过窗户可以看到，一边是连绵的群山，另一边是坐落在远处的村庄。房间暖和多了，爱尔维娜身体也渐渐康复。

当她基本恢复后，他们便出发去奥瑟那赶集。那是星期一的凌晨，天上繁星闪闪。不过他们来到小溪边时，已是破晓时分。到了公路，潘格拉西欧套了驴子。伴随着种种耽搁，他们慢慢地向奥瑟那去。清晨的大山有无尽的美，一片朦胧的绿色、紫红色和玫瑰色。地上是雪白的霜。沿途还有许多人去赶集。女人们打扮得漂漂亮亮。她穿着粗厚的丝织品，带着白胸衣的打褶的外套，再加上色彩鲜艳的头巾。这是她们最好的服装了。男人们披着斗篷，脚穿尖尖的皮便鞋，无声地行走着，驴子驮着东西，马车满载着农夫，一头母牛落在后面。

在这个清霜遍地的晴朗早晨，坐落在老镇热闹地段的集市显得分外可爱。几棵光秃秃的小树周围，公牛、母牛、绵羊、山羊、猪或站或卧，等着买主。山谷的小平台上，不知什么人用灌木枝燃起一大堆火。人们拥挤，热气融化了蓝色的霜。蔬菜从驴背上卸了下来，摆成一排一排的。小推车运来各种日用品——鞋子、帽子、锅罐盆盘、搪瓷器具，还有甜食，成堆的小麦，豆子和种子。虽然这是 12 月份的早晨八点，可市场已经沸沸扬扬，热火朝天了。一群群穿着各种服饰的农民已经热闹起来。

西西欧、潘格拉西欧和爱尔维娜像那些英国化的意大利人那样，默默地走来走去。

他们混在人群中，怯生生地同卖主讨价还价，之后买了水壶、平底锅、蔬菜、方糖、灯芯草编的厚席子和两把长椅，还买了一张旧软椅。

九点钟，太阳照到了集市。爱尔维娜站在镇门上方的平台上，看着下面奇妙的景观：女人们多彩的衣服，男人的黑斗篷，一堆堆货物，长声尖叫的猪，浅色可爱的牛，远处还有许多拴着的驴子。她漫无头绪地思考。她不知道在死以前是否会先变成下面那个群体中的一员。不，绝不可能。西西欧将不得不带她重返英国。要不就去美国吧，他可是时常记挂美国呢。

不过，意大利说不定会进入战争，因为即使在这里，打仗也是交谈的主要话题。她低头望着熙熙攘攘的市场。西西欧和潘格拉西欧正在为两块牛皮垫子讨价还价，还看见西西欧伸着头前俯着身子。这个人居然是她的丈夫！丈夫！一想到这个词，她觉得体内的心正在呻吟。

其他那些农妇会不会与她有一样的感受呢？一场相同的勉强同意的恋爱？一次相同的人生中的失败？她相信她们也是如此。那么，一种对男人无望的激情呢？是不是也有一个遥远的失去的世界？这就说不定了。在生存和挣钱的压力之下，她们也许会有同感。虽说她是她们中的一员，但她不能容忍一辈子这样下去。这只不过是对她的考验，西西欧一定会带她到美国去，或者是英格兰——相比起来去美国更好。

西西欧转过身来找她，爱尔维娜觉得体内似乎有一阵颤动、一种轻微、奇妙的颤动；这颤动又似乎不是发自本身。她不由得伸手按住侧腹。他目光迅速、急切地找寻着，立刻发现了她。对他来说，她似乎发出了一种微妙的光芒。他径直向爱尔维娜走来，脸上带着那种慢慢地、莫名其妙的微笑。爱尔维娜知道他不忍失去她。她懂得他多么爱她——那是一种几乎无理、自然的、没有交流的爱。一阵惊恐从她脸上掠过。她站在那儿，一只手按在侧腹。她已把西西欧给忘了。她明白自己的腹中有了孩子。她对整个集市都无视，听而不闻，意识中只有孩子。

"我们把牛皮买下来了。"西西欧到她身旁时说，"每张二十七里拉。"

她看着他，看着他灰暗的皮肤、金黄的眼睛。他离她那么近，和她如此统一和谐。然而，他和她又是如此缺乏交流，如此疏远。她和他的距离是多么遥远啊！

"我想，我就要有孩子了。"她说。

"什么？"他忽然叫起来，不过他马上清楚了。他的眼睛直视着她，露出不可思议的光彩。她感到了从他的激情中透出的惊异和爱怜。爱尔维娜真想在这镇门口就地躺下，在阳光下永远昏睡过去，不再苏醒。生存对于她来说几乎是一种过高的要求。他用那闪闪发光的金光色眼睛打量着她，她无计可施，只能投降、放弃、屈服。她不能

误入歧途的女人

再消沉下去了。

她望着潘格拉西欧把牛皮背到停在平台上的一辆车上，然后见他疾步穿过人群朝他们走来。

"你感觉到什么了吗?"西西欧问。

"是的——这儿——"她说，一面用手按住腹部。那颤动的感觉又来了。她用疏远、畏惧的目光看着西西欧。

"很好——"他说，眼睛里露出一种无法表达的狂喜。

"好啦!"潘格拉西欧走过来说，"现在——我们是不是去吃点东西。"

他们坐在小平板车上慢慢往回走。此时，太阳已经西斜。驴子从车辕中逃了出去，又花了他们不少时间。等到他们给驴子卸驾时，天已差不多黑了。潘格拉西欧把小车留在了那座荒凉、孤独的房子门口。杰奥梵尼正提着马灯等在那里。西西欧和爱尔维娜先走一步，其余几位留下来给驴子上驮子。

在他们过河的时候，在他们进入黑暗的灌木丛的时候，西西欧仔细地看着爱尔维娜。他把她拥入怀里，深情地、久久地吻着她。她看见白雪皑皑的山峰在他面颊后面闪烁。这些山峰在他们蹚河去赶集时刚挂起曙光，现在她回来时它们已在暮色中燃起洁白的火焰。她现在穿过的阴暗山谷为什么这么奇怪？男人的激情为什么那么恐怖，像黑暗的天使那样缠着她？为什么她觉得自己变得那么陌生？

第十六章　不　　安

时已接近圣诞，爱尔维娜和西西欧坐在打谷场上，剥着一堆还没有脱粒的玉米棒子。

"你能够住在这里，一直到孩子出生吗？"他问她。

她看着手下那些从金色玉米棒子上剥下的叶子，这些锥形的叶子细长，呈微红色。在她眼里，边上的玉米就像是炽热的太阳，辉煌灿烂，熊熊燃烧，散发着腾腾的热气；打谷场的另一面，薄薄枯脆的叶子只是带着点点微弱的阳光。他手中不停地剥着玉米，它长长的，呈金红色，恰似男子勃起的阴茎。她把好的玉米整齐地堆放在一边，然后抬起头用那黄色的眸子看着她。

"我也这么想。"她说，"你呢？"

"如果他们同意的话，我也想呆在这里。我情愿让孩子生在这里。"

"你是否愿意让孩子在这儿长大呢？"她问他。

"要在这里住那么久，你是不会感到开心的。"他说道，显得有些悲哀。

"你会感到幸福吗？"

他模糊地、慢慢地摇了摇头。她居住在这里期间，楼上有自己的房间，那里有杯子、盘子和汤勺，还有她自己随身带来的用品。潘格拉西欧回到了以前的习惯，到对门同杰奥梵尼和玛丽娅一起用餐，西西欧和爱尔维娜则在自己的楼上那舒适的房间内吃饭。只是有时这里的可怕气氛会给她带来折磨。

然而，她有一间属于自己的明净的房间，可以在那里缝纫和读书。她曾经写信给护士长和图克太太，图克太太也曾寄书给她。平时，她有时间的话，也帮助西西欧做些事情，而玛丽娅也会教她把一团团白色的羊毛纺制成粗绒线。

这天早晨，潘格拉西欧和杰奥梵尼出去了，爱尔维娜和西西欧一起剥着剩余的玉米。忽然，透过灰色的晨霭，传来一曲原野的音乐。随着风笛单调沉闷的吹奏，一个男子高声吟唱着一首短诗，最后是一段用其他他簧式木制乐器吹奏的原始的、华丽的乐段。爱尔维娜端坐着，满怀惊奇。那是一曲奇异的、明快的、尖锐的、如同狂叫的音乐，真正的山地音乐。用我们对音乐的感受来衡量，它并不美妙，但却有着某种不可思议的魅力，呼唤人们对原始时代那种无拘无束的生活的怀念。

"那是为了迎接圣诞节的到来。"西西欧说，"在这段时间，他们每天都来。"

爱尔维娜站起身子，拐弯来到小阳台。两个男子站在阳台下面踏碎的雪堆中，一个岁数大一点的男子拿着一支风笛，风笛袋上打满了补丁；青年的男子穿着浅绿色上衣，仰着脸，吟唱着不易听懂的圣诞歌曲，手中拿着一支木制短管的乐器，结尾时吹奏一段华丽的曲子。在爱尔维娜看来，他已临近声嘶力绝的境地，但事实上，在一段风笛吹奏的尖锐的野性曲子告终以后，他仍以尖锐的声音、快速的节奏引喉歌唱，一段又一段。碎雪就像一层斑斑点点的薄纱，轻柔地在空中飞舞，徐徐地飘落在他们正站着的门槛上。那里满地狼藉，散布着柴枝、树叶、稻草、鹅粪、鸭粪和驴粪，还有一些从室内扔出的破旧布和碎纸。

歌声忽然停止，那个年轻男子向站在上面的爱尔维娜致了一个脱帽礼，而后转身走了。吹风笛的男子跟在后面。爱尔维娜看着他们匆忙地消失在野生橡木的细枝间。

"在圣诞节之前，他们每天都会来这里。"西西欧说，"他们在每一幢房子前演唱。"

爱尔维娜走了下来，屋内显得冰凉而又寂静。她走到堆着碎雪的室外，果然又听到那声音由远处传来，那么奇特、尖锐、美妙。她知道，她无法摆脱依然如故的痛苦。在这连绵的小山岭覆掩着的寂静中，在这和世界分开了的巨大山谷间，人会疯狂地。

西西欧整天忙着田间的事务和农活，还建造了一个小地窖。在这里，当然不能建造显眼、敞开的地窖。说来也怪，他很少去派斯柯克拉西欧，也极少和当地人交往。他似乎总是有意与他们保持一定距离。只有当和亲戚眷属在一起的时候，他才显得自然一些，有一种家庭中的和谐。在这块地方，他有许多亲戚。

然而，在这里他一直处于戒备状态，即使在他叔叔的磨坊里也一样。他那磨坊主叔叔长得很胖，粗俗无知，他的老婆随身佩着叮当作响的金饰，用一种尖锐的声音说一些难以听懂的英语。她殷勤地劝爱尔维娜喝酒，吃一种用奶酪和麦面做成的蛋糕。西西欧坐在黑乎乎的屋子里，受到很好的招待。这两个当地人似乎十分热情地给爱尔维娜和西西欧劝酒敬茶。

"多么好的人！"爱尔维娜离开磨坊便说，"他们坦白。"

但是，西西欧只是苦笑了一下，沉默。

"你为什么是这种表情？"她问。

"他们这样款待你，是因为你是一个外来人，所以他们认为你会离开这里的。"他说。

"但我想，如果我要走，他们就更没有必要这样大方了。"她说。

"不！他们乐于款待来人，而不愿为本地人解囊。吉雅科玛把水搀进酒里卖给过路人。如果我把这头驴子留在玛塔·玛丽娅的棚里，我得送点东西给她，否则，下次我就甭想把驴子再留下了。嗨，他们啊，都是些阴毒小人，这里的人全都一样。"

"人到处都一样。"爱尔维娜说道。

"是的。但是我曾经到过任何地方，从来没有见到像这里的人那样奸险，干尽坏事。"

爱尔维娜惊诧地感到，所有这里山区的农民彼此间有一种根深蒂固的猜忌。他们警觉、恶毒、险恶。

"嗳，"潘格拉西欧说，"我的屋子里又有了一个女人，真令人高兴。"

"难道以前确实没有人来为你做家务吗？"爱尔维娜问道，"为什么你不雇佣个人呢？"

"不会有人愿意来的。"潘格拉西欧用他那种缓慢的、贵族式的英语说道，"没有人愿意来，因为我是一个男人。如果有人看到有女人在我们的屋里，他们会有闲话的。"

"议论！"爱尔维娜凝视着这位已有六十六岁、布满深深的皱纹的男人。"他们会说些什么呢？"

"许多坏事情，许多相当坏的事情。这里没有什么好人，所有的人都会说三道四，心里都是吃醋的。因为我有一幢房子，所以他们不喜欢我。他们觉得我太像一个绅士，就对我说：'为什么你要把自己看作是一个绅士呢？'哦，他们是坏人，充满着嫉妒心。你不可能和他们有任何瓜葛。"

"他们待我很好。"爱尔维娜说。

"他们认为你是要离开这里的。但是，如果你留住在这里，他们就会说你的坏话。你等这瞧。哦，他们可是奸恶的人，他们相互撕咬，也咬每一个人，除了对那些他们不熟悉的陌生人。"

爱尔维娜从潘洛拉西欧的声音里感觉到一种奇异的激情，那是他特有的激情。因为他多年生活在英国，了解在英国社会人们互相信任，所以，偏僻山区农民阶层的原始敌意和仇恨深深地刺伤了他。由此，她也清楚了为什么在她到他屋里住后，他显得那么高兴，那么骄傲，那么热情地款待她。他似乎在北方灵魂中看到了一种美好发光的东西，一种圣洁的自由，一种这里的人完全缺乏的东西。

当她随他一起去奥瑟那时，她知道，每个人都在向他打听她和西西欧。她开始明白了这些问话的大意。潘格拉西欧总用留有余地的话回答他们。

"他们会住多久呢？"

总是这种一成不变的、带有妒忌心问题，而潘格拉西欧的回答也总留有余地。

"几个月吧，这要看他们愿意住多久了！"

爱尔维娜可以感觉到有种邪恶的嫉妒如同潮水般涌向潘格拉西欧，因为她和他住在同一幢屋子里，和他一同坐一辆平地马车去奥瑟那。

然而，潘格拉西欧却是一个很有意思的人。他长得很瘦，一副寒酸的样子，黄色的眼睛里暗含着一种奇异的、带着讽刺的火，时而斜视，使她感困惑。当西西欧晚上偶尔不在的时候，他会和她一起坐着，讲有关莱顿、米莱斯和艾尔玛塔德玛勋爵以及其他一些谢世的和健在的院士的奇闻逸事。有时，在他那憔悴的、冷漠的脸上呈现出一种有生气的表情，看上去就像缺乏热情的红皮肤的印第安人一样。然后他又狂笑起来，显得古怪、狡黠、恶毒，完全像个放荡的老色狼。他叙述的故事常是那种简单的、不加雕琢的、淡泊的、带着贵族气息的东西；或者是那种带着讽刺意味的、邪恶的，还时常伴着稀奇古怪、令人厌恶成分的嘲讽的东西。

"莱顿——他当时还不是莱顿爵士。他是不会让我做他的模特儿的。我的样子太寒酸，他不喜欢。他喜欢相貌好看富有性感的年轻男人。但是，有一次他正做着一幅画，我不清楚你是否知道这幅画，那是一幅描写耶稣蒙难的画，要有一个男人悬在十字架上当模特儿。"他描述着这幅画，"不对！这样说吧，模特儿必须被捆扎在木十字架上，这是很痛苦的！啊！"这时，潘格拉西欧暗淡的眼睛闪过一抹奇特的、狡黠、恶魔似的神色。"因为莱顿对他的模特儿残忍，不会让他休息。他说：'该死的，你必须保持原样，到我完成为止，明白吗，混账。'这样，他是没有办法找到一个愿意在十字架上作他模特儿的男人了。他都试了一下，但没有人同意干。所以他们对他说，他只有让加利法诺试试看，因为加利法诺是唯一能够忍受的人。最后，他派人来叫我。'我不喜欢你那该死的样子，加利法诺。'他对我说，'但是如果你不愿意的话，就没有人愿意干这工作了。你愿意吗？''愿意。'我说。'好吧！'这样，他就把我捆起来悬在十字架上面。他支付给我一大笔钱，因此我也就忍住了痛苦。我就那样赤裸裸地悬了四个小时！然后是吃午饭，午饭后又绑上去。唉！我受了不少苦，只得扶着墙，慢慢拖着身子回家。夜里，我没有办法入睡。'你说过你愿干的。所以你必须干。'他这样对我说。'我会继续干的。'我说。所以他又把我捆扎起来。这个十字架就放在一小块凸起的地方——我不知道你们称作什么？"

"平台！"爱尔维娜说。

"平台。有一天，他给我绑的时候，在平台上摔了一跤，他一把拉住我。我因为被捆扎在十字架上，也随着他一起倒了下去。十字架压住我，我又压住他，我那时是裸体地被绑着，自然一点也动弹不得。他也没有办法摆脱出去，我和沉重的十字架整个压在他身上。好在十字架横出的顶端先落下，所以下落时没有砸伤我们。'现在你可尝着十字架的滋味了。'我对他说。'是的，你这畜生。但你不要期待我会允许你不干。"他对我说。

"为了打发一些时间，他会问我一些问题。有一次，他说：'现在，加利法诺，我来让你猜我表上的时间。我给你猜三次。如果你能猜中我表上的时间。我给你六便士。'我就猜三点钟。'一次了，再猜一下，现在又是几点？'我又猜三点钟。'两次猜错了，你这蠢猪。现在又是几点？'这一次，我依旧顽强地回答他说是三点钟。他拿出他的手表。'你这该死的，你怎么知道呢？我给你一个先令，而不是他起初说的六便士。'"

那是一个奇异而又安静的冬日下午。爱尔维娜坐在楼下后厨房内，一边与潘格拉西欧一起饮茶，一边听着他那些英国画家的故事。看看潘格拉西欧这副骨头架子，想想他长年居住在伦敦时为维多利亚后期艺术所蒙受的上十字架之苦的情景，根本令人难以置信。最令人奇怪的是透过他黄色的、时常是迟钝的、眼圈泛红的眼睛，可以看到那些快乐活泼、身体保养得极好的画家。潘格拉西欧对于他们既羡慕，又蔑视，就像老色狼窥视轻浮的新郎一样。

其实，潘格拉西欧从不放荡。他胆小，对山区习俗遵从。由此，他那带邪意的脸垂下来时不免有点古怪，眸子里那奇异的、邪恶的目光反倒令人害怕。在这个男人身上，有着一种像是硫磺火焰一般的情绪。这种情绪在他残败的躯体中挣扎着，几乎赋予他一种恶魔般的神情。爱尔维娜知道，如果和他单独在一起呆得太久，她会感到害怕的。她需要有一种作为英国人的优越感，才能摆脱这种畏惧。

在圣诞来临前的一个星期天的早晨，爱尔维娜、西西欧和潘格拉西欧第一次去派斯柯克拉西欧。刚刚下过一声雪，虽然屋顶上积雪不多，但在他们攀登的斜坡之间则积雪挺深。阳光灿烂，山峦披着一层绚丽的光辉。路上的积雪湿漉漉的，他们在橡树林和金雀花丛中迂回前进，攀越高山之间的层叠交错的小山丘。派斯柯克拉西欧村已经不远了，他们踏上了连接村庄小径的公路。在明净的黎明中，他们一边走，一边说话。

在临近村庄的小路口，迎面走来一个小个子男人，他用英语同他们打招呼道：

"早安！早上天气真好！"

"这里人人都说英语吗？"爱尔维娜问道。

"我在格拉斯哥生活了十八年。我来这里是旅行。"

此人出生在格拉斯哥，现在是一个意大利小店主。他相当客气，坚持要为爱尔维娜支付饮料、咖啡和杏仁饼干的钱。显然，他对英国是感激的。

这是一个美妙的村庄，位于一个宽广的山谷中部，山谷起端是高高的阶梯式的山路，随后缓缓向下延伸，旁边有丘地和两条河流，四周高山环抱。在蔚蓝的天空下，白雪覆盖的山谷灿烂耀目，但在山的低谷处则是一片褐色。远处，奥瑟那像是悬浮在地球的边缘，点点村庄犹如鸟群，栖息在依稀可见的山坡下面。这里就像是一个"岛中之岛"，山谷中有许多小山、小镇和小溪，可是又与外界隔绝开来。

派斯柯克拉西欧很热闹。由于积雪，道路变得非常滑。这里，农民依旧穿得整整齐齐，脚上穿着浅口橡胶套鞋，浸泡在泥浆里。阳光下，他们热闹地集聚在这里，谈买卖，为一块布料讨价还价，一片闹哄哄的声音。在兼作客栈的商店里，一个老妇人正在炭火盆上烧咖啡，一群农民围靠着桌子做着，吃着随身自备的食品。

邮件中午才能到。西西欧去取邮件了。潘格拉西欧带爱尔维娜游览了山巅，而后又去了古城堡。那儿有一片平地，有几个孩子正在玩耍，他们一边扔雪球，一边叫喊。那古城堡在最近一次地震中被震得遍体裂口。它坐落在山谷上，下面是连绵不断的山丘，加利法诺在左面，奥瑟那在右面，像是镶嵌在远处的斑点。塔楼和古城堡披盖着明净的阳光，悬挂在崖侧，在派斯柯克拉西欧的古城堡后面的崖谷，几乎像悬崖一样深邃、陡峭，河流流经的底部十分幽暗。潘格拉西欧禁不住心跳。在峡谷上部的边缘，是一长溜披着银装的山峦。对面是阿布鲁齐的城墙。

他们走下山坡，一路上看到的全是地震中毁坏的房屋。西西欧还没有取回邮件。人群蜂拥在小街边的邮局门口，那里积着水，黑乎乎湿漉漉的。爱尔维娜的双脚已经被水浸透，潘格拉西欧带她到喝咖啡和施特兰加酒的地方让她暖和。山谷上方的路阶上，人们聚集在温暖的阳光里。爱尔维娜看到一些穿着时髦的年轻男子，他们都说着适合潘格拉西欧胃口的英语。爱尔维娜对他们的伦敦腔和炫耀做作的态度感到相当讨厌。不过，潘格拉西欧对他们也相当冷淡。

一个干瘪的老太婆虚饰地为爱尔维娜弹拂了一下椅子上的灰尘，随后，爱尔维娜便坐了下来。不远处坐着一群农民。西西欧拿着几封经过检查并耽搁了很久的信回来了。爱尔维娜坐在那里，安心地开始读信。第一封信是平纳加小姐寄来的，信中说到战争、恐惧和焦虑。第二封信是米切尔医生寄来的，他在信中对她进行侮辱和糟蹋。"当时，我满怀希望，希望你能做我的妻子，万万没想到你却和一个在街头弹琴、卖唱的肮脏的意大利人调情。呵，你的脸长得帅气，可是内心却是那么腐化堕落。好了，我唯一可感激的是天命，它把我从你令人作呕的婚姻和羞耻的联系中分开。我只希望，将来当我在莱斯特广场的大街上遇见你的时候，我已经完全原谅了你，这样就能扔给你一枚硬币……"

这是一封措辞华丽的短信！她不由得面色苍白，浑身颤抖起来。她看了一眼西西欧。幸好，他正背对着她，同一个男人在谈着什么。她站起身走近烧得通红的火盆，装着烘手的当儿，将团着的信扔了进去。那干瘪的老太对她说着一些晦涩难懂的事情时，她看到那纸团燃烧起来，于是便向坐在桌旁的那些农民瞥了一眼，继而，她的双眼凝视着这空旷、原始的山谷。那边的那个世界不可阻挡，即使她躲在了这个深山老林中，也同样遭到了它的力量的伤害。她感到自己就像挨了一顿毒打，心里不由得对那个世界中的米切尔恨之入骨。

她根本不愿拆读第三封信。那是图克太太写来的，也尽是一些关于战争这些事，诸如意大利是否会加入同盟国等等。爱尔维娜应该关心这些事情，由于可怕的战火已经烧到了她的家门口，她能不闻不问吗？她又有什么幸福可言呢？在这种时候是相当需要护士的。图克太太已经自愿报名当护士，所以也就不得不把护理詹妮弗的工作放下了。图克太太真可算得上优秀的苏格兰护士，对詹妮弗就像慈母一样。信在结尾说，希望爱尔维娜能在法国的某家医院和她再见面。

爱尔维娜坐下来，面色苍白，身体不由自主地颤抖起来。潘格拉西欧忍不住惊奇地看着她。

"有什么坏消息吗？"他问她。

"只是一些战争的事情。"

"唉！"他用意大利式的姿势做了个表示苦恼的动作。"我们能起什么作用呢？"

他们正在说战争，所有的人都在谈论战争。那些纨绔子弟为战争逃离英国，敞开门户等待意大利人的进入。每个人都在谈论，谈论，无休止地谈论着。爱尔维娜看着四周，这一切都在挫伤她的灵魂，这一切对她又是那么疏远。

"我想，我可以一个人来这里购买东西的，你说呢？"她问道。

"你决不能单独来。"潘格拉西欧以他古怪而又温和的口吻说道，"西西欧或者我可以和你一起来。你决不能单独来这么远的地方。"

"为什么不能？"她说。

"你对这地方完全生疏，再说你又不是'农妇'。"在这片地中海沿岸的土地上，爱尔维娜仍可以感受到那种对戴面纱的东方妇女所持有的意识。这种意识对她来说则代表着监禁和隶属。她在椅子里，脚上又湿又冷，茫然看着屋外明媚的阳光，湿漉漉的雪，阳光里走动的人形，柜台旁喝酒的男人和一群在做服装衣料的妇女。西西欧仍然背对着她和他的邻居们激烈地说着。她知道他们一定在谈论战争的事情。她注视着他那略显灰黄的侧脸，他的脸形象个标致的模特儿。

她烦恼地站了起来。

"我要到阳光里去。"她说道。

她站到山谷上面。在强烈的、令人疲倦的阳光里，她环顾四周。这时，商店里面的西西欧已经站起身子，可是仍在和他的邻居们手舞足蹈地谈论着。他并不是仅仅用他的思想和嘴唇在说话，而是用他的整个身体、整个活生生的身体在说话，就像要表达和强调躯体本身的存在一样。

对此，她无疑感到讨厌。她感到对他有了一种新的理解。他没有作为一个英国人对家庭和家庭生活的感情。家庭并不是他生活中的堡垒。他的堡垒是派斯柯克拉西欧的交易市场。家庭对他仅仅是一种财富和睡觉的窝。他并不是生活在家里，而是生活在旷野里，生活在群体中。当他真正地表现出他那意大利人的本质时，他的家便是派斯柯克拉西欧市场——那是在村道上、城堡下面人们聚集着闲聊和做交易的地方。成群的男人站在一起谈论，那才是属于西西欧的地方。在那里，他才是活生生的主动的自我。而这种自我，她是完全没有的，在这方面，她仅有他那种对待家庭的情绪和被动的自我。他的男性意识和智力在他那村庄小小的公开场合才显示出来。她清楚这一点，就像现在她能看到他正用整个身心谈论政治一样。他在谈完之前是不会中止的。过后，他——和刚才谈话的人握手，动作迅捷而又热情。离开他们后，他已不再陷于刚才的激烈情绪中了。

她诱使他和她谈话，讨论一些问题。但是他不肯。在他幽暗的灵魂深处，他顽强地拒绝和她作男性的交谈。

"如果是意大利加入了战争，你会参军吗？"她问他。

"会的。"他说，面带微笑，那表情就像是在回答一个没有意义的问题。

"而我却不得不住在这里？"

他忧伤地点点头。

"你想离开这里？"她接着问他。

"不，我并不想离开。"

"但你认为意大利应该参战？"

"是的，我是这么想的。"

"到那时，你就会走？"

"如果意大利参战，我会走的。而意大利理应参战。"

他在某种意义上有点怕她。这是一种奇异的状况。一半是由于崇仰，一半则是轻蔑。当她诱使他和自己一起讨论什么问题的时候，他就用一种男性方式顽强地把自己封闭起来，从而拒绝她。他有点像孩子，脸上显出迟钝的、令人讨厌的、炫耀式的微笑。他本能地封闭自己不与她进行这种男性意识的交流，在对待政治和宗教方面尤其如此。他会与另一个男人彼此激烈地争论，但不会和她。在政治上，他有点像是个社会主义者，但在宗教上，却是一个自由论者。但是，所有这些都与爱尔维娜无缘，他不会用英语和她辩论这些问题。

她模糊意识到，他的排外实质就是不和一个妇女争辩。所以，每每想及此，气愤使得她的血液都快要凝固了。她得让自己置身于事外。当她用理智来看待这些的时候，她越发感到他十分笨。让他去市场、酒店谈论吧！

说句公道话，他也是明白。派斯柯克拉西欧只是他半个家乡。怀乡病是意大利人常患的病。他们总是渴望看到出生地教堂的塔楼，渴望能站在出生地的交易场所和在集市圈里谈话聊天。这些在他的孩提时代，在他走出派斯柯克拉西欧之前，就有一半成分在他身上形成了。白天，他大部分时间在田间和树林里干活；傍晚，他多半在家里，经常编织一种特殊的渔网，或者用精致、脆薄的藤皮编织网孔篮子。这种方法是他很久以前在那不勒斯城学会的。在这种时候，爱尔维娜就缝制一些孩子衣裳，或者纺羊毛。她已经能够灵巧地从卷绒上把羊毛合股，手指的动作很优美，合股好的羊毛很美。她一面保持轴在下面迅速地纺着，一面晃动曳拉着线头。在这种宁静、平和的氛围中，她和西西欧相伴，感到很幸福。他们有自己愉快的屋子。她爱他的仪容和缄默的内质，因为那是一种富裕的、有形的内质。她感到他距离她很近：在加利法诺，他和她一样，完全是外乡人。再说他又迷恋她的仪容，就像她对他的仪容的迷恋一样。正因为她怀着孩子，他们都尊敬她。她越来越生活在渺小、美妙、与世隔绝的虚幻中，感到开心，超然于尘世之上。另外，生活开支相当少。她自己有六十英镑，一直完整地存放在小箱子里。不管怎么说，河对面的路通往奥瑟那，又连接着铁路，这条铁路总有一天会把她带到世界其他地方去的。

就这样，一月份过去。在这期间，白昼短，黑夜长，时而雪花飘扬，时而阳光灿烂。在阳光丰富的日子里，爱尔维娜沿着荒芜干枯的河床散步，感到那里有种魅力，潘格拉西欧用驴子搬运东西。他喜欢干这种杂活，比如建造一个壁炉等等，而不愿干田间的活儿。偶然的一次，爱尔维娜在岩壁间发现一些茎上长着金色小点的野水仙，他们散发出浓郁、迷人的芳香，犹如圣诞节前每天来唱歌的两个男人的歌声。她非常喜欢它们。还有这种绿色的蠓根草属植物，也实在迷人——世间可人的小爱物，它毕竟是阿尔卑斯山区唯一开放着的玫瑰色仙客来。它的叶子像玫瑰色的皮肤，仿佛是紫罗兰的精灵。初次发现它们的时候，她欢叫起来，只有上帝才知道她为什么叫。

在二月份开始的季节里，阳光温暖的山间平坡上，栽在灰橄榄树之间的杏仁树逐渐开花了。然而，三月份才是真正的花季，她采了一碗一碗红、蓝相间的紫罗兰，还摘了一些枝头缀满银白色的、温暖而又光彩照人的杏仁花，接着是一片粉红的、纷纷扬扬的桃树枝和杏仁树枝。行走着寻找各种花卉是令人开心的。她来到开满淡紫色番红花的堤岸。阳光倾满在它们平展开的花瓣上，那是一个个淡紫色的五星，花蕊在盛开，像强烈的淡紫色火山，如同她在伊斯林顿的医院实验室内曾看到过的、某些物品在燃烧时发出的淡紫色火焰。它们在长满干枯的橡木丛的堤岸上开放，燃烧。她真想跪下膝盖，弯身把前额贴着地面，以东方式的虔诚来膜拜它们。那是些多么高贵、可爱、超脱一切的花啊！在一个天空昏暗的早晨，又来看这些花，那衰败的茎枝脆弱而又美好，叶面上有美丽的、暗淡的纹理。呵！这些番红花，它的纹理就像獾或猫脸上骄傲的、清晰的花纹。她临走时采了一把生机盎然的、含苞待放的小番红花。在她的房间，花卉吐蕾了，恰似一朵朵碗一样大的紫色火焰。

三月是可爱的，男人们都在山上忙着农活，她出去随便走走。有时候，她心里有一种难言的惧怕，不过她惧怕的是风风雨雨的自然力，而不是人。有一次，她独自沿着公路去卡萨拉蒂纳村，整条公路十分冷清。这段意大利的公路旁尽是一些脏乱、摇摇欲坠的贫民窟。墙上到处都是浅绿色的霉斑、污迹，就像是麻疯病人的住所，她心里感到害怕。后来潘格拉西欧告诉她，那绿斑是由于往墙上的葡萄架喷硫酸铜时染上的。不过房屋仍然很肮脏，摇摇欲倒，同贫民窟一模一样。

卡萨拉第纳坐落在山谷对面的阴影里，面前是一排半新旧的简陋小屋。尽管这排平房的样子很难看，但在地震之后仍然幸存下来。这个村庄古老而阴暗，一年四季都笼罩在大山的阴影里，四周是寒冷的溪流。幽暗的交易市场已经废弃，不过有一个很大的双塔教堂，外面看上去十分漂亮。

爱尔维娜走进教堂里面，面前的样子几乎使她作呕。里面很宽敞，墙壁都由白石灰浆洗涮过。陈列在玻璃柜内的玩偶穿着相当难看的服饰，浆涮过的全身散射着俗艳的光彩。血迹斑斑的基督被钉在十字架上，边上跪着一些悲痛欲绝、喃喃自语、衣着肮脏的本地农妇。她几承受不了那种无聊的、令人厌恶的、低级的膜拜神物的气氛。她立刻退出，出门时躲开了肮脏的皮制门帘。

她永远也不愿意再来卡苏拉蒂纳这个地方。她想，如果最终她将在这个地区生活的话，她也不要来这里，再也不进这里的房子、教堂、商店或者邮局。她跨出门槛出去的当儿，阴暗的厌恶感攫住了她。她倘若要保存清明的心智，必须保持能呼吸到的空气，必须避免和人交往。当她想到在这里居住的本地人时，她不禁厌恶地耸了耸肩，就像刚才置身于卡萨拉蒂纳那巨大、低级的教堂内的感受一样。他们是可怕的人。

旷野弥漫了温和宁静，稻谷和玉米长得碧绿晶莹，葡萄正长着小苞蕾，到处可以看到紫蓝色的葡萄藤上挂着的钟形花。她记得曾经看到过表现月亮、狩猎女神阿耳特弥斯的一些画和雕塑，阿耳特弥斯众多的乳房使她感到可怕。现在，她处于南方——这个令她难以言表地讨厌的地方，而那些成串的乳白色钟形花唤起了她的回忆。

她高兴地转身看着那些缤纷艳丽的洋红色银莲花。有人曾经告诉她，每当维纳斯为阿多尼斯——那个爱神阿芙罗狄蒂所爱恋的美少年——流泪时，这些花中就有一朵吐蕾，可是它们并不像被泪水沾过的样子。从某些意义上说，那种紫红色的温和带有一种远古的东西。她漫步旷野，以往异教徒世界的阴影笼罩着她的心头。有时候，她真感到自己会尖呼会发疯。旷野对她产生了巨大的影响。她似乎觉得，远古的某些东西在惩罚她。在这个世界的空洞后面有着奇异的鸟兽、狐猴，向她报复似的狂舞着幽灵般的爪子。它们在黑暗中隐伏，鬼鬼祟祟地行走，对你露出迷人的微笑，用尖利的獠牙噬咬你，而獠牙却裹藏于美丽之中。

在这个陌生的地方，她是孤独。幻想占据着她的心，似乎人们都带着怪异的面具。甚至西西欧和潘格拉西欧也是如此。此后的一段日子里，她简直就不想远离这幢房子，不想远离自己的房间。她似乎把自己藏在房间里，缝纫，纺羊毛，阅读，学习意大利语。她的几个意大利教师都不那么热心。起初她的意大利语的主要教师是一个叫伯塞罗的青年男子。他本是伦敦的一个公子哥儿，已经来加利法诺有一段时间了。他整日在混，喜欢说英语。

爱尔维娜并不喜欢他，因为他是一个花花公子。他长着一双灰白色的眼睛，体格魁梧，思维敏捷。

"不，这个乡村是老人的乡村，它仅仅属于老人。"当谈及派斯柯克拉西欧时，他说："你不会留下在此居住的，没有一个年轻人能够留下在此居住。"

他的语言中有一种不容置疑的意味，进入到她的心里。所有的年轻人都这么说。他们都在等待着离开这里。然而眼下战争把他们留在了这里。

西西欧和潘格拉西欧整天围着葡萄忙碌着。他们把整个身心都放在了葡萄上，不是蹲着锄草、系扎，就是护理、嫁接，一小时又一小时，一日又一日。她认为男人们对待葡萄的情感在本质上有一种违背自然的东西，好象是一种蜕化的表现，是一种崇拜。潘格拉西欧酿的酒实在糟糕，因为葡萄被冰雹几乎砸了稀烂，剩下的也大多半生不熟。

伴随着暖和的阳光，四月来临了。灿烂的光辉照在旷野，明媚的白天使她感到眼花。她惊喜无比，对一切都漫不经心，任凭自己沐浴在阳光里。她感到强烈的阳光使她对夜晚有了一种新的认识，那仅仅是短暂的黑暗，生命的暂息。在寒风刮起之时，她必须躲藏在家中。

其时，宣战渐渐到来，这场战争已无可避免。她明白西西欧会去参战，而她则不可能和他一起去。她提醒自己要坚强一些，因为她知道，她必须忍受和他分别的巨大痛苦。她会单独留在这里，留在这片有时使她难以言喻地讨厌着的土地上。在一阵暴烈的干热气候之后，她几乎感到她会死在这个山谷中，就像一些四月里开放的玫瑰，在这阵热流中干枯、死去，成为碎片。然而，接着是一场寒冷的暴风雨，此后的几天内天空灰蒙蒙的，空气柔和而又清新。在嫩绿的玉米丛中，野生的玫瑰色唐菖蒲娇柔美妙。这是世界的早晨，是我们新纪元开始之前的可爱的原始世界的早晨。在玉米丛中，在岩面之间，在小的蝴蝶花丛中，玫瑰色唐菖蒲盎然开放。那些黄蜂般黑中带黄的小蝴蝶花在这片荒凉的土地上逗留。要不是带着那种光彩耀人的黑色，那会是十分悲凉的。这些小小小的蝴蝶花，只有一个手指一般高，生长在这片干旱的地方，脆弱得像番红花，但比番红花要小得多。它们是蓝色的，蓝得像是黎明前的天空。这些可爱的、黯淡的、半透明的花，有一种幼嫩的灰蓝色。虽然只有几个小时的生命，但它们就像是我们的偶像，再也没有什么比他们更优美的了。它们唤起了爱尔维娜激烈的怀乡之情。在她眼里，人类的影响有点可怕，而这些花，这些以神秘的表情表达着世界心声的花朵，用符咒迷住了她，从她身上偷走了她的灵魂。

她走近西西欧。他正在还没成熟的麦地里，锄着一大把一大把的玫瑰红唐菖蒲，割着一些茂密的杂草。他放下手中的一捆唐菖蒲，开始用镰刀割金灿灿的金盏花。他埋头狂干。

"一定要把它们割掉吗?"她一边向他走去，一边问道。

他把一大捆黄花扔在一边，摘下帽子，擦了擦额头上的汗水，手中的镰刀松荡荡地摇晃着。

"我们已经开战了。"他说。

她立刻想起了刚才她看见一辆破旧的邮车在岩石大路上颠簸。她顿时感到玫瑰红的、金黄色的花朵在眼前摇晃、转动。西西欧用他那暗黄色的眼睛望着她。此时，爱尔维娜的双膝跪在一捆金盏花上，眼睛也看着他。她的眼睛无光、脆弱，就像在承受

298

死亡的打击一般。确实，她感到她要死了。

"一定要走吗？"她说。

"是的，我们都要走。"这似乎是一种带着胜利的喜悦的声音。多么残忍！

她沮丧地跪在花堆上，低着头。但是，她不甘被屈服，于是便仰起了脸。

"如果你要在外面呆很久，"她说，"我将回英国。你不在，我不能够长久住在这里。"

"但是潘格拉西欧和你在一起，再说你还会有个孩子。"他说。

"是的。可是我还是一个人。没有你，我不能长久住在这里。我要回英国。"

"我想，我们是不会让你走的。"他说。

"会的，他们会让我走的。"

有时候她恨他。他似乎想完全占有她。她在想着自己的计划：怎样才能走出这个巨大的、令人伤心的山谷，逃往罗马，逃到英国人住的地方，去找英国领事，他会帮助她的。她无论如何也不愿被征服。她知道，对于她来说，一旦精神崩溃，那么她将会轻而易举地死去，并且被埋葬在派斯柯克拉西欧的墓地。

她觉得周围的那些人太感情用事，就像潘格拉西欧那样。她感到从某些方面看，是潘格拉西欧杀死了他的妻子，就像西西欧会杀死她一样，尽管他本人并未意识到。潘格拉西欧告诉过爱尔维娜关于他妻子的事情，以及他妻子的精神不安。在那种状况中，他总是觉得焦虑。他向她证实，他对她一向是十分忠诚的。无疑，他对妻子一直很好。但他没能觉察到隐藏于这一切后面的那种东西——是他精神上的毒素，那种把人置入囚笼的令人痛苦的恶毒。这种幽灵般的恶毒在蠕动，表现在潘格拉西欧对他那死去的妻子的恐惧之中。爱尔维娜知道这个上年纪的男人害怕他那死去的妻子，害怕她的鬼魂。她的复仇的精灵。他蜷缩在炉火边，一想到墓地就使他胆战心惊，浑身发抖。他家的墓地是在一片令人感到不祥的方场地上，四周的石壁由石板组成，位于派斯柯拉克拉西欧村下面的一片平地上，十分引人注目。

"这是我们的墓地。"潘格拉西欧一边说，一边给她指点着。"我们都有在那里获得归宿的一天。"

在他的声音里有一种恐惧和令人毛骨悚然的颤。他告诉她，他是如何沿着山道把他的妻子带到那个地方的。那是一段很长的路程，差不多需要两个小时。

这些天一直是等待，等待西西欧被征召服役的那一天到来。一批年轻人就要离开这个村庄，阴郁的气氛包围着这里，妇人们也像男人们一样喝得烂醉。年轻的男子们发出交织着悲哀和痛苦的尖叫。人群陪着他们去奥瑟那，朝着铁路线的方向走去。

恐怖和死亡的气氛笼罩了整个山谷。人们承受着沉重的悲切，好像心全麻木了一般。

"你不走是不会感到满意的。"她对西西欧说，"他们为什么不立刻叫你走呢？"

"要到下个星期才叫到我。"他回答道，一面无助地看着她。在黄昏中，她几乎没有注意到他已经走近她的身边。

"阿莱叶，跟我一起到这里来你感到后悔吗？"他问她，语气中带着几分怨恨。

她放下手中的勺子，视线从炉火转向他。他的身体在阴影里，他的头前倾，暗淡的炉光映着他的脸，那张暖昧的、单调而贫乏的、似乎带着微笑的脸。

"不，我不感到遗憾。"她缓缓地答道。她用足全部勇气说："因为我爱你。"

她静静地蜷缩在炉子边上。他转过脸去，一会儿就走出去了。她痛苦地、缓慢地搅拌着罐子，她想下楼去拿东西。

在楼梯口的平台上，她看到他站在黑暗中，手捂着面孔，像在抵挡别人的打击一般。"怎么啦？"她问道，一面将手搁在他身上。他露出脸看着她。

"要是我能够把你带走该多好！"他说。

"我可以等你。"她答道。

他跌坐在平台桌旁的椅子里，头深深地埋在胳膊里。

"不要等我！不要等我！"他叫喊着，声音有些无力。

"为什么呢？"她问道，充满了恐惧。而他则茫然地无动于衷。"为什么不呢？"她又问道，手指抚摸着他的头。

他站起来，面对着她。

"我爱你，即使要我死去。"她说。

他转过头去，手臂靠着墙，捂住自己的脸，不说话。

"究竟是怎么啦？"她问道，"为什么？我不明白。"

他用衣袖擦了下脸，转向她。

"我没有什么希望。"他阴沉地、坚持地说道。

她感到自己的心和体内的孩子正在死去。

"为什么？"她说。

难道她怀着一个没有希望的孩子？

"你有希望的，你要放开那种想法。"她急促地说。说完她走下楼去了。但是，当她走进厨房的时候，她已经记不起来下楼要干什么了。她在椅子上坐了下来。处于在黑暗中。她感到生活变得灰暗、乏味，死亡和绝望包围着她。每当她独自一个人时这样的感觉总是缠绕着她。她似乎听到他正在楼上叹息。"我回不来了，我回不来了。"她听到了，听得真真切切，但她不知道那是否是实际的言语，或许是她内心感受到的那种内在的、无言的声音，她真想回答他，叫他，但是她欲言无声。她在厨房里感到沉重、无力，沉默地坐在黑暗中，像是黑色的精灵。她又听到了那带着恐惧的、厄运似的声音："我回不来了。"

潘格拉西欧走了进来。打断了她的思路。

"噢！"当他走近炉火看到她时大吃了一惊。惊慌之中，他用意大利语说了句什么。

"你真吓着我。"

她上楼去准备吃饭。西西欧走下楼来，和潘格拉西欧分坐在灯的两侧，读着潘格拉西欧买回来的报纸，谈论着一些报纸上的新闻。

西西欧的那组人将在下星期应征入伍，如同他所说的。离别的阴影犹如死亡般的厄运包围着他们。临近分离的这段日子大概最为痛苦了。他们谁也没有提及此事。

"你会回来的，对吗？"她说。他无言地坐在卧室内的一张椅子上。这是一个燥热的、月光明亮的夜晚，花园里的橙树发出最后一缕芳香，夜莺美妙的歌声在回响，小山丘上飘来阵阵蜜香。

"你会回来的，对吗？"她重复着。

"谁知道呢？"他答道。

"如果你下定决心回来的话，你就会回来的！我们要把握自己的命运。"她说。

他慢慢地微笑着。

"你这样想吗？"他说。

"我知道，如果你不能回来，那是因为你不想回来而已，不会有其他的原因。不是因为你不能回来，而是因为你不想回来。"

"谁告诉你的？"他问。他的微笑含有一种残忍的意味。

"我知道。"她说。

"好吧！"他答道。

他依然坐着，双手夹在膝盖下面。

"所以你得做出决定。"她说。

他长时间地静静坐着。她已经脱去衣服，梳好头，躺在床上。他仍然坐着，一动不动，像一具死尸。房间里充满着一种不自然的、令人窒息的、厄运般的、难以忍耐的气氛。她吹灭了灯，不去看他了。但是，在黑暗中，她更感到深深的不安。

最后，他移动了一下，站了起来。他慢慢地走到她身边，面对着她。

"我会回来的，阿莱叶。"他平静地说道，"见他们的鬼去吧！"她从他的声音中听到了那无言的痛苦。

"谁见鬼呢？"她问道，坐了起来。

他没有回答，而是用双臂紧抱着她。

"我回来以后，我们就去美国。"他说。

"你会回到我身边的。"她耳语道，心中充满一股痛楚和欣慰交汇的狂喜。只要他回到她身边，那么无论要等多久，也无论他们要去什么地方，她都不会在乎。

"我一定要回来。"他说。

"真的吗？"她柔声问道，把他抱得更紧了。

世界禁书文库

赤裸的午餐

【美】威廉·巴勒斯⊙著

王宏伟⊙译

线装书局

　　我感觉到有一股力量在逼近我，感觉到它们向我运动，指派出可恶的木偶囮鸽，对着那些我扔在华盛顿广场的量匙和滴管哼哼唧唧，穿过围住入门处的拱形的旋转式栅门，然后顺着铁梯涌下两层平台，抓住了一列进城的火车……一个年纪轻轻、气质独特、短头发、佩常春藤联合会徽章、派头十足如经理一般的同性恋家伙给我撑住了转门：显然我正是他心目中的"人物"。大家都熟悉这样一种人：在酒吧招待和司机的簇拥之下亮相，对设置圈套和诱骗之事津津乐道，用昵称招呼内迪克店里的伙计，一个十足的蠢货。那个身穿白色军用雨衣的缉毒探子刚刚在此时冲上了月台（幻想着是穿着这种雨衣在跟踪某人——我估计他是试图不引人注目）他左手抓着我的那些玩意儿，右手放在枪套上，虽然未开口，我却能听到他说话的那口气："伙计，我想你掉了什么东西吧！"

　　然而地铁已经在移动了。

　　"回见，小子。"我大吼一声，接着看看身边那个同性恋者。我看看他的眼睛，他长着雪白的牙齿，皮肤被佛罗里达阳光晒得黝黑，身上穿着二百美元一套的雪克斯金呢西装，衬衫是布鲁克斯兄弟服装公司生产的，扣子扣得紧紧的。他还带着一份《新闻》杂志作幌子。"我只读'小阿贝纳'专栏。"

　　看样子这个倒霉鬼想学一学嬉皮士……滔滔不绝地议论着"大麻烟"，不时地抽上一根，身上总是带着几支，以便能给那些放荡不羁的好莱坞式人物提供方便。

　　"谢谢了，朋友。"我说，"看样子你我是一伙儿的。"他的脸顿时像弹球机的灯一样亮了起来，一副愚蠢而激动的模样。

　　"他大概是有什么消息能告诉我。"我表面上露出愁容，离他近了一些把我那肮脏的吸毒鬼的手指放到他的雪克斯金呢袖子上。"我们是用同一只脏针头的铁哥们儿。不防透露给你一个秘密，他已经免不了一次'快车'（注：这是一管毒性很强的麻醉品，常用在通风报信者身上。这种'快车'通常是马钱子碱，不过品尝起来和看起来都像麻醉品。）。"

　　"见过'快车'怎么发作吗，伙计？我在费城看到了一个瘸子的惨状。我们把一块妓院中用的那种单向玻璃装在他的房间里，然后钻了个窟窿来偷看。甚至他没有来得及从手上拔出针头就呜呼哀哉了。如果'快车'没问题的话，也的确来不及拔出针头。他们被发现时就是那么一副样子：青紫色的臂膊上挂着满是血块的滴管。发作时他的眼神——伙计，可真是够瞧的……"

　　"记得当初我和瓦吉勒特——他可以说是这个行当中最出色的打手——闯荡江湖，

到过智……我们在林肯公园城敲诈那些同性恋者。有一天晚上，瓦吉勒特来找活儿了，他穿着牛仔靴和一件缀着一大块铁皮的黑背心，一条麻绳挂在肩膀上。"

"于是我说：'怎么啦？你本来就够讨厌了。'"

"他直瞪着我说：'拔枪吧，陌生人。'然后掏出一支破旧生锈的六响手枪。我立刻跳起来，在四处横飞的子弹中，穿过林肯公园城逃跑了。而在警察抓住他之前他已经干掉了三个同性恋者。我的意思是人们给他起'瓦吉勒特'这个绰号可不是乱起的……

"注意过那些人的复杂表情吗？一从同性恋到骗子，人们可以判断你和他们是同伙，那表情就如举手打招呼一样。"

"抓住她。"

"让那个贩卖毒品的小子给这蠢货再来些好听的话吧！"

"野心的家伙对他追得太紧了。"

"那个'鞋店小子'（他专在鞋店里勒索拜金教徒，所以得了这么个绰号）说：'给一个蠢货尝点儿甜头，他就会再次回来哀哀地乞求。'一旦这小子发现了目标，他就会呼吸急促，脸部肿胀，嘴唇发紫，就像一个爱斯基摩人中了暑，他小心翼翼地缓步接近那蠢货，用已溃烂的指头摸索着，触摸他。"

"那新来者的模样像小孩子一样的纯真，纯真得简直就像蓝色霓虹灯在他身反射的灼灼光辉。他简直就像是从《星期六晚邮报》封面上跳下来的，带着一串笨蛋，在吸毒的队伍中稳稳地占住一个席位。他的牺牲品从不抱怨。那些老骗子也真的准备接受他了。而后有一天，他的小孩布鲁开始出溜了，接下来所发生的事简直让救护车上的护士作呕。那新来者跑在后面，穿过空无一人的自助食堂和地铁车站，大声尖叫着：'回来，孩子！！回来！！'他跟着那小子一直地跑进了伊思特江，穿过那些避孕套、橘子皮、乱七八糟漂浮着的报纸，沉到了寂静的黑色淤泥中，去与那些浇铸在水泥中的黑手党、为了逃避那些焦渴的弹道学专家的探究之手而被捶扁的手枪相伴长眠了。"

在我身边的那个同性恋家伙一定考虑到："好一个人物呵！！等我把他讲给克拉克俱乐部中的小伙子听时才带劲呢！"他专门收集趣闻逸事，甚至会傻站着等候看乔·古尔蒂的"海鸥行动"。于是，为了诱惑他，我胡扯一气，并和他约会，把一些他称之为"荚果"的大麻售给他，同时我心里暗自想道："我会像假荆芥一样，神不知鬼不觉地就把这种笨蛋给逮住了。"（注：假荆芥在燃烧时闻起来像大麻，如果粗心大意或未经提醒，经常能蒙混过关。）

"好吧，"我拍拍自己的手臂，说，"得去尽责了。就像一个法官对另一个法官说的：'必须公正无私。如果你做不到，那就来一番武断专横。'"

我闯进那个自助食堂，贝尔·戈恩斯在里面，他缩在不知是何人的一件大衣里，看上去像是一个本世纪一十年代中风的银行家；还有老巴德，一副寒酸而不起眼的模样，用肮脏不堪的手指蘸着奶油蛋糕吃，真有点出淤泥而不染的架势。

我让比尔照料一些住宅区内的顾客，而巴特则认识一些远在抽鸦片时代的遗老遗少：头发灰白得如同灰烬一样的好似幽灵一般的看门人，用衰老的手慢慢打扫着满是灰尘和污垢的古老大厅；在毒瘾发作的清晨，又咳嗽又吐痰的鬼一般的清洁工；在如同剧场般的饭店中患着气喘病，已金盆洗手，不再买卖赃物的人；"潘多芬玫瑰"——来自皮奥利亚的老太太；不以苦乐为意、从不生病的中国侍者。贝德迈着他那老吸毒鬼的步子，慢慢地、耐心地、认真地把他们一个个搜寻出来，在他们失血干瘪的手中扔进去数小时的温暖。

有一次，为了寻找刺激，我和他一起做了这样一次巡游。你们知道老年人对于吃是如何的全然不顾羞耻吗？观看他们进食简直使你作呕。那些常年的吸毒者对于吸毒也是如此。他们一见到毒品就开始尖叫和莫名其妙地自语，唾液从口里流淌下来，肚子咕咕的响动，内脏在他们为吸毒做准备时都嘎嘎地蠕动着，遮在身体上的那层皮囊已荡然无存。不知不觉时，一大团黑乎乎的原生质会从他们身上噗地落下来掉在他们身边。见到这种情况真的能让你恶心至极。

"唉，我的孩子们以后也会这样子的。"我明智地想着，"生活并不会对谁另眼相看。"

回城时我在谢里丹车站下了车，以防我落在那个缉毒探子埋伏在哪个隐秘处设下的陷阱。

不过我明白这样不能维持多久。我知道他们在那儿开会商议着使用警察邪恶的魔力，把我的可人儿投入文沃思监狱。"盯着那个家伙是不会有用处的，迈克。"

我听说过他们用一个可人儿搞住了查比。一个被阉割过的老警察只是呆在邻近地区的一个地下室内，不分日夜，没年没月地折磨查比的心上人。当查比在康涅狄克州被吊死时，他们发现这个老爬虫的脖子也扭断了。

"他从楼上摔了下来。"他们说。可谁不知这是警察的谎言呢。

吸毒者总是与魔法和禁忌、诅咒和护身符搅和在一起。我能借助"雷达"找到我的墨西哥城接头人。"不在这条街，在下一条街，往右……现在往左。现在再往右。"他，无牙瘪眼，长着一副老太婆的脸孔，就这样进入了我的视野。

我知道这个贩毒的家伙总是哼着小调，四处游荡。凡是他所去过的地方，人们都

307

熟悉这些小调。他如同幽灵，毫不引人也毫无特征，使得人们对他毫不在意，听到那小调或许还以为是他们自己心灵的哼唱。所以那些顾客们，也是随着《微笑》，或者《爱情中的我》，或者《他们说我们还年轻得走不稳》，或者在那天哼唱的随便什么曲子找到他的。有时你可以看到大约五十个鼠脸猴腮的吸毒者病歪歪地尖叫着，和谐一致地跟在一个小子后面奔跑，而与此同时，那个"大人"则坐在一张藤椅上扔着面包喂天鹅；一个搞同性恋的令人讨厌的胖子遛着他的阿富汗猎狗穿过了东五十大街；一个年迈的酒鬼对着一只邮筒撒尿；一个激进的犹太大学生在华盛顿广场撒传单。还有一只啄木鸟；一瓶杀虫剂；一个以设计广告为业的同性恋者在内迪克店里用昵称招呼店员。吸毒者的世界之网在豪华的房间中连接起来，按着泛有奇臭无比的爵士乐之弦调准基音，而后在令吸毒者难熬的早晨颤动起来。（老态龙钟的撬保险箱的贼在中国人开的洗衣房中吸着黑色的烟雾，而郁郁不乐的小子们则死于长期的服毒过量或冷酷无情的停止"呼吸"。）在也门、巴黎、新奥尔良、墨西哥城和伊斯坦布尔（注：伊斯坦布尔正处于分崩离析重振雄姿的过程中，在那些破烂简陋的吸毒者居住区更是如此。伊斯坦布尔的海洛因吸食者比纽约城的远为惊人），他们伴随着空气锤和蒸汽挖掘机一起哆嗦，互相间以那种我们无法听到的吸毒者的咒语尖声对骂。而那个"大人"正从路过的蒸汽压路机上倚身出来，至于我则藏身于铲斗的沥青之中。生者与死者，病恹恹者或者赊账者，上瘾者或过瘾者或瘾头再次发作者，全都顺着那毒品的定向射线络绎而来，那贩毒者则正在墨西哥多洛丽丝大街上吃着炒杂烩、在自助餐厅中细细品味着蘸着奶油的蛋糕，而在交易之处，一群吠叫着的"人们"弄得鸡飞狗跳（注："人们"是新奥尔良俚语中对缉毒警察的称呼）。

中国老头跳下河去，一头栽进锈迹斑斑的铁皮罐中，洗刷下又黑又硬，好像矿渣似的积垢。（注：积垢是抽鸦片烟留下的灰烬。）

唉，警察拿到了我的量匙和滴管。我清楚他们正在瞎眼"唱片威莱"的引导下，在步步向我逼近。威莱有一张圆如唱片的大嘴和一头直竖如猬毛的黑发。他的眼睛是被枪打瞎的，由于嗅海洛因，鼻子和腭也受到了损害，他的身子就如一大块又硬又干、木头般的疤痕组织起来的，他的嘴现在只能用来吃大粪了。不过有时他还坐着地铁晃晃荡荡地出来，摸索着寻找毒品那无声的出现频率。他追随着我的踪迹跑遍了全城，总算找到了我早已搬走的住处。可在那里，警察只发现了一对来自苏瀑布区的新婚夫妇。

"行了，李!! 从那婊子后面出来吧，我们认识你。"于是把那男子的突出部位一下子拉了出来。

现在威莱越来越炙手了，你可以听到他总是在黑暗之中喃喃地自言自语（他活动只在夜间），也可以感觉到他那盲目、探查的大嘴和令人害怕的追踪欲望。在他们闯门入户抓人时，威莱会完全失去控制，他的嘴会直接在门上咬出一个洞来。如果没有警察在旁边用探针束缚着他，他，他肯定会把进入他大嘴的每个吸毒者的骨髓榨干。

我知道，所有的人都知道，他们用这只圆脸狗在追踪我。如果我的年轻顾主真的走上证人席陈词说："他迫使我犯下各种各样的可怕的性行为，以换取他的毒品。"那么我就将和街道吻别了。

所以我们搞了一批海洛因，买了一辆旧斯图德贝克车，出发到西部去了。

瓦吉勒特承认他由于人格分裂而犯了罪。

"我站在我的身外，企图用鬼魅的手指去挡住那些绞杀的罪行……我是一个幽灵，在长时间穿行于空间中无臭无味的巷道以后，也渴望着每个幽灵都向往的东西——一个实体。在那个空间里，没有生命，只是透明，没有死神的味儿，没有人能通过那水晶般的缀挂的鼻涕、时间的排泄物和肉体的黑色血滤器的粉红色软骨回旋，呼吸嗅到死神。"

他站在那儿，站在法庭内又窄又长的阴暗处，他的脸，犹如一张破裂的胶片，被欲望和饥渴撕碎了。这种欲求来自原始的器官，正在受到毒瘾刺激（在第一次听证会时有十天的隔离期）的肉体表皮短暂地搏动了几下，而那种毒瘾的发作在毒品第一阵无声的轻抚之下就会灰飞烟散。

我亲眼见过这种事的经过。十分钟内十英镑就杳如黄鹤了：人站在那儿，一只手拿着注射器，另一只手端着裤子，损坏了的肌肤在冷冽的黄色光晕中"燃烧"。地点是在纽约的旅馆房间内……桌子上乱堆着各种糖果盒子，烟蒂从三只烟灰缸上充溢而出，不眠之夜和突如其来的食欲组成的混合物滋养着满足的吸毒者那瘦小的身体……

依照联邦和刑法案，瓦吉勒特在联邦法院受到起诉。此案在联邦的一所精神病治疗院中了结了。这所治疗院是专为接纳"幽灵们"而设计的：各种各样不会伤人的物体……洗脸架……门……厕所……餐柜……它们就在那儿……这就是……所有的线路都切断了……此外一无所有……终结……每张脸上那终结的神情……

身体上的变化最初是缓慢的，随后伴着不吉利的沉闷声响往前跳跃起来，穿过松垮的夜服降落下去，吞蚀一切人类的线条……在他一片漆黑的嘴巴与眼睛之所在，只能见到向前突出闪烁着透明的牙齿的器官……但就功能和位置而说，人的器官不是永久不变的，性器官四处萌芽，直肠大开国门，排粪，而后停止，……整个机体在刹那间在调整中改变着颜色和连贯性。

拉比在受到他称之"发作"的进攻下，成了"社会"的负担。在体内，"受害者"把枪口转向了他，这下子没人能使它平息。在外部，在费城的街上，他居然蹦出来作弄巡逻车，那些警油子只对他瞟了一眼，就把我们全都抓了起来。

整整七十二个小时，五个病病歪歪的吸毒者和我们一起呆在一间囚室里。为了不把我的藏匿物让那些饥渴的吸毒者发现，我们玩了一些花招，而且贿赂了看守，于是才被安置在一个隔离了的囚房。

深谋远虑但却被视为怪人的瘾君子，为了对付大逮捕，总是在身上藏匿下一些备用品。每一次注射毒品时，我都要留下几滴，让它们落在我的背心口袋里，长此以往，衬里都凝得硬邦邦的了。在我的鞋子里，我还藏着一只塑料滴管，一只别针则别在我的皮带上。你们都清楚这种别针与滴管的例行程序是如何描述的："她抓着一只凝结着鲜血和锈斑的别针，在她的腿上凿开了一个大洞。那洞敞开着，就像一张污秽、溃烂的嘴巴，等待着与那滴管悄无声息的聚会。转眼之间，她就把那滴管插入了敞着嘴的伤口里去了。可是那可怕的寻求刺激需要（犹如干旱大地上昆虫的饥渴）使她在用力过猛之下，使那滴管在她那已饱受蹂躏的大腿里破碎了（这腿看去犹如一张污迹斑驳的招贴画），然而这与她又有什么妨碍？她甚至都不屑于去消除那些玻璃碎片，只是以一种屠夫的冷漠空虚的眼光注视着自己血污的腿部。她根本不在乎什么原子弹、臭虫、癌扩散等候着重新占有她那怠惰的肉体……甜蜜的梦幻，潘多芬的玫瑰。"

然而实际情况却是这样的：从腿上捏起一块肉，然后马上用别针刺一个洞，再把滴管贴在洞上（并非放到洞里），慢慢地把溶液小心翼翼地挤进去，以免从边上喷溅出来……在我抓起拉比的大腿时，他腿上的肉犹如蜡泥那样凝止不动了，从洞中慢慢地渗出了脓液来。我从来没有接触过像费城的这个拉比那样冰冷的活体。

如果只需一个"闷熄聚会"就可了事的话，我打算除掉拉比（"闷熄聚会"是英国的一种乡村风俗，目的是为了结束上了年纪又卧床不起的受赡养者，一个受到此种困扰的家庭召开一个"闷熄聚会"，请来的客人把许多褥垫堆在年老的受赡养者身上，然后爬到那些垫子上面，纵饮直至酩酊大醉。）。拉比对于这一行业来说，已经是个累赘了，该被抛弃到这个世界的贫民区去（这是非洲的一种实践，官方称之为"引弃"。其功用就是把那些年迈的人物带到丛林中，然后把他们遗弃在那儿）。

拉比的发作变成了习惯。警察、看门人、秘书一见他接近就会咆哮起来。金发之神已降至不可接触的邪恶之上了。骗子们从不改变事物，他们只是破坏、粉碎——在寒冷的宇宙中分裂的物质、随着宇宙尘漂浮而去，在身后留下了空虚的壳儿。世上的强者有一个记录是你们永不能打破的，那就是内部的受害者……

我离开了拉比，留下他冒着一成不变的烟灰之雨，站在那通往苍穹的红砖贫民窟的一个街角上。"打算去教训我认识的那个医生。马上回来，会从那救苦救难的地方带……不，你就等在这儿——不要让他认出你来。"于是，哪怕沧海桑田，拉比也站在那街角上等候我了。永别了，拉比，永别了小子……不知道他们在露面和把躯壳留在身后以后，将会浪迹何处？

芝加哥：蜕了皮的意大利人的隐形统治集团；一蹶不振的黑帮分子的臭味儿；世俗的幽灵在诺思和赫尔斯泰德、西赛罗、林肯公园城袭击了你；梦幻的乞讨者；昔日渗透了今日；吃角子老虎及小旅馆那臭名昭著的魅力。

进入旅馆内：一个被隔离了的巨大空间，指向无聊天空的电视天线。窒息生命的房间里，他们缠绕于那些年轻人之上，从他们舍弃物中觅捡一些可以聊生的东西。只有年轻人带着东西进来，而他们却早已是风烛残年（在东露易丝街的沙洲之下，躺卧着沧海时代死去的边疆开拓者）。伊利诺斯与密苏里，筑堤人的乌烟瘴气；对"食物之源"五体投地的礼拜；残忍而丑恶的庆典；从蒙特维尔到临海的秘鲁那新月形的不毛之地泛滥着的对"赤蝎之神"的绝顶恐惧。

美国这片土地并不年轻：早在垦荒者进入之前，甚而至于印第安人之前，它就已老而肮脏，邪恶肆虐了。邪恶从来就在此翘足而待。

警察始终如影附身：受过大学训练、不动声色的州警察；经验丰富，客气话连篇，电子仪器似的眼睛却一丝不苟地打量着你的汽车和行李、服饰与脸色；咄咄逼人的大城市警察；软腔软调、一双如褪色的灰法兰绒衬衫颜色的昏花老眼中透露着一丝恫吓与恐怖的乡村警察……

汽车也老是出麻烦：在露易丝街以一辆旧轿车换进了那辆一九四二型斯图德贝克车（这车就像拉比一样，引擎生来就有毛病）上路后，几乎还没到达堪萨斯城就不行了。新买的一辆福特车只能证明是一架烧油机，于是又以一辆吉普替换了它。可我们对它的批评过分了些（这类车不适于在高速公路上行驶），结果把车内的什么东西给烧坏了，吱吱嘎嘎地乱响一气，最终我们不得不又回到了一辆 V-8 型福特旧车里。在远赴某地时，人终究无法战胜机器。即使是烧油机，你也得将就，要不就一无所有了。

在这个世界上，再没有什么别的东西像美国式的影响缠着我们不放了。这比安第斯山脉中的一切还糟糕。在那里，到处高山小镇，像明信片似的山中的凛冽的风，犹如死亡一样卡在喉咙口的稀薄空气，厄瓜多尔的河边小城，灰如黑污的牛仔草帽下的系绳那样的山间瘴气，从枪口装弹的短枪，在泥泞的街道上觅食的兀鹰——当你从瑞典的马尔摩渡轮上下来（轮渡上不征酒税），扑面而来的一切会榨去身上所有便宜而又免了税的液体，还让你的心一直沉下去，沉下去。你所见到的是躲躲闪闪的目光和市中心的公墓区（瑞典的每个城市似乎都是环绕墓地建立起来的），整个午后都无所事事，既无酒店也无影院。我抽完最后一根丹吉尔大麻烟，说："K·E，我们还是直接回到那轮渡上去吧！"

但是美国的影响的确是独一无二的。你既看不到它，更不知它来自什么地方。从那些街头巷尾的鸡尾酒店中随便选一个——每一个住宅区都有自己的酒吧、杂货店、市场和酒店，你迈步进去，它就冲你而来了。可是它来自什么地方呢？

它并不是来自酒吧侍者，也不是来自顾客，不来自绕着酒吧高脚凳的奶油色塑料边和那暗淡的霓虹灯，甚至也不是来自电视。

它熏陶了我们的习俗，就如可卡因使你醺醺然忘乎所以。毒品已将告罄，所以我们来到了这个规规矩矩、绝对是从咳嗽糖浆中捞出来的小镇上。吐完了这种糖浆，我们又驱车走啊走。冰冷的春风钻进这辆老爷车里，绕着我们颤抖着淌汗的病体吼叫。这种冰冷的感觉，在你用完了毒品时，必会降到你身上……穿过那一片光秃得剥了皮似的大地时，眼前所见的是陈尸于路的犰狳，盘旋于沼泽地上的兀鹰，柏树的残桩，以纤维板做隔墙，配有煤气取暖器和粉红色薄毯的汽车旅馆。

得克萨斯的医生几乎被愚钝的流窜犯和甜言蜜语的毒贩子干完了……

没有人，如果神经正常，要去袭击一个露易斯安娜州的医生。其中奥妙在于州的毒品法规。

最后总算来到了霍斯顿。在那儿我认识一个药剂师，不过有将近五年没见面了。可是他抬起头来，迅速地瞟了我一眼，就点点头说："在柜台那边等一会儿。"

于是我坐了下来，喝了一杯咖啡。不长时间，他走了过来，在我身旁坐下，说："你想要些什么？"

"一夸脱PG。"

他点点头，"半小时后再来吧！"

等我再返回去时，他递给我一个小包，说："十五美元……小心些。"

注射PG简直就是制造一场可怕的混乱。你首先必须燃去其中的酒精，而后把其中的莰酮-〔2〕凝结出来，再用滴管把其中的棕色液体吸放出来——还须从静脉把它注射进去，否则就会引起脓肿。不过不管你注射在哪里，结局通常总是脓肿。最佳之策是和着镇静剂一起喝……所以我们把它灌进一只酒瓶，开始往新奥尔良进发，一路经过了许多色彩变幻莫测的湖泊，橘黄色的煤气路灯，沼泽和垃圾堆，在破瓶烂罐中横冲直撞的鳄鱼，汽车旅馆前阿拉伯风格的霓虹灯饰，从垃圾遍地的街心安全岛上向着过往车辆嚷嚷着荡言秽语的毫无忌惮的野鸡客……

新奥尔良是一处死气沉沉的博物馆，我们在散发着 PG 香味儿的"交易场"东游西逛，马上就找到了那个"人"。这个地方很小，警察总会知道谁在进行毒品交易，所以就可估计出其结果并对此睁一眼闭一眼。我们用海洛因换了些其他毒品后就掉转车头直奔墨西哥。

返回途中穿越得克萨斯南端那犹如死气沉沉自动售货机一样的乡村地区和查尔斯湖区时，嗜好黑鬼血的乡村警察从头到脚地打量着我们，还检查了汽车的证件。穿过边界，进入墨西哥后，你仿佛摆脱了一身桎梏。突然之间，四野的景物直接涌入了你的怀抱，在你和这景物、沙漠、群山和兀鹰之间，一切的界限都如烟消云散。天上那些盘旋着的小斑点以及别的什么显得如此近在眼前，以致你都能听到羽翼破空的声音（一种干巴巴粗糙的声音）。当它们发现了什么时，它们就好像是从蓝天，从这墨西哥碎裂污秽的蓝天中倾倒下来，倒进了一只黑色漏斗之中……经过一夜驱车，黎明时分到达了一处温暖宜人、晨雾弥漫的小镇。周围群狗吠叫，水声哗哗。

"托马斯和查利。"我说。

"什么？"

"这小镇的名字。海拔为零。我们要从这往上爬一万英尺。"我给自己注射了一些毒品，躺到后座上睡觉去了。她的驾驶技术很不错，只要等她碰到方向盘时，就会感觉到。

卢比达在墨西哥城，他像阿兹台克人的地球女神那样坐在那儿，分发着她一派胡言的小纸片儿。

"比起使用来，售卖更会让人上瘾。"卢比达说道。不用毒品的贩子们有一种接触的瘾头，然而这恰是你所无法戒除的。经销人也有这种瘾头。拿"大买主"布雷德利来说，他是贩毒业中最为出色的麻醉品经销商，任何人都会为毒品而向他求助（注：求助的意思是验证或者说衡量）。他能走到一个贩毒者那儿，利落地给他的货色打出评分。他长得毫不引人注目，灰不溜秋的像是飘忽不定的鬼怪，那些毒贩子事后甚至都记不得他是什么模样。所以他能一个个地周旋于他们中间……

这"大买主"慢慢地变了，看上去越来越像个吸毒者。他不会喝酒，也养不成这兴致。他的牙齿早已没有了（就像孕妇为了供养肚子里的小陌生人，猛吃之下把她们的牙齿都给磨掉了一样，吸毒者为了供养他们身上那只无法摆脱的瘾猴，也在吸毒中失去了他们黄色的门牙），他无时无刻不在吮吸着一根棒糖。他特别喜欢的是露茜娃娃牌棒糖。"看着"大买主"那样令人恶心的吮吸棒糖，让人厌恶至极。"一个警察曾这

样说。

"大买主"有一身挺不吉利的灰绿肤色，其真相是他的身体正在制造它自己的毒品或者说它的等价物。"大买主"也有一批稳定的顾客。你可能会认为他是一个"幕后者"，或者他自己就是这样想的。"我只坐在我的房间里，"他说，"操所有人的蛋，不偏不倚。我是这一行中唯一的一个完美无缺者。"

然而却有那么一种瘾头犹如能穿透骨髓、邪恶强劲的大风袭上了他的身体。于是"大买主"物色了一个年轻的吸毒者，给了他一些毒品作为交换。

"哦，好吧，"那男孩子说，"那么你想干什么呢？"

"我只需在你身上摩擦摩擦以得到满足。"

"喔……那好吧……不过你为什么不能像常人那样满足欲望呢？"

后来这男孩与两个同学一起坐在华尔道夫餐馆吃着蛋糕。"这真是我曾忍受过的最令人厌恶的事。"他说，"他不知用什么方法把自己弄得柔若无骨，像一摊果子冻一样，令人呕吐地粘在我身上。然后，全身上下都变得湿漉漉的，仿佛在绿色的粘液中浸泡过了一样。我猜测他是达到了某种极度的性高潮……弄在我身上的那些绿东西几乎都使我快发狂了，而且他还发出一股类似腐败物似的恶臭。"

"不过这仍然是比较容易的开头。"

那男孩子逆来顺受地吸了口气。"不错，我想什么事都是可以习惯的，明天我和他还定了个约会呢。"

"大买主"的习惯变本加厉，甚至到了每隔半小时就要进行一次的程度。有时他在整个地区巡猎，还贿赂监狱看守让他进入拘押吸毒者的囚室。事情最终发展到吸毒者都避其唯恐不及的地步，于是，他受到了来自"地区主管人"的召唤。

"布雷德利，你的行为招来了流言，——为你考虑，我希望仅此而已。这些流言让人无法启齿地令人厌恶以至于……我的意思是恺撒的妻子，……也就是说，这个'部门'必须超于怀疑之上……肯定得超越于你似乎已唤起的那种怀疑之上。你还使这个行业的全部声誉受到了损害，我们准备让你辞退这个工作。"

"大买主"趴到地上，向着"地区主管人"爬了过去。"不，老板，不……这行当就是我的唯一生命线呵。"

他吻着"地区主管人"的手，把他的手指吮进他的嘴巴（"地区主管人"一定感觉得出他那没有牙齿的牙床），哀诉着他的牙齿是在"工作中"失去的。"老板，行行好，我会为你做牛做马的。我会替你洗用过的避孕套，我会用我鼻子上的油为你擦亮你的皮鞋……"

"真的吗，这可太叫人厌恶了。你难道没有一点的自尊心？我必须告诉你，我真的感到非常恶心。我想你身上有什么东西在腐烂吧，你闻上去就像一堆肥。"他用一块洒过香水的手帕蒙在嘴巴上。"我要你马上离开这儿。"

"我什么都会干，老板，什么都干。"他那满脸伤痕的面孔被令人恐怖的笑容撕裂了，"我还年轻，老板，要是激动起来，还可说是相当的强壮有力。"

"地区主管人"一边在他的手帕里连连作呕，一边用疲软无力的手指着门。"大买主"站起身来，梦幻般地看着主管人，他的身子像用魔杖寻宝的探矿者的魔杖一样倾斜起来，往前扑去……

"不！不！"主管人惊叫起来。

"蠢货……蠢货蠢货。"一个小时之后，他们发现"大买主"在"地区主管人"的椅子里打瞌睡，而主管人则消失得无影无踪了。

法官："所有的情况表明你以一种无法说出的方式，嗯……使地区主管人同化了。遗憾的是找不到证据。我原建议监禁你，或者说的更精确些，把你关到某个精神病院中去。但我深知，对于你这种'口径'的人来说，没有一个地方是合适的。所以我不得不十分不情愿地下令开释你。"

"那家伙该放到养鱼缸里供人观赏。"逮捕他的警官说。

"大买主"在整个行业中播下了恐怖。吸毒者和经销人见了他都逃之夭夭。他就像吸血鬼蝙蝠一样，散发出一种毒品的恶臭。一种阴湿的绿雾麻醉了他的牺牲品，使得他们在他面前只能任他摆布。一旦他如愿以偿，他就像一条饱餐一顿后的大蟒蛇一样穴居蛰伏几天。最后他是在"消化""缉毒专员"的过程中被逮住的，一具喷火器使其灰飞烟灭——调查法庭裁决这种手段是正当的，因为"大买主"已经丧失了人的身份，实际上只是一个没有种属的生物，不管怎么说，他都是对毒品业的一个威胁。

在墨西哥，混日子的窍门是找一个有着政府批文的当地吸毒者。因为他们每个月都准许得到一定数量的毒品。我们找的人是老艾克，他的大半生都是在美国度过的。

"那时我正与哀勒·凯历一起旅行，她是个妓女。在蒙大拿州的贝塔市，她患了可卡因恐怖症，在旅馆里横冲直撞，尖叫着，中国警察拿着切肉刀在追赶她。我认得这个芝加哥的警察，他能嗅出晶体、蓝色晶体形状的可卡因。她变得疯疯癫癫地，嚷嚷着联邦警察在追捕她，一头冲入一条小巷，将头栽进垃圾罐里。我说，'你想你是在干什么？'她回答说，'滚开，否则我就开枪了。我要把自己隐藏得谁也找不到。"

这时我们凭借药方弄到了一点可卡因。小子，把它打到静脉中去吧！你能感到它流进来，你的鼻子、喉咙变得畅通无阻，冷飕飕地。随后是无与伦比的悦感冲入你的

大脑，把那些与可卡因相关的点都"点燃"了，在白色的爆炸闪光之中，你的脑袋似乎完全粉碎了。十分钟以后，你会想再打一针……为此你会不惜横穿整个城市。但是如果你搞不到可卡因，你仍能吃喝睡觉，进而把它忘得一干二净。

这不过是大脑的一种欲求，一种与感觉和肉体毫不关联的需要，一种地球上的幽灵的需要。散发着恶臭气息的皮囊早已被那个讨厌早晨的又咳嗽又吐的老吸毒鬼给打扫干净了。

一天早晨，你醒来后吃了一个"速球"，感到皮肤下像是有小虫在蠕动似的。一八九〇年的大胡子警察堵住门，从窗口挤进身来，在醒目的蓝色的凹凸徽章后龇牙咧嘴地做着怪相。吸毒者们排着队通过房间。他们唱着穆斯林的葬礼歌，抬着贝尔·戈恩斯的尸体。比尔扎针处的斑点燃烧着柔和的蓝色火焰，闪闪发光。早有预谋的患精神分裂症的侦探则闻着你的尿壶。

这就是可卡因恐怖……躺下身来，不顾一切地注入大量军用吗啡。

死人的生活：我被解雇了工作，便吃起了我的小威莱的残羹剩饭。他哭叫起来，我不得不出去另找一个。一路走去，经过了那个他们炸飞"加菜"赌注登记人的鸡尾酒厅。

不知是在库厄纳瓦克还是在泰克西科，杰妮碰到了一个会吹长号的皮条客，于是她随着大麻香烟的烟雾，消失得无影无踪。这个皮条容得那些摇摆不定且故做姿势的艺术家。把艺术作为贬低女性的手段——他迫使他的牝鸡们吞咽那些臭粪。他在继续扩展他的理论……他会对他的"小鸡"进行测验，威胁她们如不能记住他对逻辑和人类形象的最新攻击中的每一个细微差别，他就将一去不返。

"嘿，孩子，我到这儿来传授经验，可如果你们不愿意接受，那我就无能为力了。"

他是个一本正经的大麻烟客，对于毒品，就像某些常抽此烟者一样，抱着一种非常拘谨的态度。他声称大麻烟使他接触到了蓝色的外引力场。对于任何事物，他都有自己的看法：什么样的内衣有助于健康；该在什么时候喝水；怎样擦屁股。他长着一张闪闪发亮的红脸和一只又大又扁又光滑的鼻子，一双小红眼在看着"小鸡"时就亮了起来，而在看到另外任何东西时，则是瞪圆了，欲跳出来似的。他的肩膀极其宽厚，给人以畸形的感觉。他行为处事就像世上只有他是男人一样。在餐馆和商店中定菜定货，非得通过一位女性中间人传达给男性职员不可。还未曾有男人得以窥视他受摧残的原因所在。

所以他贬斥毒品而褒扬大麻烟。我深深地吸了三口烟。杰妮凝视着他，她的身体透明起来。我跳起来尖叫着说："我怕！"然后冲出了这幢房子。在一家小餐馆——镶

嵌着图案的餐柜，还有足球比数记录以及斗牛招贴——喝了一杯啤酒，等着进城去的汽车。

一年后，在丹吉尔我听说她死了。

本　威

我被派去充任本威博士工作人员，为伊斯兰姆公司效力。

本威博士是召来担任"自由之士共和国"的顾问的。"自由之士共和国"是个沉湎于性自由和沐浴频繁的地方，那儿的公民头脑简单，配合默契，待人诚恳且大方宽厚，这主要表现在他们整洁的穿戴上。但是乞求于本威博士这事本身就表明，此处可是金玉其外，败絮其中呢。因为本威是一个信念系统的协调人、控制者，精通各式各样的审问、洗脑、操纵术。自从他匆忙地离开安尼克西亚以后，我还未曾碰到过他。在安尼克西亚，他的任务是彻底地破坏原有的一切。他的第一项行动就是废除集中营、大逮捕以及禁绝使用刑罚，某种有限和特殊的场合除外。

"我痛恨野蛮的行为，"他说，"这是徒劳无益的。但在另一方面，长时间的虐待——当然不是肉体上的施暴，如果运用得当，却会唤起一种焦虑和特殊的犯罪感。不过有几条规则，或者不如说是指导原则必须牢记在心：不能让对象认为这种虐待是一个反人类之敌经过深思熟虑对其个人特性的攻击。必须使他感到，由于他的某些极为严重的错误（绝对不能使之明确），他受到的虐待是罪有应得的。受治疗的瘾君子那种毫不遮掩的需求必须以一种专横而复杂的官僚主义加以冷处理，以致使他们无法产生敌对意识。"

安尼克西亚的每个公民都要求申请全套有关文件，并且一会儿不得离身，以备街上不时之查询。检查人员（可能是身着便服，也可能是穿各种各样的制服，更常穿的是泳装或睡袍，有时甚至是除了左边的奶头上别着一只徽章外，赤裸裸一丝不挂）在检查了每一份文件后，就给它们盖上印记。在随后的检查中，每个公民都必须出示上次检查中符合要求的印记。检查者在截住一批人时，通常只是对其中的几个进行检查并盖上印记，而其余的人就会因为他们的证件没有合适的印记遭到逮捕。逮捕意味着"临时性的扣留"，那如果因禁者的经过签署和盖过印记的辨认书获得辨认助理的认可，他就可获释。可是由于这个官员难得去他的办公室，而辨认书又必须亲自呈交，于是这囚犯就得在那没有椅子、没有卫生设备，也没有暖气的办公室里消磨数星期乃至数

月之久。

由于文件的书写用的是褪色墨水，它们渐渐变得像破旧的典当纸似的，因此新的文件供不应求。那些公民们忙于各个官僚机构之间，疯狂地企盼着能赶上不可能的最后期限。

城里的街椅都不见踪迹，喷泉也无声无迹，花草则被践踏殆尽。安装在每一幢公寓楼（所有的人都住在公寓里）顶上的巨型电铃每隔一刻钟报时一次，其震动之大，常常把人都抛下床来，探照灯则整夜不停地在城内扫视（任何人都不允许使用遮光帘、百叶窗、窗帘、窗幔）。

从来没人正眼看着他人，原因是严厉的法令不许任何人出于任何目的——性或其他目的，通过或不通过语言媒介，去纠缠他人。所有的咖啡馆和酒吧都关上门。只有经过特许，才能获得酒。通过此途径得到的酒精饮料不能出售或赠送或以任何方式转让给任何人，任何人呆在有酒类的房间里就会被当作是阴谋转移酒精饮品的最明显的证据。

任何人都不得把家门锁上，警察有能开启城里每个房间的万用钥匙。在一个精神病学家的伴随下，他们可冲进任何人的居室，进行搜寻。

精神病学家帮助他们寻找人们想要藏匿的任何东西：凡士林油膏，灌肠器，一块有精液的手帕，一件武器，未经许可而私藏的酒精。他们还常常迫使嫌疑犯忍受对他的裸体最为屈辱的搜查，同时嘴里又不干不净地戏弄他们。许多可能的同性恋者在查到屁股里已涂上凡士林油膏时，都被套上了拘束衣带走。要不他们就会饥不择食地乱来一气：找一个吸墨器或一只鞋楦聊以自慰。

"这是打算做什么用的？"

"一个吸墨器呵。"

"一个吸墨器？你听他说什么？"

"这些话我已听多了，再不会大惊小怪了。"

"我想这也许就是我们所需要的一切，来吧，你。"

几个月之后，这些公民们都变得像只猫一样，神经过敏，在角落之中蜷缩发抖。

自然，安尼克西亚的警察是按照流水作业法来对嫌疑者、破坏者以及政治异己分子进行分类的。至于对嫌疑犯的审讯，本威是这样陈词的：

"一般说来，我避免使用严刑折磨——用严刑找到敌手和瓦解抵抗力——严刑折磨的威胁有助于在对象身上诱发一种恰如其分的无助感和对阻止用刑的审讯者的感激。当被审讯者在审讯过程中完全没有意识到自己是罪有应得时，刑罚能有效地用作对此

的一种惩治。为此目的，我设计了几种惩戒性程序的形式。其中之一就是所谓的'配电板'。随时可启动的电钻被固定在对象的牙齿上，同时这个对象操纵一个杂乱无章的配电板，按照铃声与灯光的示意，把一定的插头与插座连接起来。每弄错一次，那电钻就会启动二十秒钟。而且信号还逐渐在加快，这远超出他的反应速度。只要在这'配电板'上耗上半个小时，被审者就会像一架过载的思维机器那样垮掉了。"

"对思维机器的研究，比之反省法，使我们获得了更多的关于大脑的知识。西方人以小型装置的形式外化了自己。可曾往静脉里打过可卡因吗？它直接进入升至大脑，激发了巨大的愉悦感。吗啡的愉悦则来于内脏，注射之后，你的全部身心都在感觉着它的效力，不同于可卡因像电流一样通过大脑。对可卡因的欲望仅来自大脑本身，是一种不涉及肉体和感觉的需求。可卡因作用下的大脑宛如一架狂暴的弹球游戏机，在电流的极度兴奋中闪烁着蓝色和粉红色的灯光。可卡因激起的愉悦在一架思维机器上也能反映出来。它犹如可怕的虫豸般生活中的第一阵骚动。对可卡因的渴求仅只持续几个小时，也就是只在可卡因发生作用时才存在。当然，可卡因的效果，通过使用电流激活可卡因所沟通的神经网络，也可以产生……"

"因此，一阵时期而后，这些神经网络就像静脉一样，疲弱了。静脉过了一段之后又会恢复。且凭着巧妙地轮流选择静脉，一个吸毒者，若没变成'毒品消耗机'，还能苟延岁月，凑满冥冥之数。但是脑细胞一旦损伤却无可逆转。当瘾君子耗尽了其脑细胞之后，他就陷入了一种可怕之至的境地。"

"纵目极视，可以见到那些毫无遮蔽的白痴，在炽热的白焰中，趴伏在枯骨、粪土和锈铁上，一直往天际延伸过去。四处死一般的寂静——他们的语言中枢已经被破坏——只有他们在脊骨上下使用电极时火花的'啪啪'声和肉体烧焦时发出的破裂声。肉体燃烧时冒出的白烟飘浮在凝固般的空气中。一群孩子用铁丝把一个白痴绑在电线杆上，又在他两腿之间燃起一堆火，然后站在那儿，以一种兽性的好奇心，看着火舌舔食他的大腿。他的肉体在火焰中，犹如虫豸似痛苦地痉挛着。"

"我又如平时那样，说得离题了。在获得关于脑电学更为精确的知识之前，药物在审讯者攻击其对手的个性特征时，仍然是基本的手段。自然，巴比土酸盐实际无丝毫用处。因为用这样方式就能摧垮的人，在一个美国警察分局所使用小小方法前，也会屈膝投降。东莨菪碱在瓦解抵抗力方面，经常颇有成效，但它也会破坏记忆力：某人可能想揭示他的秘密，然而却根本记不得了；或者是掩饰的故事与秘密生活的情况不可避免地混淆在一起。美索卡因、骆驼蓬碱、LSD6、蟾酥碱、毒芹碱在许多时候都是极为成功的。紫堇碱卡宁能导致一种近于精神分裂症的紧张症状态……还观察到了无

世界传世藏书

世界禁书文库

赤裸的午餐

319

意识服从的例子。紫堇碱卡宁是一种后脑中枢镇静药，它抑制的可能是后脑运动中枢的活动。其余那些在实验中诱发精神分裂症的药物——美索卡因、骆驼蓬碱、LSD6——都是后脑兴奋剂。在精神分裂的症状中，后脑交替地出现兴奋和压抑的状态。在一阵激发和躁动——在这时，病人会在病区内横冲直撞，令人难以忍受——以后，往往会出现紧张症。病情恶化的精神分裂者有时会拒绝移动寸步的距离，躺在床上而结束余生。对于基底神经节的调节功能的扰乱被称作为精神分裂症的'原因'（偶然的思考从不会产生对于新陈代谢过程的确切描述，这是因为现存语言的限制）。交替服用LSD6与紫堇碱卡宁会导致机械性顺从的极高发生率。"

"还有着别的惩戒性方法：连续几天给予审讯对象以大剂量的苯丙胺，将使之陷于极度的沮丧之中；持续的大剂量可卡因或地美罗或者在延长给予巴比土酸盐之后突然停止给药，都会诱发精神变态；也可用二羟基海洛因使对象成瘾并遭受到中止给药后的折磨（这种复合剂比海洛因的成瘾率要高出五倍，停药后的症状相应也严重得多）。"

"心理学方法也多种多样，例如其中之一：强制性的心理分析。每天，要求对象都自由行动交往一个小时（在时间并非紧迫的案例中），'嘿，嘿，别再死气沉沉的，孩子。爸爸要训斥闹别扭的人的。来，上这配电板边来转转吧！'"

"有一个女特工忘掉了自己的真正身份，对自己的假身份却深信不疑。这个案例给了我又一个启发：既然特工通过训练来加强对假身份的相信程度，从而否定自己的特工身份，那么为什么不能使用心理上的'柔道'来对付他呢？告诉他的伪造身份确是他独无仅有的身份。他的特工身份则成了无意识的东西，也就是说，不受其意识的控制。这样，你就可以用药物和催眠法来发掘它了。从这个角度，你也可以把一个真正的异性爱者变成同性恋者……也就是说，扩张加深他潜在的同性恋倾向，与此同时，剥夺他从异性得来的快乐，并使之受到同性恋的挑逗，然后用药物、催眠法和——"本威挥了一下他软绵绵的手。

"许多对象对于性方面的屈辱都很脆弱：裸体、春药催欲、使人窘迫和防范手淫的日夜监视（睡眠中的勃起会自动接通一只巨大的电振动器，它能把人从床上掀起来，扔到冷水中，从而把梦遗的发生率减小到最低程度）。通过药物再对一个牧师进行催眠，告诉他将要和耶稣实实在在地融合，然后牵一只倔头倔脑的老绵羊塞到他两腿间。在这以后，审讯者对完全控制了受催眠者：吹声口哨，对象就会达到性高潮；叫一声'芝麻开门'，他就会在地板上屙屎。不言而喻，性屈辱这方法对于公开的同性恋者来说是禁忌之法（我的意思是说，我们应对此有所限制，记着那条古老的分界线……可难以知道谁是听者有意）。我还记得那个小子。经我调教，他一见到我就会大便。随后

我把他的屁股洗干净。这的确够味儿，而他也真是一个可爱的家伙。有时候，某个对象会爆发出孩子气的大哭。唉，显然你能够看出，种种可能性，就像一个广阔、美丽的花园中的小径蜿蜒曲折，无止无尽。当我被党内那些傻瓜们赶出来时，我还只在抚摸着那可爱的外貌……嗯，他的臭大粪。"

我到了"自由之土"。我的上帝，这真是一处纯洁但却沉闷的地方。本威正在指导"纠教中心"的工作，我跟随在他身旁，听着杂乱无章的对话："某人怎么啦?""缉毒警察克星"西第·艾德里丝在向桑德斯哼哼唧唧地要长命血清，真是天下少有的老同性恋笨蛋。"莱斯特·斯特劳格纳弗·斯穆恩把自己搞成了一个'莱塔'，试图来完善'机械性顺从进程'。这行业中的一个献身之士……"（"莱塔"是一种发生于东南亚一带的病状。"莱塔"病人虽然在其他时候都是神志清醒的，但是一旦他们的注意力被手指的噼啪声或尖锐的叫声所吸引，就会不由自主地模仿起他人的一举一动来。这是一种强制性的无意识催眠。有时他们会由于想同时模仿几个人的举动而伤害自己）。

"如果你已听到过这种微不足道的秘密，那就制止我……"

本威的脸部在急救车的闪光灯光中，外形纹丝不动，但又时时显露出一种说不出来的分裂或者说变形，就像一张在视野内外移动的图片那样闪烁着。

"来吧，"本威说，"我领你到'纠教中心'看看。"

我们顺着一条光亮的长廊走着，本威的声音如同天外来的声音飘进我的大脑。一个似有似无的声音，有时清楚，有时则难以分辨，犹如从一条风声呼啸的大街上传来的音乐。

"隔绝起来的群体，就像比斯玛克群岛的土著，在他们中并没有公开的同性恋。这是该死的母系氏族制的缘故。所有的母权社会都是反对同性恋的，古板而又庸俗。如果你在一个母权社会中生活，哪怕近在咫尺，也不要去步入这未开发的疆域。如若不然，某个受挫的潜在的同性恋警察可能会向你开火。所以从未有人想在诸如西欧和美国那样的可能性的'屠宰场'中建立一个同性的滩头阵地。在另一个该死的母权社会中，尽管玛格丽特·梅德……也认出了其中的麻烦，和一个同事在手术室中挥刀奋战，可是我的助手狒狒却蹦到了病人的身上，把他撕得粉碎。狒狒在争吵中总是攻击弱者，这全是本性使然。我们可不要忘掉我们遗传下来的猿猴的属性。道克·布洛贝克是我第二助手，他是一个退了休为人堕胎和贩毒的人（实际上却是个兽医），在人手不够时，仍被召回去继续他的工作。嗨，整个早晨，他一直在医院的厨房中，辱骂着护士，就着煤气和'克里姆'灌了一肚子的酒精。就在手术之前，他还偷偷摸摸地搞了个双份的'肉豆蔻'，用来鼓励自己的信心。"

（在英国，特别是在爱丁堡，人们用"克里姆"——尝起来像腐臭的粉笔灰，形状如令人厌恶的奶粉——来过滤煤气，并且对其结果非常熟悉。为了付煤气账，他们可以典当任何物品。当他们由于不能付账而被切断了煤气供应时，你在几里之外都能听到他们的哀叫声。在一个公民渴望着能得到它时，他会说："我有钱了，"或者，"那只破炉子都往我背上爬上来了"。

"肉豆蔻"，我可以摘引《不列颠毒瘾杂志》上作者关于麻醉品药物的文章中引出话来做以说明："罪犯和水手有时会求助于'肉豆蔻'，就着水吞下大约一匙这种东西。其效果差不多与玛里华纳相似，并伴有头痛和恶心的副作用。在南美的印第安人中，有许多肉豆蔻属的麻醉品药物受到青睐。通常的用药方式是吸用这种植物的干粉末。巫医们吃下这些有毒的物质后会进入一种痉挛状态，他们的扭动和胡言乱语被认为具有预言的意义）。"

"当时我久醉未醒，根本不愿听取布洛贝克的任何屁话。他一上来就对我说应该从背部，而不是从前面切开，嘟囔着一些断章取义的昏话：要是割破了胆囊，这块肉肯定得操蛋。想到他在农场里料理的是小鸡，我告诉他还是把脑袋塞进裤裆里去吧！于是他居然不要脸地推搡着我的手，切开了病人的股动脉。鲜血喷溅出来，弄得麻醉师两眼一抹黑。麻醉师尖叫着跑出了走廊。布洛贝克想用膝盖顶我的三角区，却被我成功地用手术刀割了他的脚部的肌腱。他满地乱爬着戳我的脚和腿。维奥莱特，那是我的狒狒助手——我所关心的唯一女性——真的是愤怒万分。我爬到桌子上，摆好姿势，双脚蹦到了布洛贝克的身上。当警察冲进来时，我正用脚在踩着他。"

"唉，手术室中的这场混战，或者像头儿所称呼的'不可言说的事件'，你也许会说是一种发泄。这场厮杀不仅仅是一次群殴了，也许唯一合适的字眼是'酷刑折磨'。自然，时不时地，我会犯下错误，可谁又不是这样呢？有一次，我和麻醉师甚至喝光了所有的乙醚，以至病人都起来教训我们了。我还被控稀释病人用的可卡因，其实那是维奥莱特干的。我当然必须保护她了……"

"因此，我们被赶了出来，这并不是因维奥莱特是个货真价实的晦气医生，也不是由于布洛贝克的事情，甚至连我也不是因为行医执照在受审查的缘故。更何况维奥莱特的医药知识比整个梅约诊所都要丰富得多，她还有着超乎常人的直觉和高度的责任感。"

"如此一来，我因没了行医执照，陷入尴尬的境地。要不要改换门庭呢？不行，行医是我唯一的天赋。靠着在地铁厕所中廉价做流产手术，我成功地坚持着我的工作习惯，我甚至不惜屈尊在大街上手忙脚乱地为孕妇服务。不过这的的确确是不道德的。

而后我碰上了一个伟大的家伙：实业界巨头普拉森特·朱恩。战争期间，当他还是个'斯伦克'时，就已在同辈人中称王称霸了（'欺伦克'是指还拖曳着胞衣和利用母体微生物的未成熟牛犊，通常处于一种又肮脏又恶劣的境况中。小牛至少要长到六个星期那么大才能作为食用牛出售。在这之前，它被归类为'斯伦克'。贩卖'斯伦克'将受到严厉的惩罚）。朱恩掌握着一支货船队，在阿比西尼亚国旗下注的册，以逃避任何令人讨厌的限制。他给了我一个工作：费利亚里西斯号——海上空前绝后的一条脏污之船——的随船医生。在那儿，你得用一只手动手术，用另一只手拨开病人身上的老鼠，从天花板上雨点般落下的臭虫和蝎子。"

"那么说，有人在这个关头想要性转换。虽能做到，但代价太高昂了。这整个事情都让人恶心，我……哦我们到了……'多余者之所'。"

本威的手在空中划了一个图案，一扇门打开了。我们进去后，那门又紧闭起来。眼前是很长的一列病房，白色的瓷砖地、玻璃墙和不锈钢光闪闪的。病床全都靠着一面墙。既无人抽烟，也无人看书，甚至没有人在说话。

"走进去好好瞧瞧，"本威说，"不用担心使人难堪。"

我走过去，站到了一个男人面前，他正坐在他的床上。我盯着这人的眼睛，发现他毫无反应。

"LND 症病人，"本威说，"也就是'不可逆转的不完全脑损害'病人。你也许会说这是过分放纵的结果……是这行业的一个障碍。"

我在那人的眼前摆动着手掌。

"对了，"本威说，"他们仍然有反应能力，看这个。"本威从口袋中摸出一支巧克力棒糖剥去包装纸，然后伸到那人的鼻子面前。那人嗅了一下，下颚开始动弹起来，并且用手做了个抓取的动作。唾沫从他的嘴角淌出来，而后又呈线条状从脸颊上挂下来。他的肚子咕咕作响，整个身体都随着肠蠕动扭动起来。本威朝后退了一退，手仍然举着巧克力糖。那男人跪到了地上，脑袋向后仰着，咆哮起来。本威抛出了手中的棒糖。那人扑起来抓它，但没抓到，于是一边满地乱爬，一边发出嘟嘟囔囔的声音。他钻到床下！找到了那根棒糖，用双手塞入嘴里。

"天哪，这些病人都算不上是人了。"

本威把那个坐在病区一角阅读 J·M·巴利剧本的护理员叫了过来。

"把这个操蛋的病人弄出去，他早就无可救药了。要让观光的人看到，那就太糟了。"

"可我怎么处理他们呢？"

323

"见鬼，我怎么知道？我只是个科学家，一个纯粹的科学家。把他们弄出去吧，我绝对不想再见到他们了，这些魂游天外的家伙。"

"可是用什么方法，又弄到哪儿去呢？"

"通过适当的渠道。打电话给地区协调官或其他一个他自封的头衔……每周都换个新头衔，真让人怀疑是否有这个人。"

本威博士在门边短暂地停留了一下，回头看着那些病人。"唉，这项工作我们是完全失败了。"

"有没有人康复呢？"

"没有。一旦造成这种后果，他们就不能恢复到以前状态。"本威温柔地说着，"不过现在这病区倒是有了些让人感兴趣的地方呢。"

病人一群群站在那儿聊天，向地板上吐着口水，废话就像灰色的薄雾一样充斥在空气中。

"真是一幅让人心热的景象，"本威说，"这些吸毒者正站在那儿等着'大人'。六个月之前，他们还都患着精神分裂症呢，其中几个一直躺在床上很多年。现在再看看他们。在我行医的生涯中，我从来也没见到过一个患精神分裂症的吸毒者。吸毒者多半都是些精神与肉体分裂的人。想要治好任何疑难症，就该去找找谁无此病。那么什么人不得此病呢？吸毒者不生此病。哦，顺便插一句，在玻利维亚有一个地区没有人得精神病，在那块丘陵地带上住的都是神经健全的居民。我很想在文章、广告、电视和驾车者弄脏这块宝地之前，上那儿去一趟，从新陈代谢角度对他们的饮食、毒品与酒精的食用、性生活等等，做一次认真的分析，随便他们如何对待此事，我敢打赌，每个人都难免会胡说八道。管他们会怎么看这事，我敢打赌，同样的胡说八道每个人都在所难免。

"那么为什么吸毒者不会得精神分裂症呢？到现在为止这还是个谜。一个精神分裂症者会对饥饿全无反应，假如无人照料他们，他们甚至会活活饿死。但是没有人敢忽视停止使用海洛因造成的后果。上瘾的事实就是使吸毒者被迫的接受。"

"不过那仅是一面之辞。墨斯卡灵、LSD6、臭名昭著的肾上腺素和骆驼蓬碱都会产生近似于精神分裂的症状。最快的致病方式是从精神分裂病人的血液中提取出来的。所以精神分裂症可能就是一种由药物导致的精神病。它们与人体的代谢有关系。你或许会说是一个'内在的人'。"

"在精神分裂的最后阶段，后脑的机能将失去作用。至于前脑，由于只是对后脑的兴奋做出反应活动，也就几乎完全萎缩了。"

"吗啡产生的抑制后脑兴奋的物质类似于引起精神分裂症的物质（请注意停止使用毒品造成的综合征与雅吉或 LsD6 服食后欣醉状态类同）。使用毒品的最终结果——晚期精神病的情况，最显著的效果——是后脑的永久性抑制和一种非常像后期精神分裂症的状态：毫无情感、孤独感、大脑处于一种实质性的空白状态。吸毒者可以朝着墙盯上八个小时。他感受到了他周围环境，但它们对他并无情绪上的含义，对其结果他也一点。对沉湎于毒品这一阶段的回忆恰如播放一盒录下了形形色色仅印在前脑中的事件的磁带，陈述一些很乏味的平常之事：我去商店买了一些红糖。我回家后吃了半盒子。我注射了三喱毒品，等等。在这种回忆中，毫无怀恋的色彩。然而，把毒品的用量减到最低水准，在体内就会出现可怕的药后综合征。"

"如果所有的愉悦都是指清除紧张不安，那么毒品则是通过分离下丘脑——心理能量与利比多的中心——使人摆脱了全部的生命过程的重负。"

"我的某些学识渊博的同事（无名无姓的混蛋）假想说，毒品是从直接刺激性高潮中心区而获得其欣悦感的。其实毒品主要是用来缓解了紧张、松弛和休息的循环圈。极度兴奋对吸毒者并无任何影响——通常表现为一种无可释放的紧张的厌倦，也从不会让瘾君子觉得难以忍受。他可以盯着自己的鞋子看上八个小时。当滴管中没有毒品时，他就不会盯着自己的鞋子。"

在病区远处的一个护理员打开一扇铁的百叶窗，发出一声猪一样的吼声。瘾君子便叫嚷着，尖叫着拥冲了过去。

"聪明的家伙，"本威说，"他们只会干不要廉耻的事情。现在我领你去看看轻度异常者和罪犯病区。不错，在这儿，罪犯也只能算轻度的异常者，你们不否认'自由之士'的契约，只是寻求智胜某些条款。对他们有一些惩罚是应该的，不过无须太过严厉。顺这走廊过去……二十三、八十六、五十七和九十七病区……还有那个实验室，我们就跳过不看了吧！"

"在异常者中包括同性恋吗？"

"不。还记得比斯玛克群岛吗？没有公开的同性恋，一个有警察机能的国家是无须警察的。同性恋并不会被人们认作可以理解的行为……在母权社会中，同性恋就是一项政治罪行。在任何社会，反对其基本宗旨，将受到严惩。幸运的是我们这儿并非母权社会。知道那种老鼠实验吗？如果雄老鼠竟然敢向雌老鼠靠近，它们就会遭到电击以及被扔进冰水中，所以它们后来就全成了搞同性恋的老鼠。这就是对同性恋的病因解释。这样的老鼠会吱吱叫着说：'我是只同性恋老鼠，我喜欢这样干，'或者，'谁把你搞成这模样的，这个乱窜的同性恋？'应该说这算得上是只诚实的老鼠。在我作为心

理分析医生——确定病人与社会的纠葛——的短暂期间，有个带喷火器的病人，杀气腾腾地闯进了中央大饭店。结果周围有两个旅客自杀了，一个宛如林鼠似的死在了床上（林鼠如果突然面对绝境，很容易死亡）。死者的亲属大呼小叫，我对他们说：'这并没什么可大惊小怪的。赶快把你们的亲人抬走吧，这会让我那些医疗中的病人感到不安的。'我发现我所有的同性恋病人都显示出强烈的无意识的异性恋倾向，而所有的异性恋病人则表现出无意识的同性恋倾向，这样说感到很糊涂，是吧？"

"你从中得出了什么结论呢？"

"结论？根本没有，那只是一次普通的检察。"

我们在本威的办公室吃的午饭，吃饭时来了个电话。

"什么？……太荒谬了！真令人难以相信！……坚持住，准备行动。"

他放下电话。"我得准备接受伊斯兰姆公司的紧急任务了。大概电脑也吸毒，对技术人员玩起了鬼把戏，放走了'纠教中心'的所有病人。让我们到房顶上去吧，那里停着一架直升机。"

从"纠教中心"的屋顶，我们看到了一幕无法形容的恐怖景象：LND 病人坐在桌子旁，双颊挂着长长的唾液，肚子里搅得响声大作，其中有些人一见到女人就喷射出精液来；"莱塔"们以猴子似的猥琐相模仿着过路人；吸毒者洗劫了杂货店，而后赖在每一个街角上……在公园里到处是紧张症患者的身影和叫声……心神不定的精神分裂病人在街上横冲直撞，嘴里发着无法听懂的非人叫声；一群 PR 者——部分恢复健康的人——围着同性恋者，脸上浮着无可比拟笑容，一再地显示着他们北欧人的头盖骨。

"你们想干什么？"一个同性恋者厉声说。

"我们想'了解'你。"

一批号叫着的"西姆帕斯"（一个"西姆帕斯"——为摆脱自我控制的身心骚动所取的技术名称——就是一个深信自己是猿猴或别的什么类人猿的公民）。这种身心骚动常见于军队中，发泄即可治愈它——在枝形吊灯、阳台和树上悬荡着，向着过路人又是拉屎又是撒尿。武疯子没有目的方向地狂奔，脸上浮着梦幻似的微笑，显得既甜蜜又疏远……暴徒们狂呼乱嚷，扒取着肠子，乱丢着燃烧的汽油……跳着舞的男人们在表演脱衣舞，……宗教狂人从直升飞机上向着人群高谈阔论，把刻写着毫无意义的信息的石碑倾落到人群的脑袋上……凶残似豹的人用铁爪把人撕成碎片，一边还咳嗽咕哝着……"贵科特食人协会"首创咬走鼻子和耳朵……

一个食秽症病人要来了一个盘子，把大便拉在上面，然后吃起这粪便来，口中还喊叫着"嗯……，这才是我的珍贵佳肴。"

一大群气势汹汹的讨厌鬼在大街上和饭店的大厅里寻找着牺牲品。一个唯理智的前卫派人士——"不言而喻，唯一值得考虑的文章现在只能从科学报道和期刊中去找了"——给某人打了一针紫堇碱卡宁，而后准备向他宣读一篇关于"新血红蛋白在控制多发性变性肉芽肿中的作用"的报告书（自然，这份报告全是他编造炮制出来的胡话）。

他的开篇之词是："在我看来，你像个聪明人。"（总是些预示性的话，我的老兄……当你听到它们暂停时，不要显示绅士风度，应该立刻逃走。）

五个警察和一个英国人，在俱乐部酒吧抓住了一个病人。"我说，你听说过莫桑比克这个地方吗？"然后他大谈他的疟疾那无穷无尽的由来。"于是医生对我说：'我希望你最好离开这，否则我就得为你送葬了。'这个郎中还搞点兼职性的殡葬事务。你或许会说这是堤内损失堤外补，让他自己有点小钱用用罢。"三杯粉红色的杜松子酒下肚后，我与他逐渐熟悉起来，于是话题转到了痢疾上："最为超凡脱俗的排泄，你知道，或多或少带着像恶臭的精液似的黄白色。"

一个戴着太阳盔的探险家用吹管和箭毒标枪打倒了一个公民，然后用脚作所谓的人工呼吸（箭毒通过麻痹肺部而置人于死地。它并无别的毒效，所以严格而言，不能算是毒药。如果给中箭毒者做人工呼吸，他并不会死亡。箭毒在肾脏中很快就会被分解掉）。"那是在大瘟疫之年，有生命的都不能幸免于死，甚至包括鬣狗……我远远地离开了肯塔基，呆在巴布沙斯霍尔的河源之处。当最后通过空投获得成功时，我无法用语言表达我的感激……实际上，过后，我从未把这告诉给别人——难以捉摸的讨厌鬼"——他的声音回响在一家饭店空荡荡的巨大门厅中。大厅是按一八九〇年的风格布置的：红色的长毛绒、橡胶制作的植物、镀金的外表及雕塑——"我是唯一的一个曾闯入臭名昭著的'刺鼠之会'，亲眼目睹和参加了他们无法形容的祭祀仪式的白人。"

"刺鼠之会"为"奇穆人"的宗教节日而全体出动（古秘鲁的奇穆人完全地沉溺于鸡奸中，偶尔还上演几场血淋淋的棍棒之战，一个下午的伤亡人数就可达到数百人之多）。那些手持棍的年轻人相互漫骂着、群集着来到了野地里，于是，战斗开始了。

亲爱的读者们，这场面丑恶的程度，简直让描述它的人都该遭诅咒。谁会愿做一个弯腰屈膝的懦夫，或者恶毒如紫屁股的山魈，并像在演滑稽戏那样轮流地以这些可悲的身份出现呢？谁又能对着一个倒下的敌手拉屎，而后者吃着大粪还高兴得直叫呢？谁能绞死一个很老实的人，又像只恶狗一样用嘴吮出他的精液来呢？尊贵的读者，我是很愿意让你免受此难，然而我的笔，犹如老式的"玛瑞娜"一样有其自己的意志。哦，上帝，这是一幕什么样的场景呵！舌头或笔岂能尽其之丑。一个兽性勃发的年轻

恶棍用手指抠出他同伴的眼珠，而后操起他的脑袋来。"他的脑子早就萎缩了，干瘪得就像老太婆的阴户。"

转过来，他成了一名跳舞的恶少。"我干了那个老肉缝——就像纵横填字字谜，要是这有什么问题，那问题与我又有何干呢？我父亲早干过了呢还是尚未动手？我不会来操你的，杰克，你就要成为我父亲了。比起操我的父亲，那当然还是割断你的脖子，直截了当地强奸我母亲好，或者反过来也一样，只不过情况略微有些变化：割断我母亲的喉咙，那个圣化了的裂缝。自然，这也是我所知道的堵住她的话群词流和冻结她的宝贝的最佳方法。这话的意思是当一个家伙正摆来动去时却被人当场逮住，于是却不知怎样才对，是该主动向'伟大的大爷'献上他的屁股呢还是在那老夫人身上干一手截肢去首的绝活。给我两个婆娘和一个钢鸡巴，再把你脏兮兮的手从我那甜美的屁股拿走。你以为我是什么人？我是个早就从直布罗陀逃亡出来的紫屁股接客者。那些雄的和雌的都让他精疲力竭，谁不会辨别性别呢？我要割断你的喉咙，你这个白种的畜牲。出来吧，就好像你是我的孙子，到光天化日之下，在暧昧的厮杀中来会会你尚未诞生的母亲。在混战中他的杰作被毁掉了。我把那个看门人给宰了，这大概是因为把身份方式弄错了。不过他也像那老头一样，十分可怕的家伙。再说在那黑不溜秋的地方，所有的鸡巴都一个样。"

还是让我们重回那战场上去吧！一个年轻人刺伤了他同伙的身体，与此同时，另一青年则切割下了那只鸡巴颤抖着的最令受惠者骄傲的部分，这样一来，那个来访大员就能突凸进去，以让人厌恶的东西充斥那真空的裸体，向着那黑色的环礁湖——焦躁的食人鱼正在那儿攫食着尚未诞生的或者（根据某些证据确凿的事实）全无可能诞生的孩子——喷泻精流。

在那个讨厌鬼所带的大箱子中，里面装满勋章和奖牌、奖杯和勋带，"哦，这个是我在日本横滨的最佳性器具设计竞赛中赢来的（抓住他，他就要发疯了），这个奖是天皇授予的，他的眼睛里还噙着泪水。位居其次的全都把自己阉割了就像日本武士一样勇敢。这条勋带则是在德黑兰无名吸毒者堕落竞赛大会上得来的。"

"打针原是治我妻子的多发性硬化症，而掉下来的却是一颗犹如'希望钻石'那么大的肾结石。于是我给了她一些瓦格明，告诉她：'你不能期望太高……早就打过针了。现在我想去享受我的药味儿去了。'"

"从我祖母的屁眼里偷了个鸦片栓剂出来。"

一个过路人被疑狂用绳套套住，然后他被套上一件拘禁衣，开始谈论起他腐烂的横膈膜来，"一股臭不可闻的脓水随时会淌流出来……你等着看吧！"

他以脱衣舞的动作展示出他身上的手术刀疤，拉着无可奈何的观众不情愿的手指，"感觉得到我私处的脓肿了吧！我生的是淋巴肉芽肿……喔，我要你再来摸诊一下我的内痔。"

（此处涉及的是淋巴肉芽肿，或者说"性病性淋巴肉芽肿"，一种被发现的埃塞俄比亚的病毒性性病。"作为肮脏的埃塞俄比亚人，我们可是货真价实。"一个埃塞俄比亚雇佣兵嘲讽地说，与此同时，他正向着法老发泄兽性，像眼镜王蛇一样分泌着毒液。古埃及的纸莎草文稿上谈论的全都是这些肮脏的埃塞俄比亚人。）

所以说，它的源头，就像泽西彭斯一样，是在亚的斯亚贝巴，但现在与过去恰恰相反，国与国之间的界限已被打破，之间的疆界也已打破，这种性病性淋巴肉芽肿同样出现在艾斯梅拉尔达斯、新奥尔良和赫尔辛基、西雅图和开普敦。自然，殷殷思乡之心无人能免，这种疾病对黑人犹示偏爱和殊宠，事实上恰似白人至上主义者中的白发宠儿一样（但是穆穆的伏都教徒据说正在为白种人"烹调"一种确实惊人的性病）。可这倒并非在说白人对此具有免疫力：在桑给巴尔就有五个英国水手得了此种性病。在阿肯色的代库恩县（"在这儿有着美利坚合众国最黑的泥土，最白的居民——黑鬼，别让太阳在这盯上你"），县验尸官在这种肉芽肿的前呼后拥之下病倒了。一个警惕的街区委员会在验尸官这种令人感兴趣的状况昭示于众以后，怀着歉意在法院的厕所里烧死了他。"哦，克莱姆，你就当自己是一个得了猪癌的猪吧！""或者是一个患了瘟疫的倒霉蛋。""别挤得太近了，他的肚脏在火中会爆炸的。"就这种疾病的传染性来说，不同于某些颇为不幸地注定要未施身手即夭折于扁虱或林莽蚊蠓的肚腹中，或者丧命于一条在寂寞荒凉的月光下濒临死亡的豺狗的唾沫中的病毒。就此而言，它有一定的微妙。在感染处初步损害后，这种病毒就会进入人的肌体，进入了腹股沟处的淋巴腺。这些淋巴腺接着肿胀、化脓、迸裂开来，一天又一天，月复一月，年复一年地流淌着一种杂以丝丝的鲜血和腐烂的淋巴的脓性粘液。生殖器橡皮病是常见的并发症。坏疽病例也有记载，其中还涉及病人腰位下的治疗性截肢，但这几乎毫无价值。妇女通常还遭受到肛门的次发感染。那些已经感染，病病歪歪或即将无可救药的同伴的同性恋男子，同样可能孕育出一个"新生儿"来。在最初的直肠炎症和无可避免地脓液排泄——在不经意中——后，肠道狭窄症会跟着而来，以致需要开塞露或另一些类似的外科工具，以免命运多舛的病人堕落到只能从口中放屁屙屎，形成满口恶臭味，在人类的所有性别、年龄和状况中都罕见的疑难病症。事实上，一个瞎眼的乞丐只有在被他的"代眼警犬"——内心的警察——抛弃时，才真正地两眼一抹黑。所以这一切实在是不言自明的。直到不久以前，还没有什么令人满意的治疗方法。"治疗都是针对表面

329

症状的"——在这一行中，此话意味着束手无策。现在则已有不少病人经过金霉素、土霉素以及某些新发现的抗生素的强化治疗，见出了效果。不过还有一个引人注目的病人百分比，依然像丛林中的猩猩一样桀骜不驯……所以，伙计们，当那些热乎乎的舌头在舔弄着你的鸡巴，当你的屁股犹如受到一支隐形的炽热喷枪的冲刺时，你就该像Ｉ·Ｂ·华生说的那样，认真地想一想，应屏气守神，先进行触诊……假如你摸到了淋巴腺，你就该退避三舍，以冷漠的鼻音哼哼着说："你以为我颇有兴趣与你这种可怕的状况攀亲述旧吗？我可是丝毫不感兴趣。"

跳摇摆舞的年轻暴徒们在各个民族集中居住的街道上横冲直撞。他们冲进卢浮宫，向着蒙娜丽莎的脸上扔酸液；他们打开动物园、疯人院、监狱；用空气锤砸开自来水总管道；用斧头把民航飞机劈的伤痕累累；向室内射击；把电梯的缆绳锉成一根细铁丝；把下水道通到自来水引水渠上；把鲨鱼、魟、电鳗鱼以及刺鱼扔到游泳池中（刺鱼是一种小型的类似鳗的鱼或者说蠕虫，宽约四分之一英寸，长约二英寸，独见于大亚马孙河盆地某些臭名昭彰的河流中。它们会向你的鸡巴或者你的屁眼或者女人的阴道冲撞，有一种让人难以理解的动机——因为还没有人采取行动来观察研究刺鱼的生命循环圈，用尖利的脊鳍把自己固定在那儿）；穿着海员的服装，驾着玛瑞皇后号全速驶进纽约港；疯狂地破坏着民航客机和公共汽车；穿着白大褂，手持着锯子、斧头和三英尺长的解剖刀闯进医院，强行的拿走病人的人工呼吸器（噗地倒在地板上，两眼翻白，模仿着这些病人窒息的模样），用自行车打气筒给病人进行注射；切断人工肾的循环；用一把两人拉的外科手术锯子把一个妇女拦腰分开。一大群肮脏的猫在他们驱赶下冲进了证券交易场；在联合国的地板上拉屎；用盟约、公约和论文擦屁股。

观光者坐飞机、汽车、拖拉机、压路机、雪橇，骑着马、骆驼、大象、自行车，使用滑雪板，撑着拐杖、手杖，靠两只脚，向着边界蜂拥而来，以至高无上的权威口气要求在"'自由之士'上存在的这种难以表达的状况"里获得庇护权，于是商会为此会做一件毫无意义的事业以稳定人心："请少安毋躁，这仅仅是一些疯子骚乱后从囚禁地跑出来了。"

约塞勒托

那个写阶级觉悟坏诗的约塞勒托又咳嗽了。德国医生为他作了简单的检查，用纤细的手指在他的"排骨上"搜寻着。这个医生同时也是个音乐会上的小提琴手，一个数学家，一个象棋大师，一个在海牙的厕所内执行医务的国际法学会的博士。医生向着约塞勒托棕色的胸膛生硬而冷漠地瞟了一眼，看着克尔微笑起来——一种十分礼貌而又出于礼貌的。而后抬起眉毛含糊地说："次（自）然，对如此蠢笨的农民我们必须避免使用这种词语，对不对？否则的话，他会吓得魂不附体的。我想鸡巴和吐痰都是令人恶心的字眼儿吧？"

他大声说道："这是肺螺纲动物的卡他病。"

在那狭小的拱廊下，克尔一边与医生谈话，一边在认为医生说的是废话。雨滴落在街上，又溅到他的裤腿上。医生的眼睛把天下的街道、门廊、草坪、车道、走廊都尽收其中……不通气的德国壁龛；在天花板上平贴着蝴蝶；从门下渗透进来的尿毒症那沉默而不祥的气味；寂静的林莽之夜中在那疟蚊沉默的扇动下（这并非想象，疟蚊确实无声无息）发出喷水器声音的郊区草坪；肯星顿铺着的厚地毯；服务良好的；用锦缎装饰的硬椅子和一杯茶水；瑞典式的现代起居室，里面有一只养着水风信子的黄色碗——这瓷器的表面是北国湛蓝的天空和飘浮着的白云，下面是一些大学生的低能的水彩画。

"来一杯黄汤，我想夫人就会恍然大悟了。"

医生一边打着电话，一边盯着棋盘。"我认为是十分可怕的损伤……当然不用进行荧光检查了。"他拿起一只棋子然后又若有所思地把它放回原处。"对……两肺……确凿无疑。"他放下听筒，又重新盯着克尔。"我已经观察到这些人伤口愈合之快令人惊异，同时它的感染之迅速也极罕见。此地常见的倒是肺部……肺炎以及，自然喽，'古老的忠仆'。"医生抓住克尔的鸡巴，像农夫一样嘎哑着嗓子大声哄笑，笑得前仰后翻。这种孩子气或者说动物似的淘气行为与欧洲式的微笑截然不同。他的情绪恢复如初以后，继续以那种使人难受的平板而梦幻似的英语流利地说着："我们'古老的忠仆鸡巴病菌'。"医生敲着他的鞋跟，鞠躬似的低下头来，"否则的话，繁殖出来的这些愚蠢的混蛋农民会把海都给填满的，你说对不对？"他尖声叫喊起来，迅速追近克尔。克尔往旁边退了开去，他的身后是一堵灰色的雨幕之墙。

"可否有什么地方可以让他得到治疗？"

"我想是有个什么疗养院吧！"他以含糊的淫狠的口吻一字一字地说出"疗养院"这个词。"在'首都地区'，我会把地址给你的。"

"进行化学治疗吗？"

他的声音在潮湿空气中也受潮了。

"谁说得准呢，他们是一群很笨的家伙，更糟的是，还都是所谓受过教育的农民。其实，这些人不仅不该学习读书，还不该让他们学习说话。不让他们思维这是大自然

的工作，与我们无关。"

"这是地址。"医生发出蚊子般的声音。

克尔的手里被塞进了一团纸。克尔的袖子被他那污秽不堪的手抓住了。

"这是费用。"

克尔塞给他一张折起来的钞票……医生在灰色的暮色中消失了，衣衫破烂而又鬼鬼祟祟，活像一个乞丐。

在一个光线充足、附带有浴室与阳台的整洁的大房间里，克尔见到了约塞勒托。在这个寒冷而空荡荡的房间里——除了黄色的碗中养着的水风信子和瓷器上湛蓝的天空以及悠悠的白云，实在是没什么可提的。他的眼睛中闪烁着恐惧。当他微笑时，这恐惧就像细小的光斑一样逃了出来，不可思议地潜伏在房间顶部凉爽的角落里。我感觉到死神在我身边盘旋，感觉到了那些在睡魔到来前降临的支离破碎的小偶像。对于这些心中的感触，我又能说些什么呢？

"明天他们要把我送到别的疗养院去。来看我吧，在那儿只有我孤零零一个人。"

他咳嗽起来，于是喝了一口不知是否真的有用的止咳水。

"医生，我知道，也就是说，我曾热衷于通过读和听——我自己并不学医——了解到——不是假装懂得——疗养院治疗的概念大概被化学疗法所代替，或至少是相当肯定地得到了它的充实。在你看来，这样讲对吗？我要说的是，医生，请诚实地告诉我，就像一个人类的成员面对另一个人类成员那样，对于化学疗法与疗养疗法，你的观点是什么？你是不是它们的信徒？"

医生看病态光泽为黄色脸庞犹如一个豪赌中的庄家那样，丝毫不露声色。

"全部现代化，就像你能见到的一样，"他用血液循环不良的紫色手指向着房间做了个手势，"浴室……水……鲜花。全都如此！"他得意地嬉笑着，以贵族腔英语结束了他的话，"我会为你写一封信的。"

"是这信吗？是为疗养院写的吧？"

医生的话音已是从一片由黑色的岩石和闪烁着虹彩的巨大的褐色环礁湖组成的土地上传送过来。"家具……很现代很实用，你也发现是这样吧？"

克尔的视线被一个装饰大门挡住了，使他无法看清里面的一切，门上有绿色的灰墁，顶部还有一个复杂的霓虹灯牌，在天空的衬映下显得十分诡秘，毫无生气地等待着黑夜的降临。这个疗养院显然是建在一堵巨大的石灰石上，鲜花缤纷的树木与葡萄的藤蔓如波浪似的交错其间。空气中飘着迷人的花香。

院长坐在葡萄棚下一个狭长的架子上，一无所事。他接过克尔递给他的信件，一边嘟囔着看信，一边用左手无意识地摸着嘴唇。他把信件插在厕所里的铁签上，然后开始在一本全是数字的账本上抄写起来，不停地抄啊抄。

克尔脑袋中那个形象彻底破碎了。他似乎正在一次沉寂的飞扑攫击中脱离自己的躯壳，从千里之外清楚地看到自己坐在饭厅里，服用了过量的海洛因，他的夫人轻轻地晃动他，一边把热气腾腾的咖啡捧到他的鼻子底下。

外面，有一个穿着圣诞老人服装的吸毒者在卖圣诞节的印记。"对付结核病的，伙计们。"那种低小沙哑的声音从他嘴里传出。由诚实的同性恋足球教练组成的救世军合唱队正在唱着《情深意浓中的再见》。

克尔，一个被囚禁的吸毒鬼，又回到了肉身。

"自然喽，我可以贿赂他。"

院长用一只手指叩着桌子，嘴里哼着《穿过黑麦地》的曲调。这哼哼声起初远在天际，然后又像在身边碎玻璃的声音，近得就在耳前。

克尔从裤子口袋中把一张钞票抽出一半……院长正站在一块巨大的贮存箱面板前。他死死地盯着克尔，一种临近死亡的状态从他那病态眼睛里显现出来，绝望而恐惧犹如死神的面孔，在鲜花的芬芳中，克尔手持半张还在他口袋中的钞票，突然感到了一阵虚弱。他的呼吸滞重起来，血液都要凝结，仿佛在一个巨大的锥形体中，旋转着向那黑色的锥底掉下去。

"化学疗法吗?"从他的肉体中迸出一声尖叫，穿过了空空荡荡的更衣室和营房、泛着霉味儿的风景区旅馆、肺结核病疗养院那鬼影憧憧，咳声不断的长廊、廉价住所和老人之家中那叽叽咕咕作响的灰色的洗碗水气味、海关那庞大而肮脏的棚屋和仓库，穿过了破败的门廊和污秽的花叶饰建筑物，穿过了被成千上万的漂亮姑娘的尿腐蚀得像纸那么薄的铁尿壶、发出一股发酵大粪的臭味及野草丛生的被废弃的厕所、凄戚如风中落叶般的垂死者的墓地上那竖起来的"木质男性生殖器"林，穿过了漂浮着整棵整棵树木的棕色大河——树杈上缠绕着绿色的蛇，还有眼神哀伤的狐猴在观望着岸边延伸远去的大平原（兀鹰的翅膀在干燥的空气中嘎嘎作响）。所经之路上到处散布着破旧的避孕套、空无片物的海洛因罐子以及挤得干如夏天的烈日下的肉骨头一样的可卡因管子。

"我的家具。"院长的脸犹如紧急闪光灯内的灯丝那样燃烧起来，眼睛也突凸出来。一阵清风吹过房间，"修女"在角落里她的祭坛和蜡烛边咕哝着。

"全部都是……现代化的、出色的……"他机械性点着头，说着傻话。一只黄猫拉拉克尔的裤腿，尔后跑进了水泥阳台。云雾飘浮过去了。

"我能顺利的取回我的钱，在某个地方开始干我的小行当。"他好像机械玩具似的点头微笑着。

"约塞勒托!!!"这个名字划过天空，正在一点一点地消失，在街上玩球、斗牛以及进行自行车比赛的家伙全都抬起头来。

"约塞勒托……巴科……皮普……埃利克……"温暖的夜色中夹杂着孩子凄楚的哭声。霓虹灯像一只夜间活动的野兽，疯狂的舞动，接着突然变成了蓝色的火焰。

黑　肉

"我们是朋友，对吗？"

擦鞋的孩子的微笑十分为难，抬头看着水手那像死鱼一样的水泡眼。这双眼睛里没有一丝温情或欲望或仇恨或任何这孩子在别人身上曾见过或自己曾经历过的情感的痕迹，显得既冷淡又残酷，一种非人类的凶残。

这水手俯下身来，把一只手指放到孩子手臂的内侧，用那种死气沉沉的吸毒者的低语声说："如果我有这样好的脉管，我一定会好好利用的，哈……！"

他放声大笑，发出了一阵令人窒息，毛骨悚立的笑声，这笑声是起某种未为人知的导向作用的。在连续笑了三次之后，他不再笑了。面部表情十分严肃，等待着内心向他召唤。他已经调到了吸毒那沉默的频道上。他的脸，宛如在高高的颧骨上涂上了一层黄蜡，光滑起来。他等待了有半支烟的时间。这水手知道该如何等待，不过他的眼里已燃烧起可怕的饥饿的火焰。他缓缓地转过一半那张强作镇静的脸，打量着刚进来的那个人。"胖子"贩毒商坐在那儿，那双潜望镜一样没有表情的眼睛扫视着咖啡馆。当他的眼睛瞟过水手时，极其短暂地点了下头。只有处于毒瘾病态中的袒露的神经才会感受到这样的运动。

水手递给孩子一块硬币，然后像一片树叶一样落到"胖子"身边，坐了下来。在无声中他们度过了一段时间。这个咖啡馆位于一条石头砌起来的很深的白色"峡谷"底部，它镶嵌在其中的一边"石坡"里。城市里的老住户像鱼儿那样，默默地穿梭往来于此，吸毒者和以水手为对象的妓女污迹般地散布其中。这灯火辉煌的咖啡馆就像一只钟形潜水器，由于绳缆绷断，只得停泊在黑沉沉的海水深处。

水手在他的格子花呢西装的商标上磨着指甲，并同时从大黄牙中蹦出几声口哨。

一股发霉的臭气，在他摆动的时候，从衣服里散发出来。一种垃圾场的霉味儿。他心不在焉地察看着他的指甲。

"来好运了，胖子。如果你赊账的话，我可以吞掉二十个。"

"要冒风险？"

"因为我口袋中并没装着那二十个家伙，不过我可以告诉你，这已是到手的麻雀，稍动小指就万事大吉了。"水手看着他的指甲，宛如正在研究一幅海图。"你知道我一直在搞推销。"

"好吧，给你三二，不过只有十支赊账。明天这个时候交货。"

"先拿一支看看，胖子。"

"到广场上去，在那会有人给你的。"

水手晃晃悠悠地飘到了广场上。一个流浪儿把一张报纸一直伸到水手的脸上，挡住了他塞给水手一支笔形物的手。水手继续前行，同时拔出那支笔形物，用他那厚实坚韧的粉红手指像碾硬壳果一样把它碾破，并抽出一支铅管。他用一把小小的曲形刀割掉这铅管的开口，一股黑雾涌来，犹如汽化的水锈一样悬凝在空中。水手的脸庞舒展开来，他的嘴犹如在一个长长的管道中上下起伏地前行着，吸进了那一片黑色的微尘，随后无声地颤动起来，在脑袋里闪过那寂静无声、粉红一片的爆炸后，才归于平息。水手的脸又变得专注起来，显出一副令人难以忍受的尖刻和深沉的样子。毒品那黄色的烙印——它曾使千百万大叫大嚷的吸毒者灰色的腿臀枯萎干瘪下来——也烧灼在他的脸上。

"这能维持一个月。"他下结论说，同时对着一面隐形的镜子端详了自己一下。

这城里所有的街道都从那条深深的"峡谷"斜着通到一个黑沉沉的宽大的肾形广场上。街道与广场的边上交错着小小的住房和咖啡馆、餐馆——有的只有几英尺纵深，另一些则通过由房间和走廊串成的网络，一直延伸到人们的视线之外。

站在高处可以清清楚楚地看见纵横交错的桥梁、狭窄的过道以及缆车。有一群打扮成女人样的患神经紧张症的青年。粗麻袋布和破毛毯做成的衣服套在他们身上，在被鞭痕累累、破裂化脓的伤疤搞得花花斑斑的脸上，已经杂乱无章地涂上了各种让人恶心的颜色，像蛆虫又像妓女一样看着可怜的过路人。

"黑肉"（黑色的飞蜈蚣，形体巨大，生长在黑色和褐色岩礁中。）的贩子在广场上那些伪装过的小场所里展出那些半死不活的甲壳纲动物，此时唯有吃黑肉者的视力才会不辱其使命。

毫无目的地讲古老语言、胡思乱想的过时生意的向往者，尚未处理过的毒品上瘾者，第三次世界大战的黑市商人，心灵感应灵敏度的测试员，给幽灵施行骨疗的人，被患有痴心妄 想症的"奕者"揭露的调查官，以痉挛的速写记录下控告对精神无法言喻的残缺的不完整诉状的记录员，胆大妄为，无视国法的官员，敏感的细胞尝试过美妙梦幻和回忆、用交换意志原材料的掮客，封闭在梦幻那近乎透明的琥珀中的"沉重之夜"的饮用者。

广场的四面中的一面，由"米特饭馆"占有，好比一个由厨房、餐厅、小卧室、摇摇欲坠的铁阳台以及安置有浴室的地下室。

在那些裹着白色绸缎的高脚凳上，坐着赤条条的"木各沃姆"。通过白草管他们吸吮着有色的糖水。没有肝脏的家伙们，只能靠糖分来养育自己，在深色的薄嘴唇下露出一副黑骨头似的犀利的牙齿。他们常用这副牙齿在争夺顾客的混战中把对方撕得粉碎。这些生物能分泌出一种令人上瘾的液体，一种能通过放慢新陈代谢的速度来延长生命的液体（事实上，所有的长寿药都证明具有和其长寿效果成比例的成瘾性）。"木各沃姆"液体的上瘾者有个大家都知道的名字"爬虫"，他们中有许多人在椅子上波动着柔软的骨头和黑红色的肉，在每一只耳朵的后面都长着遮盖着稀疏、竖立的毛发——"爬虫"们借此吸收那种液体——的绿色的软骨扇形物。这些受隐形的气流吹拂、不时在移动的耳朵也可运用于某种仅为"爬虫"所知的信息交往形式。

在两年一次的大恐慌期间——那时缺乏经验、大叫大嚷的"春梦警察"在城里到处横冲直撞，"木各沃姆"们就钻到最深的墙缝里去避难，把自己关在一个小室中，"冬眠"数个星期。在这些灰色恐怖的日子里，"爬虫"们狼突豕奔，速度越来越快，在互相以超音速掠过时还尖声大叫，他们柔软的脑壳则在令昆虫苦恼的黑色阵风中摇摆着。

"春梦警察"如腐朽的皮囊——被那个在讨厌的早晨又吐痰又咳嗽的老吸毒鬼给清除掉了——一样分崩离析，"木各沃姆"大人带着雪白的液体罐子又慢慢地过来，于是那些"爬虫"也恢复了宁静。

空气也再次像甘油一样静谧而清澈。

水手发现了他的"爬虫"。他飘浮过去，叫了一杯绿色的糖汁。这"爬虫"长着一张棕色的软骨围起来的小圆嘴，毫无表情的绿眼睛几乎全被薄薄的眼睑膜遮住了。在一个小时后，那生物才发现了水手。

"有'胖子'的买主吗？"他问道，声音淌进了"爬虫"的耳孔中。

"爬虫"足足花费了两个小时，才举起了三只长着黑绒毛的粉红色的透明手指。

几个吃黑肉者躺在那儿呕吐，吐得已经没有力气了（"黑肉"就像变质的黄油，极其美味可口但又让人作呕，所以吃的人吃了吐，吐了吃，直到最后精疲力竭才罢）。

一个打扮妖艳的青年摇摇晃晃地挤了进来，抓住了一只发散着那缭绕在咖啡馆里的甜腻腻的气味儿的大黑爪子。

医　院

解毒札记：刚一停药时的狂乱……周围的一切都是蓝色的……身上的肉犹如死了一样，冰凉松弛，毫无血色。

停药性恶梦。空无一人，四周全是镜子的咖啡馆，空无一人……虚位以待……侧门那立着一个男人……一个纤细矮小、穿着棕色长袍、长着灰色的脸孔和胡子的阿拉伯人……有一大罐沸腾的硫酸放在我心中……在一种难以压制的冲动下，我把那罐酸液扔到了他的脸上……

所有的人看上去都像瘾君子……

在医院的天井中稍微散了会儿步……乘我不在，有人用了我的剪刀，上面沾着一些粘乎乎的红棕色毛绒……毫无疑问，是那个该死的母狗用它修剪过她的衣服。

一群面目狰狞的欧洲人没有礼貌地来到楼上。在我需要药物时截住护士，当我想洗澡时则往浴缸里倾尽剩尿，经常在厕所里坐上数小时——可能是在摸他们曾藏在屁眼里的钻石指套……

实际上，那一整伙儿欧洲人都搬到了我的旁边……老太婆正在动手术，她的女儿前来看看这老鬼是否得到了适当的照料。有许多奇怪的来访者，可能是亲戚……其中的一个戴着一副那些珠宝商人嵌在眼睛里检查宝石的小玩意儿……也许是一个正在走下坡路的钻石切割者……弄坏了那颗著名的斯洛克摩顿宝石而被赶出了这一行业的那个人……所有的珠宝商，穿得一本正经，围站在那颗钻石四周，侍候着这位"大人"。因为一千分之一英寸的差错都会完全地毁了这块石头，所以他们不得不特地从阿姆斯特丹请来了这位人物来干这活儿——于是他酒气冲天地晃进来，拿着空气锤，把这钻石砸得粉身碎骨……

我没有检查这些公民的身份……来自阿勒颇的毒品贩子？……还是来自布宜诺斯艾利斯的掮客？或是来自约翰内斯堡的非法的钻石买主？……或从索马里来的奴隶贩子？至少也是个合伙人……

连续不断的吸毒梦境：我在寻找一片罂粟花地……一我被一个戴着牛仔帽的人带到了"近东"咖啡馆……其中一位侍者与南斯拉夫鸦片有很大关系……

从一个穿着白色的束腰军用雨衣的马来亚女同性恋者那里买了一袋海洛因……我在一个博物馆的西藏展区偷来了这个纸包，她一直想把它偷回去……我正设法把这东西藏起来……

停药综合症状的重要关口并不是在早期的急性发作时，而是在摆脱戒除毒品的过渡药物的最后阶段……一曲十分恐怖的梦之歌，生命悬浮于两种存在方式之间……在这个时刻，对毒品的渴望集中表现为一种最终的、全力以赴的欲求，而且还似乎得到了超乎寻常的力量：足之所履，毒品接踵而至……你碰见了一个老资格的恶棍、一个犯有偷窃罪的医院护理员、一个正在动笔的医生……

一个警卫穿着象征权威制服：配着黄色的蛙牙纽扣的黑羊皮夹克，穿着有印第安铜饰品的弹力套衫，像被日光晒过肤皮似的松紧裤，来自年轻的农夫经常穿的凉鞋，打结后塞到套衫里去的灰棕色围巾（灰棕色是一种像棕色皮肤下的灰色那样的色泽。这种肤色可以在黑白混血家中找到。这种混合并不会消失，而这种肤色则像水上的油一样能分离开来……）。

这警卫穿着可谓时髦。由于没事可干，他把所有的收入都省下来买贵重服装，而且每天都在一面巨大的穿衣镜前改换三次穿着。他长着一张拉丁人漂亮而光滑的脸庞，一撇细密的胡子，一对小黑眼睛流露出空虚与贪婪的神色，简直是一双猥琐吸毒者的死鱼眼。

当我走到边界时，时髦装束的家伙从哨棚里冲了出来，脖子上还拴着一个木框架镜子。他正企图从脖子上取下镜子……居然会有人来到这边界，这种事情是绝不可能的。为了取下木框，他的喉头已要被勒碎了……嗓音也发不出来……他张开嘴巴，你可以看到舌头在里面上下翻滚。光滑而茫然的年轻脸孔加上舌头在里面游动的敞开的嘴巴，显得难以让人相信的凶险。警卫举起手，全身都随着否定的摇动而抽搐起来。我走过去，把那长锈的铁链拿开。随着一阵金属的呛啷声，链条落到石头上，我迈步穿了过去。警卫站在雾霭中目送着我，然后把链条重新勾连起来，又回到哨棚里细细的梳理他的胡子。

他们刚拿来所谓的午餐……一个煮老的鸡蛋，剥去了蛋壳，一个似乎我以前从未有幸亲眼见过的东西……一个棕黄色的、非常小的鸡蛋……也许是由鸭嘴兽生下来的。橘子里长着一条巨大的蛆虫和异常细小的别的什么……它真的最最最早到了那儿，带着最最最……在埃及，情况则是蛆虫爬进你的肾脏，长出一副庞大的身躯，到最后，肾脏只成了蛆虫身外的一层薄壳。勇敢无畏的食品品尝家把这种蛆虫的肉推崇为世界佳肴美食之首，据说其美味可口难以表达。……一个被人称为"剖尸汉"的区际验尸官还靠贩卖这种蛆虫发了一笔财。

法语学校就在我窗户的对面，我用我那架放大八倍的军用望远镜观察着孩子们……如此之近，我似乎都能伸出手碰到他们……他们穿着短裤……在春寒料峭的早晨，我还能看到他们腿上的鸡皮疙瘩。通过这望远镜，我把自己投射到了街的对面，成了晨曦中的一个被不着边际的欲望撕扯着的幽灵。

我忘记了是否曾对你讲过我和玛夫给了两个阿拉伯小伙子六角钱去观看他们互相鸡奸的情景。我问玛夫："你认为他们能同意吗？"

他说："我想会的，他们已是饥不择食了。"

我说："这倒正是我愿意看到的景象。"

然而结果却是使我感到自己有些像一个很下流无耻的老头儿。不过，"他的臭大粪"恰如索贝巴·德·拉福劳在警察训斥他炸死了那个婊子并把死了的身体带到巴奥汽车旅馆奸尸时说的一样。

"为了做好准备，她花费了十分大的气力，"他说，"我至少得研究一下子吧！"（索贝巴·德·拉福劳是墨西哥的一个罪犯，干过几次毫无意义的谋杀。）

厕所的那扇门已经紧闭三个小时了……我认为他们正在把它当作手术室使用

护士："她好像几乎没有心跳了，医生。"

本威医生："也许她把它放在指套中藏到了她的阴道里。"

护士："要打肾上腺素吗，医生？"

本威医生："那东西提高兴奋性，值日人为此把它都注进了自己的体内。"在扫视了周围后，捡起一个用于疏通厕所管道、一头是一根木棍的橡皮碗……他朝着病人走过去……"亲爱的助手帮我把这人的胸腔弄开"他对吓坏了的助手说，"我准备按摩心脏。"

惊恐的、可怜的李姆普夫医生，开始进行切割。本威医生则在抽水马桶里搅来搅去地洗着那个吸碗……

护士："这是在进行消毒吗，医生？"

本威医生："当然不是，不过没时间了。"他坐在那只马桶上，如同坐在一张凳上一样，像一个好奇的观众，欣赏他的助手的切割表演……"这样可怜的年轻人，如果没有带自动吸血器和缝合器的电震手术刀，连割个粉刺疙瘩都束手无策……不久以后，我们将通过遥控为从未谋面的病人动手术了……到时，我们所做的只是去按电钮。其实，所有的医疗技艺都来自外科……所有的诀窍和权宜之计……我是否曾告诉过你我是如何用一只生锈的沙丁鱼罐头做了一次阑尾切除术？还有一次我仓促的出镇，手头没有一件器具，只得用我的牙齿切除了一个子宫瘤。那是在上依芬第。此外……"

李姆普夫医生："医生，胸腔已经打开了。"

吸碗被硬塞进那流血的切口，然后上下挤压着。鲜血喷溅出来，溅得医生、护士以及墙上到处都是……吸碗发出一种可怕的吮吸声。

护士："医生，我看她已经死了。"

本威医生："噢，这太正常了。"他走到房间另一头的药橱前"我的可卡因全被那个白痴瘾君子用了。护士，赶快找人去把这药方上的药弄来。"

在塞满的大社堂里，本威医生正在作他那可怕的手术示范。"嗯，小伙子们，你们并不是常有机会看到这样的手术操作，这是因为……你们都清楚它绝对没有医学价值，也没有人知道它原来的目的是什么或它究竟是否有什么目的。就个人而言，我认为它从最初起就是一种纯粹的艺术创造。"

"正如一个斗牛士以其技巧和知识使自己从他所惹起的险境中摆脱出来，在这种手术中，情况也相同。外科医生故意地使其病人陷入危险之中，然后再以使人难以相信的敏捷与速度，在最后一刹那的可能性中，把他从死亡边缘救回来……你们中有人见过特拉茨尼医生表演手术吗？我说他'表演'可不是随意的闲扯。这是因为他的手术确实是一种'演出'。他以扔出一把手术刀开始其手术，手术刀穿过房间，刺进病人的身体，而后他再像个芭蕾舞演员那样上台亮相。他的速度让人无法相信。"我不让他们有死亡的时间。'他说。肿瘤让他愤怒到了极点，操他娘的乱长的细胞！他会吼叫着，像个刀斧手一样攻向肿瘤。"

一个年轻人跳进这正在进行示范表演的戏台，突然拔出一把外科手术刀，扑向那个病人。

本威医生："是个艾斯潘泰尼奥！抓住他，别让他碰我的病人。"

（"艾斯潘泰尼奥"是斗牛专用术语，指的是观众中跳进斗牛场的人。此人会拿出一件藏匿起来的斗篷，在他被人拉出斗牛场之前，尝试去几次挑斗牛的动作。）

杂务工与这个"艾斯潘泰尼奥"打成一团，后者最后终于从这个大厅中被扔了出去。麻醉师趁这场混乱，从病人的嘴巴里撬下了很大一颗金牙……

我正从他们昨天让我搬出来的那个十号病房门前走过……我里面大概住进一个孕妇……便盆里满是血块绒膜及别的说不出来的女人身上的东西，足以污秽整个国家……如果有人到我原来的病房去看我，他会以为我生了个怪物，而政府正试图对此秘而不宣……

《我是一个美国人》中的音乐……一个穿着条子裤和指挥家穿的那种燕尾服的如同枯木般的老男人站在台上，台子用星条旗覆盖着。一个颓废的、穿着紧身胸衣的男高音歌手正在演唱——从丹尼尔·布尼时装中爆发出来——《星条旗》，伴奏的是一支极为庞大的交响乐团。他唱得却与这支乐团极不相称……

外交官（他正在阅读着一大卷不断在增长、堆绕在他脚下的电传纸带）说："任何美利坚合众国的男性公民我们都将予以抵制……"

男高音歌手唱着："哦，你怎能……"他的声音突然发生了变化，变成了很高的假嗓音。

在控制室内，技师调制了一杯小苏打，泡沫喷到他的手上。"妈的，这个混蛋男高音手是个一文不值的艺术家，"他"愤愤不平"地嘟囔着说，"话筒！呃……"喊声被打嗝堵住了，"切断那放屁似的声音，让他滚蛋吧！从现在起他彻底完蛋了……请那个做过变性手术的亚拉巴马运动员来吧……她至少还是个专职的女高音歌手……服装？见鬼，我怎么知道？我可不是从服装部跑过来的服装设计师！那算什么？整个服装部由于安全保险而动弹不了？那我算什么？章鱼吗？让我们来看看……来个印第安人的固定剧目怎么样？波克洪塔斯或海华沙？……不，那不行。有些公民对于把它交回给印度人总是异乎常情地犯迷糊……一套内战时期的服装：北方的大衣和南方的裤子，好像它显示了南方与北方的重新统一吗？她可以像布法罗·比尔或者保尔·拉法利或者那些不愿放弃其大便，我指的是'全体船员'，或者一个美国兵或者一个美国步兵或者不知来自何方的士兵那样出台亮相……那是再好不过了……弄一个纪念碑挡着她，这样人们就可以不必看她了……"

隐藏在拱形凯旋门里的女同性恋深深地吸了一大口气，然后发出一声撼天动地的吼声。

"哦，那星条旗是否还飘扬……"

一条巨大的裂缝把凯旋门从顶到底地给劈了开来。外交官把手放到了他的前额上……

外交官："任何美利坚合众国的男性公民在这样范围或随便什么地方生育。"

"在那自由的土地上……"

外交家嘴唇在蠕动，但没人听得出他在说什么。技师用手捂住耳朵，"我的老天爷哪！"他尖叫起来，假牙开始像犹太人的竖琴一样颤动起来，然后突然从他嘴里飞了出去……他激怒了，伸手去抓，但未成功，于是用一只手捂住了他的嘴巴。

凯旋门伴随着一阵撕裂声倒了下来，祖露出其中的女同性恋者。她站在一个座垫上，身上只穿着一件带有巨大无比的球形的假衬扩……·她站在那儿傻乎乎地笑着，屈伸着她隆起的肌肉……技师在控制室的地板上四处乱爬，寻找他的假牙，同时嘴里叫喊着让人不能理解的命令："如此超声波！那些……"

外交官（搓拭着额头上的汗水）："对于任何种类或者仅仅是通过描绘出来的生物……"

"北美印第安勇士的故乡。"

外交官的脸变成了灰色，身子摇晃起来，在纸卷上绊了几下，向着栏杆颓然倒了下去。这时鲜血从他的眼睛、鼻子和嘴巴里汩汩地流淌出来。

外交官（难以听到他的声音）："国务院拒绝……非美国人……早已不复存在……我的意思是说它永远不会成为……绝对……"他终于咽下了最后一口气。

在控制室内，仪表盘上的灯熄灭了……极大的电火花流劈劈啪啪地响着在房间内流窜……被烧灼着的体无完肤发黑的技师《众神的黄昏》中的人物，摇摇摆摆地转悠着，嘴里在尖叫："超声波!! 在那儿!!!"一阵爆炸把技师击成了灰烬。

那漫漫的长夜也能证明，

我们的旗帜似在那儿……

关于习惯的札记：每隔两个小时注射一次优科达。我发现身上有个地方可能把针头直插进静脉。它会一直敞开着口子，仿佛一张溃烂的不能愈合的红嘴巴，注射以后会慢慢地聚集起一滴脓血……

优科达是可卡因的一种化学变体——二羟可卡因。

这种化学变体的效果不像吗啡更有点像可卡因……当你往主血管注射可卡因时，一阵纯粹的愉悦感会直冲到大脑……十分钟以后，你就想再打一针……吗啡的这种让人陶醉的快感经分析来自内脏……在注射以后，你所体味的是你身内的感觉……可是静脉注射的可卡因就像通过大脑的电流，激活了可卡因愉悦感的各个衔接点……可卡因不会引起停药综合征，它只是大脑的需求——不涉及身体，也不牵连到情感，只是局限于生活在地球上的幽灵的本身需求而已。对可卡因的渴求只是在可卡因的脑电通道激活时才持续那么几个小时，然后就弃之脑后了。优科达有些像可卡因与毒品的混合物，可以相信是德国人合成了这些确实邪恶的废物。优科达就像吗啡，药效要比可卡因强六倍，海洛因则要比吗啡强六倍，所以二羟基海洛因也该比海洛因的药效强六倍。发明一种成瘾性很强的毒品是极为可能的，那样的毒品一针就会导致终生上瘾。

关于习惯的札记之续篇：拿起针头，我的左手就习惯地摸索着止血带。我把这作为左手臂上能使用的静脉的一个记号（扎止血带的动作通常就是扎紧你去取止血带的手臂）。针头轻而易举地滑了进去，滞留于硬结的边缘处。我四处感触着，突然，一条细血柱射进了注射器里，在那瞬刻之间，就像一根红绳子那样实在和鲜明。

身体知道哪根静脉能注射，并且以你准备打针时的自发性的动作传送出这个信息……有时那针尖就像探矿者的魔杖一样灵验，有时我不得不等待着这个信息。但是在它来临时，我总是一针见血。

在滴管的底部，一朵红色的花涌现出来。他犹豫了片刻，而后挤压着橡皮圆球，目睹着那如河水般的液体奔流进静脉，仿佛是被某些在血液中无形力量吸吮进去似的，最后只剩下了一层彩虹色的薄薄的血衣，白色的纸垫圈则像绷带一样被血渗透了。他伸手过去，把空空的滴管吸满了清水。在把水挤喷出来时，他的腹部在击中时产生了一种无名的快感，一次轻柔而甜蜜的捶打。

低下头看着我污秽的裤子，已有数月未换洗过了……时间如一条欲断的血线飘忽地系挂在注射器溜了过去……我忘怀了性的快感。现在的线是一只寄生在毒品体内的灰色幽灵那些西班牙小伙子们称我为隐身人……

每天早晨做二十个俯卧撑。在毒品的作用下，身子会瘦下来，保留下勉强完整的肌肉。作为瘾君子不需太多的强壮体魄和肌体组织……不知是否有可能把这种毒品中的减肥分子分离出来？

药店里的静电干扰越来越多，指挥的咕哝声好像脱离了挂钩的电话听筒中传出来的声音……花了一整天的时间，直到晚上八点才搞到二盒优科达。

静脉已经成了过去我也被耗尽得一无所得。

持续不断地瞌睡不醒。昨天晚上，有人在挤压我的手把我给搞醒了，原来是我的另一只手……在书的陪伴下我入睡了，所有的词语字迹已然变成代码……代码如影附身……人类得了一系列的疾病，它们全都清楚地传达出一种代码信息……

在副郡长眼皮底下注射了一针毒品。在我肮脏的赤裸着的脚上摸找着一根静脉……吸毒者毫无羞耻之感……对于别人的憎厌，他们麻木不仁。如果缺少性激素，令人怀疑羞耻感是否可能存在……吸毒者的羞耻感随着男女间交往的结束而消失——这种男女间的交往同样依赖于利比多——消失得无影无踪……瘾君子冷漠地对待自己的身体，视其为一架它栖息于其中、吸收媒介物的仪器，像一个马贩子一样，用无动于衷的双手给自己的身体组织估价。"想在那儿扎针是无用的。"死鱼般的眼睛游移不定地瞟着一根疤痕累累的静脉。

使用一种名为索尼勒尔的新型安眠药……你不会感到睡意蒙胧……没有过渡阶段，你就沉沉入睡，突然间已陷入了睡梦中……在一个监禁营中，有数年之久，我一直受到营养不良的折磨……

总统是个吸毒者，但是正因为他的特殊地位使他无法直接吸食毒品，于是就通过我来获得满足……我们不时地进行接触，由我给他再度"充电"。对于偶然的观察者，正是这样模糊的接触给人一种看上去像同性恋者的聚会。不过真正的兴奋主要不是来自性，"充电"结束时脱离的瞬间才会达到高潮。当然，用"渗透性充电"，我总是能满足他的。这"渗透性充电"相当于皮下注射，但是这必须得承认自己的无能与失败。一次"渗透性充电"会让总统情绪败坏达几个星期之久，还很可能导致出现一个原子屠宰场。为这种转弯抹角的习惯，总统付出了昂贵的代价，他抛弃了所有的自我控制，犹如一个未出生的孩子一样依赖于他人。这种非直接性的瘾君子会感受到一系列假想的恐怖、静止的细胞质内的狂乱、骨头里可怕的痛苦。紧张感产生后，毫无情绪内涵

的单纯的能量最终会在体内奔流，把他像个碰上高压电线的人一样掀出去。如果他的"充电"接线被切断，这种间接的瘾君子就会产生令人惊恐的痉挛，他的骨骼松散开来，并会由于骨架尽力想摆脱自己难以承受的肉体，笔直地奔向最近的墓地而撒手归天。

一个间接的瘾君子与他的"充电"联络人之间的关系是非常真诚而强烈的，所以他们只有在暂时和偶然的场合中才能相见忍受做伴——即，除了"充电"时的相见以外，所有个人间的联系都被"充电"过程所掩盖了。

阅读报纸……在鳌发生的一件谋杀案："获得进展"……我总是心不在焉……"警察现已证实了作家的身份……佩普·艾尔·科利托……小屁眼儿：一个柔情似水的昵称。"它的确是这意思吗？……我企图把这些词语凝结起来……可它们却变成没有丝毫意义的大杂烩……

乞丐回家

在边界入口的地方——一个到处拖沓、令人疲倦的毫无生气的地方，在充满着连天的哈欠、声音逐渐含糊的录音带中胡摸乱撞了一阵之后，李最终发现那个于上午十点钟站在他房间中的年轻吸毒者，他经过两个月的潜泳运动，刚从科西嘉归来，且已摆脱了毒品……

"到这儿来炫耀他新生的肌体。"李心中暗自断定。他的身体由于早晨的吸毒病状而颤抖着。李知道他三个月以前也曾来访过——呵，对了，米格尔，该谢谢你——坐在中心室内，对着一块两小时以后将会毒死一只猫的发霉的黄色指形小蛋糕打瞌睡。他认为在上午十点钟会见米格尔所需花费的精力已足以他受了，可还得加上那无法忍受的纠正错误的例行之事——（"什么是这个早该毁灭的农场？"）这也是件让人面对眼下的米格尔却无法忘怀昔日的事，恰如某些大而无当的可笑之物总是放置在手提箱的最上面一样。

"你看上去确实不同凡响。"李说着用一块不知从哪儿捞来的肮脏餐巾掩饰着他非常明显的厌恶之态。他观看着米格尔的脸上那灰色的毒品渗出液，细细地揣摩着这卑贱破旧的样品——仿佛是一个男人及其所穿的衣服在时间的后院小径中穿行已有数年之久，却从未有机会找个空间站清洗一下……

"此外，到了我能改正这个错误之时……乞丐也已回了家……与大人先生清了账回家去吧，……我要见你这老没头的行尸走肉岂非扯淡？"

"哦，很高兴能送你离开……帮自己个忙吧！"米格尔像游泳似的在房间里转悠，用他的手叉着鱼……

"当你在那儿时，你从未意识到过海洛因。"

"你这样的情况已算不错了。"李说道，做梦般似的抚摸着米格尔手背上的针痕，以一种缓慢的扭曲的动作沿着那光滑的紫色皮肤上的疤痕移动……

米格尔搔了一下他的手背……目光在窗外扫视着……身体受电击似的微微抽动，仿佛毒品的作用渠道已畅通无阻……李在那儿守候着。"哼几声可是永远不会让人就歇手的，小子。"

"我很明白自己在做什么。"

"他们也总是无所不知。"

米格尔拿起一把指甲钳。

李闭上眼睛说："这可太令人讨厌了。"

"喔，多谢，真是妙极了。"米格尔的裤子掉到了脚踝骨上。他立在那儿，穿着一件奇异的"肉体大衣"，在早晨的光线中色泽从棕色变成绿色，然后又变成为无色。团团圆球从他身上滚落到地板上。

李的眼睛在他的脸上转来转去……冷漠而阴郁地轻轻眨了一下，……"把它清除掉，"他说，"现在这儿已经够脏了。"

"喔噢，OK。"米格尔用一只撮子胡乱忙着。

李把海洛因小包收了起来。

李生活在一种持续不变的"第三天之刺激"境况中。当然，在一些决定性的间歇中，还是得给那燃烧于黄褐色而又稍显粉红的胶状物中，并且拒绝徘徊的肉体于千里之外的"火焰"加油添料。在最初阶级，他的身体只是变得柔软，柔软到一粒尘埃、一阵气流、一件拂掠而过的大衣都能深入骨髓。不过与门和椅子的直接接触却又似乎不会导致不舒服。在这柔软的，无法弄清的肉体上没有一个痊愈的伤口……真菌长长的白色卷须团团缠绕着裸露的骨头。

在他首次严重感染期间，沸腾的体温计中飞射出一颗水银子弹，击中护士的大脑。她稀里糊涂地尖叫了一声，倒地死了。医生只是瞟了一眼就猛地关上了保护自己的钢门闸，下令立即把这张炽热的床及其使用者从医院领地内驱逐出去。

"估计他自身就能产生青霉素！"医生吼叫着说。

可是这感染却把那霉菌也从身上烧灼了出去……李眼下生存于各种程度的透明性中……即使不能确切地说是隐形人，至少也可以说难以一目了然。他的出现并没有引起特殊的注意……人们用投影掩遮住了他，或是把他误当作是一片反光、阴影："某种

光线玩弄的把戏或者是霓虹灯广告。"

李现在感受到了"老信徒"第一阵地震似的战栗，于是用一条友好但是坚硬的触须把米格尔的灵魂推送到门厅。

"上帝！"米格尔说，"我必须走了！"他夺门而出。

赫斯它敏的粉红色火焰从李灼热的核心中喷射出来，遮盖了他粗糙的外缘！（这房间是防火用的，铁墙上缀饰着月球上陨石坑似的斑点）。他注射了一针毒品，改变了他的安排。

他打定主意去拜访一个同事 NG·乔。在火奴鲁鲁的一次"梆—乌托托"的发作中，他曾被"逮"住过。

（注："梆—乌托托"这种病，它的意思实际上就是"企图竖起身子来呻吟……"死亡发生在恶梦期间……这种病状发生于东南亚血统的男性身上……在马尼拉，每年有大约十二起"梆—乌托托"的死亡病例登记在案。）

一个康复的病人说在病中，有"一个小人"坐在他的胸膛上，勒他的脖子。

罹病者常常觉得他们要死了，并表示害怕他们的阴茎会进入体内杀死他们，有时他们甚至会歇斯底里地尖叫着揪着阴茎，要求旁人帮忙，以免阴茎溜进去戳穿身体。通常在睡眠中发生的那种勃起，被认为是极其危险的，易于带来致命的发作……有人设计了一个叫作卢比·金伯格的新鲜玩意儿来预防睡眠中的勃起，但是他自己却也死于"梆—乌托托"病。

对"梆——乌托托"病死者的缜密解剖表明死亡并不是由于器质性改变引起。常常出现勒死的表征〔因何所致？〕，有时还有轻度的胰腺与肺出血——并不足以导致死亡，因而同样也不知其所以然。作者曾想到过死亡的原因也许是由于性能量的错置导致了肺源性勃起，随这出现窒息……〔参见医学博士尼尔斯·拉森的文章《死亡之梦中的男人》，刊登于一九五五年十二月三日的《星期六晚邮报》。另见厄尔·斯坦利·加德纳发表于《真相杂志》上的文章。〕

乔活在对勃起的连续不断的恐惧之中，以至于他的习惯也不停地变化着。（注：一个相当有名而又令人讨厌的事实，同时也是一个臭名昭著而又冗长曲折的事实是，由于无论何种"无能"而被"逮住"过的人在短缺成遭到剥夺期间〔你们都了解这种事之"乐趣"是多少〕，都会被施赠予一本蛮横地虚报过、以几何级数增长、扩展的账册。）

一片连接着一颗睾丸的电极短暂地闪烁了一下，乔在一阵肉体烧灼味儿中醒了过来，伸出手去拿抽满了液体的注射器。他像胎儿那样蜷缩起来，然后把针头刺进了他的脊柱。拔出针头时他愉快地轻轻叹息了一声，此时才意识到李也在房间里。一条长长的鼻涕虫从李的右眼里起伏着蠕动出来，用闪着虹彩色的渗出液在墙上写道："水手正在城里竭力买进时间。"

我在一家药店门前等待着它九点钟开门。两个阿拉伯小伙子把垃圾桶滚到一堵粉刷的墙上一扇又高又沉的木头门前。那门前的尘土与小便形成了斑驳的花纹。一个小伙子俯下身子，推滚着沉重的垃圾桶，裤子紧紧地绷在他年轻而瘦削的屁股上。他以动物那宁静而空洞的目光注视着我。我惊吓得醒了过来，似乎这小伙子确有其人，而我则错过了今天下午和他的一个约会。

"我们期待的是附加的均衡，"在与记者大人的一次会见中，探长说，"否则就会发生，"探长以独特的北欧人的姿态抬起一条腿，"潜水病，不是吗？只不过我们或许可以提供合适的'减压舱'。"

探长脱下他的裤子，开始寻找着虱子，并涂了一只小陶罐里的药膏，显然会见已到尾声："你还不走吗？"他喊道，"嗨，正如一个法官对另一个法官说的那样：'必须刚直不阿。如若不能，那就独断专行吧！'懊悔并不能限制通常的淫秽言行。"他伸出右手，上面涂抹着一层臭味难挡的黄色药膏。

记者冲上前去，用两只手紧握着那只布满尘垢的手，"很荣幸，探长，难以表达的荣幸。"他说着剥下他的手套，揉成一团扔进废纸篓，"回去报销。"他笑着说。

呵嗓的娱乐室

金黄色的毛绒裤触目皆是，粉红色的贝壳映衬着洛可可式的酒吧，空气中弥漫着一种类似腐败变质的蜜糖的甜腻而邪恶的东西。身穿晚礼服的男男女女用雪白的吸管吮吸着餐后白兰地咖啡。一个来自近东的"木各沃姆"赤身裸体地坐在一张盖着粉色丝绸的酒吧高脚椅上，用一条长长的黑舌头从一只水晶酒杯中吮吃着温热的蜜糖。他的嘴唇很薄的，透出一种深紫色。他的眼神呆滞，恰似乌龟那种安宁。"木各沃姆"没有肝脏，只能依靠甜食维持生命。"木各沃姆"把一个瘦削的金发青年推到一张长沙发椅上，熟练地剥光了他的衣服。

"站起来，转个圈。"他用原始的心灵感应术下令说，再用一根红丝带把小伙子的双手绑在身后。"今夜我们可得玩个痛快了。"

"绝对不行！"小伙子尖声叫着说。

"可以。"

"木各沃姆"拉开丝绸幕布，暴露出一个柚木的绞刑架，绞刑架安置在一个缀饰阿

兹台克人的镶嵌图案的高台上，后面是由红色的燧石构成的灯光明亮的屏饰。

小伙子大声地哀叫着"喔——，"瘫倒在地上，大小便都被吓得失禁了。他感觉到了大腿之间热乎乎的大便，一股沸腾的血冲上他的嘴唇和喉咙。他的身体蜷缩得像个胎儿似的。"木各沃姆"从一只石膏碗里浸蘸着放过香水的热水，郁郁不乐地洗刷着小伙子的屁股，并用一块柔软的蓝毛巾把它擦干。一股热风吹拂到小伙子的身上，"木各沃姆"把一只手放到小伙子的胸脯下，拽他站起来，然后抓住他两只被捆住的手臂，把他推上台阶，一直推到绞索下。他用两只手抓住绞索立在小伙子的面前。

小伙子注视着"木各沃姆"的眼睛。那眼睛就像黑曜岩磨成的镜子、黑血积成的水潭，好比厕所墙上的窥视孔那样神秘莫测。

一个捡垃圾的老头，脸庞犹如中国的骰子一样精致且泛着黄色，用他那只伤痕累累的铜号吹出震耳欲聋的声音，唤醒了一个西班牙男妓。男妓穿过尘土和大便以及死猫的残骸，脚步蹒跚地走了出来，手里还拿着一个流产的胎儿、残破的避孕套、血淋淋的秽物，用色彩鲜艳的幽默画报卷起来的大粪。

一个静悄悄的大港口，海水泛着彩虹色。烟雾腾腾的地平线上，荒废的石油钻井闪闪发亮。到处弥漫着石油和污水的臭味儿。罹病的鲨鱼在黑色的海水中游梭往来，从腐败的肝脏里喷喷出阵阵硫磺气，面对一个血淋淋、破碎的伊卡洛斯漠然置之。赤裸裸的"美国先生"，被刻骨铭心的爱火灼烧得狂态毕露，大声喊叫着："我的屁眼儿使罗浮宫都相形失色。我放出的屁就是神馔仙肴，屙出来的是纯金块。"他从堵住洞眼的灯塔上一下栽下来，亲吻着"黑镜"的镜面，与那些隐秘的阴茎套和成百上千张报纸一起转弯抹角地滑下去，横穿了一个淹没于水中的红砖之城，与那些马口铁罐子和啤酒瓶，浇铸于水泥中的黑社会匪徒，捶打成扁铁、毫无线索可寻、以避开淫荡的弹道学专家的仔细探查的手枪一起，在黑色的淤泥中安顿下来，等待着上演一出慢悠悠的脱衣舞。

"木各沃姆"把绞索套到小伙子的头上，轻抚地在他的左耳后系紧了绳结。小伙子两眼发直，呼吸急促。

客人们相互叫嚷着，又是推搡又是痴笑。

突然，"木各沃姆"把这小伙子往前推去，小伙子倒在了一个由俗丽的拱廊与淫秽图画构建的迷宫里。

四壁是蔚蓝、没有窗户的空方体，门上低低地拉着污秽的粉红色帘子。红色的臭虫在墙上四处横行，在角落里聚成一团。赤身裸体的小伙子在房间中间轻弹一把两条弦的乐器，看着地板上的阿拉伯式图案。另一个小子斜靠在床上，抽着柯夫烟。他们在床上玩着"大洛"，欺骗、厮打，像幼小的动物一样在地上翻滚、吼叫和吐唾沫。最后失败者坐在地上，脸颊贴着膝盖舔着被打碎的牙齿。胜者蜷曲在床上装睡。正要另一个小伙子走进来踢他，阿里就抓住他的脚踝，把它塞到腋窝下，再用手臂锁住他的小腿。这时那小子全力以赴地踢向阿里的脸孔，但另一只脚踝也同时被钳住了。

在一只巨大的半透明石膏花瓶上，绘着萨特和赤身裸体的希腊少年，戴着水下呼吸器，在跳着追逐的芭蕾舞。萨特抓住少年的前胸团团转圈，他们如鱼似的移动着。

呵嗓的脸鼓胀起来（充血性肿胀），嘴唇也变成了茄子一样的紫色了。他脱下钞票做成的衣服，扔进一个能悄无声息地闭合起来的敞开着的保管库。

"世人们，这里便是'自由大厅！'"他用模仿的德克萨斯口音尖叫着说。他依然戴着宽边高顶帽穿着牛仔靴，随着"液化主义者的快步舞曲"翩翩起舞，结束时还跟着《她掀起一股热浪》的旋律跳出了奇异的坎坎舞步。

"就让它那样吧！别挡住任何窟窿!!!"

在奇形怪状的背带上附装了人造翅膀的一对对爱侣在空中做爱交媾，像喜鹊那样叽叽喳喳叫喊着。

表演平衡术的演员熟练地互相拍着马屁，在歪斜于虚空中的摇摇欲坠的杆子和椅子上平衡着身体。一阵和煦的微风从雾沉沉的远处吹来丛林与江河的气味。

整整一百个小伙子从屋顶上扑通扑通地摔了下来，在绳子的末端踢打抖颤着。这些小子挂在不同的水平线上，有些靠近天花板，另一些则离开地板仅几寸之遥。他们中有优雅的巴黎人和马来人；有着一张天真无邪令人难受的脸庞和鲜红的齿龈的墨西哥印第安人；黑人（牙齿、手指、脚指甲都闪着金光）；仿佛瓷器般光滑白皙的日本小伙子；金色闪光的头发的威尼斯少年；前额上悬垂着金黄色或黑色鬈发的美国人（客人们温柔地把它掠了上去）；脸色阴沉、长着一双动物似的褐色眼睛的金发波洛克人；阿拉伯和西班牙的街头小流氓；脸色粉红、仪态优雅的奥地利小伙子；眼睛明亮、脸带讥讽的笑容、当脚下的陷阱张开时尖叫着"希特勒万岁"的德国青年。

"富裕与粗俗"先生而且下流地咀嚼他的哈瓦那雪茄烟，由痴笑着的金发娈童簇拥着趴在佛罗里达的海滩上。

"此位公民从印度支那进口了一个'莱塔'。他打算绞死这个'莱塔'，从而送给他朋友一个基督受难时的电视短片。于是他安置了两条绞索——一条设计成能够伸展的假绞索，另一条则是真家伙。可是那个'莱塔'起床时正赶上怒气冲天，他穿上了他的圣诞老人服装，搞了个惊人的大转换。清晨来临后，那公民套上了一根绞索，而那个'莱塔'，照着'莱塔'的老习惯，套上了另一条。当脚下的踏板松开时，那个公民真的吊了起来，而'莱塔'却带着杂耍橡皮绳站在那儿。

"这个伶俐而年轻的'莱塔'十分警觉，我让他到我的一个工厂中去干监工的

活儿。"

阿兹台克人的祭师从赤身裸体的青年身上剥下蓝色的绒毛覆盖物，再把他往后扳倒在一个石灰石祭坛上，往他的脑袋上装上一个透明的脑壳，然后用透明螺钉把前后两个半球固定在一起。一头长长的鬈发从脑壳上披垂下来，击打着小伙子的脖子。

一丝不挂赤裸裸的救生员带来了人工呼吸器，这些呼吸器全用来救那些失去知觉的青年。

瞎眼小子摸索着从庞大的馅饼中出来；病情恶化的精神分裂者从一个橡皮阴户里现出身来；生着可怕的皮肤病的小伙子则从一个黑池塘里（呆头呆脑的鱼在一点一点地咬吃着水面上黄色的块垒）升了上来。

这时一个滑稽出奇的穿着礼服打着标致白领带的男子，腰部以下除了黑吊裤带一丝不挂，以优美动听的嗓音与蜜蜂皇后在谈话（蜜蜂皇后是指那些让漂亮姑娘围绕着她们以形成一个"蜂群"的老太婆。这是一种颇为有害的墨西哥习俗）。

"但是雕塑家在哪儿呢？"他的半边脸在与人谈话，另半边脸则被"千百万镜子的虐待"扭歪了。他疯狂地行着手淫，而蜜蜂皇后则继续聊着天，什么也未注意到。

长沙发、椅子、整块地板都开始震动起来，摇晃之剧烈，致使客人们都成了狂叫着的形迹模糊的灰色幽灵。

两个小伙子在铁路桥下手淫，火车摇撼着通过了他们的身子，随着一声远远的笛鸣，消失了踪影。

火车车厢内：两个前往莱克星顿毒瘾发作的年轻吸毒者在淫欲的痛苦的抽搐中撕下了他们的裤子。

"马肖尔的那位老医师写信要药酒和橄榄油。"

"一个老态龙钟的母亲因痔疮皮破肉绽而尖叫着，为了那黑色的大粪而汩汩地流血……博士，若她是你的母亲，塞着长期留置的滤析器，如此污秽不堪地四处蠕动……别再挪动那骨盆了，妈妈！你早就使我感到厌恶之极。"

"让我们中途停留一下，给他配点药吧，要不然他会受不了的。"

火车飞驰着，撕裂了这烟雾氤氲、闪烁着霓虹灯光的六月之夜。

男人与女人、小伙子与姑娘、走兽、游鱼、飞鸟的画面，这仿佛是宇宙交媾的韵律，从房间中穿掠而过：一股让人忧郁的生命之潮。震颤着却又默不出声的森林深处的嗡嗡声——当吸毒者对峙时城市里突然鸦雀无声。这是静止和奇怪的瞬间，即使是专职的两地穿梭者也得挂通那阻塞的胆固醇线路以进行联系。

呵嗓尖叫着："这是你干的，A·J？你毁了我的聚会！"

A·J盯着他，脸色仿佛石灰石那般冷漠疏远，"操你的蛋，你这个软骨头东方佬。"

突然一群充满淫欲的美国妇女冲闯进来。她们来自农场和观光农庄、工厂、妓院、乡村俱乐部、棚屋和郊区、汽车旅馆和游艇和鸡尾酒酒吧，脱光了身上的骑马服、滑雪装、晚礼服、牛仔裤、茶点服、印花布女服、宽松裤、游泳衣及和服。她们尖叫着，高喊着，干号着，就像被疯狗咬过传染上狂犬病、发着高热的母狗一样扑到客人身上。她们疯狂地抓搔着悬挂在那儿的小伙子，口中尖叫着："你们这些妖精，混蛋，来操我吧！操我吧！操我吧！"客人们叫喊着四散奔逃，跌跌绊绊，掀翻了人工呼吸器。

A·J："叫我的瑞士雇佣兵来吧，见鬼！替我挡住这些雌老虎！"

A·J的秘书哈斯洛卜从他正在读的滑稽书上抬起眼来说："瑞士雇佣兵早就液化了。"

（液化作用涉及蛋白质的分解与还原成液体，这液体又被纳入另一个人的细胞存在体。作为一个臭名昭著的液化者，呵嗓也许正是这种状况的受益人）。

A·J："拈轻怕重的吮鸡巴佬！那里有没有瑞士雇佣兵呢？先生们，现在可是被逼到墙角了，我们的宝贝鸡巴充满危险。让我们做好准备以抵挡这些不速之客吧！亲爱的哈斯洛卜先生，把真正阴茎发给男人。"

A·J挥舞着一把锐利短剑，开始猛烈冷血砍起美国姑娘的脑袋来。他淫荡地哼唱着：

> 在这死人的胸膛上十五个男人
> 唷嗬嗬和一瓶朗姆酒
> 纵欲狂饮，胡作非为
> 唷嗬嗬和一瓶朗姆酒

哈斯洛卜先生厌倦至极却又任凭命运摆布地说："哦，上帝！他又重操旧业了。"他无精打采毫无斗志地挥动起一面海盗旗。被紧紧包围着与无力反抗的命运苦战的A·J向后仰起头，发出一声像猪似的吼叫。瞬刻之间，一千个发情的爱斯基摩人一窝蜂地闯入。他们咒骂着，尖叫着，脸庞肿胀，两眼火红，双唇发紫，扑倒在美国女人身上。

（爱斯基摩人有一发情季节。那时，各部落聚会于短暂的夏季，在狂欢中尽情嬉戏。他们的脸孔会肿胀起来，嘴唇则变成紫色。）

一个抽着两英尺长的雪茄烟的妓院侦探穿过墙伸进头来问道："你们这儿有没有逃出囚笼的野兽？"

呵嗓绞扭着他的手说："人肉铺子！肮脏污秽的人肉铺子！向阿拉起誓，我可从来未见到过这样彻头彻尾地鄙劣无耻的事情。"

他迅速地转身对着 A·J，后者此时正坐在一只水手用的贮物箱上，肩上停着鹦鹉，一只眼睛上蒙着眼罩，从一只大号啤酒杯中喝着朗姆酒，并用一副巨大无比的铜制望远镜扫视着地平线。

呵嗓说："你这条虚伪而货真价实的母狗，给我滚，永远不要再来给我的娱乐室抹黑了。"

区际大学的校园

驴子、骆驼、美洲驼、黄包车、由于尽心尽力、双眼好像吊死鬼的舌头——因而如同野兽似的仇恨而发红，同时还在颤动着——似的突凸出来的小伙子们推动着的货车，随处皆是。群群绵羊、山羊以及长角牛则行走于大学生和讲台之间。学生们围坐于锈迹斑斑的公园长椅、石灰石块、户外座椅、停着的破汽车、油桶、树桩、灰污的羽毛垫子、霉菌横生的体操席之上，穿着牛仔裤，从共济会的壶里喝着玉米威士忌，从锡罐里喝着咖啡，抽着用包装纸和彩票卷成的大麻烟……用安全别针和滴管注射毒品，钻研着赛马消息报、喜剧集、玛雅人的古老抄本……

教授骑着辆自行车，带着一串食古不新者慢慢而来。他登上讲台，缩起背脊（吊车在他的脑袋上正晃荡着一条狂吼着的奶牛）。

教授："昨天晚上被苏丹的军队给玩了。在我的家中皇后的帮助之下，我把背部的骨头脱臼了……赶不走那个老太婆子。需要一个正式的脑电专家来切断她的神经突触之间的联系，还需要一个验尸官来挖出他的五脏六腑在人行道上。当妈妈企图夺取儿子的全部财产时，他把剥夺那个阵亡突击队员的事搞得一团糟……"

他看着那些哼着一九二〇年曲调的食古不化者，"我的小伙子旧病发作了，但不管如何，总会过去的……小伙子们走出巡回游艺团的娱乐场，口里还吃着棉花糖……边看西洋景边互相嘘骂……一个黑鬼悬吊在老法院门前的一棵三角叶杨树上……低声呼叫着的女人用阴道的牙齿咬攫住了他的精子……（丈夫观看着那又丑又怪的婴儿，眯起了他那双颜色好似褪色的灰法兰绒衬衫的眼睛……'医生，我怀疑这是个黑鬼。'"

医生耸耸肩膀，"这是好像古老的发生在军队中的游戏，我的儿子。壳下面的豆……一会儿在这一会儿在那……"）

"帕克医生在他的后屋的药房里注射海洛因，一次三喱——'强身剂'，他嘟哝着，'啊，我会永葆青春'。"

"'千手'本森·汤·帕弗特在校园的厕所里占据了一个'奎伦歇'（'奎伦歇'是

352

斗牛术语……在斗牛场里，牛会找到一个它能够喜欢的地点。于是斗牛士必须进去按牛的条件碰头或强迫它出来——非此即彼。）司法官，绰号'摆平'的拉森说：'不论采用什么手段方法，我们必须把他从那个'奎伦歇'引诱出来，……老玛·洛蒂与她的死女儿同睡了十年。她是在家中治愈的，在东得克萨斯的一个黎明颤抖着苏醒过来……兀鹰飞翔在那黑色的沼泽水面和柏树树桩上空……"

"嗯，先生们——我相信此处并无易装癖者在场——嗤嗤——你们，依照国会的法案，全都是绅士先生，唯一能做的事便是使你们的神圣地位保得不变，确切地说就是，在这个高雅的殿堂里，不允许有任何性转换者，不管是转向何方。先生们，袒露出鸡巴来吧！让你们的武器保持润滑，准备进行任何侧翼或后方的警卫行动，你们都已知悉此事非同小可。"

学生们："说得对！说得对！"他们十分疲倦地解开裤子纽扣。

教授："哦，先生们，我又身处何方呢？对了，玛·洛蒂……她在温柔的粉红色黎明颤抖着苏醒过来，这黎明的粉红色犹如小姑娘生日蛋糕上的蜡烛，犹如棉花糖，犹如海中的贝壳，犹如红色的操蛋灯光下搏动着的鸡巴……玛·洛蒂……哼……如果这啰啰嗦嗦不终止，她就会被年迈的虚弱所折服，加入她在甲醛中的女儿之列了。"

"诗人科勒律治写的《古代的水手之诗》……我倒是十分愿意让你们关注一下古代的水手的象征意义。"

学生们："这男人说的是他自己。"

"因此要多加关注的是他这个并不起眼的人。"

"这可不是什么好差使，老师。"

一百个少年犯……手中的弹簧折刀像牙齿叩击般咔嗒作响着奔驰而来。

教授："哦，老天爷，"他肆无忌惮地试图把自己伪装成一个穿着黑色高跟鞋、拿着雨伞的老太婆……"要不是因为我的腰部风湿痛使我几乎弯不了身子，我就要让他们像狒狒一样献上心爱的屁股……如果一个身虚体弱的狒狒受到一只强健的狒狒的攻击，那弱者或是呈上他的屁股蛋儿作被动性交，我相信这样的措辞还算得当，先生们，或者，如果他是另一类狒狒，更为外向和适应环境，而且还能找到另一只。如果那只狒狒弱不禁风，那么他移花接木的诡计就能够得逞。"

迪丝尤思身着二十年代的流行时装，皮肤黝黑，当年她就穿着这些衣服睡觉，芝加哥街道闪烁着耀眼的霓虹灯光。……迪丝尤思（被开除的发情的高音歌手）："找到那最温顺的狒狒！"

边界的沙龙里：身着小姑娘的蓝色服装的同性恋狒狒以听天由命的嗓子，合着《爱丽丝的蓝长袍》的曲调唱道："我是狒狒中最软弱的一员。"

一列运货火车从教授和那些年轻人中间穿过……当火车驰过后，他们已是大腹便便，身居高位……

学生们："我们需要洛蒂！"

教授："先生们，正如我先前说过的，在另一个国家里，我的多重性格之一主宰了我的思想行动……令人憎厌的小野兽……考虑到古代水手虽然没有箭毒、套索、褐鳞碱或者紧身拘禁衣，还是能抓住一批生龙活虎的听众……那什么是他操蛋的小玩意儿呢？……他，他，他，他……他，就像这个时代所谓的艺术家，并不留下经过身边的任何人，使不召而来者饱尝厌烦，偶然碰上者吃尽苦头……只有那生来注定，无可选择的水手与参加婚礼的客人之间的关系仍然维系着他……"

"那位水手语无伦次、东拉西扯。难免让人怀疑他是一位老年痴呆症患者。但是婚礼上的客人却碰上了些事，就像在心理分析中碰上的一样，当然是在其发生之时，而且还得假设其确实发生了。如果允许我稍微扯些题外话……那个心理分析学家治疗心理疾病的方式很特别：'尽量通过讲下流脏话以区别于市政职员——凭借白痴言行。'他比较详尽地证明了仅凭空话，那将一事无成……他是通过观察到下面事实而总结出这种方法的：倾听者——心理分析医生——并没有在揣测病人的心思……倒是病人——谈话者——在解释自己的心思……是病人，而非他人，具有心理分析学家所梦想的和设计的超感官知觉力，所以，为对付那些难缠的臭名昭著的饶舌的听众，心理学家只有亮出最后的王牌——以前脑来接触病人。"

"先生们，我将排泻出一颗珍珠：你可以通过谈话，而不是倾听，去更深地了解一个人。"

猪猡们一拥而上，瞬间整袋珍珠被教授倒在饲料槽里。

"我还不屑去吃他的脚呢。"它们中最肥胖的一只猪说。

"总算还是肉吧！"

A·J 的年龄

A·J 转身对着客人们说："各位'下流坯'们，今天晚上，一位蜚声国际影坛的黄色电影和电视节目主持人将与你们共度美好时光，他就是世界上最伟大的斯莱须图比切！"

他伸手指着一块六十英尺高的红色天鹅绒帷幕，帷幕上下闪烁着条条闪电。伟大的斯莱须图比切终于走出来亮相了，他脸盘巨大无比，就似一只奇穆人的骨灰瓮那样不露声色。他穿着全套晚礼服，戴着蓝色的单片眼镜，披着蓝色的斗篷。巨大的灰眼里一对小而黑的眼珠就像在喷射着尖针（只有同样的实证主义者才能直视他的眼神）。当他勃然大怒时，怒气能把他的单片镜刮到房间对面，许多倒霉的演员都曾领受过斯莱须图比切发怒时那冷如冰霜的大爆发："滚出我的电影制片厂，你这个不值钱的吹牛皮瘪脚货！你以为能骗过我，伟大的斯莱须图比切吗？白痴！没有头脑的下贱货！无礼的婊子!!! 去叫卖你的屁股吧，只有这样你才会知道为斯莱须图比切工作得要真诚、艺术和忠心，而不是虚假的鬼把戏，配上去的喘气声，橡皮粪块和藏在耳朵中的牛奶小瓶以及偷偷摸摸地在舞台两侧注射'约海姆拜'。"（"约海姆拜"取自于一种生长于中非的树木的树皮，是最为安全和有效的春药。通过扩张皮肤表层血管，尤其是在生殖器处的血管而发挥作用。）

斯莱须图比切射出他的单镜片。它飞之夭夭，而后又像飞镖似的飞回他的眼睛。他驻足而立，旋转着消失在宛如液体空气似冰冷的蓝色雾霭中……淡出……

银幕上：红发绿眼的小伙子，约翰尼雪白的皮肤上略有几颗雀斑……正亲吻着一个穿着宽松裤、瘦削、肤色浅黑的叫玛瑞的姑娘。衣服和发型暗示着世界上所有城市里存在主义者的禁令。他们坐在一张铺着雪白的丝绸的矮床上。姑娘用她柔软的手指解开他的裤子……

玛克站在门口，身穿一件黑色的高领绒衣，长着一张冷峻、健美、同性恋者的脸庞和一双绿色的眼睛，一头黑发。他微带嘲讽地看着约翰尼，脑袋歪在一边，双手插在夹克衫的口袋里，俨然一副芭蕾舞般优雅的姿势。他点点头，约翰尼走在他前面进了卧室。玛瑞跟了过来。"好啊，伙计们，"她说，赤身裸体地坐到床上方的粉红色丝绸高台上，"正合时尚！"

玛克开始以柔若无骨的动作脱衣服。他的臀部蠕动着滚出了高领绒衣，在一段嘲弄般的肚皮舞中裸露出了他那健美的白色躯体……

一列火车吼叫着在他体内穿行，鸣着汽笛……船笛，雾角，高空探测火箭呼叫着掠过油腻腻的潟湖……廉价的拱廊街通往污秽的图片和迷宫……举行仪式用的大炮在港口内轰响……一声尖叫穿过医院雪白的走廊……沿着棕榈树间一条满是垃圾的大街，打着呼哨，就似子弹般穿越过沙漠，兀鹰的翅膀在干燥的空气中也咔咔作响，成千上万的小伙子们眨眼之间就从那户外厕所、荒凉的公立学校盥洗室、阁楼、地下室、树上的巢屋、高空大转轮、废弃的房子、石灰石岩洞、划艇、汽车间、谷仓、泥墙后面（散发着干粪便的气味）、遍地废石的风城郊区奔跑出来……黑色的尘土飘落到瘦削的黄铜色尸体上……破裤子掉到皲裂出血的脚上……（兀鹰争夺着鱼脑袋）……在丛林泻湖边，堕落的鱼在攫食漂浮于黑色水面上的白色精液，沙蝇在啃咬着黄铜色的屁股，

怒号着的猴子犹如树林中的风在呼啸（一片到处是棕色的河流的工地，河面上漂浮着整棵整棵的树，五彩斑斓的蛇栖息在树枝上，郁郁不乐的狐猴以悲伤的眼神看着河岸，一架红色的飞机在天空那蓝色的存在中描绘出一幅奇异的图案，一条响尾蛇摇动着尾巴，一条眼镜蛇竖起身子，伸出头，喷出白色的毒液，珍珠和蛋白石穿过清澈如甘油的天空，夹杂在沉闷无声的雨滴中落下来。时间仿佛一架破旧不堪的打字机似的跳跃着，小伙子现在已成了老头儿；在少年的性高潮中颤抖抽动的结实屁股现在松弛下来了，软塌塌地悬垂于户外厕所的座位上、公园的长椅上、西班牙的阳光下的石头墙上、布置无味的房间的床上（位于红砖裸露的贫民区之外，沐浴于澄澈的冬日阳光下）……痉挛的身体在肮脏的身体下像触电一样地颤抖。静脉在毒瘾发作的时候起，令他不得不费心地摸索。痛苦地低喃于阿拉伯餐馆……唯有一座矗立着的苍白的雕塑，仿佛他曾轻快地跨越过整个"大篱笆"，镇静无知地攀爬上去，就似一个小孩爬过这障碍到那严禁钓鱼的池塘里去钓鱼似的——几秒钟内他就抓住了一条巨大的鲇鱼——一把干草叉从一间黑色的小茅屋中探出头来，紧随其后的是一嘴里念念有词，表情怒气冲冲的老者。小孩笑着奔跑在密苏里的田野上——他发现了一只美丽的粉红色慈菇，于是奔跑中的他那生气勃勃的骨头和肌肉涌流似的飞扑下去，把它攫取了上来——（他的骨头与田野混成一体，他突然躺在木头篱笆边，身边搁着一支锯短的枪，僵硬的红色手掌上的血液渗入乔治亚冬天的荒儿地上）……鲇鱼在他背后翻蹦出来……他来到篱笆边，将鲇鱼扔在沾满血迹的草丛内……鱼躺在那儿痛苦地呻吟着——他跃过篱笆。抓起鲇鱼，很快消失得无影无踪，只剩下那条橡树与柿树之间散缀着燧石的红色石灰路。那柿子树在冷风飕飕的秋天日落时分，飘悠着红褐色的树叶，在夏天的黎明露珠晶莹，翠绿欲滴；在一碧如洗的冬日则枝干黝黑……老头儿追着他尖声诅咒……他的牙齿从口中飞了出来，呼啸着往孩子的脑袋飞去，他竭力往前扑去，脖子绷得犹如钢环那么紧，黑色的血液如一块固体似的喷进到篱笆上。而他则已经成为干瘪的木乃伊倒在青草丛中。荆棘穿过他的胸肋长了出来，小茅屋中的窗户也已支离破碎，黑色的皮裹腿上的闪光的饰缀则灰蒙尘积——老鼠在地上竞赛，小伙子们在夏日午后漆黑一片、霉味扑鼻的卧室里吃着从它们的尸骨上长出来的果浆，嘴上沾满了紫红色的汁液……

终于，那条可怜的静脉成为主人的俘虏……鲜血在滴管中宛如菊花似的绽放开来……他把海洛因都推了进去，五十年前的小伙子又完美无缺地闪烁在这饱受蹂躏的肉体上，使这户外厕所充斥着年轻男性甜腻腻的淫欲味儿……

那带血的针眼到底剥夺掉他多少岁月？他坐着，麻木地眼睛紧紧地盯着窗外冬天的黎明，一双手掉在膝盖上。查普尔特派克公司的石灰石椅上，老同性恋者在印第安

青年手臂互相环绕着对方的脖子和胸膛时，辗转蠕动，竭力用他那垂死的肉体去占有那生气勃勃的屁股和大腿。

约翰与玛瑞在旅馆客房中（播放着《东圣路易斯的再见》的音乐）。温暖的春风钻进敞开的窗户，吹拂着褪色的粉红色窗帘……青蛙在空地上呱呱鸣叫。空地上长着玉米；粪迹斑驳、被生锈的铁丝贯穿在一起的残缺不全的石灰石柱下，孩子们正在抓绿色的小蛇……

霓虹灯忽明忽暗地闪烁着，绿色、紫色、橘黄色，煞是好看！

那密探曾把海洛因藏匿在彩票中。

最后一次了——明天就得进行戒毒治疗了。

路途漫漫，辛苦与沮丧会在前面等待着他。

岁月绵长，岩石耸集的地带不见了，而代之以美丽宜人的椰树林。——在那儿，阿拉伯小子往水井里拉屎，他凭借漂亮的金牙围剿着热狗，还跳着迪丝科。徘徊穿梭于海滨沙滩之间。

他们满嘴找不到一颗牙齿，瘦骨嶙峋长期的饥饿无疑是罪魁祸首。他们从复活节岛上的接送小船下来时颤颤悠悠，双腿如踩高跷似的僵硬脆弱地挪上岸来……他们在俱乐部的窗子边打着瞌睡……由于不用以苗条的胴体招徕买主，一个变得腰圆膀粗。

此时的椰枣树在向人类奉献的同时，也不可避免地自我牺牲，水井里充盈着干粪便和数千张报纸拼成的镶嵌画："俄国人否认……内务部长带着恐惧的情感观察……绞刑是于十二点零二分执行的。十二点半时，医生出去吃牡蛎，二点正回来时，他愉快地拍拍受绞刑者的背部，'天哪！你还没死吗？是猜到了我不得不拉你的腿吧！哈，哈！我会仁慈地解脱你的痛苦——否则总统是不会忍心的。而且如果接尸车把你活着接走，那该是个多大的耻辱啊！我的睾丸都会因之羞愧而软，而我则该去跟那经验丰富的公牛学艺了。一、二、三、拉。'"

滑翔机就如同被贼捣碎的、抹过油脂的玻璃片那样，默默地沉降，要紧的是，那贼长着一双吸毒者的眼睛和干瘪的手。……在一阵无声无息地爆炸后，他钻进了残破的房子，踩踏在油污的玻璃上。厨房里有一只钟滴答滴答地大声响着，热乎乎的气流吹拂着他的头发，他的脑袋胀痛欲裂……那老头从一只红色的贝壳中跳了出来，飞速地旋转着手中的枪。"哈，哪有这回事，伙计们，那可非同小可哇……桶中之鱼……银行之钱……易上手的小子，就是那个神志不清、精疲力竭的笨蛋。他猛然摆出一副猥亵的身姿……从你们那儿能听到我说的话吗，小伙子们？"

"曾经年轻的我，其风流倜傥也令钱财、女人和娈童是那样触手可及，但不幸的是我心如磐石，一直不为所动。我经常给人讲这样一个故事，它会使你向往小婊子那珍

357

镶珠嵌的嫩红之径，或者是小娈童那可爱的、棕褐色的、覆盖着粘液的屁股……当你撞击到前列腺时，那宝贵而又漂亮的'钻石'就像肾结石一样，无情地在这金发小子的睾丸中聚集起来……很抱歉我得宰了你……她过去并不是这样一个骑在丈夫头上的老太婆……不能说听众的坏话呵……开始捣毁侧翼那幢房子了，或是逃之夭夭或是坐受其灾……如此一只患了牙痛的老狮子，他要用那种氨化物牙膏来保持口味在任何时候都清新鲜美……这些屌板油的老雄狮成了专吃小伙子的吞噬者……不过谁能为之责怪它们呢？在圣詹姆士医院中，那些小子是那么的甜蜜、多么的出色、多么的美妙呵！罢了，儿子，你得对我尊重些——虽然我现在上了年纪……但不要忘了，总有一天你也会老的。哦，哦，我估计不会……就像霍斯曼那厚颜无耻的赤脚娈童，那些千古不变的雪洛普夏郡的天真姑娘留住你迅捷的脚步于平日所不耻之处……可你无法杀了那些'雪洛普夏'的小伙子……由于如此频繁地被吊起来受罪，他就像个被青霉素弄得半死不活的淋球菌，重聚其可怖的力量，拼命繁衍以作抗争……于是只剩下我们投票表决的公平审判，结束那些司法长官为之征收一磅肉税的野蛮展览了。"

"司法长官：'诸位，因为一磅钱，我会令他难堪的，都过来吧！这是一次非常难得的严肃而又科学的展览。我知道大家都是不愿错过这个机会的。这个家伙有六英寸长，女士们，先生们，请进来自己验证一下吧！只要一磅钱，一张假的三元纸币，就能看到一个年轻小伙子至少达到三次性高潮——我可从未曾自贬身价地去养个太监来——完全不受其意志的控制。当他的脖子突然被折断时，这家伙准保会竖起来，有节奏地搏动着，喷溅得你全身无处得以幸免。"

那小子伫立在绞刑台的踏板上，双腿交替"老天爷，在这个行当中对那些意料之外的事你也必须承受，难怪某些可怕的老家伙会不堪重负。"

踏板掉落下去，绞索犹如风中的电线浅唱低吟，那脖子折断的巨大声响，恰似中国的弓被拉断声音清晰可闻。

这小子用一把弹簧刀割断绞索，伴随同性恋者的尖声叫嚷往娱乐场走去。那个性倒错者跃下去，掠过一个廉价的窥看演出拱廊的玻璃，口奸了一个咧嘴而笑的黑人，随后消失得无影无踪。

（玛瑞、约翰尼和玛克，脖子上仍套着绞索，鞠了一个躬。他们已不似出现在那部黄色片子里那样年轻……看上去精疲力竭、粗暴无礼）。

一次精神病学国际会议

"妙指夏浮医生，以那'脑叶断刀手'特有的冷酷眼神凝神注视着各位与会者。

"诸位同仁，人类的神经系统可以简化成一条紧凑短小的脊柱。大脑，包括前脑、中脑和后脑，都必须跟随于腺体、智牙、阑尾……请诸位注意一下我的杰作，这个纯美国式的完人将锁定您惊异的目光。……"

在震耳欲聋的喇叭声中那个裸体完人在两名黑人"侍卫"精心照料下，展现在众人面前，以一种野蛮的残忍被掷在讲台上。……那男人起伏蠕动着……身体上的肉变成了粘乎乎透明的胶冻，如翠绿的雾气一样飘浮开去，袒露出一条极其可怕的黑蜈蚣，阵阵莫名的令人作呕的臭气野蛮地侵入人们的鼻孔……

夏浮抽泣着扭绞他的手，"克莱伦斯！！你怎么能这样对待我？忘恩负义呵！他们全都是忘恩负义者！！"

与会者吃惊地往后退去，沮丧地喃喃低语。

"恐怕夏浮已经走得太远了点……"

"我警告过他……"

"夏浮是个佼佼者……可是……"

"人为了出名什么都敢染指……"

"诸位，决不能让夏浮医生错乱的大脑创造的这个无可言喻、从各方面来说都是不合法的孩子昭示于世……对于人类，我们的职责很清楚……"

"可他搞出来的这个人已经出现在世界上了。"抬他出来的其中一个黑人说。

"我们必须清除这个非美国式的东西。"一个身材臃肿，长着一张青蛙脸的南部医生说。他一直凑着一只石坛子在喝玉米烧酒，现在醉醺醺地往前走来，然后被那条"蜈蚣"吓人的尺寸和威势唬得停住了脚步……

"拿汽油来，"他吼叫着，"像对付那些桀骜不驯的黑鬼那样，汽油是对付这家伙最有效的武器！"

"我可不想找麻烦，我。"一个正借着 LSD6 腾云驾雾、心满意足的年轻嬉皮士医生说……"为什么一个精明能干的地方检察官能……"

渐逝的声音："法庭的判决！"

地方检察官："陪审团的诸位先生们，这些学识渊博的先生声称，这个他们随心所欲地加以杀害的无辜者，突然之间蜕变成了一条黑色的大蜈蚣。而出于向人类负责的责任感，他们必须消灭掉这个怪物——而且必须赶在他还不能危害人类之前……"

"这是多么荒谬的谎言啊！先生们，这条可怜的蜈蚣奇物在什么地方呢？为了法律的神圣和尊严，我们是否应尽最起码的道义来揭穿这些诡诈的谎言呢？"

"我们已经毁掉了它，他们自命不凡地说……但是我愿意提醒你们，陪审团的诸位先生和雌雄同体的人们，这只非同寻常的野兽，"——他用手指点着夏浮医生——"这

位仁人君子已因多次强奸案件涉嫌而光顾这里……这大脑奸污罪，用浅显的英语来说，"——他捶打着陪审员席的铁栏杆，声音显得歇斯底里"用浅显的英语来说就是，先生们，强制性的脑叶切除……"

陪审员们喘着大气……一个由于心脏病突然发作而死去……三个则倒在地上，在极度的淫欲中痉挛着……

地方检察官戏剧性地指了一下，"我们美丽的国土上的所有省份在他的眼中都变成与愚蠢接壤的疆域……他使巨大的仓促充斥着完全无任何意义的绝望的创造物……'寄生虫'，他这样称呼他们，同时还出于那种纯然是教育出来的邪恶感，冷嘲热讽地瞥着他们……先生们，我要对你们说，对克莱伦斯、科韦的任意谋杀决不能法外施仁，他必须为这邪恶的罪行付出代价。"

那位仁兄的杰作开始不安分起来。

"老兄，那狗娘养的饿了。"一个黑人大叫着说。

"我要出去了，我。"

阵阵惊恐的电波早已击中这些与会者……他们像没头的苍蝇，乱作一团……

市　场

区际城市全貌：圣路易斯·图德利吾东部敞开的酒吧……喧哗声大作，声震屋宇，而后渐渐微弱，断断续续，犹如风声呼啸的街道上传来的乐曲……

广阔的空间转换着人们的视角。各种种族昭示于众：黑人、波利尼西亚人、山地蒙古人、近东地区的多语种居民、印第安人——未知的、尚在孕育中的种族。迁徙的人们，在令人无法相信地穿越过沙漠、丛林以及高山（在其封闭的山峡中是僵滞和死亡。在那峡谷中，植物从生殖器上绽芽生长，巨型的甲壳动物在里面孵化，挣破尸体的外壳来到世界上）后，又驾驭着一只桨划的独木舟，千里跋涉，横渡太平洋，抵达复活节岛，在这神奇的异域，一个庞大而又静悄悄的市场，将人类的潜力开掘殆尽。

米纳莱特、棕榈树、群山峻岭、莽莽丛林……一条蹦跳着食人鱼的静滞不动的河流，一个公园花草茂盛，小家伙们躺在草丛中玩着隐秘的游戏。城市中夜不闭户，如果你愿意，可以随时进入任何一家，这是很自然的。警察头儿是个中国人，他一边剔着牙齿，一边倾听着一个疯子的告发。这位中国老哥还不时地摆弄着牙签，仔细观察。古铜色的脸部光滑如玉的嬉皮士们懒洋洋地倚在门边，戴着金项链的皱皮疙瘩的脑袋东张西望，一脸恬淡自然、安静而茫然的神色。

在他们的身后，穿过那四敞八开的门，随处可见桌子、棚子和酒吧，以及厨房和浴室，在一排排铜架大床上性交的伙伴，成百上千杂乱无章的吊床，准备注射毒品的瘾君子，大烟鬼，大麻吸食者，说着吃着洗着隐现在烟雾与水汽中的人们。

赌桌上下的是令人难以置信的赌注。时不时会有赌鬼丧心病狂地哭叫着跳起来：他把他的青春输给了老头儿或是成了他对手的"莱塔"。不过还有比青春或者"莱塔"更大的赌注，一种世界上仅有两个赌鬼才知道的赌博。

城市中各式各样，风格不同的房屋紧密相连：茅草屋——高大的山地蒙古人在烟雾腾腾的门口眨巴着眼睛，竹木屋，用石块、红砖和土墙垒起来的房屋，南太平洋毛利人的房子，利用树林和船只搭建的房屋，上百英尺长、完全能庇护整个部落的木屋，有老头儿坐在破布堆中压抑着宿醉的滋味儿的波纹铁皮的小棚子。锈迹斑驳的巨型铁搁架从沼泽地和垃圾堆中拔地而起，直升到二百英尺的上空。不同高度上平台上修筑着岌岌可危的隔层，吊床则在一片虚无中悬荡着。

探险队带着一无所知的目的前往一无所有的地区。陌生人坐着以腐木烂绳扎成的筏子来到此地。他们从丛林中摇摇晃晃地趔趄着走出来，双眼被虫子咬得肿如圆球；他们皲裂流血的脚踩着山中崎岖小道走下来，穿行在风尘蔽天的郊外，触目所见尽是在土墙边排列着拉屎的人和争夺鱼头的兀鹰。他们驾着千补万缀的降落伞掉到公园里……由一个酒气冲天的警察护送着到一个巨大的公共厕所里去登记注册，录下的资料则被插在草纸杆上擦屁股用。

令人作呕和令人叫绝的气味都悬浮在城市上空：鸦片、大麻的烟雾、雅吉那树脂样红色的烟气、丛林和盐水以及发臭的河流和干燥的粪便和汗水和生殖器的气味。

高山区的长笛，节奏强烈急速的爵士乐器，蒙古人的单弦乐器，吉卜赛人的木琴，非洲人的圆鼓、阿拉伯人的风笛……

城市正遭到暴力这种流行病的袭击，无人料理的死人成了兀鹰的美餐。白化病人在阳光下眨着眼睛。小伙子们坐在树丛中有气无力地行着手淫。那些正被无名的疾病吞噬着的人则以敏感而世故的眼神注视着过路人。

"会晤"咖啡馆位于城里的市场中，里面有心不在焉地用伊特鲁斯坎语在乱涂乱抹的、不可思议的过时生意的拥护者，还没处理过的毒品上瘾者，加工后令人垂涎的哈玛林的贩卖者，堕落成性、显示出死水般宁静的吸毒佬，诱引"莱塔"的饮料，提托诺斯的长寿血清，第三次世界大战的黑市交易者，心灵感应灵敏度的测试员，给幽灵施行骨疗的人，由乏味的妄想狂棋手揭发的违纪的调查官，以痉挛的速写记下的控告对精神无法言喻的残缺的不完整诉状的记录员，幽灵部门的官僚，蔑视法律尊严的警察国家的官员，一个能力出众，可以凭一己之力制敌手于死地的同性恋矮子，聚能罐

和松弛机的售货员，买卖瘾君子，敏感的细胞尝试过美妙梦幻和回忆、交换意志原材料的捐客，擅长于治疗蛰伏在毁灭城市的黑色尘土中、缓慢地摸寻着出口和人类寄主的瞎眼蛆虫的白色血浆中聚合毒性的疾病、治疗海床和同温层里的疾病以及实验室和原子战争所带来的疾病的医生……这种境界是未知过去，加之涌动将来，在无声的呻吟声中，瘾君子在走向自我毁灭。……拉弗尔的实质在等待着一个活体……

（描述这个城市以及"会晤"咖啡馆的章节是在吸食雅吉后的欣醉状态中完成的……雅吉、阿尤华斯克、菲尔德、纳提玛都是巴尼斯特，一种产于亚马孙地区的速生藤蔓植物的印第安语名称。详见附录中关于雅吉的探讨。）

雅吉欣醉中的札记：种种形象宛如雪花般缓慢而悄然地飘落下来……静谧安宁……所有的防备都松弛下来……身心四敞大开……尽情享受的心情极为迫切……一股美妙的蓝色暖流涌入我体内……一张像南太平洋人的面具似的古老的笑脸进入了我的眼帘……一张点缀着金色的青紫色脸……

那房间像近东地区的妓院一样，有着蓝色的墙壁和垂着红色流苏的灯……我觉得自己变成了黑人，黑色成了我可感觉到的唯一颜色……欲望的痉挛……双腿变得像波利尼西亚人似的丰满滚圆……所有的事物都与一种动荡不安、诡秘隐晦的生活纠缠在一起……这空间是在近东，黑人，南太平洋，在某个我不能确定位置的却熟悉的所在……雅吉就是一种时空旅行……房间似乎随着运动在摇晃颤抖……许多种族的血液和实质（黑人的、波利尼西亚人的、山地蒙古人的、沙漠游牧民的、近东混血儿的、印第安人的，尚未孕育出来的和诞生的种族的）从体内源源而过……迁徙移居，穿越大漠、林莽和高山峻岭（在闭塞的山谷中是一片静滞和死亡，植物从生殖器上绽芽成长，庞大的甲壳纲动物在肉体内孵化，然后破壳而出）的令人难以置信的旅程，孤身横渡太平洋，独闯复活节岛……

这使我想到最初的雅吉引起的恶心正是转入雅吉欣醉状态去的运转症状

"雅吉也荣幸地成了巫医行业兴盛的催化剂，预卜未来，确定遗失或失窃的东西，诊断或治疗疾病，找出罪犯都与雅吉结缘。"由于那些"印第安人"（这是给波阿斯阁下的紧身拘禁衣——当然只是个本行笑话，因为原始人会使人类学家疯狂到无以复加的地步）认为任何死亡有其原因，而且对于他们自身的自我灭亡趋向一无所知——提及时则轻蔑地视作"我们赤身裸体的亲戚"，或许还可能是感到这自我灭亡的趋势主要是受到异己和敌对意志的操纵的，所以任何死亡都被看作是谋杀。巫医服食雅吉后，凶手的姓名就会呈现在他眼前。就像你能想象得到的，在这些丛林里的查询过程中，巫医的深谋远虑将会在他的属民中引起某种不安的情感。

"希望那些可怜的伙计能免于叱骂和责罚。"

"来点马钱子碱放松一下吧！我们还是在……"

"可如果他控制不住自己呢？他一直在靠纳提玛吊精神，二十年来腾云驾雾……实话说，老板，没有人能那样耽于这东西……会烧坏脑子的……"

"所以从某种意义上讲，他已不再是正常人……"

于是修帕图托从林莽中蹒跚出来，说是低地兹皮诺领土上的汉子干的。没有人大惊小怪……是从一个老布鲁约那学来的，亲爱的，他们讨厌大惊小怪……

杰迪能进行一次胡编乱造的中文演讲，把你搞得晕头转向——恰似一个歇斯底里的口技演员的替身一样。事实上，他曾在上海促成了一次据说有三千人伤亡的抵制外国佬的骚乱。

"站起来，葛迪，你必须尊敬东方人。"

"不仅仅是应该的，也是必须的。"

"亲爱的，我正在致力于一项最难以置信的发明……你一进来，一个小伙子就会消失得无影无踪，只留下一阵树叶燃烧后的气味和远去的火车汽笛的声响效果。"

"曾在失重状态下性交过吗？你的精液会像可爱的白云一样飘浮在空气中，女性客人很容易像圣母玛利亚一样纯洁地受胎，或者至少是间接怀孕吧……这使我想起了我的一个老朋友，一个唐璜式的帅哥，一个疯狂至极，在金钱面前的男人。他常带着一支水枪四处游荡，在聚会上向职业妇女喷射精液，不费吹灰之力就赢得了他的父亲身份。不过你知道他从不使用自己的精液。"

淡出……"法庭决议"，A·J的律师说，"最终的检测表明，我的雇主与那个漂亮的原告所发生的呢……小小事故没有呢……个人关联……也许她正准备仿效圣母玛利亚来一次纯洁受胎，可却责怪我的雇主是一个风流而可怕的皮条客……记得在十五世纪的荷兰发生过这么一件案子，一个年轻女人控告一个年高德劭的术士用魔法召来了一个恶魔，这恶魔呢……对年轻女人的肉体具有丰富的知识，在这种情况下，也带来了怀孕这令人悔恨的结果。于是这术士被指控为帮凶，这事件整个过程肆无忌惮的窥视者。然而，陪审团的诸位先生，我们早已不再相信如此的传说了，而一个年轻女人把她的呃……令人感兴趣的状况归因于恶魔。在这开明的时代，她会被认为是一个浪漫主义者，或者用直率的英语来说，一个该死的撒谎者，哈哈哈"……

预言者终于有了表演的舞台。

"米琳斯死在河边的泥滩中，内脏错位，令人惨不忍睹。"

"注意注意，船长，"他说，一双眼睛在竭力观看，似乎都要弹到甲板上去了……"今天晚上谁来干那苦差事？要知道在逆风接近时必须遵守那些有关的预防措施。顺风之行已告绝望，一无所获……这个季节'小姐号'哪有不把屁股掉过头来的。"

必须让东方快车从这儿驶出去，到那无遮无掩之处（金砂矿）去。那地区经常能碰上矿藏（地雷）……每天挖一些就够花时间了……

衰惫不堪的幽灵悄声低语，团团热气强横地灌进那瘦骨嶙峋的耳朵……

用子弹打开通往自由的道路。

"上帝？"那个声调女性化、堕落的老圣徒嘲讽地说，同时从一只石膏碗中攫食着薄煎饼……"那个虚伪的拙劣演员！难道你以为我会自贬身价，去弄个什么奇迹出来吗？……那种人没有资格品评别人……"

"'上前来吧，侯爵们和蠢货们，千万别落下小蠢货们，不论年轻年老，人类、兽类都不会一无所有的……那个独一无二、名正言顺的'人子'用一只手——仅凭接触，诸位——就能治愈年轻小子的性病，并用另一只手创造出大麻。与此同时，他还踏着万顷碧波，将万顷碧波酿成鲜美的葡萄美酒……现在请诸位退得远一些，以免这家伙突然发作，伤及你们。"

"我认识他是在，哦宝贝儿……我记得那时我们正在进行模仿表演——当然是非比寻常的，地点是在索丹，一个低级下流的小镇……全然是饥饿……哦，这公民，这个该死的腓力斯人，从鲜为人知的巴尔镇或某个地方流浪过来，就在这儿骂我是个混蛋的同性恋。我对他说：'在娱乐界我都混了三千年了，可我们出淤泥而不染。此外，我也不需要从哪个没割过包皮的呷鸡巴者那儿夺其所爱，……后来他上我的衣帽间向我道了歉……证明他是个不错的医生，而且也是个可爱的伙伴……"

"佛祖吗？一个声名狼藉的使用新陈代谢方法的吸毒者……使他自己成为你们的栖身之处。在没有时间观念的印度，那'大人'经常迟到一个月……'晤，让我瞧瞧，那是第二个雨季呢，还是第三个雨季？我希望能在凯查波那一带与他碰头。'"

"所有的吸毒者都如莲花一样安坐着，吐射着唾沫等候'大人'的来临。"

"于是佛祖发誓：'这简直是对佛教的侮辱。苍天在上，我一定要产生自身的毒。'"

"人，你不能那样做，否则税务官会冲你蜂拥而来。"

"至于我，他们不会群集而至。我会变戏法，懂吗？从现在起，我就是个操蛋的圣人了。"

"是，老板，您真伟大。"

"'他们将这种新宗教公之于世时，简直是冒天下之大不韪。这些疯子不知道该如何登台亮相，也毫无风度可言……除此之外，他们的唯我独尊常常招惹祸端被人暗算。你想干什么，杰克？让人难受吗？……'所以，我们必须表现得疏远而冷漠，你们这些用苦功者听着，要冷漠……我们必须对这个主张做出取舍，没有别的路可走，诸位，我们的教义是神圣的，这区别于以往的盲目的可笑的东西。把这洞穴清理一下以便行动，我要代谢一些搀咖啡的可卡因出来，再来一次苦难的传教。"

"让孔子的名言与《小阿德勒》以及主角是会说话的动物的滑稽故事一起长存共留吧！老子吗？他们早就把他一笔勾销了……这些自作多情的圣人本来就够让人受了，还要再加上一副忧郁沮丧的尊容，仿佛他们被生命之源给搞糊涂了，然而又不想再费心思予以澄清。我们又为何要让某些精神崩溃的老蹩脚演员来告诉我们什么是智慧呢？'虽说在娱乐界混了三千年之久，可我们还是一尘不染……'"

"首先，所有的事实都与那些皮条客和在光天化日之下亵渎爱情诸神的人密切相关。某个头发花白的老混蛋即使自身难保，却还幻想他，那成熟的愚蠢会焕发光彩，令我们获益。难道我们永远都摆脱不了这个潜藏在西藏的每一个高山之巅、经常在亚马孙河边的茅屋中轻举妄动、在波威莱大街上拦路抢劫的老笨蛋吗？'我一直在等着你，我的儿子，'面对一只装满谷物的密封地窖，他不禁激动异常，'生活好比一所大学校，在那儿，每个学生都必须学习各自不同的课程。现在我将打开我的辞语秘藏……'"

"我可是非常害怕呢。"

"不用怕，没有任何东西能挡住这上升的洪流。"

"可我挡不住他了，伙计们。"

"告诉你吧，当我离开智人时，我甚至都不知道自己是不是人类的一员了。他把我的生命组织都转换成了一堆臭狗屎。"

"所以如果我弄到一条独家新闻，为何就不能利用一下这条鲜蹦活跳的消息呢？它不能直截了当地加以表达……可也许能由一幅并列句的拼凑图案揭示出来，受着否定词和空白的束缚，犹如旅馆抽屉中那些废弃的文章一样……"

"你知道吗，我将去做腹部缝褶术……我可能会衰老，但仍然充满欲望。"

（"腹部缝褶术"是通过外科手术移去腹部的脂肪，与此同时又在腹壁上折成褶缝合起来。从而创造出一件肉体的'紧身衣'。不过这缝合处极易破裂，以至会把你那破旧可怕的肠子喷溅得满地都是……身材苗条、曲线优美的时装模特儿做这种手术是最危险的。事实上，某些极为特殊的模特儿在这一行业中是被人们视之为'一夜之花'——只能站在那儿表演一夜。"

"傻瓜"医生林德番斯特粗暴地说："为了事业，时装男子应十分警惕床铺的危险。"

时装业的主题曲清楚地告诉我们："请相信自己的品行！"而时装业中的搭档确实是容易"从你的怀抱中飞逝，恰如仙女的赠礼那样消失得无影无踪"。）

在博物馆一间充满阳光的白色房间中，六十英尺高的粉红色裸体发出青少年那种喃喃低语声，声音清晰可闻。

银色的护栏……闪烁的阳光里千尺之深的裂罅。一小块、一小块种着大白菜和莴苣 的绿色土地。在阴沟对面的"老雌猫"窥察着那些手持斧头的棕色皮肤的年轻人。

"哦，亲爱的，我不知道他们是否用人粪肥田……也许从现在开始他们要付诸实施了。"

他轻手轻脚地、小心翼翼地摆弄着小望远镜上的珍贝饰物，那阿兹台克式的镶嵌图案晶莹美丽。

希腊小伙子排成长长的队伍，捧着装粪便的石膏碗，往前移动着，把碗内之物倾倒进石灰岩的肥泥洞中。

红砖地的多洛斯广场上，尘蒙灰积的白杨树在午后的大风中摇晃着。

散布在温泉四周的木头立方体……三角叶杨树丛中一堵破墙的碎砾……被成千上万行手淫的小子磨抚得如同金属似的长椅。

肤色白皙的希腊小伙子在一所巨大的金色庙宇的门廊上像狗一样地奸淫着……赤身裸体的"木各沃姆"弹奏着琵琶。

身着他的红色套衫，沿那条小路而下，码头看守人的儿子萨米和两个墨西哥人早已在恭候着我。

"嘿，瘦子，"他说，"想要操一下吗？"

"嗯……好哇。"

墨西哥人把他掀翻在一张破草席上——黑人小伙子舞姿翩翩，优雅美丽、节奏明快、错落有致……透过一个小疤孔，阳光如同粉红色的探照灯投射在他的鸡巴上。

一片鲜艳的粉红色零星点缀在淡蓝色的天际，巨大的铁块往那四分五裂的天空中坠落下去。

"一切正常。"上帝的尖叫声穿过你们已有三千年之久的锈迹驳驳的重负传出来……

晶莹透明的脑壳形成的雹子在冬日的寒月下把暖房击成了无数的碎片……

在阴冷的圣路易斯花园聚会上，美国女人在她们身后留下了一股毒药的味儿。

在一所毁弃了的法国花园中有一个覆盖着绿色粘液的池子。体形吓人、哀声怨气的青蛙从水中缓缓地浮上来，蹲在一个泥土平台上，弹奏着古代的击弦钢琴。

一个"索罗比"冲进酒吧，开始用他鼻子上的油给"圣者"的鞋子上光……"圣者"气急败坏地一脚端在他的嘴巴上。"索罗比"尖声大叫，飞快地旋转身子在"圣者"的裤子上拉了堆屎，然后又冲到了街上。一个皮条客沉思地追视着他……

"圣者"叫唤着经理，"老天爷，艾尔，你开的竟是这种令人恶心的娱乐性场所吗？

我这全新的鱼皮……"

"对不起，'圣者'，这是我的一时疏忽。"

A·J身着一件黑色斗篷，一个肩膀上栖着一只兀鹰，悠闲自得地在市场里闲逛。他在代理商的桌子边站住了。

"你们听着。在洛杉矶有个十五岁的男孩，他父亲认为很有必要对其进行实际的性教育。当时这孩子正躺在草坪上看滑稽小人书，他父亲出来说：'儿子，这里有二十美元。我要你去找个像模像样的婊子，玩她一通。'"

"于是他们驾车来到了这个漂亮的妓院，父亲说：'行了，儿子，现在一切都由你了。你只需打响门铃，然后支付这二十美元，剩下的事就随心所欲了。'"

"没有问题，爸爸。"

于是，大概十五分钟以后，那孩子出来了。

"嘿，儿子，玩得怎么样？"

"过程很简单，支付了钱之后。我们去了她的小窝。她把衣服都脱光后，我就掏出我的小刀，从她的屁股上割了很大的一块肉，她一阵鬼哭狼嚎，仿佛我脱下一只鞋揍得她灵魂都出了窍似的。然后我才玩她取乐。"

肉体早已消逝得无影无踪，只剩下残缺的骨骼。越过山岗，随着黎明的微风和一声火车的长鸣，消逝在远处。我们并非不知道这个问题，对选民的需求始终萦绕在我们的心头，以至那儿都成了其栖息之处，而谁又有这能耐去破除一个杳无定期的租借期限呢？

"保密屁眼"克莱姆·斯纳德历险记的又一章节："于是我走进了这鬼地方，而那个婊子正坐在酒吧里。原来是她，我有一种似曾相识的感觉长久萦绕在我的头脑里，我觉得以前就见过这女人。所以开始我压根儿就没注意她，随后我发现她把腿并在一起，再把脚往上直伸到她的脑袋后，把脑袋往下压下来，而且她的鼻子上还突出着一个不知什么小玩意儿。显然她是在进行某种极其引人注目的'灌洗疗法'。"

艾利丝——一华人与黑人的混血儿——二羟基海洛因的瘾君子——每隔十五分钟就注射一次毒品，许多滴管和针头点缀在她的全身。那些针头在她干瘪的肉体上锈成一大片，形成了一块块光滑的棕绿色。在她面前的桌子上，放着一把有加热装置的俄国式茶炊和二十磅重的红糖食篮，从未有人见她吃过别的什么东西。只有在注射毒品之前，她才会恢复听觉，才会张嘴说话，才会做出一些有关她本人的平庸无奇、实实在在的陈述：

"我的屁眼儿塞住了。"

"我的阴户流出了非常绿的液体。"

367

艾利丝是本威的项目之一。人的躯体可以单靠糖分来维持，该死的……我知道，我的某些企图贬低我的天才工作的学者同事声称我把维生素和蛋白质偷偷地放进艾利丝的糖里了……可这些一钱不值的穷货，没有谁敢接受我的挑战，从他们藏身的狗洞里爬出来，对艾利丝的糖和茶做一次抽样分析。艾利丝是一个十全十美的美国阴户，我可以毫无保留地断言，她绝非以精液的滋养为生。乘此机会，我不妨重申一下，我是个颇有声望的科学家，绝不是个骗子、一个疯子或者一个装模作样的奇迹创造者……我从来没有宣称过艾利丝只有靠光合作用就能生存……我也没有说过她能在二氧化碳中呼吸，同时排放出氧气——不过我承认我曾受到引诱，进行过那些理所当然地被我的医德限制的试验……总之，恶毒的诽谤者们必将搬起石头砸自己的脚。自食恶果也是对他们恶德的报应。

普通的男人与女人

阳台上，民族主义党在举行午宴，阳台的下面是热闹的街市。到处是雪茄、白兰地和礼貌地加以掩饰的嗝儿……党的头儿穿着一件吉拉巴，一边四处转悠着，一边抽着雪茄、喝着白兰地。英式皮鞋、艳丽的吊袜带连同袜子更加衬托出两条肌肉显露大腿的结实——这一切使他更像一个街头地痞。

P·L（夸张地指点着）："看那儿。你发现什么了吗？"

他的副手："嗯？哦，我看到了市场。"

P·L："不，不仅仅是市场，还有普通的男人和女人，我想，他们整天过着千篇一律的平庸时光……"

一个街头小子从阳台的栏杆上翻了进来。

副手："不，我们不想买什么旧的避孕套！快滚！"

P·L："等等！……进来，我的孩子。坐下来……抽支烟……喝一杯吧！"

他以异于寻常的热情欢迎那小子的光临。

"你觉得法国人怎么样？"

"嗯？"

"法国人。就是那些正在吮吸着你们鲜红的血液的殖民者混蛋。"

"先生，您要知道没两百法郎，休想我会献出一滴血，但自从那年牛疫后，我的血一直很充足。因为连最爱我旅游的斯堪的纳维亚人都销声匿迹了。"

P·L："看见了吗？这可是街上的一个童心未泯的孩子呢。"

"你肯定能找到他们的，头儿。"

"军事情报部门永远都是万无一失的。"

P·L："嘿，听着，小子，让我们这样说吧：法国人剥夺了你的出生权。"

"你是说就像那'友好的财政部'一样？……他们找了一个牙齿都掉了的埃及太监来干这个活儿，计算着他不会唤起太多的对抗。你们看，他总是脱下裤子给人看他的惨状。'哦，我只不过是个可怜的老太监，还试图着保持我的习惯。夫人，我很愿意延长你的人工肾的寿命，我要做的事只是……把她隔离起来，小伙子们。'"他低沉地吼叫着，露出了牙龈……"千万不要忽略这一点，我曾被冠以收复者尼里的美名。"

"于是他们就隔离了我的母亲，那个圣洁的老婊子。而她则肿胀起来，全身发黑，散发出一股小便的恶臭味儿。邻居到卫生委员会去抱怨，我父亲则说：'这是上天注定的。她再也不会把我的钱财拉到下水沟里去了。'"

"病人也早已厌恶我了。当某些公民开始讲给我听他们的前列腺癌或产生出脓性释放物的烂隔膜时，我告诉他们：'你以为我愿意听你们那种使人害怕而又陈腐不堪的事吗？我可是丝毫也没有兴趣。'"

P·L："好吧，闭嘴……你恨法国人，是吗？"

"先生，我恨所有的人。本威医生说我的血液状况是因为新陈代谢……阿拉伯人和美国人以特殊的方式……本威博士正在配制这种血清。"

P·L："本威是潜入的西方走狗。"

第一副手："一个丑恶的犹太黑鬼……"

第二副手："一个长着猪猡的鸡巴和黑屁股的犹太黑鬼。"

P·L："闭嘴，你这个蠢货！"

第二副手："对不起，头儿。几年的监狱生涯已把我变成这样了。"

P·L："别靠近本威。"（旁白："我不知道这是否会被接受。你永远也无法知道他们是如何的不开化……"）"说句悄悄话，他是个邪恶的魔法师。"

第一副手："他找到了这个住宅之神。"

"喔……我和一个典型的美国人定了个约会，一个真正的上等人。"

P·L："你不知道把你的屁股兜售给外国不可信任的鸡巴是很可耻的吗？"

"这也正是我寻乐子的原始出发点。"

P·L："我也是。"男孩退场。"我告诉你他们没有希望。毫无希望。"

第一副手："这血清干什么用？"

P·L："我不知道，不过它听上去不太吉利。我们最好在本威那儿搞一个心灵感应直达探测器，这个人一点也不可靠，也许能做任何事情……把一场大屠杀变成一次性

的狂欢……"

"或者一个玩笑。"

"太正确了。附庸风雅的典型……没有原则……"

美国家庭主妇（正在开启一盒力士香皂）："为什么我们不能拥有一副电眼，它可以自动地把我的盒子放进水中……自动巧手人已经失控好几天了，我们俩正接受体格检查，而我根本没把它放到他的联合体中……垃圾处理厂抓住了我，令人作呕的老交际大王一直试图在我的衣下起来……寒冷是那样的令人战栗，我的大小肠全部秘结……我将把它放入巧手人联合体，他应该给予我高位结肠。"

推销员（他多少介于咄咄逼人的"莱塔"和胆小羞怯的送货人之间）："回想当时我正和 K·E 一道旅行，他的聪明才智在配件工业中是那样的游刃有余。

"想想它吧！他厉声说。"一个奶油分离器在你自己的厨房里！"

"我满脑子都是这些伟大的思想。"

"这是五年，也许十年，是的，也许二十年之后。……不过它正在到来。"

"我会等待，K·E，不管多长时间我都将等待。当最早出现的数字在远方呼唤时，我就会在那儿了。"

"K·E，开了一个喽啰众多的黑窟，有按摩室、理发厅和土耳其浴，在里面你可以搞高位结肠，非道德的按摩，洗浴推拿，与此同时还要剪去顾客的脚趾除掉他的粉刺。为繁忙的开业者服务的万能医学博士将去掉你的附属物，安顿好赫尼亚，拔掉一颗智齿，切除你的绒毛并为你割掉包皮。嗯，K·E 是这样一个原子推销员，如果他从那黑窟里跑出来，在充分负荷时他会把万能医学博士出卖给一家理发厅，某个公民在他绒毛被割去时醒来……"

"耶稣，荷马，什么东西让你跑到这儿来？我被合伙强奸了。"

"老天在上，看，我打算在感恩节时对补充高位结肠采取自由免费的措施。K·E，肯定又卖给我了什么烂货……"

男妓："在这个行当里，作为男子汉必须有所成就。上帝！我碰到的下流要求你都不敢相信……他们要玩'莱塔'，他们要和我的原生质合并，他们要一件复制雕刻品，他们要吸吮我的器官，他们要接管我过去的经历并留下那些羞辱我的古老记忆……"

"我正在弄那个公民，所以我想，最后一个直截了当的约翰，可他进入了高潮使自己变成了某种螃蟹……我对他说，'我不必为这样的事情在这儿静静地支撑，杰克……你可以把这事弄到瓦尔格林那儿去。'有些人对他们不分等级。另一个可怕的老家伙正坐在那儿进行心灵感应并往他的干货上揩油。真醒醒。"

行乞的小伙子们掉进了苏维埃之网的边缘的混乱中，那里的哥萨克人把敌后游击队员悬吊在风笛野性的恸哭上，小伙子们冲上第五街被吉米·瓦尔科夫接见，他带着进入王国的钥匙，钥匙上没有系着绳子，它们在你的口袋里松动……

为什么如此苍白而疲倦，是什么有这样大的魔力——使你这样颓废。可爱的鸡奸者？死去的吸血鬼的气味在那生锈的铁听中可以占有精力充沛的伤口，吮吸出耶稣的身体血液骨髓，丢下腰以下完全麻醉的他。

丢弃你的形式，孩子，那个在少女身上滥花钱的老色鬼三年前通过了考试，他知道维持世界系列的所有答案书。

告密者鬼崇地陪伴在一只怀孕的母牛的身旁，直到母牛分娩。农夫声称他要做假娘，在牛粪上胡言乱语地打滚。兽医全力对付母牛的骨骼。告密者用机枪互相扫射，在一座巨大的红色牲口棚里东躲西藏，穿行在机器、地窖、贮藏箱、储草顶棚和马槽之间。小牛已经降生，死亡，令人窒息的恐怖力量已经分散，消解。

吸毒者们坐在县府大楼的台阶上正等着大人物。那比戴着黑色斯特森毡帽，身着褪色力维斯牛仔裤的丧心病狂的吸毒者们用燃着的汽油把一个黑人小孩绑缚在一根旧的铁灯柱上……

……吸毒者们冲上来把肉烟深吸到他们作痛的肺叶中……他们的确得到了平静……

县府职员：“我正坐在杰德的小店前面……嗯，斯克兰顿老大夫——这个峡谷里最大的善人，走了过来。很能干的老家伙。他有一个下垂的屁眼儿当他想往里来几下时他就会把三英尺大肠的屁股调向你……如果他执意于此他可以摘下一片肠壁从他的办公室拿来弄干净后送到罗依斯·比尔的地方去，它会在那转圈寻找一剂毒品，如同上套的驴围着磨盘转圈一样……所以老斯克兰顿大夫看到我的毒品就像只嗅到食物的猎狗一样，他对我说，'我可以从这儿摸到你的脉搏。'”

一场鏖战在马圈狗窝牛棚中展开，敌对双方是布朗勃克和年轻的西沃地……嘶鸣的马露出巨大的黄牙，母牛吼叫，狗群狂嚎，交配的猫像婴儿般尖啸，一条巨大的狗脊骨耸立，发出雄浑的布朗克斯笑声。动摇者布朗勃克跌向年轻的西沃地的短剑，抓住从八寸伤口中喷出的蓝色肠子……

布朗勃克尖叫……地铁捣碎点燃的兴奋剂……

"向后站，乡亲们……向后站。"

"他们说有人推了他。"

"他摇摇晃晃站立不定的好像他就是不想好好活。"

"眼睛里的烟太多，我想。"

勒斯波斯的女长官玛瑞溜到了小酒馆的底层……一个三百磅重的男性同性恋者悲

哀地嘶鸣着将她蹂躏至死……

他用可怕的假声唱道：

掠夺了愤怒的葡萄，他正糟蹋着凉美的佳酿，同时他那恐怖的命运之光也被无情地释放。

他挥舞着一把镀金的利剑。他的紧身胸衣飞落，笛声进入了飞镖板。

老斗牛士的剑扣在骨头上同时笛声进入伊斯彭塔尼奥的心中，充分展示了他那并不完美的英勇。

"这个漂亮的性变态者从得克萨斯的肯特里克来到纽约，他是他们当中最他妈漂亮的同性恋者。他被那些靠年轻的男同性恋者养肥的老娘儿们所接纳，这些秃牙的老食肉者已经太孱弱太迟缓而难以捕食小动物。老掉牙的雌老虎注定要变成一个男同性恋者食客……这位公民，一个有艺术气质和精湛技艺的男同性恋者，开始制作服装饰品和用来装名贵珠宝的盒子。伟大的纽约每个有钱的老娼妇都要他为她们做盒子，他在挣钱（斯多克，艾尔马罗科，21号，赚钞票）可却没有功夫去顾及性了，而且时刻在担忧他的名誉……他开始迷上了赛马，假想这身男子气就像上帝才知道为什么要赌博一样，他以为这会使他身体健壮起来在田径跑道上一展雄姿。并不是很多男同性恋者玩赛马，而且玩这玩艺儿的人输得比赢得多，他们是些手段不高明赌家常陷入连续的失败，而赢的时候又左右下注以避免损失……这正是他们生命的方式……现在甚至每个孩童都知道赌博的一条法则：胜与负常是接连而至。赢的时候滥赌，输的时候就一败涂地。（我曾认识一个到钱柜里扒窃的男同性恋者——并不是所有两千美元立刻被第一个到达的人拿去或者去蹲新新监狱，不是我们的格尔迪……噢不是一次就二年徒刑……）"

"所以他就输啊输啊越输越多。一天当明显的机会出现时他准备往赌盘里扔一块钱。'当然晚些时候我会把它放回原处的。'著名的临终辞令。整个冬天里那些钻石、祖母绿、珍珠、红宝石和上流社会的星星蓝宝石都进了典当铺并被奇异的赝品取而代之……"

"在炼金术上演的首夜老女巫出现时他的思想在钻石头饰上光华灿烂。另一个老娼妇走上前来说道，噢，米戈勒丝，你可太让人着迷了……把真东西留在家里……我是说我们简直疯了在铤而走险。"

"你错了，亲爱的。这些是真的。"

"噢，亲爱的米戈勒丝，它们不是……我是说你去问问你的珠宝商……或者随便问问任何人。哈哈哈哈。"

"一个安息日被急急忙忙召至。（露茜·布雷德辛克，看着你的祖母绿。）所有这些

老女巫检验他们的石头就像一个公民在他身体上发现了麻风病一样。"

"我的鸡血石!"

"我的黑火蛋白石!老巫婆花了这么多的时间娶了这么多的东方人和拉美人她却不知道她的方言来自她的屁股……"

"我的星星蓝宝石!那奢华的骚娘儿们尖叫道。噢,它可糟透了!"

"我是指它们严格地来自珠宝店的……"

"现在只有一件事能做。我准备让警察来处理这件事,一个心性刚强,直言快嘴的老东西说;她迈着沉重的脚步走过地板去叫来了侦探。"

"男同性恋者抓了一张二点的纸牌,在箱子里他遇到了这个属于那种廉价的妓女的小婊子,爱河上涨或者至少是两情相悦因此在第一和第二部分使当事人无不深深地相信。鉴于拥有爱情的持续性,他们几乎是同时跳了起来在东部地区的一个公寓里住了下来……在里面烧饭并干起了合法的有规律的工作……所以布雷德和吉姆第一次知道了幸福的含义是什么。

"加入罪恶的势力……露茜·布雷德辛克过来说一切都能够原谅。她对布雷德有信心并要把他搬上电影银幕。当然,他必须搬到东六十区……'这地方是不可能的,亲爱的;而且你的朋友……'一伙无害的乌合之众要吉姆回去开车。这是逐级增加的,你懂吗?那儿的居民以前很少见他。"

"吉姆又重新回到犯罪团伙了呢?布雷德对一个吸男人精血的老淫妇,一个贪食之胃的阿谀奉承屈服了吗?……不用说,罪恶的力量被击溃并随着凶兆的高吟低鸣而逃脱。"

"老板本不想像这样的。"

"我不明白我为何老是和你一起浪费我的时间,你这低贱、庸俗的小精灵。"

"小伙子们站在公寓的明亮的窗前,他的手臂交叉搭着,看着布鲁克林大桥。一阵温暖的春风吹拂着吉姆的黑色鬈发和布雷德精心染过的头发。"

"布雷德,今天的晚餐我们吃什么?"

"你只要到另一个房间里等着就行了。"他幽默地把吉姆赶出厨房,并且系上了围裙。

"小伙子们兴高采烈地吃着,互相望着对方的眼睛。血从他们的下巴流出。"

让黎明变成蓝色就像一把火穿过城市……后院扫净了下流坯,灰坑抛弃了上瘾的死者……

"您能告诉我哪一条路是通往普拉利的路吗,夫人?"

在山上和远离布鲁格拉斯的地方……穿过草坪的骨头宴到还未解冻的池塘,那里

悬浮的金鱼在等待春天娶印第安女人为妻的男人。

一路尖叫的岣嵝爬上后楼梯咬掉了犯错误的丈夫的鸡巴，他固执地想占他老婆耳朵痛的便宜去干那不太方便的事。年轻的外行水手戴了一顶海员防水帽，在淋浴之后把他老婆毒打致死。

本威："别用力弄它，孩子，……每人都干了件小小的蠢事。"（每人都干了件小小的蠢事。）

夏浮："跟你说我摆脱不了一种感觉……嗯，对此的罪恶感。"

本威："巴尔德达什，我的孩子……我们是科学家……纯洁的科学家。这无私的研究也被人诅咒，那人叫道，'就到这，太多了！'这种人比傻瓜好不到哪儿去。"

夏浮："是的，是的，当然……嗯……我无法把这恶臭从肺叶中弄出去……"

本威（十分急躁地）："我们没人能……从没嗅到过像这东西这么远的味道……我在哪儿？噢，是的，使用马钱子毒加上尖锐狂躁时的铁肺将会产生什么样的效果？无法摆脱在运动肌活动中他的紧张，或许这个试验对象会像一只丛林老鼠一样死在这儿。有趣的死亡原因，什么？"

夏浮没有听。"你知道，"他感情激动地说，"我想我应回去接受简单的老式治疗。人类身体是丑陋低能的。与其把嘴和肛门的位置颠倒为何不弄一个万能之洞连吃带泻呢？我们可以把嘴和鼻子都封起来，把胃塞满，再做个通气孔直通肺叶它应该被安排在第一位……"

本威："为什么不是一个万能的错误呢？我是否跟你说过一个教会他自己的屁眼说话的男人？他的整个腹部将会上下运动放出各种词汇。我从没听说任何这样的事。"

"这种屁股谈话具有一种大肠频率。它来到你身上你却不能回绝。你知道当老结肠来到你那个弯头时它就在里面感到几分凄凉，你就知道你必须做的事就是放松一下？这种谈话就来找你了，一种胃泡的迟滞的声音，一种你能嗅到的声音。"

"此人是为一次你喜欢的狂欢工作的，干这事就像一次新奇的口技表演。在刚开始的时候，也的确有趣。他有一个自称是不错的节目，就是一通尖叫。我告诉你，其大部分我已忘记但它相当不错。就像，噢我说，你还在那儿吗，老家伙？"

"嗯，我必须让自己静下心。"

"过了一会儿屁股开始自言自语起来。他将在没有任何准备的情况下出来，他的屁股会即兴表演并且每次都要往他身上找回一个塞口器。"

"然后它逐渐变成了一种牙齿状的小锉刀一样的弯钩并开始吃起来。他认为这样开始很漂亮还为这个动作吹捧了一番，可是屁眼儿要穿过他的内裤按自己的方式吃并开始在大街上高声讲话，大声疾呼，它要求平等权利。它也应能喝得酩酊大醉，还大哭一阵说没人爱它而它也要像任何其他的嘴一样被人亲吻。最后它就白天夜晚什么时候都讲个不停，你能够常常听到他向它尖叫叫它闭住，并用他的拳头揍它，还用蜡烛戳它，可这一切都于事无补，屁眼还是冲他说：最后闭住的应该是你，而不是我。因为我再也不需要你呆在这儿了。我能说能吃也能拉。"

"从此以后他每天早晨醒来时都有一块像蝌蚪尾巴一样的透明胶状物贴在他的嘴上。这种胶状物被科学家们称之为un-T. D，即不可分组织，它能在人体中的任何肌肉组织中生长。他可以把它从嘴上扯下而那些碎片就会像燃烧的凝固汽油那样贴在他手上并在那里生长，它的胶状团块落在哪里就在哪里生长。最后他的嘴完全被封住，整个脑袋于是自动切除掉了——（你是否听说过在非洲部分黑人当中发生的小脚趾自行脱落的事情？）——除了你喜欢的眼睛之外。屁眼儿不能干的一件事就是观看，它需要眼睛。可是神经联系被封闭、浸透和萎缩，使大脑不再能发出指令。它被围困在骨架中，禁闭了起来。有时你可以在眼睛后面看到平静而无助的大脑的痛苦，最终大脑必须死去，因为眼睛离他而去，它们不再有任何感觉，就像那肉柄尽头螃蟹的眼睛一样。"

"性通过了审查，在各种办公室之间贴身而过，因为总有一些连接间隙，在通俗歌曲和B级电影里，会暴露出美国最常见的腐败，喷发而出如熟透的疖子，放出那种不可分组织的胶状团块，落在任何地方并长成某种变了质的癌症生命形式，重新造出一种可怖的随意的画面。某些部分会完全被造成阳具似的勃起组织，其他的内脏仅仅被皮肤遮盖，集聚起三、四副眼睛，交叉在嘴和屁眼儿之上，在它们落下的任何地方人类的一部分将被摇撼和倾倒出去。"

"完全的细胞组织的表现的最终结果是癌症。民主患了癌症，办公制度就是病根。一个办公室在国家的任何地方扎下根去，像缉毒办公室那样变得恶性难的医治，生长再生长，总在复制更多他自己的同类，如果不控制或割除，终将闷死它的主人。办公室离开主人就无法生存，是一个真正的寄生器官。（另一方面来说，一个合作体在没有国家的条件下也能生存。这是一条必行之路。建立独立的机构以满足那些分担机构功能的人的需要。而办公室却依相反的原则行事，它创造需要来证明其存在的合理性。）官僚制度是一个错误，就像癌症，讨厌无限潜能的人类进化方向以及分化演变和独立不倚的自发行动，它成了完全寄生的一种病毒。"

（有人认为这种病毒是从一种更为复杂的生命形式退化而来。它在某段时间里也许有能力成为独立不倚的生命，现在却落在了生与死的交界线上。它只能在一个主人身上展现某种生命的内涵，即通过借用另一个生命——对自身生命的抛弃，向无生物界坠落，固定不变的器官，向着死亡。）

"因为他们在国家的结构崩溃时必然死亡，他们作为独立的存在是无助的和不适的，好似一条放错地方的绦虫，或者一种杀死它的主人的病毒一样。"

"在廷巴克图我曾看到过一个阿拉伯男孩会用屁眼吹奏长笛，那些同性恋者告诉我他在床上确实是个有特殊能力的人。他可以把笛子吹得在器官上下翻飞并击中性感应区中最敏感的部位。这些部位对每个人而言是不同的，那是当然的。每个爱侣都有自己特殊的主旋律，这于他最完美并能使他进入高潮。这男孩是一个伟大的艺术家，当需要完善新的结合以及特殊的高潮时，其中某些尚未被人们接受，表面上不和谐的联系会突然在他们之间断开并以一记极妙的温热甜蜜的冲撞让他们碰到一起。"

"胖子"终端拴了一只紫屁股狒狒插在摩托车上。

猎人相聚在游走细胞酒吧准备吃狩猎早餐，这是次为漂亮的男同性恋者准备的施舍。猎人们带着低能儿的自恋高视阔步地走来，穿着黑色皮夹克，扎着带钉饰的腰带，挺起他们的肉体供那些同性恋者尽情感受。他们都穿着巨大的胸垫。经常地，他们中的一位会把一个同性恋者摔在地板上冲着他拉屎撒尿。

他们喝着胜利牌混合甜饮料，里面掺和着麻醉剂，西班牙苍蝇，浓浓的黑朗姆酒，拿破仑白兰地和烈性酒。甜饮料来自一只巨大的、空心的金狒狒，它蹲在那儿发出令人恐惧的咆哮，咬住了它身边的一只叉子。你拧动狒狒身体上突出的球状物，甜饮料就从它鸡巴里源源流出。热腾腾的餐前小吃随着响亮的放屁声一次又一次从狒狒的眼里呼然轰出。当这一切发生时猎人们爆发出野兽般的笑声，同性恋者们则在尖叫并抽搐。

猎人的头儿是艾佛哈德中尉，此人因在一次脱衣舞扑克牌局中在手背后藏了一副下体护身而被轰出了皇后街六十九号。摩托车，跳跃，倾覆。吐唾沫、尖叫、撒尿的狒狒与猎人们交手战斗。没人骑的摩托车在昏暗中东摸西找像失去了方向感的昆虫，向狒狒和猎人发起进攻……

政党领袖骑车凯旋穿过热闹的人群，一位尊严的长者一见到就冲他撒尿并试图把自己送到汽车轮下充当牺牲品。

政党领袖："别把你缄默的人格牺牲在我这辆崭新的布伊克牌敞篷汽车的轮下，它配有侧壁带白圈的轮胎，液压窗和全部装饰。这是个小小的阿拉伯恶作剧——注意你的重音，伊万——留下它作肥料……我们建议你到会话部去完善你一流的目标……"

洗衣板放了下来，床单被送入自动洗衣店以除去罪恶的污迹——伊曼纽尔预言第二次到来……

一个男孩带着桃形的屁股越过河流，哎呀我不会游泳而失去了我的克莱门汀。

吸毒者坐在那儿，针头悬在流通的血液里，骗子用腐臭的手指摸认着商标……

博格博士的精神时间……渐渐消失。

技术员:"听着,我将再说一遍,我会说得慢一点。'是的。'"他点了点头。"再做出一副笑容。……笑容。"他令人毛骨悚然地模仿一种牙膏广告,露出他的假牙。"'我们喜欢苹果饼,我们互爱互悦,这简单地就好比是,'——让它听上去简单些,土气的简单,……看上去牛一般的,为什么不呢?你还要配电板?或是一只桶?"

受试验者——治愈的犯了罪的精神分裂病人——"不!……不!……这牛是什么?"

技术员:"看上去像只母牛。"

受试验者——伴以母牛的脑袋——"哞——哞——。"

技术员(惊退):"太多了!!不!看上去宽阔而结实,你他妈的,像个很好的约翰玉米花……"

受试验者:"一个标记?"

技术员:"嗯,不完全是个标记。这个公民的行为还没有构成偷窃罪。他得过轻度脑震荡……你知道这种情况。心灵感应的送出者和接收者除掉。服务员看……行动,照相机。"

受试验者:"是的,我们喜欢苹果饼。"他肚子里的反刍声响亮悠长,唾液悬吊在他的下巴上……

博格博士从文件上抬起头来,他戴着副墨镜就像个犹太猫头鹰,光线刺痛他的眼睛:"我想他是个不合适的被试……看看他对处置权的报告。"

技术员:"嗯,我们可以把摩擦链从这隆隆作响的履带上弄掉,再往他嘴里插上一根导管……"

博格博士:"不……他不合适。"他厌恶地看着被试验者,就像他犯下什么可怕的失礼之举就像在沃尔德利夫人的休息室里看到一只横行的螃蟹之类。

技术员(顺从而又恼怒地):"带进治愈的同性恋者。"

治愈的同性恋者被带了进来……他穿过热金属不可见的轮廓线走来。他坐在照相机前开始把他的身体摆弄成乡下人那种四肢伸开的姿势。肌肉进入各自的位置就像一只交配的昆虫的自主部分。失神的愚昧模糊软化了他的面容:"是的,"他点头微笑。"我们喜欢苹果饼并互爱互悦。这就和那个同样简单。"他点头微笑点头微笑点——

"关掉!……"技术员尖叫道。治愈的同性恋者开始点头微笑。

"把它倒回去。"

艺术指导摇了摇头:"它缺少点东西。特别突出的是,它缺少健康。"

博格(跳着站了起来):"太荒谬了!这是人体化了的健康!……"

艺术指导（一本正经地）："如果您在此项问题上有什么高见要点拨我我将十分荣幸地聆听教诲，博格博士……如果您和您杰出的心灵能够独立推进这项计划，我真不明白您为何还要一个艺术指导。"他手扶屁股软软地哼唱着离去："当你离去时我将在此徘徊……"

技术员："把治愈的作家送进来……他信了什么？佛教？……噢，他不能讲话。先要说明你为什么不呢？"他转向博格："作家不能讲话。……过分解脱了，你也许会说。当然，我们可以给他配音……"

博格（尖锐地）："不，这根本不可行……送一个其他人来。"

技术员："那两个是我的白头发孩子。我在他们身上花了一百个小时的加班时间，而还未从中得到补偿……"

博格："使用第三个复本……6090 型。"

技术员："你已经告诉我如何使用了吗？你看，你曾经说过些什么。'说一个同性恋者是健康的就像一个患晚期肝硬化的公民如何能完全健康一样。'记得吗？"

博格："噢，是的。干得很不错，当然，"他不怀好意地吼道。"我不打算去当作家。"他以如此厌恶的恶毒吐出的字句把技术员惊吓得倒退数步……

技术员（站在一边）："我不能忍受他的气味，就像繁殖恶臭的复制品。……像食用植物放出的屁……像夏浮的'黑莱姆夫'（模仿的学者风度）奇异的魔鬼……我指的是什么，博士，是指你怎么能希望一个脑子被洗掉的身体会是健康的呢？……或者用另外一种说法，一个被试验者能在被其代理人丢弃的情况下仍是健康的吗？"

博格（跳了起来）："我拥有健康！……所有的健康！整个世界所足够的健康，这整个他妈的世界！！！我能够治好所有的人！"

技术员怀着敌意看着他，他调制了一杯小苏打水喝了下去又被一阵打嗝喷到了手上。"二十年来我饱受消化不良之苦。"

可爱的鲁你的被洗脑的爸爸说："严格地说我是为了鱼，我爱它……姑娘们，我私下里使用过斯梯利·丹的横滨，你们不是吗？丹尼·鲍依从来不让你下去，那条路除了更卫生之外还可避开各种联系留下一个腰部以下都失去知觉的人。女人们有毒汁……。"

"所以我告诉他，我说'博格博士，别以为你能把你那疲惫的洗过脑的老美女弄到我这来。我在上层狒狒屁眼里已是个旧柴捆了……"

开关封住敲诈顾客的下流场所，那里骗人的姑娘支持六六六家族递给你 B，他们中没有健康，护墙板腐烂到了我那不是尽善尽美的鸡巴的苹果去芯器上。谁射杀了科克·罗宾？……麻雀落在我忠实的韦伯雷身上，一滴血聚在他的钩形鼻上……

吉姆老爷把一片明亮的黄色嵌入早晨衰萎的月光之中就像一缕白烟反衬在天蓝色的背景之上，衬衫在横跨河面的石灰石悬崖上寒冷的春风中啪啪作响，玛瑞，黎明破碎成两块就像迪林格在通向比尔格拉夫的逃亡者之路上一样。霓虹灯和萎缩的暴徒气味，犯罪的愿望给他以勇气去打碎一个桶里嗅得出阿摩尼亚气的需付钱的厕所……

　　"开个玩笑，"他说，"我将搞这只阉鸡我的意思是这玩笑。"

　　政党领袖（又调制了一杯威士忌）："下一场骚乱像一场足球赛一样离去了。我们从印度支那进口了一千名以骨为食、且授有蓝绶带的'莱塔'。……我们所需要的就是为整个单位找一个能够制骚乱的领袖。"他的目光扫过桌子。

　　中尉："可是，头儿，我们不能让他们开始起来并像连锁反应一样相互模仿吗？"

　　顽症痼疾波动的穿过市场："当一个'莱塔'单独一人时他干些什么？"

　　政党领袖："这是个技术问题。我们必须请教本威。就我个人来说，我认为在整个行动中应该有人插穿其中。"

　　"我不知道。"他因为缺少保全职位的必要条件和信用程度而这样说。

　　"他们没有感情，"本威博士说道，他把他的病人砍成碎片。"不用紧张，……我要加快精神错乱。"

　　"能承诺的年龄就是在他们刚学会讲话的时候。"

　　"也许你的全部麻烦都不值一提，就像个捣乱的小孩对其他人说的那样。"

　　"这真是不吉祥的兆头，亲爱的，当他们开始企图穿上你的衣服并以活鬼魂的样子给他几脚时……"

　　发疯的同性恋者想从将死的小伙子身上扒下那件运动夹克。

　　"我那两百美元的开司米夹克。"她尖叫道……

　　"他和这个'莱塔'之间发生了一件事，他想完全统治那个又老又傻的家伙……'莱塔'模仿了他全部的表情和风度并直接攫走了他的人格，就像一个狡猾的口技表演者的傀儡一样……'你已教会了我所有的事，你……我需要一个新朋友。'可怜的布布不能自己答复，他的自我已经所剩无几了。"

　　吸毒者："我这时呆在这个严格来自咳嗽糖浆的无马之城。"

　　教授："嗜粪癖……先生们……也许被分类为'黑莱姆夫'……多余的恶习，

　　"二十年来一个艺术家在演黄色电影，但我却从没跌入如此低谷像个冒充到达性高潮的人。"

　　"没有一个好的吸毒婊子拖延她未出生的孩子……女人没好货，孩子。"

　　"我是指这种死亡线上神志清醒的性……说不定儿也会把你的旧衣服送到自动洗衣店去……"

"在灼热的情欲中他说，'你有一只多余的鞋植吗?'"

"她告诉我四十个阿拉伯人如何轮奸了她……虽然他们干得极差——不过，轮到了最后，阿里，真的，我的小猫，这是我听说过的最恶心的过程。后来我自己又被一群不能自制的狂徒所奸污。"

一群讨厌的民族主义者坐在果囊马尾藻前嘲笑着同性恋者并用阿拉伯语叽叽喳喳地说着，……克莱姆和杰迪穿着衣服堂而皇之走过，像共产主义壁画中的资本家。

克莱姆："我们要吃掉你的落后。"

杰迪："不朽的行吟诗人的诗句，榨取的就是这些摩尔人。"

民族主义者："猪猡! 烂污! 畜生! 你难道没发现我的人民在挨饿?"

克莱姆："这种事我是乐于看到的。"

民族主义者被仇恨所毒化，倒地死去……本威博士冲了进来："各位都向后站，给我点空气。"他拿着一份血液试样。"这是我能做的一切。如果你们要走你们就走吧!"

移动着的奇异的圣诞树在家中垃圾堆里明亮地燃烧。那里的孩子们在学校厕所里行手淫——多少年轻人的抽搐，把那古老的栎木座椅磨得如黄金般平滑……

长眠于蜘蛛网悬在黑色窗棂与孩子的白骨之上的红河之谷……

两个黑人同性恋者向对方尖叫着要说明什么。

同性恋者1："这姑娘有个诱人的腹股沟。"

同性恋者2："喵，喵。"他穿着豹皮戴着铁爪行走……

同性恋者1："噢，一个社会妇女。"他尖叫着逃避，穿过市场，身后追赶着一个打着呼噜猖猖狂吠的易装癖者……

克莱姆绊倒了一个痉挛的跛子还拿走了他的拐杖……他做了一个可怕的模仿抽搐和流口水的动作……

远处骚乱的噪音——一千个声嘶力竭的波美拉尼亚人。

窗户的百叶窗像断头台的铡刀砰然落下。杯杯盘盘悬在空气中像主顾们一样都被恐慌的吸力所卷入。

同性恋者合唱团："我们都将被强奸。我很清楚这点，我很清楚这点。"他们冲进一家杂货店买了一份 KY.

政党领袖（戏剧性地抱起他的手臂）："人民的声音。"

金钱叛徒佩尔松越过被羯摩的敲诈勒索的指挥官控制的草坪走来，和一群无毒花蛇一起躲在一片空地里，他的踪迹被会辨认的狗嗅出……

市场空空荡荡，只有一个不明国籍的老醉汉走过，他喝得太多了，小便时把头放在小便池里。暴乱者连喊带叫地冲进市场呼号"杀死法国佬"并把那醉汉撕成碎片。

萨尔瓦多·呵嗓（在钥匙孔中蠕动）："瞧瞧这些表达方式，整个美丽的原生质都是极其相像的。"他跳起了液化主义的快步舞。

哭泣的变夫在一次高潮中掉在了地板上。

本威："像是给这些孩子进行血液检验。"

一个奇特而不引人注目的人，灰胡子灰脸和破旧的棕色吉拉巴长袍，用一种轻轻地不能断定来源的方言不开启嘴唇唱着歌：

"噢，你这洋娃娃，你这令人着迷的美丽的洋娃娃。"

薄唇、硕鼻和冷峻的灰眼警察小队从每一个街道入口全副武装开进市场，他们以冷静而有条理的残忍棒打脚踢着暴乱者。

暴乱者被卡车带走了。百叶窗打开，街区间的公民们走出来进入广场，满地丢下牙齿和凉鞋，地面因血污而变得滑溜。

死者的贮物箱在大使馆，副领事将此消息告知给了死者的母亲。

没有……早晨……破晓……更没有存在。……如果我知道我会高兴地告诉你。去东方之翼的哪条路都是不明智的举动……他从一扇不可见之门离去……不是这儿……你可以看任何地方……没有用……没好处……强迫我自己……星期五再来。

（注释：过去的时候，老手谢莫克斯，脸孔被灰色的毒品风浸雨欺，将会记得……在二十世纪二十年代许多中国的推销者发现西方是这样不可靠，不忠诚，不正确，他们都停止了合作，所以当一个西方吸毒者达到此点时，他们说：

"没钱……星期五再来。"）

穆斯林合作与区际内的党派

我正在为一个号称伊斯兰姆公司的企业服务，它是由臭名昭著的性"商贩 A·J 赞助的，这个人出现在杜克·德·温特的舞会上时曾让国际社会对他的出现及他的所作所为大吃一惊，他犹如一个裹着巨大避孕套的行走着的阳具一般，上面还注着 A·J 的名言："他们无法通过。"

"味道可真糟糕了，老伙计。"公爵道。

对此 A·J 答道："把你的家伙和区际内的 K·Y 一起拎起来吧！"此言涉及有关 K·Y 的丑闻，在当时尚处于萌芽状态。A·J 的绝妙的令人费解的语言常能预示未来的事件。他称得上是一个秋后算账的老手。

萨尔瓦多·呵嗓·奥利瑞，即实业界巨头也参与其中。这就是说，他的一个附属

公司做出了一些贡献，而他在这组织里挂了顾问的头衔，并且自己不需要以任何方式承担或参与伊斯兰姆公司的政策、行动和目标。同样应该提到的还有克莱姆和杰迪，也就是厄尔哥特兄弟，他们用有毒的小麦大量宰杀着呵嗓共和国，奥托赛·阿麦德和赫普梯梯斯，果品与蔬菜的掮客。

由法典解说官们和酋长们和头领们和教长们和苏丹们和神职人员们和各个被接受的阿拉伯团体的代表们组成的一群乌合之众排列整齐地出席了行动会议，而那些高层人物则谨慎地回避了。尽管与会者在门口都受到严格的检查，这类集会仍一样会出现极度的骚乱。演说者们经常浸满汽油焚身而死，或有一些野蛮的沙漠酋长从宠物羊羔的肚皮下拿出藏好的自动手枪向对手开火。民族主义的狂热殉道者在屁股里揣着手榴弹混杂在人群密集处并突然起爆，这种做法有时会造成重大的伤亡……当拉总统将不列颠首席部长摔倒在地并强行鸡奸时，此壮景即对整个阿拉伯世界进行实况转播。那狂欢的野性呼吼在斯德哥尔摩亦能听到。区际内有法规明文规定，禁止伊斯兰姆公司在城区五英里以内举行集会。

A·J——他其实有某种含混不清的近东血统——一度曾颇像一个英国绅士。他的英格兰方言已随着日不落帝国一同衰落。第二次世界大战后他凭着国会法变成了美国公民。A·J像我一样是个代理人，但他为谁工作及所从事的工作则从未有人知晓。有谣传说他是代表某个其他星系的巨型昆虫的信使，……我相信他站在真实者一边（我也代表这方）；当然他可能是一种液化力量（液化工程包括一个原生质吸收的过程而使每个人实际合并到一个人当中）。你难以证明任何人确实在干这行当。

A·J经过掩饰的身份，一个洲际花花公子和一个与人无害的有经验的逗乐者。在七月四日美国大使馆举行的招待会上，A·J曾经把比拉鱼放入苏顿——史密斯女士的游泳池中，喝着混合着雅吉、哈希什和壮阳碱的饮料，狂欢滥饮，十位著名的公民——他们当然都是美国人——最后因羞辱而死。死于羞辱对夸丘特尔的印第安人和美国人来说是一种少见的技能——其他人则说着"他妈的"或是"他的臭大粪"，或者是"神灵操我，施之全力……"

当辛辛那提的反佛罗里达社团在纯洁的春水之滨聚会以此杯庆贺胜利时，所有人的牙齿全都脱落于此。

"我还要对你们说，反佛罗里达运动的兄弟和姐妹们，今天我们为了追求纯洁而所出的这一举动将永远不变……此外，我还要告诉那些外来的丑陋的佛罗里达人！我们将把这片可爱的土地变得甜蜜清洁就像年轻人绷紧的富有弹性的助腹一般……现在我要领你们高唱一首我们的主题歌《老橡木桶》。

一口被荧光灯照亮的泉眼，在隐藏着的自动电唱机的美丽的旋律之中喷涌。反佛

罗里达的队伍走过欢唱着的泉口，似乎每一次吂水啜饮都来自那只老橡木桶

老橡木桶，金橡木桶

球形的半月状带子……

Ａ·Ｊ在玩弄着泉水，用一枝南美的藤蔓插入水中，把水搅得稀里哗啦。

（我听说这枝藤蔓是属于一位德国的老勘探者的，他因尿毒症死于哥伦比亚的帕斯托。这东西据说生长在普托马奥地区，但是却没有可确定的生长地点。干得不够卖力……同一个公民告诉了我关于一种像是大蝗虫的昆虫，学名叫作西库提："这是一种极其有力的春药如果你沾上了一点儿，一个女人也干不完你就会胀死。我曾看到过印第安人围成圈奔跑以防止这种昆虫的接触。"遗憾的是我从未得到过一个西库提……）

在纽约地铁启用的第一夜，Ａ·Ｊ借助昆虫驱除剂的保护，在地铁里释放了一群西库提。

温德莱夫人拍中了一只西库提："哦！……哦！……哦！！！"尖叫声，玻璃被击碎的声音，衣服撕破的声音，弥漫在其中。一阵渐趋强烈的嘟嚷尖叫呻吟抽泣喘息……精液和阴液和汗液再加上直肠的臭气，交织起一阵雾岚……钻石与皮毛块，晚礼服，兰花，西装与内衣四散在铺满扭曲的、癫狂的、重重堆在一起的裸体的地板上。

一年之前Ａ·Ｊ曾在切兹·罗伯特饭店预定了一张桌子，那里有一个肥大而又冷漠的食品鉴赏家坐在世界上最大的厨房里，他的目光充满敌意、刻薄贬损，客人们在这强有力的冲击波下一个又一个滚倒在地板上，屁滚尿流地挣扎着试图向他献媚。

Ａ·Ｊ与六个在每道菜之间都嚼着可可叶的玻利维亚印第安人一同到达。当罗伯特以其全副的食品品尝家的恶毒冲向餐桌时，Ａ·Ｊ抬首一望并叫道："嘿，伙计！给我来点儿番茄酱。"

（选择：Ａ·Ｊ突然拿出一瓶番茄酱并洒在厨房中。）

三十个食物品尝家马上停止了咀嚼。你可以听到一片蛋奶酥在跌落。罗伯特像只受伤的大象一般发出一声愤怒的吼叫，冲进操作间拿起了一把切肉刀……斟酒员发出令人恐怖的吠叫声，他的脸变成了虹霓般的紫色……他摔碎了一瓶布鲁特香槟……26……彼埃尔，就是侍者领班，抓起了一把剔骨刀。三个人满饭店追逐着Ａ·Ｊ，愤怒地发出恐怖的混乱的尖啸……桌子被掀翻了，佳酿葡萄酒和美味绝顶的佳肴洒得遍地都是，狼藉不堪……"整死他"的叫喊回荡在空气之中。一个年老的食物品尝家圆睁着一双狒狒般疯狂而又充血的眼睛，正在用一条红色的窗帘布打着一只绞刑结……看到自己已被逼入死角且处于绝不可能受人帮助的危急关头，Ａ·Ｊ打出了自己的王牌……他扭过头来，发出一声猪嚎，一百只被他事先安排在附近的饿得要命的猪一齐冲进饭

厅，立刻挤满了厨房。罗伯特像一株伟岸的大树般轰然倒地，顷刻成了猪嘴中的美食："这可怜的家伙不太明白该怎样欣赏自己。"A·J说道。

罗伯特的兄弟保尔在一家地方精神病院退休后出面接管了饭店并分发了一些他称为"超验的厨房"中的东西……在他提供实实在在的垃圾之前食物的质量不知不觉中地在下降，顾客们对切兹·罗伯特的名声过于恐惧而未敢提出任何抗议。

样品菜谱：

清炖骆驼尿汤配烧煮地蚯蚓

———

日光熟烤虹鱼片
外涂科隆香水并配荨麻菜

———

曲轴箱润滑油干烧，
初生高档勃艮丁牛肉丁，
并配有臭鸡蛋黄调制的开胃酱油
和碾臭虫

———

用糖尿病患者尿液腌制的林堡甜干酪
浸在浇有罐装辣味红花树……

这使顾客们静静地死于肉毒中毒……接着A·J与由中东阿拉伯难民组成的陪同人员重回旧地。他吃了一口后尖叫起来：

"该死的东西，聪明的人竟然能在自己的泔水桶里也做得出这东西！"

这样，有关A·J的那些有趣的、可爱的、古怪的传说开始广为流传……从菲底奥特到威尼斯……从平底船夫的歌唱到小路脚夫的叫喊从圣马可到哈利一路流浪。

这座桥在迷人的古老威尼斯轶事中被提到过，好像是有几个威尼斯水手在经过了环球旅行之后都变成了同性恋者并玩弄了船舱里的伙计。所以，当这些人回到威尼斯时，有必要让妇女们来到桥上袒露出胸脯以激起这些关系暧昧的公民的欲望，同时还派了一个营的突击部队跑步前往圣马可。

"姑娘们，这是一次……具有决定性意义的行动，假使你们的奶子还不能让他们停止他们的行动而扑入你们的怀抱，那就让这些该死地去见他妈的鬼。"

"哎，格蒂，这是真的，这都是真的。他们将用粗粝的缝穴代替那个令人激动的玩艺儿。"

"我不能面对这个。"

"完全能把一个人的肉体变成石头。"

保尔尽管知道这个古老的谎言是一种真正的罪恶，但他说得很巧妙。当他谈起男人们躺在一起干那件事时就说那样不方便。不方便这个词用在这里很恰当。所以谁想要让鸡巴到阴户里去旅游一趟，且当一个人发了操屄瘾时，一些邪恶的陌生人就会冲进来冲着他的屁股干那件不方便的事。

A·J挥舞着一把短刀劈砍着鸽群冲过圣马可："畜生！婊子养的！"一路尖叫着……他在大船上跌跌撞撞地到处走着，这是一个有着紫色天鹅绒篷帆的金粉色和蓝色相间的不同寻常的大型建筑。他身着一件定做的上面盖满了镶边的勋章的绶带的海军制服，肮脏而又破烂，上衣的扣子没有一个系对扣眼……他走到一座巨大的希腊古瓮复制品前，古瓮放在用金子制作的阴茎勃起的男孩塑像上，他扭动男孩的突出部，一股香槟酒随即喷入他的口中，他擦了擦嘴后四下扫视。

"他妈的，我那些努比亚人呢？"他叫道。

秘书从一本幽默书上抬起头："找刺激。……去追女人了。"

"这个吊儿郎当的二姨子。哪有男人没有努比亚人陪着的？"

"划平底船怎么样？"

"平底船？"A·J吼道，"为这二姨子出航的我已经该乘平底船了吗？降下主帆放下船桨，希斯洛普先生……我要用辅助设施。"希斯洛普先生万般无奈地耸耸肩，伸出一只手去按开关板……船帆降落，木桨收回舱内。

"打开香水怎么样？渠道里泛起的臭气让人受不了。"

"栀子香？还是檀木香？"

"不，圣人香。"希斯洛普先生按动另一个开关，一股浓雾状的香水充斥于大船之上，A·J被呛出一串咳嗽……

"打开风扇！"他喝骂道，"我快闷死了！"希斯洛普先生捂着手绢咳嗽着，又按下一个开关。风扇的风吹散了圣人香水味。A·J在高台上的舵位处站好。"接通！"大船开始抖动起来。"他妈的！前进。"A·J一吼之下大船凌空而起越过河道以惊人的速度把那些载满游人的平底船掀翻，只差几英寸就碰到了一艘机动船，大船从河道的一边转向了另一边（失控的水浪涌上人行道把路人浇得透湿），水花溅落在一列停泊着的平底船上，排浪最后冲向了堤岸，又折回河道中央……一束圆柱状的水流从舱洞中喷出形成六英尺高的水柱。

"启动水泵，希斯洛普先生，船进水了。"大船猛地倾斜下去把A·J扔进了河中。

"他妈的，弃船！各人管住自己！"菲底奥特到曼堡一片喧嚣。

在伊斯库勒·阿密哥的就职之日，一所拉丁美洲土著人的不良少年学校得到了A

·Ｊ的捐赠，全体孩子都被逼出席捐赠仪式。Ａ·Ｊ步履蹒跚地踏上平台，身披数面美国国旗。

"在福兰纳根先人那不朽的文字中，完全就没有不良少年这样的字眼儿……他妈的，雕像在哪里？"

技术员："你现在就要吗？"

Ａ·Ｊ："你以为我到这儿来是为了什么？我要为那个婊子养的揭幕吗？"

技术员："好的……好的。马上就来。"雕像由一台格雷厄姆·海密拖拉机牵引并放在了平台前。Ａ·Ｊ按动电钮。汽轮机在平台下开始发动，声音逐渐增大，成了震耳欲聋般的轰鸣。风力将红色的天鹅绒披件从雕像上一一吹落。它们在全体人员肃立的前排纠结成一团……尘土和碎石组成的烟雾冲向观众。汽笛声慢慢平息下来，全体与会者从那些飞絮中解脱出来……每个人都无声而肃穆地望着雕像。

冈察勒兹神父："圣母啊！"

《时代》周刊的代表："我不信这个！"

《每日新闻》："这只是发疯而不可能是别的东西。"

孩子们一阵交头接耳的骚乱。

一件闪闪发亮的粉色石头制成的划时代的雕像袒露在那儿好比一座泥土垒起的高椅，一个全裸的男孩附身在熟睡的同伴之上，带着显而易见的意图用一只长笛在弄醒他。他一手握着长笛，另一只手伸向熟睡者中央的衣襟，衣服挑逗性地支起着。两个男孩都在耳后别着一朵花，都同样的表情，迷茫而又粗野，堕落而又天真。这件造物的顶端是一个石灰石的金字塔，上面雕刻的字母由精美的瓷镶嵌而成——粉色、蓝色与金色相间——这是学校的箴言："为此并与此同在。"

Ａ·Ｊ走上前来，把一瓶香槟酒在男孩整洁的屁股上砸碎。

"记住吧，孩子们，香槟的来源就是这样的。"

曼哈顿小夜曲。Ａ·Ｊ及其随行人员开始走进纽约夜总会。Ａ·Ｊ用一根金链牵着一只紫屁股狒狒，Ａ·Ｊ穿一件亚麻布方格衬衫，剩下的四个人穿着开司米夹克。

经理："请等等，请等等。这是什么？"

Ａ·Ｊ："这是一只伊利莲卷毛狗，一个男人所能有的最好的动物了，他可以提高你嘴里的声音。"

经理："我想这也许是只紫屁股狒狒，而它只能等在外面。"

走狗："你知道他是谁吗？这是Ａ·Ｊ，大时代最后一个任意挥霍的人。"

经理："让他管好他那紫屁股的畜生吧，大时代也许在别的什么地方呢。"

Ａ·Ｊ站在另一家夜总会门口向内窥探。"好漂亮的男妓和老练的娘们儿，他妈的！

我们算找对地方了。阿劳门，拉加兹！"

他在地板上插下一只金标桩，拴住了狒狒。然后开始以优雅的声音谈吐，他的喽啰们也一哄而入。

"奇幻无比！"

"古怪异常！"

"彻底的天堂！"

Ａ·Ｊ在嘴里放进一只长长的烟嘴。烟嘴是用某种令人反感的柔韧材料制成。它七歪八扭缠缠绕绕如同令人恶心的爬虫类生物。

Ａ·Ｊ："我曾经把肚皮平放在三万只脚下。"

旁边的几个男妓抬起头来，像是动物嗅到了危险。Ａ·Ｊ跳起来发出一声模糊不清的吠叫。

"你们这些紫屁股的二姨子！"他怒吼着，"我要教你们在地板上拉屎！"他从雨伞中拿出一条鞭子抽在狒狒的屁股上，狒狒尖叫着拽脱了标桩。他跳上邻近的桌子，爬到了一个老女人身上，使她顿时死于心力衰竭。

Ａ·Ｊ："对不起，女士。这惩罚你知道。"

盛怒之下他驱赶着狒狒从酒吧的这边跑到另一边，狒狒尖呼狂嗥，吓得屁滚尿流，攀窜过众多顾客，在酒吧里上蹿下跳，在枝形吊灯与帷幔之间曲入斜出……

Ａ·Ｊ："你要尿准地方，否则你就无法进入这样或那样的拉撒状态。"

走狗："你应为自己如此打扰 Ａ·Ｊ 而羞愧，不管怎么说他都是为了你。"

Ａ·Ｊ："背叛信义的家伙！他们每个人都是忘恩负义的家伙！把他从那老女王那儿弄过来。"

当然没人会相信他这个掩饰的身份，Ａ·Ｊ 要求做一个"独立不羁者"，就是说："关心你自己的事情。"这里压根就没有独立不羁者。……此街区云集着形形色色受骗上当者，可就是没有中立者。一个像 Ａ·Ｊ 这样水平的中立者当然是不可思议的

呵嗓是一个名声不堪的液化主义者并有作为秘密爵士乐手的嫌疑——"胡扯，孩子们，"他做出宽释地微笑说，"我不过是一个返老还童的老癌瘤，现在我将要扩散。"他操着一口得克萨斯口音与德莱·霍尔·杜顿——来自达拉斯的冒险投机家——口若悬河，他穿着牛仔靴，不论在室内室外都顶着一顶十加仑重的帽子……他的眼睛在黑色的镜片后深不可见，他的脸盘光滑平整好似蜡像安放在未完成的高面值银行支票制成的剪裁得体的西装上。（银行支票其实正在流通，但是兑现之前必须够成熟……现在已增值到一百万美元一张支票。）

"他们一直附贴在我身上，"他羞涩地说。……"就好像，唉，我不知道该如何形

容。就好像我是一只蝎子妈咪把这些支票小囡带在我温暖的身体上感觉着他们生长……天哪，我希望没有带着这一切生下你。"

萨尔瓦多，他的朋友们都知道他叫萨利——总是在身边保持少数几个"朋友"并计时支付他们的酬金——此人在二次世界大战中治愈了毛病。（治愈了毛病乃指变得富裕。这是得克萨斯石油商的术语。）纯净食品与杂货商店在档案中藏有他的照片，一个面色阴郁的男人带着一副让人无法忘记的目光，好像一个蜡像的平滑无毛而闪亮的皮肤正在接受注射。一只眼是死灰色，圆滑的就像暗夜的大理石，上面有瑕疵与暗斑。另一只漆黑晶莹，就像老练不眠的昆虫的眼睛。

在黑色的镜片后他的眼睛通常是看不见的。他看上去阴险邪恶又莫测高深——他的举止仪态也令人难以琢磨——就像一个幼虫国家里的秘密警察。

在这激动人心的时刻萨尔瓦多调节有些失灵，英语也讲得结结巴巴不成句子。他的口音在此刻有点像意大利语。他阅读并说伊特鲁斯坎语。

一组会计调查员以毕生精力研究萨利的国际档案……他加入一个麻烦很多不断转移的组织，行动遍及全世界，这个组织自称附属公司，或是前线公司，还有诸多化名。他有二十三种护照并曾四十九次被驱逐出境——是在古巴、巴基斯坦、香港、横滨期间。

萨尔瓦多·呵嗓·奥利瑞，化名鞋店少年，还有路上的马夫，还有天生利瑞，还有斯拉基·彼德，还有普莱森塔·朱安，还有Ｋ·Ｙ·阿麦德，还有艾尔·琴奇，还有艾尔·古利特等等。在密密麻麻的十五页档案中，呵嗓第一次和法律发生关系是在纽约市，他正和一个被布鲁克林警方认为是叫布鲁勃·威尔逊的人一同旅行，此人把他从那些瘾君子处敲诈来的毒品赃款匆匆塞在了鞋店里。呵嗓因第三级敲诈罪和同谋假冒警官罪。他懂得动摇者的第一原则：Ｄ·Ｔ——就是把罐头弄开——这相当于飞行员的 KFS——保持飞行速度……像瓦吉勒特所说："当你碰到麻烦，孩子，又必须自食其果时，只承担你那份责任就可以了。对别人不用顾及。"因此，他们没有逮捕他并给他一个同性恋罪名。呵嗓在法庭作证时攻击了威尔逊，使之被判长期监禁（这可能是纽约法律对犯轻罪的人所判的最长时限。名义上这是一种不确定的惩罚，它意味着在里克尔岛服刑三年）。呵嗓案的起诉被撤回。"我拿了一枚五分硬币。"呵嗓说，"抛抛看我能否碰到个像样的警察。"每次硬币落下呵嗓都碰到了像样的警察。他的档案中有三页内容表明他有与法律合作的倾向，并被警察称为"合伙人"。其他人对此则另有说法：警察情人，告密的马夫，哼哼唧唧的女招待，大粪阿里，昏头萨尔，爱哭的西班牙佬，犹太女高音，布朗克斯歌剧厅，雷子狗眼，代客接听电话服务，告密的叙利亚人，咕咕叫的二姨子，音乐之果，歪屁眼儿，可爱的密探，出卖人的利瑞，活泼的矮妖精……大麻哥尔特。

他在横滨开了家性商店，在贝鲁特销售大麻，在巴拿马作皮条生意。二次世界大战中他青云直上，接管了荷兰一家牛奶场，用丢弃的润滑脂制奶酪，借此垄断了北非的肯塔基炸鸡市场，最后并从中赚了一大笔钱。他的事业青云直上，不断繁荣，用各种各样缺斤少两的药品和低廉的伪劣货充斥了整个世界。伪劣的鲨鱼防护剂，假冒的抗生素、报废的降落伞，失效的解毒液，无活性的血清和牛痘疫苗，漏气的救生艇。

克莱姆和朱迪，两个旧时代的轻歌舞剧演员，他们扮演俄国代理人，其唯一的作用就是以令人恶心的模样抗议美国。当他们在印度尼西亚因鸡奸罪而被捕时，克莱姆对审案的地方法官说道：

"同性恋男子好像被看作是腐败分子，但不管怎样他们只是些东方人。"

他们出现在利比里亚，戴着黑色的斯特森男帽和红色背带：

"我给那个老黑鬼打了针，这家伙突然躺在地上伸出一只腿在空中乱踢。"

"是的，可你有没有激狂过一个黑鬼？"

他们常绕着市郊贫民区闲逛，叼着巨大的雪茄：

"在这儿一定会碰到什么威胁者，朱迪。把这类废物都清除干净。"

患病的人们跟在他们身后希望目睹一些最高级的美国暴行的表演。

"在演艺界干了三十年，我还从没演过这样的固定节目。我不再占有一个市郊贫民区，使我得到了服用海洛因的刺激和快感，我穿着破烂的衣服去参加祈祷者会议，删除平等交换法并同时操它的屁股……怎么，我不已经是个章鱼式的人物了吗？"克莱姆抱怨道。

"我们在巴拿马就小麦问题与阿里·王·恰普特皮克进行了会谈。他告诉我们这是高级粪便，一位芬兰船长死于当地强力大麻烟而把这货物交给了夫人……'她对我就如母亲对儿子一般，'他说这部是他最后的遗言……所以我们以良好的信誉从这老娼妇处买下小麦。我们在她身上放了十块海洛因。"

"也是上好的海洛因。上好的阿勒颇海洛因。"

"只要有足够的加糖的牛奶就能让她精力充沛。"

"我们是否已经看了那馈赠之马的屁股？"

"当你去见呵嗓时你为凯德设宴并提供了从小麦中提取的玩艺儿，这会是吗？"

"我们当然这样干了。你晓得那些公民是那样沉迷于玛里华纳，他们在宴会中途就激动的像发了疯一样……我，我只吃面包和牛奶……你知道我胃溃疡的毛病。"

"我和你一样。"

"接着他们都转着圈大喊大叫，个个激动不已大部分人在翌日凌晨死亡。"

"剩下的人也在后天早晨完蛋。"

"当他们以东方的罪恶狂欢滥饮时他们期盼着什么？"

"有趣的是这些死掉的可怜鬼都变成黑色，大腿也都脱落了。"

"玛里华纳上瘾的可怕后果。"

"在我身上也发生了相同的事。"

"所以我们直接和老苏丹打交道，他是个很著名的'莱塔'。这以后你可以说诸事顺利。"

"不过你不会相信这点，某些不利因素对我们穷追不舍一直尾随我们到此地。"

"不利之处在于缺少大腿。"

"还有头部的状态。"

（麦角菌是从腐败的小麦中生成的一种真菌类病毒。在中世纪欧洲每隔一段时间就有大批人因麦角菌的瘟疫蔓延而死，此病当时被称为圣·安托尼之火。坏疽通常随着发生，大腿即变成黑色并脱落。）

他们把船上不能使用的降落伞卸在了厄瓜多尔空军基地。对抗演习：小伙子们从飘浮的降落伞上突然坠落于大腹便便的将军之上，如同破裂的避孕套溅落年轻的鲜血……当克莱姆和朱迪乘着喷气机在安第斯山上飞逝而去时，震落了一片声音的航迹。

伊斯兰姆公司的确切目标是模糊不清的。不必说其中的每个人都有着不同的动机，而且他们都打算踏着别人的肩膀爬上去。

A·J正在为消灭以色列进行鼓动性演说："带着这种反抗西方的情感，一个人有着某种窘况，为年轻的阿拉伯礼仪而来……难以忍受的情形已经快结束了……以色列已经出现了明显的麻烦。"典型的A·J式的掩饰的身份。

克莱姆和朱迪离开了，他们感兴趣的是破坏近东的油田以增加委内瑞拉石油的价格。

克莱姆写下了达到"变节者"的数字（青铜色的百元大票子）。

当石油干涸后你要去干什么？

去傻坐在那儿看那些阿拉伯人死去。

萨尔瓦多发射了一种国际财政的密集屏障以掩饰他的液化主义者的活动，至少要挡住普通百姓的注意……但服用了雅吉之后他就让自己的头发飘飘散落在朋友中间了。

"穆斯林已经冻结了清炖肉汤，"他说着跳起了液化者的快步舞……接下来，他变得不能控制自己，爆发出一阵骇人耳目的假声：

它在河边瑟瑟发抖

一推它就沉入水底

嘿，肚子，准备好我的面罩。

"好的，这些公民正在忙于为一个布鲁克林的犹太人服务，他把自己搞得如同穆罕默德二次转世……事实上本威博士已经把他从麦加的圣人那儿转移到恺撒的辖区了。

"如果阿麦德不出来……我们就进去找到他。"

"高尚的人们，这些阿拉伯人……。克莱姆说。

无线电广播每天播出《可兰经》某些章节："广播听众朋友们，这里是阿麦德，你们友好的先知……今天我想和你们谈谈举止高雅的重要性并在所有的时间里保持精力旺盛。……朋友们，使用朱迪的叶绿素药片肯定会起作用。"

现在来谈谈区际内的党派。

立刻就能明白的是这个液化主义党除了一个人之外全都由受骗上当者组成，但在最后的吸收之前搞不清楚的是谁受谁的骗……液化主义者被教授各种形式的性反常行为，特别是施虐和受虐的实践。

一般来说，液化主义者是能知道真相的。另一方面，送货者由于他们对自然和送货的最终地点的愚昧无知，由于他们粗野狂傲的态度，由于他们对任何事实的狂暴的恐惧而声名狼藉——只有在实事求是者介入时才能防止送货者把爱因斯坦说成一个循规蹈矩之人并诋毁他的理论。或者能够这么说，只有极少数送货者知道他们在干什么而这些上层送货者是这个世界上最危险最丑恶之人……起先送货的技艺是原始粗暴的，之后慢慢隐入芝加哥全国电子联合会。

会员们穿着他们的大衣……讲演者以商店女招待的平缓声音侃侃而谈：

"在闭幕之际我要给你们一个警告……脑照相术的研究的逻辑扩展是可进行双重控制的，即对身体运动、大脑活动、感情反应和明显的感觉印象进行控制，其方法是把生物电流信号注入对象的神经系统当中。"

"再响一点儿再有趣点儿！"烟尘中会员们蜂拥而出。

"在出生后不久一个医生能够在人的大脑中设置某种联系，能够在大脑中放入一只微型无线电接收器受试验者可从国家控制发射机系统受到控制。"

尘土穿过巨大空旷的大厅中无风的气流飘落下来——一股热铁与蒸汽的味道；一只散热器在远处嘶嘶吟唱……讲演者洗牌似地理了理手稿，吹掉了上面的尘土……

"生物控制仪是单向心灵感应控制的典型。受试验者可以通过药物或其他不需安置任何仪器的程序对发射机做出敏锐的反应。最终送货者们也将单独使用心灵感应的发射……是否挖掘过玛雅人的遗嘱？我猜测这事可能是这样的：牧师们——他们占人口的百分之一——通过单向心灵感应发射指示人们何时感觉到何种东西……一个心灵感应的送货者不能停止传送。他永远也不能接收，因为如果他接收就意味着其他有自我

感觉的人会失去持续性。送货者必须时时传送，但他决不能借助联系再行装载自己。迟早他将没有感觉可以传送。你不能单独拥有感觉。不能像送货者那般形单影只——你在那儿挖掘只能是一时一地的一个送货者……最后屏幕消失……送货者变成了一只巨大的蜈蚣……人们于是来到发射范围之内焚烧了蜈蚣并根据公众意志树立起一个新的送货者……玛雅人被孤立隔绝所限……现在一个送货者就能控制一个行星。……你看到控制从不能成为一种产生任何实际结果的方法……除了更多的控制，它从不能导致任何东西。……就像毒品……"

分裂主义党占据了中庸位置，其实可以称之为温和主义党……他们被称为分裂主义者，是因为分裂的确存在着。他们割掉自己的小肉块并使之在胚胎胶状物中长出一模一样的复本。除非分裂的过程中止。这看来是可能的，也就是最终在这个行星上只有一种性别的一种复本：这就是一个人在世界上伴有百万计的分裂的肢体……这些肢体是否真的不互相依靠，他们是否在一定时间内会发展成不同的特征？我对此表示怀疑。复本必须周期性地在母巢中再充实。这对分裂主义者来说是个关乎信念的题目，他们始终生存于对复本革命的恐惧之中……一些分裂主义者认为在一个复本最终垄断后不久程序可以中止。他们说："只要让我再种植一些复本，当我旅行时就不会孤独了……而且我们必须严格控制'不良分子'的分裂……"除你本身之外的每一个复本实际上都是"不良分子"。当然，如果有谁开始用"同一复本"充斥一个地区，每个人都知道要发生什么。其他公民倾向于称之为"施路皮特"（大规模屠杀所有可视为同一的复本）。为不让他们自己的复本被宰杀，公民们用各样的面目和身体形态扭曲和乔扮自己或染上别的肤色。只有最厚颜无耻和不顾脸面的人敢于冒险生产 I·R——"同一复本"。

一个患呆小症和白化病的凯德——隐性基因群长链上的产品（小而无牙的嘴周遭长满黑毛，大螃蟹般的身躯，螯钳代替了手臂，眼睛突凸在肉柄之上），储存了两万个"同一复本"。

"就肉眼视力所及，除了复本外没有别的东西。"他一边说，一边绕着他的平台爬行，操着一口奇异的昆虫嗡鸣声。"我不必像个缩头乌龟似的在我的藏污纳垢处培植复本，再像管道工和运货员那样把他们伪装起来偷运出去……我的复本们没有那种被整形外科、野蛮染色和漂白过程弄糟的炫惑之美。他们挺身而立裸露在阳光之下让众人瞩目，展示他可爱的身躯、面孔和灵魂。我已在自己的想象中成就了他们，并很高兴他们将以等比级数增生繁衍而最终继承这个地球。"

一个职业女巫被召来诅咒蜘蛛酋长的复本文化永不结果……当女巫正准备大放反器官的攻击时，本威告诉他："你不要弄得精疲力竭，弗雷德里克的动作失调会扫尽复本的温床。我曾在维也纳的芳格鲍托姆教授处学过神经学……他知道你身上的每一根神经。有一件重要的旧事……结尾令人尴尬……他飘落的绒毛使德温克公爵的西班牙座车轮胎爆裂并缠盖住了后轮。他完全被毁坏了，只剩一具空壳在长颈鹿皮装潢的室内呆坐……就是眼睛和头脑也仍回荡着那恐怖的声音。德温克公爵称他将把这鬼魂般的东西带进他的坟墓。"

由于没有确切的方法去侦破伪装的复本（虽然每个分裂主义者都有些自认为是确实可靠的手段），分裂主义者都患了歇斯底里的妄想症，如果有个公民贸然发表了一个自由随便的意见，另一个公民就肯定会咆哮道："你是什么东西？臭不可闻的黑鬼漂白出来的复本？"

酒吧间战斗的伤亡数目令人惊愕。对黑人复本的恐惧——他们可能是金发白肤碧眼——事实上灭绝了整个地区的人口。分裂主义者或公开或隐蔽的都是同性恋者。邪恶的老女王告诉年轻的小伙子们："如果你和一个女人同行你的复本将不会成长。"公民们常常把这个咒语用到其他人的复本养育上去。叫道："咒我养育者自食其果，长舌妇布莱尔！"其后的声音有恶意伤害的效果，持续响彻于街区之中……分裂主义者通常接受大量黑色魔法的实践，他们有毁灭母巢不同功效的无数种方案，这也被称作原生质盲蛛，拷问或杀死一个俘获的复本……在分裂主义者当中，权威人士最终放弃了控制谋杀罪和无执照生产复本的打算。不过他们进行了舞台预选突袭并在街区的山地部分毁灭了大量复本，那的复本非法交易者都躲避起来。

单单复制一种性别是严令禁止的，而且这禁令已全盘施行。在一些古怪的酒吧里有不顾羞耻的公民公开和他们的复本相依相偎。旅馆雇用的私家侦探伸着他们的头到客房里说："你是否在这儿弄了个复本？"

酒吧里经常挤满了下等复本，恋人们哼唱着同样的声音：……在这儿得不到服务……也许可以说平凡的分裂主义者是生活在持续的危机与愤怒之中，既不能获得送货者那种踌躇满志的自鸣得意，也不能享有液化主义者的那种轻松的堕落……然而，这样的聚会没成为公开化活动，而是全体合成的大杂烩。

实事求是党是反液化主义者，反分裂主义者，并且首先是反送货者。

共济实事求是者对复本这个问题发布的新闻简报："我们必须抵制关于让星球充溢'称心的复本'这个不花力气的决定。因为是否真有什么称心的复本实在让人怀疑，这些东西企图阻止进步和变革的发生。即便是最有智慧和创始的完美复本也极有可能对这个星球上的生命构成一种无法估计的威胁……"

T·B——液化试验公告："我们决不能抵制或拒绝我们原生质的精髓，它无时不在奋斗以保持最大的柔韧性而不致跌入液化的泥淖……"试验的与未完成的公告："重要

的是我们不反对心心灵感应的研究。事实上，心灵感应术的恰当使用和理解可以最终保护我们抵御那些高压组织和个体支配狂的任何形式的体制化高压统治和暴虐。像我们不赞成核战争一样，我们反对运用这种知识支配、暴虐、贬抑、剥削或灭绝另一种生命造物的个体。心灵感应术，就其本质而言，这不是一个单向过程。试图建立一种单向心灵感应传播必然被视为一种绝对的罪恶……"

D·B——最后的公告："送货者将为否认所界定。一个低压地区，一片未成熟的空旷。他将是凶险不祥地无名无姓、无脸无面、无颜无色。他也许会在出生时于皮肤上长出一块平滑的盘状物而取代眼睛。他像病毒那样总是知道自己要去何处。他不需要眼睛。"

"会不会有更多的送货者？"

"噢，是的，开始他们很多，但时间不长。有些感情脆弱的公民觉得他们能送去些有教益的东西，没有感觉到送货是种罪恶。科学家们会说：'送货就像是原子能量……如果能适当地利用的话。'在这一点上一个直肠技师混合一些碳酸氢钠再启 动转换器把泥土缩减为宇宙尘。（'爆发……他们在木星上也能听到此屁。'）……艺术家们会把送货和创造混为一谈。他们会在一起忸怩作态尖叫着'一个新的媒介'直到他们的信用程度跌落……哲学家们将详细讨论结果与方法的争论而不知道送货除了导致更多的送货之外并不意味着什么，就像毒品一样。把毒品作为手段在其他东西上试试……那些有'可口可乐和阿司匹林'瘾的公民将会谈论送货的邪恶的魔力。但没有人会长久地谈论任何事。送货者并不喜欢空谈。"

送货者并不只是孤单的一个人，……它是人类的病毒。（所有病毒都是退化的细胞导致一种寄生的存在……他们对母巢有一种特殊的亲和力；这种退化的肝细胞寻求着肝炎的家乡，等等。每一类属都会有它致命的病毒：这个种类退化的图像。）

人的破碎的图像一分钟一分钟地一个细胞一个细胞地移动……贫穷，仇恨，战争，警察与罪犯，官僚政治，精神错乱，这就是"人类病毒"的症状。

"人类病毒"现在该能够隔离和治疗了。

县府职员

县府职员在那个被称为老县政大楼的巨大的红砖建筑中有自己的办公室。各式的民事纠纷都在这地方解决，进程被不屈不挠地一拖再拖，直至当事人死去或放弃提出诉讼。这是由于大量的记录（确实与每一件事情相关）都堆放错了位置，所以除了县府职员和他的助理之外没人能找到它们，而他则长年累月地忙于寻找。事实上，他仍在查找着一份一九一〇年就提交法庭的损害诉讼案的有关材料。老县政大楼的大部分建筑已经成了废墟，其余部分也即将成为废墟。县府职员为他的助理们指派了更危险的使命，他们中的许多人在服务中丧失了生命。一九一二年北楼的东北角楼倒塌二百零七名助理被埋在其中。

当区际内的某个人被针对提出诉讼时，他的律师会默许把案子转到老县政大楼来。这一点一旦做成，原告事实上就失去了这案子，所以最终能送上县政大楼法庭的绝无仅有的案子，都是被那些要求"公众听证"的乖戾古怪之人和偏执妄想之士煽动起来的。"公众听证"对他们来讲实在难得，因为只有在最为严重的新闻饥荒中才会让记者进入老县政大楼。

市区外的鸽子窝镇伫立着老县政大楼。镇内的常住居民和由沼泽地与厚栋木组成的周围地区的百姓是如此的愚蠢之极、行为粗鲁，行政当局认为最好是把他们隔绝在由铁砖砌成的放射性墙壁围起来的专用地域里。革命时，鸽子窝的公民写下了石膏标语："城区居民不许在此让太阳落在身上。"这是个毫无必要的指令，因为除了有紧迫事之外，城区居民绝不会到鸽子窝来。

李的案子很紧急。他必须填写一份紧急的宣誓书证明，他正患腹股沟腺炎而痛苦不堪来躲避由于他占住十年住房而未付租金而对他下的驱逐令。他生存于一个终身隔离区。于是他收拾好自己装满宣誓书、请愿书、指令书和证明书的箱子乘公共汽车前往边境。城区海关检查员挥手让他通过。"我希望你箱子里装着个原子弹。"

李咽下一把镇静药片步入了鸽子窝海关棚屋。检查员们把他的文件翻了三个小时，查找布满灰尘的法规和关税书籍却又读不懂。预见专家们最后说道："此种情况应按六六六行为予以惩处和罚款。"他们颇含深意地看着他。

他们用放大镜查阅他的文件。

"有时候他们在字里行间滑落肮脏的五行打油诗。"

"也许他们会被当成废纸卖，这破烂儿对你个人有什么用吗？"

"是的。"

"他说是的。"

"我们怎么知道的？"

"我发过誓。"

"聪明人。脱掉你的衣服。"

"是。也是对肮脏有些忌讳。"

他们搬弄过他的身体，探测了屁股，看有无违禁物品并审查鸡奸的证据。他们还把他的头发浸湿并倒出氢水来分析。"也许他会在头发里藏有毒品。"

最后，他们没收了箱子。他蹒跚走出棚屋，拎着一捆五十五磅重的文件。

一打左右的记录放在老县政大楼朽木搭起的台阶上，他们看着他同着那浅蓝色的眼睛走近，再缓缓地把皱纹堆里的脖颈扭过去，脑袋看着身体走上台阶，进入大门。室内，空中悬浮着雾一般的尘土，它们随着他的步履从天花板上筛落，再从地板上云一样升起。他爬上一条危险的楼梯——一九二九年即被宣布禁用。每当他的脚足走过，那些干硬的碎片就会撕破他腿上的筋肉，楼梯在一个油漆工脚手架处停止，系在一根磨损的绳子上一直拉向尘土弥漫的远处一根几乎看不见的横梁上。他小心地爬上一个悬空索道上的一舱间里。他的重量使水压机械系统启动了（有流水的声音）。转轮平滑安稳地移动，在一个锈迹斑斑的铁阳台上停下（像一只七疮八孔的旧鞋底）。他走下一个排满门洞的长廊，大多数门都被钉住或堵死。一间办公室前发绿的铜匾上写着"近东花花公子之家"，里面，大老板正在用他长长的黑舌头舔捉白蚁。县府职员办公室的门开着。县府职员坐在里面嚼鼻烟，周围六个助理。李在门口站定，县府职员没有理他，继续高谈阔论。

"我有一天偶然碰到了泰德·斯皮高特……也是个不错的老伙计。这个圈子里没比泰德·斯皮高特再好的人了。……那是个星期五，我之所以能记住这个日子是由于那天老夫人因月经痉挛而卧病于床上，我到达尔顿街上的帕克尔大夫开的药房去，就在玛·格林的道德按摩院对面，那里过去曾是杰德的旧马房……现在，我可以直接想起杰德的父姓了，他左眼有点斜视，他老婆来自东部之外的什么地方，我相信那一定是阿尔及尔，在杰德死后她改嫁了，她是和胡特家的一个男孩结的婚，如果我没记错是克莱姆·胡特，那也是个不错的老伙计，那时候胡特大约是五十四到五十五岁……我对帕克尔大夫说：'我的老夫人因月经痉挛卧在床上，我能买两盎司的止痛剂吗？'"

"大夫说，'好的，首先，你要登记一下，姓名、住址和购买日期。这是法律。'"

"我就问大夫今天是几号，他说，'十三号星期五。'"

"我说，'我想我已经填过了。'"

"'嗯，'大夫说，'今天上午这儿来过一个家伙，来自城里。穿得有点华而不实拿着药方。他买了一瓦罐的吗啡……有点好笑的是我看到处方是写在一张卫生纸上的……我就直截了当地说：先生，我想你是个吸毒狂吧！'"

"'我们一些指甲长到了肉里，老爹。我十分痛苦了。'"他说。

"'好吧，'我说，'我得仔细点儿。不过既然你有合情合理的原因，又有真正的医学博士开的处方，我很荣幸为您服务。'"

"'这个医生真的是医学博士，他说……是啊，当我错误地把一罐卫生喷剂交给他时，我想我自己都不清楚自己干了什么……我想他也是一样。'"

"就是那种吸干人血的东西。"

"你知道，这件事刚好发生在我身上。应该比硫磺和糖浆好得多……噢，别以为我是个爱管闲事的人；可一个人总有点儿来自上帝和他的药剂师的秘密，我老是这么说……你还和老母马睡在一起吗？"

"为什么，帕克尔大夫……我要让你知道我是个家庭观念很强的人而且我是反对性这一教派的老成员，儿时我们还在一起的时候起我就没碰过那马屁股了。"

"他们都是明日黄花了，还记得芥末和鹅油被我搅拌在一起的时候吗？总有一个人拿错了罐子，有人说。他们能听到你在坎特林克县的尖叫，就像一只鼬鼠被割掉了睾丸一样的尖叫。"

"这你就弄错了，大夫。是你去拿芥末而我必须等你把它弄凉了才行。"

"让人怀念的想法，嗯，有一次我在报纸上读过这事，是坐在车站后面的绿色厕所里读的……我指的是稍稍后面，嗯，你没有正确理解我的意思…我是说你老婆像个老母马……就是指她并不像通常那样生满了瘤子、白内障、冻疮、痔疮和口蹄疫。"

"是的，大夫，丽兹正在病着。从她第十一次堕胎后再没有复原过……这里，对于有些事来说真太怪了。费里斯大夫曾直接告诉过我，他说：嗯哼，不适应的话你应该看看这小东西。然后他意味深长地看了我一眼让我肌肉发痒……好吧，你肯定说对了，大夫，她确实和通常不一样。她根本没因为你的药而平静下来。事实上，自从用了你上个月卖给她的滴剂之后，她连白天黑夜也说不清楚了……不过，大夫，你要知道我不会和丽兹睡觉的，这个老狗并没不尊敬我去世的暴戾的母亲。她可不是我过去弄到的那个十五岁的甜蜜的小东西了……你知道那个肮脏的姑娘曾在尼加镇上的玛瑞罗烫发染肤厅里干过。"

"用黑色的子鸡肉，嗯哼？用浣熊玉米饼？"

"大夫，确实用这个，真的。确实用这个。那家伙说插我的肛门是他的责任，我得回到那旧曲柄轴箱里去。"

"我敢打赌她迫切需要一个有油水的工作。"

"大夫，她肯定是个干窟窿，……唉，幸亏了止痛剂。"

"多亏了顾主，嗯……他他他……说，调皮的孩子，哪天晚上你身边缺少了一针滴剂，可以和我一起来喝杯壮阳碱。"

"我会来的，我肯定会，大夫。就和以前一样。"

"于是我转身回到我的住处，烧了点开水，掺和了一些止痛剂、丁香、桂皮和黄樟交给了丽兹，我想她会由于这安稳些。至少她停下了对我的无顾虑的攻击。……后来

我又去帕克尔大夫那儿为自己买了块橡皮擦子……就在我离去时我跑到了罗伊·贝恩那儿，他这个老伙计，也是不错的。在这个圈子里没有比罗伊·贝恩更好的人了。……他对我说他说，'嗯，你看到那边空地上的那个老黑鬼了吗？是啊，像大便和收税一样准时，每天晚上他都按时到这，你可以据此校对手表。你看到他在那片荨麻后面了吗？每天晚上大约八点半钟他走到远处那块地上，用钢丝绒干着什么勾当……布道黑鬼，他们告诉我。"

"这就是我何以知道十三号星期五的时间是多是少的原因，此后不会超过二十分钟到半个小时，我在大夫的店里拿了点儿西班牙飞虫，这成了个笑柄从格伦奈尔沼泽到黑人城陪了我一路……沼泽上拐出了一片湾地，那儿常有黑人简陋的小屋……他们在坎特林克烧了那个老黑鬼。这黑鬼因口蹄疫导致了完全失明……这个来自得克萨卡纳的白种姑娘尖叫道：'罗伊，这个老黑鬼如此下流地盯着我，老天在上我觉得浑身都肮脏极了。'"

"噢，我的甜心，开心些。我和小伙子们要烧了他。"

"干得慢一点儿，蜜糖脸儿。干得慢点儿，他让我的头痛得十分厉害。"

"于是他们烧了那黑鬼，老伙计携其妻子返回了得克萨卡纳而未付汽油钱，开加油服务站的长舌头老罗几乎说不出别的话来：'这些城里的家伙到了这儿还烧了那个黑鬼而且连汽油钱也没给。'"

"嗯，切斯特·胡特拆毁了那个黑鬼的破屋，在布雷德峡谷上他的屋后重新盖了一座房子。黑布严严地遮住了所有的窗户，而那里进行的一切则不宜言表……现在切斯特有了些奇怪的方法……就在那个黑鬼破屋原来所在的地方——从每年春天洪水泛滥的老布鲁克斯处穿过，只是那时这还不是布鲁克斯……属于一个名叫斯克兰顿的家伙。这块土地曾经在一九一九年被勘测过……我估计你也知道干这工作的人。……这家伙名叫哈姆·克拉伦斯，常兼职干巫术这一行……也是个不错的老伙计，哈姆·克拉伦斯是这圈子里最好的人……就在那一带我碰到斯皮高特正在操一只泥狗。"

李清了清喉咙，县府职员向上瞟了一眼。"年轻人，如果你能等我说完我正在说的，我会处理你的事情的。"

他被一个有关一个黑鬼被一头母牛染上狂犬病的轶事吸引住了。

"我爸爸对我说：'干完你的家务事，儿子，我们去看看那个发狂的黑鬼……'他们把那黑鬼用链子捆在床上，他像一头母牛一样大声喊叫。……我很快就弄够了那个老黑鬼。噢，如果你们能原谅的话我在枢密院还有点儿事。他他他！"

李惊悸地听着。县府职员经常在蝎子和蒙哥马利·沃德的目录上花数个星期。有些情况下，他的助理们把门强行打开，把那些县府职员弄到室外，尽管他们已处于高度营养不良的状态下。李决定打出最后一张王牌。

"安克尔先生，"他说，"我祈求于你就像一个看门人求另一个看门人。"他掏出自己的看门人证件，一份青年醉酒记录。

县府职员不太相信地看了看证件："你看上去可不像一个骨头像桅杆的看门人……你认为犹……太人怎么样……？"

"安克尔先生，你自己明白一个犹太人所要做的一切，就是把一个基督徒姑娘骗上手……这些天里我们将把剩下的切断。"

"好，你对城里人的谈吐很明智……查出来他想要什么并对他留点儿神……他也是个不错的老伙计。"

区际之内

在区际之内，平凡又平凡的唯一本地人是安德鲁·凯夫的司机。对凯夫来说，他既不是装模作样也不邪恶堕落，只不过是斩断那些他不愿与之相会者关系的一个有用的托词："昨晚你对阿拉克尼德有所冒犯，我不能再让你去我家了。"区际里的人不管喝不喝酒，总是两眼一抹黑，没人能准确地说他没有对阿拉克尼德的倒人胃口的品性曾有冒犯。

阿拉克尼德除了能开开车外，是毫无是处的司机。有一次，他撞倒了一个从山里来的背了一篓木炭的孕妇，致使她怀的孩子过早出生而死在大街上，凯夫走出车子坐在路边，用手里的拐棍搅弄着血污，这时警察正在询问阿拉克尼德，最后，他们以那个女人违反卫生法逮捕了她。

阿拉克尼德是个既不吸引人而且很让人讨厌的年轻人，生就一副长脸，配以奇特而呆滞的蓝眼睛。他像马一样拥有一个大鼻子和大黄牙，任何人都能找到个吸引人的司机，只有安德鲁·凯夫找到了阿拉克尼德；凯夫这个杰出而行为不羁的年轻小说家住在"土著地区"的红灯区里一个重建的小便池里。

区际的据点是一个空荡荡的庞大建筑。房间都用一种可塑水泥建造以容纳客人，不过，一旦太多的人拥挤在一间屋子里就会有轻柔的扑通声，什么人挤穿了墙壁刚好进入了隔壁的房间，那儿正好是床榻，因为各个房间都布满床榻。圈子的工作正在上面进行。性的嗡鸣声摇撼着大楼就像一个巨大的蜂房：

"百分之一中的三分之二。这个数字我无法预算，就是我的土佬儿们也不行。"

"可是提货单在哪儿，亲爱的？"

"不是在你看的地方，小猫，那太明显了。"

"一捆牛仔裤和内嵌假发的筐子，好莱坞造的。

"好莱坞，泰国。"

"上好的美国款式。"

"佣金是什么？……佣金……佣金。"

"是的，天然金块，一船用真正的鲸鱼造的 K·Y 的货已进入南大西洋，正在火地岛接受健康部门的留检。佣金，我亲爱的！如果能办成这事，我们就可以出人头地了。"（鲸鱼制品是指宰杀一条鲸鱼并在烹制过程中积压的废弃材料。一堆可怕的腥膻杂碎让你在几里之外掩鼻。没有人发现这有任何用处。）

由马尔瓦和不幸的莱夫组成的区际无限进口公司抓到了 K·Y 的这笔交易。实际，他们的任务是专管药品，并兼营全天服务的妓院，从船头到船尾包括六种方式（至今已有六种不同的性病被证实）。

他们投身于买卖之中。先为一个大脑痉挛的希腊船业代理人提供了不能出口的服务，又为一群海关检察官提供一套完全相反的服务。这两个同伴无休止地争执，最后在大使馆里互相谴责，他们是被提交给这里的"我们不要听这一套"部门，于是被不伤和气地从后门"炒"到一个播撒大粪的空地上。此处一帮贪得无厌之人在鱼头上奋战，彼此间歇斯底里地抽打。

"你想弄光我的佣金！"

"你的佣金！在第一个地方先嗅出这好事的是谁？"

"可我有提货单？"

"混蛋！对我的名字是要进行检查的。"

"畜生！在我的签条附在契据上之前你永远也看不到提货单。"

"好，也可以亲吻和化妆，我没什么可被诋毁贬鄙之处。"

他们形式地握了手并相互在对方的脸颊上吻了一下。买卖拖延了几个月。他们忙于为一个督办员服务。最后，马尔瓦出现了，把一张四十二个土耳其斯坦的库尔德人的支票存进了南美一家匿名银行，清扫阿姆斯特丹，这一过程大约需要十一个月左右。

现在我们可以到集市的咖啡馆里放松一下了。他出示了一份支票的直接影印件。他当然不会出示原件，以免有些妒忌的公民用墨水消除器涂掉签名或用其他方法删改支票。

每个人都让他买酒庆贺一番，可他快活地笑着说，"其实我连为自己买杯酒都不能。我已经把每个库尔德人的钱都用完了，为阿里的淋病购买链球菌抗体。他又一次栽倒了。这个小畜生差点让我给踢到隔壁的床上去。但你们都清楚我是个多愁善感的老玩艺儿。"

马尔瓦为自己买了一小杯啤酒，把一枚发黑的硬币从衣扣褶边里挤到桌子上。"留着这零钱吧！"招待员把硬币扫进了废物盘，在桌上吐了口唾沫便扬长而去。

"昏了头！他妒忌我的支票。"

马尔瓦进入区际内用他自己的话说是"始自此前一年"。他"因为优质服务"而从国务院某个未加标明的位置上退休下来。他以前显然非常漂亮，剪着大学生的平头型，他面部肌肉已松弛，在下巴那儿堆成了肉瘤，如同熔化的石蜡。屁股那一圈也肥了不少。

可怜的莱夫是个高瘦的挪威人，一只眼上长了块斑迹，面孔凝结成一个持久而逢迎人的假笑。在他身后藏着一部不成功的冒险事业的史诗式北欧传奇。在养殖青蛙、齐齐拉、暹罗斗鱼、苎麻和珍珠上都宣告失败。他曾想方设法推广一种相思鸟双尸合棺墓葬，却没成功。在橡胶短缺时期想垄断避孕套市场，经营一所专门邮购妓女的妓院，发行专卖药品盘尼西林。他在欧洲赌场和美国跑道上追求一种灾难性的赌博体系。他在事业上的挫败可以与其个人生活中的不可思议的不幸相匹配。他的前排牙齿被畜生一样的美国水手在布鲁克林给踩掉了。当他在喝一品脱的止痛剂时秃鹫啄去了他一只眼睛使他昏倒在巴拿马的城市公园中。他曾被陷在二层楼之间的电梯里伴着难熬的毒瘾苦度五天，还因在一间底舱衣帽间里揩油白乘船而受到震颤性谵妄的重击。此后他因令人窒息的肠道穿孔性溃疡和腹膜炎而一病不起，那时他正在开罗，医院里拥塞不堪迫使他们不得不让他睡在公共厕所里，那个希腊外科医生阴差阳错地把一只活猴子缝在了他肚子里。他又被一帮阿拉伯随从轮奸。一个传令兵用卫生喷剂替换并偷走了盘尼西林。当他在屁股上生满杨梅大疮时，一个自以为是的英国医生用热硫酸灌肠法为他进行治疗，一个属于工艺医学的德国开业医生用一把生锈的开罐头的工具和一对马口铁剪刀切除了他的阑尾（他认为细菌理论是"一派胡言"）。由于成功的兴奋，被看得见的每一个东西都让他给剪切掉。"人的躯体里塞满了一些并非必需的东西。你只要一个肾脏就足矣。为什么有两个呢？是的，肾脏只有一点儿……体内的器官大可不必这样密密麻麻地挤在一起。他们像祖国一样需要生存空间。"

还没把钱支付给督办员，马尔瓦又面对着新问题：拖延他十一个月直到支票兑现。据说，督办员在区际和岛屿之间的渡口出生，他的职业是监督货物的运输。没人肯定地知道他提供的服务是否有用，而且提起他的名字就会有一场争辩。各种事例被引用以证明他非凡的效率和全然的徒劳。

岛屿是直接与区际对峙的不列颠陆军和海军基地。英格兰拥有岛屿年复一年的免费租借权，每年里租约和居住许可证都正式更新。所有的人都要出来，强制出席，集

中在市政垃圾场。岛屿总统在顾客的要求下，肚皮朝下地爬过垃圾堆把居住许可证和更新的租约（已由岛屿的每个公民签字）交给屹立在那儿一身制服光辉灿烂的常驻总督，总督接过许可证并把它揣到上衣口袋里：

"嗯，"他露出紧张的笑容，说，"你们已经决定让我们再呆一年，对吗？你们至善至美。对此所有人是不是都很满意？……有没有什么人对此不太高兴？"

士兵们用吉普车上架好的机关枪前后扫射着人群，动作沉稳警觉。

"每个人都高兴。这很好。"他愉快地转向匍匐着的总统。"为预防我遭遇不测，我将保管好你的文件。哈哈哈。"他那响亮刺耳的笑声环绕过垃圾场，人群中的笑声在搜索的枪口下与他相伴。

民主的形式在岛上被无阻的强化。一个参议院和一个议会举行了无数次会议讨论垃圾的处理和户外的检验，这是他们拥有管辖权后所处理的仅有的两个问题。在十九世纪的一段时间里他们被允许管理狒狒扶养部，而这一特权由于参议院中有人缺席而被撤回了。

紫屁股的的黎波里狒狒是由海盗在十七世纪带到岛屿上的。有一个传说讲，一旦狒狒们离岛而去岛屿就将陷落。没有说明对谁以或何种方式。一项主要的罪行就是杀死狒狒，尽管这些动物讨厌的举动已扰得公民们难以忍受。偶尔会有人暴怒异常，杀死几个狒狒连带杀了自己。

当总统公民总是一些特让人讨厌和不肯随俗的。被选为总统是降临到岛民头上的最大的不幸和耻辱。这污辱与羞耻是如此强烈，只有极少数总统能在他们的办公室里干满任期，通常是一两年内就因精神崩溃而死去。督办员曾被选上过一任总统，干满了五年任期。随后他隐名换姓偷偷做了整形外科手术，来尽可能擦掉那耻辱的过去。

"噢，当然，……我们会付给你的。"马尔瓦对督办员说。

"不过别急。可能还得用点儿时间……"

"别忙！要花点儿时间！……听着。"

"是的这我都知道，你老婆的人造肾被财政公司每一次开始占有……他们要把你奶奶从她的人工呼吸器里驱逐出去。"

"这味道可是相当差，老伙计……坦白地说，这种事，我再也不想被卷入。在血脂里有太多的酚。上星期我曾深入于顾客之中，把一根扫帚把插到它的鼓膜里，尾巴立刻就被油脂咬掉了。此外，那恶臭足以把一个人的屁股都熏出血来。你应该到港口附近去走走。"

"我从不干这种事。"马尔瓦叫道。这是区际里等级制度的一个标志，决不要去触碰乃至接近你正在出售的东西。这样做引起了对零售的怀疑，零售是一种比较普通的沿街兜售。区际里货物中最好的东西都是通过街头小贩之手出售的。

"你为什么要告诉我这些？这太肮脏了！让零售商们去为此操心吧！"

"嗳，这一切对你的同伴们非常有利。你可以从下面疾行快跑，不过我还有名誉要维持……对此会有一点儿麻烦。"

"你是不是觉得这次行动有些不合法？"

"准确讲不是不合法，而是赝品，确实是以次充好的赝品。"

"嗳，回到你的岛上去吧，它要塌陷了！还是在集市小便池那儿以五个比赛塔出售你的紫屁股时，我们就了解你是个什么样的东西了。"

"并且没多少接受者。"莱夫插嘴道。他也披露了一些事。这些对岛上底细的披露使得督办员难以承受……他站起身来，动员起他作为一个英国贵族最冷漠的品格，准备传递一个冰冷的、剪辑过的"无可争议的事实"，可是，取而代之的是一声呜咽的、哀婉的、颓丧的狗叫声从他的嘴里传出。他那整过形的面孔笼罩在炽烈仇恨的弧光之中……他开始用岛上方言里那可怕而骇人的喉音吐出串串咒语。

岛民们都声称不知道方言或者干脆否认它的存在。"我们是英国人，"他们说，"我们根本没有什么房檐（方言）。"

白沫结集在督办员的嘴角，他吐出的唾液泡如同棉花团。灵魂丑恶的腐臭悬浮于空气之中，仿佛绿色的云雾包裹着他。马尔瓦和莱夫惊异地哼唧着退了下来。

"他要发疯了，"马尔瓦吃惊地说，"我们快离开这儿。"两人手拉手钻进冬日里笼罩区际的迷雾之中，就像淋一次土耳其的冷水浴。

审 查

克尔·彼德逊在他的箱子里看见了一张明信片，让他在十点钟去精神病卫生与预防部赴约向本威博士汇报。

"他们到底想让我干什么？"他对此十分敏感……"很可能是个过失。"不过他知道他们是不会出错的……一定不会是弄错了身份……

克尔不会无视这个约会，尽管不去赴约不会引来什么处罚……自由王国是一块幸福之邦。如若有人提出要求，从一口薄食到性爱伴侣之内的任何事情，都会有相应部门准备提供高质高效的服务。隐含在这种包藏起来的善行中的威胁压制了反叛的观念……

克尔穿行过市政厅广场……镀镍的裸体雕像高达六十英尺，黄铜色的生殖器官在

闪光的淋浴之下涂抹着肥皂……市政厅玻璃瓦和黄铜的圆形屋顶，高高地挤入天际。

克尔回眸凝视一个搞同性恋的美国旅游者，他正低垂眼睛用一片滤光镜抚弄着身上的莱卡相机……

克尔走进部里钢化珐琅的纷繁宫殿，大步走向信息服务台……递上了他的名片。

"十五楼……二十六号房间……"

在二十六号房间，一位护士用冰冷的深海似的眼睛看了他一番。

"本威博士正等着你呢，"她笑着说，"直接进去吧！"

"就好像他除了等我之外没事可做一样。"克尔想着……

办公室里十分静谧，溢满柔和的光霞。博士摇动着克尔的手，一双眼牢牢地盯着年轻人的胸脯……

"我曾经看见过这个人。"克尔想……"然而在哪儿呢？"

他坐下来，跷起二郎腿，瞄了一眼办公桌上的烟灰缸，点了一根香烟……随后他转身向博士投去坚定的凝视，其中暗含的远不止是傲慢的一击。

博士看来有些烦躁……有点坐立不安且频频咳嗽……他胡乱翻着文件……

"哼哼，"他终于讲道……"我猜你的名字应是克尔·彼德逊……"他的眼镜滑到鼻梁上，那是在笨拙地模仿一种贵族风度……克尔无言地点了点头……博士没有瞅他，而好像仍在表达着一种默认……他用中指把眼镜推回原位，接着打开了白瓷漆桌上的一叠卷宗。

"嗨……。克尔·彼德逊。"他慈爱地重复着这名字，抿着嘴唇几次颔首。然后突然开口道："你当然知道我们正在努力。我们都在努力。有时候我们确实不能成功。"他的语音纤细而稀弱。他举起手放在前额之上。"要使一个国家——这仅仅是工具而已——适应每个个体公民的需要。"他的声音忽然以一种难以想象的深厚和嘹亮爆发出来，令克尔大吃一惊。"我们认为这是国家唯一的职能。我们的知识……当然是不完善的，"他做出一种蔑视的轻松手势……"譬如……比如……拿性偏差来说吧！"博士在椅子上前后摇了几下，他的眼镜又滑到了鼻梁上，克尔顿时觉得不安起来。

"我们把这看作一种不幸……一种病症……确实，没有什么需要审查或者证实的东西比……嗯，肺结核，更多了……是的，"他加重语气，好像克尔提出了异议似的……"肺结核。从另一方面我们可以真正看见一些疾病把某些责任，把某些属于一种预防性质的必要性强加于与公众健康有关的权威部门，这种必要性，不必说了，是以对那些根本没有什么错误却被感染了的不幸的人最少为难和困扰的方式强加于他们的……这就是说，的确，最小的困苦与对其他那些未被这样感染的个人的适当保护相符合起来……我们看不出义务种牛痘对天花是一种不合理的方法……某些传染病是无法隔绝的……我相信你会同意，那些被法国人称为'风流病'的'黑莱姆夫'具有传染性嗯嗯嗯，假如他们不是情愿去汇报的话就会被迫去接受地下治疗。"博士顾自得意地窃笑并摇动他的座椅，如同一架发条玩具……克尔觉察到他是渴望自己说点儿什么。

"这看上去合情合理。"他说。

博士停止了笑声。他突然变得纹丝不动。"现在我们再回到性偏差这个问题上来。显然我们还没有理解——至少是不完全理解——为什么一些男士和女士喜欢从同性中选择性伴侣。我们确实知道这种现象已经非常普遍，而且，在某些情况下，这些问题与本部有关。"

博士的目光第一次扫过克尔的面孔。这种没有温馨或者仇恨或是任何其他情感踪迹的眼光，克尔既没有亲身经历也从未在他人身上见过，这目光立刻显得冰冷而紧张，贪婪而野蛮。克尔忽然感到自己被陷入一所房间中的这个平静的水下洞穴之中，被斩断了所有温暖与确定的源泉。他带着极有风度的蔑视神情平静而警觉地坐在那儿的那幅图画变得模糊不清，就仿佛生命力已从他身体中被榨出，混合在屋里那柔和的灰色氛围中一般。

"对此种性错乱，在目前情况下，嗯哼，是根据症状进行治疗的。"博士突然把自己抛回座椅并发出一阵金属撞击似的笑声。克尔看着他，有点失魂落魄……"这个人发狂了。"他想。博士的面孔变得苍白有如一个赌徒。克尔觉得肚子里有一种诡异的感觉，就像电梯猛然停住时那样。

博士查阅着面前的卷宗。他用一种多少有点儿屈尊的愉快声音说：

"别害怕到这种地步，年轻人。这不过是个职业的玩笑。治疗是相对于病症而言的，它的目的是使病人感到快乐。这的的确确是我们试图在这些病例中做到的。"克尔又感到了射在脸上那冷峻目光的影响。"也就是说，抚慰措施如果必需的话就要采取抚慰措施……当然，是对有相似倾向的其他人的一种适当的宣泄，没有什么隔绝被指明……这种状况不比癌症能更直接地传染。癌症，我的第一所爱，"博士的声音降低了，就如同是他已穿过一扇隐形门走了出去，只留下一副空空的身躯坐在办公桌前。

他突然又以一种干脆有力的声音说："你或许很奇怪我们何以会和这种事情打上了交道？"他闪出一缕既光明又寒冷的笑容，恰似被阳光照耀的积雪。

克尔双肩一耸："这不关我的事……我真正好奇的是你为何叫我前来并告诉我这些……这些……"

"胡说八道吗？"

克尔的脸已经发烫了，他为此感到不快。

博士又转了回去，把自己的手指顶端并拢在一起。

　　"年轻人嘛，"他宽容地一笑，"他们总是急于求快。也许你懂得一点忍耐的含义。
不，克尔……我可以称你克尔吗？我并不是回避你的问题。在值得怀疑的肺结核病例
中，我们——这个很合适的部门——也许会邀请，甚至征询一些人进行荧光镜检查。
这是例行公事，你明白吗？大多数检查结果都是否定的，所以你被请求在这里汇报，
我该说是对心灵荧光检查而言？？？ 在和你谈话之后我可以多说一句，我感到相当肯定，
从实践的目的来说，这次结果将会是否定的……。"

　　"可是这一切都显得十分幼稚。我一向知道自己只对姑娘感兴趣。我现在就有个实
实在在的姑娘而且我们已打算结婚了。"

　　"是的，克尔，这我知道，这正是你被叫到这儿来的原因。一次婚前血型检查，这
是个很好的理由，不是吗？"

　　"博士，请你直说了吧！"

　　博士好像并没有听见，他从椅子上抽身出来，围着克尔后面踱起步来，他的声音
无精打采，断断续续，就如同风中飘来的音乐。

　　"我可以十分肯定地告诉你这里有遗传因素的确实证据。社会的压力，这使许多或
隐或显的同性恋者，都结婚了，这真是不幸。这将导致的婚姻应该是……这是幼儿环
境的因素。"博士的声音滔滔不绝于耳。他谈起了精神分裂症、癌症、下丘脑的遗传性
功能丧失。

　　克尔昏沉沉打着瞌睡，他正开启一扇绿色之门。一阵恐怖的气味撕心裂肺地扑来，
他不由得被惊醒。博士的声音显得特殊地平淡而乏味，一个喃喃耳语的吸毒者的声音：

　　"克莱伯格——斯坦尼思罗斯基精液絮凝测验……一种诊断工具……至少在否定性
上是有所表示的。在某些病例中有实际效用——取全部照片中的部分……在一些特定
的环境下。"博士发出一种难以承受的尖啸声。"护士会取下你的标本。"

　　"请您这样……"护士打开门进入了一间白色墙壁的空荡的小室。她递给他一只
罐子。

　　"拿着这东西。一切就绪时就大声喊叫。"

　　玻璃架上有一只 K·Y 的罐子。克尔感到羞愧，像是他母亲递给了他一块手帕。一
些羞涩的小信息慢慢聚拢起来好像是："如果我还是个姑娘我们就能开一家干货店。"

　　他没有理会 K·Y，他向那罐子里射精。

　　什么东西以一种阴冷而轻蔑的仇恨盯视着他的每一点思绪和动作，他的试验的转
换，他的直肠的收缩。他在一间布满绿光的屋子之中，里面有一张肮脏的木制双人床，
一个配有一面大穿衣镜的黑色衣橱。克尔看不到自己的脸。有个人坐在一张黑色的旅
馆椅子上。他穿了一件硬邦邦的白色齐胸衬衣，打着脏兮兮的纸领带。这张脸肿胀而

无颅骨，一双眼就像燃烧着的脓包。

"有什么不正常的?"护士冷冷地说。她拿着一杯来自他体内的水，看着他喝下去，神态中有一种漠然的轻蔑。然后她转过身去带着显而易见的厌恶拿起了罐子。

护士又转向他："你在等什么特别的东西吗?"她厉声说道。克尔成年后从未被人这样呵斥过。"为什么，不……""那么你可以走了。"克尔穿过房间站到了门口。

"我是不是还有另一个约会?"

她惊奇地看着他："你当然会接到通知。"她站在小室的门廊里看着他穿过外间办公室并打开门。他转过身想斯文地挥挥手，护士并没动也未表示什么好感。当他走下楼梯时，那破碎滑稽的微笑伴着羞惭在他脸上绽放开来。一个同性恋旅游者看着他，扬了扬眉毛。"有什么不对头的?"克尔跑进一个公园，在一座带有钗波的农牧神铜像边上找到了一张空着的长凳。

"让你的头发垂下来吧，小鸡。你会觉得好些的。"旅游者斜靠在他身上，他的相机在克尔面前晃来晃去如同一只吊着的硕大的奶头。

"操你。"

克尔看到某种卑鄙而可怕的东西闪烁在这二姨子那阉猫似的棕色眼睛里。

"噢我要是你的话，就不会叫任何姓名，小鸡。你也被钩上了。我见到你从研究所里出来了。"

"你这是什么意思?"克尔问道。

"噢，没什么，什么也不是。"

"噢，克尔，"博士启齿绽笑并把目光停留在克尔嘴唇的这个平面上。"我有好消息告诉你。"他拾起一张滑下办公桌的蓝纸，做了个哑剧动作，把目光移到在纸上。"你的试验……罗宾孙—克莱伯格试验……"

"我想那是布龙伯格—斯坦尼罗斯基试验。"

博士傻笑了一下"噢，亲爱的，不……你跑到我前面去了年轻人。你可能理解错了。布龙伯格—斯坦尼罗斯基，嗯，那种实验完全是不同种类中的一种。我真希望……这不必……。"他又傻笑起来："不过正如我过去所说，我是这样迷人地被打断了……是被我拘谨而博学的年轻同僚。你的 KS 试验看来是……"他把纸片拿到一臂远的地方："……完全否定的。所以我们也许不用再让你麻烦了。嗯……"他把纸片精心叠好放入卷宗，尔后把卷宗翻过来，最后他停下来，眉头皱起嘴唇紧闭。他把卷宗合了起来，将手平放在上面，身体前倾过去。

"克尔，你什么时候去服兵役……那一定是……事实上那是个很长的阶段，当你感觉到让人剥夺了所有的抚慰和可爱的性的便利。在这个充满磨难而又困苦的时期你肯

定或许会在墙上钉一张姑娘的照片?? 或许是贴上一群女眷像?? 哈哈哈

克尔明显地瞧不起地看着博士。"是的，当然。"他说："我们都这样。"

"现在，克尔，我很乐意给你拿出几张女郎壁挂，"他从抽屉里拿出了一只信封，"并请你从中挑出一张你最中意的去和她干……嗯……"他突然俯过身来把照片递到了克尔的面前。"选一个姑娘，任何一个都可。"

克尔伸出麻木的手指碰了其中的一张照片。博士把照片放回到小盒里，然后像洗牌似的洗了一番，再把这一摞照片放进了克尔的卷宗并潇洒地合了起来。当他又把这些相片依次展开在克尔面前时问："她还在这儿吗？"

克尔摇了摇头。

"她当然不在。她是在她所属的那个地方呢。一个女人的地方，对吗???"他打开卷宗从中拿出了那姑娘的照片——已贴在一块金属片上。

"是她吗？"

克尔默默地点点头。

"你的眼光很不错，孩子。我有绝对的把握告诉你这些姑娘……"他用赌徒的手指把那些照片像玩三张牌赌戏一样颠来倒去——"都是真正的小伙子。我想用同性异态这个词???"他的睫毛以递增的速度上下眨动。克尔不能肯定他是不是看到了什么非常举动。博士的脸孔正对着他一动不动也毫无表情。克尔又一次感到电梯急停时胃部和生殖器体验到的那种悬浮感。

"是的，克尔，看来你正十分成功地处理着我们的小障碍……我猜你觉得这一切都有点儿愚蠢，对吗……?"

"嗯，说句实话……是的……"

"你很坦率，克尔……这很好……现在呢……克尔……"他爱抚地念出这名字就像一个甜腻腻的骗子递给你一根老金字香烟——（就像一个警察抽老金字香烟那样）同时开始他的动作……

骗子迈出了小小的舞步。

"你怎么不向'老板'提个意见呢？"他猛地把头转向他那容光焕发的超我，后者总是喜欢进入到像"老板"和"中尉"这样的第三者之中。

"中尉他是这样的，你和他玩公平的他也和你玩公平的……如果你能在什么方面帮助我们的话。"他的话语冲入自助食堂的荒芜的垃圾和街角以及供应快餐的小饭馆中。吸毒者渴望用其他方法嚼食重油蛋糕。

"菲格是错的。"

菲格被兴奋剂击翻，颓废地倒在旅店的椅子上，舌头伸在外面。

在兴奋剂作用下他迷迷糊糊地站了起来，把自己吊了起来，既没变换表情，也没缩回舌头。

这家伙在一张床上快速摇动。

"认识马蒂·斯迪尔吗？"摇晃。

"是的。"

"你能驳倒他吗？"摇晃？摇晃？

"他是个不可知论者。"

"不过你能行。"摇晃摇晃。"你上礼拜刚刚驳倒过他，难道不是吗？"摇晃？？？

"是的。"

"那么你这星期也会那样。"摇晃……摇晃……摇晃……"你今天就能驳倒他。"不再摇晃。

"不！不！不是那样！！"

"看，现在你准备合作了。"——三次恶意的摇晃——"还有……老板有没有给你打洞？？？"他眨了眨小妖精一样的睫毛。

"克尔请你一定要告诉我，你有多少次又是在什么情况下在同性恋行为中纵情享受的？？"他的声音飘了过去。"如果你从来就没有干过，我将倾向于认为你多少是一个典型的年轻男人。"博士举起了一只羞涩而又劝慰的手指。"在任何情况下……"他轻叩着卷宗并抛出一个让人惧怕的斜眼儿。克尔注意到卷宗有六英寸厚。事实上，自从他进入房间之后，它好像加厚了很多很多。

"嗯哼，当我在服兵役时……这些同性恋者会常来挑逗我，有的时候还……在我寂寞无聊时……。"

"是的，当然，克尔，"博士由衷地喘着粗气说。"在你的位置上我会做同样的事情对于，这我不想让你知道……我想我们可以抛开那些无关紧要的东西直接谈谈填补金库的可行途径。现在，克尔，也许有了一个"——一根手指轻叩着卷宗，里面散发出一股发霉的勒马带和氯气的恶臭——"机会。而且不包含任何经济因素。"

一个绿色的闪光在克尔的大脑中迸发。他看到汉斯躺着的棕色躯体——扭曲地向着他，急促、炽热的呼吸涌上他肩头。闪光逝去了。什么巨大的昆虫在他手里蠕动。

在一阵急剧变化的电流似的抽搐中，他的整体存在一下就被掠走了。

克尔站起来愤怒地摇动着。

"你在那儿写什么？"他喝问道。

"你经常这样打瞌睡吗？？？就在谈话的中间……？"

"可是我没有睡着，就这样。"

"你没有？"

"所有的事情全不是真的……现在我要走了。我不在意。你不能强迫我留下来。"

他向门口走去。他要走上很长的时间，渐进的麻木拖住了他的双腿。门好像也在向远处退去。

"你能去哪儿呢，克尔？"博士的声音从很远的地方传入克尔的耳鼓。

"外面……远远的……穿过这门……"

"是绿门吗，克尔？"

博士的话完全清楚可闻。整个房间轰然进入了太空。

你见过潘多芬的玫瑰吗？

走过王后集市，儿子……充满罪恶的地方被那些尖叫着召唤吸毒瘾君子情人的家伙缠绕着……许许多多的层级……灼热从烟草房里喷突而出，空中弥漫阿摩尼亚气体……就像燃烧着的狮子……落到了那苍老可怜的醉汉扒手身上，吓得她直兑了一层皮。……她只得进行了一个星期的皮下毒品注射，要不然只能享受免费供应品和无偿地给予撞来挤去的吸毒佬的"五二九"式刺激了。

同性恋者，密探，爱尔兰人，水手当心……向下看，在你感到阵痛之前向下沿着线看……

地铁里不断地发生一串恐怖的爆炸……

王后集市对醉汉扒手来说不是好地方……对地铁醉鬼有太多的层级和隐匿处，而且当你把手伸出来时不可能遮挡……

五个月又二十九天：因"拥挤"而受刑，这就是说，带着显而易见的目的找个过夜的地方……不幸的人们可能会由于谋杀而被判罪，但不会是拥挤。

同性恋者，密探，爱尔兰人，水手，老日子。吸毒者和醉汉小偷，都是我的熟人……第 103 大街的相聚……水手和爱尔兰人呆在坟墓里……密探因吸毒过量而死；同性恋者则出了毛病……

"你见过潘多芬玫瑰吗？"老烟鬼说……"到花钱的时候了，披上一件黑外衣再做填字谜游戏……沿着滑道下去到市场街展览馆，那里展出各种式样的手淫与自虐。年轻人对此尤其需要……"

一个小有名气的匪徒滚下了河沟。……他们在蒸汽房里围住了他……这是递毛巾的小厮恰里·艾斯·古奥，还是威斯敏斯特的吉利格大娘?? 只有僵死的手指在盲文字板上交谈……

密西西比河掀动硕大的石灰石滚进肃静的小巷……

"搞乱雷达回波！"漂移大陆号的船长尖叫道……

腹中遥远地隆隆声……体内有毒的鸽子从北极光处下雪般落下……水库空空如也；铜制雕像闯过咧着大嘴的城市里饥渴的广场和小巷……

为了找到一条矿脉在患吸毒病似的早晨探测……

一千个吸毒者直捣水晶脊柱的诊所，干掉了那些灰夫人……

在石灰岩洞中遇到了一个男人，他有着美杜沙的头颅，放在一只帽盒里，他对海关检察官说，"仔细点儿"……永远凝结的手距错误的底层相差一英寸……

橱窗布置员尖叫着穿过车站，用虚幻的皮下注射攻击出纳员……（皮下注射是一种短期变化击打……也被称为结算……）

"复合性骨折，"大块头医生下结论说……"我是非常专业化的……"

引人注目的结核病在满是科赤唾沫的滑溜溜的回廊上猖獗蔓延……

蜈蚣们拱掘着被一百万小生灵的小便锈蚀成薄薄的黑纸一般的铁门……

这里看不到富妈妈的醉饮，只有腐臭的灰尘，用过两次的棉球紧跟着自我毒品注射的骨头……

公　鸡

水手那灰色的毡帽和黑色的上衣裹在萎蔫了的烟鬼身上。清晨的阳光把水手的轮廓染上了黄金般灿烂的橘黄。在他的咖啡杯下有一张餐巾纸——这是那些专门往来于世界各地的集市、饭店、候机室和其他各种等待之所的人们的标志。一个吸毒者，即使是在水手这样的层次上，也要遵从毒品时间，像所有请愿者一样，当他以某种强求的性质侵入他人的时间时，他必须等待（一个小时要多少咖啡？）

一个小伙子走进来，坐在了那急切而又病恹恹的瘾君子残破的队伍的另一面。水手浑身发抖，他的面孔在一股颤动的棕色迷雾中而模糊不清，他的手在桌面上移动，阅读着小伙子的盲文字报。他的眼光从小小的沟壑和圆孔，以缓慢和探索的动作沿着小伙子颈部那棕色毛发的层阶循序而上。

小伙子动了动，搔了搔脖子后面："什么东西咬了我，乔。什么讨厌东西让你跑到这儿来的？"

"公鸡迷，孩子，"乔说，随手举起鸡蛋冲着灯光，"我在和哀勒·凯历一起旅行，

411

她是个妓女。在蒙大拿州贝塔市时，她得了可卡因恐怖病。她直接穿过旅馆，叫嚷着中国警察拿着切肉刀在追她。我认识这个芝加哥警察，他嗅出以晶体、蓝色晶体的形状进来的可卡因。所以她变得疯疯癫癫地，开始嚷嚷联邦警察在追她，一头冲进这条小巷，把脑袋藏在那垃圾罐里。我说，'你认为你在干什么？'她说，'滚开，否则我要开枪了！我得把自己隐藏得好些！'当隆隆声在远处轰然响起的时候我们就到了，对吗？"

乔看着水手，以吸毒者耸肩的样子推开了手臂。

水手用他洋溢着感情的声音说着，这声音在他的头脑中重新凝聚，并用冰冷的手指理解了字意："你的联系已经中断了，孩子。"

小伙子退缩了。他那张街头少年的面孔，被吸毒带来的黑疤弄得丑陋不堪，还保留有一丝原始和残破的纯真；羞涩的动物凝视着恐怖的灰色阿拉伯图案。

"我不喜欢你，杰克。"

水手进入了亢奋的吸毒顶点。他拉开上衣的翻领，现出了一根布满铸斑和绿锈的铜质刺激针。"为了优质服务而引退了……坐下来吃一块乌饭树果屑面包，记在我账上……你那小猢狲会喜欢它……把他的上衣涂涂亮。"

小伙子感到什么东西越过早餐室八英尺高墙碰到了他的胳膊。他突然被虹吸到一个火车座上，落下来竟无声无息。他盯着水手的眼睛看：一股寒冷黑暗的流体搅动着一个绿色的宇宙。

"你是代理人吗，先生？"

"我喜欢另一个词——传媒者。"他那响亮的笑声回荡在小伙子的周围。

"你掌握着人类，我得到了面包……"

"我不要你的钞票，亲爱的，我要你的时间。"

"我不乐意。"

"你想自我注射？你想要得知真相？你想要赤身裸体？"

水手摇晃着什么东西，呈粉红色，振动在目光焦点之外。

"是的。"

"我们要成为独立自主的人。获得他们所有的特殊热情，别把毒品注射针当成唯有的生命。我想起来，我和菲格曾去过王后集市。离开王后集市，儿子……罪恶的场所……暗探四伏。许许多多的阶层。灼热从烟草房里喷突而出，天空布满阿摩尼亚气体就像燃烧的烈火……落到了那苍老可怜的醉汉扒手身上，吓得她直脱了一层皮。她只得进行了一个星期的皮下毒品注射，否则只能享受免费供应品和无偿地给予撞来挤去的吸毒佬的'五二九'式刺激了……同性恋者，密探，爱尔兰人，水手当心，向下看，在你们去那儿旅行之前沿着线向下看……"

地铁里连绵不断地发生一串恐怖的爆炸。

灭绝者干了件好事

水手轻轻地在门上摸索着，手沿着门上的橡木图案慢慢地移动，留下了模糊粘稠的、虹彩般的粘液。他将手臂伸进去直至没过肘部，拉出里面的一根带子，然后立在一边让小伙子进去。

沉闷而单调的死亡气息弥漫在空屋之中。

"这陷阱里不通气是由于灭绝者为公鸡迷们熏蒸过的缘故。"水手解释道。

小伙子剥落的感觉在疯狂的爆破中四面进射。出租公寓和纵列公寓无声地在震颤。沿着厨房的一面墙壁一根金属管道——它是否确实是金属呢？——通向一个水族馆或者是水槽，里面装着半透明的绿色液体。被不知名的服务弄得残破霉烂的东西堆满了地板：一件用来保护某个精制的平面扇形器官的下体护身；层层叠叠的干草捆；支架和绷带；一个多孔的粉红色石头制成的巨大的 U 字形牛轭；小小的铅管在一端打开了放着。

两股运动的气流搅动了凝滞浓缩的气味、满是尘垢的小舱房里布满的男人味、游泳池中的氯气、干燥的精液。其他的气味围着粉色旋状物曲缠斜绕，碰触着不为人知的门。

水手把手伸到洗手架下面拿出了一个包着碎纸的包裹，这包裹从他手里滑落到了黄色的尘垢中。他把滴管、针头和匙子放在桌上污浊的盘子里。不过由于几分黑暗他没有感觉到蟑 螂的触角。

"灭绝者干得很利索，"水手说，"有时候，简直太神奇了。"

他看了看一只方听里的黄色的红花除虫菊粉，又拿出了一个包着半金半红色的中国纸面的扁盒。

"像一包爆竹。"小伙子想。十四岁时丧去了两只手指……七月四日的爆竹事故……后来，在医院，第一次默默地与毒品接触。

"他们走了，在这儿，孩子。"水手把一只手放到了他脑后。他随随便便地铺着床铺，一边打开那只小盒，这是一个沟槽和覆盖物的设计都十分复杂的小盒。

"绝对纯的，百分之百的海洛因。几乎没有一个人现在会……这全是你的。"

"那么你要我做什么呢？"

"我需要你的时间。"

"我不情愿。"

"我有你想要的东西。"他的手玩弄着小盒。他又飘飘然走到前面的屋中。他的声音好似从远方传来。"你也有我想要的东西……这儿还有五分钟,其他什么地方一个小时……二,……四……八……也许我自己先走一步。……每天都要死掉一点……这要占用时间……"

他又走回厨房,他的声音嘹亮清晰:"五年一块。没人在这条街上获得过更好的买卖。"他用手指摸了摸小伙子鼻子下面分开的线条。"就从中间下去。"

"先生,我不清楚你在说什么。"

"你会的,孩子……到时候。"

"好吧!那么我应该怎样做?"

"你接受了条件?"

"是的,好比……,"他瞄了一眼小盒。"什么……我接受。"

小伙子感到一记无声的重击入他的肌肤。水手把一只手插入小伙子的眼中,拽出了一只粉红色的阴囊蛋和一只闭着的抽动着的眼睛。黑色的毛在蛋内半透明的肉中乱舞。

水手用他赤裸裸的手去爱抚那只蛋——他的手深粉红色,肥厚,青筋毕露,长长的卷毛从被缩短的指尖处抽出芽来。死亡的恐惧和死亡的孱弱抓住了小伙子,他屏住了呼吸,连血液也凝固了。他靠在了一面看上去仿佛微微迎上来的墙壁。然后就一头扎进了嗜毒极境。

水手正在煮着一支针剂。"当隆隆声在远处响起时我们就到那儿了,对吗?"他边说边轻按小伙子的静脉,用那只慈爱的老妇人的手指擦去那些鹅皮状的疱疹。他把一只针头插了进去,一朵红色的花在滴管底部灿然开放。水手压了一下球囊,看着溶液冲入到小伙子的静脉之中,迅即被饮渴的血液所吸收。

"上帝!"小伙子说。"我以前从没尝过这个。"

他点燃一支香烟并环视厨房,突然有一种嗜糖的冲动。"你想取消吗?"他问道。

"和那狗屁牛奶糖吗?吸毒是有进无出,不能做 U 字形调头。无论如何你也不能跳出的。"

他们称我为灭绝者。在一个交点上我做过这种练习而且目睹了在黄色红色除虫菊粉作用下窒息而死的蟑螂们的肚皮舞("现在已很难找到那种粉,夫人……战争仍在进行。让你来上一点儿……两美元。"),把那些肥胖的臭虫从玫瑰色的墙纸上冲刷下来,送进北克拉克那破烂穷酸的戏剧旅馆中去,再向有目的的告密者,偶尔是专食婴儿的禽兽下毒。你看呢？

我的责任：找到一个活口并将之灭绝。不是他的躯体而是他的"模架"，你明白——不过我忘了你不可能明白。我们其实只有很少几个人。不过即使是一个人也可以弄翻我们的食品盘。像通常一样，危险来自保护使者 A·J；瓦吉勒特；"黑狍狳"（南美锥虫病媒介的携带者，在一九三五年的阿根廷瘟疫后没有洗过澡，记得吗？）李；水手还有本威。而且我了解某个使者已经离去正在黑暗中注视着我。因为所有的使者都叛变而所有的反抗者都出卖别人……

需要代数学

"胖子"终端来源于城市压力池。在那里，公开的生命喷吐机喷吐出一百万种形式，立即被吞噬，食人者被黑色时间的利剑斩除……

很少人来到集市，在此地池槽弄空了一条潮水河，带着各种形式的残存物，它们配以各种防护用品以抵御有毒粘液、黑霉菌、正在腐烂的肉、真菌以及绿色气味，它们使肺叶干涸并以缠紧的绳结攫取肠胃……

由于"胖子"的神经是脱皮并裸露的，以便感觉到一百万冰冷的刺激力之死亡的痉挛……"胖子"学会了需要代数学并幸存下来……

一个星期五"胖子"用虹吸术把自己吸进集市，一只半透明而微灰的胎猴，在柔软小巧的紫灰色手上长着吸盘，一张由冰冷的灰色软骨组成的七鳃鳗似的盘状嘴围绕着空洞黝黑，挺直的牙齿，摸索着毒品方式的痕迹……

一个富人走过这里，看了这个怪东西一眼，"胖子"吓得屁滚尿流，还吃起自己的大便，此人被他的一瞥带来的礼物所感动，从他的星期五手杖中啪嗒一声打出一枚硬币（星期五是穆斯林的礼拜日，这天富人们会慷慨解囊）。

"胖子"于是学会了制作黑肉并壮大了一个规模宏大水族馆……

他那空茫的，善于观望的眼睛掠过世界的表层。……在他从毒瘾中醒来时，半透明的灰色猴子闪烁着，如同鱼冲撞着毒品商标，悬挂在那儿吸吮并最终都回到"胖子"那里，使他的成分不断继续，用灰色的毒品淤泥填满了世上的集市、饭店和等候室。

青春期痴呆者，"莱塔"和类人猿用作引人奸淫的字谜游戏的方式拼出党的总部的新闻简报。所拉比斯人的放屁代码，黑人开闭嘴唇以金牙的闪烁传达信息，阿拉伯暴乱者传送烟火信号把那些谄媚的宦官——他们制造最好的烟雾，在空中高高悬浮，浓黑而稳定——抛进一个被汽油点燃的垃圾堆中，美妙旋律的拼接，驼背乞丐抑郁的排

箫，寒风从契姆玻拉兹的明信片上衔接而过，斋月的长笛，钢琴的乐声传过风声呼啸的街道，断断续续的警察的呼叫，广告小册子和街头战斗同步拼写着 SOS。

两个代理人彼此间检验要通过选择扰乱对方传声装置的性实践来完成自我，性交中来往传递的原子的密码十分复杂，世界上只有两个物理学家自称了解它，而这两个人都绝对地拒绝对方。接着，接受方的代理人将被吊起来，证明他犯有占用一条神经系统罪。

老化心脏的呼吸节奏，一个肚皮跳舞者的撞击，让让让一只汽船穿过油污的水面。侍者让一滴马丁尼洒落在了那个穿灰色法兰绒西装的男人身上，他为六·一二一事潜逃并认为他已经被人记录下来。当高架铁道的隆隆声传过时，吸毒者们从肮脏的厕所窗户中爬出。在沃尔多夫成为牛仔的瘸子生下了一小群耗子。（牛仔：纽约的拐子黑话意思是杀了母亲的奸夫无论你在哪儿找到他。一只老鼠，就是一只老鼠就是一只老鼠就是一只老鼠。一个告密者。愚蠢的处女们注意一个英国上校，他在他的长矛上挥动着一只怒嚎着的西貒野猪。优雅英俊的伙伴光临他邻居的酒吧，去要一份关于死去的妈妈的公报，她仍然生活在染色体联会中并将叫醒令人激动的雌山羊打击者。在学校厕所里打发时光的小伙子们，彼此相知就像来自银河系 x 的使者们，把地点移到第二轮的夜场，在那儿衣衫破烂而又奇异怪诞地坐着，喝着酸葡萄酒吃着柠檬以混淆次中音部的萨克斯管，一个颓废派阿拉伯人戴着蓝眼镜涉嫌为敌方的送货人。吸毒者的全球之网，转变成了恶臭精液的绳索……紧束在装有家具的房间里……在讨厌的早晨颤抖……（老彼得在有裂缝的洗衣房后屋里吸着黑烟。忧郁压抑的幼儿死于长时间过量用药或呼吸的冷性毒瘾发作——在阿拉伯半岛——巴黎——墨西哥城——纽约——新奥尔良——）活人与死人……已在病中的和颔首默认的……吸毒上瘾的或戒除毒瘾的或重新上瘾的……进入到毒品的梁椽之上，毒品贩子们此时正在多洛莱斯街上吃着炒杂碎……把一磅蛋糕浸入比克佛兹中……在交换地被一群困兽犹斗的人们赶上。世上的污浊之气胡乱填在颤抖的原生质中。恐惧以一种楔形文字的账目封存了某种信息。咯咯傻笑的暴徒们与一个燃烧着的黑鬼的尖叫声交叉。孤独的图书管理员们团结在满是口臭的深深一吻中。那种流行性感冒似的情感的兄弟？疼痛的喉咙固执而焦虑如同酷热的午后之风？欢迎到国际梅毒分会来——"条理分明的艾皮柯巴尔他妈的"（此短语用于检验减少典型的局部麻痹的语言）或许第一次对下疳无声的碰触使你成了一个名望很好的人。深深的丛林中颤抖着的无声恶臭和器官搜集者们，当城市突然安静时毒品警察两地间常来常往的人急匆匆走过胆固醇障碍重重的路线去进行接触。情欲亢奋的信号闪光在世界之上迸然而出。一只大麻烟头跳起来喊道"我感到了恐惧！"并扶带着世界的后脑窜进了墨西哥之夜。刽子手在看到了定罪之人时吓得屁滚尿流。上刑者在他不可饶恕的牺牲者耳边尖声大叫。执刀的战士在肾上腺素中相抱。癌症站在门口拿着一张唱着歌的电报……

豪瑟尔和奥布赖恩

那日早晨八点时分当他们靠近我时，我知道这是我最后的机会，也是唯一的机会。可他们不知道。他们怎么能呢？这是一次惯常的普通结识，不过不算非常普通。

豪瑟尔吃早饭时上尉打来了电话："我要你和你的搭档去找一个叫李的男人，威廉·李，就在进城去的路上，他在拉姆普利旅馆，离B大街很近。"

"是的，我知道那地方，这人我也记得。"

"很好。在606房间，把他叫来就行，不要花时间对那地方进行搜查。只是要带来所有的书籍、信件和手稿。一切印刷，打字和手写的东西，懂了吗？"

"懂了，不过这样干的目的是什么……书籍……？"

"你照办就是了。"上尉挂断了电话。

豪瑟尔和奥布赖恩，他们在城市缉毒队已经干了二十年，跟我一样都是经验丰富的老手了。我耽于毒品已有十六年。在法律实施时他们没有这么坏。至少奥布赖恩没有。奥布赖恩是个骗子，豪瑟尔是个粗野的家伙：一支歌舞杂耍队。豪瑟尔有一种投合你的法子，在你没开口之前就使气氛活跃起来，接着奥布赖恩递给你一支"老金"——就像一个警察抽"老金"时的模样差不多……并开始压制一个的确已经在押的罪犯。我不是个坏家伙，而我也不想干这样干。不过这是我唯一的机会。

我刚绷紧静脉打算进行早晨的注射，他们就靠一把万能钥匙走了进来。这是一种特殊的钥匙，甚至当门从里面锁死并添加一把钥匙在锁内你仍能使用它。在我前面的桌面上放着海洛因、针头和注射器——我在墨西哥养成了使用固定注射器的习惯，并从没再回头去使用一支滴管——酒精、棉球和一杯水。

"不错，不错，"奥布赖恩说道……"多日不见了，嗯？"

"穿上你的外衣，李。"豪瑟尔说。他掏出了手枪。他在执行逮捕时总是亮出手枪，以求得某种心理学的效果并抢先一步冲进厕所阴沟或者窗口。

"可否让我先来点儿刺激吗，小伙子们？"我问道……"这还有很多可作证据的。"

我考虑不出如果他们说不的话，该怎样拿到我的手提箱。那箱子没锁。但是豪瑟尔却手持着枪。

"他要打一针。"豪瑟尔说。

"你知道我们不能这么做，比尔。"奥布赖恩说，他的声音就犹如个街头骗子，那名字以一种油滑而又谄媚的亲昵脱口而出，粗鲁而又猥亵。

当然了，他的意思是"你能为我们做些什么，比尔？"他看着我开口微笑，而笑靥停得过于长久，邪恶可怕而赤裸在外，这个虚伪的老性反常者的笑容，聚集了奥布赖恩模棱两可的功能的所有的弊病。

"我或许能为你们提供马蒂·斯迪尔。"我说。

我了解他们迫切想得到马蒂。他从事贩毒达五年之久，可他们连拳头都打不到他身上。马蒂是个老练的家伙，而且对他的顾客非常认真。在他从某个人那儿拿钱之前，他必须了解这个人而且要充分地了解。没人会说他们因为我而服徒刑。我的名誉可谓完美无缺，可马蒂仍然没为我服务过。因为他认识我的时间还不够长，马蒂就是这么一个疑心很重的人。

"马蒂？"奥布赖恩道，"你怎么能有他的消息？"

"我当然能。"

他们很是怀疑。一个人不可能作一辈子警察而不加强某种特别的直觉。

"好吧，"豪瑟尔终于说道，"不过你最好是全部交代。李。"

"我会和盘托出的。请不要怀疑我，我对此了如指掌。"

我扎紧勒绳准备进行注射，整条手臂因热望而颤抖，一个瘾君子的原始模型。

"一个老瘾君子，小伙子们，一个不害人的衰老的、摇摇欲坠的健康不良的瘾君子。"这就是我的行事方法。像我希望的那样，豪瑟尔向一旁看去而我则开始摸索静脉血管。这是个很不愉快的场面。

奥布赖恩坐在一只椅子的扶手上吸着一支老金牌香烟，他戴着一副梦幻的神情望着窗外，这表情就像我得到抚恤金一样。

我把针头扎进血管。一股血液涌进了注射器，在一刹那凝固得如同一块红色的索带。我用拇指把推进手柄压了下去，感到海洛因注入了进去，穿过血管添满了一百万饥饿的孔穴，为每一根神经和每一块肌肉注入了力量和清醒。他们并没有注意我。我在注射器里填满了酒精。

豪瑟尔摆弄着他那只塌鼻子的侦探专门使用的柯尔特手枪，环视着整个屋子。他像动物一般能够嗅得出危险。他用左手推开了内室的门往里扫了一眼。我的肚里不自主地一紧。我想，"如果他朝箱子里面看，我立刻就结束了。"

豪瑟尔出其不意地转过头来对我说："你完了吗？"声音如同在怒吼。"你最好未曾再次把我们往马蒂身上扯膜。"这词语是如此粗俗，连他自己也惊诧不已。

我拿起装满酒精的注射器，拧动一下针头看看它是否确实拧紧了。

"正好是二比二。"我说。

我挤出一股细细的酒精，用注射器的侧面鞭打他的眼睛上。他痛得像公牛般大叫起来，我可以看到他用左手抓搔自己的眼睛，就像在撕扯一块看不见的绷带一样，我趁势曲身下伏，单膝跪在地板上，伸手摸到了我的提箱。我把箱子打开，左手握紧了枪柄，——我惯用右手，但在射击时却是左手持枪。在我听到枪声之前我就感到豪瑟尔机枪的撞动声。他射出的子弹穿入了我身后的墙壁中，我伏在地板上射击，迅速打出两组点射，正中豪瑟尔的肚皮，他的马甲被撕开一道缝，露出了一寸白色的衬衫。他咕噜的声音使我能确认他的位置并再补两枪。奥布赖恩由于惊恐而动作失常，一只手死命撕扯着肩下的手枪皮套。我用另一只手死死地箍住枪柄使枪声稳固以便它后撞——这支枪的击铁已经锉圆了，所以你只能用双倍的力量使用它——然后向他银色的发线下两寸左右的红润前额正中开了一枪。我最后一次看到他时他的头发已成灰色。那是十五年前的事了。那是我第一次被捕。他的眼睛被打飞了，倒在地上，椅子压在脸上。我的手已经碰到了我需要的东西，顺手把我的笔记本和我的著作，毒品和一些瓶瓶罐罐都扫进了一个公文皮包。我把枪塞进皮带，蹑手蹑脚来到走廊上，穿上了衣服。

我清楚地听见办公室的雇员和叫人的门房正自楼梯跑上来。我乘坐私人专用电梯下楼，走出空荡荡的门厅来到大街上。

这是个美丽的印第安夏日。我知道我没有太多机会，但是只要是机会总比没有强，总比当磺胺噻唑或其他诸如此类的试验品要好。

我必须赶快把毒品放置好。沿着机场、火车站和汽车站，他们将覆盖有毒品的区域和相应的关系网。我要了辆出租车开往华盛顿广场，下车后顺着四号街一直走下去，终于在一个角落里碰到了尼克。你总是能找得到贩毒者。你的需求如魔鬼一般一直在向他召唤。"听着，尼克，"我说，"我要离开市区，打算再弄点海洛因，你现在能帮我弄到吗？"

我们沿四号街而行。尼克的声音闯入了我的意识，一种胆怯的孤魂般的声音。"是的，我想我能弄到。但我必须进城里一趟。"

"我们可以租辆车去。"

"好的。但我不能带你去会见那个家伙，你懂的。"

"我懂，咱们去吧！"

我们乘车迎头北上。尼克用他平淡衰朽的声音侃侃而谈。

"前不久我们弄到了一点有趣的玩艺儿。这东西力道的不确……我不明白……这是另码事。也许他们在里面掺了点儿合成剂，……杜冷丁或其他什么……"

"什么!!!? 或者已经掺了?"

"嗯? ……但是我这次带你去搞的是正宗货,事实如此。这是我所知道的最好的一笔交易了。……在这里停下。"

"请你干得麻利些。"

"大约要花十分钟,除非他的东西没放在这,那就只好再跑一次了……你最好坐到那边去喝杯咖啡……这是个热心的邻居。"

我在柜台上坐下,要了杯咖啡,还点了一块有塑料包装的丹麦蛋糕。我就着咖啡吞下了这块干瘪得如橡胶的蛋糕,心里在祈祷请上帝帮忙让他一去就办成,可别回来说那人不在,我们必须再去东奥兰基或格林波茵特跑一趟。

就在这时他回来了,站在我的身后。我盯着他不敢发问。真有趣,我想,我坐在这儿,带着可能只有百分之一的机会,以活过此后的一天——我已下定决心不能屈服,并准备在死亡等待室里度过此后的三四个月光阴。这时我着急的是一笔毒品。我只剩下五支针剂了,没有毒品我将会成为废人……尼克点着头。

"别在这儿给我,"我说,"咱们上车去。"

我们开车向城外驶去。我伸手抓紧那包东西,然后把一沓五十美元的钞票放到了尼克手里。他瞥了一眼后露出牙乐咯咯一笑:"多谢了……这下我和此事就毫无牵扯了……"

我坐下来让自己的理智开始工作而并不催逼它。对你的理智催逼太急,它就会像一个超负荷的开关线板一样闯出祸来,或者对你造成损害……我没有任何犯错误的余地。美国人对失去控制有一种特别的恐惧,对让事物在无干扰的情况下自行发展有一种特殊的恐惧。他们喜欢把东西一股脑儿倒进肚子里把食物分解吸收掉再把粪便排出体外。

如果你学会放松并等待答案的话,你的理智会解答大多数问题。就像一种会思考的机器那样,你输入进自己的问题,坐下来,然后等待……

我在寻找一个名字。我的理智在许多名字中分类归档,马上丢弃了F、L——侦探情人,B、W——错生的人,N、C、B、C——优雅的猫而不是小鸡,放置一边重新考虑,缩小差距,筛选过滤,感觉那个名字,那个答案。

"你知道吗,有时候他会让我等上三个小时。有时候我会使事情像这次一样顺利。"尼克在表现强调某事时常用一种不以为然的微笑。就像在瘾君子的心灵感应世界中那种为对话进行的辩解一样,那里只有量的因素——多少美元? 多少毒品? ——要求逐字逐句地表达。他和我都知道关于等待的含义。在任何方面说毒品交易的进行都是没有固定规律的。除非出现意外,没人会按时交货。瘾君子们遵从的是毒品时间。他的身体就是他的时钟，海洛因通过他的身体就像水通过滴漏一般。时间对他的意义只是依他的需要而定。然后他会突然地闯入他人的时间之中，像所有的局外人，所有的请愿者一样，他必须等待，除非他刚好和非毒品时间产生了某种默契。

"我能对他说些什么？他知道我将等待。"尼克笑道。

我在永葆强力浴中熬过了一夜——（同性恋是一个代理人能用的最流行的掩饰身份）——在那儿一个猃猃咆哮的意大利侍从开创了如此令人气馁的氛围，它在深色双筒望远镜里望见的下部红色横扫整个集体宿舍。

（"东北角一切正常！我看见你了！"打开梗顶灯，叫他的头从卧室的地板和墙壁的活动门里探出去，一个又一个皇后被套上紧身衣带走了……）

我躺在那间敞顶的小卧室中望着天花板……听着杂乱破碎的欲望引来的噩梦的微光中那些低吟，尖叫和咆哮……

"我操你！"

"加上双层眼镜或许你会望见什么！"

在准时的早晨走出去，买一张报纸……一无所有……一家药店的电话亭给我挂来电话……向我要麻醉剂：

"贡扎尔斯中尉……谁在说话？"

"我要和奥布赖恩通话。"片刻的沉寂，电线摇摇摆摆，声音不畅……

"这个部门找不到这么个名字……你是谁？"

"那么我和豪瑟尔讲话。"

"请听好，先生，这个办公室里根本没有那位奥布赖恩和豪瑟尔，你到底想搞什么名堂？"

"这件事很重要……我得到情报，一艘满载海洛因的船正驶进港口……我要和奥布赖恩和豪瑟尔谈谈……我没有和其他任何人谈过这事……"

"等一下……我想法让你和阿斯比亚兹联系。"

我开始怀疑在办公室里会不会藏着这么个盎格鲁——撒克逊的名字……

"我要和豪瑟尔或奥布赖恩讲话。"

"我要对你说几遍，这里没有豪瑟尔更没有奥布赖恩……你究竟要干什么？"

我挂上电话坐着出租车离开了这个地区……在车里我感觉到发生了什么……对我来说，任何时空已被堵塞了，就像一只鳗鱼的屁股在它闯进马尾藻里进食时被堵住的一样……完全封锁了。……我再也不会得到一把钥匙，一个交叉之点，……热量将在这里离我而去……和豪瑟尔和奥布赖恩一道被流放到一块内陆的毒品往昔，那里的海洛因总是二十八美元一盎司，并且你可以在印第安达可塔族堕落的现金洗衣店里刻上

瘾病的记号……远离尘世的镜子，与豪瑟尔和奥布赖恩一起进入不可告人的过去……抓住一个未竟的心灵感应的官僚政体，时间垄断，控制药品，沉重的流动瘾君子：

"我推测那是三百年之前。"

"你的计划当时就已失灵并且现在已经没用了。……就仿佛达文斯的飞行器计划一样……"

减缩的序言
——你认为如何？

为什么这张废纸使人们从一个地方奔向另一个地方？大概是为了减轻读者对突如其来的空间转换的压力并使他保持优雅？所以票子买好了，出租车也给叫来了，飞机也坐上了。我们被许可瞥一眼那温暖的桃形山洞，这时她（当然是航空公司的女老板）偎在我们身边喃喃地问着要不要口香糖，达姆明，甚至耐波他。

"谈谈止痛片吧，甜心儿，我将洗耳恭听。"

我不是美国捷运公司……如果一个我们的人被看到在纽约身穿公民服装闲逛，而且第二个句子是廷巴克图一个被瞧不起的小伙子谈论一个眼睛像瞪羚羊似的年轻人，我们就可以估计他（廷巴克图的非常驻人员）已借助一般的交通手段把自己转移到那里了。

代理人李（一个毒瘾日深的瘾君子）正在接受毒品治疗……对于时空旅行那种不祥之兆般的了解就像黑暗角落里的毒聚集对瘾君子一样……治疗的往昔和未来把各种图片穿梭般地来回输入他那鬼怪似的本体之中，使之在加速的时间那静静的风中颤抖……打上一针……管他什么针……

正规的肌肉穿刺，在管辖区的小牢房里满地打滚扎针……"感觉起来就如同是注射海洛因，比尔？哈哈哈。"

暂时的残破印象在灯光中溶解……腐败的皮囊被那个在讨厌的早晨又吐痰又咳嗽的老吸毒鬼给清除掉了……

久经岁月腐蚀的紫棕色照片卷曲开裂就仿佛阳光下的焦土：巴拿马城……贝尔·戈恩斯把麻醉剂罐摆到了一个中国药贩子面前。

"我搞到了这些比赛狗……纯种的灵猩狗。……都患了痢疾病……极地气候……大便……你懂得大便吗？……我的赛狗就要死了……"他喊叫着……他的眼光中燃起了蓝色的火焰……火光奔突而出……气味如同燃烧的金属……"用一支眼睛滴管给药……你看可以吗？……月经性痉挛……我的老婆……科塔克思……上年纪的母亲……痔疮……红肿发炎的地方……鲜血流淌……"他冲着柜台直点头……那个药贩子从舌头底下拿出一根牙签看了看它的尖头儿摇了摇头……

盖恩斯和李用止痛剂把巴拿马从戴维到达里恩烧了个遍……他们伴着一种拖曳滑动的声音飞离……瘾君子们醉心于聚拢来进入同一个躯体……你在热带地区特别地谨慎小心……盖恩斯回到了墨西哥城……慢性毒品缺乏造成的绝望的骷髅般的启齿微笑被可卡因和兴奋剂弄得呆滞不堪……他的睡袍上满是香烟孔……咖啡污染了地板……冒烟的煤油炉……锈蚀的桔结色火焰……

大使馆除了提供美国公墓葬礼情况之外不能拿出更多的细节……

李回到了性和痛苦和时间和雅吉之中，苦涩的亚马孙精灵的葡萄……

我记得有一次在过量使用吗吉昂（将大麻晒干碾成粉末使之变成绿色的糖，并混以一些果糖剂或其他味道品起来通常像硌牙的梅子布丁之类的物质，只不过果糖剂的选择是任意的……）我正从露露或乔尼或小兄弟的屋里（虚脱的婴儿的恶臭和厕所的粪便）回来，从坦噶尔外的别墅起居室看过去，我一下子变得茫然不知所措。也许我正好推错了门，在任何时候，那个拥有者，那个先到这儿的主人会冲进屋来大声呵斥：

"你在这儿干什么？你是谁？"

我不知道我在此干什么，也不知自己到底是谁。我决定冷静从事来使我有可能在主人露面之前就确定好方位……所以我没有狂呼"我在哪儿？"而是静下心来四周环顾。你将会模糊地找到什么……你不可能第一次到这儿来。你也不可能是最后一次到这儿来……你那有关什么正在发生的知识仅仅是表面的和相对的……我为何知道这张黄褐色的枯萎的年轻的吸毒者的面孔是靠生鸦片来维持的？我企图告诉他："终有一天早晨你醒来时将看到你的肝脏摆在你膝盖上。"还有怎样处理生鸦片使之不全是毒性。可是他的眼睛毫无光彩而且他也不要知道。大多数像这样的瘾君子都不要知道……他也无法告诉他们任何事情……一个吸烟者除了抽烟之外不想知道任何事……一个海洛因吸食者也是一样……严格地说针头和其他程序都是粉状物质……

我怀疑他是不是依旧坐在他那座坦噶尔外的一九二〇年式西班牙别墅中吃着生鸦片，里面满是粪便石子和稻草……所有的惧怕是他也许会失去什么……

只有一件事一个作家能够写出来：当他写作时什么在他感觉的最前列的东西……我是一个记录仪器……我不能擅自强制出"故事""情节""连续性"……就我成功地直接记录某些心灵的程度而言我也许有些模仿的功能……我不是一个表演者……

他们称之为"着魔"……有时一个实体在体内跳动——轮廓在橘黄色的果冻上摇摆——双手颤抖想去掏空一个过路婊子的内脏或是扼死一个邻家小孩以希望减缓长期住房的匮乏。好像我时常在那儿并时而会干出蠢事……错了！我从没到过这儿。……从没全部进入着魔状态，只是多少处在一种抢先阻止愚蠢行为的位置上……事实上，巡查是我主要的职业……不管防卫措施多么紧密，我总是能在外面的某个地方定好货并在这果冻的规矩的夹克衫之中，它给予并扩展但总是提前一步改造了每一个动作，思想，刺激，贴上邮票并盖上外国检查的铅封……

作家们谈论着死亡那甜腻的味道，而任何吸毒者都不约而同地告诉你死亡没有味道……在同一个时间里一种味道窒息了呼吸阻滞了血液……死亡无色无味……没有人能穿过粉红色的旋圈和肌肉黑色的血液过滤器呼吸和嗅到它，……死亡的气味确定无疑是一种气味和无法嗅到的气味……这种气味首先冲击鼻腔是因为所有有机的生命都有气味……气味的终止给人的感觉在黑暗中茫然的眼睛，肃静之于耳朵，压力与失重之于平衡和确定感一样……

在毒瘾发作期间你总是嗅到它并将之发出供他人吸嗅……一个极度兴奋的吸毒者能用他的死亡之味让整整一套公寓都不宜居住……不过良好的通风设施能让这地方重新充满臭气以使身躯得以呼吸……你也能在有嚼烟草习惯的人那儿嗅到它，它会突然开始等比级数的跳跃就像一场最剧烈的森林大火……

可治疗的结果总是：让它去！跳吧！

我的一位朋友发觉他自己在马拉科什旅馆房间的二楼上赤身裸体……（后来他被一个得克萨斯妈妈处理过了，给他穿上了一件姑娘的衣服就像一个小孩子……采取这种方法去对付婴儿原生质仿佛是很粗鲁的，但有时会十分有效……）其他的占有者是阿拉伯人，三个阿拉伯人……手上拿着刀……注视着他……在黑暗的眼睛里有金属的闪烁和光线……凶手的碎片落下的状态仿佛火蛋白石的片屑在甘油中穿过，穿过甘油……缓慢的动物反应允许他有整整一秒钟做出决定：直接破窗而出并跌入熙攘的大街，就像一颗坠落的星星开始它在阳光下闪烁的玻璃轨迹一样……支撑着一只破碎的踝骨和一副残缺的肩膀……穿着一件透明的粉色窗帘——附带着窗帘棍，蹒跚地前往警察委员会……

迟早代理人瓦吉勒特、拉比、李、Ａ·Ｊ、麦角菌双胞胎克莱姆和杰迪、实业界巨头呵嗓·奥利瑞、水手、灭绝者、安德鲁、凯夫、"胖子"终端、本威博士"妙指"夏浮可以在同一个时间说出同一个词，在交叉点上去占据时空中的同一个点。使用一个普通的发声器官并完成所有的代谢，对同一个人而言——表达致意的一种最不精密的方式：吸毒者裸露在阳光下……

作家在镜子里面像往常一样看着自己……他必须再一次审检并使自己充分的肯定分裂行动的罪行尚未、没有、不能发生……

所有在镜中真正看过的人都知道这罪行是何物，也知道在反射不再顺从时它在失控方面暗示着什么……给警察打电话已经太迟了……

我个人希望停止我的服务，像现在这样，我不能继续出卖未经加工的死亡材料……先生，你已经病入膏肓，而且会危害到其他人……

"以我们所知道的范围辩护是没有用的。"辩护方从电子显微镜上抬起头来说。

把你的事情送到瓦尔格林那儿

把你所见到的一切消灭掉

我们不负责任

不知道怎样才能让白人读者接受他

你可以对它叫喊或者低吟……将它记录或者描画……对它行动……把它从汽车中排泄出去……只要你不去做的话……

参议员们跳将起来以毒瘾不可动摇的权威为死亡这种惩罚狂叫……为有毒瘾之人而死，为性皇后们（我是指成瘾之人）而死，为精神变态者而死，他们对驯养动物使用的柔软动作……

死亡的黑色风力在土地上波浪起伏，感觉嗅吸着分裂生命的罪行，因恐惧而冻僵的肌肉原动力在一个巨大的概率曲线下颤抖……

人口集团在种族灭绝的一种方格游戏中消失……任何数字都可以……

自由新闻和不那么自由的新闻以及反动新闻一致赞同："所有其他层次经验的神话都必须根除……"暧昧地谈着某种粗糙的真实……得了口蹄疫的母牛……预防……

世界上的强大的某些组织在粗暴的斩断着所有联系的线索链条……

行星漂向偶然的昆虫末日……

热力学缓缓地获胜……生命力在邮局受阻……耶稣在流血……时间跑了出去

你可以在任何一个交叉点上打断《赤裸的午餐》……我写过许多篇序言。它们自然地萎缩和断裂就像黑人得了那种西非疾病脚趾被截一样，一个脚步匆匆走过的金发美人展露出她像修剪好的指甲那般的铜黄色脚踝跳过俱乐部的平台，那只阿富汗猎狗找到了主人……

《赤裸的午餐》是一个蓝图，一本给人以基础知识的书……黑色昆虫的贪欲向茫茫太空拓展并吞噬着行星的风景……抽象的概念，像代数一般赤裸无蔽，收缩成了一堆黑色粪便和一对上了年纪的卡通人……

基本知识在打开一个狭长大厅尽头的门时延伸到经验的各个层次……真正的平静才会使这扇门打开……《赤裸的午餐》从读者那儿要求安静。除非他把住了自己的脉搏……

罗伯特·克里斯汀知道代客接听电话服务……杀了老婊子……怎么样？

罗伯特·克里斯汀，扼杀女人的凶手——听上去好像一种上好的项链的名字——在一九五三年被处以绞刑。

好人杰克，十九世纪九十年代实有其人的剑客，且从未被人脱下内裤逮住……给出版社写了封信。

"下次我将为了高兴而寄上一份报头广告，怎么样？"

"噢，要当心！他们又去那儿了！"老淫棍一边说一边把珠子洒了一地板。……"你要把他们拦住，詹姆斯，你这一钱不值的臭大粪！别光站在那儿让主人的珠子都滚到煤箱里！"

橱窗布置员的尖叫穿过车站，用虚幻的刺激打击出纳员。

地劳迪德救了可怜的我（地劳迪德是一种加工过的，脱水的吗啡）。

穿黑马甲的行政司法长官打印了一份死亡证明：把它弄成合法而免税的麻醉剂……

违反公共健康法第三百三十四条……用欺骗手段获得了高潮……

乔尼四肢着地，玛瑞吸吮着他同时把手指放在他大腿后面在棒球场外场上。

越过破碎的椅子望着工具屋的窗外，石灰在河边，石灰石悬崖上的寒冷春风中飞舞……月雾的碎片悬浮在中国蓝色的天空……越过尘埃密布的地板在精液那长长的线外……

汽车旅馆……汽车旅馆……汽车旅馆……破碎的霓虹灯阿拉伯图案……十分孤独地呻吟着穿过大陆就像雾幔笼罩在潮水河那平静油滑的水面……

球体挤压着干燥的柠檬皮害虫在屁股的边上用刀子切下一片大麻放在水烟管里——泡泡泡泡——表示我通常是什么……

"河流已经弄好了，先生。"

死叶子塞满了喷泉，天竺葵和薄荷一起疯长，遮住了穿过草坪去自动售货机的小路……

上了岁数的花花公子穿着他一九二〇年亲自签名的油布雨衣，给他尖叫的老婆提供了一套垃圾处理工具……毛发，大便和血污在墙上喷出了一九六三年的字样——"是的先生，亲爱的小伙子们，大便在一九六三年确实击中了追随者。"倦怠的老先知说，他会不费任何力气地把小便从你身上任何一个地方通过钻个小孔弄出来……

"我现在还能记得是因为正好是在两年前，一种人类中流行的口蹄疫在一间玻利维亚厕所中发育从一件灰鼠皮大衣中间释放出来，恰恰是这件大衣牵涉堪萨斯一件所得

税案件……但是丽兹要求的一种纯洁无瑕的概念并从肚脐中生出一只六盎司重的蛛猴……他们说这个蹦蹦跳跳的呱呱叫的动物一直把那只猴子背在背上

我，威廉·西沃地，是一个醉意熏人而又蒙头的地铁列车车长，将用鱼藤酮镇压尼斯湖怪并杀死那只白鲸。我将迫使撒旦自动顺服，并使辅助的着魔者纯化升华。我将把刺鱼从你的游泳池中放逐出去。而且我将按照纯洁的计划生育原则放出一只公牛……

"一件事发生得越经常，它就越有独特的宝美，"自命不凡的年青日耳曼人在秋千上读着他的共济会家庭作业时说道。

"犹太人根本就不相信耶稣基督，克莱姆……他们想干的不过是欺骗基督徒姑娘……"

青春期的天使们在世界的茅房墙上歌唱。

"过来手淫……"一九二九年。

"瘸子推销牛奶白糖大粪……"乔尼·洪一九五二年后期。

（穿紧身胸衣精神衰弱的男高音在舞会上唱着丹尼·迪弗尔……）

骡子在这体面的县城不产驹，在灰坑中发出充满死亡的让人不解的声音……违反公共健康法第三百三十四条。

何处是雕像和好处？谁能说得出？我无话可说……家在我的放冲洗器的包里……国王拿着喷火器肆无忌惮，国王是一个杀手，使一千个叫花子模样的模拟像经受着拷打，偷偷溜到城中的棚户区在石灰石球的院子里排泄。

年轻的玩具水枪径直走出屋子再不回头。

"千万别回头，孩子……你转进了老母牛常去的舔盐的盐渍地。"

胡同小巷里警察的子弹……伊卡洛斯破碎的翅膀，一个被老烟鬼吸入的燃烧着的孩子的尖叫……空漠而茫然的眼睛像望不到边际的平原……（秃鹫的翅膀在干燥的空气中脱落）。

这个上了年纪的醉汉扒手中的老前辈克拉伯穿上他的甲壳套装在墓地徘徊……他的钢爪拉着张着嘴睡觉的任何失败者的金牙和冠齿，……如果失败者走近他，克拉伯就向后举起爪子去抓以便在同性恋者的平原上提供一场可疑的战斗。

窃贼鲍依在监狱里苦了很长时间，但是没有支付任何东西就被从墓地驱逐了出来，拿着一张过时的典当票哼哼唧唧地来到一家奇怪的酒吧去取坦特城的黑球，那里阉割的推销员唱着洲际弹道导弹之歌。

克拉伯们玩闹着穿过他的森林……整夜和安琪儿奋力角斗……被投入同性恋勇敢

的堕落，寻找一条通往锈蚀的石灰石岩洞的幽僻之路。

平均法……几只小鸡……生命的唯一途径……

"哈啰，卡什。"

"你肯定他一定在这儿?"

"我当然肯定……和你一块儿进去。"

"……坐夜间火车去芝……看到一个姑娘在大厅里我看到她上去了而且还询问账目在哪儿?"

"进来，亲爱的小兄弟。"

"我说的是个年轻轻的但很结实的小孩……先来次自我注射怎么样?"

"当然了，亲爱的，否则你就不可能进入状态。"

环绕三次……在温暖的春风穿过窗棂时唤醒颤抖的疾病，水灼烧着眼睛像麻醉药物……

她一丝不挂地离开床铺……隐匿在这个好似眼镜蛇一样的灯光中……虚构出

"翻过去，好让我把它弄到你屁股里去。"

她把针头扎得很深，拔出后又按摩起脸颊……

她把手指上的一滴血舔掉。

他在毒品灰色的分泌物中以一种艰难的溶解滚动着。

在可卡因之谷中天真忧郁的青年人重复吟唱着失去的丹尼·鲍依……

我们通宵吸食共来了四次……手指垂在黑板下面……擦刮着白骨。什么是家，家只能是从大海中的海洛因之家和来自比尔的妓女之家……

摊贩们不安地骚动："你们要接管这里吗，孩子? 看到一个人和一只猴子。"

词汇被分裂成若干单位，它们都在一个部件之中并应被这样使用，但各个部件可以用任何秩序得到，并像一组令人感兴趣的性交动作一样做前后、内外、头尾的排列。这本书在所有的方向上都溢出张页，远景的万花筒，乐曲与街头噪音的杂烩，放屁和放荡的喧嚣和性交钢闸门的砰砰作响，痛苦与哀婉的尖利和平淡的可怜的尖叫，交媾的猫和错位的公牛的粗野的叫喊，在肉豆蔻的昏睡中布鲁约的预言性低语，绷断的颈子和尖叫的曼德拉草，高潮时的叹息，海洛因的平静像焦渴小屋中的黎明，开罗电台的叫嚷像一次疯狂的烟草拍卖，斋月的长笛吹拂病中的吸毒者像一个优雅的醉汉扒手在地铁车站灰色的黎明中用精巧的手指去感触绿色的褶边花纹。

这便是我能收听到的所有启示与预言，而且不需用带天线的一九二〇年晶体收音机的调频波段……可敬的读者，我们穿过我们的肛门在高潮的闪烁的球茎中看到上帝

429

……穿过这些洞孔使我们的躯体变形……出去的路正是进入的路……

现在，我，威廉·西沃地，将打开我的词汇群落。……我的北欧海盗之心行进在巨大的棕色河流之上，在那儿摩托开进晨光微弱笼罩着的丛林，所有的树木随枝上的巨蟒漂浮，目光悲哀的狐猴注视着河岸，穿越密苏里原野（鲍依找到一枝粉色箭头）——远处有火车鸣叫，饥饿地回到我这里像个街头流浪儿不晓得兜售上帝给他的屁股……可敬的读者，词汇将随豹人的铁爪跳到你身上，它将割去手指和脚趾就像一个机会主义的陆地蟹一般，它将把你悬挂起来就像一只可以理解的狗，它将缠绕你的大腿就像一个丛林大王并注射一针恶臭的原胚质层玻璃。……为什么是只可以理解的狗？

另一天我穿过这条长长的从嘴巴到屁股的午餐之道——我们那个年代的道路——返回，这时我看到一个阿拉伯男孩带着这只小小的黑白狗，他知道如何用后腿行走……一只大黄狗跑向孩子寻求抚爱被孩子一把推开，黄狗就狂吠乱咬这学步的小孩，如果他拥有上帝赐予人类会说话的舌头，他的狂吠说的便是："你在违反自然的罪行，知道吗？"

所以我为此狗起了"可以理解"的绰号……让我顺便再说一下，我总是认为自己像一个虔诚的黑人一样穿行，像谜一样的被大量的倒下驱使的东方，……你的记者一天猛干三十粒吗啡，然后像粪块一样不可理喻地坐上八个小时。

"您现在想干什么？"忐忑不安的美国游客说……

我冷静地答道："吗啡压迫我的后脑下部，也就是性欲和情感的所在地，因为前脑活动仅仅是后脑兴奋的间接重复，作为一个替代型公民可以只从后部得到他的刺激，我必须汇报大脑活动的实际空缺。我很清楚目前你所处的情况，不是因为它对我而言没有感情内涵，我的情感由于吸毒者无力支付而无法连贯，我对你的所作所为丝毫不感兴趣。……去还是来，拉屎还是打洞，你是用锉刀还是毒蛇——这已经准备好了而且适于一个同性恋男人——不过死者和吸毒者不在乎……。"他们不可理解。

"从哪里穿过走廊去厕所？"我问金发碧眼的女招待。

"穿过这里往右走，先生……里面可以同时有几个人。"

"你见过'潘多芬玫瑰'吗？"穿黑色大衣的老烟鬼说。

得克萨斯行政司法长官杀死了他的同谋——不坚定的维特·布朗勃克，此人牵涉进了一场海洛因骗局。……一匹患了口蹄疫的马需要看一下海洛因以减轻她的痛苦，也许这种海洛因穿越空阔无人的大草原在华盛顿广场绝望的嘶鸣……吸毒者冲出来叫着"高品白银"。

"可雕像在哪儿?"这个悲怆的狡猾的小妮子在一间用竹子装饰的带茶室的鸡尾酒廊里声嘶力竭地叫着卡勒·尤阿莱兹,墨西哥,DF……一个无聊的人因强奸罪名在那儿而身败名裂……一个婊子扒下你的内裤你骑上去强奸那个雕像,兄弟。

芝加哥呼叫……请进……芝加哥呼叫……请进……我在普佑用橡胶做菜炖牛肉你怎么想?一块巨大的湿地,读者……

"拿开它!拿开它!"

老同性恋者会合他自己,在青春期的萌动中沿另一条路而来,从他那姥姥霍华德的幽灵中得到膝盖……走过城中的棚户区到市场街展览馆展出各种手淫和自虐……年轻的小伙子尤其需要这个……

他们已经成熟,可以把遗忘的方法远远地冲回到鸡眼洞里……失掉高兴的小碎片和燃烧着的纸卷……

用盲目的手指读着新陈代谢。

关节炎的陈腐消息……

"出卖与其说是使用不如说是习惯。"——洛拉·拉·恰塔,墨西哥,DF。

对自己的针孔产生的恐惧,水下的尖啸吞食麻木的神经对毒瘾即将发作的警戒,颤悸的伤口狂犬病的场所……

"如果上帝把什么事都变得更好他就会留给自己享有了。"水手常这样说,他的传送速度因二十颗麻醉药片而缓慢下来。

(凶手的碎片慢慢落下就像火蛋白石的渣屑穿过甘油。)

看着你一遍遍哼歌,"乔尼的分别在定期集市。"

推进一条小路以保持我们的习惯……

"用那种酒精。"我边说边砰的一声把一盏酒精灯放在桌子上。

"你他妈的不能——等等——饥饿的吸毒者总是用火柴把我的匙子弄黑……我正为不确定的监狱而需要它热量在陷阱中把黑匙子磨光……"

"我想你离开了……别以为弄糟了你的治疗。"

"拿大量香肠戒除你对毒品的瘾头,孩子。"

在被腐蚀的肌体上寻找伤痕累累的血管。

毒品的沙漏把它最后的黑粒渗入肾脏……

"严重传染地区。"他自言自语地说,把带子轻轻地拉上。

"死亡是他们的文化英雄,"我的老夫人从玛雅人的古书抄本向上看着说……"他们从死亡中得到了火和语言还有各种……死亡转变成了玉米种子。"

箭毒的日子笼罩着我们

不幸和仇恨的阴冷的隆隆劲风

吹动着注射

"把这些他妈的脏画片从这儿拿开。"我对她说。老计时员谢莫克在一只椅背上支撑着自己，喝醉的和麻醉的……他血液流淌着耻辱。

"你是不是这些麻醉剂艺术家之一?"

当他打着吸毒者的惯用的手势把手从斗篷里掌心向外的伸出时，下等酒吧的雪利酒和堵塞的肝脏的黄色气味便从他的衣服里慢慢透出……

刺鼻的辣椒的气味覆盖了一件阴冷的大衣和萎缩的睾丸……

他透过治疗的试验性的外胚质层肌肉看着我……当你戒毒时一个月要用三十磅材料……在最初平静也接触毒品时削弱的柔软的粉色油灰……我看到它发生……十磅东西在十分钟内被消灭……站在那儿一只手里拿着注射器……和其他人一起提着他的内裤。

有害金属刺鼻的臭气弥漫在空气中。

在一堆垃圾中向天空行走……播撒汽油之火……烟雾飘浮在空中黑暗而凝重，像不动的空气中的粪便……撕裂着中午灼热的白色薄膜……DL在我身边走着……我无齿的口腔和无发的骷髅的映像……肌肉污染着被缓慢寒冷的火焰吞噬的腐朽的磷光骨骼……他拿着一罐开封的汽油，汽油的味道把他包围……来到一座生锈的铁山上我们遇到了一群土著……食腐之鱼平淡的二维面孔……

"把汽油泼到他们身上点着它……"

快……

白色的闪光……绝望的昆虫在尖叫……

我带着满嘴的臭味、刺鼻金属味从死亡中苏醒过来

跟踪没有色彩的死亡气味

一只萎缩的灰猴子的胎盘

幽魂的截肢之痛……

"出租车的伙计要来点刺激。"埃杜瓦多说道，并因过量服药而在马德里丧命。

白粉系列穿回肿大的肌肉的粉色缠绕而燃烧……爆发出高潮的闪光球茎……姿势被摄入镜头的精确的照片……平滑的棕色侧面扭动着点燃一只雪茄……

他戴着不知是何人给他的一九二〇年式草帽一动不动地站在那儿……没有生气的行乞词汇像死鸟一样在黑暗的街道上坠落……

"再也不会有了……再也不会有了……再也……"

一片起伏的气浪连续冲击着紫棕色的黄昏，这黄昏被阴沟气中的烂金属味儿所污染……年轻的工人面孔从碳化提灯黄色的光晕焦点中跳跃而出……破裂的管道爆炸……

"他们在重建城市。"

李漠不关心地点着头……"是的……总是这样……"

到东方之翼哪条路都是不智之举逼迫……

如果我知道我会很愉快地告诉你……

"不好…………不好…………强迫他自己……"

"没钱……星期五再来。"

丹吉尔，1959

附　录

英国吸毒档案　　第53卷　　第2例

一封来自一个使用

危险毒品的超级瘾君子的信

亲爱的大夫：

　　谢谢您的来信。附上一篇关于我使用过的各种毒品的效果的文章。我不知道这篇文章是否适合发表，但如果要提到我的名字我是不会有任何想法的。

　　喝水饮酒没什么困难，没有使用任何毒品的欲望，一般的健康状况良好。请替我向那位先生致意。我每天按他的锻炼方法去做，效果很好。

　　我正在计划写一本关于麻醉性毒品的著作，如果我可以找到一个适当的搭档来处理那个技术性的结尾。

您的

威廉·巴勒斯

1956. 8. 3. 威尼斯

　　使用鸦片和鸦片的派生物往往会得出这样一种状态，它表现出各式各样极限，这种极限被描述为"沉溺"——（这个词通常不确切地用来指一个人习惯了的或者想要的东西。我们说的沉溺于糖果、咖啡、烟草、温暖的天气、电视节目、侦探小说、填字游戏等等）。因此，对这个词的滥用使之失去了原意中具备的某些准确性。使用吗啡则会使人对之产生一种鱼对水一样的依赖。吗啡对使用者来说就像水一样是一种生物需要，如果突然夺去它的使用权，他的生命可能因此而结束。糖尿病患者缺少胰岛素会死亡，可他并不沉溺于胰岛素，也就是说他对胰岛素的需要并不是使用胰岛素造成的，他需要胰岛素来维持正常的人体新陈代谢。而瘾君子需要吗啡是要维持吗啡的新陈代谢，以便能避免那种极度的痛苦重返正常的人体代谢之中。

　　在过去的二十多年的时间里我曾经使用过一系列"麻醉性"毒品，其中的一部分产生了上述的感觉，而大多数则不同：

麻醉剂——在历时十二年之久的一个时期里我一直使用鸦片，包括吸食和吞服（皮下注射会引起脓肿，而静脉注射则很不舒服，或许还有危险），海洛因可以进行皮下、肌肉和静脉注射，（在没有针头的情况下）也可以嗅吸，此外还有吗啡、地洛底、潘多芬、优科达、蓓拉可待因、狄耐思、可待因、地美罗、美沙酮等等。它们在不同程度上都会使人上瘾。不管这些毒品在使用方式上有多大的区别，如吸、嗅、注射、吞食、插入直肠的栓剂，最终的结果都是一样的：上瘾。吸烟的瘾君子像静脉注射的瘾君子一样难于戒除。那种认为注射吸毒特别有害的观念来自对注射器的一种非理性的恐惧。——（"注射毒化血液"——好像血液从胃、肺或粘液膜上吸收的物质对之的毒化就少些一样）。地美罗也许不像吗啡那样容易上瘾，所以它给瘾君子的快感也大打折扣，只是个低效的痛苦杀手。虽然一个地美罗瘾君子比一个吗啡瘾君子更易戒掉毒瘾，可地美罗对健康的伤害肯定要大得多，尤其是对神经系统。我曾经使用过三个月的地美罗，并引发出了一连串令人痛苦的症状：双手颤抖（用吗啡时我的双手总是很沉稳的），不断加剧的动作失调，肌肉收缩，难以摆脱的妄想症，害怕精神错乱的发生。最后，我及时终止了对这种难忍的地美罗的使用——这无疑是一种自我保护的措施——而改用美沙酮。我的那些症状立刻就无影无踪了。我还可以加上一句，地美罗和吗啡一样会导致便秘，对食欲和性功能甚至会产生更不好的影响。然而它并不会使瞳孔缩小。多年来我用未经消毒的带菌针头注射过数以千次，但在使用地美罗之前却从未传染过。此后我身上出现了一系列的脓肿，其中一处不得不用手术穿刺把脓毒抽干。简而言之，地美罗对我而言远比吗啡要来得危险。美沙铜对瘾君子而言是最理想的，是个优秀的痛苦杀手，至少也和吗啡一样令人沉醉。

在剧烈的痛楚时我就使用吗啡，或者任何可以有效地减轻痛苦的麻醉剂，也可同等程度地减轻对毒品难忍的渴求，结论十分明显：任何可以免除痛苦的麻醉剂都会使人上瘾，免除痛苦的效率越高，也就越令人上瘾。吗啡中那些令人上瘾的成分与免除痛苦的成分也许是同一的，免除痛苦的过程实际上也就是导致接受和上瘾的过程。没有什么令人上瘾的吗啡会表现出一种现代点金石的样子来。此外，各种各样的阿扑吗啡在控制歇斯底里的毒品渴求时绝对可以证明更有效力。但我们不应该希望这种毒品也能充当痛苦的杀手。

在这里就不需要作太多的解释，在我看来，只是还有几点尚未引起足够的注意：具有在新陈代谢过程中的不相协调性，但就我所知，没有一个人提出进一步的解释。如果一个吗啡上瘾者喝酒的话，他体会不到任何愉悦或欣快的感觉。有的只是一种缓慢增长的不舒服，并希望再来一次注射。看起来肚脏的某些功能已使酒精远离了。有一次，我在身患黄疸病且尚未完全恢复的情况下试图喝酒（那时我还没有使用吗啡）。代谢的感觉是完全相同的。在一种情况下，肝脏的功能由于黄疸病而部分失灵，在另一种情况下则是肝脏确实被吗啡的代谢作用提前控制了。这两种情况都使酒精无法代谢。如果一个饮酒过度的人转而上瘾于吗啡，吗啡将一成不变完全取代酒精。我认识一些开始使用吗啡的酒鬼，他们能够立即承受大剂量的吗啡而没有任何应激反应（一次注射一谷吗啡），而且可以连续数日停止饮酒。与此相悖的情形从未发生过。而吗啡上瘾者在使用吗啡期间苦于吗啡停用时无法忍受酒精类刺激品。承受酒精的能力是没有沉醉的一个显然的特征。其结果说明酒精不能直接代替吗啡。当然，一个没有达到迷醉状态的上瘾者是可以开始饮酒并成为一个酒鬼的。

在毒瘾强烈痛苦难熬时上瘾者尤其敏锐地感觉到周围的事物，感觉的印象得以强化并上升为幻觉，熟悉的事物似乎都附上了灵魂的生命而漂浮移动。上瘾者常受到外部和内心各种感觉接二连三的冲击。他也许会经受美的闪烁和怀旧情绪，但这一切印象总之是极其痛苦的（也许他感受到的这种痛苦是由于其感情过于强烈。一种愉悦的感觉在某种强度达到之后可能会变得能够接受）。

在毒瘾发作初期我注意到两种异乎寻常的反应：（1）任何事物看上去都具有威胁性；（2）轻度的妄想狂。医生和护士在我眼中仿佛成了罪孽深重的恶魔。在几个疗程里，我感到自己被一些危险的疯子死死纠缠着。我曾和邓特大夫的一个病人交谈过，他作为一个佩斯待恩上瘾者刚接受过解醉治疗。他也谈了同样的感受，并告诉我在二十四小时的过程中，那些护士医生"看上去感觉如同野兽一样野蛮可恶。"周围的一切都呈现出蓝色。另一些与我交谈过的上瘾者也经历过同样的反应。现在对毒瘾发作期间患妄想狂的看法的心理学根据已非常明显。这类反应所特有的相似性表明了一个共有的代谢起因。在毒瘾发作现象和毒品沉溺的某些状态之间的相似性是令人震惊的。哈希什，巴尼斯特利亚·卡比，佩约特（墨斯卡灵）都会造成感官异常敏锐的状态，并伴有幻梦现象，万事万物看上去都仿佛有生命附体，臆想的意念频繁出现，巴尼斯特利亚·卡比上瘾仍然不能不断产生出毒瘾发作的状态，一切看上去都充满威胁，谵妄的意念非常明显，在服用过量毒品时尤其如此。在服用巴尼斯特利亚·卡比后，我确信药剂师和他的助手正密谋杀害我。看起来这种体内代谢状态可以重复产生各种毒品的效果。

在美国海洛因上瘾者正在接受着非自愿的弱化毒瘾治疗，那些毒品贩子把牛奶、蔗糖和巴比土酸盐逐级掺入毒品，使之稀释后再卖给他们。一般情况下，大多数寻求治疗的上瘾者还只是轻度成瘾，所以他们可以在较短的时间（七到八天）就完全解除毒瘾。他们可以不使用药物就迅速恢复。同时，任何使人镇静的、抗过敏的或止痛的毒品都会提供某些安适，如果是注射的话特别是这样。当上瘾者明白有某种特别的质物在他血脉中流动时，他的感觉会更好。陀塞罗、氯普鲁马嗪以及与之相关的镇静剂，形形色色的各种巴比土酸盐、氯醛和聚乙醛、抗组胺药、皮质酮，利血平，甚至晕服药物（脑白质切除术能相距多远呢？）都被用来导致一种通常被描述为"振作鼓舞"的效果。以我自己的经历来看，这种结果可以有所保留地接受。当然，对症下药是需要的，所有这些药物（可能要除去最常使用的巴比土酸盐类）对治疗毒瘾发作都有独具之功。但其中没有一样能单独解决毒瘾发作。因为，灼痛的毒瘾发作是根据特殊的代谢系统和身体类型完全不同的。鸡胸、花粉热和易于哮喘的人在毒瘾发作期间会经受过敏症之苦：鼻子流脓，打喷嚏，浑身刺痛，眼睛溢水，呼吸困难。在这种情况下，可的松和抗组胺药物有时可能使之平静下来。呕吐也许可以用氯普鲁马嗪一类抗恶心药物加以控制。

我一共经历过十次"治疗"，在这些过程中所有上述的药物都使用过。我接受过快速戒毒疗法，缓慢戒毒疗法，延长睡眠疗法，阿扑吗啡疗法，抗组胺药疗法，还有一种法国式的疗法，它包括一种被称为"埃吗啡"的没有收效的结果，总之除了晕厥疗法外我什么都试过。（我将充满兴趣地获悉对其他人所做的晕厥治疗的进一步的实验结果。）任何治疗的成功将完全在于上瘾的程度和持续时间。毒瘾发作的等级（那些对较迟或较轻的毒瘾发作有特效的药物在剧烈状态上也许是灾难性的），是指个人特殊的症状，健康情况，年龄等等。一种治疗手段在某个时间可能完全无效，但在某一时刻却又效果极佳。或者一种疗法对我没有好处却能使其他人得到帮助。我不想凭空做出任何最后诊断，只想把我自己对各种药物及治疗方法的反应陈述于此。

戒毒治疗——这是最常用的一种治疗形式，在严重的上瘾病例中尚未发现能完全将之取代的方法。病人必须服用一些吗啡。如果说对所有毒瘾病例有一条通用的法则的话，那么就是这个。不过，吗啡必须尽可能快地停止使用。我曾多次接受缓慢戒毒疗法，但每次结果都不能让人满意，最终还是旧病复萌。微乎其微的毒瘾减弱似乎意味着戒毒是个无尽的过程。当一个上瘾者寻求治疗时，大多数情况下他都已经历过多次难熬的毒瘾发作。他希望经受一次艰苦的折磨并且准备忍耐过去。不过，如果毒瘾发作的痛苦持续了两个月而不是十天，他不能就忍受不了了。这不是瞬时的紧张，而是延绵的苦楚，它会摧毁坚持下去的意志。如果上瘾者习惯使用某种镇静剂，哪怕剂量再小，去减缓虚弱、失眠、焦虑、烦躁等停药后的症状时，毒瘾发作的情况就会不确定地延长，而且旧病完全复发几乎是难以避免的。

延长睡眠疗法——这主意听上去很不错。你上床去睡觉，醒来时已经痊愈了。大剂量的水合氯醛、巴比土酸盐、氯普鲁马嗪之类只会造成一种半意识的噩梦状态。这种镇静导致的退缩在五天之后会引起一种严重的晕厥。一种强烈的吗啡丧失症状也伴之而生。最后的结果还掺有一种无比恐惧的症候。我接受过的任何治疗都没有这种号称无痛方法来得更让人痛苦难以忍受。在毒瘾发作时不管睡着还是醒着，总是被严重地打扰着，用大量镇静药进一步搅乱毒瘾看来至少是犯禁忌的。吗啡停用即使不加上巴比土酸盐停用也相当富于损害性。在医院呆了两周后（五天的镇静治疗，十天"休息"）我仍然十分虚弱，以致在我试图登上一个缓坡时一下晕了过去。我想，延长睡眠可能是治疗毒瘾的最坏的一种方法。

抗组胺药疗法——使用抗组胺药是来自于毒品停用后的过敏反应理论。突然停用吗啡会使人立即陷于体内组胺过剩的状态，并伴随频繁的过敏症（在剧烈痛苦的外伤性损伤导致的昏厥中大量的组胺从血质中减少。在毒瘾导致的剧烈痛苦时吗啡的毒剂是可以承受这种遭遇的。血质中含有很高的组胺容量的兔子对吗啡就是绝对抵制的。）。我自己使用抗组胺药的情况没有确定的结论。在一个疗程里我曾仅仅使用抗组胺药，结果也非常好。不过那时我还只是轻度上瘾，并且在治疗开始前已经七十二小时没用过吗啡。从那以后每逢毒瘾发作时我经常使用抗组胺药，但效果并不如意。事实上它们好像还加重了我的沮丧和烦躁（我并未遭受过典型的过敏症之苦。）

阿扑吗啡疗法——在我的经历中，阿扑吗啡肯定是一种治疗毒瘾发作最好的疗法。它不可能完全消除那种难熬的欲望，却可以减弱痛苦到人们忍受的程度，一些剧烈的症状，如胃和腿部痉挛，抽搐或狂躁的状态可以完全控制住。事实上，阿扑吗啡治疗比戒毒疗法含有更少令人不快的成分。恢复得更快也更彻底。我觉得在接受阿扑吗啡治疗前我从未完全治愈过对吗啡的渴望。也许，在疗程之后坚持不渝的那种对吗啡的"心理的"渴望根本就不是心理上的，本身身体新陈代谢上的结果。阿扑吗啡处方更多的潜在的变异品种会在质量上证明对治疗各种形式的毒瘾发作有着更大的效果。

可的松——尤其在静脉注射时可的松似乎能带来一种安全感。

氯普鲁马嗪——在毒瘾发作时可以提供一些安慰，但很少。其附加的作用或者反作用如沮丧，视像混乱、消化不良等足以抵消掉那些暧昧不清的益处。

利血平——除了轻微的抑郁症外，我从未发现这种药产生过任何预期效果。

陀塞罗——效果不尽人意微不足道。

巴比土酸盐类——通常情况下使用巴比土酸盐类药是针对毒瘾发作引起的失眠症，其实，巴比士酸盐的用处是让正常睡眠向后推迟，这种药延长了毒瘾发作的全过程，甚至在某种条件下导致病人的症状重新复发（上瘾者被诱引在服用耐波他时掺入少量的可待因或樟脑鸦片酊。只要很少量的吗啡，对一个正常人可能完全无关痛痒，就立刻能使一个治愈的瘾君子重新上瘾。）。我的经验完全证实了邓特博士的观点，巴比土酸盐类药是绝对禁用的。

氯醛和聚乙醛——如果必须服用镇静药，它们相对于巴比土酸盐类或许更合适些，不过大多数瘾君子会立刻把聚乙醛呕吐掉，在毒瘾发作期间我还曾自作主张地试用过下列药品：

酒精——这种药品对于病人来说无论在任何阶段都是禁止使用的。因为酒精的服用会不同程度地加重瘾症状并引起旧病复发。只有在新陈代谢的功能恢复正常之后酒精才能被吸收。但是对严重的上瘾者来说这通常要花一个月的时间。

氨基丙苯——对毒瘾发作后期的沮丧可能有短暂的安慰作用，但在毒瘾剧烈发作时则是灾难性的，其他情况一概禁用，主要是因为氨基丙苯会造成紧张状态，只产生生理反应。

可卡因——上述出现双倍症状的可以使用可卡因。

印度大麻（又称大麻叶）在毒瘾发作后期和轻度上瘾时，有抚慰心情增加食欲之效，在毒瘾发作时则是一种无可缓和的祸根（我有一次在毒瘾初犯时吸食大麻叶结果恶梦不绝）。大麻是一种激敏物。如果你病人在不好的情况，这种大麻只能会使你感觉更加不好。

佩约特，仙人球膏——我尚未冒险体验此道。强烈的毒瘾发作再加上仙人球膏迷醉，但是这念头就使人头晕目眩。我认识一个人，在毒瘾发作后期声称已经放弃了对吗啡的一切欲望、取佩约特而代之，最终因佩约特中毒而死亡。

在一些严重的瘾君子病例中，毒瘾发作已经完全被证实要持续至少一个月的时间。

我从未见到或听说过任何一个有精神病症的吗啡上瘾者，我是说一个表现出某种精神病症状同时又上瘾于一种麻醉剂的人。事实上，瘾君子们都有一种让人沉郁的健全心智。也许在心理分裂与麻醉剂上瘾之间有一种代谢障碍。另一方面，吗啡停用又常常引发精神反应——在一种情况下是轻微的妄想狂。有趣的是，治疗中的这些药物与方法产生了精神分裂的结果，这与药物停用的某些作用是一样的：抗组胺药、镇静剂、阿扑吗啡与电击疗法。

查尔斯·谢林顿阁下把痛苦界定为"一种急切的保护性反应的精神附属品"。

植物神经系统的扩张与缩小反映在内脏节律和外在兴奋。扩张会导致兴奋并经验到一种愉悦——如性、食物，令人愉快的社会契约，等等——而缩小则带来痛苦、焦

虑、害怕、难受和烦闷。吗啡改变了伸张与萎缩，放松与紧张的全部循环过程。这样会使性功能丧失，肠壁蠕动停止，瞳孔对光与暗没有了本能的反应。整个生理功能既不会由痛苦而产生萎缩，也不会因舒展而形成愉悦的正常来源。它调节成了一种吗啡循环，瘾君子再不受烦闷之扰。他可以看着自己的鞋子连续几个小时，或者干脆就呆在床上。他无须任何性的发泄，任何社会认可，任何工作，任何消遣娱乐，任何身体锻炼，除了吗啡他一无所需。也许吗啡是通过把一种植物中的某些质素输入有机体而释放了苦痛（痛苦对于在许多时间是固定不变的，无力做出保护性反应的植物而言是无能为力的。）。

科学家们在寻找一种无毒瘾的吗啡，既排除痛苦又不产生愉悦的吗啡，瘾君子们需要——或者自认以需要欣快而又不上瘾。我看不出吗啡的功能怎样可以区分开，我认为任何有效的止痛毒品都会抑制性功能，减少欣快并导致上瘾。完美的止痛毒品也许立刻就会产生一种习性（如果有谁想发展这样一种毒品，脱水氯化海洛因也许是良好开端。）。

瘾君子生活在一种无痛无苦、无欲无求、时序消弭的状态里。转入到动物生命的节律隐含着毒瘾的发作。我猜想这种转化会舒服地完成，没有痛苦的转化也许是可望而不可即的。

可卡因——可卡因是我用过的最令兴奋的药物。欣快的中心位于头部，也许是药物激活了直接与大脑相连的快感。我怀疑电流如果注入恰当的位置也会产生同样的效果，要使可卡因充分激发快感只能通过静脉注射来实现。那种愉悦效果持续的时间不会超过五到十分钟。假如这种药是皮下注射，效果就会马上消失。嗅吸则更是如此。

对可卡因使用者来说这是一个常见的场面，他们整夜坐在那里，每隔一分钟就要注射可卡因，有时也改成海洛因，或者把可卡因与海洛因混合注射并称之为"快球"。（我从没见过一个经常使用可卡因但是不对麻醉品上瘾的人。）

对可卡因的欲求可能会非常强烈。我曾经日复一日地穿行在各个药房之间去购买可卡因的处方单，你也许会想可卡因想得发狂，但这里并没有任何新陈代谢的需要。如果你得不到可卡因，你还会吃饭，睡觉并将之遗忘。我曾和一些服用可卡因数年的人谈起这事，在长期服用后突然切断他们的毒品来源，其中没有任何人出现停药后引起的那种焦灼和折磨。确实，要想看到一种前脑兴奋剂怎样使人上瘾是很难的。上瘾似乎成了镇静剂的专利了。

持续服用可卡因能导致紧张不安、沉郁颓唐，有时药物刺激神经会伴有妄想症的幻觉。服用可卡因造成的紧张感与抑郁症不会因增加可卡因的剂量而减轻，但使用吗啡却可以成功地缓解这种病症。一个吗啡上瘾者使用可卡因，总是带来更大量和更频繁的吗啡注射。

印度大麻（哈希什，玛里华纳）——它的效果已被频繁而且很骇人地描述过：时空感觉错乱，感觉印象尖利敏锐，意念矛盾错乱，常发出阵阵狂笑，并有些呆痴。大麻叶是一种激敏物，其效果并不总令人满意。它会使本就很糟的情形更差。抑郁变成绝望，焦虑变成痛楚。我已经提到过我在吗啡瘾发作时使用大麻叶后的恐怖经历，我曾把大麻叶送给一位客人，他正对某种东西有一种轻度的焦虑（用他自己的话叫"屁股痒痒"），可烟卷儿抽了半只之后，他突然跳将起来尖声叫着"吓死我了!"随即就冲出了门外。

大麻叶迷醉中特别令人烦恼的特点是感情判断本能的紊乱，你不知道自己对一种事物喜欢与否，也不知道一种感觉是怡人的还是讨厌的。

对大麻叶的使用因人而异差别很大。有的人时常吸食，有的人则偶尔为之，还有不少人对它十分反感。看来那些深受其害的吗啡上瘾者对这个并不了解，他们中的大多数人以一种清教徒式的目光看待吸食大麻。

大麻叶的负效应在美国被严重夸大了。我们的国货是酒精。我们倾向于带着一种特有的疑惧去看待其他毒品的用处。任何人只要沉溺于这种异域恶习就会在身心两方面得到彻底毁灭的报应。人们相信他们愿意相信的东西而不去顾及事实。大麻叶不会使人上瘾。我从未发现任何证据证明适度使用有什么不好的后果。药物的精神刺激作用也许是长期并过量使用造成的。

巴比土酸盐类——不管在什么时候只要使用超的巴比土酸盐就一定会上瘾（大约一天一克就会导致上瘾。），其毒瘾发作和吗啡相比要危险得多，并伴有妄想症和癫痫型痉挛。上瘾者时常在水泥地板上翻滚拍扑伤害自身（在毒瘾突然发作时水泥地板通常必然是的场所）。吗啡上瘾者常服用巴比土酸盐以补充不足量的吗啡。其中也有一些同时成了巴比土酸盐上瘾者。

有四个月的时间里我每晚吞食两颗胶囊（每颗含量为一谷半）而免受了毒瘾发作之苦。巴比土酸盐上瘾是一个量的问题，它也许不像吗啡那样是一种代谢上瘾，而是过度的前脑镇静产生的机械式反应。

巴比土酸盐上瘾者的表现令人厌恶。他不能正常地合作，走路东摇西摆，常从酒吧凳上摔下，话说了一半就昏然睡去，还能使食物脱口而出。他胡搅蛮缠，争强好斗而且愚蠢呆笨，几乎总在使用其他毒品，包括他能够弄到的任何东西：酒精、氨基丙苯、鸦片、玛里华纳等。在瘾君子社会里，巴比土酸盐的使用者一向被蔑视："烂污

鬼，也不为自己争口气。"更沦落者会去吸煤气，牛乳或者在桶里吸氨气——"舔女人的屁股"。

在我看来，巴比土酸盐导致了毒品上瘾中也许是最坏的结果，卑鄙，堕落无耻，难以应付。

氨基丙苯——和可卡因一样是一种大脑皮层兴奋剂。大量吸用会引起兴奋感并长时间不睡眠。欣快期过后接踵而至的是叫人害怕的抑郁。它常会加重焦虑感。引起消化不良并降低食欲。

氨基丙本苯毒瘾发作造成的确切病症我只知道一件。这是一个我认识的女人，六个月里她服用了数量惊人的氨基丙苯，这期间她的精神状况恶化而在医院里住了十天。她仍然持续使用氨基丙苯，但又突然戒绝了。从此她苦于一种哮喘类疾病，差不多不能呼吸而且神情沮丧。我给了她一剂抗组胺药竟立见奇效，那些病症再没有出现过。

佩约特（墨斯卡灵）——这无疑是一种兴奋剂。它使瞳孔扩大，并让人保持清醒。佩约特是绝对令人作呕的，使用者要保持足够的时间才能相当困难地体会出它的效果，在某些方面，它和玛里华纳有些相似。它增强了幻象的敏锐度，对色彩尤其敏感。佩约特中毒能引起一种奇异的植物意识或者叫植物辨识倾向。万事万物看上去都像是佩约特植物属。这样也就容易理解，为什么印第安人相信在佩约特仙人球中有一个居住着的精灵。

超量的佩约特能导致呼吸停止和死亡。我知道一个病例。毫无可信的理由相信佩约特能够让人上瘾。

巴尼斯特利亚·卡比（哈麻莱因，巴尼斯特莱因，特里佩塞因）——巴尼斯特利亚·卡比是一种成熟很快的藤本植物。其活性质素在新被伐下的藤蔓本质里能很清楚地找到，里面的茎皮被看作是最有效的。而巴尼斯特利亚·卡比的叶子则从来不用。需要相当数量的藤蔓才能感觉出药物的完整效应。大约需要五根八英寸长的藤蔓方能满足一个人的需要。先把藤蔓碾碎，然后和一种叫作帕里库里·拉比阿斯的植物叶子一起在水中煮上两个小时以上即可。

雅吉或艾华斯卡（这是对巴尼斯特利亚·卡比最通常的印第安语叫法）是一种致幻麻醉剂，会使感觉系统产生极度的混乱，剂量过大时有一种使人痉挛的毒素，其解毒药有巴比土酸盐或其他强力抗痉挛镇静剂。所有人在第一次用雅吉时都应备好镇静剂以防服用过量。

雅吉的致幻性能使医生们利用它来增强他们的力量。他们还用它作为对抗各种病症的灵丹妙药。雅吉能够降低体温并通常用它来治疗发烧，它还是一种卓有成效的抗蠕虫药，可用它治疗胃部或肠部的寄生虫病。雅吉能造成一种意识麻醉状态，因而按照惯例刚入门者一定要经受痛苦的考验，例如经受带刺条藤的抽打，裸露让虫蚁叮螫等。

据我所看到的情况，只有新砍的藤蔓才富于活力，我没发现有固化，提炼或保留其活性质素的其他方法。没什么迹象证明它是否有活性。枯萎的藤蔓完全没有作用。既然这种粗糙的提炼就会产生这样强力的致幻麻醉药，也许通过不同的合成方法会取得更为惊人的结果，当然，这一切有待于进一层的研究。

我没看到使用雅吉有什么致病效应。使用它的医生们在工作中频繁接触，看来都安享着正常的健康。承受力马上就能够得到，所以你尽可啜饮药汁而不会恶心或犯其他病症。

雅吉是一种罕有的麻醉剂。雅吉的迷醉作用在某些方面与哈希什迷醉有相似之处。二者都产生视点变幻，意识扩张到日常经验之外。不过雅吉能使感觉系统陷入极度的紊乱并伴以强烈的幻觉。蓝色的闪光在眼前频频出现是雅吉迷醉的特有征象。

对雅吉的态度因人而异有很大差别。许多印第安人和大多数白人使用者似乎觉得它就像另一种迷醉剂如酒差不多。在其他一些群体中，它具有一种礼仪式的用途与意义。像在黑瓦洛人中，青年人借雅吉建立起与祖先之间的精神联系并从中获取有关他们未来生活的信息。在会社的加入仪式上用来麻醉新加入者以承受痛楚的考验。所有的医生都在工作中用它预言未来，确定丢失和被盗的东西，为罪恶的肇事者命名，诊断和治疗疾病。

巴尼斯特利亚·卡比肯定是不会致瘾的。

肉豆蔻——犯人和水手们有时会求助于肉豆蔻。大约一汤匙就水吞服。它的功能跟玛里华纳多少有些相似并伴有头痛和恶心的负效应，假如这种东西真可能致人上瘾的话大概在此之前就会发生意外的死亡。我只用过一次肉豆蔻。

在南美印第安人中还有很多肉豆蔻家族的麻醉品。它们常常是一种植物的粉末供人吸嗅。巫医们往往会吸入这种有毒成分而进入痉挛状态。他们的抽搐和吐脓被认为是获得了预言的真谛。我的一个朋友在南美服用了肉豆蔻家族药物后曾大病一场，历时三天之久。

曼陀罗——莨菪胺——吗啡上瘾者经常因把吗啡与莨菪胺混合使用而中毒。

我曾弄到过几安瓿的针剂，每支中有六分之一谷的吗啡和百分之一谷的莨菪胺。我认为百分之一谷是无足轻重的数量，就一下子注射了六安瓿。结果是数小时持续不断的精神错乱，好在我那饱受此罪的房东及时将我送至了医院。此后一天里我毫无

记忆。

南美和墨西哥的印第安人常使用曼陀罗属的药物。据说死亡只不过是家常便饭。

莨菪胺被俄国人用来做忏悔药物但效果令人怀疑。服用者想要想说出隐秘曲折，可他又根本记不起它们。经常是遮遮掩掩的故事与秘密信息纠缠在一起难以分清。依我看来，从许多疑点中提取信息，墨斯卡灵是最有成效的。

吗啡上瘾是一种代谢功能疾病，导致原因就是服用吗啡。在我看来，精神治疗不仅毫无用处，而且应该禁止。根据统计，吗啡上瘾者多为有条件接触吗啡的人：医生、护士、与黑市来源有联系者。在波斯，鸦片在市场上毫无限制地买卖，成人中有百分之七十都有毒瘾。那么我们是否应该对数百万波斯人进行精神分析来找出是什么深层矛盾和焦虑驱使他们服用鸦片？我以为不然。根据我的经验大多数上瘾者并没有神经衰弱也不需要心理疗法。阿扑吗啡疗法以及在病情发作时提供阿扑吗啡的渠道肯定会比任何"精神分析康复治疗"的方法提供更为长久也更为有效的用途。